西北大学"双一流"建设项目资助
Sponsored by First-class Universities and Academic Programs of Northwest University

# 文学概论新编

## 2019年修订版

WENXUE GAILUN XINBIAN

张孝评 著

西北大学出版社

·西安·

图书在版编目（CIP）数据

文学概论新编：2019年修订版 / 张孝评著. --西安：西北大学出版社，2019.11
ISBN 978-7-5604-4453-6

Ⅰ.①文… Ⅱ.①张… Ⅲ.①文学理论 Ⅳ.①I0

中国版本图书馆CIP数据核字（2019）第272107号

## 文学概论新编：2019年修订版

张孝评　著

出版发行　西北大学出版社
（西北大学校内　邮编：710069　电话：029-88302621　88303593）
http://nwupress.nwu.edu.cn　　E-mail:xdpress@nwu.edu.cn

| | | |
|---|---|---|
| 经　　销 | 全国新华书店 | |
| 印　　刷 | 西安华新彩印有限责任公司 | |
| 开　　本 | 787毫米×1092毫米　1/16 | |
| 印　　张 | 22.25 | |
| 版　　次 | 2019年11月第1版 | |
| 印　　次 | 2020年8月第2次印刷 | |
| 字　　数 | 395千字 | |
| 书　　号 | ISBN 978-7-5604-4453-6 | |
| 定　　价 | 55.00元 | |

本版图书如有印装质量问题，请拨打029-88302966予以调换。

# 目 录

## 绪 论

一、什么是文学概论 …………………………………………… (1)

二、为什么要学习以及怎样学习文学概论 …………………… (7)

## 第一章 文学本体论

第一节 文学是人学 ……………………………………… (11)

第二节 文学是审美人学 ………………………………… (36)

第三节 文学是语符化的审美人学 ……………………… (58)

第四节 文学作品 ………………………………………… (68)

第五节 文学作品的体裁 ………………………………… (93)

## 第二章 文学价值论

第一节 文学的审美价值 ………………………………… (117)

第二节 文学的审美作用 ………………………………… (141)

## 第三章 文学创作论

第一节 文学创作主客体 ………………………………… (170)

第二节 文学创作过程 …………………………………… (187)

第三节 文学创作方法 …………………………………… (215)
第四节 文学创作风格 …………………………………… (234)

## 第四章 文学接受论

第一节 文学接受及其主客体 …………………………… (252)
第二节 文学欣赏 ………………………………………… (258)
第三节 文学批评 ………………………………………… (270)

## 第五章 文学发展论

第一节 文学与社会生活的矛盾运动 …………………… (290)
第二节 文学创作与接受的矛盾运动 …………………… (307)
第三节 文学创作中创新与继承的矛盾运动 …………… (316)

附录一 《文学概论新编》一书的逻辑纲要 ……………… (330)
附录二 文学概论课堂讨论选辑 …………………………… (336)
参考文献 ……………………………………………………… (343)
2019 年修订版后记 ………………………………………… (344)

# 绪　论

## 一、什么是文学概论

### 1. 文学概论的研究对象

要回答什么是文学概论的问题,我们不妨先从文学概论的研究对象说起。因为任何一种理论,它的性质和特点,都是与其研究对象联系在一起的。那么,文学概论到底是以什么为自己的研究对象呢？概而言之,文学概论研究的是古今中外围绕着文学活动而发生的种种文学现象。美国学者 M. H. 艾布拉姆斯在其所著的《镜与灯:浪漫主义文论及批评传统》一书的导言部分关于"文学四要素"的论述,对我们理解作为文学概论研究对象的种种文学现象,极具启示意义。下面,我们就来看看 M. H. 艾布拉姆斯的论述:

> 每一件艺术品总要涉及四个要点,几乎所有的力求周密的理论总会在大体上对这四个要素加以区别,使人一目了然。第一要素是作品,即艺术作品本身。由于作品是人为的产品,所以第二个共同要素便是生产者,即艺术家。第三,一般认为作品总得有一个直接或间接导源于现实事物的主题——总会涉及、表现、反映某种客观状况或者与此有关的东西。这第三个要素便可以认为是由人物和行动、思想和情感、物质和事件或者超越感觉的本质所构成,常常用"自然"这个通用的词来表示,我们却不妨换用一个含义更广的中性词——世界。最后一个要素是欣赏者,即听众、观众、读者。作品为他们而写,或至少会引起他们的关注。

为了表示文学四要素之间的相互关系,M. H. 艾布拉姆斯在上述引文之后,又列出一个三角形的结构图式,见下图。

```
         世界
          |
         作品
        /   \
    艺术家   欣赏者①
```
文学四要素结构图式

由 M.H. 艾布拉姆斯的如上论述及图式可以看出,所谓文学活动,在很大程度上,就是以作品为中心的创作(从世界到艺术家再到作品)与接受(从作品到欣赏者再到世界)活动。活跃在其中的四个要素以及创作与接受活动本身,都可以被称作文学现象,故而也就都是文学概论的研究对象。

在文学四要素中,作品无疑居于中心地位。因此,作品作为最基本的文学现象,自然是文学概论研究的首要对象。我们所谓作品,既指单个作品,如小说《红楼梦》、诗《西风颂》、剧本《雷雨》,也指某个时代、某个民族、某个地域、某个流派、某个文体或某个思想主题的作品整体,如宋词、朦胧诗、荒诞派戏剧、网络文学……

除作品以外的其他三个要素,给作品提供素材和思想的世界、创作作品的艺术家及其所从事的创作活动、接受作品的欣赏者及其所从事的接受活动,以及社会上的文学社团、文学思潮、文学运动、文学管理机构、文学报刊及其发行者、文学书籍及其出版者等,它们作为文学现象,也统统都应该被视为文学概论的研究对象。

需要说明的是,古往今来的文学现象,不论是作品,还是艺术家的创作活动、欣赏者的接受活动,或者是艺术家和欣赏者生活于其中的世界,就其本身而言,都充满了个别性和偶然性,可谓千变万化、丰富多彩。那么,在这样的一些个别、偶然现象背后,到底有没有规律可循?如果有,又是什么样的规律在起作用?人类在这方面长期思考的结晶,便是今天我们所要学习的内容,即文学概论。

2. 文学概论的性质和特点

文学概论,作为概括性的文学理论,也称作文学引论、文学导论、文学理论基础或者文学基本原理。从性质上讲,它是一种直接面对文学实践,着重研究文学现象及其基本规律的理论。

文学概论立足于活生生的文学实践。它通过对文学与社会生活的关系在

---

① [美]M.H. 艾布拉姆斯. 镜与灯:浪漫主义文论及批评传统[M]. 郦稚牛,张照进,童庆生,译. 北京:北京大学出版社,1989:6.

不同侧面、不同层次上的综合考察，力图从中寻求并发现关于文学的本体与价值、关于文学的创作与接受、关于文学的发生与发展诸方面的基本规律。一句话，它是要从宏观意义上，给文学的整体勾画出一个大的轮廓；从动态把握中，为文学的过程描绘一个总的趋势。然后，以此为依据，反过来指导和推动当今的文学实践，合于规律又合于目的地向前发展。

关于文学概论的性质，我们强调了三点：第一，文学概论是一种理论；第二，文学概论是一种寻求并发现文学的基本规律的理论，即所谓纯理论；第三，文学概论是一种立足和服务于文学实践，也就是直接面对文学实践的纯理论。

我们说，文学概论是一种理论，这是要把它同文学创作与文学欣赏等具体的实践环节区别开来。文学理论来源于文学创作与欣赏的实践，但毕竟不同于文学创作与欣赏的实践。如果说，后者主要是情感活动和形象活动，那么，前者则主要是思想活动和概念活动。而思想要前后贯穿，概念要上下衔接，就必须符合形式逻辑和辩证逻辑。由此决定，文学概论作为理论，不能不具有逻辑性严密的特点。

我们说，文学概论是一种纯理论，这是要把它同文学批评、文学史研究等应用理论区别开来。作为广义文学理论的两个分支，文学概论与文学批评、文学史研究有很多交叉之处，但毕竟不能等同。如果说，文学批评与文学史研究，应用文学概论所揭示的基本原理，分析一个作品、一个作家或者一个民族、一个时代的文学现象，概括的是文学在某一局部的特殊规律，那么，文学概论在文学创作、文学欣赏、文学批评与文学史研究所提供的各种材料的基础上，概括的则是对所有作品、所有作家、所有民族、所有时代都适用的文学的普遍规律。同是概括，后者是在更大范围内、更高程度上的概括。由此决定，文学概论作为纯理论，不能不具有概括度深广的特点。

我们说，文学概论是一种直接面对文学实践的纯理论，这是要把它同诸如古代文论研究、西方文论研究以及马列文论研究等间接性的理论研究区别开来。毫无疑问，文学概论可以而且必须从古代文论研究和西方文论研究中吸收合理、有用的思想资料，可以而且必须从马列文论研究中学习辩证唯物主义和历史唯物主义的立场、观点和方法。但无论是吸收，还是学习，都不能取代文学概论本身。因为从各自的对象和出发点看，它们毕竟互有不同。如果说，古代文论研究、西方文论研究以及马列文论研究等，研究的都是别人（古人、西方人和马克思主义经典作家）关于文学的研究成果，是一种研究之研究，即所谓间接性的理论研究，那么，文学概论从文学实践中取材，到文学实践中验证，在文学实践中发展和创新,显然是一种直接性的理论研究。间接性的理论研究,虽然说到底也和文学实践相关,但终究不如直接性的理论研究与文学实践的联系更为密切。由此决定,文学概论作为直接面对文学实践的纯理论,不能不具有现实感强烈的特点。

3. 文学理论的几种类型

以上说,文学概论是一种逻辑性严密、概括度深广和现实感强烈的文学理论。这自然是有道理的。但由于理论研究者各自所取的角度、所用的尺度互不相同,他们在按自身的逻辑,对由文学实践活动提供的种种现象资料进行加工时,其着眼点、侧重点和归结点等就互不相同,其体现在理论的框架和结构上自然也互不相同。按 M.H.艾布拉姆斯的《镜与灯:浪漫主义文论及批评传统》在论述了"文学四要素"之后,就各种理论在取用的角度和尺度方面的不同所做出的概括,其框架和结构大致有以下四种类型:

第一种类型更多着眼于世界与作品的关系,主要是从世界的角度,用社会历史的尺度,去解释文学作品,认为文学作品是对于世界的模仿。这是模仿论的文学理论。

第二种类型更多着眼于艺术家与作品的关系,主要是从艺术家的角度,用心理学的尺度,去解释文学作品,认为文学作品是艺术家内心的激情和想象的自我表现。这是表现论的文学理论。

第三种类型更多着眼于欣赏者与作品的关系,主要是从欣赏者的角度,用社会意识形态的尺度,去解释文学作品,认为文学作品是对欣赏者的政治和道德教化。这是实用论的文学理论。

第四种类型更多着眼于作品自身的内部关系,主要是从作品的角度,用语言学的尺度,去解释文学作品,认为文学作品既与世界无关,又与艺术家和欣赏者无关,是一个纯粹由声调、韵律、节奏、意象和风格等因素构成的独立自主的语言文本。依照 M.H.艾布拉姆斯的说法,这是客观论的文学理论,实际上是文本-形式论的文学理论。[①]

很明显,上述四种理论,在其特定的维度上,各有其优胜与独到之处,然而,与此同时,它们也各有其不可避免的局限性。作品与除了自身以外的其他三个要素,都处在普遍的联系之中。文本-形式论的文学理论,孤立地就作品论作品,固然不能揭示文学的真谛所在;模仿论、表现论和实用论的文学理论,从

---

① [美]M.H.艾布拉姆斯.镜与灯:浪漫主义文论及批评传统[M].郦稚牛,张照进,童庆生,译.北京:北京大学出版社,1989:7-34.

世界、艺术家或者欣赏者的单一维度讨论文学作品,也同样不能说明文学多个方面的丰富内涵。如果把它们放在 M. H. 艾布拉姆斯的"文学四要素"的坐标中去衡量,上述四种理论在角度和尺度上,皆不具备作为参照系所应有的全面性的品格。我们今天建构文学概论的理论体系,能否找到一个既能与上述四种理论区别开来,又能将上述四种理论包容进去的参照系呢?我们认为,这样的一个参照系,可以而且必须到文学与人的关系,或者说文学与社会生活的关系中去寻找。流传了近一个世纪的那句话"文学是人学",尽管被挂靠在高尔基那里,是明显贴错了标签,但对于文学来说,不论其出自谁之口,都同样是至理名言。其实,早于高尔基近两千年的东汉史学家班固,就已提出过至今被学界忽视的命题:"诗者,性情之学也。"(《汉书·艺文志》)班固不仅将诗这一"文学中的文学"一般性地与人相联系,而且由表及里,直指问题的核心所在,认为诗是一门探究人的性情,亦即人的精神和情感生活的学问。既然文学是人学,是人的"性情之学",试想,要阐释文学的人学本性,不把文学与人相联系,又怎么可以呢?而人作为如马克思所言的"在其现实性上""是一切社会关系的总和"的个体①,无不生存和活动在社会之中,所以,文学与人的关系,实际上就是文学与社会生活的关系。进而言之,在"文学四要素"中,世界是以人为中心的社会生活的舞台,艺术家和欣赏者作为人也都是社会生活的成员,因此,讨论文学与社会生活的关系,完全可以把世界与作品的关系、艺术家与作品的关系、欣赏者与作品的关系统统包罗进去,从而在最终的意义上,实现对林林总总的文学现象的多角度、多层次而又成体系的综合研究。

4. 文学概论的体系构成

真正的理论都有自己的体系。在这一点上,文学概论也不例外。假如从体系的意义上看,前文所谓逻辑性严密、概括度深广、现实感强烈的特点,实际上是强调,文学概论应该是一个完整的而不是零散的,普泛的而不是狭隘的,向实践开放的而不是自我封闭的理论体系。

要构成这样一个体系,关键在于要从文学概论讨论的众多问题中,找出最具囊括性的基本问题来。找出了基本问题,理论研究就有了头绪和线索,就可以把分散在各个局部的概念、范畴和命题,按逻辑顺序有机地组织起来;反之,找不出基本问题,理论研究就会茫茫然不知所措,最终陷入彼此纠缠、互相矛盾的困境。

---

① [德]马克思.关于费尔巴哈的论纲[M]//马克思,恩格斯.马克思恩格斯选集:第一卷.北京:人民出版社,1972:18.

我们知道,哲学的基本问题是思维与存在的关系问题。纵观文学概论的全部内容,我们可以清楚地看到,它的基本问题应该是文学与社会生活的关系问题,亦即文学与人的关系的问题。

在文学理论界,有人受韦勒克和沃伦合著的《文学理论》将文学研究区分为外部研究与内部研究这一观点的影响,认为文学既有外部规律,又有内部规律。诸如文学与社会生活的关系,只是文学的外部规律;唯有文学的本质与特征等,才是文学的内部规律。因此,文学理论的着重点,应该放在文学的本质特征上,而不能放在文学与社会生活的关系上。我们认为,这种"内外有别"的论述是欠科学的。正像人的本质特征不在于人自身,而在于人与社会生活的种种关系之中一样,文学的本质特征也不在于文学自身,而在于文学与社会生活的种种关系之中。离开了文学与社会生活的种种关系,孤立地去研究文学的内部规律,就文学论文学,文学的本质特征就无从解释,文学的一切也都难以说明。

正是在这个意义上,我们说,文学与社会生活的关系,不仅关乎文学的外部规律,而且关乎文学的内部规律,是文学概论中最具根本性、最具囊括性的基本问题。整个文学概论,说到底,都应围绕这个基本问题而展开,或者更准确地说,都应是对这个基本问题从不同侧面、不同层次所做的研究。如果说,文学概论有逻辑线索,那么,多侧面、多层次地研究文学与社会生活的关系,就是其一以贯之的逻辑线索。

下面,我们就来具体考察一下,如何以文学与社会生活的关系为线索,把文学概论的全部内容串联起来。人们在接触文学现象的时候,往往会产生这样一些问题:什么叫作文学?哪些属于文学?为什么要有文学?怎样创作文学作品?怎样接受文学作品?怎样推动和发展文学事业?等等。首先,为了回答什么叫作文学和哪些属于文学的问题,我们可以从社会生活被反映在文学之中,如何规定文学的本质和形态这样一个角度,即从文学反映社会生活的角度,来研究文学与社会生活的关系,探讨文学的本体规律,这是文学本体论的内容;其次,为了回答为什么要有文学的问题,我们可以从文学在社会生活的整体中或者在人的需要系统中,具有什么价值和起着什么作用这样一个角度,即从社会生活需要文学的角度,来研究文学与社会生活的关系,探讨文学的价值规律,这是文学价值论的内容;再次,为了回答怎样创作文学作品的问题,我们可以从社会生活如何经过作家的审美创造而成为文学作品这样一个角度,即从社会生活转化为文学的角度,来研究文学与社会生活的关系,探讨文学的创作规律,这是文学创作论的内容;又次,为了回答怎样接受文学作品的问题,我们可以从文学作品如何经过读者的审美感受而反作用于社会生活这样一个角度,即从文学转化为社会生活的角度,来研究文学与社会生活的关系,探讨文学的接受规律,这是文学接受论的内容;最后,为了回答怎样推动和发展文学事业的问题,我们可以从社会生活作为原动力,如何通过一系列中介环节,一步步地推动文学事业向前发展这样一个角度,即从文学与社会生活的矛盾运动的角度,来研究文学与社会生活的关系,探讨文学的发展规律,这是文学发展论的内容。

总之,文学概论的理论体系,应该由以上所述的一条线索(文学与社会生活的关系)和五个方面(本体论、价值论、创作论、接受论、发展论)有机组合而成。

## 二、为什么要学习以及怎样学习文学概论

以上,我们讨论了文学概论的研究对象、性质与特点、体系构成等。讨论并解决这一切,在弄明白什么是文学概论的问题的同时,也为回答接下来的为什么要学习文学概论以及怎样学习文学概论的问题,铺平了道路。

1. 学习文学概论的目的和意义

如前文所述,文学概论是研究文学现象及其基本规律的理论。基于此,我们学习文学概论,目的就在于更好地认识文学现象及其基本规律,以正确的文学观念来指导文学欣赏、文学创作和行政部门对文学的管理工作。下面,我们从几个不同的角度,分别谈谈学习文学概论对于它们各自的意义所在。

就文学欣赏来说,一个读者懂不懂文学规律,效果大不一样。接受理论在论及读者时认为,读者有成熟与不成熟之分,文学阅读随之也有深浅之分。如果把这一区分与关于文学规律的话题相联系,那么懂文学规律可能就是成熟的读者,当他拿起作品,就知道应该留心些什么,注意些什么,就能把其中的曲折与好处一一体味出来;反之,不懂文学规律,可能就是不成熟的读者,他要么读不懂,要么只关心作品的表面,忽视其内在含义,而一味地追逐故事的曲折性和刺激性,要么仅满足于知其然,而不知其所以然。俗话说,会看的看门道,不会看的看热闹,就是这个意思。要想使读者逐步地完成由不成熟到成熟的转变,由看热闹到看门道的转变,由知其然到知其所以然的转变,由浅阅读到深阅读的转变,就必须真正按文学的基本规律去欣赏文学作品。而要做到这一点,学习文学概论就显得大有必要。

在文学创作中,作家的情况也是如此。有人说,作家从事的是审美的艺术思维,学习理论和掌握规律会破坏他们的直觉和想象。这是经不起推敲的一种

看法。事实是,作为作家,如果他懂文学规律,就知道如何把社会生活转化为文学,不论是构思中的选材和立意,还是传达中的布局和修辞,他都会严格地按文学规律办事,收到事半功倍的效果;反之,如果他不懂文学规律,就会被盲目地支配,只知道入乎其内做微观的体验,而不知道出乎其外做宏观的把握,正如苏东坡在《题西林壁》一诗里所写:"不识庐山真面目,只缘身在此山中。"要想使作家由盲目状态提升到自由状态,由只知入乎其内而不知出乎其外,提升到既能入乎其内,又能出乎其外,就必须真正按文学的基本规律去创作文学作品。而要做到这一点,学习文学概论,对于他们来说,就绝不是无谓之举。

对于文学行政部门的管理者来说,懂不懂文学规律,差别更为显著。管理者懂规律,在行,就能体察创作的甘苦,尊重作家的劳动,更好地与作家朋友相处,真正实现文学上的百花齐放和百家争鸣;反之,管理者不懂规律,不在行,就可能搞行政命令,粗暴地干涉文学创作。在这方面,历史和现实的教训是深刻的。要想使管理者由不在行变为在行,实现文学上的百花齐放和百家争鸣,就必须真正按文学的基本规律去进行文学管理。而要做到这一点,学习文学概论更有其不可替代的意义。

社会生活中的每一个人,基于这样那样的需要,都会与文学打交道。即使一个人不去创作文学作品,不去从事文学管理工作,也少不了要去欣赏文学作品。从这个意义上讲,每一个人都有认识文学规律的必要性,因而也就都有学一学文学概论的必要性。

2. 学习文学概论的方法

如果说,学习文学概论的目的和意义更多地与文学概论自身的性质联系在一起,那么,学习文学概论的方法就更多地与文学概论自身的特点联系在一起。

我们知道,文学概论作为理论,具有逻辑性严密的特点;作为纯理论,具有概括度深广的特点;作为直接面对文学实践的纯理论,具有现实感强烈的特点。为了和上述这些特点相适应,我们在学习文学概论的时候,必须在方法上注意以下几点:

第一,要加强理解。文学概论有许多概念、定义。对于这些东西,我们不能孤立地去记忆,而应该把它们放在严密的逻辑线索之中,将其当作一个个承前启后的环节来看待,先理解它们的本来意义,然后在理解的基础上加深记忆。

第二,要注重基础。文学概论集中概括的是文学的基本规律,如文学的本体规律、文学的价值规律、文学的创作规律、文学的接受规律、文学的发展规律等。这些基本规律都是从文学与社会生活的关系这一基本问题派生出来的,并且都各有一套赖以表述的基本概念。我们所谓要注重基础,就是要大家认识基本问题,了解基本规律,掌握基本概念。

第三,要联系实际。文学概论的出发点和归结点都在于文学实践。它的这种与实践息息相关的现实感,要求我们在学习理论时,不能像经院哲学那样,从概念到概念,从定义到定义,而必须以极高的敏感度和极大的热情,关注当代的文学状况,把所学的理论,与创作、欣赏的具体实际结合起来,通过亲身观察和独立思考,培养自己分析和解决文学问题的能力。

第四,要开阔视野。文学概论是一个向实践开放的体系,而文学实践随着社会生活实践的高速发展,正处于翻天覆地的大变革之中。在这种形势下,我们学习文学概论,除了要加强理解,要注重基础,要联系实际之外,还有很重要的一点,那就是开阔视野。对于我们来说,文学知识固然要学习,其他艺术门类和哲学、社会学、美学等社会科学的基础知识更要学习,语言学、心理学以及诸如系统论、信息论、控制论等自然科学的一般知识也要学习。我们要用多学科的知识武装自己,进而对文学这一极为复杂的精神现象,进行多角度、多层次的综合研究,以期在这个过程中,刷新我们的文学观念,更新我们研究文学的方法。

下面,还有几点需要补充和提及。因为理论本身较为抽象,同文学作品相比,其接受的难度肯定会大一些。所以,对于初学者来说,培养兴趣是绝对必要的。有了兴趣,人才能坐下来,钻进去;相反,没有兴趣,学习过程就可能味同嚼蜡,甚至如坐针毡。歌德的一句话:"理论是灰色的,生活之树常青",吓退了不少人。而实际上,只要你真正培养起兴趣,理论就不一定是灰色的,学习它同样能给人以快感和乐趣。学习理论除了要培养兴趣以外,还要重视能力。我们在这里讲能力,不仅指理论思辨能力,而且指直觉感悟能力。这两种能力,犹如车之双轮、人之双足,为学习文学理论者所不可或缺。就不同的理论家和批评家而言,他们虽然都具备这两种能力,但并不平衡,如康德的理论思辨能力就大大地超过其直觉感悟能力;别林斯基则恰好相反,其直觉感悟能力远远地胜过其理论思辨能力。但我们认为,二者最好能处在一种互斥互补的相对平衡的状态之中。这样,一方面,可以对理论的思想与概念体系做出不差毫厘的逻辑推论;另一方面,又可以对作品的情感与形象系统做出明白无误的审美判断。如果说,理论研究有其境界,那么,上述两种能力的互斥互补,就算得上是理论研究的最高境界。

# 第一章 文学本体论

## 知识脉络图

文学是人学
- 文学是对社会生活的反映
  - 文学反映的概念
  - 文学反映以人为中心
  - 文学反映人着重在其精神和感情生活
- 文学反映是作家心灵化的反映
  - 作家的心灵化—虚构与想象—事理化和情理化
  - 文学与梦
  - 反映在作品中的社会生活与实际的社会生活
- 文学作为人学的一般本质和文学的源流关系
  - 文学作为人学的一般本质
  - 文学的源与流

文学是审美人学
- 两种人学：文学作为审美人学与哲学人文科学作为理论人学
- 文学的情感性
  - 情感反映和文学的情感性
  - 情感在文学中的作用
  - 文学情感中的情理关系
- 文学的形象性
  - 形象反映和文学的形象性
  - 形象在文学中的作用
  - 文学形象中的形神关系
- 文学情感与形象的相反相成
  - 文学情感与形象是对立统一的关系
  - 文学作为审美人学（艺术）的特殊本质

文学是语符化的审美人学
- 文学与其他艺术的比较
- 文学用语言表情、造形的宽泛性和深刻性
  - 关于语言的符号分析：多功能性和全心灵性
  - 文学的语言表情、造形的广度
  - 文学的语言表情、造形的深度
  - 文学作为语符化审美人学（语言艺术）的个别本质
- 小结：什么是文学

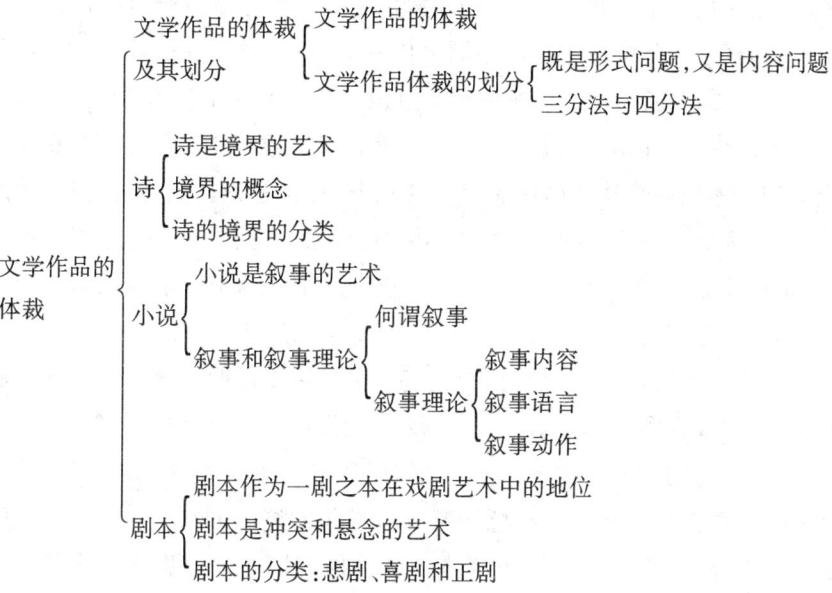

# 第一节　文学是人学

## 一、文学是对人和人的社会生活的反映

### 1. 从"反映"二字说起

什么叫作文学,这是个老问题了。在这个问题上,人们历来各执一词,争论

不休。如果以此为题,把古今中外的作家、学者所提供的答案收集在一起,那么,很可能一百个人有一百种答案。正因如此,当代西方的一些美学流派悲观地断言:什么叫作文学之类的问题,是永远说不清楚的;与其在此类问题上白花力气,还不如远远地避开它们。

为什么会出现这样的情况呢?其主要原因,只能从文学自身去寻找。世界上的事情是复杂的,作为人类特有的精神现象的文学更是如此。正因其复杂,所以,尽管人类的祖先早在几千年前就写下了《诗经》和《楚辞》,就写下了《伊利亚特》和《奥德赛》,但是,截至19世纪马克思主义诞生,什么叫作文学的问题,对于人们来说,在很大程度上还是一个谜——一个难解之谜。

马克思主义反映论,为解开文学之谜提供了一把钥匙。按照这一理论,我们可以将人的社会生活中的各种现象划分成两大类:一类是物质现象,即所谓社会存在;另一类是精神现象,即所谓社会意识。在这个世界上,物质是第一性的,精神是第二性的,亦即从本源上讲,应该是先有社会存在,后有社会意识。因此,它们的关系只能是社会存在决定社会意识,社会意识反映社会存在。在这样的一个广大到无所不包的坐标系中,要对文学加以定位,结论是很清楚的:文学作为精神现象,就其一般本质而论,正是上述为社会存在所决定,并且反映社会存在的社会意识之一。

这里,关键在于"反映"二字。作为马克思主义用以说明人的精神、观念与意识等的本质以及根源的一个基本概念,反映不管是在哲学反映论的意义上,还是在文学反映论的意义上,都是由古希腊哲学与诗学中模仿一词派生出来的。所谓模仿,指主体对于客体在感知基础上进行的复制和摹写。其中,有两点需要指出:第一,它是西方人按主客体二分的传统模式加以思维的产物;第二,它属于以求真为目标的认识论的范畴。之后,马克思主义经典作家在哲学和诗学意义上讲反映,虽然再三强调了主体在反映过程中的主观能动作用,但其反映概念深层所保留的模仿的文化原型却并未因此而略有改变。马克思把观念定义为"移入人的头脑并在人的头脑中改造过的物质"[1];恩格斯把意识定义为"被意识到的存在"[2];列宁把感觉定义为"外部世界的映象"[3];恩格斯和列宁分别将法国与德国小说,以及列夫·托尔斯泰比作"镜子"等。这一切都清楚不过地表明,模仿的文化原型仍然在其反映概念内起着意义的规范作用。

---

[1] [德]马克思,恩格斯.马克思恩格斯选集:第二卷[M].北京:人民出版社,1972:217.
[2] [德]马克思,恩格斯.马克思恩格斯选集:第一卷[M].北京:人民出版社,1972:30-31.
[3] [苏]列宁.列宁选集:第二卷[M].北京:人民出版社,1964:65.

换句话说,马克思主义的反映概念,在内涵及外延上,和模仿一词是相通的:其一,它仍然属于主客体二分的西方传统思维模式的产物;其二,它仍然属于以求真为目标的认识论的范畴。上述马克思主义经典作家在用反映论视角看待文学现象时,之所以常常自觉或不自觉地以镜子为喻,之所以常常不约而同地把作品包含的真理性及其认识价值视为最高的评判尺度,其深层的文化根基即在于此。

通过如上关于反映二字的词源探索,我们可以清楚地看出,这一概念在哲学反映论中,主要是认识的意思。当马克思主义经典作家将其运用到对于文学的阐释中,反映概念也仍然包含有认识的意思。但是,我们今天讲文学的反映,如果结合文学与哲学的区别,结合文学的自身特征来考虑,那么,这个反映,虽然包含有认识的成分,但主要不是指人的认识活动,而是指人的以情感和形象表象为主的心灵感受活动。在我国古代文学理论中,通常把文学的反映称作感应,即作家用情感和形象表象感受社会生活。我们认为,按这样的思路来理解文学的反映,比仅仅把反映等同于认识要准确得多。

**2. 各类文学作品都是对社会生活的反映**

假如对反映一词进行如上所述的宽泛理解能够成立,那么古今中外的文学作品无疑都应被视为对社会生活的反映。这一点,我们完全可以通过作品个案的分类分析得以证实。

先看第一类作品,记录真人真事的作品。例如陶斯亮的抒情散文《一封终于发出的信》,写的就是自己的父亲陶铸"文革"期间在监狱中的斗争经历;鲁光的报告文学《中国姑娘》,写的就是为大家所熟悉的中国女排队员刻苦训练奋力拼搏的英雄事迹。论人,他们写的都有名有姓;论事,他们写的都有根有据。一句话,他们写的都是真人真事,即社会生活中实际有的人和事。这样的作品,毫无疑问是对社会生活的一种反映。

记录真人真事的作品是对社会生活的反映,这容易被接受。然而在门类众多的文学作品之中,报告文学、传记文学、纪实文学等记录真人真事的作品毕竟只是少数,更多的作品不受真人真事的限制。这些人物和故事,都是编出来的,或者更典雅地说,都是"杜撰"(《红楼梦》中语)的。苏联著名作家费定说,他写的小说,非真人真事与事实的比例是98∶2。他认为:"只有摆脱掉这些事实而突入到想象的广阔天地里去,我才能够创造出我在生活里从未见过,从未碰到过,但似乎绝对存在过的一些人物。"①对于这种情况,又该怎样理解呢?

下面,我们来看第二类作品,非真人真事的作品。例如被称为"伤痕文学"代表作的卢新华的短篇小说《伤痕》中,描写了一位老干部的女儿,叫王晓华,在"文革"初期,听说妈妈是叛徒,就和家庭断绝关系,一声不吭地独自跑到东北地区插队去了。社会生活中到底有没有这么一个人?到底有没有这么一回事?我们可以肯定地说,是没有的。然而,只要是经历过"文革"的人,看了王晓华和她的故事,就都不会感到陌生。相反,他们都可以从自己的所见所闻,找出一个又一个类似的例证,来说明在那个特定的历史条件下,这种人是有可能存在的,这种事是有可能发生的。也就是说,王晓华其人其事,虽不是社会生活中实际有的人和事,但却是人们按照常规、常理,即社会生活的固有逻辑推断可能有,甚至必然有的人和事。因此,这样的作品,应当说也是对社会生活的一种反映。

非真人真事的作品,由于在社会生活中有现实的依据,亦即发生的可能性和必然性,我们认为它们是对社会生活的反映,这似乎还可以理解。最难理解的是某些抒情作品和神话、寓言等幻想作品。它们所写的一切,经过变形处理,情节离奇,情态反常,都是社会生活中不实际有,也不可能有的人和事。这样的作品,究竟是不是对社会生活的反映呢?

最后,我们来看第三类作品,即变形的抒情作品和幻想作品。例如雷抒雁的诗《小草在歌唱》,写刑场上的小草,在张志新烈士倒下之后,如何含情脉脉,"把白的,红的花朵/插在她的胸前/日里夜里,风中雨中/为她歌唱。……"再如吴承恩的神魔小说《西游记》,写孙悟空这个美猴王,如何扯旗造反,搅乱蟠桃会,掀翻老君炉,大闹灵霄殿,用一根金箍棒,把十万天兵打了个落花流水。前者写小草歌唱,后者写猴子造反,如果用社会生活的常规和常理去衡量,这都是不可思议的。然而,如果把它们与作家内心的情感活动联系起来,就很容易理解了。因为这样写,从某种意义上讲,都只是作家情感的寄托,是作家由情感所激发的幻想的产物。也就是说,如果不让小草歌唱,雷抒雁就不能表现他对张志新烈士的同情和热爱;如果不让猴子造反,吴承恩就无从发泄他对封建统治者的愤懑和抗议情绪。这里,全部关键都系于情感二字。而作家的情感就性质来说,不是与社会生活无关的偶然现象和孤立现象。第一,它是在社会现实的背景下产生的;第二,它是和社会大众的意愿相通的。弄清楚了作家情感和

---

① [苏]赫拉普钦科.作家的创作个性和文学的发展[M].满涛,岳麟,杨骅,译.上海:上海译文出版社,1982:96.

社会生活的这种联系,我们就可以知道,不管是小草歌唱,还是猴子造反,它们写的虽然是社会生活中不实际有,也不可能有的人和事,但却是按作家的情感和人民大众的意愿认为应该有的人和事。因此,这样的作品,说到底,仍然是对社会生活的一种反映。

以上三类作品的区别在于:记录真人真事的作品,写的是社会生活中实际有的人和事,是所谓实录;非真人真事的作品,写的是社会生活中不实际有,但可能有,甚至必然有的人和事,是所谓杜撰;某些抒情作品和幻想作品,写的是社会生活中不实际有,也不可能有,但应该有的人和事,是所谓变形。它们反映社会生活的途径和方式尽管各自有别,但无一例外,都是对社会生活的反映。

退一步讲,即便是概念化、公式化的作品,其中的那些概念或者公式,之所以会产生和流行,也无不与当时当地的社会生活有关。就"文革"时期的戏而言,差不多都是一个事件(修水利或者闹革新),两套方案(先进和保守),三类人物(一贯正确的书记、屡犯错误的队长和活得不耐烦的阶级敌人),四个阶段(任务下达,双方吵架,敌人落网,队长转化)……这种情况为什么偏偏出现于20世纪60—70年代,而在今天就销声匿迹了呢?其原因,只能由那个时代的社会背景来加以说明。恩格斯说:"一切观念都来自经验,都是现实的反映——正确的或歪曲的反映。"[①]从这个意义上讲,上述概念化、公式化的作品,也应被看作是对社会生活的一种反映,只不过是非艺术的、图解式的"歪曲的反映"罢了。

**3. 文学反映社会生活的中心点是人**

我们知道,社会生活的主体是人。没有人,就不成社会,自然也就无所谓生活。社会生活说到底,是人的社会生活。既然如此,文学反映社会生活,就应该而且必须以人为中心来进行。

文学反映以人为中心的社会生活,其作品大致有三种情况:主要是写人的作品;主要是写事的作品;主要是写物的作品。

写人的作品,毋庸多言,其反映社会生活的中心点是人。例如刘白羽的《同志》一文,总共写了三个人:"我"、瘦小的农村老人和负伤的青年。三人因前有洪水,后有追兵,在互不相识的情况下走到了一起。由于是在残酷的战争年代,各自对对方的身份又缺乏起码的了解,"我"与那位青年彼此猜忌、敌视,几乎到了兵戎相见的地步。直到"我"在无意间露出藏在帽檐里的"八路"臂

---

[①] [德]马克思,恩格斯.马克思恩格斯全集:第二十卷[M].北京:人民出版社,1972:661.

章,这才真相大白。原来那位青年是部队伤员,老人是负责照料青年、自己的儿子也在部队从军的军属。一声"同志",顿时使三人处于一家人的亲情之中。其他,再如鲁迅的短篇小说《孔乙己》,写孔乙己这样一个深受封建文化毒害、贫穷而又迂腐、善良而又做作的下层知识分子;契诃夫的短篇小说《凶犯》,写杰尼司这样一个因不懂法律条文而糊里糊涂地犯法和受审的法盲凶犯。它们对社会生活的反映,也都是以人为中心来进行的。

写事的作品,因为其中所写之事,都是由人来做的,即所谓事在人为,所以,其反映社会生活的中心点也应该是人。例如,都德的小说《最后一课》,写的是在普法战争中因法国战败而被割让给德国的阿尔萨斯省一个名叫小弗朗茨的孩子,听哈墨尔先生讲最后一堂法语课的故事。虽然这篇小说以叙事为主,但在叙事的同时,它还是给我们生动地描绘了小弗朗茨和哈墨尔先生的人物形象。此外,我们还可以以欧·亨利的小说《忙碌经纪人的浪漫史》为例。仅仅从篇名就可知道,小说写的是一个经纪人的爱情故事。然而,小说写的是职业为经纪人的丈夫,因为生意忙碌而忘掉刚刚与自己结婚的妻子,莫名其妙地再次向她求婚的可笑故事。这个故事主要是为了塑造生活在资本主义世界里,因追逐金钱而抛却爱情,人性发生悲剧性异化的这位经纪人的形象。

写物的作品,表面看去,似乎与人无关,是一个纯粹的"无人"世界,但仔细想来,那些所写之物,不论是动物、植物、景物或者器物,却都这样那样地被人化了,它们有着与人一样的生命,与人一样的喜怒哀乐,与人一样的神情和性灵,甚至比世间的人有着更多的人气和人味儿。说得更明确一些,大至山川湖海,小至草木虫鱼,都无一不是对人的精神与心理状况的一种隐喻和象征。王国维在《人间词话》的未删稿里有这样一句话:"一切景语,皆情语也。"[①]这句话虽然在表述上多少失之绝对,但其所强调的要点是正确的。它告诉我们,写物的作品,其反映社会生活的中心点仍旧是人。为了说明这一点,下面,我们不妨以一些有代表性的作品个案为例来加以分析。先看艾青的《礁石》一诗:

> 一个浪,一个浪
> 无休止地扑过来
> 每一个浪都在它脚下
> 被打成碎沫,散开

---

[①] 北京大学哲学系美学教研室.中国美学史资料选编:下册[M].北京:中华书局,1981:453.

>它的脸上和身上
>像刀砍过的一样
>但它依然站在那里
>含着微笑,看着海洋……

诗的第一段,更多展示的似乎还是礁石作为物的物性。但在进入第二段以后,礁石逐步地被人性化了,到最后两句,这块礁石则完完全全地变成了一位气度不凡的精神斗士。由此判断,诗人不是为写礁石而写礁石,而是要用它来象征人和人的心灵世界。我们知道,礁石在实际生活里,是否定性的物象,因为它无论是对船工还是对乘客,都意味着是一种航行上的威胁。但是,到了艾青笔下,礁石却变成肯定性的意象。寓于礁石的这一感情色彩的变化,更进一步说明,它作为象征,并非人人皆知其象征意义中的公共象征,而是颇具独创性的私人象征。也就是说,这块礁石到底象征什么,其意义可以任凭读者去想象和创造。只要言之成理,持之有据,就都能够成立。正因如此,我们结合艾青的坎坷人生,完全有理由认为,这块"脸上和身上""像刀砍过的一样"的礁石,很大程度上构成的是诗人及其人生信念的自我象征。虽然这首诗写于 20 世纪 50 年代,当时艾青在反右斗争中被打成右派,此后在新疆居留长达 20 余年之久,1979 年才复归诗坛,但其在写作之初还不可能预知之后的事。然而,诗的魅力恰恰就在于,它用礁石所表现的自我象征,在诗中几乎像预言家一般,预言了诗人的后半生。

以上,我们分析了艾青所写的《礁石》及其对于诗人的自我象征,意在表明,像这样的写物之作,其反映社会生活的中心点仍然是人。作为旁证,再如茅盾在《白杨礼赞》中写的白杨,高尔基在《海燕之歌》中写的海燕,它们也都通过隐喻或象征,最终把反映的意向集中在了人这一社会生活的中心点上。由此可以联想到某些以动物或植物为题材的作品,它们正如马克思所言,一方面体现了"物种的尺度",写哪种动物或植物,就像哪种动物或植物;另一方面又体现了人"内在固有的尺度"①,能使读者不由自主地从动物或植物,想起人和人的内心生活。作为"按照美的规律来塑造"的产物,这类作品的好处在于,上述两种尺度的双管齐下,造就了作品中物性与人性的高度统一。如果把这样的认识推广到对诸如《西游记》《聊斋志异》之类经典的解读,那么,人们不管是对孙悟

---

① [德]马克思.1844 年经济学—哲学手稿[M].刘丕坤,译.北京:人民出版社,1979:50-51.

空、猪八戒,还是对其他花妖树精、牛鬼蛇神的审美创造,都可以有新的领悟。

总而言之,作品不论是写人,还是写事及写物,作为文学对社会生活的反映,它们都与人相关,而且仅仅只与人相关。作家写它们,都是为了写人——直接或间接地写人。从这个意义上讲,文学的确是一个以人为中心的世界。

其实,以上我们强调文学是人的世界,只是为了凸显人在作品中的主体地位。人的这种主体性,如果说,在抒情作品里体现得相对充分一些,那么,在戏剧作品尤其在叙事作品里,由于种种原因,则常常不是为事所湮没,便是为物所遮蔽,人因此而成为演绎故事情节的傀儡或表达思想观念的载体。虽然作品里面的人物也各有其名姓,但因其没有作为主体处于作品的中心,而只是一个边缘化的存在,所以,他们也就缺少作为活生生的人所应有的那种生气和活力。这样的作品,无疑是失败的。然而,探究其失败的原因,不正好从反面告诉我们,文学反映社会生活,应该自始至终都以人为中心来进行吗?

**4. 文学着重反映人的精神和感情生活**

当我们说文学反映社会生活的中心点是人时,基于逻辑的必然性,就必须对人是什么这一被称为"斯芬克司之谜"的问题做出回应。然而,这一问题既是避不开的,又是说不清的。下面,我们不妨从古往今来的学者和思想家那里,撷取一些他们有关人与人性的思考:

马克思在《1844 年经济学—哲学手稿》一书里指出,人与动物的区别在于,动物是和它的生命活动直接同一的,而"人则把自己的生命活动本身变成自己的意志和意识的对象","只是由于这个缘故,他的活动才是自由的活动"①。

匈牙利系统论哲学家拉兹洛也认为,人区别于动物,是因为人有自我意识。

毛泽东很少对人和人性进行纯逻辑的思辨,他只是凭着自己的生命直觉,说过这样的话:人是要有一点精神的。

德国文化人类学家卡西尔的《人论》一书,把人定义为用符号创造文化的动物,并进而将语言、哲学、历史、宗教、神话、艺术等文化的有机构成,设定为人性的圆周。② 在卡西尔看来,人既然是文化动物,那么,人性也就自然而然地要体现在文化的各个领域。

综上所述,关于人是什么,可以得出几点结论。这虽然不能算是给人下的定义,但起码能为文学反映以人为中心的社会生活,提供一条值得进一步探究的思路。按照我们的理解,人之所以为人,有以下几点原因:第一,人有其内心

---

① [德]马克思.1844 年经济学—哲学手稿[M].刘丕坤,译.北京:人民出版社,1979:50.
② [德]卡西尔.人论[M].甘阳,译.上海:上海译文出版社,1985:87.

的精神生活,如感情、想象与幻想、意识以及观念等;第二,人的生活的这种精神性特征,不仅表现在他的精神生活里,而且将其物质生活也统统精神化了,在看去似乎与动物一般无二的物质生活中,深深地打上了人性的印记;第三,人的精神生活以及精神化的物质生活,归根到底要通过文化层面,多角度、多层次地展示和表现出来,从而使人的整个生命活动具有了丰富的人文内涵。

　　西方叙事文学,历来有重视人物的心理描写的传统。例如,法国的乔治·桑、司汤达、福楼拜,英国的狄更斯,俄国的屠格涅夫、列夫·托尔斯泰、陀思妥耶夫斯基等,他们基于着重反映人的精神生活和感情生活的需要,都更多地把功夫用在心理描写方面。以列夫·托尔斯泰的《复活》为例,小说写到主人公聂赫留道夫一见到从乡下来的少女玛斯洛娃,便因色起意,产生占有欲,当他在月夜穿过一条树影斑驳的小径向玛斯洛娃的住所走去时,内心的两个人——一个充满肉欲的人、一个有理智和道德的人(即弗洛伊德讲的"本我"与"超我"),就打起架来,一会儿是肉欲的人把理智和道德的人打翻,一会儿又是理智和道德的人将肉欲的人击倒,充分表现了此时此刻聂赫留道夫的激烈的心灵冲突。由于列夫·托尔斯泰在一系列小说中细致入微的心理描写,车尔尼雪夫斯基称赞他写出了"心灵的辩证法"。但是,列夫·托尔斯泰由于受历史的局限,其心理描写往往停留在意识的层次,所表现的心理内容,因为经过理性的梳理,而显得条理井然,脉络清晰,一定程度上影响了心理描写在更深层次上的真实性。陀思妥耶夫斯基继之而起,为了表达人物内在的真实心态,特别注重描写在病态社会中主人公精神和人格分裂的心理症状,多多少少已经涉及人物心灵的无意识层次以及他们生命存在的困境。这不能不说是文学的一大突破。可能正是因为如此,一些现代派作家和理论家,才将其尊称为现代主义文学的鼻祖。进入20世纪后,西方文学从弗洛伊德和荣格的深度心理学受到启示,小说家的笔触更是越来越多地像内窥镜似的,插入人物的五脏六腑,在其最柔软的部位,拨响感情的弦索。他们力图在其最内在的层次,展示精神的奥秘,从而表现出包括意识和无意识在内的整个精神活动。所谓的"意识流小说",就以善于描写人物的无意识的自由联想而著称。有人提出,20世纪的文学是向内转的文学。如果仅仅从20世纪的文学更加着重于反映人的精神和感情生活这一点加以判断,应该说,以上说法是有道理的。

　　与西方叙事文学对心理描写的偏爱有所不同,中国古代的叙事文学,包括传奇、话本和章回小说等,它们在人物刻画上,似乎更着力于人物外在的状态及行为的描写。我们这样讲,并不意味着中国古代小说不重视写人的精神和感情生活。准确地说,它们是要通过对人物感性直观的物质生活方面的描写,例如人物的外貌、人物的吃喝、人物的性生活等,含蓄地展示包孕于其中的人物的精神和感情生活。这样的描写,较之西方小说所擅长的心理描写,既有优长之处,又有局限性。其优长之处在于,写来不动声色,特别耐人寻味;而其局限性在于,因为总是满足于影影绰绰的暗示,不能直接介入心灵,进行披肝沥胆的情感倾诉或是推心置腹的精神拷问,这样就必然会妨碍文学反映人的精神和感情生活的深度。当然,中国古代的那些经典小说,由于对人物外貌或行为描写的细致和深入,以上所言的局限性,还是可以得以弥补,甚至克服的。为了说明这一点,我们不妨看看《红楼梦》第四十回关于贾母在大观园宴请刘姥姥的描写:

> 凤姐儿偏拣了一碗鸽子蛋放在刘姥姥桌上。贾母这边说声请,刘姥姥便站起身来,高声说道:"老刘,老刘,食量大如牛,吃一个老母猪不抬头。"自己却鼓着腮不语。众人先是发怔,后来一听,上上下下都哈哈大笑起来。史湘云撑不住,一口饭都喷了出来;林黛玉笑岔了气,伏着桌子哎哟;宝玉早滚到贾母怀里,贾母笑得搂着宝玉叫"心肝";王夫人笑得用手指着凤姐儿,只说不出话来;薛姨妈也撑不住,口里茶喷了探春一裙子;探春手里的饭碗都合在迎春身上;惜春离了座位,拉着她奶母叫揉一揉肠子。地下的无一个不弯腰曲背,也有躲出去蹲着笑去的,也有忍着笑上来替他姊妹换衣裳的,独有凤姐鸳鸯二人撑着,还只管让刘姥姥。……

这段文字描写了因为刘姥姥吃鸽子蛋时说的一句话,而引发席面上众人哈哈大笑的事。虽说都是笑,且作为贵族夫人和子女,他们的笑都共同地带有对刘姥姥这一粗俗不堪的老村妇的嘲弄意味,但却各人有各人的笑法。例如,同是通过笑写人的娇气,贵公子宝玉是"滚到贾母怀里",可见其在荣国府受到的娇宠程度;小妹妹惜春是"拉着她奶母叫揉一揉肠子",可见其年龄之小;林黛玉是"笑岔了气,伏着桌子哎哟",说明了她身体的娇弱。再如,同是通过笑写女性的豪爽,史湘云是"撑不住,一口饭都喷了出来";探春是"手里的饭碗都合在迎春身上"。其间的差别在于,史湘云虽是豪爽之人,但毕竟在外做客,多少有所收敛;探春则因为就在家里,豪爽得几乎不拘形迹。总之,这些不同的笑法,无不与各人的身份、地位、个性以及性格相关联。由此可见,《红楼梦》写吃,不是为写吃而写吃,而是由写吃所引发的哄堂大笑,进一步写出了每个人不同的精神和感情生活。

　　古人云:食色,性也。因此,如上所述,通过写人物的物质生活暗示其精神和感情生活,写吃是一个方面,写性是另一个方面,而且是一个更重要的方面。中国古代小说中,一般都不乏性描写。其中,尤以《金瓶梅》为最。用审美的眼光看,《金瓶梅》的性描写,确实存在过多过滥的毛病,但却不可一概地予以否定。实际上,《金瓶梅》写西门庆与妻妾、与下人、与妓女等的性关系,一个很重要的意向,是要借以显示他作为新兴的暴发户在经济上崛起之后,进而对生活的各个方面,包括对金钱、权力,当然也包括对女色的强烈占有欲。由此而论,《金瓶梅》的性描写,并非完全是为写性而写性,在一定程度上,它也有其特定的人文-心理内涵。

　　《白鹿原》的作者陈忠实,曾在一次座谈会上,谈到过他在写《白鹿原》时为自己制定的关于性描写的三条原则:一是不回避;二是撕开来写;三是不为写性而写性。如果说,第一条是讲性描写的必要性,第二条是讲性描写的艺术性,那么,第三条则显然是讲性描写应该指向人物的精神和感情生活,亦即性描写的精神性。其中的第三条和我们以上关于《金瓶梅》的性描写的分析,以及马克思的《1844年经济学—哲学手稿》对这一问题的论述,在总体思路上是完全一致的。马克思说:

　　　　诚然,饮食男女等等也是真正人的机能。然而,如果把这些机能同其他人类活动割裂开来并使它们成为最后的和唯一的终极目的,它们就具有动物的性质。①

　　马克思在此所谓"其他人类活动"无疑是指人之为人的精神和感情生活;而所谓把饮食男女视为"最后的和唯一的目的",也就是上面提到的为写吃而写吃或为写性而写性。在马克思看来,如果饮食男女与人的精神和感情生活相割裂,如果为写吃而写吃或为写性而写性,那么,这样的人所具有的只是动物的性质。

　　可是,在当今文学界,却有人以"身体写作""下半身写作"相标榜;在影视领域,也有人把"脱"和"裸"当作提高票房和收视率的看点,这不能不说是文艺的道德观和美学观的一次倒退。文艺作品中性描写的成功与否,归根到底,是

---

① [德]马克思.1844年经济学—哲学手稿[M].刘丕坤,译.北京:人民出版社,1979:48.

要看其是否折射了人的精神和感情生活,而社会上的上述做法,等于放逐了人的精神和感情生活。其结果是,在使文艺不成其为文艺的同时,最终也使人不成其为人了。

## 二、文学对社会生活的反映是作家心灵化的能动反映

### 1. 作家作为反映者的能动性

任何反映,都有其反映对象,也都有其反映者。以上我们说,文学是对以人为中心的社会生活,特别是对人的精神和感情生活的反映,这是就文学的反映对象而言。如果就文学的反映者而言,上述命题便应补充为:文学是作家对人和人的精神和感情生活的心灵化的能动反映。

我们知道,对于社会生活,可以有两种不同的反映:一种是通过物,如镜子、磁带等来进行,这是物的反映;另一种是通过人和人的心灵来进行,这是人的反映。物的反映是被动的,不管是用镜子照相,还是用磁带录音,充其量也只能做到原物复制,停留在模仿的水平上。而人的反映则是能动的,它除了必要的复制以外,还可以根据人的情感、想象、认识以及整个心灵状况,对原物做这样或那样的改造,以至于创造,从而使反映对象打上反映者心灵化创造的深刻印记。列宁说:"人的意识不仅反映客观世界,并且创造客观世界。"①其中的"创造"二字,包含的便是这个意思。

文学的反映者是作家,如果说,一般的人反映社会生活都各有其能动性,那么,作家作为不一般的人,反映社会生活的能动性就更强。从某种意义上讲,作家的工作就是创造,在改造的基础上进行创造。正是基于这一点,大仲马赞美莎士比亚"是上帝之后创造得最多的一个人",海涅则干脆把作家称作"仅次于上帝的第二造物主"。这些话是对作家工作的高度评价,也是对文学反映社会生活的能动性特点的极好概括。

与此相反,也还有一些说法,对文学能动反映的一面估计不足,如流行的"镜子说"。该说法把文学比作社会生活的镜子,这在强调文学最终要反映社会生活这一点上无疑是正确的,但由于它把作家的能动反映和镜子的被动反映等同了起来,就难免带有机械的、形而上学的缺陷。一些业余作者受此影响,往往习惯于像镜子那样原封不动地模仿和复写社会生活,其结果是费力却不奏效。这从反面说明了有必要对"镜子说"从理论上加以修正。我们认为,可以

---

① [苏]列宁.列宁全集:第三十八卷[M].北京:人民出版社,1959:228.

把文学比作社会生活的镜子,但必须指出,它不是一面普通的镜子,而是一面经过作家心灵能动性的折射的特殊镜子。

正因为文学作为镜子是特殊的,是因人而异的,所以,同一个社会生活现象,由不同的作家来反映,往往呈现出不同的风貌。唐代诗人杜甫、岑参等一起登西安大雁塔(当时称"慈恩寺浮屠"),一起写诗纪念这件事。岑参取的是由下而上的仰镜头,通过"突兀压神州,峥嵘如鬼工""四角碍白日,七层摩苍穹"的具体刻画,触景生情,正面表现了雁塔本身拔地而起、高耸入云的美感;杜甫取的是从上到下的俯镜头,通过"秦山忽破碎,泾渭不可求""俯视但一气,焉能辨皇州"的概括描绘,借景抒情,曲折地寄托了诗人登高望远、忧国忧民的心绪。一个写得雄伟壮丽,一个写得沉郁顿挫。应当说,这两首诗都是歌咏雁塔的好诗,但由于像叶燮说的,"境一而触境之人之心不一"①,不同的诗给人的艺术感受也就大不一样。

面对同样的社会生活对象,作家呈现出不同的文学作品,由此可见作家心灵在其中所下的创造功夫。作家心灵对于社会生活对象的这种能动的创造,用黑格尔的美学术语来讲,就是所谓的"心灵化"。作为辩证法的大师,黑格尔非常重视"心灵化"的环节。他认为:"只有通过心灵而且由心灵的创造活动产生出来,艺术作品才成其为艺术作品。"②反过来说,如果没有"心灵化",没有"通过心灵而且由心灵的创造活动产生出来",也就谈不上艺术性。一般的照相、平常的录音以及诸如用电子计算机复制的生活程序等,论反映的精确性,百倍地超过文学作品,但它们却只能被称为技术,而不能被称为艺术,其原因就在于此。

那么,到底黑格尔所谓的"心灵化"指的是什么呢?作为作家在文学反映中的能动性的综合体现,心灵化像一条红线一样,贯穿于作家从开始的选材、立意,到随后的布局、修辞的整个反映过程中。但其中最重要的,无疑应该是虚构这一环节。

虚构的概念有两重含义:狭义的虚构,仅仅指本章一开始所讲的文学反映社会生活的第二种情况——非真人真事的杜撰之作,亦即写社会生活中不实际有,但按事理认为可能有,甚至必然有的人和事;广义的虚构,则除了刚刚提及的第二种情况——非真人真事的杜撰之作,还可以把第三种情况——抒情和幻想的变形之作,亦即写社会生活中不实际有,也不可能有,但按情理认为应该有

---

① 北京大学哲学系美学教研室.中国美学史资料选编:下册[M].北京:中华书局,1981:326.
② [德]黑格尔.美学:第一卷[M].朱光潜,译.北京:商务印书馆,1979:49.

或者必须有的人和事,甚至第一种情况——记录真人真事的实录之作,以及第四种情况——概念化、公式化的图解与歪曲之作等,也包罗在内。如果说,非真人真事的杜撰之作,如前所论,是基于事理的可能性和必然性的虚构,那么抒情和幻想的变形之作也是虚构,是基于情理的必要性的虚构,相对于前者,由于其心灵化程度更高,是更深层次的虚构。倘若就广义的虚构而论,我们可以肯定地说,文学反映社会生活基本上都是虚构的。因为从数量统计及比例分析看,上述两类作品同记录真人真事的实录之作相比,无疑占到了文学作品的绝大多数。苏联作家费定断言,两者的比例为98:2。不管这一比例是怎样计算出来的,也不管其准确性和可信度如何,文学作品以虚构为主这一事实,应该说是毋庸置疑的。实际上,不仅仅是杜撰之作与变形之作,即便在以非虚构相标榜的实录之作里,也不能保证其中所写百分之一百是社会生活中实际有的人和事。拿《史记》中的传记文学来说,里面涉及的历史事件作为主干部分固然是实录,但在局部和细节上,只怕也难以避免虚构的成分。用郭沫若的话说,是"大事不虚,小事不拘"。例如高祖与项羽本纪都描写了刘邦和项羽见到东巡的秦始皇时的反应。刘邦满心羡慕,想到的是,大丈夫当如此也;而项羽则在心中嘀咕道,彼可取而代之矣。关于这些细微的心理活动,司马迁作为异代人根本无从得知,他这样写,显然是依照两个人的性格特征,从可能性和必然性的逻辑揣摩出来的,这不就是我们所谓的虚构吗?退一步讲,即使是概念化、公式化的作品,究其实也可以算作虚构,但因为它或是歪曲社会生活的本质方面,或是从概念到概念,从公式到公式,所以只能将其称为非艺术或不合理(事理或情理)的歪曲或图解式的虚构。凡此种种都清楚地说明,广义的虚构在文学作品中是普遍存在的。正是基于此,美国学者韦勒克、沃伦所著的《文学理论》一书,才会毫不犹豫地确认,虚构性是文学的基本特征。

以上我们用归纳的方法,论证了文学无所不在的虚构性。在此基础上,我们有必要探究文学虚构性在各种文体的表现形态。一提及文学的虚构性,人们自然而然会马上联想到小说和剧本。在小说和剧本中,人物往往是虚构的,由人物衍生的故事情节以及人物存在与活动的场景等,也都往往是虚构的。这一点无须多言,因为谁都明白,小说和剧本里人物、情节、场景等的虚构,是文学虚构性最常见、最具标志性的典型形态。在此需要下功夫加以辨析的,是常常为人忽视的诗和散文的虚构问题。诗文历来被认为是作者所见所闻、所思所想的如实书写,它们是不是与文学虚构全不相干呢?答案应该是否定的。先从诗说起,且不妨以李商隐那首著名的七绝《夜雨寄北》为例。这封信应该是身在巴山的李商隐写给远方的妻子的。前两句"君问归期未有期,巴山夜雨涨秋池",作为他对妻子来信的回答,确实看不出虚构的成分:你问我何时回去,日子定不下来,因为现在巴山一带,秋雨连绵,池水暴涨,把路都隔断了。但接下来的两句,笔锋却陡然一转,"何当共剪西窗烛,却话巴山夜雨时",他为了宽慰妻子也宽慰自己,由眼下的不能回归预想到日后的定然回归,顿时于想象中完成了从巴山之夜到西窗之夜的时空跳转:什么时候回了家,我们在夜晚的西窗下一起愉快地剪着烛花,再回头说说那段由于巴山夜雨而不得不两地分隔的郁闷时光。其中,剪烛夜话的抒情情境,不就是诗人向壁虚构的吗?其实,对于诗而言,不只是抒情情境可以虚构,在古代多有所见的"代言体"中,连抒情主体也是可以虚构的。且看李白的《长干行》,一开头,诗人为之代言的那个"妾"就亮相了:"妾发初覆额,折花门前剧。郎骑竹马来,绕床弄青梅。"之后,通篇以"妾"的口吻,向"郎"表达其绵绵爱意。这一女性抒情主体,和以她为主角的"青梅竹马"的故事,毫无疑问皆是李白虚构出来的。散文的情况与诗类似。尽管业界对散文能否虚构一直存有争议,但实际上,只要争议的双方不是从概念,而是从文本的实际出发,所有的争议顷刻即可化解。陶渊明的《桃花源记》历来被誉为散文名篇,然而,它所叙述的误入桃花源的乌托邦故事,以及写得仿佛历历在目的桃花源景象,甚至包括那个有名有姓的故事叙述人在内,谁又能说不是出自陶渊明的虚构呢?需要说明的是,在古今中外的诗文中,上述这般抒情主体及抒情情境的虚构,并不具有普泛意义。作为抒情文体,诗和散文毕竟更多侧重于作者自我之所见所闻、所感所思的如实书写上。我们之所以把诗文的抒情主体及抒情情境的虚构列为文学虚构的非典型形态加以专门讨论,无非是为了纠正业内认为诗文不存在虚构的一种偏见,以达到对文学虚构表现形态获得相对全面了解的目的。

我们以上所论文学的虚构性及其表现形态,如果换一个角度,从心理功能看,那么其中讲的虚构,作为作家能动性或者心灵化的最大体现,从心理功能看,究其实是指想象。说得更明确些,虚构是通过想象来完成的。作为人的两种心理功能,想象与记忆同中有异。心理学认为,记忆只是对实际有的东西的一种保存和复制;唯有想象,才能以实际有的东西为原材料,从中创造出不实际有,但可能有甚至必然有的东西,或者不实际有也不可能有,但应该有和必须有的东西。简而言之,记忆具有心灵的保存和复制功能,是从有(社会生活中实际有)到有(心灵中通过复制而保存有),而想象作为心灵的创造功能,则是从无(社会生活中不实际有或社会生活中不实际有也不可能有)到有(依据事理认为可能有甚至必然有,或依据情理认为应该有和必须有)。

想象从无到有的创造功能,有两条实现的途径:一条是从不实际有到可能有甚至必然有;另一条是从不实际有也不可能有到应该有和必须有。据此,我们可以把想象分为两大类:前一类想象以客观的事理逻辑为遵循,是基于客观事物存在和发展的可能性甚至必然性的想象,心理学将其称为再现性想象或者事理性想象;后一类想象以人类主体的情理逻辑为依据,是基于社会心理需求的必要性的想象,心理学将其称为创造性想象或者情理性想象。因为再现性想象是遵循事理推断出来的,其想象的形式主要表现为联想或臆想;又因为创造性想象是依据情理变幻出来的,其想象的形式则更多表现为幻想。由此言之,作为心理功能的想象,就内涵而论,指从无到有的创造;就外延而论,则包括联想和幻想。为了说明二者的区别,我们可以拿四大名著中的人物做一番比较。为什么《红楼梦》所写的小姐与丫鬟,虽然穿戴着古代衣冠,却犹如邻家姐妹一般,总能给人以似曾相识的逼真感;而《西游记》所写的神仙或妖魔,好像只是在人兽相搏的英雄梦里见到过,带来的却往往是惊奇感,以及随之而生的痛快感和满足感。细究之下,原因大概就在于,前者主要是遵循事理逻辑联想的结果,而后者则更多是依据情理逻辑幻想的产物。

如果将上述两类想象的对比稍加深化,即可发现,联想作为再现性想象,之所以能产生逼真的效果,是由于这种想象受事理逻辑的限定,其最大的特点在于设身处地。因而,一旦它经由联想完成了作品的再现性虚构,我们判断其能否站住脚,就须看它的故事乃至全部细节,是不是与社会生活的现象及规律相符合,是否言之成理且持之有据。而幻想作为创造性想象,之所以能带来惊奇感、痛快感和满足感,是由于这种想象受情理逻辑的鼓动,其最大的特点在于因需设事。因而,一旦它通过幻想实现了作品的创造性虚构,我们判断其是否圆满,就须看它的内核,是不是与社会大众的愿望和需求相符合,是否一己之想正好是众望所归。

文学创作是需要才华的。恩格斯曾以讲故事的能力作为衡量小说家才华的尺度,使用这一尺度本身没有错,但尚须在心理功能方面再深究一步。我们认为,包括小说家在内的所有作家,其才华应集中体现在想象力上面。因为讲故事的能力,说到底,只是想象力在叙事方面的呈现而已。检验作家想象力的优劣高下,有两个维度:一是看其想象的个人独创性,二是看其想象的社会合理性(合于事理或合于情理)。有了个人独创性,作家方能言人之所未言,从而写出个个笔下所无;有了社会合理性,作家方能言人之所欲言,从而写出人人心中所有。这里涉及的是想象的自由与边界(或底线)问题。孔子曾就此做过一番经典式的表述:"从心所欲,而不逾矩。"这番话与卢梭论自由讲"人是生而自由的,却无往而不在枷锁之中",总体意思是一样的。中西方两位哲人都是要告诉我们,人一方面应该尽可能发挥个人之所能,另一方面又须将其控制在合理范围内。我们不是讲创作自由吗?究其实,创作自由之要义,即是想象自由。而想象的自由,正像人的各种自由一样,又都不是无限制的。大凡伟大的作家,其想象皆处于有边界的自由之中,一如闻一多所形容,是"戴着脚镣跳舞"。若只讲边界而不讲自由,其想象力必定会枯萎,古往今来那些平庸之作即由此而生;反之,若只讲自由而不讲边界,其想象力会陷于疯狂,写出来的大抵是难以索解的梦呓之类的作品。

上面,我们遵循从心灵化到虚构再到想象这一大的思路,讨论了想象、联想与幻想等。一谈及这个话题,人们往往不由自主地将文学与梦挂钩。自古及今,中外文学史上不知有多少作家和学者,曾经就文学与梦的关系,展开过或是思辨,或是实证的讨论。尽管到现在,还没有一个人把二者的关系真正说清楚,但人们依然乐此不疲,愿意为这个近于玄妙的问题花费自己的精力。这究竟是为什么呢?

我们认为,人们之所以愿意将文学与梦相联系,如果仅仅从现象上看,当然明显是因为:其一,不少文学作品都是在梦境以及近似于梦境的某种迷离恍惚的情境(如醉境、幻境)中,完成其全部或关键部分的构思和写作的。例如,陆游便多次提到过类似的经历。应该说,那些梦中得意、梦中得句的传说,虽不可全听,但也有一定的可信度。其二,不少文学作品,特别是一些名作、大作,写的都是梦境以及近似于梦境的某种迷离恍惚的情境。例如,李白的诗《梦游天姥吟留别》、苏轼的词《江城子·乙卯正月二十日夜记梦》等。

然而,如果细加追究,人们习惯性地把文学与梦联系在一起的原因,主要不在于以上两点(在梦中写文学作品和在文学作品中写梦),而在于,文学与梦的发生,在心理机制上有许多相似、相近和相通之处。关于二者的这种相关性,我们可以从以下几点,做提纲式的讨论:①文学与梦呈现的都是虚拟的世界;②文学与梦所呈现的虚拟世界,说到底,都是想象和幻想的产物;③造就文学与梦的想象和幻想,就总体而论,都带有程度不等的无意识的性质。

可能正是二者在心理机制方面的上述相关性,弗洛伊德才会在《创作家与白日梦》一文里宣称,诗与文学是作家的白日梦。尽管这一命题因为持论的偏颇,其中的创意与荒谬并存,自始至终都不曾获得学术界的普遍认同,但也应看到,它在理论上确实有发人深省之处。那就是:对于文学的想象与梦想所具备的创造功能,以往为唯物主义的认识框架所限,重视和发掘得远远不够。实际上,它们作为作家心灵化机制的关键与核心之所在,值得我们做实事求是的深入探讨。

至此,作家心灵化的内容,也就大体清楚了。既然我们说,作家心灵化的要点在于虚构,亦即想象,而包括幻想和联想在内的整个想象,如上所述,又可以分为再现性想象和创造性想象两种类型,那么,黑格尔所谓心灵化,顺理成章地就包括事理化和情理化两个方面。

我们先来看看事理化。从再现性想象出发,遵循事理逻辑,使反映对象经过作家的能动创造,更加符合人对社会生活的规律性认识,这就是作为心灵化的一个方面的事理化。以罗贯中的《三国演义》为例,其中,关于诸葛亮和周瑜的年龄设计就是如此。作为历史上的真人,在赤壁大战那一年,诸葛亮是27岁,周瑜是34岁。然而,罗贯中却根据人们在年龄、阅历和思想的成熟程度等问题上的规律性认识,对此做了事理化的创造。为了凸显诸葛亮的老成持重和足智多谋,他把周瑜写成了一介少年,人称"周郎";反过来,为了映照周瑜的血气方刚和心浮气躁,他又把诸葛亮写成了一位须发苍苍的长者。这样一来,虽然有违于事实,但似乎更符合事理。我们前面讲的写社会生活中不实际有,但依据事理认为可能有,甚至必然有的人和事,基本上就是指这种情况。

除了事理化以外,心灵化的另一个方面是情理化,即从创造性想象出发,遵循情理逻辑,使反映对象经过作家的能动创造,更加符合人对社会生活的目的和需要。如关汉卿的《窦娥冤》中关于六月飞雪的结局安排就是如此。该故事的发生地是山阳县,根据常规和常理来推论,这个地方位于北温带,六月是不可能飞雪的。然而,关汉卿为了表现人们对于像窦娥这样的弱女子的同情,满足老百姓"善有善报,恶有恶报"的意愿,让山阳县六月飞雪,而且一下就是三天。这一切既出乎事理之外,但似乎又入乎情理之中。我们前面讲的写社会生活中不实际有,也不可能有,但按照情理认为应该有的人和事,大概就是指这种情况。

以上我们提到,事理化是心灵的能动创造,情理化也是心灵的能动创造。那么,对真人真事进行实录,是否就不需要心灵的能动性,就不算基于事理或者情理的创造了呢?

我们的回答是实录的反映,固然受真人真事的局限,心灵化的成分、创造的成分相对要少一些,但也不是全然没有。将这类作品与实际的真人真事相比,里面仍然有一个材料的取舍和剪裁问题。任何一个真人和一件真事,要把它们在社会生活中的实际样子原封不动地实录下来,既是不可能的,也是不需要的。作家动笔时,势必要有所取舍,有所剪裁。而这个取舍、剪裁,说到底,就是一种心灵化的创造。它们所遵循的需要不需要、可能不可能的原则,实际上就是合于事理和合于情理的原则。从这个意义上讲,包括实录在内的一切作品,都是作家心灵基于事理或者情理的创造,因而,他们也就都是对社会生活的能动反映。

以上,我们分别论述了心灵化涉及的事理化和情理化两个方面。为避免给人形成此二者如两条轨道上行车,总能并行不悖且互不相扰的错觉,下面,我们拟结合创作实例,分三种情况来讨论事理化和情理化之对立统一的相互关系。

第一,为事理排斥情理。这就是说,只写按事理可能有甚至必然有的人和事,不写按情理应该有和必须有的人和事,如列夫·托尔斯泰《复活》的结尾便是如此。聂赫留道夫作为陪审员,在法庭见到被告席上曾被自己始乱终弃,沦落风尘,后陷入一桩杀人案的玛斯洛娃。他在因玛斯洛娃的冤案饱受良心谴责,而决意完成道德的自我救赎的同时,通过多方努力,终于从大理院取得玛斯洛娃无罪的判决书。当他兴冲冲地赶赴西伯利亚流放的队伍,宣读完大理院的无罪判决书时,其当众向玛斯洛娃示爱并寻求复合。小说命名为《复活》,即此意也。但玛斯洛娃断然拒绝了他的请求,并表示,在监狱她已爱上政治犯西蒙,并准备与其一起到西伯利亚流放安家。这样的结局,虽是由玛斯洛娃性格逻辑的必然性所致,却全然违背聂赫留道夫的意愿,也不符合作家基于道德自我救赎的创作初衷。如果遵循玛斯洛娃的性格逻辑的必然性,是遵循事理,那么违背主人公及其所代表的作家的道德意愿,则是违背情理。托尔斯泰因为事理而排斥情理,尽管于心难安,却不能不说是现实主义的一大胜利。

第二,因情理突破事理。这就是说,宁可写于事理不符即不可能有的人和事,也要写于情理相合即应该有和必须有的人和事。《窦娥冤》中六月飞雪是一例,叶蔚林小说《没有航标的河流》中盘老五戏水亦是一例。小说的主人公盘老五,驾船航行在一条没有航标的河道上,正当三伏天,他脱得一丝不挂,在河里戏水乘凉。这是符合盘老五作为化外之人的性格特征的。可是,在将小说改编成电影时,这一细节却让作者十分为难。小说提供的环境是无人来往的一条野河,纯属盘老五的私人空间,他脱不脱裤子只是一己之事,而且小说又不具有直观性,无关乎社会风化。但一旦改编成电影,展现在观众面前的就是一个公共空间,让盘老五一丝不挂地裸露在观众面前,既有伤风化,且不合情理。于是,作者在写这部分内容时,让盘老五脱掉裤子以后,又穿了回来。野人盘老五大热天穿裤子下河,肯定不符合其性格,亦即事理逻辑,但却满足了社会道德风化的情理需要。

以上讲的是事理和情理对立的两种状况,接下来再来看看二者统一的第三种状况。

第三,尽可能地使情理兼顾事理。除了鲁迅小说《药》的结尾处在烈士夏瑜坟头出现的那个花环之外,更能体现情理兼顾事理者,当属根据谌容的中篇小说《人到中年》改编的同名电影中,对女主人公陆文婷医生心绞痛急性发作之后的一番处理。小说写这位中年女医生抢救无效而死亡;改编成电影后,为体现知识分子政策的落实,写她被抢救过来,活着走出了医院大门。按说心绞痛发作,抢救无效或抢救成功,都是有可能的,也就是说,两种结局皆合于事理。在这种情况下,电影让这位医术和人品俱佳的好大夫,在医院的大力抢救下,迎着熹微的晨光出院回家,既兼顾了事理,又体现了情理,可谓两全其美。

### 2. 反映在作品中的社会生活与实际的社会生活

由于作家心灵对社会生活做了合于事理或者合于情理的能动创造,反映在作品中的社会生活与实际的社会生活,就显得既像是一回事,但又不完全是一回事。用齐白石的话讲,"在似与不似之间"。

之所以认为它们像一回事,是因为反映在作品中的社会生活,来自并且受制于实际的社会生活,二者有不可割裂的渊源联系。这种联系表现在:

第一,要创造反映在作品中的社会生活,必须以实际的社会生活为依据和出发点。就小说或剧本里的人物而言,作家写他们,可以虚构,也可以变形,但无论如何,都往往要有那么一个到几个真人作为生活原型,即所谓的"模特儿"。屠格涅夫说:"我应该承认,倘使我没有找到一个在他身上各种适当的因素逐渐孕育,而且配合得很好的活人(而不是观念)来做依据,我绝不会想到去'创造形象'。……我写《父与子》也是如此;主要人物巴扎洛夫的范本是一个使我十分感动的外省青年医生的性格(他在1860年以前不久逝世)。"[①]他在这里讲的范本,也就是"模特儿"。在这个问题上,列夫·托尔斯泰的态度则更为认真。他说:"我常常写真人的。以前在手稿中,甚至主人公的姓氏都是真的,为的是更清楚地想象我依照来写的那个人。只有当故事润色完毕之后,才更换

---

① 段宝林.西方古典作家谈文艺创作[M].沈阳:春风文艺出版社,1980:439.

姓氏。"①其他如巴尔扎克、曹雪芹、鲁迅等作家创造人物，也莫不如此。即便是神话作家，他们描神画鬼，看上去好像不需要固定的"模特儿"，但也仍须从一定的社会生活出发，有一定的社会生活依据。鲁迅说得好："描神画鬼，毫无对证，本可以专靠了神思，所谓'天马行空'似的挥写了，然而他们写出来的也不过是三只眼，长颈子，就是在常见的人体上，增加了眼睛一只，增长了颈子二三尺而已。"②

第二，要检验反映在作品中的社会生活，必须以实际的社会生活为尺度和归结点。由李准编剧的电影《李双双》，大家感到真实可信；而由他编剧的另一部电影《大河奔流》，许多地方却让人觉得是生编硬造。为什么会出现这样的情况呢？原因很简单，《李双双》来自实际的社会生活，而《大河奔流》的后半部分，则不是来自实际的社会生活。所以，前者能经得起检验，后者就经不起检验。李准自己总结道："作家的幻想能力再强，编故事的能力再大，但是，生活还是你的'法官'。"③这番话讲得很有道理。一个作品反映社会生活，到底反映得如何，是真还是假，是善还是恶，是美还是丑，归根到底，只能由社会生活这个至高无上的法官来判决。我们以后要讲到的文学批评的社会实践标准，就是从这个意义上立论的。

上面我们提到，反映在作品中的社会生活与实际的社会生活，像一回事但毕竟不是一回事。说它们不是一回事，是因为反映在作品中的社会生活，不同于并且高于实际的社会生活。这种区别表现在：

第一，反映在作品中的社会生活，比实际的社会生活更能体现出生活本身的规律性，因而也就具有更高的哲学意味。实际的社会生活，正如莫泊桑所言，"是由最相异、最意外，最相矛盾、最不调和的事物组成的；它是粗糙的，没有次序，没有联贯，充满了不可理解的变故，这些变故不合理、相互矛盾，应该归并到'杂项'这一类中去。"④而反映在作品中的社会生活，作家基于对生活本身规律性的认识，通过虚构，把那些看上去自相矛盾的事物，"不可理解的变故"，一一做了事理化的创造，使人凭直觉就可以发现生活本身的因果关系及内在规律。亚里士多德之所以说："写诗这种活动比写历史更富于哲学意味"⑤，其根据正

---

① 古典文艺理论译丛编辑委员会.古典文艺理论译丛:第十一册[M].北京:人民文学出版社,1966:116.
② 鲁迅.鲁迅全集:第六卷[M].北京:人民文学出版社,1981:175.
③ 李准.从生活中找电影[M].电影新作,1979(1).
④ 段宝林.西方古典作家谈文艺创作[M].沈阳:春风文艺出版社,1980:607.
⑤ 伍蠡甫,等.西方文论选:上卷[M].上海:上海文艺出版社,1963:65.

在于此。

第二，反映在作品中的社会生活，比实际的社会生活更能体现出社会自身的目的性，因而也就具有更高的道德和政治价值。在实际的社会生活中，有许多看上去不合事理的现象，也有许多看上去不合情理的现象。如果说旧社会是坏人当道，好人受气，那么，到了新社会，这种不合情理的现象，也还是局部地和暂时地存在着。而反映在作品中的社会生活，基于作家对社会目的性的把握，通过变形把上述不合理的现象，统统加以情理化的创造，从而使人性得以慰藉，使人情得以满足。正是在这个意义上，别林斯基称赞普希金的诗是"培养人性的最好的方法"，并且得出结论说："凡是诗的，必然是道德的……"①

关于反映在作品中的社会生活与实际的社会生活的区别，以上我们谈了两点，毛泽东则用六个"更"字做了经典性的概括。他说："文艺作品中反映出来的生活却可以而且应该比普通的实际生活更高，更强烈，更有集中性，更典型，更理想，因此就更带普遍性。"②我们认为，这个概括是符合文学反映社会生活的实际状况的。认真地学习和领会它，有助于我们克服在认识这个问题上的一些不正确的倾向。

关心文学动态的人都有体会，凡是一部优秀作品问世，总会有一些人出来索引或者考证，认为作品中的某人某事，就是社会生活中的某人某事，也总会有一些人出来对号入座，把作品中的某个人物当作自己或者自己的同行、同类。如果上述现象代表着一种把反映在作品中的社会生活和实际的社会生活的关系混淆以至于等同起来的糊涂倾向，那么，车尔尼雪夫斯基下面的这个论断，则显然代表着一种把二者的关系颠倒过来的错误倾向。车尔尼雪夫斯基在《生活与美学》中说："艺术作品对现实中相应的方面和现象的关系，正如印画对它所由复制的原画的关系……印画不能比原画好，它在艺术方面要比原画低劣得多；同样，艺术作品任何时候都不及现实的美或伟大。"③

在今天，像车尔尼雪夫斯基那样坚持认为反映在作品中的社会生活不如实际的社会生活者已经为数不多了，而自觉不自觉地把反映在作品中的社会生活混同于实际的社会生活者，却依然大有人在。对于后一类人，进行文学反映社会生活的理论启蒙教育，是很有必要的。

在流行的文学理论和文学评论中，人们常常把反映在作品中的社会生活和

---

① [俄]别林斯基.别林斯基论文学[M].梁真,译.上海:新文艺出版社,1958:8,59.
② 毛泽东.毛泽东论文艺[M].北京:人民文学出版社,1992:49.
③ [俄]车尔尼雪夫斯基.生活与美学[M].周扬,译.北京:人民文学出版社,1957:91.

实际的社会生活,称为艺术真实和生活真实,我们觉得不太准确。因为对于生活来说,里面所发生的一切都是真实的,不存在真实与不真实的问题;对于艺术来说,除了真实以外,还要求正确、美和崇高,不只是真实与不真实的问题。所以,我们在这里就改用了反映在作品中的社会生活和实际的社会生活这样两个概念。

### 三、文学作为人学的一般本质和文学的源流关系

#### 1. 文学作为人学的一般本质

以上,我们分别从文学的反映对象和文学的反映者两个方面,讨论了文学反映社会生活的问题。首先,就文学的反映对象而论,文学是对以人为中心的社会生活,其中主要是对人的精神和感情生活的反映;其次,就文学的反映者而论,文学又是作家对人与人的精神和感情生活的心灵化的能动反映。

如果把上面的有关表述加以简化,那么,前者是说,文学的反映对象是人,后者是说,文学的反映者也是人。因而,综合所述,文学不就可以理解为人对于人的一种反映吗?在这一说法中,第一个"人",指作为反映者的作家,无疑是个体的人;而第二个"人",指作为反映对象的人的生活及人的世界,应该是以类的方式存在的群体的、社会的人。而且,我们在诠释反映的概念时,认为反映在哲学里指认识,而一旦用于文学,则主要是感应、感受的意思。缘于此,如上将文学归结为人对于人的反映,从表达的准确性考虑,就须进一步补充并修正为:文学是人对于自身及其族类的一种基于人性的生命感应与感受。因为此处讲的感应与感受,广义上都属于人的意识的范畴,所以,文学究其实乃是人对于自身及其族类的意识,即所谓人的自我意识。而这一点,恰恰是文学是人学的命题的要义所在。

文学是人学的命题,盛传是由苏联作家高尔基提出来的。但经俄罗斯学者多方查证,在翻阅了《高尔基文集》和所有相关的文献资料之后,确认高尔基不曾说过类似于文学是人学一类的话。其实,文学是人学的命题是不是由高尔基提出,这一点并不是特别重要。问题的关键在于,这一命题到底在多大程度上符合文学的实际。正是在这一被我们称为关键的地方,文学是人学的命题,由于对文学总体把握的正确性,而显示出自己存在的意义。

我们之所以这样讲,当然,在最直接的意义上,是因为文学的反映对象是人。钱谷融先生在1956年写《论"文学是人学"》一文,其切入点就在于此。后来,围绕着钱谷融先生的文章所展开的争论,其着眼点也在于此。但是,在今天

重新审视文学是人学的命题时,我们发现,这一命题的意义,不仅仅在于文学的反映对象是人,也不仅仅在于文学的反映者是人,而是像上文所表述的,文学是人对于人的反映。文学是人学命题的最紧要处在于,它抓住了文学对人及其族类充满温暖的关爱,对人生存状况的关切,对人之为人的人性的关注,对民族、国家乃至于全人类的历史命运的关怀等,表达了一种基于人道主义的人文精神或人文观念。我们认为,文学是人学命题的最大意义应该在这里。

在本章一开始,我们曾经以马克思主义反映论的观点,把文学定位于社会意识的层面。这样的定位,自然是正确的。但是,为了凸显文学的人学特征,可否在此基础上更细化一点,把文学当作社会意识中的人文意识(人文精神或人文观念)来看待呢?我们认为是可行的。据《大英百科全书》第15版关于"人文学科"这一条目的解释:

> 人文学科构成了一个特殊的知识领域,即人道主义的知识领域。例如,它研究人的价值和人的精神表现,从而形成了有别于科学的范围。
> 
> "人文学科"包括(但不限于)下列学科:现代语言和古典语言、语言学、文学、历史学、法学、哲学、考古学、艺术史、艺术理论和艺术实践,以及含有人道主义内容并运用人道主义的方法进行研究的社会科学。[①]

文学作为人学,以其对人自身及族类的关爱,对人的生存状况的关切,对人之为人的人性的关注,对民族、国家乃至于全人类的历史命运的关怀等,体现的正是《大英百科全书》把它当作构成"人文学科"的标志的所谓人道主义精神。因此,尽管在通常的反映论中没有论及人文意识,但我们完全有理由将文学作为有别于一般社会意识的人文意识加以定位。

如果把上述的这样一种定位贯彻在反映对象和反映者的关系里,那么,文学作为人文意识,一方面,它是对以人为中心的社会生活,主要是人的精神和感情生活的反映;另一方面,这种反映又不能不通过作家心灵化的创造,通过想象和幻想来完成。从前者推论,文学的反映,要受到社会生活的客观现实的制约,有其非反映不可的必然性;从后者推论,文学的反映,又要由人的想象和幻想来

---

① 尤西林.人文学科及其现代意义[M].西安:陕西人民教育出版社,1996:12.

创造,又有其可以这样反映也可以那样反映的自由,亦即能动性。文学作为人文意识的一般本质,就在于反映社会生活的必然性和能动性这两个方面的对立统一之中。

这里,必然性是第一位的,能动性是第二位的。所谓能动性,不过是人的心灵的创造性,在对必然性的尊重、适应和认识的基点上所进行的充分发挥。要说二者统一,能动性只能统一在必然性之中。由此就要求作家的任何能动性的发挥,任何心灵的创造,不管是想象还是幻想,都必须从客观现实出发,尊重和依据社会生活。海涅说:"巨人安泰只有在脚踏着母亲大地之时,才坚强无比不可征服,一旦被赫库勒斯举到空中,便失去力量;同样,诗人也只有在不离客观现实的土地之时,才坚强有力,一旦神思恍惚地在蓝色太空中东飘西荡,便变得软弱无比。"[①]这是海涅的经验之谈,但也可以作为所有作家认识文学的一般本质,处理反映社会生活的必然性和能动性关系的共同准则。

### 2. 文学的源与流

弄清楚了文学作为人文意识的一般本质,再看文学的源流关系,也就一目了然了。社会生活既然以它的必然性最终决定和制约着文学的整个反映过程,其无疑是文学的源泉所在;作家的心灵(包括由这种心灵所创造的形形色色的精神产品),尽管在文学的反映中有其不可忽视的能动性,但相对于社会生活而言,它们只是流,而不是源。

关于这个问题,在文学理论发展史上,毛泽东的论述是最明确、最彻底的,因而也是最有代表性的。他说:

> 一切种类的文学艺术的源泉究竟是从何而来的呢?作为观念形态的文艺作品,都是一定的社会生活在人类头脑中的反映的产物。革命的文艺,则是人民生活在革命作家头脑中的反映的产物。人民生活中本来存在着文学艺术原料的矿藏,这是自然形态的东西,是粗糙的东西,但也是最生动、最丰富、最基本的东西;从这点上说,它们使一切文学艺术相形见绌,它们是一切文学艺术的取之不尽、用之不竭的唯一的源泉。这是唯一的源泉,因为只能有这样的源泉,此外不能有第二个源泉。有人说,书本上的文艺作品,古代的和外国的文艺作品,不也是源泉吗?实际上,过去的文艺作品不是源而是流,是古人和外国

---

① [德]海涅.论浪漫派[M].张玉书,译.北京:人民文学出版社,1979:109-110.

人根据他们彼时彼地所得到的人民生活中的文学艺术原料创造出来的东西。①

对于毛泽东以上关于社会生活是文学取之不尽、用之不竭的唯一源泉这一论断,我们应该着重理解下列几点:

第一,从事文学反映所需要的一切,包括反映对象、反映动机以及作为反映者的作家本身,都是由社会生活提供和造就的。离开了社会生活,反映对象固然无从说起,反映动机也无以产生,就连作为反映者的作家本身也都无法存在,所以,也就谈不上文学反映。所谓"源泉",就是这个意思。

第二,文学的源泉只有一个,不能有第二个。除了社会生活以外的其他方面,如作家的才能、灵感、创造性和其他心灵因素,古代的和外国的文学作品,这一切对于文学来说,固然有很大的作用,但这个作用绝不能与社会生活对于文学的最终决定作用相抗衡。因为它们不是源而是流。所谓"唯一",就是这个意思。

第三,社会生活在一定的空间和时间中存在并且运动。从空间上看,社会生活山外有山,天外有天,是一个无限广大的整体;从时间上看,社会生活日复一日,年复一年,是一个无限发展的过程。社会生活在空间和时间上的这种无限性,决定了它作为文学源泉,有丰富多彩、不可穷尽的好处。所谓"取之不尽,用之不竭",就是这个意思。

毛泽东的上述论断,既体现了唯物主义的原则性,又体现了辩证法的灵活性。作为辩证唯物主义的文学观,它在文学的源流关系问题上,和形形色色的唯心主义的文学观以及一切旧唯物主义的文学观,彻底划清了界限。

## 第二节  文学是审美人学

前面一节,我们从解析文学的反映对象和反映者入手,研究了文学作为人学的一般本质。这对于文学的本质来说,仅是第一个层面上的研究。文学的本

---

① 毛泽东. 毛泽东论文艺[M]. 北京:人民文学出版社,1992:48.

质是多层面的,为此,我们还必须从一般到特殊,进入下一个层面,看看文学作为审美人学,还包含哪些特殊的本质属性。

## 一、文学与哲学人文科学:两种人学的比较

### 1. 文学与哲学人文科学的共同之处

我们认为,文学是人学,是人文意识。其实,哲学和所有人文科学,正像以上引述过的《大英百科全书》关于"人文学科"条目所列举的那样,如法学、历史学、伦理学等,也都是人学,都是人文意识。它们都是对以人为中心的社会生活的反映,而且这类反映都是通过人的心灵进行的能动的反映。因此,就人学和人文意识的一般本质而言,无论是文学还是哲学人文科学,它们都是反映社会生活的必然性和能动性的统一。也就是说,它们在以社会生活为基础的同时,都要对社会生活进行心灵化的创造。

正因为有上述共同之处,所以,文学和哲学人文科学常常相互联系,相互影响,相互渗透,相互交叉在一起。在古代,文学和哲学人文科学是不分家的。《论语·先进》篇有"文学:子游子夏"一语。其中所谓"文学",并非今日的文学,而是文章与学术,亦即文学与哲学人文科学的总称。自孔子以降,文史哲开始逐渐分途。然而,它们的区别也仍然在若有若无之中。孟子、庄子的文章,是哲学论文,也是文学散文。司马迁的《史记》,被鲁迅誉为"史家之绝唱,无韵之离骚"。其实,不仅仅中国是如此,西方也是如此。到了近现代,文学和哲学人文科学的界限慢慢变得清晰了。但即便如此,仍有一些介乎二者之间的"亦此亦彼"的东西,如马克思和毛泽东的政论,高尔基和鲁迅的杂文,其逻辑井然,令人折服,文采斐然,令人叹服。我们很难说清楚,这些文本到底是诗的哲学,还是哲学的诗。文学与哲学人文科学发展的大趋势,似乎正应了古代历史小说中常讲的那句话,所谓"合久必分,分久必合"。可以相信,随着科学的进一步普及和艺术的进一步发展,随着全人类文明程度的进一步提高,杜勃罗留波夫所憧憬的"到现在为止,还没有什么人能够达到的、使科学和诗完全交融在一起的理想"①,福楼拜所预言的"越往前进,艺术越要科学化,同时科学也要艺术化。二者从底基分手,回头又在顶尖结合"②的趋势,必定会在将来的某个阶段上变成现实。

---

① [俄]杜勃罗留波夫.杜勃罗留波夫选集:第一卷[M].辛未艾,译.上海:上海译文出版社,1983:274.
② 段宝林.西方古典作家谈文艺创作[M].沈阳:春风文艺出版社,1980:394.

### 2. 文学与哲学人文科学的不同之处

然而,二者既有联系,又有区别。即使在未来,文学和哲学人文科学真正"交融"并且"结合"了,它们也还是不会完全失去各自质的方面的规定性。

这是因为,文学与哲学人文科学,毕竟属于同中有异的两类人学、两类人文意识。它们虽然都可以看作对人和人的社会生活的心灵化的能动反映,但二者从反映对象到反映方式,显然各有不同。具体地说,文学之于人和人的社会生活,是情感和形象的审美反映,应归入审美人学,即艺术一类;而哲学人文科学之于人和人的社会生活,则是思想和概念的理论反映,应归入理论人学或科学一类。

下面,我们不妨以具有某种可比性的两类人学文本为例加以比较,看看艺术与科学的区别究竟何在。例如都写到秦始皇的焚书坑儒,翦伯赞的《中国史纲要》只是用短短数语做了分析,既指出其破坏作用,又肯定其积极意义:"焚书坑儒对于古文献的保存和学术的传授,造成了颇大的损失。但是在当时统一与分裂激烈斗争的年代里,秦始皇用这种手段来打击复活封建贵族政治的反动思想,又是具有积极意义的事。"①而中唐诗人章碣的《焚书坑》一诗给人带来的却是完全不同的另一番感受:

竹帛烟销帝业虚,关河空锁祖龙居。
坑灰未冷山东乱,刘项原来不读书。

如果说,翦伯赞的书使用抽象概括的语言,意在一分为二地辨析焚书坑儒作为历史事件的两面性,以作用于人的理性认识的话,那么,章碣的诗使用感性直观的语言,则是要通过感叹唏嘘中夹杂嘲弄讽刺的情感渲染,和"竹帛烟销""关河空锁"的形象描绘,把读者带进历史的现场,以唤起他们意识深处的直觉判断。

再如都写到中国社会中的游民无产者,毛泽东在《中国社会各阶级的分析》一文里,是把他们作为一个社会群体、社会阶层去加以把握的,给我们提供的是一个关于这一群体、这一阶层的政治概念:"此外,还有数量不小的游民无产者,为失了土地的农民和失了工作机会的手工业工人。他们是人类生活中最不安定者。……处置这一批人,是中国的困难的问题之一。这一批人很能勇敢

---

① 翦伯赞.中国史纲要:上册[M].北京:人民出版社,1983:103－104.

战斗,但有破坏性,如引导得法,可以变成一种革命力量。"①而鲁迅在《阿Q正传》中所写的阿Q,则是作为农村失了土地的游民无产者的一员而存在的,是一个有血有肉的活生生的人。他刚一听说辛亥革命的风声,便在未庄街头第一个喊出了造反的口号,然而,他对革命一无所知,以为从此便可以"要什么就是什么",按自己的个人欲望,夺回被剥削的财物,报复几个平日的仇人。谁知道他的造反行动被"假洋鬼子"拒之门外,到头来竟稀里糊涂地做了"咸与维新"的新政权的刀下之鬼。阿Q的这种想革命、要革命,而又不争气、不觉悟的遭遇,以及其本应是革命力量,到最后反成了革命对象的悲剧下场,一方面与毛泽东"很能勇敢战斗,但有破坏性"的观点不谋而合,另一方面又以其审美的情感和形象,给了人在毛泽东的政论里根本无从寻觅的复杂感受。

由以上比较可知,两种不同人学的区别在于,哲学人文科学作为理论人学,建构的是非审美的,或者说是理论的思想与概念体系;而文学作为审美人学,呈现的是审美的情感和形象系统。既然审美与非审美是二者的分界线所在,我们就有必要对美及审美问题做一些简单的说明。

什么是美,与什么是人一样,是困扰了人类几千年的一个避不开又说不清的问题。开始,人类乐观地认为,美是容易的。但随着漫长的精神和审美之旅,人类在围绕什么是美而展开的似乎永远也不得其解的无休止争论中,越来越趋向于认为美是难的。从美是容易的到美是难的,表面看上去,好像由乐观主义滑向了悲观主义,而究其实,是因为如列宁所言,悲观主义比乐观主义要来得深刻得多,所以,上述转变恰恰代表着人类在什么是美的问题上的认识的一种深化,甚至可以说是一种飞跃。

古往今来,人类关于什么是美所做的解释,多得难以计数。就其大的运思方向而论,可以分为以下三类:其一,美在客体的审美属性或审美形式,这是美学中的客观论,如蔡仪提出美是典型,俄国形式主义者提出美是形式等,皆属此类;其二,美在主体的审美感受,这是美学中的主观论,其中最具代表性的人物是吕荧和高尔泰,他们主张美即美感;其三,美既不在客体,也不在主体,而在主客体交互作用中形成的审美关系,这是美学中的关系论,自法国狄德罗首倡美在关系之后,马克思提出美是人的本质力量的对象化,车尔尼雪夫斯基认为美是生活,以及李泽厚主张美是客观性与社会性的统一,都可以列入关系论之中。

对于以上种种看法,我们比较倾向于第三类,尤其是车尔尼雪夫斯基关于

---

① 毛泽东.毛泽东著作选读:甲种本[M].北京:人民出版社,1964:6.

美是生活的看法。当然,其看法也有不足之处,例如他没有强调生活的社会性,没有强调作为社会生活主体的人,等等。但他把美与生活相联系,在大的思路上,基本是可取的。按我们的理解,美不在社会生活之外,就在社会生活之中,或者说,就是以人为中心的社会生活本身。而所谓社会生活的美,从主客体的审美关系着眼,就是指社会生活中令人感兴趣的东西,使人情绪激动、难以忘怀的东西。一句话,它是指社会生活中能产生和引发人的情感活动和形象活动的东西。在我们这个星球上,能产生和引发人的情感活动和形象活动的东西,即美的东西,只能到人以及人的社会生活中去寻找。由此可以得出一个结论:美永远是与人和人的社会生活联系在一起的;有人就有美,无人即无美。

既然如上所述,美是社会生活中能使人产生情感活动和形象活动的东西,那么,所谓审美活动实际上就是人的情感活动和形象活动。前面说,文学区别于哲学人文科学,在于一个是审美的,一个是非审美的。如果将这一断语和我们刚刚所做的把审美活动理解为人的情感活动和形象活动的推论联系起来,文学区别于哲学人文科学,说到底,不就在于其情感和形象吗?下面,我们就从情感和形象这两个方面出发,来具体地考察一下文学的审美反映和哲学人文科学的非审美反映在反映的对象以及方式上的种种不同。

首先,从反映的对象来看,文学家在社会生活中,留心捕捉的是人和事物作为个体的审美特征。例如,这个人不同于其他人的某一个特别的举动,这个事物不同于其他事物的某一个特别的细节,等等。一句话,它是从人与人、事物与事物的不同点去反映人和事物的。歌德说:"艺术的真正生命正在于对个别特殊事物的掌握和描述。"①巴尔扎克说:"偶然是世上最伟大的小说家:若想文思不竭,只要研究偶然就行。"②二人所说的都是这个意思。因为越是个别和偶然的东西,其审美特征就越是鲜明,就越是引人注目,就越是容易引起人的情感活动和形象活动,所以也就越是适合作为文学的审美反映的对象,即所谓审美对象。而哲学人文科学就不同了。它们在社会生活中着力研究的,不是人和事物作为个体的审美特征,而是人和事物作为类型的认识属性。例如,为这个人和其他人共有的某一类人的普遍倾向,为这个事物和其他事物共有的某一类事物的普遍性质,等等。一句话,它们是从人与人、事物与事物的共同点上去反映人和事物的。其着眼处在于通过共同点所显示的人和事物的一般和必然方面。因为越是一般和必然的东西,其认识属性就越是集中,就越是发人深省,就越是

---

① [德]爱克曼,辑.歌德谈话录[M].朱光潜,译.北京:人民文学出版社,1978:10.
② 伍蠡甫,等.西方文论选:下卷[M].上海:上海译文出版社,1979:168.

容易引起人的思想活动的概念活动,所以也就越是适合作为哲学人文科学的非审美反映的对象,即所谓认识对象。

其次,从反映的方式来看,文学既然把社会生活当作生发情感和形象的审美对象,用的就必定是与之相适应的情感化和形象化的审美方式,最终是要通过抒写和描写,把人和事物的审美特征,改造以至于创造成为情感和形象相统一的审美形态,成为有情有景、情景交融的文学作品。而哲学人文科学既然把社会生活当作提取思想和概念的认识对象,用的则必定是与之相适应的思想化和概念化的理论方式,最终是要通过说理和议论,把人和事物的认识属性,改造以至于创造成为思想和概念相统一的理论形态,成为有条有理、条理贯穿的哲学人文科学论著。

关于文学和哲学人文科学的不同,别林斯基曾做过一个为此后的文学理论所广泛引用的著名论断:"哲学家用三段论法,诗人则用形象和图画说话,然而他们说的都是同一件事。"①我们认为,这个论断有不合理的地方。其一,它把文学和哲学人文科学的不同,仅仅看作反映方式的不同,而没有首先看作反映对象的不同,这在理论上是经不起推敲的。因为内容决定形式,有什么样的反映对象,就有什么样的反映方式。既然断言,文学和哲学人文科学反映的对象"都是同一件事",那么,就不需要用两种不同的方式加以反映;既然承认文学和哲学人文科学用了两种不同的方式,那么,用这两种方式所反映的两个对象,就不可能是毫无差别的同一件事。其二,它把文学和哲学人文科学在反映方式上的不同,仅仅看作形象和概念的不同,而没有同时看作情感和思想的不同,这在实践中是经不起检验的。因为文学反映社会生活的审美方式,既是一种形象化的方式,也是一种情感化的方式。有情感而无形象,固然不成审美;反过来说,有形象而无情感,也同样不成审美。今天,我们用实事求是的观点,来区分文学和哲学人文科学,就应该看到,它们的不同,不仅仅在于反映的方式,还在于反映的对象;不仅仅在于有无形象,还在于有无情感。只有这样,我们才能较为合理地阐明文学作为审美人学、作为艺术的特殊本质。

**二、文学的情感性**

以上我们说,文学区别于哲学人文科学,从纵向看,一是对象,二是方式;从横向看,一是情感,二是形象。后者实际上指的是文学的情感性和形象性问题。

---

① [俄]别林斯基.别林斯基选集:第二卷[M].满涛,译.上海:时代出版社,1952:429.

下边,我们想对这两个问题,依次加以论述。

**1. 情感、情感反映和文学的情感性**

人在社会生活中,容易被有特征的人和事物吸引注意力,进而根据内心需要,产生一种喜怒哀乐之类态度的独特体验。这种体验,也就是所谓的情感。我们知道,人的认识即思想,有一个从感性到理性的深化过程。人的情感与此同步,也有一个在认识的指导下从低级到高级的深化过程。心理学上把未经深化的低级情感称作情绪,把深化后的高级情感称作情思,或者情操、情趣等。如果说,情绪更多地和人作为自然人的本能、欲望,和人的无意识活动联系在一起,更多地体现着人的自我需要,因而属于生理快感,那么,情思则更多地和人作为社会人的目的、理想,和人的意识活动联系在一起,更多地体现着人的社会需要,是一种理智化、道德化的情感,并被称为理智感或者道德感。我们在这里所讲情感,既指情绪,也指情思。

如上所述,人的情感是和人内心的各种需要相联系的。正因为如此,它往往带有因人而异、因时而异、因地而异的独特性质。然而,我们这样说,并不意味着,情感是纯主观的活动,与社会生活无关。只要其处于正常范围,而不是歇斯底里式的发作,那么,不管是什么人的情感,也不管这种情感本身如何独特,就都可以通过分析,从周围的社会生活环境找到触发它的对象和缘由。古人讲"感物起兴""触景生情",就是这个意思。从这一点上立论,每个人的情感,都应看作是对社会生活的反映。

作家与一般人相比,情感要热烈、丰富、细致得多。要说一般人都能对社会生活进行情感反映,作家则无疑是进行这方面反映的行家里手。他们平时"登山则情满于山,观海则意溢于海"①,一旦提笔在手,这种满溢于心胸的情感,就不可能不流注并且表现在作品的字里行间,从而使文学对于社会生活的反映,不可能不成为有爱有憎的情感反映。

讲到这里,什么是文学的情感性,就基本清楚了。按我们的理解,文学的情感性,作为文学对社会生活的情感反映,是指文学要把社会生活化为情感,要用情感表现社会生活这样一种基本特性。具体而言,其包括两层意思:一是作家要通过对人和事物的审美特征的独特体验,触发和积累情感,也就是说,文学要把社会生活化为情感;二是作家要通过情感的抒写,表现他对人和事物的审美特征的独特体验,也就是说,文学要用情感表现社会生活。以李白的七绝《赠

---

① [南朝梁]刘勰,著.周振甫,注.文心雕龙注释[M].北京:人民文学出版社,1981:295.

汪伦》为例：

> 李白乘舟将欲行，忽闻岸上踏歌声。
> 桃花潭水深千尺，不及汪伦送我情。

李白在安徽结识了一位叫汪伦的农民，在你来我往中，相互产生了友情。等到李白要坐船离开时，汪伦又特意赶来相送，以足踏地为节奏放声歌唱，令李白十分感动。当此之际，李白平日所积累的对于汪伦的友情，顿时喷薄而出，他以眼前的桃花潭为比较对象，即兴表现了自己对农民朋友的一片感激之情。

### 2. 情感在文学中的作用

文学的情感性，作为文学区别于哲学人文科学的一个基本特性，贯穿在文学从创作到作品，再到接受和鉴赏的整个过程之中。

先看创作。作为一种审美创造活动，创作是非常繁重、非常艰辛的。作家们为了形成并表达自我的某些感受，往往要花几年甚至几十年的心血。有时，因为这些感受与当权者的利益不符，甚至要付出自由和生命的代价。巴尔扎克把这样的文学生涯称为苦斗，是有道理的。问题在于，明明是苦斗，作家们却乐此不疲。这当中，到底是什么在起作用呢？对于这一点，雨果的解释最为明确。他说："我也知道作品写成，可以给我带来一些进益；但是，在我着手写的时候，这不是主要问题。主要是我清新而热烈的心中充满着激湍的波涛，辛辣的怅恨和飘忽不定的期望，需要抒写一番。"[①]从雨果上述解释中，我们不是可以引申出一个结论来吗？作家们之所以要创作，能创作，分明是受了情感的诱惑和鼓动，一句话，创作因动情而起。可以说，情感是推动作家进行审美创造的内在动力。

再看作品。如果说，创作因动情而起，那么，作品则显然因移情而成。文章不是无情物，作为审美创造的成果，作品不能，也不会没有情感移注在其中。在一定程度上可以说，情感是作品的生命。这里提到的移情，是德国美学家里普斯在20世纪初提出来的一个概念。他认为，人在审美观照时，常常不由自主地要把自己的情感、意志和思想投射到对象上去。这种移情现象，在生活的审美中多有所闻，而在艺术的审美中，则更具普遍性。里普斯称之为"灌注生命"或者"内模仿"。例如，李白的五言绝句《劳劳亭》："天下伤心处，劳劳送客亭。春

---

① [法]傅先.雨果夫人见证录[M].鲍文蔚,译.上海：新文艺出版社,1958.

风知别苦,不遣柳条青。"其中"春风知别苦"一句,就是典型的移情现象。但我们要讨论的并不只是这种将生命和情感灌注到无生命对象中去的情况。倘若不是从狭义,而是从广义上去看待移情现象,那么作家使其所写的一字一句全都饱含感情,不也是一种移情现象吗?看中国文学史,孟子、韩愈的论文,鲁迅的杂文,通篇说理,然而至今仍被视为文学散文的典范,原因就在于其一字一句都因为移情而洋溢着情感。相反,许多公式化、概念化的作品,之所以令人厌烦,就是因为这些作品在写作之初没有情感的投入和移注,不是像钟嵘所批评的"理过其辞,淡乎寡味"①,便是像刘克庄所指责的"经义策论之有韵者尔"②。

最后看接受和鉴赏。作家通过创作,把感动过自己的情感移注到作品之中,使之具备了像人一样活泼的生命。于是,当读者在接受和鉴赏作品时,就必然要为流动在作品的字里行间的生命激情所感染,以至于陶醉和沉迷,从而产生同情与共鸣。传说歌剧《白毛女》在前线为部队演出时,一位刚入伍的新兵,看到黄世仁最后被押解上场,出于义愤,马上举枪向舞台射击,幸亏子弹没有击中,不然扮演黄世仁的陈强就在劫难逃了。像这样的非理性的接受和鉴赏,自然是不值得推崇的,但也显示出情感在里面所起的强大作用。陆机《文赋》有言"诗缘情而绮靡"③,这里的"绮靡"二字,是美的意思。文学接受和鉴赏之所以被当作审美,其很大一部分原因,便在于"缘情"。由此而言,接受和鉴赏因入情而美,情感是接受和鉴赏的依据。

通过以上分析,我们可以清楚地看到,不动情,作家就难以起兴,就没有审美创造的发生,也就没有创作可言;不移情,文本就难以存活,就没有审美创造的完成,也就没有作品可言;再进一步考察,不入情,读者就难以感动,就没有审美再创造的进行,也就没有接受和鉴赏可言。如果把文学活动从创作到作品再到接受和鉴赏看作一个审美创造与再创造的完整过程,那么这个过程若是单单以情感的流向而论,就是动情—移情—入情的过程。

### 3. 情感反映与思想反映的比较

以上我们说,文学以情感性为基本特性,这是其和哲学人文科学以思想性为基本特性相比较而言。这个比较,是文学和哲学人文科学的比较,也是情感反映和思想反映的比较。

---

① [清]何文焕.历代诗话:上[M].北京:中华书局,1981:2.
② 复旦大学中文系古典文学教研组.中国文学批评史:中册[M].上海:上海古籍出版社,1981:135.
③ 郭绍虞.中国历代文论选:上册[M].北京:中华书局,1962:138.

在日常生活中,人们习惯于把情感和思想联系在一起,例如认为某人的思想感情是无产阶级的,某人的思想感情是非无产阶级的,等等。这一切给人的印象是似乎情感和思想就是一回事。其实,情感和思想有很大的区别。二者同是心理活动,但它们在反映社会生活时,结构有别,功能也随之不同。

上升到心理学的理论高度来看,二者的区别在于:思想基于人的理解,在理性地分析人和事物的认识属性的基础上形成;而情感来自人的体验,在感性地感受人和事物的审美特征的前提下触发。它们虽然都是人的心灵对社会生活的反映,但思想反映的主要是人对社会生活的某个对象是否符合生活本身的客观规律的认识,我们称之为理,而情感反映的则主要是人对社会生活的某个对象是否符合人自己的主观需要的体验,我们称之为情。由此而言之,所谓情感反映和思想反映的区别,究其实是古代诗学中经常论及的情理之分。

然而,情和理亦即情感和思想虽有以上种种区别,但它们毕竟是在同一个心灵的整体指挥和协调之下的两类反映活动,因此,在它们的关系中,除了非此即彼的相区别的一面之外,还有亦此亦彼的相联系的一面。我们看胡锦涛同志在欢迎连战来访的宴会上的发言,作为政论,它的内容固然是以说理,即表达思想为主,但其中的一字一句,又都满含着中华儿女的同胞之谊和手足之情。其感染力,丝毫不在抒情的文学作品之下。如果说,这是情感渗透到哲学人文科学的思想当中的例证,那么,我们也可以举出一个又一个的文学作品,作为思想如同盐溶解于水,溶解在文学的情感里面的例证。巴尔扎克的《人间喜剧》,在为法国上流社会所唱的无尽挽歌之中,包含了对于现实关系的深刻理解,不是比同时代的某些哲学人文科学著作,具有更多的思想内涵吗?鲁迅的《呐喊》和《彷徨》,在弥漫着深广忧愤的情感氛围之中,尖锐地触及了封建伦理道德的"吃人"本质,不是因此而被称为中国反封建思想革命的一面旗帜吗?

说到此地,有一个问题必须着重地加以辨析。我们强调文学区别于哲学人文科学的情感性,只是说,文学反映社会生活应当以情感为主,并不是说,文学可以不要或者少要思想。恰恰相反,思想虽在心理结构与心理功能上和情感多有区别,但它却是情感赖以从动物式的情绪深化成为人的情思的必要条件。正像哲学人文科学的思想不能截然排除情感的滋润一样,文学的情感也不能全然离开思想的指导和规范。在这个问题上,英国批评家罗斯金关于三种人的划分,是值得深思的。他说:"我们有三种人:一种人见识真确,因为他不生情感,对于他樱草花只是十足的樱草花,因为他不爱它。第二种见识错误,因为他生情感,对于他樱草花就不是樱草花而是一颗星,一个太阳,一个仙人的护身盾,或是一位被遗弃的少女。第三种人的见识真确,虽然他也生情感,对于他樱草花永远是它本身那么一件东西,一枝小花,从它的简明的连茎带叶的事实认识出来,不管有多少联想和情绪纷纷围去它。这三种人的身份高低大概可以这样定下:第一种完全不是诗人,第二种是第二流诗人,第三种是第一流诗人。"①我们认为,罗斯金的划分虽然近于绝对,而且对第二种人的看法也不无偏颇,但他在强调见识即思想对情感的指导和规范作用这一点上,应当说还是有道理的。作为参照,《五灯会元》卷十七载有青原惟信一段语录:"老僧三十年前未参禅时,见山是山,见水是水;及至后来,亲见知识,有个人处,见山不是山,见水不是水;而今得个休歇处,依旧见山只是山,见水只是水。"我们知道,参禅即是入悟。所以,青原惟信禅师在此所谈参禅前后三个阶段,当是指入悟过程。第一阶段"未参禅时",即未悟之前;第二阶段"亲见知识,有个人处",即入悟之初;第三阶段"得个休歇处",即彻悟之后。随着从未悟到初悟再到彻悟的逐步深入,禅师便有了从"见山是山,见水是水",到"见山不是山,见水不是水",再到"依旧见山只是山,见水只是水"的变化。其中的关键就在于入悟给人的情感及包括感觉在内的整个心理状态带来的变化。在这一点上,与罗斯金强调见识对情感的指导和规范作用,有某种相通或相似之处。除此之外,我国古代文论中所要求的情中见理,寓理于情,情理交融,也都是这个意思,可以和罗斯金、青原惟信的话相互印证。其中,尤其是邹衹谟所言:"作诗之法,情胜于理;作文之法,理胜于情。乃诗未尝不本理以纬夫情,文未尝不因情以宣乎理,情理并至,此盖诗与文所不能外也。"②讲得更透辟。他强调:第一,作诗情胜于理;第二,作文理胜于情;第三,诗与文都要情理并至。这几点,有助于加深我们对文学的情感性和哲学人文科学的思想性,以及对情感和思想的相互关系的理解。

### 三、文学的形象性

#### 1. 形象、形象反映和文学的形象性

文学区别于哲学社会科学,除了上面讲的情感性之外,另一个基本特性是形象性。

所谓形象,有两重含义:一是指外界的人和事物存在的具体形态,如声响、色彩、体态、气味等,这种形象是生活形象;二是指外界的人和事物为反映者所感知以后留在内心中的关于声、色、体、味等的具体表象,这种形象是观念形象。

---

① 朱光潜. 朱光潜美学文集:第二卷[M].上海:上海文艺出版社,1982:60.
② 北京大学哲学系美学教研室.中国美学史资料选编:下册[M].北京:中华书局,1981:258.

我们要讨论的,不是生活形象,而是观念形象。

任何一种观念形象,都可以区分为声、色、体、味等不同方面。其中,色指视觉形象;声指听觉形象;体、味等,指视听以外的其他感觉形象。1930年,高尔基在回答一家出版社提出的"多在什么感受上去建立形象(视觉的、听觉的、触觉的)?"这一问题时,曾经明确地说过:"自然在一切的感受上。"高尔基的话启示我们,像传统的文学理论那样,把形象仅仅理解为图画,理解为视觉形象,具有片面性。形象应该由"一切的感受"复合而成,也就是说,它既包括视觉形象,又包括听觉形象,还包括诸如触觉、味觉、嗅觉等其他感觉形象。然而,因为在人的感觉中,最完备也最有用的是视觉,其次是听觉,至于触觉、味觉、嗅觉等,都只是辅助性感觉,所以我们讲形象,主要指由色彩、线条以及图画构成的视觉形象和由声响、节奏以及音乐构成的听觉形象。

如前所述,人的认识有感性和理性两个阶段之分,人的情感有低级和高级两个形态之别,与认识的两个阶段和情感的两个形态相对应,人的表象即形象,也可以分为自发和自觉两个环节。自发表象,作为记忆的产物,更多地带有原物复制的性质,通常叫作印象;自觉表象,作为想象的结果,是改造和创造以后的新形象,一般称为意象。

不管是意象,还是印象,它们都是人对社会生活的反映。没有社会生活,人的各种感觉就没有对象,就谈不上声、色、体、味等的印象,以及由印象改造和创造而来的意象,自然也就无所谓什么形象。

在现实世界中,一个人只要感觉是健全的,那么,他就有在感受的基础上产生印象和意象,进而对社会生活进行形象反映的能力。差别只在于,有人这方面的能力强一些,有人这方面的能力弱一些。完全没有形象反映能力的人是不存在的。

作家的特别之处是,他的感觉比一般人要敏锐得多,印象和意象比一般人要鲜明得多,因而,他的形象反映能力比一般人也要强大得多。如果说,一般人的见闻,不是停留在表面,就是失之于零散,那么,作家由于长期受到职业训练,往往能在大家视线不及或者熟视无睹的地方,发现人和事物的审美特征,构成有声有色的形象。罗丹说:"美是到处都有的。对于我们的眼睛,不是缺少美,而是缺少发现。"他还说:"所谓大师,就是这样的人:他们用自己的眼睛去看别人见过的东西,在别人司空见惯的东西上能够发现出美来。"[①]罗丹在这里讲的

---

① [法]罗丹.罗丹艺术论[M].沈琪,译.北京:人民美术出版社,1978:5,62.

艺术家的眼睛,如果不拘泥于字面含义,那么,我们完全可以把它拿来作为作家的形象反映能力的一个说明。

正因为作家有高度发达的形象反映能力,所以,在他们眼前就到处是色彩和线条,在他们耳边,就到处是声响和节奏。一旦要写点什么,由这种色彩、线条、声响、节奏等复合而成的形象,马上就化作相应的语言文学,出现在作品里,犹如在社会生活里实际存在的那样,把对象再度呈现,即所谓再现出来,从而使文学对于社会生活的反映,必然成为惟妙惟肖的形象反映。

以上我们所讲形象和作家的形象反映,已经为回答什么是文学的形象性问题做好了铺垫。按我们的理解,文学的形象性就是指文学把社会生活化为形象,用形象再现社会生活这样一种基本特性。这包含两层意思:一是作家要通过他在感受人和事物的审美特征时所形成的具体表象,产生和造就形象,也就是说,文学要把社会生活化为形象;二是作家要通过对形象的描写,再现他在感受人和事物的审美特征时所形成的具体表象,也就是说,文学要用形象再现社会生活。把这两层意思结合起来,我们可以看出文学的形象性和文学的情感性一样,也是文学的一个基本特性。

### 2. 形象在文学中的作用

文学的形象性,如上所述,作为除之情感性之外文学区别于哲学人文科学的又一个基本特性,也同样贯穿于文学从创作到作品再到接受与鉴赏的整个过程之中。

首先,从创作看,如果说情感是创作的动力,那么形象则是创作的手段和目标。或者换一种说法,创作因动情而起,以立象为业。立象从字面意思讲,即树立形象,塑造形象。《周易》说:"言不尽意""立象以尽意"①。这大概是立象二字最早的出处。《周易》讲立象,立的不是形象,而是卦象。我们可以清楚地看到,在《周易》中,思维的目的在于"尽意",而卦象只是思维的手段而已,此其一也;进而言之,卦象作为思维手段,只是辅助性手段,不是根本性手段,此其二也;正因为是辅助性手段,所以,此类卦象就不能不是零散的、片段的,只能依附概念而存在,不具有独立价值,此其三也。而文学创作中的形象,地位就不一样了。冈察洛夫说:"我表达的首先不是思想,而是我在想象中所看见的人物、形象、情节。"②鲁迅说,他写《阿Q正传》,是要画出一个"沉默的国民的魂灵"

---

① 周振甫.周易译注[M].北京:中华书局,1991:250.
② 段宝林.西方古典作家谈文艺创作[M].沈阳:春风文艺出版社,1980:429.

来。① 当代作家鲁彦周在《关于〈苦竹溪,苦竹林〉的几句话》中也这样说:"使我不安的是一个人,一个我不能忘怀但又不完全理解的人,她时常站在我的面前,用她那特有的明亮而又有点幽怨的眼睛望着我,使我无法摆脱。这是幻影,然而却又是实实在在的幻影!于是,我动起笔来。"上述作家的创作经验告诉我们,形象之于文学创作中的艺术思维,是思维手段,但又不仅仅是思维手段。正如杜勃罗留波夫在谈到冈察洛夫时所说:"他是不给你、而且他是显然不愿意给你任何结论的。他所描绘的生活,对于他并非作为一种抽象的哲学手段,而是它本身的直接目的。"②形象一方面是创作手段,另一方面又是创作目的。作为手段,作家是用形象在创作;作为目的,作家又是为形象而创作。我们所谓创作以立象为业,说到底就是这个意思。

其次,从作品看,如果说情感是作品的生命,那么形象则是作品的血肉和骨骼。或者换一种说法,作品因移情而成,以肖像为本。在创作阶段,作家塑造出一个个鲜活的形象,因为这些形象作为对社会生活的再现,不仅在外观方面,而且在内涵方面,都与人世间的真人、真事、真景一般无二,所以它们称得上是逼真的形象,即所谓肖像。正是这样的一批肖像,以其丰满的血肉和硬朗的骨骼,构成了作品的本体。作为叙事文学的小说、戏剧文学的剧本,我们姑且不论。因为这些体裁的作品,无一例外,都要用逼真的形象当作构成自己本体的血肉和骨骼,也就是以肖像为本。即便是在抒情意味很浓的散文里,肖像之于作品,也仍然具有本体论的意义。以史铁生的《秋天的怀念》为例,这篇散文着重抒写的是作者对亡母的追念、挚爱和痛悔之情。尽管如此,散文中还是生动地塑造了为照料残疾的儿子而全然不顾自己病情的忘我且无私的母亲的形象。

最后,从接受和鉴赏看,如果说情感是接受和鉴赏的依据,那么形象则是接受和鉴赏的前提与必要条件。或者换一种说法,接受和鉴赏因入情而美,以味象为乐。味象一词,见于南朝宋画家宗炳《画山水序》:"贤者澄怀味象。"③这里的味,应该是体味的意思。所谓味象,也就是体味和鉴赏形象。形象如前所述是作品的血肉和骨骼,因此当读者阅读作品时,必然更多地把目光投注在一个个感性直观的形象上面,由表及里地加以体味。就某种意义而言,在文学接受和鉴赏阶段,读者能不能被感动亦即入情,关键就在于能不能通过味象感受快

---

① 鲁迅.鲁迅论创作[M].上海:上海文艺出版社,1983:9.
② [俄]杜勃罗留波夫.杜勃罗留波夫选集:第一卷[M].辛未艾,译.上海:上海译文出版社,1983:182.
③ 北京大学哲学系美学教研室.中国美学史资料选编:上册[M].北京:中华书局,1980:177.

乐。《红楼梦》第四十八回,写香菱在黛玉的指点下,慢慢对读诗有了体会。一次,在谈到王维《送邢桂州》一诗中"日落江湖白,潮来天地青"两句时,香菱说得很有意思:"这'白''青'二字也似无理,想来,必得这两个字才形容得尽,念在嘴里倒像有几千斤重的一个橄榄。"为什么香菱把念这两句诗比作吮一个"有几千斤重的橄榄"呢?因为橄榄含在嘴里令人回味无穷。可以说,香菱的这一番话是对味象及其给人带来的快乐的一个非常形象的注解。

文学活动的过程,从创作到作品再到接受和鉴赏,单就情感而论,是动情—移情—入情的过程;单就形象而论,则是立象—肖像—味象的过程。没有情感就没有创作,没有作品,没有接受和鉴赏,即没有情感就没有文学;同理,没有形象就没有创作,没有作品,没有接受和鉴赏,即没有形象就没有文学。

### 3. 形象反映和概念反映的比较

我们说,形象性是文学的基本特性,这是与概念性是哲学人文科学的基本特性相比较而言。这个比较是文学和哲学人文科学的比较,也是形象反映和概念反映的比较。

从心理学的角度看,概念属于对社会生活的理论反映,形象属于对社会生活的审美反映。二者的区别首先在于反映对象不同。概念反映的是人和事物的认识属性,即所谓本质;形象反映的是人和事物的审美特征,即看起来它是现象,但又不是一般的现象,而是合于规律的现象,即所谓本质化的现象。也就是说,它既是现象,又是本质。反映对象的这一不同,导致了方式的不同。概念采用的是一步步抛弃现象的感性形态,把本质从中剥离出来的抽象方式;形象采用的是把现象的感性形态保留下来,通过改造予以强化,使之更集中地体现本质的具象方式。

通过以上比较,我们可以看出,形象和概念,在一个要抽象地反映本质,一个要具象地反映本质化的现象这一点上,确实有不同之处,而在不管怎样都要反映本质这一点上,二者又不无相同之处。正因如此,形象和概念看上去你我有别,但并非水火不容。二者在彼此排斥的同时,常常相互吸引。这种相互吸引的情况,就见之于哲学人文科学著作,且这些著作的内容固然以概念为主,但有时为了直观的需要,概念间或也覆盖着形象的外壳。我们看毛泽东的《星星之火可以燎原》,这篇政论在结尾处,连续用了"躁动于母腹中的一个婴儿""看得见桅杆尖头了的一只航船""光芒四射喷薄欲出的一轮朝日"三个比喻,来形容即将到来的革命高潮。再如马克思的《资本论》、费尔巴哈的《基督教的本质》等,也都在严密的逻辑链条中,不时插进一些故事、寓言和描述性文字,使概念带有浓厚的形象色彩。反过来,这种互相吸引的情况也见之于文学作品,文学作品里面固然以形象为主,但也有议论的成分。而且,即使没有议论,呈现的是纯粹的形象本身,但因为它们在反映现象的同时,也要反映本质的某些方面,所以,这些形象也就无一例外包含了概念的内核。如鲁迅创造的阿Q形象,就可以给人以多方面的概念启示。一方面,阿Q想革命,要革命,这说明像他这样的贫雇农确实是农村的革命力量;另一方面,阿Q又不争气,不觉悟,这又说明贫雇农的落后愚昧和发动他们的难度。从阿Q本应是革命的力量到最后反成为革命的对象,我们看到了辛亥革命脱离群众、害怕群众的资产阶级本性;从阿Q掉了脑袋又不知道自己的脑袋是怎样掉的,我们又看到了对于无产阶级革命来说,"严重的问题是教育农民"(毛泽东语)……再如杜甫的七绝《江南逢李龟年》:"岐王宅里寻常见,崔九堂前几度闻。正是江南好风景,落花时节又逢君。"不论及其他,单就"落花时节"这一形象,就可以做多层次的概念分析。一是杜甫碰到李龟年,正当落花时节;二是李龟年当年名动京师,如今流落江南,已到落花时节;三是杜甫自己心力交瘁,不堪回首,犹如落花时节;四是大唐王朝几经战乱,盛极而衰,好比落花时节……看看,一个阿Q,一个落花时节,包含了多少概念内核。

　　需要说明的是:形象作为外壳,覆盖在概念之上,这种情况在哲学人文科学著作中,只是有时出现,不具有普遍性;而概念作为内核,包含在形象之中,这种情况在文学作品中却是无一例外的必然要求。所不同的是,有的形象比较单一,包含的概念少一些;有的形象比较复杂,包含的概念多一些。但不管什么形象,只要它是真正的文学形象,而不是那种概念化的形象,亦即形象等于概念的形象,那么,它就不会单是触及生活本质的一个方面,就不会仅仅包含一个概念。以上所分析的阿Q的形象、落花时节的形象,其中所包含的概念,丰富到令人说不完道不尽的地步,便是例证。其他如屈原笔下的美人芳草、曹雪芹笔下的大观园、列夫·托尔斯泰笔下的聂赫留道夫,等等,无一不具有多概念性。从这一意义上讲,形象包含概念又大于概念。高尔基说:"形象大于思想。"尽管表述不一,但其所指和我们所说没有两样。在古代文论中,关于文学形象与概念,通常用"形"和"神"加以表达。我们说,形象包含概念又大于概念,即古代文论所谓"以形写神""形神兼备"。

　　我们提出形象包含概念又大于概念的命题,是基于下面这样一种考虑:作家在文学创作中,由于对社会生活的感受及思考的深度有别,他们在处理形象与概念的关系时,往往呈现出非此即彼的两种模式。一种模式是一个形象包含一个概念,即形象＝概念。在此种模式下,形象仅是概念具象化的外壳,即所谓概念化的形象。如"文革"时期流行的一出小戏《送货路上》,写丰收之后,一位农村老太太攥着大把的钱,去赶集为儿子的婚事采购货物,正好迎面走来送货下乡的女货郎。老太太拦住女货郎要这要那,几乎要把女货郎两个箩筐内的所有货物全都买下,女货郎听说她是为儿子结婚之用,就劝老太太不要太过铺张。老太太说,儿子结婚是终身大事,加上今年又丰收,多花点钱没什么。女货郎说,即使丰收了,也应该响应毛主席的号召,"节约闹革命"。于是,买卖双方在路上就言来语往,打起了嘴皮官司。最后,女货郎问老太太儿子是谁,老太太一报姓名,女货郎笑着亮出身份,老太太才知道,这位女货郎恰恰是自己未曾谋面的儿媳妇。至此,图解式的戏剧冲突即刻化解。此中的两个人物形象,干巴巴的,作为概念的载体,根本无个性及性格可言。我们可以清楚地看到,老太太代表的是铺张办婚事的概念,女货郎代表的则是"节约闹革命"的概念。里面的冲突,与其说是形象之争,不如说是概念之争。此类形象,因其内涵的单一和苍白,毫无疑问,是没有生命力的失败的文学形象。当然,以上所举,只能算是一个极端化的例证。其实,在近年来出现的大批"抗日神剧",甚至某些被标榜为红色经典的文学及影视作品中,也都程度不等地存在形象＝概念的问题。和这种处理形象与概念关系的模式相反,另一种模式是一个形象包含多个概念,简而言之,即形象＞概念。如前所述之阿Q的形象、落花时节的形象等,再如小说《白鹿原》中的白嘉轩、鹿子霖、田小娥、白孝文,《平凡的世界》中的孙氏兄弟等,皆属此类。它们作为真正意义上的文学形象,之所以耐人寻味,即在于这些形象本身因揭示了人性的丰富复杂而形成的形象大于概念的多概念性。对此,上面已多有分析,兹不赘述。基于上述两种模式的优劣对比,我们的选择应该是也只能是:排斥从抽象的概念出发,用形象图解概念,亦即形象等于概念的模式;提倡从社会生活的实际出发,创造出具有难以穷尽的人性内涵的活生生的形象,亦即形象大于概念的模式。

**四、文学的情感性和形象性的关系**

**1. 文学的情感性和形象性是对立统一的关系**

前面我们说,情感性和形象性是文学的基本特性。前者要把社会生活化为情感,用情感表现社会生活;后者要把社会生活化为形象,用形象再现社会生活。这二者的关系到底如何呢?

我们认为,情感和形象是两种不同的心理活动,它们在反映社会生活时,侧重点正好相反。由于这个差异,二者有相互对立的一面。

情感作为人对于社会生活的喜怒哀乐等态度的一种体验,就其来源而论,它是由社会生活触发的;但就其性质而论,它又是由人的主观需要和作为这种主观需要的总和的人的内在理想决定的。过去曾流行一句话:"富人过年,穷人过关。"为什么同是过年这件事,引起的情感反映会截然不同呢？原因就在于,富人和穷人的主观需要不同,内在理想不同。李白在醉酒之时,面对月亮,巴不得将其邀来同饮;在思乡之时,面对月亮,又恨不能其挥之即去。为什么同是李白这个人,同是对月这件事,产生的情感反映会各自有别呢？原因就在于,此时此地的李白和彼时彼地的李白主观需要有别,内在理想有别。从这里,我们可以得出一个结论:情感反映社会生活,在客观和主观两个方面中,更多地侧重于主观方面;在现实和理想两个方面之中,更多地侧重于理想方面。

如果说,情感反映的侧重点,更多地在于主观,在于理想,在于表现,即在于主观的理想表现,那么,形象反映的侧重点,则正好与此相反。我们知道,形象是人在感受社会生活中所形成的关于声、色、体、味等的具体表象。这种表象完全是由客观的现实对象提供并决定的。尽管在反映过程中,作为反映者的人,可以对表象做这样那样的改造,但无论怎样改造,都必须以对象本身的客观现实形态及其规律为基准,按照它在生活中实际存在的样子予以再现。传说汉代宫廷画师毛延寿,在给王昭君画像时,由于事先没有收到贿赂,故意把这位号称"后宫第一"的美人画得一塌糊涂,结果,画像和真人一对照,事情败露,落得个身首分离的下场。毛延寿的悲剧从反面说明:形象反映社会生活,必须在客观和主观两个方面之中,更多地侧重于客观方面;在现实和理想两个方面之中,更多地侧重于现实方面;在再现和表现两个方面之中,更多地侧重于再现方面。

我们说,形象反映侧重于客观的现实再现。这里的形象是就一般的视觉形象而言。至于听觉形象,如节奏、旋律等,和那些极个别的变形、夸张的视觉形象,则又另当别论。由于模拟和复制的成分很少,与心绪、情感活动联系较多,它们往往更多地带有主观的理想表现的色彩。

这是情感和形象由于反映侧重点的差异而导致的相互对立的一面,除此之外,它们之间也还有各自以对方为存在条件,各自向对方变动和转化的一面,即所谓相互统一的一面。这种相互统一体现在情感反映中有如下两点需要强调:

第一,情感必须由形象来激化和制约。我们在前面说过,人的最初情绪,都是直接由外界对象触发的。但外界对象不能总是出现在人面前。一旦它从感觉线上消失,人的情绪还能继续保持并发展吗？如果能,它又是怎样保持和发展的呢？这里面的秘密，很大程度上，与人留存在记忆中的关于该对象的表象即形象有关。1806年，德国音乐家贝多芬与被他称为"不朽的情人"的勃伦丝维克订婚。但由于种种原因，二人最终未能走到一起。在事隔十年之后，贝多芬仍然这样说："当我想到她时，我的心仍然和第一天见到她时跳得一样剧烈。我一见到这个美妙的造物，我就心潮澎湃，可是，她并不在这里，并不在我身边。"为什么明明"她并不在这里，并不在我身边"，而"我的心仍然和第一天见到她时跳得一样剧烈"呢？显然，贝多芬的情感，是由他记忆中的关于"这个美妙的造物"的形象激化出来的。人们平常讲"一朝被蛇咬，十年怕井绳"，也是形象（蛇）激化情感（怕）的例证。

我们说，形象对情感有激化作用，实际上是说，人能够根据对形象本身的认识，控制情感，执着和专一于一个对象，而不至于离开那个对象而自由泛滥。从这个意义上看，形象对情感的激化作用，可以理解为形象对情感定向发展的制约作用。

第二，情感必须由形象来表现。如上所述，情感是在对象的触发下产生的，是在关于该对象的形象记忆的激化和控制下保持并发展的，基于情感和形象的这种联系，情感的表现也就不可能脱离形象而单独进行。《三国演义》中的刘备，是一个"喜怒不形于色"的人，用我们的话讲，他的情感难以用形象表现出来。然而，正是这样一个深沉内向的刘备，在与曹操"青梅煮酒论英雄"时，因为听到曹操说了一句"天下英雄，唯使君与操耳"，顿时心中一惊，不由自主地把筷子掉在了地上。筷子落地，不就是情感的形象表现吗？由此说明，有情感就得有表现，而有表现就得有形象，这是不以人的意志为转移的规律。普通人表现情感，要受这一规律的支配；作家表现情感，更要受这一规律的支配。雷抒雁在谈《小草在歌唱》的创作经过时这样说："当我捧读着刊登张志新烈士事迹的报刊时，义愤在我心里燃烧，泪水不时地涌流下来，我的手颤抖着。……但那时我还没有找到诗，因为我还只有激愤，没有思想，没有形象。……当激愤冷静之后，代之而起的是思索，也就在思索的同时，我找到了形象：我总看到一片野草，一摊紫血。……看到了草，我也就找到了诗，它来得那样自然。"①从开始的"没有找到诗"到最后的"找到了诗"，这个经过不恰好验证了情感必须由形象来表现的道理吗？关于这一点，我国古代文论称作"融情于景，以景写情"；英国诗人和诗歌理论家艾略特称作为情感寻找"客观对应物"。虽然说法各自有

---

① 雷抒雁.小草在歌唱[M].南京：江苏人民出版社，1980:111-112.

别,但其中所包含的道理却是相通的。

以上,我们从情感反映离不开形象的角度,说明了情感和形象的相互统一。下面,我们再从形象反映离不开情感的角度,来说明二者的相互统一。情感和形象的相互统一,体现在形象反映中,有如下两点需要强调:

第一,形象必须由情感来推动和改造。我们知道,形象是在自发表象即印象的基础上构成的。这种印象作为外界对象在记忆中的复制品,难以合于规律又合于目的。为此,作家就必须对它进行心灵化的改造。我们在前面讲过,作家的心灵化改造,包括两个方面:一是事理化的改造;二是情理化的改造。这两个方面的改造,从心理学的角度讲,就是所谓的再现性想象和创造性想象。

想象作为一种心理活动,可以改造形象,这是众所周知的事实。问题在于,想象改造形象,其动力来自何处?经验告诉我们,一个人想象活跃的时候,常常是情感激动的时候。英国评论家赫士列特对想象与情感的这种心理联系,表述得十分透彻。他说:"想象是这样一种机能,它不按事物的本相表现事物,而是按照其他的思想情绪把事物揉成无穷不同的形态和力量的综合来表现他们。这种语言并不因为与事实有出入而不忠于自然;如果它能传达出事物在激情的影响下在心灵中产生的印象,它是更为忠实和自然的语言了。"[1]赫士列特在这里把想象对形象的改造归结为情感作用,是很有见地的。他的这一看法,完全可以通过具体作品的分析得到证实。在卓别林的电影《摩登时代》中,有这样两个镜头:一群羊争先恐后地破门而出;一群穿着破旧的工人拥挤着奔出工厂。一眼看去,这是两个形象的并列,但实际上,在二者的空白中,有情感在起着穿针引线的作用。可以说,卓别林之所以能把羊群和人群想象在一起,完全是他同情工人的情感推动的结果。

第二,形象必须由情感来灌注。如上所述,形象是想象在情感的推动下改造的结果。正因如此,形象一旦再现于作品,就不可能没有情感移植、流注在其中。原先有生命的对象,由于这种情感移注而保存了生命;原先无生命的对象,也由于这种情感移注而获得了生命。德国美学家里普斯,把从情感到形象的这一移注,称作"移情"(他指的主要是对于无生命对象的情感移注)。这虽然听起来有点神秘,但如果结合前因后果加以考虑,应当说还是可以理解的。

为了说明形象是移情的产物,下面,我们选了两组不同的文字材料加以比较。一组是谜底为雨的谜语:

---

[1] 古典文艺理论译丛编辑委员会.古典文艺理论译丛:第一册[M].北京:人民文学出版社,1961:60.

> 千条线,万条线,
> 数不清,剪不断,
> 落在田里秧苗绿,
> 落到河里看不见。

一组是以雨为题材的诗:

> 好雨知时节,当春乃发生。
> 随风潜入夜,润物细无声。
> 野径云俱黑,江船火独明。
> 晓看红湿处,花重锦官城。
> ——杜甫《春夜喜雨》

我们来看第一组文字,文字里面有色彩,有线条,构成了关于雨的形象画面,然而,由于色彩线条本身不含情感成分,形象给人的感觉也是死的,只起到看图识字的作用,除了叫人想到是雨,猜出是雨之外,并无其他意味。第二组文字就不同了。《春夜喜雨》通过对春雨行踪的传神描写,和盘托出了诗人雨未下而望眼欲穿、雨既下而喜形于色的一片情怀。其中,关于雨的形象是活的,它既是雨,又是情,两相渗透,产生了如梅尧臣所谓"状难写之景如在目前,含不尽之意见于言外"的艺术效果。①

由此我们联想到,动物学课堂上的马的挂图和徐悲鸿笔下的奔马,医院里的人体模型和罗丹的人物雕塑。它们虽然都是形象,但前者只是冷冰冰的死物,后者却是活生生的生命。这中间的差别,应该从移情现象,也只能从移情现象加以说明。歌德说:"艺术要通过一种完整体向世界说话。但这种完整体不是他在自然中所能找到的,而是他自己的心智的果实,或者说,是一种丰产的神圣的精神灌注生气的结果。"②别林斯基以普希金的诗为例,把问题阐述得更为清楚。他说:"可以把普希金的诗比作充满情感和思想的人的眼睛的美:从那双眼睛里拿走那使它们生动的情感和思想吧——眼睛仍旧是美的,但已经不是

---

① 郭绍虞.中国历代文论选:中册[M].北京:中华书局,1962:17.
② [德]爱克曼,辑.歌德谈话录[M].朱光潜,译.北京:人民文学出版社,1978:137.

那出神入化的美丽的眼睛了。"①在这里,别林斯基所强调的"出神入化",与歌德讲的"灌注生气",都是指移情,即情感对形象的灌注。可以说,情感正是这样的一种给形象"灌注生气"并使之"出神入化"的生命和灵魂。

### 2. 文学作为审美人学(艺术)的特殊本质

以上,我们通过两个方面的分析,论证了文学的情感性和形象性的对立统一。文学作为审美人学或者艺术,和哲学人文科学作为理论人学或者科学相区别,其特殊本质就在于反映社会生活的情感性和形象性的这种相反相成的统一之中。前一节在讨论文学是人学时,我们说,文学是有别于一般社会意识的人文意识,到这里,在对文学是审美人学的问题加以讨论之后,我们需要就文学作为人文意识进行进一步的限定。文学并非一般的人文意识,究其实,它是一种审美人文意识。它那种情感和形象的互斥互补、互切互渗,以其感性直观的存在方式,构成了文学特有的审美-人文形态。

关于文学情感和形象相统一的审美-人文形态,我国历代文论家有过很好的理论概括。谢榛说:"作诗本乎情景,孤不自成,两不相背。"王夫之说:"情景名为二,而实不可离。"王国维说:"文学中有二原质焉:曰景,曰情。前者以描写自然及人生之事实为主,后者则吾人对此种事实之精神的态度也。"②他们在这里讲情,就是指情感;讲景,就是指形象。

前面我们说,情感反映社会生活,侧重于主观的理想表现;形象反映社会生活,侧重于客观的现实再现。从这个意义上讲,文学的审美-人文形态中情感和形象的统一,实际上就是理想的主观表现和现实的客观再现的统一。

从总体上看,所有文学的审美-人文形态都是情感和形象的统一。但是,在抒情文学中,情感溢出于形象,也就是说,二者的统一以情感为主,在这种情况下,其本质可以归结为情感,即一种形象化的情感;在叙事文学和戏剧文学中,形象压倒了情感,也就是说,二者的统一以形象为主,在这种情况下,其本质可以归结为形象,即一种情感化的形象。

---

① [俄]别林斯基.别林斯基论文学[M].梁真,译.上海:新文艺出版社,1958:8.
② 北京大学哲学系美学教研室.中国美学史资料选编:下册[M].北京:中华书局,1981:112,278,447.

## 第三节　文学是语符化的审美人学

上面一节,我们从文学与哲学人文科学的反复比较中,论证了文学作为审美人学,亦即艺术的特殊本质。这样的论证,对于研究文学多层面的本质,无疑有其必要性。但我们如果仅仅停留于此,则又显得不足。为了最终回答什么是文学的问题,我们必须从特殊再到个别,即进入第三个层面,看看文学之所以是文学,有哪些区别于其他艺术的个别本质。

### 一、文学与其他艺术的比较

#### 1. 文学与其他艺术的共同之处

文学所属的审美人学,或者说艺术,是一个庞大的门类,里面包括文学,也包括音乐、舞蹈、绘画、雕塑、戏剧、电影等其他艺术。以上我们说,文学是对社会生活的审美反映,是情感性和形象性的统一。这是把文学与哲学人文科学区别开来的不同之处,也恰恰是把文学与其他艺术联系起来的共同之处。

正因如此,艺术的各个门类的界限常常在有无之中。从保存下来的原始艺术的资料看,诗、音乐和舞蹈最初是三位一体的。以后,尽管文学与其他艺术各自独立了,但它们之间相互感染、相互"串通"的情况仍普遍存在。

先谈诗(泛指整个文学,下同)与绘画的联系。古希腊诗人西蒙奈底斯说:"诗是有声画,犹如画是无声诗。"我国宋代画家张舜民则说:"诗是无形画,画是有形诗。"①张舜民从形,即视觉形象出发,把诗喻之为画;西蒙奈底斯从声,即听觉形象出发,把画比作诗。这两段话,可以和贺拉斯所谓"诗如画",苏轼所谓"诗画本一律"②的著名论断相互印证。

再谈诗与音乐的联系。意大利美学家瓜里尼认为,诗与音乐较之诗与绘画在"血缘"上要更为亲近。他说:"再如绘画,它是诗的堂弟兄……音乐也是如此,它是诗的同胞弟兄……"③这样的比较是否合适,我们姑且不论。单就他在

---

① 伍蠡甫.中国画论研究[M].北京:北京大学出版社,1983:194-195.
② 北京大学哲学系美学教研室.中国美学史资料选编:下册[M].北京:中华书局,1981:36.
③ 北京大学哲学系美学教研室.西方美学家论美和美感[M].北京:商务印书馆,1980:75.

强调诗画一律之外,强调诗乐一体这一点看,应当说是有其道理的。在古代,每首诗都配有相应的乐谱,可以吟咏,也可以演唱。如今,诗虽然脱离了乐谱,但人们仍然把诗与音乐视为一体。柯尔立治指出:"'在灵魂中没有音乐的人',绝不能成为真正的诗人。"[①]他在这里仅仅说明了音乐对于诗的重要性,而罗曼·罗兰则同时从音乐对于诗和诗对于音乐两个方面,说明了诗与音乐相互联系的重要性。罗曼·罗兰说:"一个歌德是诗中的音乐家,正如一个贝多芬是音乐中的诗人一样。而那些单是音乐家和那些单是诗人的人,不过是些列国的诸侯,歌德和贝多芬却是灵魂宇宙的至尊。"[②]

正是诗与各类艺术的上述联系,造就了它们之间的相互感染、相互"串通"。具体地说,这种相互感染、相互"串通",集中表现为:第一,诗在其他艺术中的流注,导致其他艺术的诗化,像绘画的诗化(如凡·高的画)、音乐的诗化(如肖邦的钢琴协奏曲)、电影的诗化(如《魂断蓝桥》《生死恋》)等;第二,其他艺术在诗中的切入,导致诗的其他艺术化,像诗的绘画化(如王维的《山居秋暝》)、诗的音乐化(如徐志摩的《沙扬娜拉》)、诗的戏剧化(如贾岛的《寻隐者不遇》)等。

### 2. 文学与其他艺术的不同之处

以上我们所讲诗画一律,诗乐一体,诗与其他艺术的相互感染、相互"串通",这只是表明,文学与其他艺术由于同是审美人学,有很大的共同点,但并不能说,二者在本质上完全一样。

包括文学在内的一切艺术,虽然都是对社会生活的情感和形象的审美反映,但各自用来表现情感(表情)和塑造形象(造形)的手段是不同的。例如,有的用自然音响和人体动作,有的用颜料和土石,有的用语言,等等。各自手段的不同,相应导致各自在表情和造形方面受限制的程度即宽泛程度的不同,导致各自的表情和造形作用于人的感觉和感受的程度即深刻程度的不同。这一切,正是我们把握各门艺术的个别本质,并对它们进行分类的依据之所在。

拿音乐、舞蹈来说,它们一个以自然音响为手段,一个以人体动作为手段,通过这些手段在时间中延续所产生的节奏和旋律,构成表现性的听觉、视觉形象和表情,直接作用于人的耳目。这样的艺术,我们称之为表情艺术。

拿绘画、雕塑来说,它们或是以颜料,或是以土石为手段,通过这些手段在空间中并列所显示的色彩和线条,构成再现性的视觉画面加以造形,直接作用

---

① 刘若端. 十九世纪英国诗人论诗[M]. 北京:人民文学出版社,1984:71.
② 段宝林. 西方古典作家谈文艺创作[M]. 沈阳:春风文艺出版社,1980:669.

于人的眼睛。这样的艺术,我们称之为造形艺术,描述得更准确一些,是再现艺术。

拿文学来说,它用来表情和造形的手段是语言及其书面表达形式的文字,主要通过人对语言文字的理解以及想象而起作用。这样的艺术,我们称之为语言艺术或心灵艺术,亦即语符化的审美人学。

最后,拿戏剧、电影来说,因为它们把上述种种艺术手段综合在一起,主要用来造形,在作用于人的视听感觉的同时,也作用于人的心灵,所以,我们就笼统地称其为综合艺术。

### 二、文学用语言表情、造形的宽泛性和深刻性

#### 1. 关于语言的符号分析

记得马克思说过,颜色和大理石的物质特性不在绘画和雕刻领域之外。同理,文学作为语符化的审美人学或语言艺术,其个别本质,也只能到语言符号及其种种特性中去寻找。那么,语言符号到底有哪些特性呢?为了说明这个问题,我们先来看看美国人类语言学家萨丕尔给语言所下的定义。萨丕尔指出:"语言是人类特有的,用任意创造出来的符号系统进行交流思想、感情和愿望的非本能的方法。"①

在这个定义中,萨丕尔突出强调了以下几点:其一,语言是符号系统;其二,语言符号是人类特有的;其三,人类的语言符号带有任意性,也就是说,其符号的能指与所指之间没有必然的联系;其四,人类用这种带任意性的符号作为交流思想、感情、愿望,以及进行社会交往的工具。以上四点,对于我们而言,至关重要的是第一点,即语言是符号系统。可以说,语言的所有特性,都与语言是符号系统这一点相关。

语言既然是符号系统,那么,它也就只能和人的心灵,和人的理解与想象相联系,而不能像实物一般,或者像有别于实物但又接近于实物的音乐的音响、舞蹈动作、绘画颜料、雕塑土石一般,直接刺激于人。比如,一个"马"字,你打眼望去,看不见马的形状,也听不到马的叫声。从这个意义上讲,语言是超感觉的。但是,它作为指代实物的符号,一旦被人所接受,就又可以通过理解与想象活动,在人的内心中唤起并沟通各种感觉。还以"马"字为例。如果你平时和马打过交道,那么,通过一个"马"字,你就可以在理解的基础上,想象出马的形

---

① [英]哈特曼,斯托克.语言与语言学词典[M].黄长著,等译.上海:上海辞书出版社,1981:189.

状、马的叫声，你甚至还可以想象出马的鬃毛的柔滑感、马粪呛人的臭气。从这个意义上讲，语言虽然是超感觉的，但又是全感觉的，或者说，语言是全心灵的。

除此之外，我们还知道，语言作为符号系统，由语音、语义和语法三个层面构成。语音本身，有感叹意味和象声意味，在通过正常的或者非正常的语法结构加以组合，产生一定的节奏和韵律以后，还有强烈的表情意味。语义本身，有指代意义、概括意义、情感意义，在通过正常的或者非正常的语法结构加以组合，形成一定的象征与暗示以后，还有丰富的引申意义。如果说，借助于语义中的概括意义和引申意义，可以把语言当作思想与概念的符号，用来说理、示意，那么，借助于语音中的感叹意味和表情意味，语义中的情感意义和引申意义，则可以把语言当作情感的符号，用来表情，借助于语音中的象声意味，语义中的指代意义、概括意义和引申意义，则可以把语言当作表象即形象的符号，用来造形。卢那察尔斯基说："艺术不仅是形象的语言，艺术也是感情的语言。"①就是指此而言。比如，一个常用的"路"字，当市政官员号召保持路面整洁的时候，当政论家谈论人生之路的时候，这个"路"字，不正是思想与概念的符号吗？当诗人李白感叹"行路难"的时候，这个"路"字，不就是情感的符号吗？而当柳青在《创业史》中描写徐改霞踏上了通向黄堡集的乡间小路的时候，这个"路"字，不又是形象的符号吗？看看，同一个"路"字，既可以用作思想与概念的符号，也可以用作情感的符号，还可以用作形象的符号。从这个意义上讲，语言是多功能的。

正是语言符号的这两个基本特性——多功能性和全心灵性，造就了文学作为语符化的审美人学亦即语言艺术区别于其他艺术的个别本质。

**2. 文学用语言表情、造形的宽泛性**

我们先从表情和造形受限制的程度，即宽泛程度上，拿文学和以表情见长的音乐、以造形见长的绘画进行比较。

前面我们说，音乐以自然音响为手段，是在时间中延续的表情艺术。这是音乐的特长。然而，这个特长，又相应地使音乐具有一些局限性。

第一，从表情和造形两个方面看，音乐比较适于表情，而不大适于造形。虽然在个别场合，它也可以勉强地对自然界和人类社会中的某些音响进行模拟，达到从听觉方面再现生活，亦即造形的目的。但是，这种造形仅仅限于本身能发声的对象，而且就效果而论，也远没有视觉造形来得完整和清晰。

---

① [苏]卢那察尔斯基.论文学[M].蒋路,译.北京:人民文学出版社,1978:246.

第二，单从表情一个方面看，音乐比较适于从时间上展开，动态地表现情感的整个过程，而不太适于从空间上展开，静态地表现情感的各种色调。因而，遇到某些多色调的复杂情感，音乐往往无能为力。

再看绘画。绘画以颜料为手段，是在空间中并列的造形和再现艺术。要说这是绘画的优点，自然也无不可，但同时必须承认，这又是绘画的不足之处。

第一，从表情和造形两个方面看，绘画比较适于造形，而不太适于表情。尽管有一些画作，如古代的写意性国画、法国的印象派油画等，它们通过形象的夸张变形，努力在较小的框架之中，表现出较多的情感。然而，这种表情，因为本身要受造形的制约，往往难以如听觉表情一般表现得酣畅淋漓。

第二，单从造形一个方面看，绘画比较适于从空间上展开，静态地塑造形象凝聚的某一瞬间，而不太适于从时间上展开，动态地塑造形象变化的各个层面。进一步说，即便是在空间上，绘画也要受画面大小的限制，比较适于塑造单一的个体形象，而不太适于塑造繁杂的群体形象。再进一步说，即便是面对个体形象，绘画也是比较适于塑造形象的外在面貌，而不太适于塑造形象的内在灵魂。因而，遇到某些多层面的复杂形象、某些群体形象、某些精神内涵比较丰富的形象，绘画常常难以把握。

相对于音乐、绘画的情况，文学以语言为手段，要不受限制得多。首先，语言作为符号系统，具有多功能性。正因如此，文学可以把语言当作情感的符号用来表情，也可以把语言当作形象的符号用来造形。也就是说，文学在表情和造形两个方面，可以做到兼顾而不偏废。其次，我们知道，语言除了是情感和形象的符号之外，还是思想与概念的符号。缘于此，文学还可以用语言在表情的同时进行说理，在造形的同时进行示意，使情感渗透思想，形象包含概念，进而使情感和形象统一在思想与概念相互交融的坚实的基础之上。再次，如上所述，情感和形象各有其复杂性。如果说，某些复杂的情感，因为受空间条件的限制，不能为音乐所表现，某些复杂的形象因为受时间条件和其他条件的限制，不能为绘画所塑造，那么，这些情感或形象，在拥有多功能的语言手段的文学那里，就完全可以在时间和空间的结合中、动态和静态的结合中、外表和内心的结合中，得到自由的表现和全面的塑造。

为了说明这一点，我们来看下面一首诗：

爸爸变了棚中牛，
今日又变家中马。

> 笑跪床上四蹄爬,
> 乖乖儿,快来骑马马!
>
> 爸爸驮你打游击,
> 你说好耍不好耍?
> 小小屋中有自由,
> 门一关,就是家天下。
>
> 莫要跑到门外去,
> 去到门外有人骂。
> 只怪爸爸连累你,
> 乖乖儿,快用鞭子打!
>
> ——流沙河《哄小儿》

诗人在"文革"之中,自己受尽苦楚不说,还连累整个家庭,使不懂事的孩子也因为自己而遭到社会的唾骂。为此,做父亲的以一片负疚之心,由"棚中牛"变为"家中马",在"门一关"才"有自由"的"小小屋中,笑跪床上四蹄爬",让孩子快骑、快打。要说是幽默,这是近乎悲愤的幽默;要说是欢笑,这又是含着眼泪的欢笑。对于这样一种分不清是酸甜还是苦辣的多色调情感,绘画自然无计可施,就连作为表情艺术的音乐,也是难以下手。然而,在诗人笔下,由于有语言作为手段,表现起来却显得游刃有余,从容不迫。

再如曹雪芹的《红楼梦》。有人统计,在这部被称为"中国封建社会百科全书"的长篇巨著中,仅有名有姓的人物,就有448个,给人留下深刻印象的人物,也有几十名之多,其中如贾宝玉、林黛玉、薛宝钗、王熙凤等,一个人都堪称拥有一个独立的世界。要塑造这样庞大的群体形象,音乐肯定不行。以造形为主的绘画,也是多有困难。但是,在其他艺术望而却步的地方,却正是文学大显身手的场所。其所以如此,也还是因为有语言手段在起作用。

关于文学用语言造形,有两点尚须加以强调,即为文学所独具的叙事功能和心理描写功能。先谈叙事功能。爱听故事是人的天性,而叙事作为文学的专长之一,正可以满足人的这一天性之需。尤其在小说、剧本以及叙事散文中,文学的叙事功能可以发挥到极致。一个头绪繁多、错综曲折的复杂故事,经作家或由其委托的故事叙述人用叙述语言娓娓道来,能使多少读者为之沉醉乃至癫狂。我们知道,纯音乐或纯绘画通常不具备叙事功能,音乐在歌剧中,绘画在连环画中,要想讲一个完整的故事,只能借助于语言手段,不然,音乐和绘画面对故事便无计可施;音乐和绘画即便借助于语言,因受音乐或绘画本身的限制,歌剧和连环画也不能像文学叙事那样,把故事讲得井然有序,一气呵成。

除了叙事之外,文学作为语言艺术的又一个专长是心理描写。文学在语言手段的帮助下,可以像内窥镜似的,直插人物的五脏六腑,描写出包括梦境、本能、欲望、无意识,以及幻视、幻听等在内的整个心理活动,把人物对自己的朋友、爱人都不透露,以至于连自己都意识不到的内心秘密披露和揭示出来。例如,鲁迅的小说《一件小事》,在写到车夫扶着年老的女人向巡警分驻所走去时,就有一段关于"我"的心理描写:

> 我这时突然感到一种异样的感觉,觉得他满身灰尘的后影,刹时高大了,而且愈来愈大,须仰视才见,而且他对于我,渐渐地又几乎变成一种威压,甚至于榨出皮袍下面藏着的"小"来。

类似这种心理描写,除了语言之外,还能用其他手段吗?显然是不行的。难怪古人拿文学与绘画进行对比,会发出诸如"云山一一看皆美,竹树萧萧画不成"(苏颋《扈从鄠杜间奉呈尚书舅崔黄门马常侍》)、"泪眼描将易,愁肠画出难"(薛媛《写真寄夫》)一类的感叹。细究之下,为什么"竹树萧萧"的感觉、"愁肠"的心绪,通过绘画的线条与色彩难以表达,而文学却可以用语言文字将其淋漓尽致地渲染出来?如《红楼梦》中写潇湘馆的竹子、写黛玉葬花即是如此。其间的奥秘在于心理描写乃文学作为语言艺术的独门绝技之所在。

我们这样说,并不意味着语言是万能的,可以凌驾于其他艺术手段之上。应当承认,在艺术领域中,确实有一些情感和形象,是只可意会,却不可言传的。对于这样的一些情感或者形象,音乐用音响也许能表达,绘画用颜料也许能表达,而文学用语言却不能表达。然而,这毕竟只是极个别的现象。一般情况下,语言和意识是不可分离的。只要人能用意识想到,就能用语言说到和写到。相对于音响、颜料等手段,语言的限制最少,自由最多。因而,文学用语言来表情和造形,也就必然具有其他艺术所无可比拟的广度。

**3. 文学用语言表情、造形的深刻性**

以上,我们从表情和造形的广度上,对文学与音乐、绘画做了比较。接着,我们再从表情和造形的深度上,对文学与音乐、绘画做以比较。

先说表情。音乐用自然音响表情,直接作用于人的听觉。这种音响,除了本身之外,不附带任何意义。基于此,音乐尤其是无标题音乐的表情,往往较多具有听觉的直接性,缺少思想的确定性。直接产生听觉表象,这自然是好事。但思想不确定,也就容易产生弊端。一是作品不好理解。例如,关于肖邦死后发表的升 C 小调夜曲,人们对其所要表达的思想内容分歧很大。有的人说这是一首悲哀的歌,表现的是趁天未亮去寻更多的梦;有的人则说这首歌尽管悲凉,但颇为豪放,应该是一个要离开故国的爱国者对祖国的怀恋。二是难得知音。我国古代有一个伯牙和钟子期的故事,伯牙是音乐演奏家,钟子期是音乐评论家,二人相知很深。伯牙弹完一曲,钟子期说:"巍巍乎志在高山。"伯牙又弹一曲,钟子期又说:"汤汤乎志在流水。"钟子期死后,伯牙痛感知音已绝,就把琴一摔,"终生不复鼓也"。这个故事足以说明知音的难得。

和音乐相比,文学用语言表情的情况就好多了。我们前面说,语言作为符号系统,具有全心灵性。一方面,它可以通过语音(包括语气、语调等)的物质外壳直接作用于人的听觉,勾起一种和音乐表情相类似的情绪波动,例如诗朗诵、小说播讲就有这样的效果;另一方面,即使不朗诵、不播讲,只是默看,即语音不对听觉起作用,语言也可以通过语义的精神内涵,深入地作用于人的心灵,在理解的指引下,唤起一种有思想渗透在其中的情思活动。如果说,由语音勾起的情绪,思想是不确定的,那么,由语义唤起的情思,其思想则带有很大的确定性。正因为文学的表情是语音和语义、情绪和情思的统一,所以,较之音乐,文学的表情虽然在听觉的直接性上略有逊色,但在思想的确定性上则远为优胜。上面所提到音乐表情的两个方面的弊端,尽管在文学中难以完全避免,但绝不会如在音乐中那样严重。不可否认,有个别文学作品,特别是诗,或是由于语音成分压倒了语义成分,或是由于语义本身的引申意义生发过多,埋藏太深,作品的情感内涵难以索解。如唐代李商隐、李贺的某些作品,当代"朦胧诗"中的某些作品,就属此例。要说这些作品难懂,比起音乐作品来,其在程度上毕竟有所不同。因为说到底,它们是由语言,而不是由自然音响构成的。既然是语言,那么,除了语音,必然还有语义。也就是说,在不确定之中,终究还有确定的东西。

上面是讲表情,再说造形。我们平时看一幅绘画作品和看一篇文学作品,产生的感觉和感受是大不一样的。看绘画作品时,那些色彩和线条赫然在目,我们面对的是实体的形象;而看文学作品,开始只有一行行拉丁字母,或者一个个方块文字映入眼帘,要等到我们把这些具有全心灵性的语言符号从本质意义上真正理解了,才能和个人的生活经验联系起来,通过想象的再现,在内心中还原为相应的声音、色彩、形体、气味等,形成一定的表象。这种形象,不是凭眼睛现成得来的实体形象,而是经由心灵的再创造的想象形象。我们平时所说的"如见其人""如闻其声""如临其境",就是这个意思。

通过以上比较,文学与绘画在造形方面的优劣,就基本清楚了。一方面,绘画可以在人眼前提供实体的形象,具有视觉的直接性;而文学却只能在人心中唤起想象的形象,没有视觉的直接性。在这个意义上,绘画造形有明显优于文学造形的地方。但是,另一方面,绘画所塑造的形象,为颜料的物质外壳所限制,显得过于实在和确定,在观众心中容易画地为牢,缺少想象的余地;而文学所塑造的形象,因为是用语言的精神内涵填充起来的,一般都比较虚飘和空灵,可以把读者的全心灵都调动起来并投入其中,具有更多想象的成分和创造的成分。在这个意义上,绘画造形又有明显不及文学造形的地方。

有人对此中优劣缺乏深入的分析,认为文学描写山水风景,"纵其文笔高妙,善于摹写,极力形容,处处精到,然于言语文字之间使人想象终不得其真面目,不若图之缣素,则其山水之幽深,烟云之吞吐,一举目皆在,而得以神游其间,顾不胜于文章万万乎?"[①]这番话的问题在于,没有看到文学在造形方面,比绘画虽然少了一点视觉的直接性,但多了一层想象的创造性,正是后者,使文学造形比绘画造形在内涵上要丰富得多。传说北宋画院考试时以唐代诗人韦应物的《滁州西涧》中的一句"野渡无人舟自横"为题,有人画一只小船系在河岸杨柳树下,有人画一只鹭鸶栖息在船篷顶上,然而,他们都落选了。最后只有一幅画被选中,他画的是一个船工蹲在船尾吹笛子。我们用现在的眼光看,这最后一幅确实比前几幅要好些,但是说到底,它仍然给人以不满足之感。原因何在?不是由于它造形不好,而是由于它造形太实,限制了观众的想象力,它未能把包含在"野渡无人舟自横"这个诗意形象中的全部内涵充分地传达出来。

上面,我们从表情和造形两个方面,分别对文学与音乐、文学与绘画做了比较。如果说,文学用语言表情,缺少听觉的直接性,文学用语言造形,没有视觉的直接性,这是文学的一个短处,那么,正是这个短处,使文学比音乐、绘画在给人的感觉方面更间接和抽象一些,使人不容易马上接受。如果说,文学用语言表情,具有思想的确定性,文学用语言造形,具有想象的创造性,这是文学的一个长处,那么,正是这个长处,使文学比音乐、绘画在给人的感受方面更深入,使

---

① 沈子丞.历代论画名著汇编[M].北京:文物出版社,1982:108.

人能在确定的思想的指引下,通过想象的创造,达到为其他艺术所难以企及的心灵的深度。

#### 4. 文学作为语符化的审美人学(语言艺术)的个别本质

综上所述,文学用语言表情和造形,一方面,具有为其他艺术所无可比拟的广度;另一方面,又具有为其他艺术所难以企及的深度。这两个方面的统一,即反映社会生活的宽泛性和深刻性的统一,正是文学作为语符化的审美人学,亦即语言艺术的个别本质所在。文学用语言所表达的情感和形象,以及用这种情感和形象所体现的人文意识,构成的正是为文学所独具的语符化的审美-人文形态。

在这里,有一点需要说明,我们在论证文学的个别本质时,仅仅对文学与音乐、绘画做了比较,而没有提到戏剧或者电影。这是因为,戏剧和电影作为综合艺术,从表情方面看,它们不像音乐那样有代表性;从造形方面看,它们又不像绘画那样有代表性。而且,因为它们本身都使用语言手段,与文学放在一起有较多的交叉部分,所以,我们为了叙述方便,没有把这两种艺术列入比较的范围。

当然,戏剧、电影由于具备多种手段,表情和造形一般都比较深广。然而,这种深广度,只是相对而言,其若要与文学相比,则又显得不足。从广度上说,戏剧明显地要受舞台空间和时间的限制,电影虽不受空间的限制,但又要受时间的限制。从深度上说,戏剧、电影与绘画相类似,全然以实体形象呈现,直观的成分更多,想象的因素较少。

由此,我们可以得出一个结论,无论是表情艺术、造形艺术,还是综合艺术,它们在表情方面和造形方面,都不如作为语言艺术的文学来得深广。别林斯基说:"诗歌(他在这里指整个文学——引者注)是最高的艺术体裁。"①这个断语,尽管未能把艺术在今后岁月演变和发展的种种可能性估计进去,近于绝对,但截至现在,应当说它还是不能推翻的真理。

### 三、关于什么是文学的综述

在第一章文学本体论的前面三节,我们依次讨论了文学是人学,文学是审美人学,文学是语符化的审美人学这样三个层面的文学本质。我们说,文学作为人学,其一般本质在于,它是反映社会生活的必然性和能动性的统一;文学作

---

① [俄]别林斯基.别林斯基选集:第三卷[M].满涛,译.上海:上海译文出版社,1980:1.

为审美人学,其特殊本质在于,它是反映社会生活的情感性和形象性的统一;文学作为语符化的审美人学,其个别本质在于,它是反映社会生活的宽泛性和深刻性的统一。我们之所以要这样做,是为了按照演绎法的逻辑程序,从一般到特殊,再从特殊到个别,层层深入地回答什么是文学的问题。至此,我们可以为我们在前面三节的讨论做一个小结。什么是文学呢?综上所述,所谓文学,就是用语言符号,在最大的广度和深度上,审美地表现情感和塑造形象,以反映人和人的社会生活,同时体现人的主体的心灵化创造的一种人文意识。如果把这个定义稍做简化,那么,文学的定义就可以概括为:它是一种用语言表达的情感化、形象化的人文意识。

## 第四节  文学作品

### 一、文学作品及其结构层次

#### 1. 作为文学的存在方式的文学作品

我们在绪论中谈到文学现象时曾说过,文学作品是各种各样的文学现象里最基本也最重要的一种文学现象。我们这样说,实际上意味着,文学主要是以文学作品的方式感性直观地存在于人世间。按西方现代文艺理论的思路,某个对象的存在方式,也就是这一对象的本体。既然文学的存在方式是文学作品,那么,文学的本体也就自然而然地在于文学作品了。

正因如此,文学作为像我们在上面所定义的那样,是一种用语言表达的情感化、形象化的人文意识,其中涉及的语言、情感和形象,以及人文意识等几个关于文学的关键词,就必定会对应地体现在作为文学的本体及其存在方式的文学作品的有机构成之中,成为我们进一步分析文学作品的结构层次的内在依据。

#### 2. 中西方两种文学作品结构层次观

在进行文学作品结构层次的专门考察之前,我们有必要先来了解一下中国古代和西方现代文艺理论中两种既各自独立,又相互交叉,可以说是殊途同归的文学作品结构层次观。

先说中国古代的文学作品结构层次观。被称为六经之一的《周易》之《系辞》篇,从"言""象""意"三者的关系出发,最早提出了"言不尽意""立象以尽意"的命题,为后人研究一切文学的或非文学的文字文本的结构层次,设定了一个至今都难以逾越的逻辑框架。《周易》所谓"意",指人对"道"的内心体验。在《周易》的作者看来,虽然人对"道"的内心体验,必须用语言来表达,但任何语言的表达都不会充分和完满。这就是"言不尽意"的意思。面对这样的语言困境,《周易》设计的解决方案是"立象以尽意",即在"言"和"意"之间增加一个"象"作为中介,人们可以先用语言对"象"(指卦象)加以描述,通过这种被描述的"象",来暗示和象征"意",以便较为充分和完满地表达自己对"道"的内心体验。这就是"立象以尽意"的意思。应该说,《周易》就"言""象""意"三者提出的上述命题,是富有创意的。它所涉及的符号(象),符号之符号(言),以及它们之间的能指与所指的关系,不仅对古代的思维科学,即便在今天,对当代的符号学,也颇具指导意义。除《周易》之外,《庄子》不少篇章也都论及"言"和"意"之间的关系。例如,《天道》篇认为:"意之所随者,不可以言传也";《外物》篇以"得鱼而忘筌""得兔而忘蹄"为喻,论证了在言与意之间可能"得意而忘言"的道理。① 三国时期才华横溢的青年学者王弼,在对《周易》"言不尽意""立象以尽意"的命题进行诠释时,将《庄子》"得意而忘言"的思路融入其中,使他的诠释具有了把《易》《庄》糅合在一起的,非同一般的玄学的思辨色彩。王弼在《周易略例·明象》部分说:

> 夫象者,出意者也;言者,明象者也。尽意莫若象,尽象莫若言。言生于象,故可寻言以观象;象生于意,故可寻象以观意。意以象尽,象以言著。故言者,所以明象,得象而忘言;象者,所以存意,得意而忘象。

在王弼看来,任何一个文字文本,无一例外都是由"言""象""意"三个层次构成的复合结构。从作者这方面说,是从"意"到"象",即所谓"尽意莫若象";再从"象"到"言",即所谓"尽象莫若言"。除此之外,王弼还引入了读者的接受视角,反过来从读者这方面说,是从"言"到"象",即所谓"寻言以观象";再从"象"到"意",即所谓"寻象以观意"。这里需要说明的一点是,不管

---

① 陈鼓应.庄子今注今译[M].北京:中华书局,1983:356,725.

是《周易》《庄子》，还是作为诠释者的王弼，他们关于"言""象""意"的结构层次分析，所指称的都不是文学作品，而是非文学的哲学人文科学论著。特别是其中的"象"，也并非文学形象，而是古人用以占卜吉凶的卦象。然而，因为他们有关"言""象""意"关系论充满东方式智慧的绝妙思辨，与文学作品的实际正好吻合，所以，即使到了今天，其对我们理解文学作品的结构层次，仍有不可低估的指导意义。

可以用来和《周易》与王弼的"言""象""意"关系论互读互训的，是20世纪波兰现象学美学家英加登的"文学作品四层面"论。他在《文学的艺术作品》一书里指出，文学作品由表及里可分为四个层面：声音组合；意义单元；多重图式化外观；再现的客体。按英加登的解释，第一个层面是声音组合，作为字音及高一级的语音组合，属于文学作品最基本的层面；第二个层面是意义单元，是由声音组合所传达的意义组成，它是文学作品的核心层面；第三个层面是多重图式化外观，是由意义单元呈现出来事物的基本面目，大致相当于作品所写的题材；第四个层面是再现的客体，即通过虚构而生成的艺术世界。英加登又补充说，在某些文学作品中，可能还存在第五个层面，他将其称之为"形而上的特质"，如崇高、悲剧性、恐怖、玄妙、丑恶、神圣与悲悯等。他认为，这种"形而上特质"，并不属于文学作品必备的层面，而仅仅只在"伟大的文学"中出现。①

### 3. 文学作品的结构层次

如果把《周易》和王弼的"言""象""意"关系论，与英加登的"文学作品四层面或五层面"论加以比较，我们发现，二者尽管表述各异，但总体的思路却是不谋而合、异中有同的。英加登讲"声音组合"和"意义单元"，大体相当于《周易》和王弼所谓的"言"；英加登讲"多重图式化外观"和"再现的客体"，大体相当于《周易》和王弼所谓的"象"；而英加登讲"形而上特质"，则大体相当于《周易》和王弼所谓的"意"。

唯其如此，我们今天分析文学作品的结构层次，完全可以在承继中国古代的"言""象""意"关系论的基础上，适当地参照与吸收西方现代的"文学作品四层面或五层面"论作为补充，在中西结合的大框架下，建构一个既有中国特色，又不乏现代意味的文学作品结构层次观。

我们认为，文学作品作为一个有机整体结构，由表及里，应该区分为三个层次：表层自然是由一个个方块汉字或一行行拉丁字母组成的文学的语言组织；

---

① 童庆炳.文学理论教程[M].北京：高等教育出版社，2004:307.

内层应该是由文学的语言组织表达的文学的情感和形象系统;深层则无疑是由文学的情感和形象系统暗示的文学的意义世界,如图1-1所示。

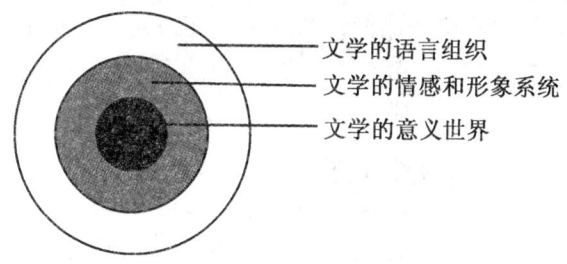

图1-1　文学作品结构层次图

这三个层次,和我们在以上关于文学所下的定义中所强调的语言、情感与形象、人文意识等三个要素,正好是一一对应的。下面,我们就此再做一些说明。

首先是文学的语言组织。文学的语言组织主要是文学语言,也包括作为文学语言的安排程序的文学结构和作为文学语言的修辞手段的文学手法等。此种语言组织,由语音的物质外壳和语义的精神内涵,按语法的规则与潜规则组合而成。因为此种语言组织以文字形式直接裸露在读者的视野之下,便理所当然地成为文学作品的表层结构。

其次是文学的情感和形象系统。文学语言不同于哲学人文科学的语言,它首先和主要的一点,是把语言当作情感符号和形象符号来使用。它通过抒写、叙写与描写相结合的手段,形成了文学情感与文学形象既对立又统一的文学的情感和形象系统。这种情感和形象系统,看似不同,实为一体。在诗歌那里,它们表现为形象化的情感;而在小说和剧本那里,它们则表现为情感化的形象。因为其整个系统,处在文学语言组织的表层结构之下,我们可以将其称为文学的内层结构。

最后是文学的意义世界。文学语言,如前所述,首先和主要的一点是作为情感符号和形象符号来使用,但与此同时,它也作为思想、概念以至于象征的符号来使用。由此决定,用这种多功能的语言符号所表现的文学情感,必然在情感当中渗透着多方面的思想内涵,即所谓情中有理,情理交融;用这种多功能的语言符号所塑造的文学形象,必然在形象里面包含着多方面的概念内核,即所谓形中有神,形神兼备。情中之理(渗透在情感中的思想)和形中之神(包含在形象里的概念),随着情感和形象的统一,逐渐结合在一起,形成被中国古代诗学称之为"神理"的文学主题,亦即文学的意义世界。这种意义世界,作为文学作品中情感化、形象化的人文意识，处在文学作品的核心部位，于是，便对应地构成其深层结构。

为了便于大家理解文学作品的结构层次，下面，我们以臧克家的《三代》一诗为例，做简单的分析：

> 孩子
> 在土里洗澡；
> 爸爸
> 在土里流汗；
> 爷爷
> 在土里葬埋。

诗中朴实无华的文字和那种对仗式的排列与分行形式，作为诗的语言组织，构成作品的表层结构；诗中流露的农民对土地的感情，以及与泥土打交道的三代人的不同形象，作为诗的情感和形象系统，构成作品的内层结构；诗中通过情感和形象所表达出来的基于农耕文化的土地情结，和由此而生发的爱国主义精神，作为诗的意义世界，构成作品的深层结构。

上述三个层次，与《周易》和王弼所讲的"言""象""意"三者大致相仿。恰如王弼论述的那样，"尽意莫若象，尽象莫若言"，文学意义全部渗透和包含在文学的情感和形象系统之内；文学情感和文学形象，也全部被表达在文学语言组织之内。文学语言，其一字一句，全都指向文学的情感和形象系统；文学情感和文学形象，其一枝一节，也全都关涉文学的意义世界。在真正的文学作品中，如同不渗透和包含意义的情感和形象是不存在的一样，不表达情感和形象的语言也是不存在的。

## 二、文学作品的有机构成和基本属性

### 1. 文学作品内容与形式的有机构成

以上，我们把文学作品由表及里区分为文学的语言组织、文学的情感和形象系统、文学的意义世界等三个层次。在这三个层次中，情感和形象系统，以及由情感和形象系统所蕴含的意义世界，用来回答文学作品是写什么（抒写什么、叙写什么与描写什么）的问题，它们是文学作品的目的和宗旨之所在，构成文学作品所要表达的内容；而语言组织用来回答文学作品怎样写（怎样抒写、怎样叙写与怎样描写)的问题,它们是文学作品的手段或方式,构成文学作品赖以表达的形式。

根据这样的区分,文学作品的所谓内容,实际上就是指作品的情感和形象以及由二者的统一而形成的整个系统,包括情感,形象(人物、情节、环境),情感和形象赖以产生的社会生活对象——题材,以及蕴含在情感和形象之中的主题亦即意义等。文学作品的所谓形式,实际上就是指作品为了表现情感、塑造形象而采用的整个语言组织,包括语言、语言的安排程序——结构,语言的修辞手段——表现手法等。

我们可以清楚地看到,文学作品内容的诸因素,包括题材以及主题等,都是作为情感和形象系统的一部分而存在;与此相对应,文学作品形式的诸因素,包括结构以及表现手法等,也都是作为语言组织的一部分而存在。所以,我们可以从总体上,把文学作品的内容称为情感和形象内容,把文学作品的形式称为语言形式。文学作品作为一个生命整体,是文学的语言组织、文学的情感和形象系统、文学的意义世界的有机统一,当然也是情感和形象内容与语言形式的有机统一。

于20世纪一二十年代兴起的俄国形式主义和英美新批评,作为文艺理论中的形式主义学派,竭力反对传统的内容与形式的两分法。按这一学派的说法,传统意义上所谓内容,充其量只是一堆由非审美成分构成的材料而已,这些材料最终并不进入并且参与文学作品的有机构成。因此,在其看来,作品即形式,而形式就是完成了的内容。

此种形式主义的文学作品观,自然有明显的偏颇之处,但也确实能给我们以深刻的启示。传统的内容与形式的两分法,因为更多地强调内容对形式的决定作用,很少强调甚至根本不强调形式的相对独立性,以及内容与形式的有机整体性,所以,无论是作者还是读者,长期以来形成了一种倾向,认为有了内容,有了题材,就有了一切。于是,大批不在形式上下功夫的、粗制滥造的东西,得以在内容决定一切的幌子下,堂而皇之地生产出来,并充塞于流通和消费领域。今天,我们借鉴形式主义的文学作品观,必须克服在内容与形式问题上的机械的形而上学的弊端。实际上,内容与形式作为文学作品有机整体的内里与外观,就其存在的形态与方式而言,二者是密不可分的。我们讲内容,是连带着形式的内容,是完全形式化了的内容,是用活生生的形式表达出来的内容;我们讲形式,是连带着内容的形式,是完全表达着内容的形式,是以活生生的内容充溢着的形式。赤裸裸的内容和不被形式所表达的内容是不存在的;同理,赤裸裸的形式和不表达内容的形式也是不存在的。

**2. 文学作品内容与形式的基本属性**

如前所述,文学作品的内容是情感和形象内容。其中,情感作为对社会生活的反映,其着重点在于主观理想表现;形象作为对社会生活的反映,其着重点在于客观现实再现。

这里,我们讲形象的客观现实再现,是说文学作品的内容要有客观的真实性;我们讲情感的主观理想表现,是说文学作品的内容会有主观的倾向性。真实性和倾向性便是文学作品内容的两大基本属性。

具体而言,所谓真实性是指文学作品的内容,通过形象的客观现实再现,要求无限接近社会生活的本来面目,在符合生活现象的同时,进一步符合生活的某些方面的本质以及规律性。由此而论,我们讲的这个真实性,实际上包括两层含义:首先和主要的是形象的真实,亦即现象真实和细节真实,我国古代文学理论中将其称作"形似";与此同时,因为形象里包含着概念,所以,在形象真实中,也必然要包含一定的概念真实,即本质以及规律性的真实,我国古代文学理论中将其称作"神似"。

必须说明的是,文学作品真实性的上述两层含义,不管是现象或细节真实,还是本质以及规律性的真实,它们作为表达在作品里的真实,都是经由再现性想象按照事理逻辑,或者经由创造性想象按照情理逻辑虚构而成的,因而,它们都不能不带有虚拟的,亦即假定的性质。它们在某种意义上,都可以说是假中求真。正因如此,作为讨论文学真实性的一个基本前提,我们必须将作品里的真实与生活事实严格地区别开来:其一,既然是虚构,那么,文学作品所写的并非生活事实,作家创作无须原样照搬,读者阅读也不必对号入座;其二,虽然所写的并非生活事实,但因为文学作品是按照事理或情理逻辑在想象中虚构出来的,它们合于事理或合于情理,这种内在的合理性,决定了它们较之一般的生活事实,要真实得多。生活事实,作为社会生活中实际有的东西,显示的是事物的个别形态和偶然形态,有时可以视为纯粹的例外;而作品里的真实,作为虚构出来的,社会生活中不实际有,但按照事理认为可能有和必然有,或者社会生活中不实际有也不可能有,但按照情理认为应该有和必须有的东西,它显示的是事物的普遍和必然形态或当然形态,也就是说,排除了纯粹的例外因素。因此,作品里的真实作为合规律性或合目的性的真实,就比一般的生活事实具有更高的真实性。正如茅盾文学奖得主麦家所言,"虚构作品是要追求一个更高级的真实"。他所谓"更高级的真实",就是上述合规律性或合目的性的真实。为什么专业演员演普希金比普希金自己演自己更像普希金？为什么亚里士多德认为写诗比写历史更富于哲学意味？其缘由即在于此。

　　文学是一个真实的领域。契诃夫说过，在这个世界上，搞政治、做生意，甚至谈恋爱，都可以作假，唯独文学不能作假。正因为如此，作家往往将其对作品真实性的追求视作生命，并成为他整个价值观念中最优先、最注重的一个方面。有的作家为求得真实，殚精竭虑，耗尽了一辈子的心血；更有人因此而付出了生命的代价。艾青一首名为《镜子》的诗，便可以当作真实性及其在作家心目中至高无上地位的一个象征来看待：

<blockquote>

仅只是一个平面
却又是深不可测

它最爱真实
决不隐瞒缺点

它忠于寻找它的人
谁都从它发现自己

或是醉后酡颜
或是鬓如霜雪

有人喜欢它
因为自己美

有人躲避它
因为它直率

甚至会有人
恨不得把它打碎

</blockquote>

　　正像镜子不会因为"有人喜欢它""有人躲避它"，甚至"有人恨不得把它打碎"，而改变"它最爱真实"和"决不隐瞒缺点"的本性一样，作家也不会因为社

会各界的种种反应,而改变自己对作品真实性的追求。诗人以其绝妙的象征启示我们,在一个真正的艺术家那里,通过客观现实再现,如同镜子一般反映对象世界的真实面貌,应该是比其肉体生命还重要得多的精神生命之所在。

除了真实性之外,文学作品内容的另一个基本属性是倾向性。具体地说,所谓倾向性是指文学作品通过情感的主观理想表现,尽可能地忠实于作家自我的内心体验,在表达其个人的目的需求的同时,体现他所属的时代和民族共同的目的需求。由此而论,我们讲的这个倾向性,也可以区分为两层含义:首先和主要的是在感性层面上的情感倾向,即表达作家个人的目的需求,我国古代文学理论通常称其为情;但因为如前所论,情感中渗透着思想,所以,在感性层面的情感倾向之中,也必然渗透着理性层面上体现作家所属的时代和民族共同的目的需求的思想倾向,我国古代文学理论通常称其为理。

就文学的倾向性来说,情感倾向作为真情实感的自然流露,无疑是极其重要的。但仅仅停留于真情实感的流露,是远远不够的。因为文学毕竟不是个人的事业,它要面对的是整个社会。为此,作家就必须对自己的一己之情进行理性化、道德化的提升,使个人的目的需求逐步扩大容量,以反映自己所属的时代和民族共同的目的需求。这样,情中有了理,情感倾向就不再只是个人的情绪宣泄,而成了可以为时代和民族代言,能体现合目的性,乃至于普世价值的思想倾向。

正像合规律性的真实代表着文学的价值一样,合目的性的倾向也代表着文学的价值。在欧洲黑暗的中世纪,在中国的"文革"时期,作家对文学倾向性的价值追求,往往受到来自官方意识形态主流话语的影响,而处于某种不自由的状态。如今,随着民主化程度的提高,此种情况已经大有改观,但还存在一些问题。其中最主要的一点,是如何按文学的自身规律处理倾向性的表达。毫无疑问,每一个作家都有自己的倾向。虽然罗兰·巴特提出过客观性的"零度写作",但完全漠不关心的艺术,完全中立的艺术是不存在的。因此,作家尽管可以力求客观地把自己的情感和思想表达得隐蔽一些,但是,切不可追求隐蔽而使倾向性处于一种暧昧状态。所谓倾向性的隐蔽,是指将包含有清晰的是非与善恶观念的情感,隐藏在形象里面,而不使其直接裸露在外,从而更加含蓄和耐人寻味,这是倾向性表现的一种审美形态;而暧昧则是作品故弄玄虚,在道德与法律的底线附近,表现出的一种是非不分、善恶莫辨的非审美形态。如《金瓶梅》对西门庆与一众女性之间性关系的铺陈式描写,由于作者字里行间不自觉流露出羡慕和炫耀意味,其倾向便多有暧昧之感。总之,隐蔽和暧昧在审美上是有区别和界限的,这一点值得大家予以充分的注意。

我们在以上所讲真实性,主要是就形象的真实性而言;所讲倾向性,主要是就情感的倾向性而言。然而,在文学作品的内容中,形象是情感化的形象,情感是形象化的情感,也就是说,二者是结合在一起的。缘于此,情感就难免受到形象的制约,而带有一定的真实性;形象也难免受到情感的改造和灌注,而带有一定的倾向性。这里,所谓情感的真实性,是指情感受到在形象深化过程中形成的认识的制约,能够由真情见出真理;所谓形象的倾向性,是指形象受到在情感深化过程中激发的想象的改造,能够以事理包容情理。基于这样的理解,我们不同意有人把情感的真实性简单地归结为真情实感;同样,我们也不同意有人把形象的倾向性区分为好人或坏人、正面人物或反面人物。

真实性和倾向性既然能够像上面所论述的那样彼此交叉,那么,它们作为文学作品内容的两个基本属性,完全有可能统一起来。因为对于倾向性来说,真实性是它的基础,对于真实性来说,倾向性是它的指导,所以,倾向性就完全可以统一在真实性的基础之上,真实性也完全可以统一在倾向性的指导之下。在这方面,许多优秀的文学作品为我们提供了范例。拿高晓声写的《李顺大造屋》和《陈奂生上城》来说,无论是李顺大还是陈奂生,作者对他们都是非常同情和关注的,但是,他的这种情感态度,并没有赤裸裸地加以宣泄,而都是通过对造屋或上城的情节和场面的真实描写,自然而然地流露出来的。正因如此,小说的倾向性就容易为我们所理解,也容易为我们所接受。高晓声写李顺大和陈奂生,并没有停留在对这些人的如实描写和客观介绍上,而是如他自己所说:"我写他们,是写我心。"正因如此,这些人物都是活生生的,他们除了以自身的真实性使人信服之外,还以所体现的倾向性使人入迷和感动。

上述内容是真实性和倾向性相统一的例证。当然,还有不少文学作品,未能把二者统一起来。这当中,通常有两种情况。一种情况是只讲真实性,不讲倾向性,用真实性排斥倾向性。例如中篇小说《调动》就是如此。这部小说在揭露社会生活中的丑恶现象时,许多细节写得很逼真,但由于作家的态度暧昧、倾向不明,其结果是不但不能引导读者去认识和憎恨丑恶,为克服丑恶而斗争,反而使他们对丑恶产生了同情,以至于欣赏的感情。与此相反,另一种情况是只讲倾向性,不讲真实性,用倾向性宰割真实性。如"文革"中改编的舞剧《白毛女》就是如此。改编者为了加强"革命倾向性",不顾杨白劳这个人物的实际情况,让他抡起扁担与敌人拼命,结果,正如《白毛女》的原作者之一贺敬之所说,"一扁担把杨白劳打跑了"。

上面,我们分析了文学作品内容的两个基本属性即真实性和倾向性,以及二者之间的联系。下面,我们再来考察一下文学作品形式的基本属性。

我们知道,文学作品用以表达情感和形象内容的形式是语言。如果说,情感内容本身存在着一个倾向性正确与不正确的问题,形象内容本身存在着一个真实性充分与不充分的问题,那么,单纯就语言形式而言,这些材料、手段以及技巧等,本身就无所谓正确与不正确、充分与不充分。同样的语言形式,用以表达同样的情感和形象内容,有的可能表达得很好,被称为佳作;有的则可能表达得不好,被视为次品。这里的关键,显然不在于语言形式本身,而在于语言形式与它所表达的情感和形象内容是否适应。基于此,我们在考察文学作品的语言形式时,不能就语言论语言,就形式论形式,而必须把它放在与情感和形象内容的有机联系之中,看二者是否适应。二者相适应,语言形式就有艺术性;二者不适应,语言形式就没有艺术性。形式对于内容的适应性,即所谓艺术性,就是文学作品的语言形式的基本属性。

我们之所以在此将文学作品的艺术性,归结为其语言形式对于情感和形象内容的适应性,是因为受到了苏轼的一番话的启发。苏轼在诠释《周易》的"辞达而已矣"一语时,这样写道:"辞而至于能达,则文不可胜用矣。"(苏轼《答谢民师书》)他所谓"辞而至于能达"即"辞达"之意,就字面含义而论,是辞已达意,即语言文字把所要表达的意思已经表达完整、清楚、充分。在苏轼看来,这是口头言说和书面著述中一个极高的境界。一旦"辞而至于能达",就无须另做它求。如果结合文学作品内容与形式的关系做深层次的考察,"辞达"二字,就可以从广义上理解为语言形式对情感和形象内容的高度适应。按苏轼的逻辑,若是"辞"到了"能达"的境界,那么,作为由此而生的表达效果,"文"即文采、艺术性,便随之而来,且丰沛到"不可胜用矣"的地步,或者说,已臻于完美,达至极致。这里,我们不妨进一步加以推论,因其"辞而至于能达"在前,遂有"不可胜用"之"文"在后,二者通过因果链,构成的是一个审美的完成式。也就是说,语言形式与情感和形象内容倘能高度适应,那么,作为文学作品形式的基本属性的艺术性,也就自然而然地呈现出来。

基于此,我们有必要对适应二字做以解释。按照我们的理解,所谓适应,有两个方面的意思:一方面,文学作品的语言形式,作为表达情感和形象内容的材料、手段以及技巧等,应该像克莱夫·贝尔所指出的,是一种"有意味的形式"①。因此,它必须把自己全部用于情感和形象,全部化为情感和形象,让一字一句,都充满情感意味和形象意味,使人在情感和形象之外,再看不到有什么语言材料、语言手段或者语言技巧等的单独存在。刘熙载评价杜甫的诗是"但见性情气骨""不见语言文字"②。罗丹认为:"真正的艺术是忽视艺术的。"③巴金说:"文学的最高境界是无技巧。"他们所说都是这个意思。另一方面,文学作品的语言形式,作为表达情感和形象内容的材料、手段以及技巧等,必须严格地从内容的需要出发,需要什么,就采用什么,需要多少,就采用多少。不论是语言材料,还是语言手段或者语言技巧等,一定要采用得恰如其分。这就是说,语言形式除了是"有意味的形式"之外,还应是有分寸的形式。刘熙载说:"辞之患不外过与不及。"④苏联诗人维诺库罗夫说:"艺术技巧要来得不多不少,正好符合需要。"他们所说都是这个意思。以上所讲意味和分寸,实际上都是苏轼所谓"辞而至于能达,则文不可胜用矣"的题中应有之义。

一个是有意味,一个是有分寸。如果说,前者是关于语言形式质的方面的规定,那么,后者就是关于语言形式量的方面的规定。把两个方面的规定统一起来,就是我们所谓作为文学作品形式的基本属性的适应性或艺术性。

一个好的文学作品,其情感和形象内容应该有充分的真实性和正确的倾向性,其语言形式应该有完美的艺术性。这里,我们说充分的真实性,是指形象所再现的社会生活现象完全符合社会生活本身的规律。这种合规律性,即所谓文学内容的真。我们说正确的倾向性,是指情感所表现的作家的自我需要完全符合人民大众的社会需要。这种合目的性,即所谓文学作品内容的善。我们说完美的艺术性,是指语言材料及其所采用的手段、技巧,完全符合审美法则。这种合法则性,即所谓文学作品形式的美。内容的真和善,与形式的美的统一,是我们从文学作品基本属性出发,对其提出的最高要求。

### 三、文学作品内容与形式诸要素

以上,我们讲的内容与形式的有机构成及其基本属性,对于文学作品来说,还只是一个总体性的概括。为把问题的讨论引向具体,下面,我们准备从内容到形式,对构成它们的各种要素,逐一地进行考察。

---

① [英]克莱夫·贝尔.艺术[M].周金环,马钟元,译.北京:中国文联出版公司,1984:4.
② [清]刘熙载.艺概[M].上海:上海古籍出版社,1978:59.
③ [法]罗丹.罗丹艺术论[M].沈琪,译.北京:人民美术出版社,1978:5.
④ [清]刘熙载.艺概[M].上海:上海古籍出版社,1978:39.

**1. 文学情感及其性质特点**

先说文学情感。我们在第二节中提到,心理学上所谓情感,可以指情绪性的快感,也可以指充满情思的理智感和道德感。我们这里要讲的情感,是构成文学作品内容的情感,既有快感的成分,也有理智感和道德感的成分。它是作家运用语言、结合形象表现在文学作品之中的,且不是一般意义上的快感或理智感和道德感。为了体现其与上述种种情感的区别,我们把它叫作文学作品的审美情感,简称文学情感。

先拿文学情感与一般的快感做以比较。一般的快感,大多是突发的。情绪性快感,因为在发动之前,来不及进行理智和道德的思考,往往只凭自我需要,很少顾及社会需要,所以,从性质和特点来看,其仅有自我情绪的独特性,缺乏普遍可传达的社会内涵。也就是说,缺乏社会情思的普遍性,容易让人激动,却难以让人理解。文学情感则不同。虽然它也开始于某种快感,其中不可避免地有作家的自我需要在起作用,但由于每个作家在写作时,都要考虑读者和社会的接受状况,他的自我需要就必然会经过理智和道德方面的反复改造,而最终地体现并符合社会需要。因此,这种情感,就不能仅仅用情绪性的快感加以范围,从性质和特点上讲,它已经是一种充满情思的理智感和道德感。一方面,它保持和发展了一般快感的自我情绪的独特性;另一方面,它又具备了为一般快感所缺乏的社会情思的普遍性。杜勃罗留波夫说:"一个真正而崇高的诗人,从来不会只沉醉在一种本能的感情里,丝毫没有理智的顾问。……诗人的修养越是高,思想在他诗里的表现就越是明朗和完整,它和内心感情底结合也越是紧密。"①这几句话有助于我们理解文学情感作为一种充满情思的理智感和道德感,其独特性和普遍性相统一的性质特点。

再拿文学情感与一般的理智感和道德感做以比较。我们说,文学情感区别于一般的快感,是因为它是一种充满情思的理智感和道德感。但这种情感,在尚未被作家用语言形式表现在文学作品里面的时候,还仅仅是一般的理智感和道德感,而不是文学作品的审美情感,即文学情感。只有当它如《诗大序》所谓"动于中而形于言"的时候,也就是诉之于语言、见之于形象的时候,才具有审美意义,才算是真正的文学情感。

通过以上比较和分析,关于文学情感的性质和特点,也就基本清楚了。综上所述,所谓文学情感,应该是一种经过作家的语言形象的表现的理智化和道

---

① [俄]杜勃罗留波夫.杜勃罗留波夫选集:第一卷[M].辛未艾,译.上海:上海译文出版社,1983:69.

德化的快感。它作为快感,有其自我情绪的独特性;作为理智化和道德化的快感,即所谓理智感和道德感,又有其社会情思的普遍性;作为经过作家的语言形象的表现的理智化和道德化的快感,还有其语言表现的形象性。从这个意义上讲,文学情感实际上就是具有独特性、普遍性和形象性的情感。或者说,它是一种独特、普遍而又形象化的情感。

**2. 文学形象及其性质特点**

在文学作品内容中,除了情感之外,另一个要素就是形象。我们在第一节里提到,心理学上所谓形象,指表象,包括自发的印象和自觉的意象。而我们在这里要讨论的是构成文学作品内容的形象。毫无疑问,它要以印象和意象为依据,要带有印象和意象的若干特点,然而,因为这种形象是作家运用语言灌注情感再现在文学作品之中的,所以,它又不同于一般的印象和意象。为了体现其与印象、意象的区别,我们把它叫作文学作品的审美形象,简称文学形象。

先拿文学形象与一般的印象做以比较。一般的印象,在感知的基础上产生,基本上是对外界对象的一种复制,因而,它和照片差不多,只有现象的具体性,而没有本质的概括性。文学形象则与此不同,虽然从心理过程看,它是从关于对象的某个具体印象出发的,也就是说,里面不无复制的成分,但是,它作为想象的产物,其要点显然不在于复制,而在于改造和创造。别林斯基说的"诗不描述,不摹写对象,而是创造对象"①,就是这个意思。想象对形象的这种改造,或者说创造,如前所述,可以分为合于事理和合于情理两个方面。不管是合于事理还是合于情理,其共同点是都要合于理。由此决定,经过改造和创造的文学形象,必然是一种具有广泛的概括意义的形象,即所谓意象。这种概括形象,和一般的印象相比,在保留着现象的具体性的同时,又增添了本质的概括性。从前一个意义上讲,它是某一个人或者某一个事物的照片;从后一个意义上讲,它又是某一类人或者某一类事物的画像。之所以通过一个林黛玉,我们可以看到千千万万个林黛玉式的人物,之所以我们可以把林黛玉当作千千万万个林黛玉式人物的共同称呼,其原因就在于此。

再拿文学形象与一般的意象做以比较。上面我们说,文学形象区别于一般的印象,是因为它是一种具体而又概括的意象。然而,这种意象,如果未经作家用语言情感化地再现于文学作品之中,它还只是一般的意象而已,而不是文学作品的审美形象,即文学形象。街头商店玻璃橱窗里穿红着绿的人体模型,以

---

① [俄]别林斯基.别林斯基论文学[M].梁真,译.上海:新文艺出版社,1958:191.

及幼儿园小朋友的看图识字课本上的那些狮子、老虎等,都是意象。但是,由于未做情感灌注,它们仅仅属于认识化的一般意象,而非审美意象。要想从前者变为后者,具有审美意味,就必须通过包括语言手段在内的种种艺术手段,把感情灌注到里面。我们讲文学形象,就是用语言进行了情感处理的审美意象。

由以上比较可知,所谓文学形象,应该是一种经过作家的情感灌注和语言再现的概括化的印象。它作为印象,具有形象的具体性;作为概括化的印象,又具有本质的概括性;作为经过作家的情感灌注和语言再现的概括化印象,还具有语言再现的情感性。从这个意义上讲,文学形象实际上就是具有具体性、概括性和情感性的形象,或者说,是一种具体、概括而又情感化的形象。

基于此,有一个问题需要说明。我们所讲文学形象,是一个整体。如果深入一步,我们就可以看到,它的内部由人物、情节和环境三个部分构成。在文学形象的这一整体中,人物是中心,而人物说到底,又是就人物的性格而言。情节作为人物性格行动的过程和成长的历史,可以看作人物在时间上的纵向展开;环境作为人物性格所处的各种关系(包括其与社会的关系、与自然的关系等)的总和,作为人物性格形成的现实依据,可以看作人物在空间上的横向展开。文学作品之所以要写情节和环境,归结到一点,都是为了把人物性格写好。

无论是人物,还是情节或者环境,它们作为文学形象的内部构成因素,本身都是具体的、概括的、情感化的,也就是说,它们都是具体性、概括性和情感性的统一。

### 3. 文学题材和文学主题

以上,我们分别论述了构成文学作品内容的两个基本要素:情感和形象。其实,文学情感和文学形象是统一的。这种统一的基础在于,它们都是从同一个社会生活对象那里引发和产生,或者说,都是对同一个社会生活对象的审美反映。在文学作品中,情感和形象所反映的同一个社会生活对象,就是我们所谓的文学题材。

一些文学批评家,常常就社会生活的不同领域,对题材加以分类。例如,把《创业史》和《人生》列为农村题材,把《人到中年》和《绿化树》列为知识分子题材,等等。这个题材由于是指某一类文学作品所反映的社会生活的某一个共同领域,其含义过于宽泛,不属于我们所要讨论的范围。我们所讲题材,作为特定的文学作品用情感和形象所反映的特定的社会生活对象,应该是具体的,它只能专指某一个具体的人、某一件具体的事或某一处具体的环境。还以上面提到的作品为例。《创业史》和《人生》虽然都反映农村生活,但二者题材各自有别。

《创业史》反映的是梁生宝搞合作化的故事,而《人生》反映的是高加林探索人生命运的故事。《人到中年》和《绿化树》也是如此,尽管两个作品都以知识分子为主人公,然而,《人到中年》中的陆文婷和《绿化树》中的章永璘,显然是两个不同的具体对象。

我们强调文学题材的具体性,是因为只有具体的题材,即具体的社会生活对象,才能以其活生生的、感性的审美特征,引起作家的情绪和表象,才能构成文学的情感和形象的审美反映。反之,如果题材过于宽泛,对象不够具体,那么,作家就不可能在感受特征的基础上进行情感活动和形象活动,自然也就谈不上文学的审美反映。从这个意义上讲,文学题材的具体性,实际上就是指它作为文学作品所反映的社会生活对象,应该有审美特征的具体可感性,有能够加工成为情感和形象的具体可能性。

正因如此,当某一个具体的人、某一件具体的事或某一处具体的环境作为题材,其固有的审美特征,为作家全身心地加以感受,而被写入文学作品之后,它们就必然要转化为情感和形象,而不再单独存在。这就好像作为原料的蔬菜,进入宴席之后,必然要转化为相应的菜肴,而不再单独存在。在以情感为主的文学作品中,文学题材更多地转化为情感,以情感的形态出现;而在以形象为主的文学作品中,文学题材则更多地转化为形象,以诸如人物、情节和环境等形象的形态出现。

谈及文学题材,不能不涉及社会生活素材。前者来自后者,但不等同于后者。文学题材经过作家的审美反映,消融在情感和形象之中,代表着社会生活的审美形态;而社会生活素材未经作家的审美反映,与文学作品的情感和形象内容无关,代表的只是社会生活的原始形态。为了说明二者的区别,我们以《暴风骤雨》为例。作者周立波于1946年冬,参加了东北地区农村的土改运动。他说:"我在元宝镇工作了半年,每天和农民一起战斗和工作,没有功夫记材料,但是,这波澜壮阔的运动中经历的事件和熟悉的人物都深深地铭刻在我的心里。"这就是作者创作《暴风骤雨》的社会生活素材。然而,一切社会生活素材不可能也不需要全部进入文学作品。为此,周立波根据其审美特征是否鲜明突出,对它们做了情感化、形象化的选择、综合和改造。小说中的赵玉林和老孙头,以及围绕着他们而展开的三斗韩老六的故事,作为选择、综合和改造的结果,成为《暴风骤雨》的题材。

以上我们分析了文学题材及其与社会生活素材的关系,与此密切相关的另一个内容是文学主题。如果说,题材指文学作品所反映的社会生活对象,那么,主题则是文学作品对生活对象本身的一种总体认识和基本概括。因为题材在通过作家的感受而进入文学作品之后,要转化为情感和形象的形态,所以,主题作为作家对题材的认识和概括,也就必然要相应地转化为情感和形象的形态。我们在前面说过,文学的情感当中渗透有思想,文学的形象里面包含有概念。从这个意义上讲,所谓主题,实际上就是渗透在情感当中的总体思想和包含在形象里面的基本概念的有机统一。明末清初的大学者王夫之将其称之为"神理",他说:"势者,意中之神理也。""咏史诗以史为咏,正当于唱叹写神理,听闻者之生其哀乐,一加论赞,则不复有诗用,何况其体。"①王夫之在此处所言的"神理",作为情感中渗透的思想即情中之理和形象里包含的概念即形中之神的统一,就是我们要讨论的文学主题。

我们说,文学主题寓于情感和形象的统一,这是就一般的情况而论。具体到不同的文学作品,情况又各有不同。在以情感为主的文学作品中,主题主要表现为渗透在情感当中的一种总体思想,即所谓"情中之理"。别林斯基说:"诗的作品里的思想——这是作品的热情。热情是什么?——就是对某种思想的热情的体会和迷恋。"②便是这个意思。我们来看陈子昂的《登幽州台歌》:

> 前不见古人,
> 后不见来者,
> 念天地之悠悠,
> 独怆然而涕下。

这首诗渴望建功立业的主题,在很大程度上便是通过洋溢在字里行间的前无古人、后无来者的"伟大孤独感"(李泽厚语)流露出来的。而在以形象为主的文学作品中,主题则主要表现为包含在形象(人物、情节、环境)里面的一种基本概念,即所谓"形中之神"。例如,鲁迅的小说《祝福》,其揭露封建礼教吃人本质的主题,就是通过女主人公祥林嫂这一人物及其悲剧性的情节一步步地展示出来的。

不管把主题归结为情感中的思想,还是归结为形象里的概念,它们作为一种带主导性的思想、概念,在文学作品中,都起着规范以及凝聚整个情感和形象

---

① 北京大学哲学系美学教研室.中国美学史资料选编:下册[M].北京:中华书局,1981:281,290.
② [俄]别林斯基.别林斯基论文学[M].梁真,译.上海:新文艺出版社,1958:51.

内容的作用。没有思想,情感就只是无意识的情绪;没有概念,形象就只是感性的印象。正是在这个意义上,别林斯基把主题称为文学作品的灵魂。他说:"艺术没有思想,如同一个人没有灵魂——不过是一具死尸罢了。"他还说:"在真正诗的作品里,思想不是以教条方式出现的抽象概念,而是构成充溢在作品里面的作品灵魂,像光充溢在水晶体里一般。"①被别林斯基称之为灵魂的文学主题,即诗的思想和概念,与哲学人文科学的思想和概念,是有严格的分野的。作为思想和概念,它们都应该从人对社会生活的直接经验中产生,因而都应该是一种真知;它们都应该对社会生活的本质和规律性有新的发现,因而都应该是一种创见。然而,文学的主题,却不像哲学人文科学的思想和概念,以不加遮蔽的、赤裸裸的面目出现,而是渗透在情感当中,包含在形象里面的思想和概念。正因为文学的主题渗透在情感当中,所以,它比哲学人文科学的思想流动性更强,而一流动,往往给人一种说不清道不明的感觉,一种其寄托在"可言不可言之间"(叶燮语)的感觉。歌德之所以拒绝回答关于《浮士德》的主题是什么的提问,我国古代诗论上之所以再三强调"诗无达诂",其原因就在于此。又因为文学主题包含在形象里面,所以,它比哲学人文科学的概念更隐蔽,而一隐蔽,就往往给人一种看不透的感觉,一种其主旨在"可解不可解之会"②(叶燮语)的感觉。为什么《陈奂生上城》明明有主题,而它的作者高晓声却说没有主题?为什么《红楼梦》诞生至今,关于它的主题,年年都在讨论,时时都有新解?其原因就在于此。

我们说,文学主题区别于哲学人文科学的思想和概念,具有"可言不可言""可解不可解"的特点,这不是宣扬神秘论。所谓"可言不可言",是指可言而难言;所谓"可解不可解",是指可解而难解。基于此,我们在分析主题时,就必须结合文学作品的情感和形象内容,切忌对它做简单化的表述。

#### 4. 文学语言及其性质特点

从广义上讲,文学语言泛指在全民族的口头语言的基础上加工和改造过的一切书面语言,如文学作品中的语言、科学著作中的语言,以及公文和报刊中的语言等;从狭义上讲,文学语言专指文学作品中的书面语言,包括叙述人的语言和人物的语言两个方面。

文学语言作为广义的书面语言,来源于一般的口头语言,又不同于一般的口头语言。一般的口头语言,虽然有丰富、生动和新鲜活泼的优点,但由于受口

---

① [俄]别林斯基.别林斯基论文学[M].梁真,译.上海:新文艺出版社,1958:51.
② 北京大学哲学系美学教研室.中国美学史资料选编:下册[M].北京:中华书局,1981:313.

头表达的条件以及说话人的地域、职业、生理与社会习性、文化程度等方面的限制,难免掺杂着很多语音不正、语义不清或不纯、语法不当的内容。而文学语言则是由语言大师们从一般的口头语言中精选和提炼出来的,它在保留了一般的口头语言的丰富、生动和新鲜活泼的优点的同时,又具有了为一般的口头语言所缺少的语音、语义和语法合于规范的特点。从这个意义上说,文学语言是一种规范语言。

但是,我们还须看到文学语言在遵循规范之外常常突破规范的另一面。捷克语言学家穆卡洛夫斯基曾经从语言的实际使用状况出发,将语言分为四类:一是实用语言,包括科学语言、法律语言、行政语言、新闻语言、军事语言等。这是一类完全标准化的规范语言。为了实用的需要,此类语言必须精确、实在,平铺直叙,不允许有情感和形象成分的存在而使语言发生夸大或扭曲。穆卡洛夫斯基将其称为"零度语言"。二是生活语言。这类语言主要是为了实用,但在交际过程中,有时不免掺杂一些情感和形象的"杂质"。相对于实用语言,其规范性要差一点,穆卡洛夫斯基将其称为"一度语言"。三是文学语言,如小说语言、戏剧语言等。这一类语言是对生活语言的提炼和升华,它饱含着情感和形象的"杂质",常常不遵守语言的规范,如说半截话,故意绕弯子等。穆卡洛夫斯基将其称为"二度语言"。四是诗歌语言。诗歌语言是文学语言的极致。它为了表情的需要,有意对语言规范进行大规模的破坏和颠覆,形成语序的割裂与颠倒,如杜甫的《秋兴八首》之八中"香稻啄余鹦鹉粒,碧梧栖老凤凰枝";词性的活用,如余光中的《当我死时》中"在中国,最美最母亲的国度";词语的任意配搭,如郑愁予的《错误》中"我达达的马蹄是美丽的错误"。如此等等,不一而足。这样一来,语言被弄得歪斜、别扭,用俄国形式主义文论的话讲,是"陌生化"了。穆卡洛夫斯基跳过一层,径直把此类诗歌语言称为"四度语言"。

我们认为穆卡洛夫斯基的上述分析是有道理的。文学语言一方面合规范,另一方面又超规范。准确地说,它在突破旧的语言规范的同时,又在创造新的语言规范。如果结合文学语言主要是被当作情感符号和形象符号来使用的特点加以考虑,那么,文学语言是超规范又合规范的表情语言和造形语言。

这里,所谓表情语言,有两个方面的含义:一是指语言的音乐性,二是指语言的精炼性。先说音乐性。文学语言为了表情的需要,在语言的各个层面中,除了强调语义层面之外,还特别强调语音层面,如语音的高低、强弱、长短以及色泽的明暗等。由于对后者的强调,文学语言往往能寄情于抑扬顿挫、跌宕起伏的情节之中,给人一种类似于音乐的节奏感和旋律感。这就是作家们津津乐道的语言的音乐性或者语调问题。这个问题,因为和传达情绪直接相关,在诗里具有决定性的意义,对于小说以及其他文体,也极为重要。王蒙说:"每一个作者在写每一篇作品的时候,应该确定这一篇作品的调子。它是一首颂歌吗?哀歌吗?浪漫曲吗?诙谐曲吗?不同的调子促使你选择色彩不同、节奏不同、音响不同、味道不同的语言。"①王蒙的这番话,与列夫·托尔斯泰讲的"一切著作,要写得优美……都应该从作家的心坎里唱出来"②一样,可以视为作家追求语言的音乐性的极好例证。再说精炼性。文学语言为了表情的需要,在语义的各种意义中,除了强调其本来意义之外,还特别强调情感意义和引申意义,如语义的双关、比拟、象征以及暗示等。由于对后者的强调,文学语言往往能以三言两语表达出万千情思,达到最大的信息量。古人所谓精炼,所谓"以少少许胜多多许",就是这个意思;维诺库罗夫所谓"诗人——这是指善于把多得不能再多的东西,也可以说,把整个自己都放进一个形容词、一行诗里去的人",也是这个意思。音乐性和精炼性就是文学的表情语言的两个特点。如果说,借助于前者,文学语言可以更好地表现独特的情绪,那么,借助于后者,文学语言就可以更好地表现普遍的情思。作为二者的统一,文学用语言表情,就可以取得"使味之者无极,闻之者动心"的艺术效果。③

　　以上论述了文学语言作为表情语言的两个特点。文学语言作为造形语言,也有两个特点:一是语言的绘画性,即可触性;二是语言的含蓄性。先说绘画性。文学语言为了造形的需要,在语言的各个层面中,既可用语义中的指代意义来复制某个人或事物的形体,又可用语音中的象声意味来模拟某个人或事物的音响,从而产生绘声绘色的效果。高尔基称赞列夫·托尔斯泰的语言像浮雕一般,可以让人用手摸到。其实,凡是好的造形语言都是如此。陀思妥耶夫斯基在作品中,为了形容一个吝啬的绅士给乞丐一个小钱,初稿写道:"他把一个钱投到乞丐手里。"之后又改成下面的样子:"他把一个小钱向乞丐投下,钱落在地上,叮叮当当地滚到乞丐的脚边。"修改以后的语言绘声绘色,就具有鲜明的绘画性。再说含蓄性。文学语言为了造形的需要,在语义的各种意义中,既可用指代意义来描述人和事物的外表形态,又可用概括意义来揭示人和事物的本质和灵魂,从而达到传神的目的。还以陀思妥耶夫斯基的上述描写为例。通

---

① 王蒙.当你拿起笔……[M].北京:北京出版社,1981:142.
② 古典文艺理论译丛编辑委员会.古典文艺理论译丛:第一册[M].北京:人民文学出版社,1961:190.
③ [清]何文焕.历代诗话:上[M].北京:中华书局,1981:3.

过这样一段描写,我们不仅可以看见绅士和乞丐的模样,而且可以想象出绅士那高傲的神情和鄙夷的态度,以及乞丐那弯腰捡钱的可怜又可悲的情景。短短的几句话,含蓄地显示了沙俄时代贫富对立的社会本质。绘画性和含蓄性在文学的造形语言中是统一的。借助于前者,文学语言可以把形象塑造得非常具体,使人如见如闻;借助于后者,文学语言又可以把形象塑造得非常概括,使人耐思耐想。

上面,我们为了叙述方便,分别论证了文学语言作为表情语言和造形语言的各自特点。其实,正像在内容中情感和形象不能分开一样,在形式中,表情语言和造形语言也是不能分开的。基于此,我们可以对文学语言的性质特点做如下归纳:文学语言作为超规范又合规范的表情语言和造形语言,具有接近音乐又接近图画,高度精练又高度含蓄的特点。因此,所谓文学语言,实际上就是一种如乐如画、精炼含蓄的语言。

我们这样归纳,是就文学语言的整体而论,具体到叙述人的语言或人物的语言,情况又各有不同。叙述人的语言,通常分为第一人称和第三人称两类。不管是第一人称还是第三人称,当作家抒写(包括议论)时,它主要是表情语言;当作家叙写和描写时,则主要是造形语言。但因为这种语言是作家的语言,所以,它除了有如乐如画、精炼含蓄等文学语言的一般特点之外,还应显示出作家的个性特点。人物的语言,对于作家来说,是用来塑造人物的造形语言;而对于每个人物来说,则又是他们各自表现其内心世界的表情语言。正因如此,这种语言除了要有文学语言的一般特点之外,还应符合人物的性格特点,也就是说,要和人物的身份、地位、社会环境、生活方式、心理状态等方面相称,应该是那种如李准所说"一句话能引出一个人物来"的性格化语言。

### 5. 文学结构和文学手法

为了表达好情感和形象内容,文学作品的形式,除了要求语言本身作为文学语言,应该像上面所说的那样,是如乐如画、精炼含蓄的语言,即应该言之有文以外,还要求这种语言在具体表达时,应该言之有序和言之有法。言之有序和言之有法,就是我们接下来要讨论的文学结构和文学手法问题。

文学结构,具体地说,是指文学语言为表情和造形而遵循的组织程序,即所谓章法。例如,什么先说,什么后说;何处详写,何处略写;哪些顺叙,哪些插叙或倒叙;如何伏笔,如何照应;怎样穿插,怎样衔接;等等。这些都属于文学结构的范畴。

一般的文学理论,把结构分为剪裁、布局、弥缝、照应等许多环节。我们认为,在这些环节中,最富有整体性的环节是布局。因为无论是材料的剪裁、"针脚的弥缝",还是线索的照应,它们说到底,都要统领在关于文学作品的整体布局之下。上面所举的先说与后说,详写与略写,顺叙、倒叙与插叙,伏笔与照应,穿插与衔接等,都与布局有关。从某种意义上说,所谓文学结构,实际上就是文学布局。

文学作品的情感和形象内容是多样化的,与此相适应,语言的结构布局也是多样化的。可以说,一个作家有一个作家的结构方式,一个作品有一个作品的布局形态。我国明清时期的一些道学家,看不到这一点,他们一提到结构布局问题,总喜欢讲起承转合这几个字。我们不能说这样的讲法全无道理,然而,如果因此而把结构布局定于一个模式,写出来的也就只能是言之无物的八股文章,而不再是以情感和形象为内容的文学作品。20世纪30年代在上海流行的"小说作法"之类,之所以受到鲁迅先生的无情嘲弄,其原因就在于此。

我们说,文学作品的结构布局是多种多样的,但这并不意味着,在结构布局问题上,全然无规律可循。因为文学作品的情感和形象内容,不是统一在以情感为主的基础上,就是统一在以形象为主的基础上,所以,在多种多样的结构方式和布局形态中,就存在着几种大体相近的结构布局的类型。

一种是以情感为主线进行布局的抒情结构,如诗和抒情散文。我们来看马致远的《天净沙·秋思》:

> 枯藤老树昏鸦,
> 小桥流水人家,
> 古道西风瘦马,
> 夕阳西下,
> 断肠人在天涯。

在这首诗中,马致远把互不相关的一个个并列画面有机地串联在一起,就是诗人"在天涯"的一片"断肠"之情。

另一种是以叙事形象,即以人物的故事为主线进行布局的叙事结构,如叙事散文、报告文学、传统的小说等。在这方面,我们不妨以契诃夫的小说《一个小公务员的死》为例。作家写小公务员如何兴致勃勃地去看戏,如何因为打喷嚏而把唾沫星子溅到了将军的脑袋上,如何一次又一次地向将军道歉,最后又如何活活被吓死的故事。小说从头到尾,就是以小公务员看戏为主线进行结构布局的。

第三种是以戏剧形象,即以人物的关系及其矛盾冲突为主线进行布局的戏剧结构,如话剧、戏曲等。拿易卜生的《玩偶之家》来说,在这个剧本中,贯穿始终的就是女主人公娜拉和她的丈夫海尔茂之间的戏剧冲突。

除了以上三种基本的结构类型之外,还有一种叫作意识流的结构类型。它不是用作家的情感,也不是用人物的故事或者冲突作为线索,而是按一个人物的内心活动加以布局。这种意识流结构,介于叙事结构和戏剧结构之间。它基本上属于叙事结构,但因为作者从叙述人的位置上退了下来,而改由人物按其自由联想进行叙述,因此,带有明显的戏剧化倾向。从这个意义上讲,这种结构是一种戏剧化的叙事结构。

我国有句古话:"无巧不成书。"这里所说的"巧",主要指文学的结构技巧,也可以理解为文学的表现技巧。而这就是我们下面要讲的文学手法。

具体地说,所谓文学手法,是指文学语言为表情和造形而使用的修辞手段或技法。例如,我们平常讲的抒写、叙写与描写等,就都属于文学手法的范畴。

文学的抒写手法,主要用在语言的表情方面。因为作家的情感,有偏于激烈和偏于平和、偏于豪放和偏于婉约、偏于外倾和偏于内向等区别,所以,他们在运用语言抒发情感时,也就有了偏于直接和偏于间接的区别。直接抒写,作家往往借助于节奏、旋律等听觉形象,由主人公直抒胸臆,把内心体验直接表达出来。间接抒写,作家则往往借助于景物、人物或者事物等视觉形象,通过比喻、借代、拟人和象征,把内心体验间接地暗示出来。

叙写与描写手法,主要用在语言的造形方面。关于叙写,我们在以后论及叙述学时会专门介绍,这里就只谈描写手法。根据描写的对象以及侧重面的不同,可以把描写分为人物描写、情节描写、环境(社会环境和自然风景)描写;人物描写又可以分为肖像描写、动作描写、言语描写和心理描写;根据描写的详略程度的不同,可以把描写分为概略描写(即叙述)和细节描写;根据描写的角度的不同,可以把描写分为正面描写和侧面描写。

我们说,作家在抒写时,常常要借助于听觉或者视觉形象。从这个角度讲,抒写离不开描写。而作家在描写时,又不能不带着自己的情感倾向,从这个角度讲,描写又离不开抒写。尤其在关于人物的言语描写中,不管是独白还是对话,抒写和描写更是密不可分。对于作家来说,它是描写;而对于人物来说,它又是关于内心的抒写。从这个角度讲,描写也就是抒写,抒写也就是描写。

### 四、文学作品内容与形式的相互关系

#### 1. 内容对形式的决定作用

在文学作品情感和形象内容与语言形式两个方面中,内容是主导方面,居于支配地位;形式是非主导方面,处于被支配地位。无论是一个作品的创造过程,还是整个文学的发展过程,都是内容的创造带动形式的创造,内容的发展带动形式的发展。这就是所谓的内容对于形式的决定作用。

首先,我们从作品的创造过程来看,情感和形象内容的选择和确定,总是优先于语言形式的选择和确定,并且推动着语言形式的选择和确定。

凡是进行过创作的人都有体会,在动笔之前,总是有那么一个人或者一件事,使你情绪激动,印象深刻。随着这种情绪和印象的深化,你才慢慢地考虑用相应的语言、结构、手法去表达它。由此可见,创作是先有情感和形象内容,后有语言形式。在二者之间,既可以用选择好的内容去选择形式,又可以用确定了的内容去确定形式。

其次,我们从文学的发展过程来看,情感和形象内容的变革与创新,也总是优先于语言形式的变革与创新,并且推动着语言形式的变革与创新。

一个时代有一个时代的社会生活,一个时代也就有一个时代的文学。社会生活的发展,一方面以其新的特征和新的反映对象向文学提供发展的可能性;另一方面又以其新的读者和新的精神需求向文学提出发展的必要性。在这种情况下,新的情感和形象内容应运而生。这个新内容,对于陈陈相因的旧内容来说,无疑是一种变革和创新。它一出现,就要求有一种新的语言形式和自己相适应,于是,就产生了形式方面的变革与创新。五四时期的新文学,是按这个过程发展的;"文革"以后的新时期文学,也是按这个过程发展的。

#### 2. 形式的相对独立性及其对于内容的反作用

以上我们说,情感和形象内容决定语言形式,但这并不意味着,只有内容才是积极主动的,而形式则完全是消极被动的。事实上,某种形式一旦形成,它就有可能相对地独立于内容,按其自身的审美法则加以继承和发展,在为内容服务且与内容适应的同时,反过来影响和限制内容。这就是所谓形式的相对独立性及其对于内容的反作用。

首先,我们从具体的作品来看,形式的相对独立性及其对于内容的反作用集中表现在,不同的语言形式对于作品表达情感和形象内容,往往有很大影响。优美的语言形式可以使情感和形象内容由此增光,蹩脚的语言形式则可以使情

感和形象内容由此减色,从而呈现出不同的艺术效果。

我们在日常生活中,不都有这样的感觉吗?同一件事情,有人讲起来活灵活现,有人讲起来却枯燥无味。这就是语言的表达形式在起作用。文学作品也一样。拿怀念周总理的诗来说,柯岩的《周总理,您在哪里》,情感热烈,形象鲜明,语言优美,艺术感染力就非常强。但也有不少同类诗作,只顾内容,不顾形式,给人留下的印象就差多了。

其次,我们从具体的作家来看,形式的相对独立性及其对于内容的反作用,集中表现在某个作家习惯于什么样的语言形式,而这对于他选择什么样的情感和形象内容,往往多有限制。作家常用某种语言形式,从正面讲,就会自觉或不自觉地选择适合用这种语言形式表达的情感和形象内容;从反面讲,就会自觉或不自觉地排斥不适合用这种语言形式表达的情感和形象内容。最终,作家形成了不同的创作自我。

在俄国文坛上,流传着一则佳话:果戈理的名著《死魂灵》和《钦差大臣》,其最初的故事素材,都是由普希金"转让"给果戈理的。普希金为什么要"转让",果戈理为什么能"接收",这显然与他们各自在语言形式上的特点以及各自的创作自我有关。普希金作为诗人,习惯于用优美的语言形式表达温柔而高雅的情感内容,因此,当他面对着像《死魂灵》和《钦差大臣》这样闹剧性的故事素材,就很难下手;果戈理作为讽刺小说家,习惯于用冷嘲热讽的语言形式表达反面的、否定的情感和形象内容,因此,他一见到像《死魂灵》和《钦差大臣》这样的故事素材,就必然如获至宝,紧抓不放。从这个意义上讲,普希金的"转让"和果戈理的"接收",对于他们各自来说,又都带有某种内在的必然性。

### 3. 文学作品内容与形式的统一

上面,我们论述了文学作品内容与形式的关系的两个方面。内容的决定作用和形式的反作用的交叉,导致了文学作品创作过程中内容与形式的矛盾运动。我们不是要求内容与形式的统一,要求真善美的统一吗?这种统一,除了靠作家的社会生活积累、思想道德修养和艺术造诣之外,在很大程度上,还要靠作家写作和修改的具体实践,以及内容与形式的矛盾运动,才能真正地得以实现。

内容与形式的矛盾运动,如果进行到这样一个程度:第一,作品所构想的情感和形象内容没有任何一点不被语言形式艺术地表达出来;第二,作品所使用的语言形式没有任何一点是与情感和形象内容不相干或不合适的成分;第三,作品的情感和形象内容与语言形式已经有机地融合为一个整体,没有任何一点穿凿附会的痕迹。那么，文学作品内容与形式的矛盾运动才算真正地完成，文学作品内容与形式以真善美为目标的统一，也才算真正地实现。

## 第五节 文学作品的体裁

我们说，文学作品是情感和形象内容与语言形式的统一。然而，由于其统一建立在各自不同的侧重点上，文学作品也就呈现出各自不同的形态和体裁。如果说，我们在以上几节讨论文学的本质以及作为文学的本体，亦即文学的存在方式的文学作品，是为了规定文学这一概念的内涵，对什么叫作文学的问题做出回答，那么，我们按照逻辑顺序，接下来讨论文学作品的体裁，则是为了明确文学这一概念的外延，回答那些属于文学的问题，从而最终完成关于文学本体论的整个研究。

### 一、文学作品的体裁及其划分

#### 1. 文学作品的体裁

所谓体裁，简单地说，就是不同的情感和形象内容在不同语言形式中的显现，即文学作品的外部形态。

一些文学教科书，就是根据体裁是外部形态这一点，把体裁当作纯形式问题来看待。我们认为，这是一种表面化的见解。文学作品之所以存在体裁的不同，看上去是由于语言形式的不同，例如，诗一般要分行、押韵，小说就不必分行地、押韵；剧本通常要分场、分幕，诗和小说则无须分场、分幕……而实际上，导致上述种种不同的根本原因，正如我们前面所分析的那样，与语言形式本身没有多少关系，而在于它们所表达的情感和形象内容的不同。还以诗和剧本为例，诗在语言形式上的分行、押韵是由诗的特定的情感和形象内容决定的；剧本在语言形式上的分场、分幕，则是由剧本特定的情感和形象内容决定的。一旦内容不需要，诗也可以不分行、不押韵；剧本也可以不分场、不分幕。如散文诗、很多现代诗和某些西方现代派的剧本就是这样。凡此种种，说明一点，体裁是形式问题，但因为这种形式是"有意味的形式"，所以，它就不能不首先和主要是内容问题。基于此，我们在划分文学作品的体裁时，不应仅仅从形式方面入手,而必须同时从内容与形式两个方面,且首先和主要地从内容方面入手。只有这样,我们才能对文学作品的体裁做出科学的划分。

### 2. 文学作品体裁的划分

一般来说,文学作品内容中情感和形象的统一分作两种情况:一种情况是二者的统一以情感为主;另一种情况是二者的统一以形象为主。内容以情感为主,其语言形式与之相适应,在表情和造形两方面,更多地侧重于表情方面,这就是所谓的抒情体裁的文学作品,如诗、抒情散文等;内容以形象为主,其语言形式与之相适应,在表情和造形方面,更多地侧重于造形方面,这就是所谓的叙事体裁的文学作品,如小说、神话、童话、叙事散文、报告文学、传记文学等,以及戏剧体裁的文学作品,如悲剧、喜剧、正剧等。

叙事体和戏剧体的文学作品,虽然在内容方面都以形象为主,在形式方面都以造形为主,但各自的侧重点有所不同。叙事体作品的形象是纯粹供阅读用的叙事形象,其关键在于由人和事件所构成的故事,它用以造形的语言主要是作家所设定的故事叙述人的叙述语言,在表述上有较多的自由;而戏剧体作品的形象,其关键在于由人与人的矛盾关系所构成的冲突,它用以造形的语言,几乎完全是人物的语言,在表述上不能不受舞台使用的时间和空间条件的严格限制。

把文学作品划分为抒情体、叙事体和戏剧体的三分法是由亚里士多德在《诗学》中首倡,以后为西方理论所广泛使用的一种方法。亚里士多德说:"史诗和悲剧、喜剧和酒神颂以及大部分双管箫乐和竖琴乐——这一切实际上是摹仿,只是有三点差别,即摹仿所用的媒介不同,所取的对象不同,所采的方式不同。"[①]在这里,史诗属于叙事文学,悲剧和喜剧属于戏剧文学,而酒神颂、为双管箫乐及竖琴乐写的文字部分,则属于抒情文学。到了近代,黑格尔在《美学》中,对叙事诗、抒情诗、戏剧诗三种体裁加以区分,认为叙事诗是客观性的文学,抒情诗是主观性的文学,而戏剧诗则包含了主客观因素的综合艺术。由此可见,三分法是西方历来共同认可的一种划分文学体裁的方法。与西方不同,我国多年来沿用的,是把文学作品分为诗、散文、小说,剧本等四类的所谓四分法。因为考虑到诗与散文从内容到形式都很难划分,例如,好多文学作品从内容看无疑是诗,却采用了散文的形式,好多文学作品从形式看似乎是诗,却是散文的内容,所以,我们在划分体裁时,没有采用传统的四分法,而采用了西方的三

---

① [古希腊]亚里士多德,[古罗马]贺拉斯.诗学·诗艺[M].罗念生,杨周翰,译.北京:人民文学出版社,1984:3.

分法。

以上,我们对文学作品的体裁做了基本的划分。应当说,这样的划分是相对的,而不是绝对的。各种体裁的文学作品,它们在互相区别的同时,常常带着各自的特点互相渗透,于是,在文学作品中,就随之出现了边缘性体裁和综合性体裁。例如,诗剧、诗体小说等就属于边缘性体裁;电影文学、电视文学等就属于综合性体裁。

下面,我们想就抒情文学中的诗、叙事文学中的小说,以及作为戏剧文学的剧本,一一进行讨论。

## 二、诗

### 1. 诗是境界的艺术

"诗的本职专在抒情"①。在抒情文学中,诗最具代表性。通过对诗的解析,可以了解抒情文学的一般状况。

在情感和形象的统一中,诗的内容以情感为主。这种情感,作为形象化的情感,表现在诗里的存在状态及其所拥有的审美空间中,构成诗的境界。王国维的《人间词话》开卷便说:"词以境界为最上。有境界则自成高格,自有名句。"②他讲的是词,其实各类诗也无不如此。从普遍的意义上讲,诗是一种有境界的艺术。

我们这样说的意思是要区分诗与非诗,只能以境界的有无作为尺度,而不应舍此从其他方面,例如是否分行,是否押韵等加以判断。诗之为诗是有其一定的"惯例"的,正像其他文学或艺术样式也各有其"惯例"一样。按乔治·迪基的解释,所谓"惯例",即"每一个门类系统为了使该门类所属的艺术作品能够作为艺术作品来呈现的一种框架结构"③。在我们看来,诗的"框架结构"或者说"惯例",恰恰就在于它的境界。艾青的《古罗马的大斗技场》、屠格涅夫的《爱之路》,之所以不分行或者不押韵而被称为诗,就是因为它们有境界,展示了一种形象化的情感状态及其对应的审美空间;反之,《三字经》《百家姓》等,之所以分了行又押了韵,而不能称作诗,就是因为它们无境界,没有展示一种诗之为诗所必需的形象化的情感状态及审美空间。

---

① 吴奔星,徐放鸣.沫若诗话[M].成都:四川人民出版社,1984:8.
② 北京大学哲学系美学教研室.中国美学史资料选编:下册[M].北京:中华书局,1981:453.
③ 中国社会科学院哲学研究所美学研究室.美学译文:三[M].北京:中国社会科学出版社,1984:237−238.

如果从上述形象化的情感状态及审美空间这一宽泛意义上去理解，那么，不仅我国的古典诗歌，包括《诗经》《楚辞》、汉乐府、唐诗、宋词和元曲等，是有境界的艺术，而且五四运动以后的现代新诗和翻译过来的外国诗，只要它们确实符合诗的"惯例"，展示了这样一种形象化的情感状态及审美空间，也就理所当然地应该被称作有境界的艺术。

**2. 境界一词的由来**

在我国古代文学中，诗一直居于主流地位。因此，古代文学理论便相应地建构起了以境界为核心的抒情诗学。正是在这个意义上，我们可以说，境界概念是我国古代诗学和美学的独创。下面，我们先考察一下"境界"一词的由来。

在古代典籍中，"境界"和"境"是同义词，而"境"又同"竟"。《说文解字》："乐曲尽为竟。"段玉裁注："曲之所止也。"由此看来，"竟"字在其原始意义上，是一个表示时间的概念。但因为在古代先民那里，时间与空间常常混同在一起，所以，"竟"字便由表示时间的最大限度，慢慢地引申为表示空间的最大范围。起初，"竟"指"曲之所止也"，以后，"凡事之所止，土地之所止，皆曰竟"。这里，"事之所止"，仍然是指时间；而"土地之所止"，则已指空间。《毛传》曰："疆，竟也。"于是，"竟"就成了"疆"的通假字。为什么古代一国疆界之内称为"竟内"，疆界之外称为"竟外"？其原因即在于此。正因为"竟"字在词义变迁中已很少指乐曲和时间的终了，而是越来越多地指土地疆界，后人便习惯给它加上"土"旁，成为"境"，使其成为单一的空间概念。如果说，以上所言用"竟"表示空间，还只是像"土地之所止"这样的具有实体性的地理和物理空间，那么，随着词义的扩张，到了战国时期，"竟"字则逐步地被虚化，如"荣辱之竟"（《庄子·齐物论》）、"是非之竟"（《庄子·秋水》），就已经不是表示实体的地理和物理空间，而是表示道德与伦理意义上的心理空间了。

发端于印度的佛教理论，是一种以构筑精神家园为目标的，非常精致的心灵哲学。它认为现世的尘俗生活是茫茫的苦海，人要想脱离苦海，只有通过对佛的信仰，由生活空间进入心灵空间，才能找到极乐的源泉。显然，这一心灵空间，因其恰恰是佛教理论的精神家园之所在，而具有某种本体论的意义。东汉末年，佛教理论传入中国以后，不知是哪位翻译者，率先用境和境界之类的词，来指称在佛教理论中具有本体论意义的心灵空间。他或他们这样做，很可能是受到了《庄子》以"荣辱之竟"和"是非之竟"表示心理空间的启发。基于词义相似性的联想，一时间，境和境界就成了当时中国佛教理论界的关键词。

为了将上述从训诂学到佛学的词义演变轨迹勾画得更加清晰，接下来，我们拟就佛教理论中境和境界作为心理空间概念的侧重点做深一层的辨析。笼统地说,佛教理论用境和境界表示一种心理空间,并无不正确之处。但如果结合"六境"关于色境、声境、香境、味境、触境和法境的具体区分及其着力点加以考察,就可以明显看出,佛教理论强调更多的,显然是境和境界用以表示由人的五官感觉总汇而成的感觉空间的一面,而不是用以表示思维空间的一面。佛教理论所强调的感觉空间,无疑属于非理性和无意识的心理空间。在这种理论那里,即便是与法境相联系的思维空间,也因其整个地为感觉所弥漫和渗透,而只能以直觉亦即悟性的形态存在,不带有理性色彩。所以,这样的思维空间,究其实,也还是属于非理性、无意识的心理空间。加拿大籍华人学者叶嘉莹先生曾就此做过很好的阐发。她说:"所谓境界,实在乃专以感觉经验之特质为主的,换句话说,境界之产生,全赖吾人之感受之作用;境界之存在,全赖吾人感受之所及。"[①]叶嘉莹先生在此论境界"专以感觉经验之特质为主",与我们以上关于佛教理论中境和境界作为心理空间概念的非理性和无意识特征的分析是完全吻合的。佛家称:"一切境界,本自空寂",其中"空寂"二字便是对叶嘉莹先生和我们之所论的一个最好的诠释。

以上,我们粗略勾画了境和境界由表示时间的概念到表示空间的概念,由表示地理与物理空间的概念到表示心理空间的概念,由训诂学意义上表示思维空间的概念到佛学意义上表示感觉空间的概念的整个词义演化过程。这一演化过程为诗学的境和境界概念在盛唐的产生,创设了一个必不可少的理论前提。当汉译佛教经典把从古代典籍移植过来的境界一词,嫁接在佛学的理论枝干上,从而赋予其纯粹心灵化的全新内质后,令这些佛教经典的翻译者们始料未及的是,由此而结出的思想和理论果实,竟被诗学家顺手采摘了,并进而促成了以境界为核心的古代诗学奇迹般的诞生。

### 3. 境界的概念

在境和境界由佛学概念到美学和诗学概念的转换生成中,盛唐诗人王昌龄有首倡之功。相传他在为他所写的《诗格》一书里,不仅有据可查地第一次以境论诗(以境论画者在南北朝时期已有),而且通过其著名的"诗有三境"说,第一次对诗的境界进行了包括物境、情境和意境三者在内,至今仍颇具启示意义的类型的划分。这一点,我们在即将讨论的境界分类问题中还要详尽地引述与分析,兹不赘述。王昌龄以降的一千多年中,诗人和学者围绕着境和境界的概

---

① [加拿大]叶嘉莹.王国维及其文学批评[M].广州:广东人民出版社,1982:220.

念各抒己见,使其内涵非同一般的繁复,以至于芜杂。下面,为了叙述方便,我们拟分两条线索加以归纳。一条线索以作为诗的境界的基础的物境和情境为依据,力主通过对包含在其中的情景关系的阐发,来回答什么是诗的境界的问题。如皎然所谓"缘境不尽曰情"①,谢榛所谓"作诗本乎情景,孤不自成,两不相背",王夫之所谓"情景名为二,而实不可离,神于诗者,妙合无垠"②,布颜图所谓"情景者境界也"等,展示的便是如上所述的思路。另一条线索更多着眼于王昌龄所谓的意境,主张在物境和情境之外,即所谓"象外"来探究诗的境界内涵。如刘禹锡所谓"境生于象外"(《董氏武陵集纪》),司空图所谓"象外之象,景外之景"③,严羽所谓"不涉理路、不落言筌","羚羊挂角,无迹可求"④,王士稹所谓"神韵"等,都是这方面的代表观点。应该说,上述两条思路对境界的探讨,各有其合理性和深刻性,但难免有偏于一端的缺陷。正因如此,王夫之以后的古代诗学,才殷切地期盼后代学者之中有真正能以包罗万象的视野,为境界概念做出总结的人物。

不论从哪个意义上讲,以境界相标举的《人间词话》一书的作者,清末民初的大学问家王国维恰恰是这样一位总结式的人物。他通过对上自王昌龄,下至王夫之有关境界论述的批判性继承,从真情真境相交融、虚实相生、"有言外之味,弦外之响"等三个层次,既全面涵盖,又重点突出地论证了境界的概念。王国维在《人间词》《人间词话》《宋元戏曲史》说:

> 境非独谓景物也。喜怒哀乐,亦人心中之一境界。故能写真景物、真感情者,谓之有境界,否则谓之无境界。
>
> 何以谓之有意境? 曰:写情则沁人心脾,写景则在人耳目,述事则如其口出是也。
>
> 文学之事,其内足以摅己,而外足以感人者,意与境二者而已。上焉者,意与境浑,其次或以境胜,或以意胜,苟缺其一,不足以言文学。
>
> 古今词人格调之高,无如白石。惜不于意境上用力,故觉无言外之味,弦外之响,终不能与于第一流之作者也。

---

① 北京大学哲学系美学教研室.中国美学史资料选编:上册[M].北京:中华书局,1980:285.
② 北京大学哲学系美学教研室.中国美学史资料选编:下册[M].北京:中华书局,1981:112,278.
③ 北京大学哲学系美学教研室.中国美学史资料选编:上册[M].北京:中华书局,1980:316.
④ 北京大学哲学系美学教研室.中国美学史资料选编:下册[M].北京:中华书局,1981:78.

现在看来,王国维将真情真境相交融当作讨论境界的出发点,同时顾及虚实相生和"言外之味,弦外之响"二者的考察境界的思路,是非常可取的。但考虑到今天论诗,不能只着眼于古典诗词,还应该将现代新诗和翻译过来的外国诗都包容进去,因此,我们就有必要对王国维的境界理论重新加以审视:第一,他将情景的景,仅仅理解为景物,并且是"真景物",而没有广义地理解为形象,不免显得狭隘了一些。第二,他由此而把真情真景相交融归结为一切境界的基石,又多少有以偏概全之嫌。因为在诗中,即便是在我国古典诗词中,写真情真景,且做到二者交融无间者,即所谓有意境之作,也只是极少数。古今中外大量的诗,尤其是现当代的新诗、外国诗,它们或是写情而不写景,或是写景,但所写之景并非真景,而只是作为心灵的"客观对应物",借以暗示某种情绪和情感的借景。对于这样的诗,王国维的境界说,显然是不能解释的。第三,他没有把境界一词在训诂学和佛学上用以表示空间,表示心理空间,表示非理性、无意识的感觉空间的意义,明晰而透彻地表达出来,容易造成概念的含混及不确定。基于此,我们认为,所谓诗的境界,应该是指诗的情感和形象在以情感为主的基础上的统一状态,亦即形象化的情感状态,以及为此种情感状态所拥有的,可供人沉思、回味的审美空间。

### 4. 诗的境界的分类

对诗的境界概念的内涵做了新的解说之后,我们想结合其外延,来谈谈诗的境界的分类问题。因此,话题还须返回到王昌龄的《诗格》一书。正是在这本书里,他提出了"诗有三境"的命题:

> 诗有三境:一曰物境,欲为山水诗,则张泉石云峰极丽绝秀者,神之于心,处身于境,视境于心,莹然掌中,然后用思,了然境象,故得形似;二曰情境,娱乐愁怨,皆张于意而处于身,然后驰思,深得其情;三曰意境,亦张之于意而思之于心,则得其真矣。

这里,王昌龄将三种诗境按其各自的心灵化程度,亦即我们在前文论及的虚实相生的程度,编排出了一个在层次以及品位上由低到高的递进序列。在王昌龄看来,以描写景物为主的山水诗,虽然作者也须下一番"处身于境,视境于心"的"用思"功夫,而且其本身确有"极丽绝秀"的图画美,但因为其审美追求,重在"了然境象,故得形似",这种诗呈现的物境和心灵化程度是比较低的。这种诗带着诗赋未分家之前"赋体物而浏亮"(陆机语)的散文化痕迹,写一物则止于一物,缺乏含蓄性,绝无寄托。苏轼"赋诗必此诗,定知非诗人"的讥评也许略显过分,但确实能击中此类诗的要害。

作为与山水诗及其物境的比照,那些侧重抒写"娱乐愁怨"的情境诗,因为不停留、不满足于物境的展示,而能在"张于意而处于身,然后驰思"的过程中"深得其情",较多地给人以同情和共鸣的余地,所以,其构成的情境在心灵化程度上要比物境高出一个层次。从王昌龄的行文看,二者的区别大致可以归纳为以下三点:其一,情境是"娱乐愁怨,皆张于意而处于身",即情境是诗人将自己积蓄已久的情绪在佛教理论所谓的"意识"以及"法境"之下加以反观的产物。物境则仅仅是"张泉石云峰极丽绝秀者""处身于境,视境于心",换言之,物境是诗人把自然景物最具美感的部分,在"眼识"以及"色境"中进行内心观照,最终形成其表象的结果。前者是叔本华讲的"感情的直观",后者是其讲的"表象的直观"。① 其二,情境是在感情直观的基础上"然后驰思",而物境是在表象直观的前提下"然后用思"。二者虽然都是"思",但一个是"驰",一个是"用",它们在"思"亦即想象的深广程度上是大不一样的。其三,情境以"深得其情"为目标,而物境只以"故得形似"为需求。二者所营构的审美空间,其纵深大小,也就自然而然地各不相同。

在王昌龄那里,意境无疑是作为诗的三境中心灵化程度最高的一种境界而被提出来的。它既是对物境和情境的承袭,又是对二者的超越。如果说,物境"了然境象,故得形似",其特点在于执着于物内,情境"深得其情",其特点在于深入于情内,那么,意境则是要从物内、情内超脱出来,进入一个更为广阔自由的审美空间。较之物境,意境和情境一样,是要从物内走向物外,要通过感情的直观而"深得其情";较之情境,意境是要从情内走向情外,要将一己的生命体验,接通并汇入天地万物的生命本源,最终达到"则得其真"的形而上高度。显然,王昌龄认定,物境虽然"故得形似",却并未"得其真";情境虽然"深得其情",也同样不曾"得其真"。可见,"真"作为诗的最高境界的标志,只能为"意境"所独有。

那么,对这一"真"字,究竟应该如何理解呢? 在先秦哲学中,"真"是道家用以表达道作为人与天地万物的生命本体的专门用语。《道德经》第二十一章云:"道之为物,惟恍惟惚。惚兮恍兮,其中有象;恍兮惚兮,其中有物;窈兮冥兮,其中有精。其精甚真,其中有信。"②这大概是"真"字的最早出处。据王弼

---

① [德]叔本华.作为意志和表象的世界[M].石冲白,译.北京:商务印书馆,1982.
② 陈鼓应.老子注译及评介[M].北京:中华书局,1984:148.

注:"窈冥,深远之叹","物反窈冥则真"。其意思是,道作为生命本体,除了"恍惚",即混沌的一面,还有"窈冥",即深远的一面。如果能进入这种混沌、深远的境地,那就得道,即是"真"。与老子同而又异,庄子哲学讲"真",虽然也与天地万物的生命本源相关,但主要是指人的自然本性,也就是生命本性。《庄子·渔父》篇云:"真者,精诚之至也。"它把"真"当作礼的对立面:"礼者,世俗之所为也;真者,所以受于天也,自然不可易也。故圣人法天贵真,不拘于俗。"[1]我们可以清楚地看到,庄子所谓"真",是与其审美自由观联系在一起的。他认为,一个人要想"真",只有"精诚之至""不拘于俗",回归自己的生命本性,亦即天地万物的生命本源。和庄子哲学非常类似,佛教理论也强调"真"。它们的"真",与天地万物无涉,专指人的"真如"本性,即存于人心中的佛性。

弄清楚了道、释两家所赋予"真"的本来意义,王昌龄讲意境的核心在于"得其真",也就容易理解了。他要求诗人从物内走向物外,从情内走向情外,究其实,是要求诗人在超物之后进而超我,最终回归到人和天地万物的生命本体,进入"得其真"亦即得其道的形而上境界。我们这样说,可以以古代诗学与画论的相关资料为佐证。东晋诗人陶渊明《饮酒》诗云:"此中有真意,欲辨已忘言。"这两句到苏轼那里,"以为知道之言"。于此可见,"真"即道,道即"真",二者是一回事。五代画家荆浩《笔法记》提出"画者,画也,度物象而取其真"。这里的"取其真",即王昌龄所谓"得其真"。荆浩为了说明以上命题,在同一篇文章中,还专门分析了"真"与"似"的区别:"似者,得其形,遗其气;真者,气质俱盛。"[2]看得出来,"真"在其本义上,是指气韵生动,就是指生命。

其实,王昌龄以上就物境、情境、意境所做的划分,和王国维讲境界"以境胜""以意胜""意与境浑"的三种情况是基本对应和一致的。应该说,他们关于诗的境界的分类,完全切合古典诗词的实际,而且我们可以轻而易举地从许多具体文本那里,找到相应的例证。如杜甫的"两个黄鹂鸣翠柳,一行白鹭上青天。窗含西岭千秋雪,门泊东吴万里船"(《绝句》之三),呈现的不就是一种"以境胜"的物境吗?如陆游的"死去元知万事空,但悲不见九州同。王师北定中原日,家祭无忘告乃翁"(《示儿》),呈现的不就是一种"以意胜"的情境吗?而李白的"故人西辞黄鹤楼,烟花三月下扬州。孤帆远影碧空尽,唯见长江天际流"(《黄鹤楼送孟浩然之广陵》),呈现的恰恰是那种"意与境浑"的意境。

---

[1] 陈鼓应.庄子今注今译[M].北京:中华书局,1983:823-824.
[2] 北京大学哲学系美学教研室.中国美学史资料选编:上册[M].北京:中华书局,1980:318-319.

然而,如果我们的讨论范围不限定在古典诗词,而是将其扩展到包括现代新诗与外国诗在内的整个诗歌领域,那么,实事求是地看,除了六朝齐梁之际那些以"巧构形似之言"而著称的山水诗之外,纯粹表示物境的诗,就算在古代也是少之又少,到了现代,更可谓难觅踪迹。真正做到"意与境浑"的所谓"有意境"之作,并不多见。大量的诗,呈现的基本都是情境。唯其如此,对于我们来说,诗的境界的划分,主要是一个情境与意境的鉴别,以及不同情境的区分问题。且看这样两首诗:

> 白日依山尽,黄河入海流。
> 欲穷千里目,更上一层楼。
> ——王之涣《登鹳雀楼》

> 君不见黄河之水天上来,
> 奔流到海不复回。
> 君不见高堂明镜悲白发,
> 朝如青丝暮成雪。
> 人生得意须尽欢,
> 莫使金樽空对月。
> 天生我材必有用,
> 千金散尽还复来。
> …………
> ——李白《将进酒》

以上两首诗,都写到黄河东流入海,都以这一壮观的景象作为表现情感的视觉画面,但我们可以清楚地看到,王之涣写黄河,取的是黄河之景,表达的是对黄河之情,景是真景,情是真情,是所谓的即景生情;而李白写黄河,与写高堂明镜一样,纯系兴之所至,借题发挥,借黄河从天而降、入海而流的景观,发自己人生有限、宇宙无穷的感叹,景是借景,情是真情,是所谓借景抒情。王之涣的诗实写黄河,基本上展示了黄河的本来面目;李白的诗则虚写黄河,基于表情的需要,不免有夸大和变形的成分。因此,我们说,前一首诗表现的是诗的意境,后一首诗表现的是诗的情境。

再看下面两首诗:

…………
雅典的少女呵,我们分了手,
想着我吧,当你孤独的时候。
虽然我向着伊斯坦堡驰奔,
雅典却抓住我的心和灵魂。
我能够不爱你吗?不会的!
你是我的生命,我爱你。
——拜伦《雅典的少女》

我如果爱你——
绝不像攀援的凌霄花
借你的高枝炫耀自己;
我如果爱你——
绝不学痴情的鸟儿
为绿荫重复单调的歌曲;
也不止像泉源
长年送来清凉的慰藉;
也不止像险峰
增加你的高度,衬托你的威仪。
甚至日光,
甚至春雨。
不,这些都还不够。
我必须是你近旁的一株木棉,
作为树的形象和你站在一起。
…………
——舒婷《致橡树》

就情境而言,这两首诗表现的都是一种爱的情境。然而,拜伦的《雅典的少女》,纯粹是情感的直泻,诗人通过"我"的直抒胸臆,让感情无遮蔽地袒露出来,用心声内在的律动,化作节奏、旋律等听觉形象,冲击人的心灵;而舒婷的《致橡树》,更多地倾向于情感的暗示,里面也有听觉形象,但构成情境的,主要是作为情感象征的人化了的橡树和木棉树的视觉形象,与拜伦的诗相比,其情感冲击力较小,而渗透性较大。我们把前者称为直泻式的情境,把后者称为象征式或者暗示式的情境。

### 三、小说

#### 1. 小说是叙事的艺术

正像诗在抒情文学中最有代表性一样,小说在叙事文学中也是最有代表性的。考察小说的特点以及分类,有助于了解叙事文学的一般状况。

先从特点谈起。小说的内容在情感和形象的统一中,以形象为主。这种形象,作为情感化的形象,再现在小说里,就是所谓的故事。从文学史上看,小说的雏形产生于原始社会,神话、史诗是它的始祖。但现代意义上的小说,却成熟于资本主义萌芽、市民阶层兴起和活版印刷术大有发展之后,且和民间的说书、评话有着直接的渊源关系。不管是远古时期的神话、史诗,还是中古时期的说书、评话,它们都以讲故事为基本框架,基于此,人们才把由它们演变而来的小说叫作讲故事的艺术,即叙事艺术。

不管是在中国,还是在西方,小说都经历了一个由古代的传奇小说,到近代的性格小说,再到现代的心理小说(包括"意识流小说")的演变过程。古代的传奇小说,如唐宋传奇等,更多地追求故事的曲折离奇,因而,我们把这样的小说称为叙事艺术,确实是名副其实的。发展至近代,传奇小说让位于性格小说,作家们越来越注重人物性格的塑造。但即便是这样,在性格小说中,我们还是可以看到一个从头到尾的、完整的故事框架。这一点,我们列举出曹雪芹的《红楼梦》、列夫·托尔斯泰的《复活》等即可说明,它们并未超越叙事艺术的范畴。现代的心理小说,以淡化故事情节为特征,作家展示给我们的,主要是人物内心的感觉、意念乃至于无意识的自由联想。从这一点来看,这样的小说,似乎与叙事没有关联。然而,我们在阅读之后,透过那些如碎片一般的心理内容,仍然能够在脑海里通过拼贴,勾画出一个隐隐约约的故事轮廓。普鲁斯特的《追忆似水年华》便是如此。也就是说,它们最终也仍然属于叙事艺术。

#### 2. 叙事和叙事理论

以上说,各类小说都是叙事的艺术。对于其中涉及的叙事概念,我们有必要做一个介绍。就字面含义而论,叙事即是讲故事,讲过去发生的事。然而,小说的叙事,却不是把客观世界已经发生过的事件,按其本来的状态,随机地、偶然地加以罗列,而是要将它们串联起来,组织到一个能体现内在的因果关系的情节之中。英国小说家福斯特在《小说面面观》的讲演里曾举例,"国王死了,王后不久也死了",这是故事,即过去发生的事;但如果换成另一种讲法,"国王死了,王后因为伤心也死了",则因为已按故事叙述人的意图,把两件过去发生的事,组织在了有因果关系的链条里,所以便成了情节。由此而言,所谓叙事就是通过语言组织人物的行动和事件,构成小说的艺术世界的文学活动。

正像抒情诗在中国一直处于主流地位一样,在西方,由古希腊时代的史诗发展而来的小说,也始终居于正宗的地位。抒情诗的主流地位,相应地造就了中国以境界为核心的抒情诗学的繁荣;而小说的正宗地位,也相应地促成了西方叙事理论的发展。

从历史上看,亚里士多德的《诗学》是古希腊时代第一部研究叙事艺术的理论专著。后来,古罗马学者贺拉斯的《诗艺》关于叙事作品中人物塑造的讨论,启蒙运动时期法国美学家狄德罗的《论戏剧艺术》对于平民戏剧的推崇等,逐渐形成了现实主义的叙事观念。从黑格尔提出性格是现代艺术的中心,到恩格斯提出真实地再现典型环境中的典型人物,现实主义叙事理论进一步走向了成熟。

到20世纪初,俄国形式主义开始从不同于古典叙事理论和现实主义叙事理论的另一个角度,研究叙事艺术。普洛普于1928年出版的《民间故事形态学》一书,通过对俄罗斯100则民间故事的分析,梳理出隐存在其中的一个恒定的结构,以及与这一结构相关联的31个功能。普洛普的上述观点首先被法国结构主义者列维·施特劳斯所接受,并且经由他传播到法国学术界。之后,以格雷马斯为代表的神话分析,以布雷蒙德为代表的民间故事分析,以罗兰·巴特、托多罗夫、热奈特等为代表的小说分析相继出现,这些研究叙事艺术的新观念和新方法,被称作叙事学。

法国叙事学由于受形式主义和结构主义的影响,对叙事作品的研究更多侧重于抽象的形式结构方面,而不太注意作品的叙事内容。应当说,这种新观念和新方法在拓展了人们认识叙事艺术的视野的同时,也表现出明显的片面性和局限性。我们应该批判地吸收其有益的成分,为今天在新的条件下研究小说的叙事艺术而提供借鉴。

热奈特指出,叙事学中的叙述一词,实际上包括了叙事的三个层面:一是所讲述的故事内容,即叙述内容;二是讲故事的语言组织,即叙述语言;三是叙述行为,即叙述动作。我们需要向法国叙事学借鉴的东西,基本可以囊括在上述三个层面当中。

### 3. 叙述内容

小说的叙述内容,概而言之,就是故事。但如果要做深一层的分析,故事还可以区分为情节、人物和场景等几个方面。

(1) 情节。故事中的情节是按因果关系组织起来的一系列事件。如契诃夫的小说《一个小公务员的死》,其情节便是由小公务员看戏、小公务员打喷嚏、小公务员向将军道歉、小公务员因害怕而死等看似偶发的一串事件,在前因后果的逻辑链条中组织而成的。

(2) 人物。故事里的人物,就其所起的作用而论,既是推动情节发展的行为主体,又具有审美价值的个性与性格。格雷马斯根据人物的这种二重性,把人物作为推动情节发展的行为主体的一面,称作"行动素";把人物作为独具审美价值的个性与性格的一面,称作"角色"。[①] 一般来讲,人物在故事中大都一身兼二任,既是"行动素",又是"角色"。但因为每个人物各自所起的作用不完全一样,有的主要充当"行动素",有的则主要充当"角色"。更有例外者,几个"角色"充当一个"行动素"。如《西游记》里的那些妖魔鬼怪,它们虽然各有各的名称,各有各的个性和性格特征,但作为同一个"行动素",都起着阻碍唐僧取经的作用;或者一个"角色"充当几个"行动素",如猪八戒在被降伏之前,是取经的阻碍者,在被降伏之后,则是取经的促进者。

(3) 场景。在故事内容中,通过具体描写展示出来的人物行为,与其所处的环境融合成为场景。没有场景的叙事作品,尽管也可以有相对完整的故事线索,但在读者的阅读感受里,这样的故事线索,只是干巴巴的一条筋,光有抽象的过程,而没有生动的画面,自然也就无法产生艺术感染力。由此而言,场景之于故事内容,确实是不可或缺的。我们认为场景重要,一方面,因为它可以帮助人物作为"行动素"推动情节的展开;另一方面,确实有些场景,在情节的因果关系中是可有可无的,看去纯属无用的叙述,即所谓"闲笔",但对塑造"角色"、渲染情调和氛围,起着不可替代的作用。如《红楼梦》中黛玉教香菱学诗,也许在促进贾宝玉与林黛玉的爱情故事的发展上,没有起什么作用,但对塑造林黛玉这样一位"女性气质的诗人,诗人气质的女性"(蒋和森语),对营造大观园这样一个诗意空间,无疑是画龙点睛的一笔。

#### 4. 叙述语言

对小说而言,讲什么故事,也就是叙述内容,固然有其重要性,但用什么讲以及怎样讲故事,在某种意义上似乎更为重要。后者即所谓叙述语言。围绕叙述语言,涉及的问题很多,其中主要有叙述的人称(亦即视角)问题、叙述的次

---

① 张寅德.叙述学研究[M].北京:中国社会科学出版社,1989:119.

序问题、叙述的速度问题等。

(1)视角。视角是小说的故事叙述人就故事内容进行观察和叙述的角度。传统小说往往采用全知全能的旁观者视角，按第三人称加以叙述。近现代小说开始较多地引入第一人称的叙述视角。除此之外，还有以第二人称进行叙述者，但极为罕见，不在我们的讨论之列。先说第三人称叙述。第三人称是从与故事无关的旁观者视角进行的叙述。因为这种人称的叙述者如同无所不知、无所不能的上帝，可以上天入地，览古知今，深入心灵，洞察幽微，所以，这是一种无限制视角，或者说，是一种无焦点视角。第三人称的好处在于叙述的高度自由。但也正因为如此，这种全知全能的叙述方式，其真实性和可信度，在现代受到越来越广泛的非难与质疑。绝大部分古典小说采用的是第三人称的叙述视角。再看第一人称叙述。第一人称的叙述者，同时是故事中的一个角色。叙述焦点由此而移入小说之内，成为内在式焦点叙述。此种叙述最大的特点："我"作为叙述者的视角受到其角色身份的限制，不能叙述本角色所不知的内容。因为是有限制视角，在形成叙述主观性的同时，却更多地给人以亲切感和逼真感。例如，鲁迅的小说《孔乙己》，就是从作为咸亨酒店小伙计的"我"的视角，用第一人称进行叙述的。小说写了孔乙己由怎样在"我"眼前出现，到最后怎样在"我"的记忆中消失。孔乙己悲剧的一生，在小说中就是通过"我"的所见所闻、所思所感，一鳞半爪地叙述出来的。其余的部分，作为空白，因为超出了"我"的感知范围，而不曾叙述，留待读者用想象去填补。这样的写法，虽然不如第三人称那样全面系统，但让人读来犹如置身咸亨酒店，如见孔乙己其人，如闻孔乙己其声，且明知小说是虚构的，却给人以真切自然的现场感。此外，还有变换视角的叙述。在传统小说的叙述中，视角一般从头到尾是不变换的，但也有例外。如《水浒传》"林教头风雪山神庙"，有这样一段文字：

> 忽一日，李小二正在门前安排菜蔬下饭，只见一个人闪将进来，酒店里坐下，随后又一人闪入来。看时，前面那个人是军官打扮，后面这个走卒模样，跟着也来坐下。

这段叙述，显然有别于小说此前和此后的第三人称的视角叙述，是临时插入的、从李小二的视角出发所做的叙述。金圣叹对此点评道："'看时'二字妙，是李小二眼中事。一个小二看来是军官，一个小二看来是走卒，先看他跟着，却又看他一齐坐下，写得狐疑之极，妙妙。"金圣叹在这里，不仅看出了叙述视角的变换,而且发现了这样的变换对角色塑造的作用。

以上所讲是叙述视角的变换,其实,小说里的叙述人称也可以变换。如普希金的《驿站长》,就整体而论,是第一人称的叙述。但在讲到驿站长的女儿都妮亚的故事时,却变为第三人称的叙述。通过这种视角与人称的来回变换,使故事叙述有了更多的自由。

(2)次序。叙述语言的次序可以分为两种类型:一种是顺时序的叙述,即所谓顺叙;另一种是逆时序的叙述,即所谓倒叙和插叙。如契诃夫的《一个小公务员的死》,从前到后,平平道来,是顺叙。其好处在于,如行云流水,自然而然。而列夫·托尔斯泰的《复活》,基本是倒叙,由聂赫留道夫在陪审席上见到作为犯人的玛丝洛娃,进而回忆他们二人最初相识的过程;鲁迅的《故乡》则是在总体的顺叙中穿插"我"与闰土儿时的交往,可以当作插叙来看待。不管是倒叙还是插叙,因为颠覆了自然的时序,所以往往能出人意料,产生引人注目的效果。

(3)速度。速度的概念,在法国叙事学中叫时距,指故事时间长度与文本时间长度所形成的时间关系。简而言之,即叙述的语速。对此,我们也可以分两种情况来讨论:一种是慢速叙述,也就是叙述进行的速度小于故事进行的速度。叙事学所讲减缓,大概就指这种慢速叙述。如《追忆似水年华》写"我"吃一块叫"小玛德莱娜"的点心,这一过程本身不过十几秒钟而已,但叙述的文字却相当长。此类小题大做式的减缓叙述,使关键细节能得以凸显,给人以细致入微之感。慢速叙述的极端是停顿。当此之际,故事完全停止,其速度为零,只有叙述仍在从容不迫地进行。如巴尔扎克的小说中许多关于环境的叙述,就是如此。和慢速叙述形成鲜明对比的是第二种情况——快速叙述。在这样的叙述里,叙述进行的速度大于故事进行的速度。叙事学将此种叙述称为概述。如果说,慢速叙述是小题大做,那么,快速叙述亦即概述,则是长话短说。快速叙述的极端是省略。此时,叙述速度达到无限大,它可以通过高速快进,把整段整段的故事完全省略。如《孔乙己》最后写孔乙己的死:

  自此以后,又长久没有看见孔乙己。到了年关,掌柜取下粉板说:"孔乙己还欠十九个钱呢!"到第二年的端午,又说:"孔乙己还欠十九个钱呢!"到中秋可是没有说,再到年关也没有看见他。
  我到现在终于没看见——大约孔乙己的确是死了。

作为快速叙述，这里有概述，但更多的是省略。它暗示我们，在世态炎凉的鲁镇，孔乙己之所以能被掌柜提起，是因为他欠着掌柜十九个钱。一旦掌柜意识到钱已经要不回来了，那么，像孔乙己这样一个无足轻重的灰色小人物，被人淡忘，被人省略，乃至于全然从人们的记忆中消失，是十分自然的。除此之外，还有第三种情况，那就是介于慢速叙述与快速叙述之间的匀速叙述。因为所谓匀速，并非测量的结果，仅是一种感觉，所以，上面提到过的场景便可以视为感觉中的匀速叙述。我们所讲匀速是指叙述进行的速度等于故事进行的速度，也就是说，在给人的感觉上，叙述与故事基本是同步的。如《三国演义》第四十三回写诸葛亮舌战群儒，张昭等东吴文士与诸葛亮言来语往，唇枪舌剑，这一场景就是叙述与故事同步进行的、典型的匀速叙述。

作为叙述语言，无论是叙述视角，还是叙述次序或叙述速度，究其实，它们在小说中，都是为了更好地表达叙述内容而存在，而发挥其作用的。其中，叙述视角与人称的选择，与追求故事内容更高层次的真实感及可信度联系在一起；而顺叙、倒叙和插叙等叙述次序的变更和穿插，以及慢速、快速、匀速等叙述速度的调整和控制，则显然是要创造出一种与叙述内容相适应的叙事节奏和旋律来。据称，列夫·托尔斯泰曾经为《安娜·卡列尼娜》的开头煞费苦心，修改多达六十余次，最后才确定为现在流传的这个开头："幸福的家庭都是相似的，不幸的家庭则各有各的不幸。奥布朗斯基家里一切都乱了。"用一个乱字开头，就是为了给小说所要叙述的，由于婚外恋而引起家庭伦理冲突的故事内容，确定一个叙事的基调，以便采用合适的节奏和旋律。实际上，不仅仅是《安娜·卡列尼娜》，凡是成功的叙事作品，都在叙述的节奏和旋律上下过功夫。我们可以设想，如果小说总是以一种次序、一种速度来叙述，那么，再好的故事内容，也会因缺少变化而使读者昏昏欲睡，进而使读者丧失阅读的兴趣。相反，如果能将叙述的次序和速度按故事本身的需要，使之处在有快有慢、有张有弛的变化统一之中，那么，叙述的艺术魅力就可能加倍地体现出来。

### 5. 叙述动作

所谓叙述动作，指叙事这一行为本身，主要包括两个基本要素，即故事的叙述者和接受者。研究二者之间的相互关系，是讨论叙述动作的重要内容。

(1) 故事的叙述者。小说是由某一个作者创作的。但这个实际生活中的作者，最终并没有进入小说作品。真正进入小说作品的，是其有别于实际生活状态的一种特殊的精神状态，或者说，是其在小说的叙述活动中起支配和规范作用的意念，即叙事学所称的隐含的作者。隐含的作者不同于真实作者，也不等于故事的叙述者。故事的叙述者指小说中被指派讲述故事的那个人;而隐含的作者则是在故事叙述者背后使其叙述活动得以进行的那种意念。在有些以第一人称叙述的小说中,故事叙述者很像隐含的作者,如《一件小事》中的"我",似乎就能代表鲁迅本人及其心理活动。但《孔乙己》中的"我",作为咸亨酒店里的一名小伙计,就明显不同于真实鲁迅在创作中的精神意念。尤其是《狂人日记》中的"我",则与真实作者鲁迅,及作为鲁迅的创作意念的体现者的隐含的作者大相径庭。那个"我"的某些带有精神错乱倾向的呓语和妄想,又怎么可能和清醒的现实主义者鲁迅及其精神意念联系在一起呢?

(2)叙述声音。隐含的作者在小说作品中从不露面,我们可以而且只能通过对叙述意图的把握间接地意识到他的存在。小说作品中实际存在的唯有故事的叙述者,而能够表明其存在的依据,就是所谓的叙述声音。我们讲叙述声音,是指那种能体现故事叙述者的叙述动作的语气、口吻和态度。按照叙述声音的不同,我们可以把故事叙述者区分为显在叙述者与隐在叙述者两类。显在叙述者,指读者在小说中可以明确地倾听到和感受到其叙述声音的那种叙述者。如我们读钱锺书的《围城》,就可以通过小说中特有的叙述声音,发现那个博学、机智和幽默的叙述者;读柳青的《创业史》,也可以通过小说中特有的叙述声音,发现那个热情洋溢的叙述者。作为显在叙述者的极端表现,是叙述声音打断正常的叙述话语而使叙述者凸显出来。在我国明清话本里,我们常常能见到这样的例子。如《喻世明言》第一卷,在写到陈大郎去找薛婆,把一百两白银和十两金子放在她的桌上时,突然插入了这样一段话:

> 看官,你说从来做牙婆的那个不贪钱钞?见了这般黄白之物,如何不动火?

这段话与正在进行的叙述显然没有直接的关系,它对故事的发展似乎也是可有可无的。要说作用,其作用仅仅在于,以外在于故事的叙述声音凸显叙述者,将这一平时隐居在幕后的角色,突然推向前台,唤醒读者对叙述者的注意,从而形成类似于布莱希特所谓的"间离效果"。同上述显在叙述者相反,另一种类型是隐在叙述者。如有的小说像剧本那样,主要通过人物对话来叙述故事,读者在作品中难以听到叙述声音,给他们的感觉是叙述者似乎不存在。但这只是一种错觉而已。但凡有叙事,就一定有叙述者存在。只是因为较之显在的叙述者,隐在叙述者隐蔽得令人更难以发现罢了。如美国作家海明威的小说,其委派的叙述者,常常客观到几乎不动声色的地步。从表面看,这样的叙述者好像没有自己的声音,然而,没有自己的声音本身,恰恰表明,它是一种独特的叙述声音。

（3）故事的接受者。和前面我们把叙述主体区分为真实作者、隐含作者以及故事的叙述者三个方面一样,在谈及接受主体的时候,我们也可以将其区分为真实读者、隐含读者和故事的接受者三个方面。真实的读者即在现实中客观存在的某个或某些阅读小说的人。而隐含的读者作为一个概念,是由接受理论的缔造者之一伊瑟尔最先提出来的。按其解释,隐含的读者不是真实的读者,而只是与文本的"召唤结构"在方向上相吻合的读者,或者说,是受制于文本的"召唤结构"的读者。因此,此种隐含的读者,与其说是读者,倒不如说是为作者所预设的接受对象,实际上,也就是故事的接受者。就小说的叙述活动而言,叙述者与接受者之间的对话,必须存在一种理解和默契。叙述者是为他心目中的对话伙伴叙述故事的,而接受者要听的也正是这样的对话伙伴所叙述的故事。且看明代拟话本小说《蒋兴哥重会珍珠衫》开篇的几句话：

> 假如你有娇妻爱妾,别人调戏上了,你心下如何？古人有四句道得好：人心或可昧,天道不可移。我不淫人妇,人不淫我妻。看官,则今日我说《珍珠衫》这套词话,可见果报不爽,好教少年做个榜样。

这里的"看官",正是被叙述者视为其理想的对话伙伴的隐含的读者,亦即故事的接受者。

### 6. 小说作为叙事艺术的分类

从总体上讲,小说的内容在情感和形象的统一中,以形象为主,是所谓的叙事内容。但在不同的小说中,情感和形象的比重,以及故事叙述中情节、人物、场景的比重,仍然各有不同,由此导致小说在叙述语言和叙述行为方面的种种不同。根据这些不同,我们可以把小说分为：抒情小说、传奇小说、性格小说和意识流小说等。在这个序列中,抒情小说接近于诗,是诗化的小说；意识流小说接近于剧本,是戏剧化的小说；传奇小说和性格小说,都富有故事性,都可以看作最初意义上的小说,但一个更强调情节,一个更突出人物,二者的侧重点又彼此有别。

在文学理论界,普遍流行和使用的小说分类方法,不是上述这一种,而是另一种,即按叙事规模的大小和篇幅的长短,把小说分为：长篇小说、中篇小说、短篇小说和微型小说等。

　　长篇小说涉及的总是社会生活事件的一个大层面,叙事规模较大,语言篇幅较长,有时可以达到数十万字以至上百万字。

　　中篇小说涉及的多是社会生活事件的一个不大不小的纽结,叙事规模居中,语言篇幅适当,保持在数万字至十万字之间。

　　短篇小说涉及的常是社会生活事件的一个小片段,叙事规模较小,语言篇幅较短,一般限制在两万字之内。

　　微型小说涉及的只是社会生活事件的一个细小的切片,叙事规模最小,语言篇幅更短,所谓千字文即是。

### 四、剧本

#### 1. 剧本在戏剧艺术中的地位

　　戏剧艺术是综合艺术。它以演员的表演为主,综合了表演、导演、文学、绘画、舞蹈、音乐等各种因素。我们讲剧本,是要讨论戏剧艺术中的文学因素,即所谓戏剧文学。

　　除了即兴表演以外,一般来说,戏剧演出都要有剧本。人们说,剧本为一剧之本,是有道理的。因为不管是演员表演、导演导戏,还是舞台美术设计、音乐设计,它们作为再创造活动,都必须以剧本为基础。一场戏的好坏,固然与演员的演技,与其他各方面的配合有很大的关系,但最根本的和最具决定意义的还是剧本。

　　我们这样说,一方面是肯定了剧本的地位;另一方面,也规定了剧本的性质和特点。剧本作为戏剧艺术的基础,必须从舞台演出的条件出发,为剧场观众的需要服务。这也就是说,剧本要有舞台性或者戏剧性。歌德说:"莎士比亚写作的时候,没有想到他的戏剧会印出来……出现在他眼前的是舞台,他想见他的戏怎样动作和演出,怎样很快地在观众眼前更换过去。"(季莫菲耶夫《文学原理》)李渔说剧作家"手则握笔,口却登场。全以身代梨园,复以神魂四绕,考其关目,试其音声,好则直书,否则搁笔,此其所以观听合宜也。"(《闲情偶寄·宾白》)二人所说都是这个意思。

#### 2. 剧本是冲突的艺术

　　我们知道,剧本的内容在情感和形象的统一中,以形象为主。这种形象,作为情感化的形象,再现在剧本里,即所谓戏剧冲突以及由此而生的戏剧悬念。我们上面所说的剧本的舞台性或戏剧性,在很大程度上,就是指戏剧冲突与戏剧悬念。这是剧本之所以为剧本,而不是诗和小说的特点所在,也是其特有的魅力所在。

所谓戏剧冲突,指剧本中人物与人物之间、人物与环境之间、人物内心的各种动机之间的抵触、摩擦和撞击。人物与人物的冲突,构成了戏剧冲突最基本的内容。人物与环境的冲突、人物的内心冲突,说到底,都是人物与人物的冲突在广度和深度上的展开,它们都应该而且必须以人物与人物的冲突为核心,和人物与人物的冲突相结合。拿现代京剧《沙家浜》来说,它写到了郭建光带领十八个伤病员与暴风雨的斗争,写到了阿庆嫂在和组织失去联系时左右为难的苦恼心境,但这一切作为人物与环境的冲突、人物的内心冲突,都是围绕着贯穿全剧的基本冲突,即阿庆嫂与刁德一以及胡传魁等人物的冲突而设计和进行的。

我们说,戏剧冲突主要是人物与人物的冲突,这和剧本所反映的社会生活的整体结构是一致的。在社会生活中,人是主体和中心,人与人的现实关系及其矛盾,是推动社会生活不断地向前发展的内在动力。与之相对应,在剧本中,人物与人物的社会冲突,也同样是推动整个剧情不断地向前发展的内在动力,因而,这种冲突也就不能不构成全部戏剧冲突的基本内容。

正像在社会生活中,人与人的现实关系及其矛盾,不能用所谓的"斗争哲学"加以简单化概括一样,在剧本中,戏剧冲突、人物与人物的冲突,也不能简单地理解为争论、吵闹、打斗和厮杀。所有这一切,只是戏剧冲突和人物冲突所采取的多种外在形态中的一种而已。除了争、吵、斗、杀,冲突还可以采取别样的外在形态,如沉默的反抗、平静的对立、客气的摩擦等。像越剧《红楼梦》中贾宝玉、林黛玉与贾母、王夫人之间的戏剧冲突,《玩偶之家》中娜拉与海尔茂的戏剧冲突,就是如此。不管采取什么样的外在形态,我们认为,人物的戏剧冲突,在本质上都应该是性格冲突,是各种不同的性格,在一个特定的时空环境中相遇,由于相互的差距而产生的抵触、摩擦和撞击。上面所举的《红楼梦》以及《玩偶之家》,其戏剧冲突之所以尖锐、激烈,是因为它们所塑造的人物,都各有其鲜明的性格内涵。

### 3. 剧本戏剧冲突的集中性

谈到剧本的性格冲突,不能不涉及人物、作为性格的发展过程的情节和作为性格形成的客观依据的环境等几个方面。和小说一样,这三者是构成剧本的性格冲突的基本要素。但因为剧作家不像小说家"有的是时间和空间"(狄德罗语),它必须在舞台上有限的两三个小时之内和几十平方米之中完成性格冲突,所以,在剧本里,不管是人物,还是情节或者环境,都不能像在小说里那样编排,而是必须保持高度集中。只有集中,性格冲突才能得以贯穿;只有集中,演戏的人和看戏的人的注意力才能凝聚在一条轴线、一个焦点上,形成丝丝入扣、层层紧逼的艺术效果。

具体地说,所谓人物集中,是指剧本中登场的人物要少;登场的人物与人物之间的关系要紧凑;每个登场人物的性格的主导面要非常鲜明,对比要相对突出。例如,《雷雨》全剧只写了八个人物,他们的关系像纠缠在一起的线团一样错综复杂,除了鲁大海性格特征稍弱以外,其余七个人物,尤其是作为男女主人公的繁漪和周萍,性格各有其不可取代的特征。这样的人物塑造,就具有了高度集中的性质。

所谓情节集中,是指剧中的事件、线索不能过于多,而要相对单纯一些;进展不能过于迟缓,而要适当地跳跃一些,特别是在高潮和收尾处,为了结束整个冲突,必须有出人意料的大的跳跃,即所谓突变。正是在这个意义上,人们把戏剧称为突变的艺术。以《雷雨》为例,它主要写繁漪与周萍作为母子、周萍与四凤作为兄妹的乱伦关系,为了解决这一关系问题,全剧到最后,由于雷雨大作,电线失修,四凤、周冲二人丧生,周萍又用其父周朴园交给他防身的手枪,结束了自己的生命。这样的情节安排,就符合高度集中的要求。

所谓环境集中,是指剧本中时间间隔要尽可能地小,地点变换要尽可能地少。我们仍以《雷雨》为例,其整个戏剧冲突,浓缩在从上午到半夜的不到一天的时间之内,从周朴园的客厅到鲁贵家的两个场景之中。这样的环境设计,就体现出高度集中的特点。

以上我们讲到了剧本的戏剧冲突和人物、情节、环境的集中性,这一内容决定了剧本的语言形式不能不带有戏剧化的特点。

首先是语言本身的戏剧化。除了列在最前面的人物表和写在括号里的提示语以外,剧本的语言几乎全部都是人物的语言。不是独白,就是对白。这种语言,第一,应该是纯粹的口语;第二,应该符合人物的性格;第三,应该有强烈的动作性;第四,应该精练、含蓄,富有潜台词。

其次是语言结构的戏剧化。剧本的结构,属于以冲突为线索的戏剧结构。因为冲突是按过程展示的,所以,戏剧结构就特别强调有头有尾;因为冲突是分阶段进行的,所以,戏剧结构就相应需要分幕和分场。

再次是语言手法的戏剧化。由于作家不能在剧本中露面,剧本只能采用描写的手法。因为剧本的描写对象是活生生的人,人又是有情感的动物,所以,作家对剧中人对话的描写,实际上是通过剧中人各自的情感抒发完成的。这种描写即抒写的手法,是戏剧手法区别于其他文学手法的一个显著特点。

### 4. 剧本的分类

剧本以戏剧冲突为内容,在情感和形象两个方面,更多地侧重于形象方面。然而,在冲突内容中,不同的剧本的形象为情感灌注的程度,仍各有不同,由此导致剧本在语言形式方面的种种不同。根据这些不同,我们可以把剧本分为:话剧剧本、歌剧剧本和戏曲剧本等。如果说,话剧剧本几乎完全是形象的客观现实再现,那么,歌剧剧本和戏曲剧本等,则是在以形象的客观现实再现为主的前提下,追求着尽可能多的情感的主观理想表现。后者的这种追求,体现在整个形式中,是诗化的歌词或者唱段,以及表情性的音乐和舞蹈因素。

除此之外,还有一种剧本的分类方法,即按照冲突内容的不同性质和语言形式给人的不同美感,把剧本分为:悲剧剧本、喜剧剧本和正剧(悲喜剧)剧本等。

悲剧的冲突一般是"历史的必然要求和这个要求的实际上不可能实现之间的悲剧性的冲突"(恩格斯语)。其语言形式与之相适应,更多地给人以悲愤、恐惧和怜悯之感。

喜剧有讽刺喜剧与幽默喜剧之分。讽刺喜剧的冲突由主人公的错误和荒谬的行为引起,而幽默喜剧的冲突,则以对某个有缺点的好人的善意批评为内容。不管是哪种喜剧,它们的语言形式,都是要通过笑的力量,起到净化人们灵魂的作用。

正剧,又称悲喜剧,是把悲剧因素和喜剧因素结合在一起的戏剧。正剧的冲突主要是社会生活中正面力量和反面力量的冲突。这种冲突,最终按历史的必然要求加以解决,以正面力量的胜利而告终。其语言形式,往往给人以悲喜交加之感。

# 第二章　文学价值论

## 知识脉络图

```
                    ┌ 价值与文学的价值 ┌ 价值的概念
                    │                  │                    ┌ 马斯洛的需要层次理论
                    │                  └ 文学的价值是      ┤ 文学在人的需要层次中的价值定位
                    │                    一种审美价值      └ 文学与经济、政治和其他文化形态
                    │                                        的价值比较
文学的审美价值 ─────┤                    ┌ 人在世界的存在境况
                    │ 文学审美价值的基本取向 ┤ 文学审美价值的形而下取向
                    │                    └ 文学审美价值的形而上取向
                    │                            ┌ 文学审美价值的概念
                    └ 文学审美价值及其生成与实现 ┤ 文学审美价值在创作中的生成
                                                 └ 文学审美价值在接受中的实现

                    ┌ 文学的审美价值与  ┌ 文学审美作用是文学审美价值的实现
                    │ 文学的审美作用    └ 文学审美作用与文学审美价值的正比例关系
                    │                          ┌ 文学的审美认识作用
                    │ 文学审美作用      ┤ 文学的审美教育作用
                    │ 的内在构成        │                    ┌ 文学娱乐性是文学的本体属性
文学的审美作用 ─────┤                   └ 文学的审美娱乐作用 ┤ 文学要娱乐,但不要娱乐至死
                    │
                    │ 文学审美作用的总体特点 ┌ 贺拉斯的"寓教于乐"
                    │ 及其不同表述          └ 从老庄到鲁迅、郭沫若的"无用之用"
                    │
                    └ 文学审美作用的全心灵性
```

## 第一节 文学的审美价值

### 一、价值与文学的价值

#### 1. 价值的概念

价值既是一个经济学概念,也是一个哲学和美学概念。对于经济学意义上的价值概念,马克思在《资本论》中,是从社会必要劳动时间入手进行讨论的。而对于哲学和美学意义上的价值概念,马克思则在别的著作中,就对象与人的需要之间的价值关系,做过一系列至今仍颇具经典性的论述。他说:"价值这个普遍的概念是从人们对待满足他们需要的外界物的关系中产生的"①,"是人们所利用的并表现了对人的关系的物的属性","表示物的对人有用或使人愉快等的属性","实际上是表示物为人而存在"。②

按我们的理解,马克思在以上的几句话里,主要强调了三点:①价值体现的是对象与人的需要之间结成的关系,即价值关系;②对象与人的需要之间之所以能结成价值关系,是因为该对象确实具有能满足人在某方面需要,因而对人有用或者使人愉快的某种属性,我们可以称之为价值属性;③对象及其价值属性表明,它是属于人的,它为人而存在,而且只是为人而存在。

综上所述,我们对哲学和美学意义上的价值概念,不妨这样去界定:所谓价值,指对象具有的能满足人在某方面需要的某种内在属性。

在做了关于价值的上述界定之后,还须再补充和说明一点:我们谈人的需要,是指人作为"类存在"的普遍性需要,而不是个体人的随便哪一种需要。理由是,在个体的人那里,并非其一切需要,都具有天然的合理性,都应当予以满足。事实上,个人的某些需要,如果超越了社会法律或者道德的底线,那么,这样的需要就属于不合法或者不合理的需要,作为纯粹利己主义的私欲,甚至是贪欲,自然也就不应当予以满足。一旦满足这样的私欲和贪欲,则其无任何价值可言,甚至是反价值的。基于此,从正面立论,价值是指对象能满足人的需要

---

① [德]马克思,恩格斯.马克思恩格斯全集:第十九卷[M].北京:人民出版社,1963:406.
② [德]马克思,恩格斯.马克思恩格斯全集:第二十六卷[M].北京:人民出版社,1972:139,326.

的某种属性;但不能从反面立论,因为并不是凡能满足人的需要者,就一定有价值。

**2. 文学在人的需要系统中的价值定位**

既然哲学和美学意义上的价值概念,是和人的需要紧紧地联系在一起的,那么,为了探究文学的价值,作为前提,就必须首先弄清楚,文学可以满足人在哪方面的需要?或者说,文学和人的需要之间,建立的是一种什么样的价值关系?

人作为如卡西尔在《人论》中所说的利用符号进行文化创造的动物,简而言之即所谓文化的动物,其生命的整个需要,乃是一个包括从生理到心理、从物质到精神、从形而下到形而上的方方面面的复杂系统。对于这样一个复杂系统,像弗洛伊德那样,仅仅将其归结为本能(性本能与自我本能,生的本能与死的本能),肯定是不合适的。因为那样在把人的需要问题动物化、欲望化、无意识化和病态化的同时,显然也是把人的需要问题极大地简单化了。大概正是有感于此,美国学者、被誉为心理学"第三思潮"(第一思潮指弗洛伊德的精神分析心理学,第二思潮指华生的行为主义心理学)代表人物的马斯洛,提出了由低级到高级,层层递进的人的需要层次(也叫需要等级)理论,如图 2-1 所示。

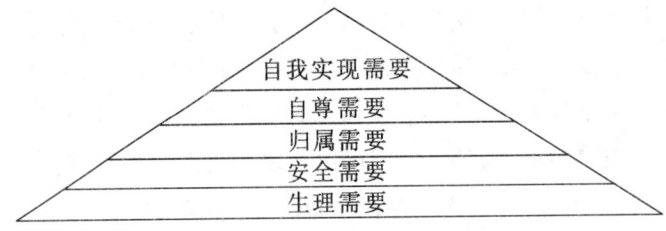

图 2-1 马斯洛需要层次理论图

开始,马斯洛只是论列了诸如人的生理需要、安全需要、爱与归属需要和自尊需要等几个层次。这样的论列,虽然比之弗洛伊德的本能论,已经大大前进了一步,但上述需要,恰如马斯洛在此后之所言,它们都只是因缺乏而产生的需要,即所谓"缺乏性需要":一旦缺乏它们,就可能引起疾病;满足它们,就可能免于疾病;恢复它们,就可能治愈疾病。仅仅从这些"缺乏性需要"中,我们还看不出人的超越意向来。于是,马斯洛在上述几个层次的"缺乏性需要"之上,又提出了为人所特有的积极健康的自我实现的需要。正是这种自我实现论,以及作为人在自我实现之后的心理体验,即马斯洛提出的巅峰体验论,才使马斯洛大为有别于弗洛伊德和华生等前辈心理学家,成为"第三思潮"的领军人物。① 然而,他并未止步于自我实现论以及巅峰体验论的提出。为了使人的自我实现需要,以及这一需要得以满足时油然而生的巅峰体验,不至于被架空,马斯洛经过潜心研究,又在《通向一种关于存在的心理学》一书里,论证了其位置介于人的基本需要与自我实现需要之间,代表着人的存在价值的需要,这被他称之为"发展的需要"。② 鲁迅当年论及人的需要:"一要生存,二要温饱,三要发展",其中,第一点"生存"和第二点"温饱",大致相当于马斯洛所谓基本需要,而第三点"发展",与马斯洛讲"发展的需要"不谋而合。可惜的是,鲁迅只是点到即止,不曾就"发展"二字做进一步的阐述。鲁迅留下的空白,马斯洛进行了填补。按其设计,在"发展的需要"这一层次上,包含着人对包括真善美在内的多方面的精神追求。至此,马斯洛创造的人的需要层次理论,已经开始展现出作为一个心理学的科学体系的整体轮廓。

马斯洛认为,在通常情况下,人的需要是按照由低到高的层次,一层层地被激发起来的。也就是说,一个人只有在满足了最低层次的需要之后,他才可能产生紧挨着这一层次的上一个层次的需要。但是,马斯洛又提醒人们,不要过分拘泥于人的需要层次,因为其间多有例外。特别是在一些心理健康者那里,他们可以凭借自身心灵的超越功能,在某一方面或某几方面的基本需要尚未得到满足的情况下,跳过若干层次,径直去追求发展的需要以及自我实现的需要。马斯洛正是通过对上述超常规情况的论证和阐述,使其关于人的需要层次理论,越发趋于缜密、完善。

以上,我们介绍了马斯洛关于人的需要层次理论。如果以这一理论为坐标,文学之于人的价值究竟应该如何定位这一问题,也就不难解决了。一个显而易见的事实是,文学作为用语言表达的情感化、形象化的人文意识,完全是为了满足人追求真善美的需要,亦即作为人的发展需要的核心部分的审美需要而存在和显示其价值的。因此,要说文学有什么价值,它的价值也就必然应该是,而且只能是审美价值。

为了说明这一点,我们不妨就文学与社会生活各层面进行价值方面的逐一比较。关于社会生活的层面结构,马克思主义的历史唯物主义,通常将其划分为生产力、生产关系以及经济基础、政治法律制度与社会意识形态等四个层面;

---

① [美]马斯洛.自我实现的人[M].许金声,刘锋,译.北京:生活·读书·新知三联书店,1987.
② [美]戈布尔.第三思潮:马斯洛心理学[M].吕明,陈红雯,译.上海:上海译文出版社,1987:51-52.

普列汉诺夫的《唯物主义史论丛》将其区分为生产力、生产关系、社会制度、精神道德状况以及社会意识形态等五个层面;而毛泽东在《新民主主义论》一文中,则将其简化和概括为经济、政治和文化等三个层面。这里,我们就以毛泽东的三层面论作为文学与社会生活各层面进行价值比较的参照。

首先,对文学与经济的价值加以比较。经济作为生产资料和生活资料的生产部门,其产品不管是工业产品、农业产品,还是其他行业的产品,都是用来满足人的基本需要,尤其是其中的生理需要。因此可以说,经济所创造的,虽然也有某些不完全是物质的价值(如信息、金融债权、股票等),但主要是物质价值。文学与经济不同,它从事的并非物质生产,而是纯粹的精神生产。诗歌也罢,小说、戏剧、影视文学也罢,它们作为文学的精神产品,与人的基本需要,尤其是生理需要之间,谈不上满足或不满足的价值关系。为什么望梅可以止渴,画饼不能充饥呢?就因为所望的梅毕竟是物质产品,而所画的饼,充其量只是与文学产品一样的精神产品。鲁迅先生的话:"一首诗吓不走孙传芳,一炮就把孙传芳轰跑了。"其所以是至理名言,道理正在于此。文学的精神产品,虽然不能满足人的基本需要,尤其是生理需要,但它们却可以超越人的缺乏性需要,在存在的意义上,满足人的发展的需要,更具体地说,是满足人追求真善美的精神需要。由此而论,较之经济层面提供的物质价值,文学体现的只能是一种精神价值。

其次,对文学与政治进行价值的比较。政治作为经济的集中体现,处在上层建筑的核心部位。它既是社会的立法者,又是社会的执法者和司法者。它可以通过带有强制性的权力,以及作为这种权力的标志的法律法规和行政条文,通过一整套的国家机器,管理国计民生,以保障全社会的生产和生活能够和平、安全、有秩序地进行。因此,政治管理给人直接带来的是安全需要、归属需要和尊重需要等基本需要的满足;从间接的意义上讲,它对经济的管理,也能转化为某种可见的物质效益,从而给人带来生理需要的满足;对文化的管理,还能转化为某种精神效益,从而给人带来发展需要以及精神需要的满足。概而言之,它给人带来的是一种全方位的管理价值。和政治层面这种以权力的强制性表现出来的管理价值存在根本不同,文学与有着追求真善美的精神需要的人之间的价值关系,完全建立在共同的人文情怀和共同的精神旨趣的基础上。一方面是文学的写作者,另一方面是文学的接受者和欣赏者,他们的结合是不带任何强制性的灵魂的自由结合。恰如列宁所宣称:"无可争论,文学事业最不能作机械的平均、划一、少数服从多数。无可争论,在这个事业中,绝对必须保证有个人创造性和个人爱好的广阔天地,有思想和幻想、形式和内容的广阔天地。"①正因为文学在本性上是自由的,而且它所展示的主要是人文意识,所以,其体现的精神价值,深究之下,乃是一种自由的人文价值。

最后,对文学与同处于文化层面的哲学人文科学做一番价值方面的比较。以上说,文学体现的是精神价值和人文价值。其实,哲学人文科学就价值而论,也是如此。这是文学与哲学人文科学作为人学的共同之处。所不同者,哲学人文科学运用抽象的思想与概念显示其精神价值和人文价值,重在以理服人,而且它们给人的,往往不是单一的认识价值(如哲学),就是单一的教育价值(如宗教、道德);文学则是将思想与概念包孕在情感与形象的系统之中,重在以情(情感)感人、以形(形象)动人,给人的是把认识价值和教育价值包孕在娱乐价值之中的综合的审美价值。为什么我们平时看一本小说与听一场讲座,常常会有不同的感觉。其中的原因就在于,区别于哲学人文科学思想和概念式的、单一的认识价值或教育价值,文学的价值是一种感染性的、综合性的审美价值。

我们在进行了上述三个层面的价值比较之后,确认文学的价值是一种不同于经济的物质价值的精神价值,一种不同于政治的管理价值的人文价值,一种不同于哲学人文科学的单一认识价值或教育价值的审美价值。我们做这样的比较和确认,对讨论文学的价值形态,无疑是非常必要的。恰恰是文学与经济、文学与政治、文学与同属文化层面的哲学人文科学在价值方面的这些不同,决定了文学在人的需要系统中的价值定位。无论在任何时代,无论在任何民族、任何国家的社会生活里,文学都是不可或缺和不可替代的。

诚然,文学的审美价值,在满足人的需要的轻重缓急的程度上,和经济的物质价值、政治的管理价值,甚至和同属文化层面的哲学人文科学的认识价值或教育价值,都难以等量齐观。因为经济和政治,也包括一部分人文意识形态(如道德等)所能满足的人的需要,作为缺乏性需要,大多属于基本需要。如马斯洛所论,一旦这些基本需要不能得到满足,对个人而言,就会产生疾病以至死亡;对社会而言,就会发生灾难以及动乱。相对地说,文学所能满足的人的审美需要,是人在解决了生存和温饱问题之后,为使精神方面有所发展而提出来的一种超越性需要。就对于人的重要性与紧迫性而论,它肯定不能和前述基本需要相比拟。然而,我们切不可因为它对人不那么重要与紧迫,就将其置于可有可无的地位。文学离不开人的生活,人的生活也同样离不开文学。试设想,一

---

① [德]马克思,等.马克思恩格斯列宁斯大林论文艺[M].北京:人民文学出版社,1980:163.

个民族,一个时代,倘若连最广义的文学都没有,那将是一种多么可怕的境况!"文革"时期,我国的国民经济到了崩溃的边缘,包括文艺在内的整个精神文化生活,也发生了前所未有的"大饥荒"。此种后果,从刘心武的小说《班主任》、张弦编剧的电影《被爱情遗忘的角落》中,可略见一斑。无论是小说中的宋宝琦和谢惠敏,还是电影中的小豹子和存妮,他们都是精神上的畸形者。上述这些人物,就天性而论,各有其爱美之心。但是,历史却把他们安排在了一个"没有诗歌,没有小说,没有戏剧,没有散文"的时代。既然他们作为读者无书可读,无美可审,文学没有给他们提供能够满足其追求真善美需要的"精神食粮",那么,由此而产生精神上的畸形,产生从人性到动物性的退化,自然是在所难免的了。

本章一开始所引用的马克思关于价值概念的论述中的一句话特别耐人寻味:价值"表示物为人而存在"。马克思在此强调的是以人为本,或者说人本主义的价值尺度。为什么在"文革"时期,会产生诸如宋宝琦和谢惠敏,以及小豹子和存妮这样的悲剧人物呢?除了社会方面的原因之外,在文学价值问题上自觉或不自觉地放弃了人本主义的尺度,也是很重要的一个方面。作为我国古代主流话语的儒家文化,基于其政治、道德的功利主义,往往把诗和文学的价值定位于"迩之事父,远之事君"(《论语·阳货》);或者"经夫妇,成孝敬,厚人伦,美教化,移风俗"(《毛诗序》);或者"为君为臣为民为物为事而作,不为文而作"(白居易《与元九书》)上面,更有甚者,甚至把诗文当作向皇帝上书的奏折,为便于其接受,要求诗文"主文而谲谏"。① 受儒家功利主义价值观的影响,形成于革命战争年代的毛泽东文艺思想,也更多地将文学的价值取向,引向为政治服务、为阶级斗争服务的方向。在这样的语境中,文学的价值本位,便不由自主地发生了转移:从人的本位逐步变为政治本位、阶级斗争本位等。真善美被当作资产阶级的奢侈品,假恶丑乘虚而入,大行其道。在搅乱了的价值尺度的指挥下,文学界如当年狄慈根所形容的那架"发疯的钢琴",除了无休止地散播极"左"的政治噪音以外,再不可能从事任何像样的审美创造了。

历史的教训值得注意。我们今天讲文学的审美价值,就是要让文学回到人的本位,说得更明确一点,回到能满足人追求真善美的需要的审美本位上来。经济也罢,政治也罢,同属文化层面的哲学人文科学也罢,它们与文学同为社会生活共同体的组成部分,完全可以向文学发出这样那样的召唤,施加有形、无形

---

① 北京大学哲学系美学教研室.中国美学史资料选编:上册[M].北京:中华书局,1980:14,130,300.

的影响。但所有这一切,都必须建立在尊重文学的人本位、尊重文学的审美本位这一价值尺度的基点之上。倘能如此,我们伟大民族的文学复兴,应该是指日可待的。

## 二、文学审美价值的基本取向

### 1. 从人在世界上的存在境况说起

如上所述,文学之所以有审美价值,是因为它能满足人追求真善美的需要,或者换一种表述,它对人在这个世界上的存在有其为经济、政治、哲学及其他人文科学所不可替代的意义。那么,具体而言,文学之于人的存在的意义,究竟体现在哪里呢?

为了说明这一点,我们必须对人的存在的境况,先有一个概括性的了解。人生在世,面临的是各种各样的关系,举其大端,不外乎以下四类:人与自然的关系;人与社会的关系;人与人的关系;人与自我的关系。前三类涉及人在世俗社会,亦即所谓形而下的此岸世界的存在境况;第四类涉及人自身的心灵生活,亦即所谓形而上的彼岸世界的存在境况。中国古代士大夫常常由于这样或那样的缘故,为自身身不由己地徘徊在此岸与彼岸、形而下与形而上之间而感到莫大的困惑,以至于终生痛苦。作为一种折中的方案,儒家代表人物之一孟子提出:"古之人,得志泽加于民;不得志修身见于世。穷则独善其身,达则兼善天下。"(《孟子·尽心章句上》)这里,"兼善天下"讲的是入世,"独善其身"讲的是出世。但无论是入世或者出世,士大夫们都愿意把文学当作其"兼善"或是"独善"的手段和方式。白居易在《与元九书》中所言"小通则以诗相戒,小穷则以诗相勉,索居则以诗相慰,同处则以诗相娱"①,便是一个佐证。传说苏轼当年被流放至海南,仅带一部《陶渊明集》、一部《柳河东集》,也是一个佐证。难怪德国诗人歌德在其晚年所著的《歌德的格言和感想集》里这样说:"要想逃避这个世界,没有比艺术更可靠的途径;要想同世界结合,也没有比艺术更可靠的途径。"②如果将歌德的这一格言与孟子、白居易和苏东坡的"穷达观"加以比较,我们发现,作为异中之同,他们都涉及文学对于人在此岸与彼岸两个世界的存在的基本意义,或者说,都涉及文学作为审美人学在形而下与形而上两个层面的价值取向问题。下面,我们打算就此分别展开,做一番具体的讨论。

---

① 郭绍虞.中国历代文论选:上册[M].北京:中华书局,1962:413.
② [德]歌德.歌德的格言和感想集[M].程代熙,张惠民,译.北京:中国社会科学出版社,1982:91.

## 2. 文学审美价值的形而下取向

以上说到,在形而下层面,人的存在境况,大体取决于人与自然、人与社会、人与人三组关系。其中,人与自然的关系,尽管可以被引申为哲学和美学问题,但基本是一个环境问题;人与社会的关系,包括道德问题,但主要是一个政治问题;人与人的关系则纯粹是一个道德问题。基于此,文学要在此岸世界的形而下层面,展示其审美的价值取向,就应该以自己的形象真实、情感倾向和语言艺术,通过对环境问题、政治问题以及道德问题的观照,对应地给人提供和谐的生态环境、进步的政治理念和健全的道德良知。唯其如此,才能表达文学对于人的世俗关怀或者现实关怀。

其一是和谐的生态环境。自然之于人,首先是一种环境。但随着"自然的人化",它在作为人的科学对象和艺术对象的过程中,亦即在人的物质实践和精神实践的过程中,慢慢地由纯粹的外在环境,变成如马克思所谓的"人的无机的身体"①。从这个意义上立论,文学要表达它对人的世俗关怀,首先必须以热爱自然之情、敬畏自然之心、保护自然之举,在作品的虚拟世界中建构一种和谐的生态环境。事实上,优秀的诗人和作家们从来都是这样做的。他们对自然环境的关怀,体现的恰恰是对人本身的关怀。中国古代以自然为审美对象,在时间上要远远早于西方。描写山水胜景的诗文,在六朝时期已大批出现,到唐代无论是量还是质,都已达到巅峰。如李白的《独坐敬亭山》一诗:

> 众鸟高飞尽,
> 孤云独去闲。
> 相看两不厌,
> 只有敬亭山。

这首诗写出了敬亭山的安闲、静谧,通过"相看两不厌"一句,在流露诗人对敬亭山的热爱之情的同时,更难能可贵的是,它还表达了诗人与敬亭山之间如同老朋友一般的平等和默契。此中三昧,含蓄地透露出源于中国传统文化,追求人与自然相和谐的"天人合一"观念。

实际上,真正热爱自然的感情,都是和对于自然作为造物主存有一片敬畏之心联系在一起的。没有对自然的敬畏,就没有对自然的热爱。这一点,我们

---

① [德]马克思.1844年经济学—哲学手稿[M].刘丕坤,译.北京:人民出版社,1979:49.

可以从陶渊明的名篇《饮酒》之五得到充分的印证。为什么诗人在描写了"采菊东篱下,悠然见南山。山气日夕佳,飞鸟相与还"的自然环境之后,于诗的结尾处,偏偏要留下一个如谜一般令人深长思之的悬念,即"此中有真意,欲辩已忘言"呢?据我们猜想,这可能正是诗人对自然的某种敬畏感在暗暗地起着作用。他觉得,自然之道,作为"此中"的"真意",具有不无神秘意味的整体的和谐特征,是不应以人为的思辨去进行干扰,也不能用人为的思辨去加以肢解的。

然而,随着近代工业革命的兴起,在"人定胜天"的口号声中,作为"人的无机的身体"的大自然却遭到了前所未有的灭绝性的破坏。特别是在今天,人类世界正面临着一场巨大的生态灾难。当此之际,文学要想使其热爱自然和敬畏自然的传统得以继承和发扬,必须通过自己的情感和形象系统,极具感染力地去描写有识之士保护自然的举动。这样的努力,我们在诸如保护可可西里的野羚羊之类的电视纪录片中已有所见。可惜的是,在文学领域,至今还没有类似的杰作问世。

提到保护自然,还须说一说文学中许多描写人与自然灾害相抗争的作品。从表面看,这样的描写,因为提倡"与天斗",似乎有违于人与自然和谐相处的观念,但实际上,如果深入地想,我们之所以把建构和谐的自然生态环境列为对人的世俗关怀的首项任务,是因为这里讲的自然是指"人化的自然"。而自然灾害具有未被驯服的"野性",不在"人化的自然"的范围,文学作品描写人与它们的斗争,正是为了在更深的层次上体现文学对于人的关怀。不仅如此,在形形色色的自然灾害的背后,往往有自然环境被破坏的原因在作祟。由此言之,文学作品描写人与自然灾害的斗争,恰恰从反面张扬了人与自然相和谐的必要性。例如,对于海明威的小说《老人与海》、电影《泰坦尼克号》等,就应当从这样的视角去看待。

其二是进步的政治理念。人与社会的关系,究其实,主要是人与政治的关系。政治之于人,是一个不论在何时何地都无法回避的现实存在。在阶级社会,政治作为社会生活的主流自不待言;即便在阶级和阶级斗争已经被逐渐淡忘的今天,政治也还是以其一整套的国家机器发挥着令人不可小觑的重要作用。将文学与政治的关系规定为服务与被服务的关系,当然是一种人为的扭曲,但如果因为反对这样人为的扭曲,而走向另一个极端,认定文学可以远离政治,甚至脱离政治,即便不算幼稚,也是一种偏执。正因为政治是脱离不了的,那么,文学对人的世俗关怀,就必须经由自己卓越的形象描写和情感抒写,以表达一种进步的政治理念而体现出来。具体地说,这种进步的政治理念,从反面讲,应该是指反腐败、反剥削与压迫、反专制暴政、反侵略、反霸权、反恐怖等;从正面讲,则应该是指弘扬民主政治,张扬社会公理、时代正气和民族大义,宣扬民主主义、爱国主义以及国际主义等。

下面,我们来看曾卓在"文革"时期写的一首诗:

> 不知道是什么奇异的风
> 将一棵树吹到那边——
> 平原的尽头
> 临近深谷的悬崖上
>
> 它倾听远处森林的喧哗
> 和深谷中小溪的歌唱
> 它孤独地站在那里
> 显得寂寞而又倔强
>
> 它的弯曲的身体
> 留下了风的形状
> 它似乎即将倾跌进深谷里
> 却又像是要展翅飞翔
>
> ——《悬崖边的树》(1970年)

本诗所写的悬崖边的树这一中心意象,不是白描,很大程度上可以理解为对于诗人自身及其所属的一代知识分子的自我象征。在那一时期,"树欲静而风不止"(毛泽东语),大批知识分子脱离了正常的生活轨道,像被吹到悬崖边的树一样,时时面临着跌进深谷的危险。他们的事业荒废了不说,就连身心也受到极大的伤害,"弯曲的身体/留下了风的形状"。然而,即便如此,他们并未熄灭自己内在的生命之光,在命悬一线之际,依然准备着"展翅飞翔"。正是在这个意义上,《悬崖边的树》既可以被当作一首控诉极"左"政治的悲歌,更应该被视为一首献给中国现代知识分子的赞歌。无论如何,这首诗都以进步的政治理念表达了对于人的世俗关怀。

法国现实主义作家都德的短篇小说《打完这盘台球》,有两条情节线索:一条是在凄风苦雨中蹲在战壕里等待着司令部下达进攻命令的战士;另一条是在与前线战壕相距不远的司令部内玩台球玩得入迷了的元帅。元帅一拿起球杆，就非打赢这盘台球不可，耳边的大炮轰鸣声以及传令兵送来的战报，统统被置于脑后。最后的结果是，球场上，元帅赢得了这盘台球的胜利；而战场上，法国军队因为一直没有接到司令部的命令，在普鲁士军队的大举进攻下彻底溃败了。小说通过两条线索由分到合、最后扭结在一起的情节，形象地展示了二者之间的因果关系：战场的失败是果，球场的胜利是因。所谓嬉戏误国，正是其主题之所在。这与其说是作者为法国军队在普法战争中的失败所做的总结，不如说是作者对军队高层置国家存亡及士兵安危于不顾的官僚主义的声讨和批判。小说的这种声讨和批判，传达了一种进步的政治理念，毫无疑问，也应被看作是对于人的世俗关怀。

爱国主义，在世界各国的文学中，都是一个重大的政治母题。尤其在中国，其重要性似乎更为突出。这一方面，我们不能不提及陆游的《示儿》一诗：

死去元知万事空，但悲不见九州同。
王师北定中原日，家祭无忘告乃翁。

我们可以把陆游的这首绝笔之作，当作年过八旬的诗人的政治遗嘱来看待。在陆游一生的诗歌创作中，对恢复失土、一统中原的关注和期待，始终是其感情表现的一个扭结点。《示儿》写诗人明知死去以后万事皆空，但笔锋一转，又为"不见九州同"而悲恸不已。缘于这种空又不空的悖论式心结，诗人便给子孙们留下了"王师北定中原日，家祭无忘告乃翁"的遗嘱。由此可见，其爱国之情非同一般的强烈。在别人那里，爱国最多是鞠躬尽瘁，死而后已；而在陆游这里，爱国则是鞠躬尽瘁，死而不已。可以说，诗人正是通过对此种感情冲决生死大限的极致的宣泄，使其终生所表达的爱国主义母题，达到了一个前所未有的新的高度。

其实，像陆游这样把国家政治看得比生命还重的诗人，在古代并不鲜见。往前追溯，屈原称得上是文学史上第一位政治诗人。之后，如"三曹"、杜甫、白居易、苏轼和辛弃疾等，几乎无一例外，都是政治诗人。毛泽东为成都杜甫草堂题词——"政治诗"。清人沈德潜就称赞杜甫"一饭未尝忘君，其忠孝与夫子事父事君之旨有合，不可以寻常诗人例之"[①]。作为中华民族的文化心理传统，诗

---

① [清]沈德潜.唐诗别裁集[M].长沙：岳麓书社,1998:141.

人们以诗的方式,关心并积极参与国家政治,并不是一件坏事。他们所写的政治诗,往往因其对江山社稷的热爱、对国计民生的关注、对腐败黑暗的抨击,而成为一个时代的强音,即《毛诗序》所谓"正得失,感鬼神,动天地"者,①使人在热血奔涌中,不能不受到民主思想、民本观念和爱国精神的洗礼。我们今天肯定这些政治诗,就是基于其进步的政治理念和充溢于字里行间的那种世俗关怀。

当然,我们在谈到文学和政治的关系时,有两点必须特别地加以注意:表达于作品里的政治理念相当复杂,其中的进步成分与落后乃至腐朽成分往往交叉、混杂在一起,如爱国精神与愚忠观念、强调民本与愚弄民意等,这就需要我们运用历史唯物主义的观点进行认真的辨析;文学表达的政治理念,正像文学所表达的其他思想与概念一样,必须以审美的存在方式,渗透在情感当中,隐蔽在形象里面。不然,即便是再进步的政治理念,也不可能给人以世俗关怀。

其三是健全的道德良知。处理人与人的关系,包括家庭关系,亲戚、邻里和朋友关系,以及其他种种人际关系,关键在于遵循为全社会所普遍认同的道德规范和道德观念。康德曾经称"头顶迷乱的星空"和"心中的道德律"是他一辈子奉为神圣而加以膜拜的两种东西,足见道德在这位哲人心里的分量。作为一种人文意识形态,道德是随着整个经济基础、政治法律制度及其他社会意识形态的历史演化而不断演化的。但无论道德如何演化,一个总的目标是向善,也就是说,道德会越来越符合人性和人道主义的原则。在这种情况下,文学要从处理人与人关系的角度,表达对人的世俗关怀,就应当在自己的情感与形象系统中,以潜移默化的方式,带给人一种健全的道德良知。

良知作为伦理学概念,指天赋的道德观念。其最早见于《孟子·尽心章句上》:"人之所不学而能者,其良能也;所不虑而知者,其良知也。"朱熹注:"良者,本然之善也。程子曰:'良知良能,皆无所由;乃出于天,不系于人'。"②后来,明代王阳明根据孟子的观点,提出了著名的"致良知"一说。他认为,"良知"究其实,即孟子所谓"是非之心"。我们今天在文学与道德的关系问题上,承袭并使用良知这一概念,就是要求文学站在善的高度,对其所描写的社会之事,做出既合乎是非,又合乎审美与诗意的道德裁判。

父母和子女之间的天伦关系,历来是文学津津乐道而又感人至深的一个话题。朱自清的散文名篇《背影》中,写作者透过车窗望见父亲为给出远门的自

---

① 北京大学哲学系美学教研室.中国美学史资料选编:上册[M].北京:中华书局,1980:130.
② 简明伦理学辞典编辑组.简明伦理学辞典[M].成都:四川省社会科学院出版社,1985:165.

己买点水果,艰难地从铁道边向站台攀爬时那臃肿而又蹒跚的背影,"眼泪很快地流下来了"。据相关资料披露,朱自清与其父亲的关系,一度曾相当紧张。如果不是朱自清写了《背影》,发表后被父亲读到并心生感动,这对失和的父子,也许至死都不会原谅对方。这大概就是孟子讲的"良知",亦即天赋的道德观念在起作用吧。如果说朱自清的《背影》写的是儿子对父亲的爱,那么,鲁迅的《答客诮》一诗,写的则是父亲对儿子的爱:

无情未必真豪杰,怜子如何不丈夫?
知否兴风狂啸者,回眸时看小於菟。

鲁迅年过半百才有了儿子,对儿子的那份关爱是可想而知的。谁知道消息流散到社会上,他的那些论敌却以此为口实,对其大加嘲讽。为了给论敌以回击,鲁迅写了这首直抒胸臆的诗。其中的后两句,作者以身为百兽之王的老虎"回眸时看"小老虎那含情脉脉的眼神为喻,表现了自己对刚刚出生的儿子的一片真情。面对这片真情,曾经体验过类似亲情的人,又怎能不为之感动呢?

以上我们所举的例证,都仅是从正面以伦理化的情感与形象表达道德良知。接下来要论及的元杂剧《赵氏孤儿》,则是真正以良知为尺度,对以屠岸贾为一方,以程婴、韩厥和公孙杵臼等为另一方,双方围绕着是斩草除根还是保全赵氏孤儿而展开的忠奸之争,所做出的惊心动魄的道德审判。程婴用亲生儿子的一条命,冒充并救下了赵氏孤儿;韩厥因不愿向屠岸贾献出赵氏孤儿,选择自刎而死;公孙杵臼为营造假象而甘愿自我牺牲。凡此种种,使作为正方的剧中人物,在道德的自我完善中,表现出极具灵魂震撼力的、强大的人格力量;而屠岸贾的凶残与灭绝人性,则使其作为反方充当了反人性、反人道的恶的代表,而理所当然地成为道德的审判对象。与《赵氏孤儿》有某种相似之处,对莎士比亚的《哈姆雷特》、雨果的《巴黎圣母院》以及《悲惨世界》等作品里通过善恶之争所表现出来的健全的道德良知,也应作如是观。

正像进步的政治理念,在作品中必须渗透并隐含在情感与形象的系统里面一样,健全的道德良知也必须通过情感倾向与形象,真实而自然而然地流露出来。恩格斯在写给劳拉·拉法格的信里讲"富有诗意的裁判",其中"诗意"二字,按我们解读,就是上面所说的意思。试以孟郊的《游子吟》一诗为例,就其所体现的孝道而论,在体现伦理观念的全面性与系统性这一点上,它远远不能与先于它数百年出现的《孝经》相比。然而,《孝经》却因为是枯燥的理论说教,难以引人入胜,而被大家遗忘;《游子吟》则至今被大家广为传诵。这当中的原因就在于,《游子吟》借助诗的情感和形象,取得了为通常的伦理说教所无法具备的艺术感染力。

### 3. 文学审美价值的形而上取向

以上,我们分别从人与自然、人与社会和人与人三组关系入手,讨论了文学通过提供和谐的生态环境、进步的政治理念及健全的道德良知所带给人的世俗关怀,从而在形而下层面显示出来的价值取向。人之所以为人,其生命存在,除了需要有一个此岸世界作为血肉之躯的依附之地以外,有时候还需要有一个彼岸世界作为心灵的情感以及梦想的寄托和归宿。如果说,前者相应造就了文学审美价值的形而下取向,那么,后者便相应造就了文学审美价值的形而上取向。

关于文学在形而上层面的这种审美价值取向,我国古代诗学根据《周易·系辞上》所做的区分"形而上者谓之道,形而下者谓之器"①,习惯性地将其称为"韵"或者"味外味";而在西方哲学或美学中,则常常用形而上来指称感官达不到的领域,也就是超验的东西,即神、上帝、灵魂等。我们在本书第一章第四节曾经提及波兰现象学美学家英加登,他分析文学作品的层面结构,在罗列了诸如声音组合、意义单元、多重图式化外观和再现客体等四个层面之后,又补充说,某些文学作品还可能存在着一种"形而上特质",如崇高、悲剧性、恐怖、震惊、玄奥、丑恶、神圣和悲悯等。英加登指出,这种"形而上特质",并非文学作品必备的层面结构,而仅仅只在"伟大的文学"中才出现。

综合中西方关于"形而上"概念的理解,我们认为文学审美价值的形而上取向,应该是指一个能充分体现心灵超越性的纯精神维度。不同于文学在形而下层面的审美价值取向,更多从人与自然、人与社会和人与人的现实关系出发,侧重在满足人对此岸世界的功利性追求,最终给人以充满人间气息的世俗关怀;形而上的纯精神维度,作为文学审美价值在最高程度及最深层面上的实现,它要通过对人与自我关系的内心体验,超越一切功利(包括物质功利和某些精神功利,如政治、道德方面的功利)的羁绊,在如同庄子所形容的"逍遥游"那样的心灵之旅中,给人提供一种本体论意义上的终极关怀。这里讲终极,意指此岸世界之外的彼岸世界,或者说,必然王国之外的自由王国。18世纪法国启蒙主义大师卢梭有言:人是生而自由的,但却又无往不在枷锁之中。如果从这一有关人性二律背反的经典性命题向前推演,作为主体的人,其主体性最终不就

---

① 周振甫.周易译注[M].北京:中华书局,1991:250.

在于自由,或者说在于打破枷锁求得自由吗?由此而论,所谓终极关怀,也便可以合乎逻辑地归结为人对心灵自由的向往、叩问和追寻。

自由作为文学孜孜以求的终极目标,无疑是文学最高价值之所在。这种价值蕴含在文学的语言组织和情感与形象系统之中,既意味着生命的合规律性和精神的合目的性,也意味着诗意地存在的合法则性。也就是说,它是真善美的统一。既然如此,那么,自由价值的创造,必然要有赖于许多条件。例如,文学如何通过向哲学精神的借鉴,在求真的维度上呈示生命本真;如何通过对宗教因素的吸纳,在向善的维度上建立精神信仰;如何通过与各种艺术形式的融合,在审美的维度上营构存在的诗意家园等。以上,我们不是将文学在形而上层面对自由的追求比作像"逍遥游"一样的心灵之旅吗?如果和上述条件联系起来看,这场心灵之旅的过程,就应该同时被看作呈示生命本真的过程、建立精神信仰的过程和营构存在的诗意家园的过程。下面,我们不妨就此做一些具体的探讨。

先说呈示生命本真。"本真"一词,在我国古典哲学中是就"本"和"真"两个概念分别加以阐述的:"本"指本根,指宇宙之初始;"真"指"精诚之至"(《庄子·渔父》),指自然,指人的本性。西方讲本真,主要是存在主义哲学。海德格尔认为,本真就是存在者的"敞开"或"去蔽"状态,就是真理和存在。我们在这里使用生命本真的概念,意指生命在完成了对形而下的现实世界和世俗社会的超越之后所呈现的那种最自然、最真实的状态。

说到这里,不由得想起陶渊明来。金代的诗人兼学者元好问,在论及陶渊明时有两句诗:"此翁岂作诗,直写胸中天。"刘熙载的《艺概》也称:"诗可数年不作,不可一作不真。陶渊明自庚子距丙辰十七年间,作诗九首。其诗之真,更须问耶?"[①]他们在这里所谓"胸中天",所谓"真",都是指陶诗呈示的生命本真。前面引述过的《饮酒》之五,其中如"采菊东篱下,悠然见南山""此中有真意,欲辩已忘言"等句,呈示的是一种诗人在远离尘世的乡野生活中陶然、悠然的生命本真;接下来要介绍的《挽歌诗》,呈示的则是另一种状态的生命本真:

> 荒草何茫茫,白杨亦萧萧。
> 严霜九月中,送我出远郊。
> 四面无人居,高坟正嶕峣。

---

① [清]刘熙载.艺概[M].上海:上海古籍出版社,1978:55.

> 马为仰天鸣,风为自萧条。
> 幽室一已闭,千年不复朝。
> 千年不复朝,贤达无奈何。
> 向来相送人,各自还其家。
> 亲戚或余悲,他人亦已歌。
> 死去何所道,托体同山阿。

诗中表达的是陶渊明在大归之前,对行将到来的死亡以及葬礼的一种悬想或者预体验。姑且不说古往今来表达关于死亡预体验的诗人是何其罕见,单就其对死亡畏惧感的消解,对死神降临所表现的超乎寻常的平静与坦然,对周围的人情世态的洞若观火,对死亡作为"托体同山阿",亦即人与自然一体化的欣然认同而言,恐怕非"识其安身立命处"之人,非大彻大悟者,是绝对写不出这样的呈示生命本真的好诗来的。我们读这样的诗,如同揽镜自照,可以从诗人和盘托出的生命本真中,看到自己,并通过反思,进一步如古希腊格言所要求的"认识你自己",从而进入一种存在于哲学意义上的"澄明之境"。陶渊明不是哲学家,但如果就其在求真的维度上努力地呈示生命本真,最终给人以某种"存在之思"的启迪这一点而论,其思想和哲学家的思想是完全相通的。冯友兰先生的《中国哲学史新编》中评述老子哲学时,间及陶渊明的《饮酒》之五所说的一段话:"这首诗并未提到老聃,也未提到《老子》,可是讲的完全是老意。"①这恰好可以拿来作为旁证。

其实,以上讲呈示生命本真,说到底,就是指文学作品从生命最深处的无意识层次写出了心理的真实、灵魂的真实和人性的真实。如果用这样的尺度来衡量,那么,在中外文学史上,能够抵达生命本真的作家,就远不止陶渊明一人。有关的西方作家如《神曲》的作者但丁、以描写二重人格而著名的陀思妥耶夫斯基等,暂且不论。仅仅在中国古代文学史上,我们就可以列出一串名字。清人叶燮在《原诗》里说,有的诗人,如李白、杜甫、韩愈、苏轼,其面目在诗中能够"全见";而有的诗人,如王维,其面目则只能"半见"。倘若将这番话与我们的论题联系起来,其中所谓"全见"与"半见",就可以理解为他们的作品整体或部分地呈示了其生命的本真状态。

在讨论了呈示生命本真的问题之后,再来谈一下有关文学审美价值的形而

---

① 冯友兰.中国哲学史新编:第二册[M].北京:人民出版社,1964:60.

上取向的另一个方面,即建立精神信仰的问题。如果说,呈示生命本真是文学在求真的维度上,借鉴哲学精神的产物,那么,文学要建立精神信仰就不能不在向善的维度上,对宗教的因素有所吸纳。

文学与宗教互相渗透,在世界文化史上是一个普遍现象。比如基督教之于西方文学,伊斯兰教之于阿拉伯文学,佛教之于中国文学、东亚文学和南亚文学,都是互相渗透的例证。但是,我们认为,全部问题的关键并不在此,而在于具体地说明作家是如何借助宗教的某些积极因素,逐渐地建立起自己的精神信仰系统,并且通过作品在形而上层面,感性、直观地表现出他的审美价值取向和终极关怀的。

以前,我们在很长一段时间内,总是将宗教视为迷信,视为精神鸦片,习惯于从消极的一面去估计宗教的价值及其对文学的影响。其实,宗教作为复杂的文化现象,固然有束缚以至于麻醉人的精神的消极的一面,但除此之外,还有使人的心灵因其而得以超越、得以升华、得以从此岸瞩望彼岸的积极的一面。不然,我们又怎能解释世上许多知识精英在身为科学家、哲学家或者艺术家的同时,又是宗教信徒的事实? 今天我们讲这个问题,就是要从宗教积极地给文学以启示的角度,来讨论文学的精神信仰系统。

我们所谓文学的精神信仰系统,类似于宗教,又不同于宗教,准确地说,它是指作家从其长期的精神实践中体验并总结出来的,为其一生所确认及坚守的一种人文理想和人生信念。在这方面,最具说服力的个案,莫过于列夫·托尔斯泰。这位19世纪俄国最伟大的批判现实主义作家,正如列宁在一系列评论文章中所分析的:一方面,他作为"俄国革命的镜子",卓越地反映了从1861年到1905年间的社会现实;另一方面,他又像教堂里的神甫,热情而又执着地宣扬了属于他自己的,"勿以暴力抗恶"和"道德自我完善"的,被称之为"托尔斯泰主义"的精神信仰系统。① 这种反暴力的思想倾向,在社会革命家看来,有鼓吹安于现状的嫌疑,然而,如果将它和托尔斯泰的全部文学经典联系起来,你就不得不承认,它在作品的情感与形象系统以及意义世界内,实实在在地起着一种近似于精神顶梁柱的作用。试想,一旦把它从托尔斯泰所建构的巍峨壮丽的文学殿堂里抽走,这座殿堂将何以维系? 包括《复活》中的聂赫留道夫、《安娜·卡列尼娜》中的列文、《战争与和平》中的彼埃尔等在内的典型人物形象将何以存在? 若真如此,只怕托尔斯泰也不再是托尔斯泰了。

---

① [德]马克思,等.马克思恩格斯列宁斯大林论文艺[M].北京:人民文学出版社,1980:175-209.

也许,与托尔斯泰相比,鲁迅的精神信仰系统,更具正面意义。在中国这样一个宗教气氛相对淡薄的文化语境里成长起来的鲁迅,虽然也受到过儒、道、释三教的影响,但就其大端而论,他的精神信仰系统,主要是从自己一生的内心体验中培植起来的。鲁迅认为,社会的改造关键在于人性的改造,具体到中国,是中国的国民性的改造;社会的批判重点在于文化的批判,具体到中国,是中国传统文化的批判。这一国民性改造的思想,作为鲁迅的精神信仰系统,是贯穿在他的整个生活和创作历程,以及包括小说、杂文与诗歌在内的全部作品之中的一条红线,即便在他如瞿秋白所言完成了由进化论到阶级论的转化之后,情况也还是如此。据鲁迅自己回忆,他的上述想法,萌生于他在日本仙台医专留学时期的一段经历。有一次,课间播放记录日俄战争的幻灯片,播放内容为日本军队抓住替俄方当侦察员的中国人杀头示众,在场的中国留学生看了居然哈哈大笑。这件事对青年时期的鲁迅触动极大。在成文于此后的《呐喊·自序》中,他这样写道:"凡是愚弱的国民,即使体格如何健全,如何茁壮,也只能做毫无意义的示众的材料和看客。"①于是,鲁迅决定弃医从文,由此义无反顾地走上了用文学来唤醒中国人,并改造其国民性的精神信仰之路。他在创作过程中确认了这一精神信仰,而且自始至终一直予以坚守。对于这一点,我们只需要读一读鲁迅笔下的"看客"群像,如《孔乙己》里的"我"和到咸亨酒点来喝酒的短衣及长衫主顾、《阿Q正传》里的未庄社会的芸芸众生、《祝福》里的柳妈以及听祥林嫂讲阿毛故事的那些围观者、《药》里的华老栓等,就可以了解得一清二楚。其实,不仅是这些无名无姓或虽有名姓但着笔极少的群众形象,许多小说中的主要人物,如阿Q、孔乙己等,就其灵魂的愚昧与麻木程度而言,似乎也可以被归入"看客"系列。因为他们一边在被别人看,也一边在看别人。鲁迅对这样的一批"看客",以及在他们身上体现出来的国民的劣根性,是既"哀其不幸",又"怒其不争"的。这一哀一怒的复杂情感,使鲁迅的批判矛头,透过琐屑的现象表层,更多地指向了隐蔽在"看客"灵魂深处的民族无意识,和导致这种民族无意识的传统文化的负面内容。由此而论,鲁迅所从事的批判,与其说是对社会的政治与道德的批判,倒不如说是对中国人的人性亦即国民性的批判及对中国传统文化的负面内容的批判。正是通过这样的批判,鲁迅以其所确认并坚守的精神信仰,显示了自己在形而上层面的审美价值取向,同时给予了读者本体论意义上的终极关怀。蔡元培先生提倡"以美育代宗教"②,鲁迅的精神信

---

① 鲁迅.鲁迅论创作[M].上海:上海文艺出版社,1983:4.
② 北京大学哲学系美学教研室.中国美学史资料选编:下册[M].北京:中华书局,1981:457.

仰系统,无疑为作家,也为读者树立了一个这方面的榜样。他对人文理想与人生信念的确认和坚守,一直作为路标指引人在向善的维度上,提升并超越自我。可喜的是,我们在新时期文学中,已经隐隐地看到了一些后继者的身影,如《我与地坛》的作者史铁生、《白鹿原》的作者陈忠实等。正当商品化大潮把文艺界搅得晕头转向之际,他们或是以略带宗教色彩的感情表达自己的价值取向,或是把建立精神信仰的希望,寄托于儒家仁义观的重塑。对此,我们应当给予充分的关注。因为有这个精神信仰与没有这个精神信仰,是大不一样的。纯文学与通俗文学、文学精品与文学快餐之间的最后分野,很可能就在这里。

以上,我们先后讨论了作为文学在形而上层面的审美价值取向的两个维度:呈示生命本真和建立精神信仰。接下来,我们再来讨论与上述两个维度密切相关的第三个价值维度——寻觅诗意家园。

德国浪漫主义诗人诺瓦里斯将哲学视为"怀着乡愁的冲动去寻找家园"的一种精神活动。诺瓦里斯这样说,自然没有什么不可以。但我们认为,如果以此来定义诗和文学,似乎要更为合适。因为哲学的家园有时难免失之抽象、玄奥,而文学的家园是在审美的维度上,在与其他艺术形式的融合下营构的,所以,文学的家园有声有色,如乐如画,与哲学的家园相比更感性直观,更富于诗意,当然也更富于魅力。

家园一词,作为家和故园的合成词,可以分为本来意义和引申意义去理解。在本来意义上,它是指与自己有血缘关系的亲人的居所,指人的籍贯或出生地,这是实体的家园,也有人将其称为生命的原乡;在引申意义上,它又是指人的神情所属、梦魂所系、心魄所存的地方,换成海德格尔的话,即人"诗意地栖居"的地方,这是虚拟的,或者说是诗意的家园。有时,在某些作家那里,家园的两重意义是一致的。如杜甫《闻官军收河南河北》一诗所写:"白日放歌须纵酒,青春作伴好还乡";"即从巴峡穿巫峡,便下襄阳向洛阳"。这个"好还乡"的"乡",从后两句诗所涉及的地点来看,恰恰是作为诗人籍贯所在,与洛阳相邻的巩县(今巩义市)。也就是说,它既是诗人为之"放歌""纵酒"的诗意家园,也是他名副其实的实体家园。再如余光中《乡愁》的最后一节:"而现在/乡愁是一湾浅浅的海峡/我在这头/大陆在那头。"作为一名游子,大陆既是余光中保存着他的血缘亲情和儿童记忆的实有的出生之地,也是他日思夜想、魂牵梦绕的诗意的栖居之所。二者合一,使诗的抒情实有所指,令人倍感亲切,且余意绵长,叫人玩味不尽。尤为难得的是,全诗四小节,使用了四个隐喻,最后一节把乡愁比喻为现在阻隔并联系着"我"与大陆的一湾海峡,前面三小节依次把乡愁比喻为小时候阻隔并联系着"我"与母亲的一枚邮票,长大后阻隔并联系着"我"与新娘的一张船票,后来又阻隔并联系着"我"与亡母的一方坟墓。由于四个隐喻的层层叠加,诗人在强调对大陆的家园之情和母子之情、夫妻之情一样深挚的同时,使家园之情具有了比母子之情和夫妻之情更内在、更执着也更动人心魄的感染力。

上面说的是家园的两重意义相一致的情况。正是这种相一致的情况,造就了文学中尤其是中国古典文学中自《诗经》而降一以贯之的归家母题。然而,在更多的时候,家园的两重意义并不一致。或是因为实体的家园过于具体,一定程度上束缚了自己的想象;或是因为故乡变化太大,使浪迹归来的游子觉得陌生,难以追索童年的记忆;或是因为各种各样的人事纠葛,与那块养育过自己的土地存在感情上的隔膜。在这种情况下,作家们往往避实就虚,于实体的家园之外,另辟蹊径,重新设计和虚构了能寄托并安放其灵魂的诗意家园。白居易所谓"无论海角与天涯,大抵心安即是家",拜伦所谓"我愿意在沙漠中卜居/只要有一颗美好的心灵做我的牧师",说的就是这个意思。

对形而上层面有价值追求的伟大作家,几乎无一例外地都有自己精心营构的诗意家园。或者说,有没有属于自己的诗意家园,是判断一个作家能否称得上伟大作家的标尺之一。那个在陶渊明的《桃花源记》中被描写成"土地平旷,屋舍俨然,有良田美池桑竹之属。阡陌交通,鸡犬相闻","黄发垂髫,并怡然自乐"的小小村落,那个"与外人间隔","不知有汉,无论魏晋"的乌托邦世界,可以说是生活在钩心斗角、尔虞我诈的社会之中的陶渊明,以中国农民式的生活智慧及存在方式,为自己所构筑的一个心灵的避风港和美好的诗意家园。

再如法国浪漫主义作家维克多·雨果在小说《悲惨世界》中描写的那个由卞福汝主教主持的教堂,全天都敞开着大门,给每位过路客免费地提供吃喝和住宿。有个叫冉阿让的在逃苦役犯,进来后吃了、住了,离去时还顺手牵羊,偷走了教堂里唯一值钱的一对银蜡烛台。警察逮住冉阿让,将银蜡烛台交还主教,主教接过来,又把它送到冉阿让面前,说:"你要是喜欢,就拿走吧!"尽管诸如此类的描写,有过于理想化的嫌疑,但应当承认,这个洋溢着人世间难得的善意和爱的教堂,在很大程度上,正是作为人道主义者的雨果的诗意家园之所在。

为了说明问题,我们不妨再来看看四大名著之一的《红楼梦》。作为清醒的现实主义者,作家认为贾府及其所代表的贵族阶级必然走向衰败与没落。在他看来,那个社会的最终结局,只能如《飞鸟各投林》一曲所唱:"好一似食尽鸟投林,落了片白茫茫大地真干净。"然而,越是处于这样严酷的封建末世,小说越是给人以形而上的终极关怀。《红楼梦》第二十七回,作家借林黛玉吟诵的"葬花诗"的最后几行,在整体绝望的基调下,含着热泪,喊出了发自内心的那一份诗性的期盼:

> 花魂鸟魂总难留,鸟自无言花自羞。
> 愿侬胁下生双翼,随花飞到天尽头。

作家通过这种高飞远举式的浪漫想象,期盼着什么呢?要说明这一点,就必须将其与小说第五回关于太虚幻境的描写联系起来。那个太虚幻境,尽管被渲染得迷离恍惚、虚飘空灵,但究其实,恐怕应该与陶渊明笔下的桃花源、雨果笔下的教堂相类似,在某种意义上,带有为作家借以瞩望彼岸世界的诗意家园的意味。《红楼梦》作为现实主义的悲剧作品,总的基调是阴沉的、灰暗的、悲凉的。然而,因为有了太虚幻境如同星光一般在头顶闪耀,整个画面顿时生动起来,而具有了一种不可等闲视之,通常只有伟大的文学才可能具有的所谓形而上特质。

### 三、文学的审美价值及其动态的生成和实现

#### 1. 什么是文学的审美价值

以上,我们通过对文学在人的需要系统中的价值定位,得出了文学的价值是一种审美价值的结论,然后在此基础上,又进行了关于文学在形而下和形而上两个层面的价值取向的论证。随之而来的问题是,什么是文学的审美价值,或者说,应该如何去理解文学的审美价值。而这些正是我们下面所要讨论的内容。

我们在本章一开始讨论哲学美学意义上的价值概念时说过,所谓价值,是指对象具有的能满足人在某方面需要的某种属性。据此类推,关于文学的审美价值,就可以界定为:在作为文学的本体和文学的存在方式的文学作品中所具有的那种能满足人追求真善美的需要的审美属性。

那么,文学作品有哪些属性能满足人追求真善美的审美需要呢?在第一章第四节,我们曾经专题分析了文学作品的内容和形式的基本属性。我们说,文学作品的内容有其真实性和倾向性,文学作品的形式有其艺术性。如果真实性比较充分,由符合生活现象进而达到符合生活规律的地步,这种合规律性,就可以称为文学内容的真;如果倾向性比较正确,由符合个人目的进而达到符合社

会目的的地步,这种合目的性,就可以称为文学内容的善;如果艺术性比较完美,由符合表达情感和形象内容的需要进而达到符合审美法则的地步,这种合法则性,就可以称为文学形式的美。在做了上面的这一番回顾之后,关于文学作品的审美属性及其所对应的审美价值,就已经大体清楚。我们所谓文学的审美价值,简而言之,就是文学作品内容的真实性与倾向性,以及形式的艺术性的总和,就是文学内容的真和善与形式的美的总和。

倘若要把问题分析得更细致一些,我们也可以看得出来,在以总和的形态呈现的文学的审美价值中,与文学作品内容的真实性、与文学的真相对应的,是文学的认识价值,包括历史价值、哲学价值等。人们常常说,《红楼梦》是中国封建社会的百科全书,就是就《红楼梦》的认识价值而论。与文学作品内容的倾向性、与文学的善相对应的,是文学的教育价值,包括政治价值、道德价值等。列宁称赞高尔基写的《母亲》,是"一本非常及时的书",指的就是《母亲》的教育价值。与文学作品形式的艺术性、与文学的美相对应的,是文学的娱乐价值,包括感官价值、美感价值等。苏东坡有言"味摩诘之诗,诗中有画"①,指的就是王维的诗的美感价值。从这一意义上讲,所谓文学的审美价值,又可以顺理成章地概括为,文学的认识价值、教育价值和娱乐价值的总和。

我们在这里反复地强调总和,意思是在一部部具体的文学作品中,真实性的充分程度、倾向性的正确程度、艺术性的完美程度,亦即真善美的实现程度,是各不相同的。如有的作品真实性较好,而倾向性较差;有的作品倾向性较好,而真实性较差;有的作品艺术性较好,而真实性和倾向性较差。如此等等,不一而足。基于此,我们在把握文学的审美价值时,就不能仅仅着眼于作品的某一方面,而必须看它的所有方面。

以上,我们分三个层次讨论了文学的审美价值。我们说,文学的审美价值,是文学作品中所具有的能满足人追求真善美的需要的审美属性。这一层面是就文学审美价值的概念的内涵而言。我们又说,文学的审美价值,是文学作品内容的真实性和倾向性与形式的艺术性的总和,即真善美的总和;文学的审美价值,是文学的认识价值、教育价值与艺术价值的总和。后两个层面是就文学审美价值的概念的外延而言。把这三层意思统一在一起,便是我们对文学审美价值这一概念从内涵到外延所做的完整界说。

**2. 文学审美价值在创作过程中的生成**

上面说,文学的审美价值,作为文学作品中能满足人追求真善美的需要的

---

① 北京大学哲学系美学教研室.中国美学史资料选编:下册[M].北京:中华书局,1981:37.

审美属性,是其内容的真实性和倾向性与形式的艺术性的总和,亦即真善美的总和。而我们知道,无论是作品的真实性、倾向性与艺术性,还是真善美,它们作为内容与形式的审美属性,并非文学与生俱来的先天禀赋,而是在创作过程中通过构思与传达的具体实践,伴随着作品一起生成的。因为文学的价值属性是寓于作品之中的,所以,作品是价值的载体,价值是作品的灵魂。正是在这样的意义上,与其说作家的创作是作品的创造,还不如究其实,把它看作寓于作品之中的价值的创造。作品的创造之所以值得重视,是因为作品之中存在着价值,或者说,作品是有意义的;反之,若作品无价值或者意义可言,那么,这一创造就属于做无用功。这一点,已经被文学的历史和现实反复地证实;而且,我们相信,它还将在文学的未来发展中,被不断地证实。钱锺书先生仅仅凭一部《围城》,就奠定了他在中国现代小说史上的地位,其中的原因就在于,《围城》有其无与伦比的审美价值。相反,中国古代不少以多产而闻名的诗人,如清代的乾隆皇帝,一辈子写了上万首诗,却没有几首流传下来,就因为它们多为应景之作,毫无价值可言。文学的价值规律是无情的,它以人的审美需要为尺度,像大浪淘沙一样,筛选着各种各样的作品:那些无价值的劣作,被弃置在一边,成了文字垃圾;而真正有价值的精品佳作,即便在其诞生后的一段时间内由于种种原因受到冷遇,但终有一日会被人发现,作为经典而进入文学的殿堂。

既然如上所言,价值是作品的灵魂,那么,作家在创作过程中,又是如何创造文学的审美价值的呢?关于此一问题的讨论,我们在第一章文学本体论对文学作品及其内容与形式的基本属性的分析论证中,已经多有涉及,更详细的讨论留待第三章文学创作论去完成。这里,我们只是概略地介绍一下有关文学审美价值创造的总体思路。

首先是价值创造的主体与对象。作家作为价值创造的主体,必然会有属于他自己的一整套审美价值观念或审美理想。其中,最重要的是作家关于真善美的看法。因为这将直接影响到他在文学创作中对包括形象真实、情感倾向和语言艺术在内的整个审美价值追求。与此密切相关的是价值创造的对象。在文学创作中,价值创造的对象,就是那个为作家所选定的题材,亦即某一具体的社会生活对象。文学创作作为价值创造活动,一方面要求作家作为审美主体有与时代氛围和民族传统相和谐的审美价值观念,另一方面又要求题材作为审美对象有通过鲜明特征体现出来的相对充分的审美价值属性。一个是主体的审美价值观念,另一个是对象的审美价值属性,只有二者相互配套而且适应,才能建立起为价值创造所必需的审美价值关系。

其次是价值创造过程。作家在求美的同时,尽可能地求真和求善的审美价值观念,对题材内潜在蕴含的审美价值属性进行创造性的发掘、提炼与改造,在主体与对象的两相遇合之中,一步步地把题材的潜在审美价值属性打磨并加工成以下三种:合规律的形象真实,就是文学的真;合目的的情感倾向,也就是文学的善;合法则的语言艺术,也就是文学的美。至此,文学作品的创造大体就绪,文学价值的创造也随之基本完成。

### 3. 文学审美价值在接受和鉴赏过程中的实现

文学的审美价值,经过作家的创造,以真实性、倾向性和艺术性的总和,亦即真善美总和的形态,被生成在文学作品之中。但这种被生成在作品之中的审美价值,在没有进入文学接受和鉴赏之前,虽然已具备能够满足人追求真善美需要的审美属性,但因为它还不曾与读者建立起相关的价值关系,所以,它还只是一种潜在的价值。

在这里,我们说潜在的价值,意思是作品包括真实性、倾向性和艺术性等在内的整个审美属性已经成形,而且这些属性已经在作品内部对应地蕴蓄了某种一旦条件具备,就马上可以释放出来的功能,例如真实性所蕴蓄的认识功能,倾向性所蕴蓄的教育功能,艺术性所蕴蓄的娱乐功能,等等。然而,这些功能,毕竟只是潜隐着的功能而已,还不是实实在在的作用。功能和作用作为两个概念,虽然有联系,但终究不是一回事。正像隐居在南阳的诸葛亮,不管徐庶在刘备面前如何夸其有"经天纬地之才",在火烧博望坡一仗完胜之前,其满腹韬略,还只处于蓄势待发的状态,而并未在战场上实际发挥作用。因为究其实,功能代表的是价值的潜在形态,而作用体现的是价值的现实形态。

要想使文学的审美价值得以实现,要想使文学价值由潜在的审美功能转化为现实的审美作用,只有通过读者在文学接受过程中的阅读鉴赏和同情共鸣来完成。在以读者为中心的接受美学看来,作家是作品的第一作者,读者则是作品的第二作者。依次类推,就价值论而言,作家作为文学审美价值的生成者,是价值创造的第一主体;读者作为文学审美价值的实现者,则是价值创造的第二主体。换句话说,由作家在创作过程中生成的文学审美价值,只有通过接受过程,以其形象真实、情感倾向和语言艺术,打动读者,使其灵魂深处在受到美的陶冶的同时,还受到了真的感悟和善的教化,这才可以说,文学的审美价值真正地实现了。

通过上面的论述可以看出,要实现文学的价值功能,关键在于让文学真正地发挥其审美作用。而这正是我们在接下来的第二节所要讨论的中心问题。

## 第二节 文学的审美作用

### 一、文学审美作用的动力源泉与内部构成

#### 1. 文学审美作用的动力源泉

上一节讨论文学的审美价值问题,我们说,充分地发挥文学的审美作用,是最终实现文学审美价值的关键以及唯一途径。这一节讨论文学的审美作用,我们需要把思路调整和颠倒过来,以求证文学的审美价值是文学审美作用得以源源不断地发挥的动力源泉或内在依据。

任何一部作品,在进入文学接受之后,都会发挥某种相应的作用。这是就文学作为整体的普遍情况而论。但具体到不同的作品,其作用发挥得如何,是好是坏,是大是小,则往往各不相同。这里面有一个文学作用于人和人的生活的实际效果问题,亦即文学的社会效果问题。

文学社会效果的好坏、大小,当然与社会读者群的文化层次、知识背景和审美素养等,以及由此形成的接受美学所谓的读者的期待视野有一定的关系,但主要的原因不在于社会的读者群,而在于文学自身的审美价值。因为按毛泽东在著名的《矛盾论》中提出的观点,前者仅仅是外因和条件,后者才是文学发挥其审美作用,并形成一定的社会效果的内因和依据。

我们讲内在依据,是说文学的审美价值,是文学在读者的阅读和鉴赏中能发挥其审美作用的动力源泉。从文学史提供的大量经验事实来看,文学的社会效果的好坏,取决于文学审美作用的作用力的方向与强度;而文学审美作用的作用力的有无与强弱,则取决于文学审美价值的有无与高低。这也就意味着,在文学的审美作用及其社会效果与作为动力源泉的文学审美价值之间,存在着一种类似于代数中的正比例关系。如上所述,文学的审美价值,是作品的真实性、倾向性和艺术性的总和,即真善美的总和。因此,大凡真的、善的、美的作品,文学本身才具有审美价值,当它作用于人和人的生活时,其作用力才会是正面的,也才能产生好的效果;反之,如果是假的、恶的、丑的作品,文学本身不具有审美价值,或者说,具有的只是负面价值,那么,当它作用于人和人的生活时,

其作用力必然是反面的,也就不可能产生好的效果,而只能是坏的效果。同理,只有真善美相统一的作品,文学本身的审美价值才高,其对于人和人的生活的作用力才强,社会效果才好;反之,真善美有残缺或者三者未得到良好统一的作品,文学本身的审美价值就低,其对于人和人的生活的作用力就弱,社会效果就差。

需要说明的是,以上所谓正比例,只是一种宏观的把握。事实上,在进行具体问题具体分析时,情况要复杂得多。文学史上的一些作家,其作品本身所蕴含的审美价值是无可置疑的。然而,由于种种社会历史以及文化方面的原因,作品潜在的价值功能,在他们生前甚至身后的相当长的一段时间里,未能通过文学接受而转化为应有的审美作用。其审美价值的真正实现,往往是在被尘封了若干世纪之后。与此相反的是,也有一大批作家,在他们生活的那个时代,可以说是红得发紫。但是,一旦这些人弃世而去,其作品马上就无人问津。世态的炎凉,曲折地映照出他们的作品蕴含的并非审美价值,而是由其政治身份或经济地位带来的非文学的其他价值。前者,我们可以以东晋时期的陶渊明为例。比他所处时代略晚的诗歌评论家钟嵘在其所著的《诗品》一书中,虽然也称陶渊明为"古今隐逸诗人之宗",但把他的诗仅仅列为上中下三品里的中品。此后四五百年,陶渊明其人其诗,一直默默无闻。延及唐代,陶渊明的诗的审美价值,才开始被人慢慢发现。陶渊明的诗真正进入读者的期待视野,成为社会大众击节赞叹、沉思回味,乃至于顶礼膜拜的审美对象,则要晚至北宋时期。后者如上文已经提到过的乾隆皇帝的诗、"文革"时期的一些革命样板戏如《海港》《龙江颂》,当时盛极一时,但绝不是因为自身的审美价值及其实际发挥的审美作用,而纯粹是权力派生或干预的产物。上述正反例证告诉我们,文学审美作用与文学审美价值之间的关系,虽然复杂到难以做简单概括的地步,但究其实,仍然有规律可循。陶渊明的诗从被冷落到被推崇,说明文学的审美价值,随着时间的推移,终究会转化为相应的审美作用。而乾隆皇帝的诗以及《海港》《龙江颂》,最终为历史所遗忘,也说明在纷纭的假象背后,归根到底,还是文学的审美价值决定文学的审美作用这一不可更易的规律在起作用。

**2. 文学审美作用的内部构成**

前面我们说过,文学的审美价值,是作品的真实性、倾向性和艺术性,亦即真善美的总和,也是它们所对应的认识价值、教育价值和娱乐价值的总和。既然如此,作为文学审美价值的外在实现的文学审美作用,从内部构成上,也就可以相应地区分为审美认识作用、审美教育作用和审美娱乐作用三个方面。

我们先来看看文学的审美认识作用。文学审美认识作用是指作品能以其充分的形象真实,使读者在审美娱乐中,认识生活现象及其规律,借以把握历史、透视现实、预见未来的这样一种作用。具体地说,知识的普及作用、文献资料的参考作用、历史规律的体认以及社会前景的预测作用等,都应该归属于文学的审美认识作用。

据有人统计,《诗经》中写到的鸟有 20 多种,虫有 30 多种,草有 37 种,树有 43 种。孔子说,读《诗经》可以"多识于鸟兽草木之名"①;恩格斯指出,巴尔扎克的《人间喜剧》"汇集了法国社会的全部历史,我从这里,甚至在经济细节方面(如革命以后动产和不动产的重新分配)所学到的东西,也要比从当时所有职业的历史学家、经济学家和统计学家那里学到的全部东西还要多"②。以上,孔子所谓掌握"鸟兽草木"的知识,恩格斯所谓学习经济细节,都是从普及知识的角度来肯定《诗经》和《人间喜剧》的审美认识作用的。

再比如,俄国有一首古诗,其内容为伊戈尔大公率军队与波洛威茨人在顿河进行决战。这场战争到底发生在哪一年,史书上没有准确的记载。天文学家根据古诗所提供的决战时"太阳变成月牙","星星一闪一闪"等情况,判断战争发生的确切时间应该是在顿河一带能看到日食的 1185 年。在这里,天文学家显然是从提供文献资料的角度来肯定古诗的审美认识作用的。对此,历史学家翦伯赞也颇有同感,他认为,诗词歌赋等文学作品,"不但不破坏史料的真实,反而可以从侧面反映出更真实的史料"③。

对于文学来说,普及知识、提供文献资料等,都只是附带的作用,不具有普遍性。文学的审美认识作用,着重表现在对于历史规律的体认以及对于社会前景的预测上面。列宁为什么要把与俄国革命毫不相干的列夫·托尔斯泰比作"俄国革命的镜子"呢?他就是从列夫·托尔斯泰作品能够使读者体认历史规律,进而预测社会前景这一点着眼的。列宁说:"如果我们看到的是一位真正伟大的艺术家,那么他就一定会在自己的作品中至少反映出革命的某些本质的方面。"④这一点,不独列夫·托尔斯泰的作品如此,其他优秀的作家和作品也是如此。例如,我们读艾青的《墙》一诗,就可以从二战后筑起的柏林墙,能把城市"切成两片",却不能"阻挡天上的云彩、风、雨和阳光"等诗句,领悟到民族

---

① 北京大学哲学系美学教研室.中国美学史资料选编:上册[M].北京:中华书局,1980:14.
② [德]马克思,等.马克思恩格斯列宁斯大林论文艺[M].北京:人民文学出版社,1980:136.
③ 翦伯赞.略论中国文献学上的史料[M]//翦伯赞.史料与史学.北京:北京大学出版社,1985:16.
④ [德]马克思,等.马克思恩格斯列宁斯大林论文艺[M].北京:人民文学出版社,1980:175.

统一是谁也不可能阻挡的历史必然;我们读路遥的小说《人生》,通过对高加林悲剧命运的思考,就能预见到我国广大农村在商品经济高度发展以后的远大前景。

总体而言,无论是普及知识、交流信息、提供文献资料,还是启迪哲理以及预测前景,它们作为文学的审美认识作用在不同角度的体现,都是和作品的形象真实、内容的真、文学的认识价值联系在一起的。道理很简单,如果作品不具有形象真实,也就是内容不真,文学就没有认识价值可言。一旦不存在认识价值,普及知识、交流信息、提供文献资料、启迪哲理以及预测前景等,便都是空话。这样的文学,也就谈不上审美认识作用。反之,作品的形象真实越充分,内容越真,其认识价值就越高,审美认识作用也就越大。从这个意义上说,文学的审美认识作用和作品的形象真实、内容的真、文学的认识价值是成正比例的。

我们肯定文学的审美认识作用,并不等于说可以将文学所提供的认识与哲学人文科学的认识等同起来。这里有两点必须加以辨析:其一,文学的认识包含在情感当中,隐蔽在形象里面,它在比哲学人文科学的认识更含蓄、更内在因而也更耐人寻味的同时,必然要比哲学人文科学的认识富有更多的不确定性,以及随之而来的由于歧义和多解而造成的阐释方面的困惑;其二,文学的认识主要来自作品的形象真实,这种形象真实,恰如我们在第一章文学本体论中所反复论证过的那样,是想象和虚构的产物。正因如此,文学的认识往往是以虚带实和以假求真。文学认识的这种虚拟性和假定性,使它虽然可以和哲学人文科学的认识一样达到某种心灵的深广度,却难以像哲学人文科学的认识一样通过实践而走向应用,完成由精神到物质的转化。毛泽东在跟王海蓉的谈话里,曾一再要求王海蓉把《红楼梦》当历史来读①,就是误将文学认识等同于历史认识,这是必须要指出来并加以澄清的。

在讨论了文学的审美认识作用之后,接着,我们再来看看文学的审美教育作用。文学的审美教育作用是指文学能以其正确的情感倾向,使读者在审美娱乐中,体察社会目的和时代需要,用以辨明是非、分清善恶、激扬廉耻的这样一种作用。我们平常所谓的道德净化作用、理想激励作用、政治鼓动作用之类,都属于文学的审美教育作用。

人是复杂的社会动物。拿我们自己来说,内心中固然有高尚的情操作为道德支柱,但也免不了会产生一些低劣、卑下的情绪或情欲。这些东西,在弗洛伊

---

① 龚育之,逄先知,石仲泉.毛泽东的读书生活[M].北京:生活·读书·新知三联书店,1986:221-231.

德那里,被称作"原欲"。对于"原欲",除了通过合理的途径予以适当地满足之外,其过剩部分还可以通过接受法制和道德教育,使其在"超我"的掌控下得以克制,通过文学所表现的道德化的情感,使其在灵魂的洗涤之后得以净化。别林斯基在谈到普希金的诗的时候这样说过:"阅读他的作品是培养人性的最好的方法,特别有益于青年男女。""人们将用他的作品来培养和发展不仅是美学的,并且是伦理的情感。"①别林斯基讲的"培养人性","培养和发展""美学的""伦理的情感",就是指文学可以净化人的道德。以古代白话小说《杜十娘怒沉百宝箱》为例。我们看这篇小说,一方面为杜十娘沦落风尘坚持操守的高尚举止而深受感动;另一方面又对李甲见利忘义、翻云覆雨的兽行而义愤难平。正是在这爱与恨的冲击下,我们的情感得以升华,找到了道德规范,明白了如何为人、如何处世的道理。这种道德净化作用,无疑是文学的审美教育作用的一个重要的组成部分。

在鲁光所写的报告文学《中国姑娘》中,提及了这样一件事:女排姑娘把裴多菲"生命诚可贵,爱情价更高,若为自由故,二者皆可抛"的诗,改为"生命诚可贵,爱情价更高,若为事业故,二者皆可抛",贴在各自的床头,作为她们处理生命、爱情和事业三者关系的座右铭。从这件事可以看出,裴多菲的诗在女排姑娘那里起到了理想激励作用。路遥的小说《平凡的世界》,之所以多年来高居畅销书榜首,很大程度上就在于它是一部当今奋斗者(尤其是进城的农民工)心目中的励志宝典。其他如伏尼契的《牛虻》、尼·奥斯特洛夫斯基的《钢铁是怎样炼成的》,皆可称为励志小说。这样的励志作用,应该说也是文学的审美教育作用的一个有意义的组成部分。

再看下面这个作品:

假如我们不去打仗
敌人用刺刀
杀死了我们
还要用手指着我们的骨头说:
"看,
这是奴隶!"
——田间《假如我们不去打仗》

---

① [俄]别林斯基.别林斯基论文学[M].梁真,译.上海:新文艺出版社,1958:59,62.

这是抗日战争时期写在墙上的一首政治鼓动诗。在那个特定的年代,这样的诗,确实像闻一多先生所分析的那样,如号角和鼓点,起到了激发民众的爱国热情,动员他们奔赴抗日前线的作用。同田间的这首政治鼓动诗相类似,传说当年在中印边界自卫反击战打响的前夜,解放军某部没有按惯例进行战前的思想动员,而是播放了一场《十二寡妇征西》的戏曲电影。战士们看完电影后纷纷表示:难道这么大的中国再没有别的人了? 让老奶奶领着大婶们去上前线,那还要我们这些小伙子干什么! 类似这样的政治鼓动作用,当然也是文学的审美教育作用的一个不可或缺的组成部分。

如果说,文学的审美认识作用,来自作品的形象真实,来自内容的真,来自文学的认识价值,那么,文学的审美教育作用,则来自作品的情感倾向,来自内容的善,来自文学的教育价值。作品的情感倾向不正确,内容不善,教育价值等于零甚至为负,其审美教育作用就无从谈起,很可能还会起到一种道德为之败坏、理想为之消沉、政治热情为之减退以至熄灭的坏作用。反之,作品的情感倾向越正确,内容越善,教育价值越高,审美教育作用也就越大。从这个意义上说,文学的审美教育作用和作品的情感倾向、内容的善、文学的教育价值是成正比例的。

正像文学的认识作用不能等同于哲学人文科学的认识作用一样,文学的教育作用也不能等同于哲学人文科学的教育作用。我们不妨以哲学人文科学中的道德为例。如果说,道德作为人立身处世的行为规范,其教育带有一定强制性,那么,文学的教育则是在作品与读者平等的心灵对话、自由的情感交流中完成的。因此,如果说文学也在从事道德教育,那么,这个教育既然以感动或有感染力为前提,以潜移默化为手段,就应该称其为教化,更准确地说,是感化。梁启超讲小说的"熏",差不多就是这个意思。他把"熏"解释为:"人之读一小说也,不知不觉之间,而眼识为之迷漾,而脑筋为之摇扬,而神经为之营注;今日变一二焉,明日变一二焉,刹那刹那,相断相续;久之而此小说之境界,遂人于灵台而据之,成为一特别之原质之种子。有此种子故,他日又更有所触所受者,旦旦而熏之,种子愈盛,而又以之熏他人。故此种子遂可以遍世界,一切器世间,有情世间之所以成所以住,皆此为因缘也。而小说则巍巍具此威德以操纵众生者也。"① 梁启超称小说的"熏"能够"操纵众生",显然有些夸大其词,但通过他的描述,我们确实可以体会到文学审美教育作用所特有的那种对于人的心灵的熏

---

① 北京大学哲学系美学教研室.中国美学史资料选编:下册[M].北京:中华书局,1981:418.

陶或感化能力。

最后,我们来看看文学的审美娱乐作用。文学有审美娱乐作用,这本来不能算作一个问题。但在我国特定的文化语境中,由于一远一近两种传统的限制与影响,这一问题遂成了不成问题的问题。先从远的传统说起,自周秦以降的古代儒家,基于其政治和道德功利主义的价值观,先天性地带有排斥娱乐性的倾向。他们或是把诗视为"言志""载道"的工具,更有甚者,如两汉经学家诠释《诗经》中的《关雎》,将其情诗内涵解读为"后妃之德也";或是干脆提出写诗、读诗是"玩物丧志",如北宋"二程"就声称"作诗害道"。凡此种种,与古希腊柏拉图认定诗"有伤风化",主张将诗人逐出理想国如出一辙。

说完远的传统,再看近的传统。1942年毛泽东的延安讲话,将苏联的官方文艺思想,以及我国早期共产党人对文艺与政治关系的点滴表述,集大成式地融于一体,把文学纳入革命与战争的总体性考量范畴,强调文艺为无产阶级政治、为阶级斗争、为工农兵服务,主张政治标准第一。基于此,改革开放之前,文艺的娱乐性很大程度上便成了一个避之唯恐不及的理论和实践禁区。所以,我们在展开对于文学的审美娱乐作用的具体论析之前,作为铺垫,有必要首先就文学的娱乐性做一番正本清源的探析。

为了阐明文学的娱乐性,我们不妨从娱乐的同义词游戏说起。关于文学的起源,尽管有各式各样的猜测,但在西方学术界,许多人倾向于由康德和席勒提出的"游戏说"。虽则这种说法至今尚未取得普遍的认同,但越来越多的学者认为,在促成文学起源的众多因素中,游戏纵然不是唯一的因素,却可以而且应该是一个主要的因素。席勒根据康德关于艺术和审美的非功利性的论断,在其所著的《审美教育书简》里,将游戏提至"人性的圆满完成",亦即审美的高度,认为"人同美只应是游戏,人只应同美游戏","只有当人是完全意义上的人,他才游戏;只有当人游戏时,他才完全是人"。[①] 王国维作为康德美学的信徒,更是直截了当地将文学定义为"成人之精神的游戏"。他说:"文学者,游戏的事业也。人之势力用于生存竞争而有余,于是发而为游戏。"[②]这些话,虽然不能当作定论,但游戏之于文学的本源性,于此可略见一斑。既然如此,文学作为孜孜以求"人性的圆满完成"的审美人学,与生俱来地内蕴某种游戏基因,其本体必有娱乐性,也就顺理成章,不在话下了。

相对于毛泽东在战争环境下形成的文学观,鲁迅的《拟播布美术意见书》

---

① [德]席勒.审美教育书简[M].冯至,范大灿,译.北京:北京大学出版社,1985:80.
② 干春松,孟彦弘.王国维学术经典集:上卷[M].南昌:江西人民出版社,1997:143,122.

一文,就文艺功用所做的表述,无疑更客观而且辩证得多。鲁迅以为:"美术(即包括文学在内的整个艺术系列——引者注)之用,大者既得三事(表见文化,辅翼道德,救援经济),而本有之目的,又在与人享乐。"可见,文学区别于哲学人文科学,文学之为文学,就因为"与人享乐",亦即娱乐性是其"本有之目的",或者说,是其本体所在。像上述远的传统所规训的那样,一味地要求"言志""载道",把文学变成儒家"语录讲义之押韵者",或像近的传统那样,把文学变成时代精神的传声筒,肯定是不行的。作为共同点,他们都因为过分强调文学的政治和道德功能,而有意或无意地放逐了文学的娱乐性。试想一下,让自由活泼的文学,成天装出一副教师爷的模样,其本该有的些许可爱可亲之处全都被扫地出门,这样的文学还成其为什么文学呢?

当然,文学从其本体出发,基于内蕴的游戏基因,需要某种必不可少的娱乐性(包括一定的游戏形式及相应的娱乐意味),这是毋庸置疑的。但是,我们切不可由此而走向另一个极端。因为文学作为审美的意识形态,仅仅将其归结为游戏和娱乐,使之失去存在的意义,也同样是行不通的。如同食物既需要滋味,也需要营养,因而可以列出"食物=滋味+营养"的等式一样;文学同样既需要游戏和娱乐,也需要意义,因而可以列出相类似的"文学=游戏和娱乐+意义"的另一个等式。在后者中,游戏和娱乐主要是指文学的审美形式,而意义无疑应该是指文学借助其审美形式所表达的人文精神。

进而言之,我们可以根据人文意义在审美形式中的含量之多寡,对文学的娱乐性做出层次的高下之分。一般地说,通俗文学的娱乐,更多是用声色刺激感官的娱乐,是与欲望的满足、与生理快感联系在一起的娱乐,是较低层次的娱乐,如武侠小说、无厘头电影,乃至曲艺、小品等,即属此类;而纯文学的娱乐,则主要是心智和性灵的"有意味"的娱乐,是与人的精神需要的满足、与美感联系在一起的娱乐,因而是高层次的娱乐。例如法国诗人普列维尔名为《公园里》的诗便是这样:

一千年一万年/也难以/诉说尽/这瞬间的永恒/你吻了我/我吻了你/在冬日朦胧的清晨/清晨在蒙苏里公园/公园在巴黎/巴黎是地上一座城/地球是天上一颗星

诗人赋予文本"瞬间的永恒"的这一形而上意味,是由其颇具娱乐性的视听形式暗示出来的。在诗的后半部分,整个画面的转换,犹如一组渐次推移的长镜头:开始是两个嘴巴的特写("你吻了我/我吻了你"),随之是清晨公园的近景("在冬日朦胧的清晨/清晨在蒙苏里公园"),继而是巴黎的中景("公园在巴黎"),接着是地球的远景("巴黎是地上一座城"),最后定格于宇宙的大远景("地球是天上一颗星")。由近而远,由小而大,在越来越浩渺的时空背景下,表现相爱瞬间的永恒意义。与此相对应,诗在修辞方面,采用了顶真的方式,即前一句的后一二字,恰是后一句的前一二字。此种顶真的修辞方式,类似于线头的缠绕,进一步增强了长镜头画面推移的连贯性。不论是长镜头推移的视觉画面,还是顶真式缠绕的听觉感受,看上去仅是细微的娱乐形式,然而,通过它却传达了人生相爱如何由瞬间走向永恒这一宏大的诗性主题。我们所讲的小娱乐中的大意味,不就应该是如此吗?

由于社会的读者群是分层次的,为满足全社会不同层次读者的需要,我们不反对通俗文学的感官娱乐,但更提倡纯文学心智和性灵的娱乐。对于通俗文学,我们的底线是求其无害;而对于纯文学,我们的目标是要其有用。娱乐而有用,与古罗马学者贺拉斯所谓"诗是甜美而有用的",所谓"寓教于乐",思路完全一致。

当前,由于市场经济的发展,我们面临着一个全民娱乐的时代。于文学而言,已不是娱乐的匮乏,而是娱乐的泛滥。恰如美国文化学者尼尔·波兹曼《娱乐至死·童年的消逝》一书之所言:"在这里,一切公众话语都日渐以娱乐的方式出现,并成为一种文化精神。我们的政治、宗教、新闻、体育、教育与商业都心甘情愿地成为娱乐的附庸,毫无怨言,甚至无声无息,其结果是我们成了一个娱乐至死的物种。"[1]尼尔·波兹曼在此提出"娱乐至死",绝非夸大其词,更不是故作惊骇之语,他是要给耽于娱乐而不自知的世人,以当头棒喝式的警醒。书中通过对奥威尔的《1984》与赫胥黎的《美丽新世界》两本书的对比,指出"有两种方法可以让文化精神枯萎":一种是奥威尔式的,像《1984》所预言的那样,在专制的意识形态管控下,"把文化变成监狱";另一种是赫胥黎式的,像《美丽新世界》所预言的那样,在全民参与的娱乐狂欢中,使文化沦为"充满感官刺激、欲望和无规则游戏的庸俗文化",沦为一场纯粹无厘头的"滑稽戏"[2]。尼尔·波兹曼忧心忡忡的不是前者,而是后者。为此,他语重心长地说:

---

[1] [美]尼尔·波兹曼.娱乐至死·童年的消逝[M].章艳,吴燕莛,译.桂林:广西师范大学出版社,2009:5-6.

[2] [美]尼尔·波兹曼.娱乐至死·童年的消逝[M].章艳,吴燕莛,译.桂林:广西师范大学出版社,2009:132.

> 如果一个民族分心于繁杂琐事,如果文化被定义为娱乐的周而复始,如果严肃的公众对话变成了幼稚的婴儿语言,总而言之,如果人民蜕化为被动的受众,而一切公共事务形同杂耍,那么这个民族就会发现自己危在旦夕,文化灭亡的命运就在劫难逃。①

尼尔·波兹曼的这番话,若结合文学的状况来体察,其所谓"娱乐至死"应该是指无品位亦即低俗的娱乐,无节制亦即过度的娱乐。它们作为无意义的娱乐,会使文学内蕴的人文精神在商业化的潮流中逐步流失,最终走向枯萎,以至于死亡。这里,当然包括作家的艺术创造力,但主要不是就个人的生命而言,而是广义地包括由文学的窗口显示出来的一个民族、一个国家的精神状态,或者说民族、国家的命运。

以上,我们从对文学娱乐性进行正本清源,谈到游戏和娱乐之于文学不可或缺的本体性地位,又谈到游戏即娱乐和意义在文学中的相辅相成、对文学娱乐性的层次划分,以及由于意义缺失而引发的"娱乐至死"。总括上述演绎式论证,可以概括为如下要点:娱乐作为文学的存在方式,是文学的本体;文学需要娱乐,更需要在娱乐中看到意义;根据娱乐中意义之含量,可由低至高将文学区分为通俗文学和纯文学等不同的层次;文学要娱乐,但不要因为意义的缺失而导致"娱乐至死"。

基于以上关于文学娱乐性的总体看法,我们再来具体地讨论文学的审美娱乐作用,也就一目了然了。我们讲文学的审美娱乐作用,是指文学能以其完美的语言艺术,使读者在审美认识和教育中,领悟艺术法则,得以娱乐感官、修养身心、调节精神、陶冶情趣的这样一种作用。就范围而论,诸如感官的享受作用、情绪的排解和消遣作用、美感的陶冶作用等,都可以列为文学的审美娱乐作用。

对于绝大多数人来说,他们阅读文学作品,首先和主要的,不是为了求知识或者受教育,而是为了在紧张的工作和劳动之余,让身心得到积极的休息。而文学通过它本身如乐如画的语言、跳跃流转的结构、神奇变幻的手法,正好可以满足读者在这方面的需要。尤其是那些娱乐性较强的通俗文学,如武侠小说、传奇故事、侦探电影、幽默小品、讽刺喜剧、相声曲艺等,往往能更多地给人以快感、乐趣、笑料,较之纯文学,更具有明显而且突出的感官享受作用。

---

① [美]尼尔·波兹曼.娱乐至死·童年的消逝[M].章艳,吴燕莛,译.桂林:广西师范大学出版社,2009:133.

此外,当我们内心被某种或是抑郁,或是忧伤,或是愤怒的情绪左右时,看一点优美的诗和散文,常能起到把自己从那种有害于身心的情绪中解脱出来,从而使心态渐渐地趋于平和的作用,这就是文学对情绪的排解消遣作用。古人称之为修身养性,别林斯基则将它叫作"抚慰心灵"。这种作用,和上述感官享受作用一样,都是文学的审美娱乐作用的体现。

自然,纯文学的写作者是不会仅仅满足于使人赏心悦目或供人消愁解闷,他们追求的是用合法则的语言艺术,亦即文学的形式美来培养和改造人的美感这样一种高层次的审美娱乐作用。在盛唐诗人中,王维既是诗人,又具有画家与音乐家的独特身份,这使他所写的诗往往"诗中有画"(苏轼语)、诗中有乐,"在泉为珠,着壁成绘"(殷璠语)。例如:

> 空山新雨后,天气晚来秋。
> 明月松间照,清泉石上流。
> ——《山居秋暝》

> 征蓬出汉塞,归雁入胡天。
> 大漠孤烟直,长河落日圆。
> ——《使至塞上》

> 江流天地外,山色有无中。
> 郡邑浮前浦,波澜动远空。
> ——《汉江临眺》

这些句子的声韵、节奏所构成的音乐美,色彩、线条所构成的绘画美,作为一种奇特的语言景观,使读者在赏心悦目之余,其本身的美感结构得到大幅度的转换提升,这就是文学的美感陶冶作用。大概正是缘于此,《红楼梦》中写到黛玉教香菱学诗一节,黛玉看香菱读的是"古砚微凹聚墨多"一类的句子,就告诉香菱,刚开始学诗便应该从王维和李白等人的诗学起。所谓"取法乎上",就是要在第一流的作品上建立自己的审美理想和审美趣味。黛玉的指点是对的,此后香菱在读诗解诗上果然大有进步。她跟黛玉谈自己的体会:"据我看来,诗的好处,有口里说不出来的意思,想去却是逼真的。有似乎无理的,想去竟是有理有情的。"黛玉听后,笑着夸香菱"这话有了些意思"。香菱之所以在读诗解诗上有进步,显然与她在王维以及李白的诗里所受到的美感陶冶作用直接相关。

我们在前面说过,文学的审美认识作用,取决于作品的形象真实,即内容的真,取决于文学的认识价值;文学的审美教育作用,取决于作品的情感倾向,即内容的善,取决于文学的教育价值。与此相对应,文学的审美娱乐作用,则取决于作品的语言艺术,即形式的美,取决于文学的娱乐价值。作品语言艺术的完美程度,亦即形式美的实现程度,以及由此而生的文学娱乐价值的高低程度,直接关乎审美娱乐作用的有无与大小。它们之间,也存在着一种正比例关系。

## 二、文学审美作用的总体特点

### 1. 寓教于乐

上面,我们分别论述了作为文学审美作用的内部构成的三个方面:文学的审美认识作用、审美教育作用和审美娱乐作用。我们把它们一一单列,完全是为了叙述的需要。其实,这三个方面在文学审美作用中是不分你我地统一为一个整体的。正像作品的形象真实和情感倾向必然要统一在语言艺术之中,内容的真和善必然要统一在形式的美之中,文学的认识价值和教育价值必然要统一在娱乐价值之中一样,文学的审美认识作用和审美教育作用也必然要统一在审美娱乐作用之中。贺拉斯所谓"寓教于乐",就是这个意思。

"寓教于乐"的命题,是贺拉斯在《诗艺》一书里首先提出来的。他说:"诗人的愿望应该是给人益处和乐趣,他写的东西应该给人以快感,同时对生活有帮助。""寓教于乐,既劝谕读者,又使他喜爱,才能符合众望。"① 在这里,贺拉斯把"寓教于乐"命题所涉及的"教"和"乐"及其关系表达得非常清楚。他认为,"教"就是"劝谕读者",就是"给人益处""对生活有帮助";"乐"就是"给人以快感""乐趣"和"使他喜欢"。如果对照马斯洛的人的需要层次论,我们会发现,贺拉斯上述两段话,实际上与马斯洛关于人追求真善美的审美需要的表述是暗合的。其中,"对生活有帮助",可以理解为对人追求真的需要的满足;"劝谕读者""给人益处",可以理解为对人追求善的需要的满足;而"给人以快感""乐趣"和"使他喜欢",则可以理解为对人追求美的需要的满足。

对于"寓教于乐",韦勒克和沃伦的《文学理论》一书,从贺拉斯就同一命题所做的另一种表述——"诗是甜美而有用的",进行了诠释。他们在书中这样

---

① [古希腊]亚里士多德,[古罗马]贺拉斯.诗学·诗艺[M].罗念生,杨周翰,译.北京:人民文学出版社,1962:165.

分析:"整个美学史几乎可以概括为一个辩证法,其中正题和反题就是贺拉斯所说的'甜美'(dulce)和'有用'(utile),即诗是甜美而有用的。这两个形容词,如果单独采用其中任何一个,就诗的作用而言,都要代表一个趋向极端的错误观念——也许根据文学的作用,比起文学的性质,更容易将甜美和有用联系起来。"①

在我们看来,不管是"寓教于乐",还是"甜美而有用",贺拉斯都意在揭示,在文学的审美作用中,审美认识作用、审美教育作用与审美娱乐作用三者之间的辩证关系。正因为是"寓教于乐"和"甜美而有用",我们才能够把文学的认识作用和教育作用,与哲学和道德等单一的认识作用和教育作用区别开来;也正因为是"寓教于乐"和"甜美而有用",我们才能够把文学的认识作用和教育作用,称作审美的认识作用和审美的教育作用。由此言之,"寓教于乐"和"甜美而有用"的命题,在美学以及诗学的意义上,是对文学审美作用的特点的一个极好的概括。

以上说,"寓教于乐"和"甜美而有用"的命题,从作为文学审美作用的内部构成的三个方面的相互关系,概括了文学审美地作用于人和人的生活的特点。我们如果换一个角度,从"乐"也就是"甜美"的无功利性和"教"也就是"有用"的功利性入手,完全可以对文学审美作用的特点做出新的概括。

文学之所以能给人以"甜美"之感,给人以"乐",是因为文学有其审美娱乐作用。而审美娱乐作用,是和文学的游戏精神联系在一起的,体现的是文学休闲和消遣的一面,它给人的"甜美",给人的"乐",应该说是无目的性或者无功利性的。就此,科林伍德曾做过一番思辨:"如果一件制造品的设计意在激起一种情感,并且不想使这种情感释放在日常生活的事务之中,而要作为本身有价值的某种东西加以享受,那么,这种制造品的功能就在于娱乐或消遣。"②科林伍德认为,包含在作品里的情感,会经由接受过程释放出来。假如这种释放把情感当作手段,要达到情感以外的其他目的,这是功利性的考虑;但假如这种释放将情感本身视为目的,并不去干预实际生活,这是无功利性的娱乐。继科林伍德之后,伽达默尔又从哲学解释学的角度,把娱乐亦即游戏提到本体论的层面,当作"艺术作品本身的存在方式"来看待。在《美的现实性——作为游戏、象征、节日的艺术》一书里,他概括了游戏的四个特征,其中第一个特征就

---

① [美]韦勒克,沃伦.文学理论[M].刘象愚,等译.北京:生活·读书·新知三联书店,1984:19.
② [英]科林伍德.艺术原理[M].王至元,陈华中,译.北京:中国社会科学出版社,1985:80.

是"无目的性"。①

但是,文学除了给人以"甜美",给人以"乐"之外,同时还会给人以"教",对人"有用"。之所以如此,是因为在文学的审美娱乐作用中,还常常像盐溶于水一样,渗透并包含着审美认识作用和审美教育作用。而审美认识作用和审美教育作用,是与文学所承载的社会意义相联系的,体现的是文学的宗旨或目的,因此,它给人的"教"和"有用",就不能不带有一定的功利性。古人讲,"诗须有谓而作"。其中"有谓"一词,从字面看,可以理解为有感而发和有话要说,但如果深入一层,其无疑是在强调文学的社会意义,强调文学的功利性。

综上所述,文学审美作用作为一个整体,就其娱乐一面而论,它是无功利性的;就其认识和教育的一面而论,它又是功利性的。由此便构成了一个二律背反式的价值悖论。一部美学史告诉我们,人类最初产生的价值观念,都是功利性的实用观念。因为在生产力水平极端低下的原始社会,人类先民必须优先考虑生存所需的基本生活资料。之后,随着生产力的发展和剩余产品的出现,他们在"缺乏性需要"逐步得到满足的情况下,开始产生了对包括文学和各种艺术在内的审美需要。于是,在人类先民那里,就有了以无功利性为特征的审美观念。普列汉诺夫《没有地址的信》一书里所谓"先功利,后审美",讲的就是这个意思。然而,这并不是说,审美与功利全然无关。实际上,艺术和审美的无功利性,仅仅只是对功利性的超越和淡化,而不是对功利性的彻底抛弃。因为人之为人,首先是一种感性的生命存在。既然如此,他就不可能完全割断自身与社会的实用功利关系。所以,审美也罢,游戏和娱乐也罢,充其量只能将功利性隐蔽在难以直观的无意识深处,作为意蕴引发观赏者的沉思与回味。前面提到的文学审美作用的价值悖论,就是这样产生的。

为了验证包孕在文学审美作用中的上述价值悖论,我们不妨来看看柳宗元的五言绝句《江雪》:

> 千山鸟飞绝,万径人踪灭。
> 孤舟蓑笠翁,独钓寒江雪。

如果仅是观赏诗的语言艺术,那么,在我们的想象中,会顿时浮现这样一幅画面:万籁俱寂,风雪弥漫,一位披着蓑笠的老翁,与孤零零的小舟为伴,独自垂

---

① [德]伽达默尔.美的现实性——作为游戏、象征、节日的艺术[M].张志扬,等译.北京:生活·读书·新知三联书店,1991:7.

钓于寒江之上。我们会为扑面而来的寒气和孤独感而深受感动。然而,随着观赏的深入,我们又会不由自主地产生一连串的疑问:这位老翁到底在钓什么呢?由此通过"互文本性"的联想,由眼前的"蓑笠翁"想起当年垂钓于西渭之滨等待风云际会的姜子牙,再由姜子牙想起诗人柳宗元在写这首诗前后,被流放至湘桂一带的心路历程。于是,我们会蓦然领悟到,这位"蓑笠翁"在很大程度上,就是诗人的自我象征。他垂钓于寒江,与其说是在钓鱼,不如说是在急切地期盼着重新被朝廷起用,从而得以兼济天下的政治前程。回顾整个阅读过程,最初我们的感动,纯粹是无功利性的娱乐。而此后的追问与联想,却自然而然地被导引到包含在情感倾向当中、渗透在形象真实里面的诗的意义上。而这一意义,或许正是《江雪》一诗隐蔽的功利性,亦即诗的认识与教育作用之所在。

综上所述,在文学的审美作用中,无功利性的游戏或娱乐因素,以感性直观的形态存在,因而是直接的、显在的;功利性的认识和教育因素,需要在不断的追问中"思而得之",因而是间接的、隐在的。两者的关系表现为:间接的、隐在的功利性总是蕴含在直接的、显在的无功利性的里面或背后;而直接的、显在的无功利性也总是以这样那样的路标,指向间接的、隐在的功利性。

2. 无用之用

关于无功利性和功利性在文学及其审美作用中的关系,康德的《判断力批判》将其概括为"无目的的合目的性",而我国古代美学及诗学则称之为"无用之用"。

"无用之用"(一作"不用之用")作为一个诗学命题,最早似乎见于鲁迅写在1907年的《摩罗诗力说》中:

> 文章之于人生,其为用决不次于衣食,宫室,宗教,道德。盖缘人在两间,必有时自觉以勤劬,有时丧我而徜恍,时必致力于善生,时必并忘其善生之事而入于醇乐,时或活动于现实之区,时或神驰于理想之域;苟致力于其偏,是谓之不具足。严冬永留,春气不至,生其躯壳,死其精魂,其人虽生,而人生之道失。文章不用之用,其在斯乎?[①]

继鲁迅提出"不用之用"之后,郭沫若在结集于1925年的《文艺论集》中的一篇文章里,也讲过类似的话:"我承认一切艺术,虽然貌似无用,然而有大用

---

① 郭绍虞,罗根泽.中国近代文论选:下[M].北京:人民文学出版社,1959:784.

存焉。"①此外,如莫言在出席诺贝尔颁奖晚宴致辞中,也以悖论式的语言,论及文学的"无用之用":"文学和科学相比较,的确是没有什么用处,我想但是文学的最大的用处,也许就是它没有用处。"然而,无论是鲁迅的"不用之用",郭沫若的"无用而有大用",还是莫言的"最大用处"是"没有用处",都不是这一充满东方式智慧的辩证法思想的源头。如果进行历史和文化的追溯,那么,其源头应该在先秦的老庄哲学那里。所以,为了弄清楚鲁迅和郭沫若等赋予"无用之用"命题的意谓,还须从其源头老庄哲学说起。

《老子》第十一章这样写道:

> 三十辐共一毂,当其无,有车之用。埏埴以为器,当其无,有器之用。凿户牖以为室,当其无,有室之用。故有之以为利,无之以为用。

在上引的这段话里,老子举了三个例子:车子的作用在于运货载人,陶器的作用在于盛东西,房屋的作用在于居住。这是车、陶器、房屋带给人的便利。这是"有之以为利"。然而,车子如果没有车毂中间的空白可供转动,就无法行驶;陶器如果没有器具中间的空白可供容纳,就无法盛东西;房屋如果没有门窗中间的空白可供出入,就无法居住。由此可见中间的空白所发挥的作用。这是"无之以为用"。这便是老子的有无哲学。其中所谓"有",指实有的事物;所谓"无",指虚无的空白。老子认为,实有的事物能提供便利,归根到底,是虚无的空白在起作用。正如王弼所做的注释:"有之所以为利,皆赖无以为用。"②

庄子继承并发展了老子的"有之以为利,无之以为用"的辩证哲学。他在作为其代表作的《逍遥游》《人间世》等篇中,借助于讲故事的"寓言"方式,反复地讲到"无用之用"的问题,并且赋予它一种类似于生存美学的意味。在《逍遥游》里写道,惠子认为用葫芦做的大瓢,和树干臃肿、枝条弯曲的大樗树等,于实际"大而无用"。庄子却批评惠子"拙于用大",然后,从诗意地生存的审美维度上,为这些物件找到了所谓的"无用之用":可以把大葫芦系在腰间,而浮游于江湖之上;可以把大樗树种在空旷的乡间和广漠的田野,让人们随意地徘徊在树旁,逍遥地躺卧在树下。而在《人间世》里,庄子更是以其汪洋恣肆的文笔,接二连三地以作为社神祭祀但却不能派上正经用场的大栎树,以及形体残缺、智力不足的一个名叫支离疏的人等为例,大篇幅地讨论了以无所用为大用

---

① 郭沫若.沫若文集:第十卷[M].北京:人民文学出版社,1959:108.
② 陈鼓应.老子注译及评介[M].北京:中华书局,1984:102-105.

的道理。篇中讲,虽然大栎树作为"不材之木"不能做船、棺木、家具、门户和梁柱,支离疏作为残废之人不能去当兵和服劳役,也就是说,就实际生活而言,它或者他都是"无所可用"者,然而,正是因为它或者他的"无所可用",才不至于中途夭折,而得以"终其天年",这不就是无所用之大用吗？正是基于这样的思辨,庄子在《人间世》的结尾处,发出了寓意深沉的慨叹:"人皆知有用之用,而莫知无用之用也。"①

在有无的问题上,老子和庄子的思想虽各自有别(老子是从哲学到哲学,庄子则从哲学到美学),但他们的逻辑起点,却是完全一致的,那就是:以无用为用,或者说,求无用之用。因为在老子那里,"无"是作为本体的道,如第四十章所言:"万物生于有,有生于无。"②所以,在他看来,"有之以为利"只能是结果,而"无之以为用"才是终极原因。而在庄子那里,"有用之用"作为功利主义的价值观,显然是被否定的；只有"无用之用"的,具有审美意味的无功利性价值观,才能获得最终的肯定。在我国长达数千年之久的封建社会里,儒家的政治伦理功利主义,一直是占统治地位的价值标准,但道家的无用之用的哲学和美学价值论,始终在文人和知识圈里,起着某种调和与补充的作用。我们不能确切地说明,庄子的哲学和美学意义上的"无用之用"命题,是经由哪些中介环节,最后转换成鲁迅和郭沫若诗学意义上的"无用之用"命题,但有一点是非常清楚的,老庄强调以无为有、以无用为有用的思路,作为民族的集体无意识的文化原型,已经被鲁迅的"不用之用"和郭沫若的"以无用为大用"的命题所吸收,成为他们在诗学及文艺理论的价值观念方面,坚持以审美为本位的一个着力点。关于文学审美作用中无功利性与功利性的关系,鲁迅在《摩罗诗力说》一文中明显地更为倾向于无功利性的一面。尽管他在文章中也承认"近世文明,无不以科学为术,合理为神,功利为鹄",但从整个论证来看,鲁迅强调更多的是文学区别于哲学人文科学的无功利性。他说:"由纯文学上言之,则以一切美术之本质,皆在使观听之人,为之兴感怡悦。文章为美术之一,质当亦然,与个人暨邦国之存,无所系属,实利离尽,究理弗存。故其为效,益智不如史乘……致富不如工商,弋功名不如卒业之券。"③正是基于这样的比较与论析,鲁迅才将文学的"不用之用",最终归结为美感的培养以及提升:"涵养人之神思,即文章之职与用也。"相对于鲁迅,郭沫若的看法则趋于折中。虽然他受老

---

① 陈鼓应.庄子今注今译[M].北京:中华书局,1983:29-31,131-142.
② 陈鼓应.老子注译及评介[M].北京:中华书局,1984:223.
③ 郭绍虞,罗根泽.中国近代文论选:下[M].北京:人民文学出版社,1959:783-784.

庄的影响,把艺术无功利性的一面阐述了很多,但20世纪20年代的郭沫若,较之20世纪初的鲁迅,毕竟多有不同。他身在革命的旋涡中,在艺术的价值功能问题上,便多少带有功利主义的烙印。这在他谈完前面引述的关于艺术"无用而有大用"的那段话之后接下去所说的话里,可以非常清楚地看到。似乎是要回答艺术的"大用"到底是什么,郭沫若说:"它是唤醒社会的警钟,它是招返迷羊的圣录,它是澄清河浊的阿胶,它是鼓舞革命的醍醐,它的大用,说不尽,说不尽。"①

如果进行一番比较,我们会发现鲁迅的"不用之用",与康德的无目的的合目的性多有契合之处。他们在文学的无功利性和功利性的统一中,都把着重点更多地放了无功利性的一面。而郭沫若的"无用而有大用",虽然出自庄子,却与贺拉斯的"寓教于乐"在思路上不无相似乃至相通之处。贺拉斯因其"寓教于乐"这一观点,被艾布拉姆斯称为"实用论"的代表人物,但他对文学的"教"与"乐"亦即功利性与无功利性两个方面,论述还是较为平衡的。在相对平衡地看待文学的功利性与无功利性这一点上,郭沫若与贺拉斯确有某种相似或相通之处。

上述鲁迅与郭沫若同中有异的无用之用论,前一个"用",当是指实用,说文学无用,指文学不具备实用式功利作用;后一个"用",当是指虚用,说文学有无用之用,指文学可以起到非功利性的精神作用、人文作用、具有综合性和感染性的审美作用。

### 三、文学审美作用的心理学分析

#### 1. 文学审美作用的全心灵性

以上,我们对文学审美作用两个方面的特点,即"寓教于乐"和"无用之用",依次做了分析。这两个特点,虽然在概括的着眼点和表述方式上各自有别("寓教于乐"着重于微观的实证,"无用之用"则着重于宏观的思辨),但作为共同点,它们所涉及的都只是作为整体的文学审美作用内的审美认识作用、审美教育作用与审美娱乐作用等三个方面的关系问题。现在,我们如果转换一下视角,不是从社会学,包括社会历史学、社会政治学及社会伦理学的视角,也不是从哲学和美学价值论的视角,而是从心理学的视角去看待上述三者的关系,那么,我们就会发现,文学审美认识作用、审美教育作用与审美娱乐作用三

---

① 郭沫若.沫若文集:第十卷[M].北京:人民文学出版社,1959:108.

者,跟传统心理学所谓知、情、意三个心灵侧面,恰好是互相对应的,而且如果再进行更深层次的探究,我们还会发现,这三者又跟精神分析心理学所谓意识、前意识、无意识心灵三个层次紧密地联系在一起。而梳理以及阐发文学审美作用与知、情、意三个心灵侧面的横向对应,以及文学审美作用与意识、前意识、无意识三个心灵层次的纵向关联,正是我们接下来要讨论的文学审美作用的全心灵性问题。

关于文学审美作用的全心灵性,古往今来很多有见地的作家和理论家,都曾做过精辟的阐述。例如孔子说:"诗可以兴,可以观,可以群,可以怨。"①梁启超说:小说有"熏""浸""刺""提"四种力。② 鲁迅说:"盖诗人者,撄人心者也。"③斯大林则把文学比作人类的灵魂工程,把作家称为"人类灵魂的工程师"。凡此种种,虽然表述各异,但都从总体上确认了文学审美地作用于人的部位在于心灵。这也就是说,它们都确认了文学审美作用的全心灵性。

其中,孔子所讲诗的"兴""观""群""怨",指出诗有感染启迪、观察并认识社会、相互砥砺凝聚人心、批判腐败政治的作用;梁启超所讲小说的"熏""浸""刺""提",形容小说有给人以熏染、给人以浸润、给人以刺激、给人以提升的作用。尽管他们涉及的都只是文学中某一种具体的文体,例如诗或者小说对人起作用的特点,但在实际上,却完全可以将其所指进行拓展,当作整个文学审美地作用于读者的心理途径和方式来看待。然而,不管怎么说,上述这一切都还仅仅是微观的解析。真正从宏观的意义上,把握和揭示文学审美作用的全心灵性的,并非孔子或梁启超,而是鲁迅和斯大林。鲁迅称诗人是"撄人心者",亦即触及人的心灵者;斯大林称作家是"人类灵魂的工程师"。二者所言,大体是一个意思,但斯大林的说法,似乎更加耐人寻味。这位在苏联历史上颇具争议性的领袖人物,写过的许多书,讲过的许多话,早已被人忘却,但他关于灵魂工程师的表述,却广为流传,给人留下了深刻的印象。虽然那只是一个比喻,而且正如西方谚语所指出的,"任何比喻都是蹩脚的",但斯大林将文学与人的灵魂联系在一起,无论如何都值得我们注意。他说的是灵魂,而不是一般意义上的心灵。灵魂当然是心灵的一部分,但却是隐伏在心灵的至深层次,与人的无意识、与人的感性生命息息相关的那一部分。正因如此,时至今日,重温这句话,对于

---

① 北京大学哲学系美学教研室.中国美学史资料选编:上册[M].北京:中华书局,1980:14.
② 北京大学哲学系美学教研室.中国美学史资料选编:下册[M].北京:中华书局,1981:418 - 419.
③ 郭绍虞,罗根泽.中国近代文论选:下[M].北京:人民文学出版社,1959:781.

我们理解文学审美作用的全心灵性,及其所拥有的心灵深度和灵魂震撼力,仍有其不可忽视的启示意义。

我们所谓文学审美作用的全心灵性,除了一般性地指出文学审美地作用于读者的部位在于心灵这一点以外,还特别强调文学对读者的审美作用所能达到的心灵广度和心灵深度。心灵作为人的精神世界,是一个多样统一的整体:在横向上,它表现为多侧面的统一;在纵向上,它又表现为多层次的统一。西方传统心理学,习惯性地把人的心理活动区分为知(认识)、情(情感)、意(意志)三个侧面,这是从横向上对心灵整体多侧面的统一的一种描述;19世纪末20世纪初兴起的精神分析心理学,在率先揭示了人的无意识的暗箱之后,又创造性地把人的心理活动区分为意识(超我)、前意识(自我)、无意识(本我)三个层次,这是从纵向上对心灵整体作为多层次统一的一种描述。参照心理学对心灵整体上述多侧面统一的横向描述和多层次统一的纵向描述,我们认为文学审美作用的全心灵性,实际上包含两层意思:其一,文学对读者所起的审美作用,从横向上看,涉及包括认识、情感和意志在内的心灵的所有侧面,具有为哲学人文科学及其他艺术所无法比拟的心灵广度;其二,文学对读者所起的审美作用,从纵向上看,涉及包括意识、前意识和无意识在内的心灵的所有层次,具有为哲学人文科学及其他艺术所难以企及的心灵深度。我们下这样的断语,完全可以通过有关文学与哲学人文科学、文学与其他艺术各自在作用于读者心灵的部位以及方式问题上的比较得以证实。

首先,拿文学与哲学人文科学进行一番比较。我们知道,哲学人文科学是用语言作为推理符号构筑的思想与概念的理论体系。它们为满足读者求知或受教,也就是追求真或善的需要而存在,给读者提供的是单一的认识价值或教育价值。它们作用于读者的心灵的部位,同上述需要以及价值相对应,从横向上看,只能是读者的认识或意志侧面;从纵向上看,只能是读者的理智,亦即意识层次。这就是说,哲学人文科学在作用于读者时,涉及的仅仅是心灵多侧面中的某一个侧面(认识或意志),只是心灵多层次中的某一个层次(意识)。自然,我们不能就此认定,哲学人文科学完全不对读者的情感侧面,完全不对读者的前意识或无意识层次发生作用。事实上,无论是哲学,还是其他人文科学,它们毕竟都属于人学的范畴,因此,在它们以思想与概念的理论体系作用于读者的认识或意志侧面,作用于读者的意识层次的同时,也可能给读者带来某种情绪的感染和某种前意识或无意识的冲动。这一点,我们只需以司马迁的历史学巨著《史记》为例,便足以说明问题。鲁迅之所以称赞《史记》为"史家之绝唱,无韵之离骚",就因为《史记》给了鲁迅某种类似于音乐和诗歌的情绪感染和前意识或无意识的冲动。但此种情况,对哲学人文科学而言,纯属意外收获。因为它们真正作用于读者的部位,主要是读者的认识或意志侧面、读者的意识层次。唯其如此,哲学人文科学在作用于读者的认识或意志侧面,作用于读者的意识层次的时候,必然更多地凭借自身思想与概念的正确性、明晰性、彻底性和逻辑性的优势,采用以理服人的方式,以实现在意识层次上给人以认识或给人以教育的目的。

  文学和哲学人文科学的情况迥然不同,文学是以语言为审美符号所创造的情感与形象系统。正如我们在前面所论述的那样,文学的语言作为审美符号,既是情感与形象的符号,也是思想与概念的符号。因此,在文学的情感与形象系统里,必然蕴含着一个由渗透在情感中的思想和隐蔽在形象里的概念相统一而构成的文学的意义世界。正因如此,文学的价值便具有了审美的多样性。一方面,它能以其语言的艺术性,满足读者对美的需要,而显示其娱乐价值;另一方面,它又能以其通过语言的艺术性表达出来的形象的真实性和情感的倾向性,满足读者对真和善的需要,而显示其寓于娱乐价值之中的认识价值和教育价值。与此相对应,文学审美地作用于读者的心灵部位,从横向上看,主要是情感这一侧面;因为情感介于意识和无意识之间,所以,文学审美地作用于读者的心灵部位,从纵向上看,便自然主要在于前意识这一层次。我们强调,文学主要对读者的情感侧面及其对应的前意识层次起作用,实际是说,文学之于读者心灵的审美作用,关键在于读者通过阅读引起的感动。一旦读者有了感动,那么,随着情感在其心灵的各个侧面的奔涌及流转,就会或是将由感动而获得的领悟,带到认识侧面,在情感的激发下,产生某种对于世界图景的新的想象及理解,或是将由感动而产生的兴奋和振作精神,带到意志侧面,而使人顿时意气风发,促成某种投身实践的决心,乃至于行动。不仅如此,由于读者的感动,主要发生在心灵的前意识层次,当其情感之流向下沉潜,感动就有可能进入无意识层次,成为一种在灵魂深处起作用的力量,我们平常所说的不知不觉、潜移默化和感人于肺腑之区,大概就是指这种情况;当其情感之流向上升华,读者的感动就有可能进入意识层次,凝聚为一种透彻地观照社会人生的历史理性,使人在刹那间生出"柳暗花明又一村"的豁然开朗之感。凡此种种都说明了一点:文学能够通过在读者那里形成的情感效应,在横向上,全面地作用于包括情感、认识和意志在内的心灵的各个侧面,在纵向上,全面地作用于包括无意识、前意识和意识在内的心灵的各个层次,从而达到为哲学人文科学所无法比拟的心灵广度和心灵深度。

其次,拿文学与其他艺术做一番比较。如果说,文学与哲学人文科学在对读者起作用时的种种不同,最直接的原因在于,各自将语言当成了不同的符号:文学以语言为审美符号,创造了对应的情感和形象系统,而哲学、人文科学则以语言为推理符号,构筑了对应的思想和概念体系。二者在本体上的这一不同,随之演化为作用于读者心灵的广度和深度方面的种种不同。文学与其他艺术的不同,多半是因为文学使用的是语言符号,而其他艺术使用的是非语言符号。除文学之外的各种艺术,以音乐和绘画为代表,大体可分作表现艺术和再现艺术两大类。音乐以节奏与旋律为表现的符号,绘画则以色彩与线条为再现的符号。音乐的节奏与旋律在作用于听众时,更多具有的是听觉的直接性,更少具有的是思想的确定性;绘画的色彩与线条在作用于观众时,更多具有的是视觉的直接性,更少具有的是想象的创造性。概而言之,除文学之外的各种艺术,由于使用的是非语言符号,往往在具有感觉的直接性的同时,不是缺乏思想的确定性,便是缺乏想象的创造性。后者使它们不可能达到听众或观众的心灵深度。有人说,音乐仅是听觉的艺术,绘画仅是视觉的艺术。这自然是一种偏见。事实是各种艺术都可以经由不同的感觉通道进入心灵。但是,在承认它们都是心灵艺术的同时,必须指出,这些艺术为各自使用的非语言符号所限制,虽然在横向上都可以同文学一样,同时覆盖包括欣赏者的情感、认识和意志等在内的心灵的各个侧面,达到极大的心灵广度,但在纵向上,在作用于欣赏者的心灵深度方面则有所不足:它们或者难以在无意识层次沉潜,或者难以在意识层次升华。正是这方面的缺陷,使其给予欣赏者的审美享受,更多地偏重于某一种感觉,而不能成为调动全心灵并使其投入其中的审美享受。

相对于其他艺术的非语言符号,文学的语言符号,一方面不能像节奏与旋律、色彩与线条那样,直接引发读者的视听感觉,由此而言,它是超感觉的;另一方面,这种语言符号,又可以通过对文字的阅读理解以及随之而生的想象活动,在读者的内心唤起并沟通各种感觉,由此而言,它既是超感觉的,又是全感觉的。我们在本书第一章第三节讨论文学是用语言符号表达的审美人学时,曾经把语言符号上述超感觉而又全感觉的特性,叫作全心灵性。为语言符号的这种全心灵性所决定,文学审美地作用于读者的心灵,虽然缺少感觉的直接性,却能够在相对确定的思想的指引下,通过想象的创造,达到为其他艺术所难以企及的心灵深度。因此,如果说,其他艺术在其听众或观众那里,所起的是偏重于某一种感觉的审美作用,那么,文学在读者那里,所起的则是全心灵性的审美作用。

关于文学与其他艺术因符号不同而导致心灵深度的不同这一问题,由于我们在本书第一章第三节已经专门讨论过,而且在本书第四章第二节谈到文学欣赏的性质时还要有所涉及,这里就只做一个粗线条的勾勒,不再充分地展开。有关内容,大家可以参阅上面所提到的那些章节。

2. 文学审美作用的心理机制

以上,我们讨论了文学审美作用的全心灵性。文学通过阅读带给读者的感动效应,在横向上,可以随着情感的奔涌及流转,全面地作用于读者的情感、认识和意志等心灵的各个侧面;在纵向上,也可以随着情感的沉潜或升华,全面地作用于读者的前意识、意识和无意识等心灵的各个层次。这里所谓情感的奔涌及流转、情感的沉潜或升华,实际上已经涉及文学审美作用的心理机制问题。为了深化对这一心理机制的认识,下面,我们拟从我国古代诗学和西方现代心理学的原典中,择取与之相关的若干概念,做一番较为具体的解析。

(1)感发志意。我国古代没有独立意义上的心理学,许多有关心理学的知识,通常都是包含在哲学、美学或者诗学论著之中,例如这里要讨论的感发志意便是如此。作为用以说明文学审美地作用于读者时沟通情感、认识和意志等心灵的各个侧面,沟通前意识、无意识和意识等心灵的各个层次的内在机制的概念,类似感发志意的名词在西方心理学中是找不到的,而我国古代诗学正好填补了这方面的空缺。

我们在讨论"感发志意"时,先从"感"这一概念的特定内涵开始。单纯由字面而论,所谓"感",可以理解为感动。但如果将其置于我国的文化语境,"感"的概念,更确切地说,是指心物感应所导致的感动状态。"感"的意义原型是"咸"。早在殷商时期的巫术文化中,巫与咸就常常一起被提及。据许慎《说文解字》的训释:"巫,祝也。女能事无形,以舞降神者也。象人两袖,舞形,与工同意。古者巫咸初作巫。"[①]巫作为"以舞降神者",其使命在于"事无形",即交合鬼神,感应天人。许慎所言之"巫咸",是当时最著名的一位巫师。《离骚》中所云"巫咸将夕降兮",即指此人。王逸注:"巫咸,古神巫也,当殷中宗之世。"以后,人们便用"巫咸"或"咸"泛指一切从事阴阳交合、天人感应活动的人以及此类活动本身。如《周易》所设"咸卦",通过六条爻辞,就把"咸"的上述意义原型,具体化为男女之间的性爱活动。也正是这一"咸卦",明确地解释

---

① [东汉]许慎.说文解字[M].北京:中华书局,1963:100.

说:"咸,感也。"

在由"咸"到"感"的过程中,虽则"男女构精"之义逐渐被淡化了,但包含在其中的阴阳交合、天人感应的原型模式却被根深蒂固地保留了下来。在我国美学和诗学史上,第一次把"感"的概念引入艺术创作论,从心物感应的角度研究音乐和诗的发生机制的,是成书于战国时期的《乐记》一书。这本书给音乐下的定义是:"乐者,心之动也。"按此定义,音乐是一种心灵活动。借用该书在别处所说的"情动于中"来理解,音乐作为心灵活动,自然也是一种情感活动。但是,因为《乐记》在着重讨论音乐的同时,也涉及诗,而且诗和音乐就实质而言,都是"心之动也",即"情动于中"的产物,所以,上述定义传至后世,往往被移用到诗学之中。诗和音乐既然被定义为心灵与情感活动,那么,这种心灵与情感活动又是如何发生的呢?《乐记》就此所做的解释如下:

> 凡音之起,由人心生也。人心之动,物使之然也。感于物而动,故形于声。声相应,故生变。变成方,谓之音。
> 乐者,音之所由生也。其本在人心之感于物也。①

在上述引文里,《乐记》的作者强调了两点:艺术"由人心生也";"人心之动,物使之然也"。前者强调的是决定艺术情感的主体性质;后者强调的是触发艺术情感的客观条件。作为二者的统一,《乐记》认为,艺术的本源在于心物感应,即所谓"人心之感于物也"。这就是我国传统诗学以心物感应来诠释艺术情感在创作中的发生机制的"物感说",也是"感"作为一个概念进入艺术论的开端。

大家看得清楚,"物感说"讲"人心之感于物",其中的"感",涉及的是艺术家在创作过程中的情感发生机制;我们在此讲"感发志意"感悟,其中的"感",涉及的则是读者在阅读与接受过程中的情感发生机制。两个"感",都是指感动。但前一种感动,来自作家或艺术家与其生活对象之间的情绪感应;后一种感动,来自读者与作为其接受对象的作品之间的情绪感应。然而,尽管导致这两种感动状态的主客体各自有别,但作为情绪感应的心理机制,二者却有着惊人的相似之处。正因如此,自《乐记》以降,论者逐步放宽了"感"的应用范围,将"物感说"中心与物的情绪感应的思路,用在对读者与作品的情绪感应的分

---

① 北京大学哲学系美学教研室.中国美学史资料选编:上册[M].北京:中华书局,1980:58-59.

析上。如《毛诗序》所谓"动天地,感鬼神"、钟嵘《诗品序》所谓"感荡心灵"、白居易《与元九书》所谓"感人心"等,都是这方面的例子。他们的"感",说的已经不是前述"物感说"论及的艺术创作中心与物的情绪感应,而是接受论框架之内读者与作品的情绪感应了。

这里,特别要提到宋人朱熹的《四书章句集注》关于《论语》"诗可以兴"一条所加的注释。朱熹把"兴"训为"感发志意",作为对诗的审美作用的心理机制的一个表述,是值得我们注意的。"感发"二字,指读者阅读作品产生的情绪感应,以及由这种感动状态所激发的丰富的想象和联想;"志"大致相当于《尚书·尧典》的"诗言志"里的那个"志"。据朱自清《诗言志辨》一书的考证,"志"在先秦典籍中,可以指情感,也可以指认识和意志等。"意"与"志"同义(东汉郑玄将"诗言志"写成"诗言意"便是明证),两个字合在一起,"志意"泛指整个心灵。所不同者,"诗言志"和"诗言意","言"的是作者的"志意";而"感发志意","感发"的则是读者的"志意"。因此,朱熹的"感发志意"的意思是读者在接受过程中通过情绪感应,引发想象和联想,从而达成全心灵的沟通。

(2)宣泄与净化。以上所讲感发志意,是中国古代诗学对于文学审美作用的心理机制的一种表述。西方的心理学和诗学在论及文学审美作用的心理机制时,讲的更多的是情绪的宣泄与净化、欲望的移置与升华。下面,我们先由宣泄与净化说起。

人在现实生活里,会因为自身与周围世界的利害关系而产生多种多样的功利性欲望。这些欲望,不可能从周围世界全部得到满足。凡是未被满足的欲望,有的立刻被作为主体的人放弃和遗忘;有的却潜存下来,在前意识或无意识层面,形成某种压抑性情绪。按照弗洛伊德的精神分析方法分析,此种受压抑的情绪,往往具有较大的心理能量。当它积蓄到一定程度,如果仍然找不到出路,就会引发人的心态的失衡与变易,甚至导致某种精神疾患。文学作品所具有的情绪感染功能,可以使读者在阅读时感同身受,那种长期以来被压抑在前意识或者无意识深处的情绪,正好因为所受的感染,在重复激发中得以宣泄,其潜藏的心理能量也借此机会在审美的虚拟世界中尽情地释放。倘若是悲剧,读者会出于同情怜悯而失声痛哭;倘若是喜剧,读者会因对象的滑稽而开怀大笑。于是,读者在眼泪或笑声的作用下,最终减轻,以至于消除了压抑性情绪所带来的内心压力,心灵因此变得像雨后的晴空一样,由失衡走向和谐,这也就是所谓的净化。

"净化"一词,最早见于亚里士多德的《政治学》一书。该书在论述音乐的审美作用时指出：

> 某些人特别容易受某种情绪的影响，他们也可以在不同程度上受到音乐的激动，受到净化，因而心里感到一种轻松舒畅的快感。因此，具有净化作用的歌曲可以产生一种无害的快感。①

在《诗学》中，亚里士多德进一步指出，悲剧"激起哀怜和恐惧，从而导致情绪的净化"。

我们认为，净化作为文学实现其审美作用的一种心理机制，是和宣泄联系在一起的。如果说，宣泄是净化的前提，那么，净化则是宣泄的结果。概而言之，所谓净化，应该是指读者在阅读作品的过程中，继宣泄之后不由自主地达成的排遣情绪、调节精神、祛除杂念、提升人格的心理状态。

具体地说，文学的净化机制，主要表现在两个方面：一方面，读者可以通过宣泄而进入某种虚拟的艺术境界，暂时忘却现实的困扰和世俗的烦恼，以维持心灵的平衡。中国春秋时代的思想家管子的两句话："止怒莫若诗，去忧莫若乐"，说明的正是情绪净化机制使心灵恢复平衡的情况。其二，读者受作品情感和形象的震撼，在情绪宣泄之余，使自己畸变的心态得以矫正，扭曲的人格得以复原。狄德罗在《论戏剧艺术》中指出："只有在戏院的池座里，好人和坏人的眼泪交融在一起。在这里，坏人会对自己所犯过的罪行表示愤慨，会对自己给人造成的痛苦感到同情，会对一个正是具有他那样性格的人表示厌恶，当我们有所感的时候，不管我们愿意不愿意，这个感触总是会铭刻在我们心头的；那个坏人走出了包厢，已比较不那么倾向于作恶了，这比被一个严厉而生硬的说教者痛斥一顿要来得有效。"②白居易也说："读君《学仙》诗，可讽放佚君；读君《董公》诗，可诲贪暴臣；读君《商女》诗，可感悍妇仁；读君《勤齐》诗，可劝薄夫敦。"（《读张籍古乐府》）狄德罗与白居易之所言，揭示的都是情绪净化机制使情操和人格得以提升的情况。

（3）移置与升华。以上所论的由宣泄而净化的过程，可以看作文学在审美地作用于读者的心灵时，其情绪从前意识层次或无意识层次向意识层次的一次提升。当然，情绪的发生无疑与欲望有关，但却不能因此而将情绪归结为欲望。

---

① 伍蠡甫，等.西方文论选：上卷[M].上海：上海译文出版社，1979：96.
② [法]狄德罗.论戏剧艺术：上[M]//文学理论译丛编辑委员会.文艺理论译丛：第一期.北京：人民文学出版社，1958：150.

所以，宣泄与净化作为文学审美作用众多心理机制中的一种，主要涉及的是读者的情绪活动。而我们在下面要论及的移置与升华，也是文学审美作用的一种心理机制，它和宣泄与净化的区别在于，它主要涉及的是欲望活动，即无意识层次的欲望怎样通过移置而升华为意识层次的创造性想象和认识。

移置与升华作为心理学概念是由弗洛伊德最早提出来的。这位精神分析心理学的创立者，在其晚年，用本我、自我和超我三者去补充与完善了早期建构的无意识、前意识和意识的精神理论。弗洛伊德认为，本我奉行快乐原则，代表着无意识的本能冲动；超我从理想原则出发，通过自我管制本我的无意识冲动；而自我则按照现实原则沟通超我与本我，一方面要体现超我的要求，对本我的冲动加以适当的抑制，另一方面又要让本我的部分激情和能量得到合理的释放。后者就是为防止精神疾病发生而建立的自我防御机制。在这一防御机制中，弗洛伊德特别强调了两点：移置作用、升华作用。按弗洛伊德的解释，所谓移置作用，即改变本我冲动的方向，将其积蓄的能量，转移到另一个替代对象上，以便使潜在的欲望得到一种补偿性满足。弗洛伊德指出，如果被替代的对象是社会化领域内较为高尚的目标，这样的移置作用就可以称为升华作用。例如让人的本能冲动转移到追求知识、从事慈善事业，以及文学艺术和科学创造等方面的活动中去。在弗洛伊德看来，人类文明之所以不断发展，就因为人的自我有如上所述的这样一种自我防御机制，能将那些不可以直接发泄出来的潜在能量向高尚目标转移，而实现某种升华。

在文学审美地作用于读者心灵的过程中，移置与升华是相当普遍的一种现象。读者有一些潜在的欲望，包括性的欲望，因为种种原因，在现实世界不能得到满足，只好压抑于内心深处。但是，这位读者通过阅读，在文学作品中发现了某个替代对象，于是，他的欲望被移置开去，借着这一虚拟对象实现了补偿性满足。恩格斯在谈到德国民间故事书时曾经说过：

> 民间故事书的使命是使一个农民做完艰苦的日间劳动，在晚上拖着疲乏的身子回来的时候，得到快乐、振奋和慰藉，使他忘却自己的劳累，把他的硗瘠的田地变成馥郁的花园。民间故事书的使命是使一个手工业者的作坊和一个疲惫不堪的学徒的寒碜的楼顶小屋变成一个诗的世界和黄金的宫殿，而把他的矫健的情人形容成美丽的公主。①

---

① ［德］恩格斯.德国的民间故事书［M］//马克思,恩格斯.马克思恩格斯论艺术：四.北京：人民文学出版社,1966:401.

另据西方学者的阅读调查,"女读者之所以爱读罗曼司,是因为罗曼司使她们能够暂时地摆脱为人妻为人母的琐碎事务……罗曼司还为这些家庭主妇们提供了一种逃避现实的机会。她们从罗曼司中得到的是希望、安慰和知识"①。韦勒克和沃伦合著的《文学理论》一书,就针对此类现象所体现的移置作用专门进行过讨论。他们说:"实际上,文学显然可以代替许多东西——代替在国外旅行或羁留;代替直接的经验和想象的生活;还可以被历史学家当作一种社会文献来使用。"②其实,韦勒克和沃伦在以上引文中提及的用文学代替旅行、代替历史文献等,因为已经涉及弗洛伊德所讲的较为高尚的目标,所以也可以进一步作为升华作用的例证来看待。

---

① 鲍晓兰.西方女性主义研究评介[M].北京:生活·读书·新知三联书店,1995:63.
② [美]韦勒克,沃伦.文学理论[M].刘象愚,等译.北京:生活·读书·新知三联书店,1984:21.

# 第三章 文学创作论

## 知识脉络图

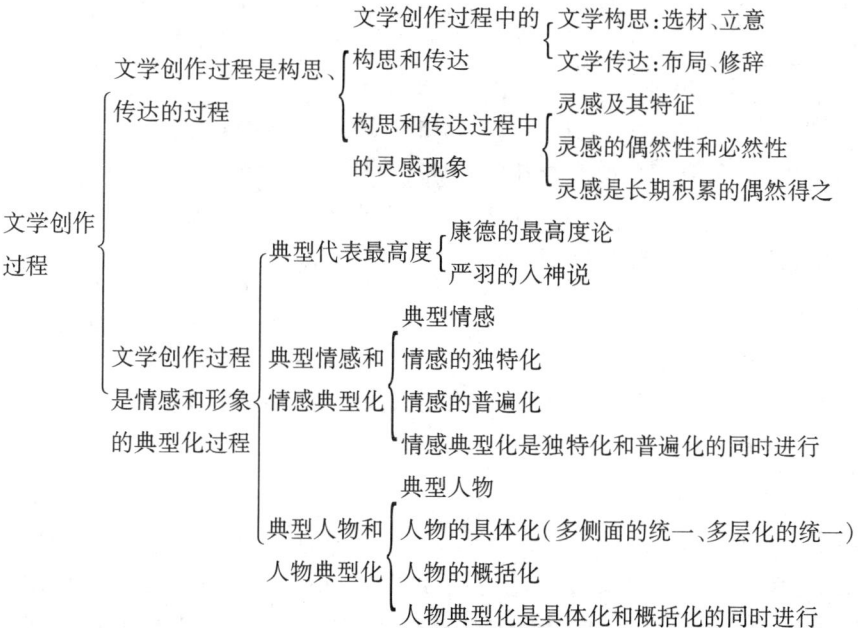

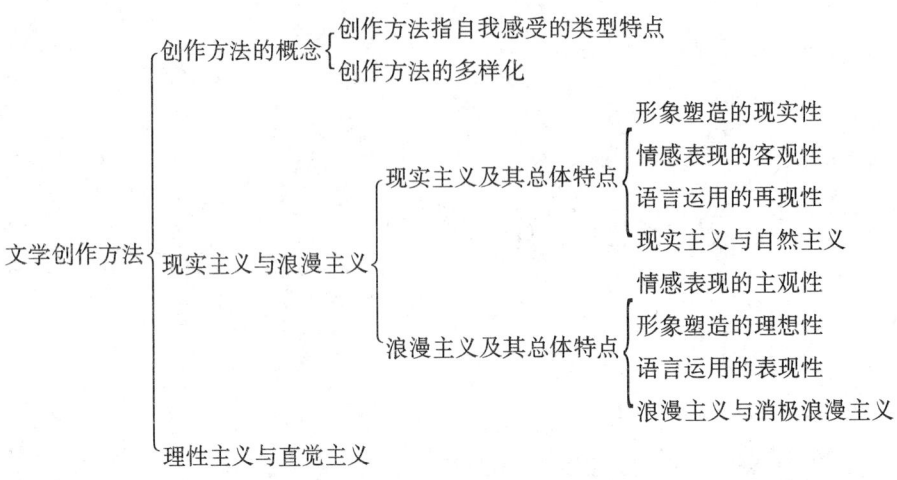

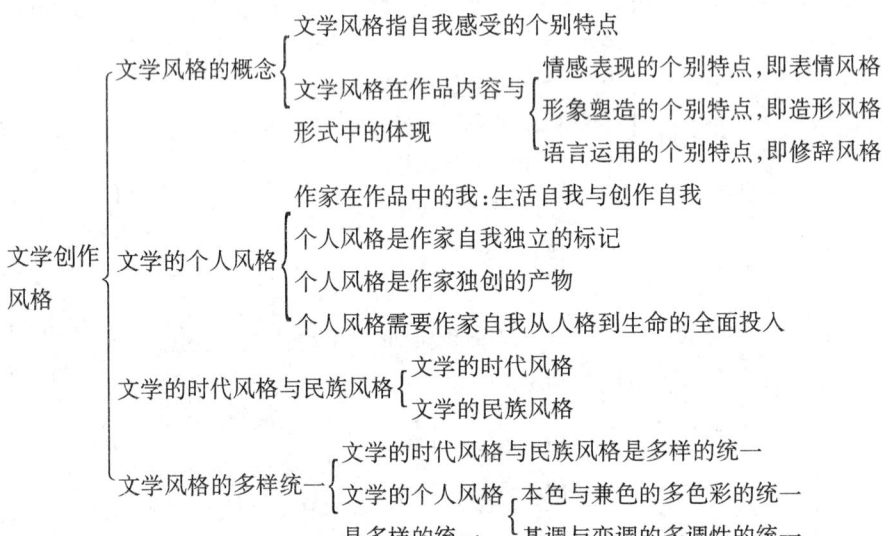

## 第一节 文学创作主客体

客体和主体,是一对哲学和美学概念。从哲学上讲,所谓客体,指反映对象;所谓主体,指反映者。从美学上讲,所谓客体,指审美对象;所谓主体,指审美者。我们把客体和主体这一对概念引入文学创作论,是为了用其说明作为文学创作的审美反映对象的社会生活和作为文学创作的审美反映者的作家自我。

正像一个孩子的诞生必定有其父亲和母亲一样,一个作品的产生,也必定有其客体和主体。具体地分析文学创作的主客体及其关系,是研究作家自我的审美感受和整个文学创作的一把钥匙。只有弄清楚这个问题,文学创作论的种种问题,诸如创作过程、创作方法、创作风格等,才有可能得到解决。

### 一、作为文学创作客体的社会生活

#### 1. 社会生活本身是美的

我们在第一章第二节讨论文学是审美人学时,曾经谈及什么是美的问题。我们说,什么是美,是一个永远也避不开,永远也说不清的问题。如果撇开关于美的本质的理论思辨,而仅仅是用直觉加以判断,那么,按我们的理解,所谓美,就是叫人感兴趣的东西,使人情绪激动、印象深刻的东西,即能产生和引发人的情感活动与形象活动的东西。而上述所谓美,只能到人和人的社会生活中去寻找。由此可以得出结论:美永远与人和人的社会生活联系在一起,只有投身到以人为中心的社会生活中,才有美可言;相反,如果脱离了以人为中心的社会生活,就无美可言。俄国革命民主主义者车尔尼雪夫斯基提出的美是生活的著名论断,虽然存在着某种形而上学的弊端,但还是不断地被人提及和引证,其中的原因就在于其抓住了美与人和人的社会生活的联系这一全部问题的要害所在。

我们知道,文学创作是作家自我对社会生活的一种情感与形象的审美反映。既然是审美反映,作为前提和出发点,除了要求反映者能够感受情感与形象,是有美能审、有美会审的审美主体以外,还相应地要求反映对象可以生发情感和形象,是有美可审的审美客体。而以人为中心的社会生活,正如马克思所说,"在本质上是实践的"。作为人类既改造自然,改造社会,又改造人自身,且合规律又合目的的伟大实践,社会生活在其空间整体以及时间过程中,处处都有使人印象深刻的场面,时时都有使人情绪激动的故事。因此,从我们上述关于美的直觉判断来看,社会生活本身就是美的,且正是文学创作所需要的,可以源源不断地生发情感与形象的审美客体。

#### 2. 社会生活的美通过特征集中地显示出来

我们说,美是社会生活中叫人感兴趣的东西,容易生发人的情感与形象活动的东西。而在以人为中心的社会生活中,最让人感兴趣、最能生发人的情感与形象活动的东西,亦即美的东西,往往是那些特征鲜明的人、事、物,我们把这样的一些人和事物,叫作社会生活的审美特征,简称生活特征或特征。

此类生活特征,一方面,有特别引人注目的新奇外观,新到前所未有,奇到非同寻常,故能抓人眼球,使人眼前一亮,经久乃至于终生难忘;另一方面,生活特征又有特别耐人寻味的深刻内涵,它们虽然新奇,却并不怪异。有些怪异现象,看去骇人听闻,想来了无余味。而生活特征的新奇感,却可以让人思之再三,回味无穷。此处我们所讲"寻味""回味",并非通常诉诸舌尖的甜酸苦辣,而是"味在咸酸之外"的"味外之味",亦即"韵味"(司空图语)。后人就此做的诠释:"味外味者,道也。"用今天的话说,味外之味就是人对世间万物之本质和某些规律性方面的体认及领悟。

概括上述两个方面,生活特征引人注目的新奇外观,是指其作为个别偶然现象所具有的富于视觉冲击力的形式之美;而生活特征耐人寻味的深刻内涵,则是指其作为普遍必然本质,在此种形式之美的深处所蕴含的审美-人文意味。作为内外两个方面的统一,所谓生活特征,就是克莱夫·贝尔用以定义艺术之"有意味的形式"。我们这样讲,是因为艺术反映社会生活,究其实,便是对生活特征心灵化的强化,而这种强化,说到底,便是对生活特征自身构成中的形式及其含有的意味两个方面的心灵化的强化。

生活特征的美,在于意味和形式的统一。从哲学、美学的角度看,生活特征的美就是个别与普遍、偶然与必然、现象与本质的统一。如果仅有意味而不具形式之美,那就是普遍必然本质的干巴巴的裸露;反之,如果徒有炫目的形式,而全无意义可言,那就纯属无厘头的游戏而已。

正因如上所论,生活特征作为"有意味的形式",是个别偶然现象与普遍必然本质的一体化呈示,所以,社会生活的美,往往会通过这一窗口而集中地显示出来。虽然相对于社会生活无限广大的空间整体,它们只是小小的局部,相对于社会生活无限连绵的时间过程,它们只是小小的片段,但这些小小的局部或片段,却因在个别偶然现象的外表下,含有普遍必然本质,所以,它们鲜明的特征,便自然而然地具有了审美的代表性。王安石诗云:"万绿丛中红一点,动人春色不须多。"(王安石《咏石榴花》)如同"万绿丛中"那"红一点"可以代表铺天盖地的"动人春色"一样,生活特征也可以代表社会生活作为空间整体和时间过程的美。由此而言,我们所谓美在社会生活,准确地说,应该是美在生活特征。

我们提出美在生活特征的命题,意思是社会生活中的对象,凡是有特征者,就是美的。其逆命题是,凡是不美的,就是无特征者。在这一点上,正像《近代美学史评述》一书的作者、英国学者李斯托威尔所言,美的对立面不是丑,而是冷淡和平庸。① 因为丑具有明显的特征,在广义上,属于审美范畴;而平庸没有特征,自然也就谈不上美。

人是社会生活的主体,是社会生活的中心,因此,生活特征说到底,主要是指人的特征。而人的特征,从心理学的角度看,亦即人的个性以及性格。推论到这里,需要对上面的结论再做一点补充:与其说美在生活特征,不如说美在人的个性以及性格。车尔尼雪夫斯基之所以将人的性格视为生活中最高的美,其根据大概就在于此。

### 3. 生活特征作为美的多种形态

(1)优美。外观上小而可爱,没有任何的矛盾冲突,通体和谐,给人以一种纯粹的快感。这样的生活特征,称作优美,如花、女性等。狭义的美,专指此类优美。

(2)崇高。外观和内涵上具有无限大的容量,是一种巨大、宏大、伟大的人或事物。这样的生活特征,称作崇高。我国古代没有崇高的概念,但在庄子那里,有"大美"之说;在古代诗话中,有"壮美"一词,可以与崇高互读互训。崇高表现在自然界,指对象体积的巨大,如珠穆朗玛峰、长空、大海,这是数学意义上的崇高;崇高表现在社会现实中,指对象势力的宏大,如飞渡长江的百万雄师、参加会战的大庆石油工人、雅典奥运会济济一堂的开幕式,这是力学意义上的崇高;崇高表现在精神世界,指对象道德和人格的伟大,如义薄云天的关云长、盗火给人间的普罗米修斯、毫不利己却专门利人的雷锋,这是伦理学意义上的崇高。正因为崇高代表着巨大、宏大和伟大,所以,当主体初始面对这样的对象时,常常不免感到渺小和压抑,从而生出某种敬畏感。就美感经验而言,这是一种被压迫的痛感。但随后,当我们与崇高对象逐步地融为一体,心灵深处便又升起一种仿佛自身在刹那间被提升了的快感。因此,崇高与优美不同,它产生的并非纯粹的快感,而是由痛感转化而来的快感。前几年流行的一句话:"痛并快乐着",即具有汉语中的痛快之意。这几个字,在某种意义上,可以看作关于崇高的美感经验的表征。

(3)悲剧。作为生活特征,悲剧表面上似乎与崇高相似,但二者的实质大有不同。构成悲剧对象者往往有两个明显的标志:一是因其某种性格缺陷带来灾难与不幸,甚至是死亡;二是从总体的道德评价看,其又不失为一个好人。这两个方面的结合,即亚里士多德给悲剧人物及其性格设定的基本前提:有缺点

---

① [英]李斯托威尔. 近代美学史评述[M]. 蒋孔阳,译. 上海:上海译文出版社,1980:232.

的好人。而我们知道,人的性格的形成,就个体而言,由遗传基因所致,是谓命;就社会而言,又不得不受所处的历史和现实环境的制约,是谓运(时运及世运)。两个方面结合起来,即为命运。基于此,悲剧对象之悲剧,便既是性格悲剧,又是命运悲剧。以上所说悲剧对象是有缺点的好人,正因其有缺点,才可能发生性格和命运悲剧;又正因其是好人,才可能使读者或观众对他的性格和命运悲剧,产生强烈的同情和怜悯之心。我们观照这样的悲剧对象,首先涌起的是恐惧及怜悯之感,随之而来的是一种灵魂的震撼和悲壮感。这种恐惧、怜悯以及悲壮感,在美感心理上皆属痛感。但通过观照这一过程眼泪所起的净化作用,上述痛感又可以转变和升华为精神与心灵的快感。因此,说到底,悲剧和崇高一样,也给人一种与痛感相伴随的快感。

(4)喜剧。喜剧对象包括讽刺对象和幽默对象。作为共同点,二者都有滑稽的特征。究其实,任何滑稽,都是外观与内涵的不协调引起的:或是言行的不协调,或是表里的不协调,或是名实的不协调,等等。当主体发现对象的不协调时,内心就会产生一种滑稽感,然后机智地或是进行尖刻的讽刺,或是表现出宽厚的幽默。于是,在嬉笑之余,心灵中不由自主地生出一种高于对象的优越感来。如果说,前面的滑稽感是基于不协调的痛感,那么,随之而来的优越感,则是化解了痛感之后的快感。

(5)丑。丑的对象,指极端不协调的特征。其中,有两种类型需要加以区分:一是外丑而内美;二是外丑而内恶。对于前一种类型,人们是从外到内,由丑见美。在对其外表的丑产生了否定性情感(厌恶、鄙弃)之后,继之认识到其内在的美,又涌起了肯定性情感(赞美、热爱),进而用这种肯定性情感排斥先前的否定性情感,或者用先前的否定性情感来映衬和加固这种肯定性情感。显而易见,这是痛感和快感的交互转化。对于后一种类型,人们是由表及里,化丑为美。在这一过程中,产生的情感始终是否定性的,但人们用以否定这一外丑而内恶的对象的,却是其内心力度不断增强的肯定性情感。由此说明,丑的对象给人的纯粹是痛感,但用以克服痛感的则是快感。

随着社会步入近现代之后,审美实践不断扩大和深化,人的审美能力也逐步提高,原来被排斥在审美范畴以外的某些现象,诸如恶、荒诞和神秘等,也作为生活特征,一步步为人所接受,而成为具有近现代意味的新的审美形态。

(6)恶。恶与丑,犹如两个交叉圆。前面论及的第二种类型的丑,即外丑而内恶,正是丑与恶的交叉部分。它既可以被看作丑,也可以被视为恶。但丑与恶毕竟分属不同的审美形态,丑的另一类——外丑而内美,外表虽然丑陋,但内心善良,往往体现出平凡人的人性之光,如我国传统戏曲行当里的铜锤花脸、小丑等,皆可归入此类,最典型者,当是《巴黎圣母院》中那位敲钟人夸西莫多,其丑陋的外表与美丽的灵魂构成的鲜明对比,无疑是浪漫主义者雨果的一个伟大的创造。而恶作为一个伦理学、法学和美学范畴,它是非人道或者反人道亦即人性之恶的集中体现者,无论其外表有多么炫目的伪装,都难以遮掩它卑鄙、贪婪、残忍、凶暴的内在本质。例如制造南京大屠杀的日本军队、号称杀人魔王的德国党卫军,以及《赵氏孤儿》中的屠岸贾、《卡拉马佐夫兄弟》中的卡拉马佐夫父子等,皆是恶的典型代表。细究之下,恶可以区分为丑恶、凶恶、邪恶几类。丑恶,即前述之外丑而内恶;凶恶的标志是外在的凶(凶暴、凶残);邪恶则表现为内在的坏(虚伪、阴毒)。此外,还有犹太籍女作家汉娜·阿伦特提出的"平庸之恶",其作为哲学术语,指主流意识形态操纵下社会集团或公众参与的那种无思想、无责任的犯罪。面对诸类恶的对象,基于社会公愤,必然产生否定性的痛感。然而,人们用以对抗痛感的,则是被内心良知所激发的如阳光般灿烂的肯定性快感。尤其在恶徒最终"恶有恶报"时,此种快感,甚至可以达到万众狂欢的地步。

(7)荒诞。与恶与丑的关系相似,荒诞和丑也有某些审美意义上的关联。丑作为极端不协调的生活特征,里面包含着一定的怪异成分。而荒诞给人的第一印象,就是外在的怪诞。正因如此,荒诞与丑皆有其可笑之处。然而,丑在审美过程中,对于人生的意义,是可以经由理性得以解读的;荒诞则不然,其外在的怪诞,最终指向内在的荒谬。作为外在怪诞与内在荒谬的结合体,荒诞之为荒诞,是因为它完全超出常规常理,也就是说,用理性解释荒诞是解释不通的。在它那里,无道理因而无意义可言。试以文学作品为例。如果说,契诃夫笔下那位对着马诉说其失子之痛的姚纳、鲁迅所写的狂人和卡夫卡《变形记》中那个变成大甲虫的格里高尔,虽则都带有某种荒诞的意味,但总体仍是能够通过理性加以认识,那么,贝克特的《等待戈多》,则是百分之一百的荒诞。

(8)神秘。在令人百思不得其解这一点上,神秘与荒诞是相通的。二者的区别在于,荒诞以其怪诞的形式解构了人生的意义,将人苦中作乐的过程付诸一笑,呈现的是绝望的无解;而神秘并未取消意义,只是把意义深藏在似乎是由苍天或上帝于冥冥之中安顿的神奇迷宫里,带给人的是难得其解的困惑,更准确地说,是老子《道德经》所谓"玄之又玄,众妙之门"的玄妙。不同于荒诞作为怪诞和荒谬的结合,神秘则是神奇与玄妙的统一。在大自然中,由于人类的认识能力受到限制,许多领域仍处于未知状态,如灿烂的星空和浩渺的宇宙,就给人以神奇而又玄妙的神秘之感。此种神秘感,也被作家表现在文学作品里。《红楼梦》所写的太虚幻境,既神奇,又玄妙,充满神秘感,具有一种别样的魅力。而《白鹿原》写白鹿,也许是因作者有意或无意地将其与白灵此一人物相联系,神奇有余,玄妙则显不足,未能将白鹿原这块古老土地上原本存在的神秘氛围完全传达出来,难免留下些许遗憾。

我们不止一次说过,美是让人感兴趣的东西,而生活特征作为美的集中展示,正是以其多种审美形态,使人产生兴趣的东西。所不同者,各种审美形态在人那里激发的兴趣是各自有异的。如果说,优美让人感到可爱可亲,崇高让人感到可敬可畏,悲剧让人感到可悲可怜,喜剧让人感到可喜可乐,丑让人感到可笑可鄙,那么,恶则让人感到可憎可恶,荒诞让人感到可思而不可解,而神秘让人感到可望而不可即、可慕而不可求、可探而不可测。

### 4. 写生活特征是文学创作的一个规律

文学创作要反映社会生活的美,就应该把社会生活中所有的一切全部反映出来。然而,我们知道,社会生活从空间看,山外有山,天外有天,是一个无限广大的整体;从时间看,日复一日,年复一年,是一个无限延续的过程。如果让文学创作在纯粹模仿的意义上,去反映社会生活的这样一个空间整体和时间过程,不仅是不可能的,而且是不必要的。第一,无论是哪个作家,无论其才能有多么出众,都不可能把握住社会生活的整体和过程。即便把握住了,作家限于自身的精力,限于作品的篇幅,也不可能把它们原模原样地反映出来。鲁迅说:"倘必如实物之真,则人物只有二三寸,就不真了,而没有和地球一样大的纸,地球便无法绘画。"①鲁迅的这番话,是针对连环画创作而言的,其实,文学创作又何尝不是如此? 第二,将社会生活的方方面面事无巨细地记录在案,对作家来说是不可能的,而对读者来说也是不必要的。读者在繁重的工作之余,之所以要去阅读文学作品,完全是为了休息和娱乐。如果把流水账一般琐碎的东西提供给读者,他们又怎么能够接受? 基于此,文学创作要反映社会生活的美,就必须而且只能从寻觅和发现最具代表性的生活特征入手,用局部来展示整体,用片段来显现过程。文学史上正反两个方面的大量事例证明,写生活特征是文学创作的一个规律。照此办理,则成功有望;反之,则失败无疑。我国古代文论中所谓"以小见大,以少总多",所谓"微尘中见大千,刹那间见终古",以及英国诗人布莱克在《天真的预言》中所写的"一粒沙里看出一个世界/一朵野

---

① 山东师范学院中文系文艺理论教研室.鲁迅论文学和艺术[M].济南:山东人民出版社,1979:19.

花里一个天堂/把无限放在你的手掌上/让永恒在一刹那里收藏",都可以看作对文学创作反映社会生活的上述规律性的总结。

关于文学创作要写生活特征这一点,在诗和短篇小说中体现得最为清楚。以张弦的《被爱情遗忘的角落》为例。这部短篇小说恰如其标题所显示的那样,描写了南方农村的一个"角落",也就是说,它是一个局部。然而,这个"角落"或者局部,却与"文革"时期我国社会生活的整体息息相关,在很大程度上,它是那个时期我国广大城乡面临崩溃的物质生活和濒于衰竭的精神生活的一个缩影。由此而言,《被爱情遗忘的角落》写的是生活特征。再如唐代诗人元稹的七言绝句《江花落》:

日暮嘉陵江水东,梨花万片逐江风。
江花何处最肠断?半落江流半在空。

这首诗写令人肠断的江花时,没有去展示江花飘落的全过程,而只是从中选取了"半落江流半在空"这一被莱辛称为"最富于包孕性"的瞬间,即所谓片段。因此,《江花落》所写,也是生活特征。

以上我们讨论了诗和短篇小说,拓展一下,即便像《红楼梦》这样的"百科全书"式的长篇巨著,情况也不例外。尽管它们反映社会生活,在空间和时间的跨度上,较之抒情诗和短篇小说要大得多。以《红楼梦》为例,它写了荣、宁二府上百口人的生活,写了贾家几代人的历史。这一空间和时间的跨度不能说不大,但跨度再大,相对于社会生活的整体和过程而言,也只是局部和片段而已。因此,说到底,《红楼梦》写的还是生活特征。

综上所述,文学创作无论其篇幅长短,也无论其规模大小,写生活特征都是其普遍性的规律。丹纳说:"艺术品的目的是表现某个主要的或突出的特征。"[①]别林斯基说:"艺术性在于:以一个特征、一句话就能生动而完整地表现出;若不如此,也许用十本书都说不完的东西。"[②]他们二人,一个把写生活特征当作文学创作的目的,另一个把写生活特征视为文学创作的艺术性的标记,应当说都是很有见地的。

自然,有个别初学写作者,由于对上述规律缺乏了解,一提起笔来,总是力图去反映社会生活的方方面面,结果不是记流水账,便是开杂货铺。他们的失

---

① [法]丹纳.艺术哲学[M].傅雷,译.北京:人民文学出版社,1963:28.
② [俄]别林斯基.别林斯基论文学[M].梁真,译.上海:新文艺出版社,1958:121.

败从反面说明了写生活特征对于文学创作的重要性。

以上,我们从各个角度论证了写生活特征是文学创作的一个规律。然而,对于我们来说,指出并承认这一点并不困难,困难在于从审美意义上阐释,写生活特征为什么会成为文学创作的一个规律。

从理论上讲,写生活特征之所以成为文学创作的一个规律,除了前文所论的反映社会生活的整体和过程的不可能性以及不必要性之外,就生活特征本身的审美属性而言,主要还是基于以下两点:第一,文学创作所需要的情感是既独特又普遍的二重性情感,文学创作所需要的形象是既具体又概括的二重性形象。第二,生活特征作为个别与普遍、偶然与必然、现象与本质的有机统一体,正好可以满足文学创作对于二重性情感和二重性形象的审美需要:一方面,它可以通过其个别、偶然、引人注目的现象外观,促使作家生发独特的情绪和具体的印象;另一方面,它还可以通过其普遍、必然,因而发人深思的本质内涵,促使作家把独特的情绪和具体的印象深化为具有普遍性的文学情感和具有概括性的文学形象。概而言之,文学创作写生活特征的原因在于,生活特征本身是用以加工文学情感和文学形象的最好原材料。

实际上,所谓写生活特征,如果换一个角度,也可以理解为对文学创作中不可或缺的细节描写。一个成功的细节描写,常常可以画龙点睛,对于塑造人物形象,刻画其个性及性格,具有非同一般的意义。正因如此,一个成功的细节描写,便自然而然地成为展示作家的艺术才华与功力的最好标志。作家们常说,找故事容易,找细节难。其中的原因在于,故事可以向壁虚构,而细节作为生活特征,则必须从对现实世界实实在在的观察、体验和思考中获得。

### 二、作为文学创作主体的作家自我

#### 1. 自我感受:从社会生活到文学的中介

以上我们说,生活特征适宜于加工成文学的情感和形象,这是就其作为创作客体潜在的审美属性而言。然而,创作客体说到底,毕竟只是创作客体。它在没有被作家自我所反映,从而转化为审美感受之前,还仅仅是外在之物。我们可以这样设想,假如生活特征面对的是毫无感受力的作家自我,或者说,作家自我也有感受力,但他对眼前的这一生活特征毫无兴趣可言,在这样的情况下,无论生活特征具有怎样的审美属性,也还是不能自动地进入创作过程,变成文学作品里的情感和形象。

德国诗人海涅有一句名言:"只有伟大的诗人才能认识他当代的诗意。"①王国维也说:"一切境界,无不为诗人设。世无诗人,即无此种境界。夫境界之呈于吾心而见于外物者,皆须臾之物。惟诗人能以此须臾之物,镌诸不朽之文字,使读者自得之,遂觉诗人之言,字字为我心中所欲言,而又非我之所能自言,此大诗人之秘妙也。"②如果不拘泥于字面含义,他们二人所讲的诗人对于社会生活中诗意或境界的发现,就都可以广义地理解为作家自我对生活特征的反映和感受。生活特征作为社会生活的美的集中体现,像标本一样客观地奉献给每个人的耳目。但是,它们在多数人那里,往往由于对方缺乏足够的审美感受能力而被忽略和埋没。只有作家,才能以他特有的艺术敏感性,从纷呈的万物之中发现这些特征,通过全身心的感受,使之得以修正、改造和强化,然后用适当的语言把它们审美地再现和表现于文学作品。由此,我们可以得出一个结论:外在的生活特征,只有经过作家自我的审美感受,才能转化为文学作品。这里,作家自我的审美感受,亦即自我感受,作为生活特征与文学作品之间的中介,具有关键性的意义。一方面,它是作家自我反映生活特征的结果;另一方面,它又是作家自我创作文学作品的原因。

瑞士哲学家、心理学家皮亚杰在《发生认识论原理》一书中认为,人的认知不能单一地归结为客体或主体。准确地说,它发生在主客体交互作用的中途。③ 相对于客体有可以用来认知的内在属性,主体则有能够进行认知的内在结构,皮亚杰称之为"格局"。这种"格局",因为在进行某一认知活动之前就已存在,在存在主义哲学那里,通常被叫作"前理解"。尽管"前理解"的概念并不是皮亚杰提出来的,但他将其引入到发生认识论,而且结合主体的认知结构即"格局",做了特别的强调,其意义非同小可。20世纪之前占统治地位的模仿论,常常自觉或不自觉地把人的大脑看作像照相机镜头一样的所谓"白板",认为认知作为模仿的过程:外面有什么,大脑就有什么;对象是怎样,大脑就是怎样。皮亚杰的发生认识论通过"格局"的概念,纠正了这一谬误。他指出,人的认知应该是客体固有的认知属性与主体先在的认知结构在交互作用中取得的平衡。其中,有两种情况值得注意:主体为适应客体的认知属性,而局部地修正了自己先在的认知结构亦即"格局",在此种情况下,人的认知更多偏重于主体对于客体的客观摹写,偏重于主体的客体化,即皮亚杰所谓"调节";主体基于

---

① [德]海涅.论浪漫派[M].张玉书,译.北京:人民文学出版社,1979:73.
② 北京大学哲学系美学教研室.中国美学史资料选编:下册[M].北京:中华书局,1981:452.
③ [瑞士]皮亚杰.发生认识论原理[M].王宪钿,等译.北京:商务印书馆,1981:21.

先在的认知结构亦即"格局",对客体及其认知属性进行了局部的改造,在此种情况下,人的认知更多偏重于主体对于客体的主观改造,偏重于客体的主体化,即皮亚杰所谓"同化"。在皮亚杰看来,"同化"不能改变或创新"格局",只有"调节"才可以起到这种作用。这也就是说,主体的认识及其心智的发展,主要是通过"调节"作用,在打破旧的平衡的基础上,然后与"同化"之间建立起新的平衡的过程中一步步地得以实现。①

皮亚杰的发生认识论,虽然是就人的认知问题所做的专题研究,但其原理同样适用于文学创作的审美心理分析。与人的认知相类似,在作家的自我感受中,有作家先在的美感结构对生活特征加以客观摹写的成分,也有作家先在的美感结构对生活特征加以改造和创造的成分。前者即调节,是主体的客体化;后者即同化,是客体的主体化。可以说,作家的自我感受,是调节和同化的双向建构,是主体的客体化和客体的主体化的同时进行。正是在这样的双向建构与同时进行中,主客体相互切入,彼此渗透,结合为一体,到最后,就达到了庄周梦蝶式的主客体不分、物我交融的境界。这种境界,是自我感受,当然也是文学审美的最高境界。

**2. 作家自我的美感结构**

前面我们说,作家的自我感受,作为从生活特征转化为文学作品的中介,是作家先在的美感结构对生活特征加以调节和同化的产物。为了揭示调节和同化的内在奥秘,我们有必要就作家自我的美感结构,做一番专门的探究。

通常所谓美感,有广义和狭义之分。广义的美感,泛指人的整个审美意识,包括审美观念、审美理想、审美感受等。其中,审美观念和审美理想等,更多地与主体的精神世界、内心生活,与其世界观、人生观相联系,一般都较为稳定;而审美感受,则更多地与客体的社会生活相联系,往往显得异常活跃。我们所说的狭义的美感,指的就是后者。

面对生活特征的美,即便是一般人,也多多少少会有一些感受。作家是全社会最敏感的审美器官,他们在审美地感受生活特征方面,远比一般人要迅捷、丰富和热烈得多。《文心雕龙·神思》中所讲的"登山则情满于山,观海则意溢于海",便是对作家不同寻常的美感的一个描述。正因如此,我们在探究作家自我的美感结构时,既要看到它与一般人的美感结构的共同性,又要看到它与一般人的美感结构的差异性。准确地说,我们要把它当作人类高度发达的美感

---

① [瑞士]皮亚杰.发生认识论原理[M].王宪钿,等译.北京:商务印书馆,1981:25,67-70.

结构来进行考察,以便预测人性在审美领域可以达成的最大可能性。

从马克思主义反映论的角度看,所谓作家自我的美感结构,是指作家自我就先天条件而论是通过文化遗传获得,就后天条件而论是通过文学实践形成的一种对生活特征进行反映的综合性的心理机制。在这个问题上,我们当然应该看重后天实践因素所起的决定性作用,但也不能无视先天的禀赋,亦即遗传因素所起的重要作用。作为全面性的论证,我们必须认识到,一方面,有天赋而无实践,固然不能造就作家自我的美感结构;另一方面,有实践而无天赋,同样不能造就作家自我的美感结构。孟子认为,人皆可以为尧舜。作为一个伦理学命题,这是完全可以成立的。因为不论是谁,只要能持之以恒地坚持道德实践,每个人就都可以成为像尧舜一样的圣人。但我们倘若据此推论,说人皆可以为李杜、为鲁迅、为曹雪芹,作为一个诗学命题,这就很难成立了。其原因是,在作家自我的美感结构中,起作用的不仅仅是后天的实践因素,先天的遗传因素或天赋,也具有非比寻常的特别的意义。

以上谈到了作家自我美感结构中的先天因素和后天因素。接下来,我们再讨论一下由这两个方面因素造就的整个心理结构。作家自我的美感结构,主要由情感活动和形象(心理学称为表象)活动构成。除此之外,还包括作为情感活动和形象活动的感性基础的直觉感知活动,以及代表情感活动和形象活动在深化过程中的交互作用的想象活动和认识活动。

作家在社会生活中,以其训练有素的视觉、听觉等审美器官和触觉、嗅觉、味觉等辅助器官,对各种现象不假思索做出判断,然后把他认为有特征的、美的人和事物选择并提取到心灵中,迅速地构成关于这一生活特征的直接映象。这就是所谓的审美直觉活动。

在此基础上,作家不由自主地把他获得的映象与自身的需要联系起来,酝酿出一种对于这种映象肯定或否定的态度。这就是所谓的审美情感活动。与此同时,作家又不由自主地把他获得的映象与保存在经验里的、先前获得的其他类似的映象联系起来,复合成一种对这一映象一定程度上做了补充、修订的知觉表象。这就是所谓的审美表象活动。情感活动和表象活动是在审美直觉的基础上同时进行的。但前者以直觉获得的映象来满足作家自身的需要,更多地侧重于主观理想表现方面,因而就其性质而论,主要是客体的主体化活动;后者则以作家的自身经验来补充直觉获得的映象,更多地侧重于客观现实再现方面,因而就其性质而论,主要是主体的客体化活动。

和情感活动作为客体的主体化活动需要有一个从独特走向普遍的深化过

程一样,表象活动作为主体的客体化活动也需要有一个从具体走向概括的深化过程。在表象活动的这一深化过程中,作家如鲁迅所言,"静观默察""凝神结想",反复地体察并且审视表象本身所蕴含的本质意义。这种体察和审视,就是所谓的审美认识活动。作家的审美认识,来自对表象的体察和审视,指导着表象由具体朝着概括的方向深化。反过来,它又渗透到情感之中,成为制约情感与表象相一致,由独特朝着普遍的方向深化的一种力量。

如果说,认识活动更多地代表着表象对情感的制约,那么,想象活动则更多地体现着情感对表象的改造。随着情感活动的深化,作家越来越不满足于已有的表象。为了使表象在合于事理的前提下尽可能地合于情理,作家不断地从可能如此和应该如此两个方面对其加以改造。这种改造,就是所谓的审美想象活动。想象对表象的改造幅度有大有小。小幅度的改造,只是在事实如此的链条上增补一些可能如此的环节,基本上保持着表象的本来面貌,因而属于再现性想象;大幅度的改造,在事实如此的链条上更多地增补了应该如此的环节,必然要打破表象的本来面貌,因而属于创造性想象。

以上,我们概略地介绍了直觉、情感、表象、想象、认识等各种心理活动。应当说明的是,这些活动在作家自我的美感结构中,并非都处于并列的地位。我们如果对其大致地进行划分,可以分为如下三个层次:直觉处在最下面,是偏于感性的无意识的层次;想象与认识处在最上面,是偏于理性和意识的层次;情感、表象处在上下之间,是沟通感性和理性、无意识和意识的中介层次。

上述三个层次,作为作家自我美感机构的有机构成,各司其职,又三位一体。无意识层次,与客体的社会生活直接挂钩,负责把美的特征采纳和吸收到美感结构中来,通过中介层次的加工,然后以充满新鲜感的想象与认识,充实作家的审美理想、审美观念和整个审美意识。这个层次,可以看作作家自我美感结构的基础。意识层次与主体的世界观、人生观和审美观直接关联,负责把哲学概念、道德信条、审美理想等,融入美感结构中去,通过中介层次的转换,然后以充分理性化的直觉,武装并且指导作家的审美器官。这个层次可以看作作家自我美感结构的主导层次。中介层次,一方面通过情感中的情绪、表象中的印象,与无意识层次相互联络;另一方面又通过情感中的情思、表象中的意象,与意识层次彼此呼应。因为情感本身有极大的流动性,表象受其冲击也显得非常活跃,所以,它们常常如血液一样,循环往复于作家自我的美感结构之中。二者从下往上,可以把无意识的成分,输送到意识层次当中,使作家的审美想象和审美认识,由此而得到滋润,带有明显地不同于常人的感性外壳;二者从上往下,又可以把意识的成分,输送到无意识层次当中,使作家的审美直觉,由此而得到规范,带有明显地不同于常人的理性内涵。这个层次可以看作作家自我美感结构的枢纽和核心之所在。正是在上述意义上,即强调情感、表象作为枢纽和核心的意义上,我们说,作家自我的美感结构,横向地看,是以直觉为基础,以想象与认识为主导的情感活动和表象活动的统一;纵向地看,又是以情感与表象为中介的无意识活动和意识活动的统一。

这里,我们把无意识活动纳入作家自我的美感结构,不是宣扬非理性或者反理性主义。因为在我们看来,文学创作是人类最复杂的精神实践之一。其中有许多现象,如直觉、顿悟、灵感等,用单纯的理性是难以说明的,也许只有把它们放在无意识升华为意识,意识积淀为无意识的过程中,才可能理出头绪来。古往今来的唯心主义者的论述姑且不提,除了他们以外,不少带有唯物主义倾向的作家以及学者,也都程度不同地肯定过无意识在文学创作中的作用。如王夫之说"兴在有意无意之间",叶燮说"幽渺以为理,想象以为事,惝恍以为情"[1],歌德说"精灵在诗里到处都显现"[2],罗丹说"神秘好像空气一样,卓越的艺术品好像浴在其中"[3]……在这个问题上论述较为科学的还数高尔基,他要求作家把"理性和直觉""和谐地结合在一起"[4]。高尔基所谓理性和直觉的结合,正是我们讲的无意识和意识的统一。

我们把作家自我的美感结构归结为情感和表象、无意识和意识的统一,是就总体的情况而论。具体到各个不同的作家,他们各自的美感结构,又各有其不同的心理类型和个别形态。就心理类型而言,有的作家的美感结构在情感和表象的统一中以情感为主,属于分享型;有的作家的美感结构在情感和表象的统一中以表象为主,属于旁观型;有的作家的美感结构在无意识和意识的统一中以意识为主,属于自觉型;有的作家的美感结构在无意识和意识的统一中以无意识为主,属于非自觉型。由于作家自我的美感结构在心理类型上不同,他们各自的创作方法也就不同。就个别形态而言,因为每个作家的先天和后天条件有异,他们的美感结构,即便同属一个心理类型,也往往各显形貌,各具风采。这个不同又导致了他们在创作自我以及创作风格上的各自不同。

---

[1] 北京大学哲学系美学教研室.中国美学史资料选编:下册[M].北京:中华书局,1981:278,315.
[2] [德]爱克曼,辑.歌德谈话录[M].朱光潜,译.北京:人民文学出版社,1978:236.
[3] [法]罗丹.罗丹艺术论[M].沈琪,译.北京:人民美术出版社,1978:99.
[4] [苏]高尔基.高尔基选集·文学论文选[M].孟昌,曹葆华,译.北京:人民文学出版社,1958:327.

### 3. 写自我感受是文学创作的一个规律

作家自我的美感结构,通过对生活特征的调节和同化,逐步形成并积蓄为一种作家在创作谈中经常提到的,如骨鲠在喉不吐不快即非表达不可的自我感受。所谓有感而发,说的正是这种情况。有感而发,看去只是简简单单的四个字,但作为理论命题,其中却包含着耐人寻味的深刻意义。它告诉我们,每个作家自我,无一例外地都必须有感而发,从表达自我感受开始自己的创作。可以说,这是文学创作的又一个规律。黑格尔在《美学》一书中曾经就此做过细密的论析。他说:"抒情诗还有一种更深的动机,即不肯把最亲切的情感和最深远的思想据为私有,秘而不宣。只要谁能歌能诗,谁就有唱歌作诗的天职,就应该唱歌作诗。抒情诗人还有其他作诗的根源,例如应人邀请,但是伟大的诗人在这种场合会毫不迟疑地离开本题而表现他自己。"①黑格尔在这里讲的是诗人作诗的创作动机,但其实,小说家写小说,剧作家写剧本,情况也无不如此。

有感而发的反面,是无病呻吟。虽然写自我感受或有感而发是一个规律,但我们不敢保证,这样写出来的东西一定会成功,因为它仅仅提供了一个正确的开端而已,在接下来的构思以及传达过程中,还存在着诸如选材是否适宜、立意是否深刻、结构是否合理、修辞是否得当等许多不确定的环节。如果这些环节有所欠缺,那么,即便是有感而发,写的是自我感受,作品仍有可能走向失败。然而,作为有感而发的反面,我们可以肯定的是,无病呻吟的东西是绝对没有生命力的,就算它们在构思和传达方面下了大功夫,也无法改变其降生便是灭亡的命运。《周易》有言:"修辞立其诚。"②这个"诚",可以理解为作家真实的自我感受。俄罗斯批判现实主义作家冈察洛夫下面的一番话,是经常被人们引用的:"……我只能写我体验过的东西,我思考过和感觉过的东西,我爱过的东西,我清楚地看见过和知道的东西,总而言之,我写我自己的生活和与之长在一起的东西。"③这番话,虽是冈察洛夫个人的经验之谈,但也可以视为一切文学创作的成功之路。反之,如果作家没有自我感受或自我感受不足,那么,他就不该贸然地去进行创作。因为在这种情况下,只能"为文造情",无病呻吟。写出来的,也必然是古人所批评的那类"强作""徒作"和"苟作"。"文革"时期提倡"读报写作",提倡"从路线出发",提倡"领导出题目,群众出生活,作家出技

---

① [德]黑格尔.美学:第三卷下册[M].朱光潜,译.北京:商务印书馆,1981:208.
② 周振甫.周易译注[M].北京:中华书局,1991:5.
③ [俄]冈察洛夫.迟做总比不做好[M]//古典文艺理论译丛编辑委员会.古典文艺理论译丛:第一册.北京:人民文学出版社,1961:189.

巧",诸如此类的创作之所以无法获得成功,原因就在于此。

上述这一切,都从正反两方面说明了一点:写自我感受作为文学创作规律是不可违背的。即便是名作家、大作家,在这个问题上,也不能有任何例外。试以曹禺为例,这位当年曾因《雷雨》一剧而名动天下的作家,中华人民共和国成立后创作的几个剧本,特别是写于20世纪60年代的《王昭君》,却都不甚成功。这是为什么呢?据曹禺自己回忆,在动笔写《雷雨》之前,他总有那么一种不可名状的情绪和一些若有若无的影子在脑海里晃动,搅得他寝食难安。由此说明,《雷雨》完全是自我感受积累到非写不可的程度的产物。而《王昭君》的写作则全然不同。在一次政协讨论会的间隙,周总理和曹禺闲聊时说起,文学史上的王昭君总是一副悲悲戚戚、哭哭啼啼的样子,能否写一个主动要求和亲,为促进民族团结而笑吟吟地出塞的王昭君的形象。周总理仅是随便一说,曹禺却把它当成了总理下达给自己的一项政治任务。于是,曹禺如同小学生写命题作文一样,在毫无感受可言的情况下写出了《王昭君》。其结果也就可想而知:《王昭君》只是一个概念化的作品。作为同一个作家的两部作品,《雷雨》的成功与《王昭君》的失败,恰好从正反两个方面告诉我们,写自我感受是无论谁都不能违背的一个创作规律。

前面我们说,写生活特征是文学创作的一个规律,到这里我们又说,写自我感受也是文学创作的一个规律。二者是否存在矛盾呢?我们的回答是,它们说的是一回事。因为我们所谓自我感受,不是与客体无关的先验或超验的主体精神。这种自我感受,既便要称其为意识,也不过如列宁所言,是"意识到的存在"而已。从意识与存在的同一性上讲,因为自我感受来自对生活特征的反映,而生活特征又必须转化为自我感受,所以,写自我感受便是写生活特征,而写生活特征就必须写自我感受。它们一个是就客体而言,一个是就主体而言,说到底,无非是对文学创作的同一规律所做的两种不同的表述。

以上,我们从逻辑与历史两个维度,论证了写自我感受和写生活特征一样,都是文学创作的规律,至此,通过梳理,我们可以做出简要的概括:

首先,从逻辑维度看,既然自我感受是生活特征转化为文学作品不可逾越的中介,那么,从生活特征到自我感受,再到文学作品,作为必由之道,呈现出来的就是文学创作中谁也不可违背的一个带有规律性的路线图。

其次,从历史维度看,古今中外文学史提供的大量数据证明,大凡经典、准经典或虽非经典却仍是优秀之作,无一例外,皆是在体验生活特征的基础上形成的自我感受得以表达的产物;反之,那些奉有司之命的应制之作、那些与亲朋交游的应酬之作,之所以一无所成,就因为它们都不是有感而发,很少甚至全无自我感受的投入。

作为逻辑推演和历史验证得出的结论,文学创作必须写自我感受。而自我感受如前所述,在不同的作家那里,有不同的心理类型和个性特点,由此决定,文学作品便不得不带有作家自我的心理和个性的某些印记。王国维在《人间词话》中,把词的境界分为两类,即"有我之境"和"无我之境"。他认为:"有我之境,以我观物,故物皆著我之色彩。无我之境,以物观物,故不知何者为我,何者为物。"①王国维的这种划分,有不科学的地方。实际上,所谓"有我之境",不过是作家的自我印记表现得明显一些;所谓"无我之境",不过是作家的自我印记表现得隐蔽一些。无论是明显,还是隐蔽,它们都毫无例外地存在着一个作家自我。正像纯主观的作品,与社会生活及其审美特征全然无关的作品是不可能存在的一样,纯客观的作品,与作家自我及其审美感受全然无关的作品,也是不可能存在的。作家作为"和那亲爱的上帝相似"的"后世造物主",不能不也不会不在自己的创造物中留下印记。

**4. 作家自我的美感素养**

以上我们说,文学创作写生活特征,实际上就是写作家对这一特征的自我感受。作家的自我感受,一经写入文学作品,必然会在其中留下心理和个性的某些印记。我们这样说,只是强调了作家的自我感受对于文学创作的重要性,丝毫不意味着,任何作家、任何自我的任何感受,都一样地有意义和值得描写或抒写。正像一般人在认识客观对象方面常常有是与非、高与低、深与浅的差别一样,作家自我在感受生活特征方面也常常有诚与伪、正与误、好与坏的区分。为了使文学作品所写的作家主体的自我感受,真正成为对于生活特征的合规律的真实反映、合目的的正确反映、合法则的艺术反映,我们在这里有必要强调一下作家自我的美感素养问题。

首先是社会生活和哲学思想方面的素养。一个作家,要想使他的自我感受合于生活规律,就必须站在辩证唯物主义和历史唯物主义的认识高度,广泛地接触社会生活,深入地透视社会生活,具有包罗万象的生活知识和洞察一切的哲学眼光。契诃夫说:"谁要描写人和生活,谁就得经常亲自熟悉生活。"②这样的说法自然是有道理的。然而,如果仅仅停留在"熟悉生活"上,就有许多不足。对于作家来说,更重要的是在社会生活的深流和旋涡去思考社会生活。这

---

① 北京大学哲学系美学教研室.中国美学史资料选编:下册[M].北京:中华书局,1981:434.
② 段宝林.西方古典作家谈文艺创作[M].沈阳:春风文艺出版社,1980:64.

一点通常只有大作家才能做到。正因如此,那些大作家才往往同时被称为他所在的那个时代的思想家。

其次是政治和道德方面的素养。一个作家,要想使他的自我感受合于社会目的,就必须树立正确的政治观和道德观,和人民群众保持心灵上的一致,敏锐地体察社会情绪,准确地把握时代潮流,具有民主主义的胸怀和人道主义的情操。在我国古代文论中,人们常常把道德与文章、人品与诗品看成一回事。此类说法尽管表述得近于绝对,但就其看重作家的"内美",亦即胸怀和情操这一点而言,应当说还是可取的。我们不要求作家成为政治领袖或道德偶像,然而,他们最起码应该是"一个高尚的人,一个纯粹的人,一个有道德的人,一个脱离了低级趣味的人,一个有益于人民的人"①。

再次是艺术方面的素养。一个作家,要想使他的自我感受合于艺术法则,就必须善于向古今中外的文学遗产借鉴,勤于向文学以外的其他艺术门类学习,勇于在文学创作的实践中刻苦磨炼,具有纯正的文学趣味和精湛的写作技艺。

以上三个方面中,社会生活和哲学思想的素养是基础,政治和道德的素养是灵魂,艺术的素养是手段或者方式。它们在作为总和的作家自我的美感素养中,各有其用,三位一体,有主次之分,但缺一不可。能够把三者统一起来的,是作家自我的社会实践。如果说,社会生活素养主要依赖于作家自我的日常生活实践,哲学思想以及政治和道德素养主要依赖于作家自我的精神实践,那么,艺术素养则主要依赖于作家自我的创作和欣赏的审美实践。社会实践不断地创造着生活的美,不断地刷新和丰富着人的美感。从强调社会实践作为美感的源泉这一意义上讲,作家要想成为有高度美感素养的人,首先就必须是行动着的人、实践中的人,或者说,是一个任何事情皆能亲力亲为的社会实践家。

## 第二节 文学创作过程

### 一、文学创作过程是以灵感为过渡的,从构思到传达的过程

#### 1. 文学创作过程的一般规律

社会生活作为客体表现出一定的审美特征,作家自我作为主体具有把特征

---

① 毛泽东.纪念白求恩[M]//毛泽东著作选读:甲种本.北京:人民出版社,1964:131.

转化为感受的一定的审美能力,社会生活与作家自我作为主客体结成了一定的审美关系,以上三者是从事文学创作的基本条件。具备了这三者,就可以进入文学的创作过程了。

文学创作是艺术生产,不同于物质生产和普通的精神生产。如果说,物质生产追求产品的规范化、标准化,普通的精神生产追求产品的概念化、公式化,因而其生产过程往往大体相仿,那么,艺术生产追求审美感受及其表达的个性化、多样化,因而其生产过程则更多地带有因人而异、因地和因时而异的特点。西方一些文论家、美学家正是据此断言,艺术生产是不可分析的。这种说法在强调艺术生产的特殊性和反对诸如"诗歌规程""小说作法"以及"编剧入门"之类的骗人玩意方面,无疑有它的意义。但如果过分渲染,就有可能导致神秘主义和不可知论。

我们认为,文学的创作过程,尽管充满了偶然性与种种特异之处,但就总体来看,应当说还是有规律可循的。因为无论是哪个作家,都要通过对生活特征的反映形成情感和形象的审美感受,都要通过语言手段的运用表达情感和形象的审美感受。从这个对谁都不例外的最一般的意义上讲,文学的创作过程,实质上就是作家自我关于情感和形象的审美感受的形成以及表达过程。

### 2. 文学创作过程中的构思和传达

上一节,我们在讨论文学创作的主客体时,已经谈到了从生活特征到自我感受再到文学作品的过程。其实,对此过程稍做分解,前者从生活特征到自我感受,即自我感受的形成,在文学理论上通常叫作构思阶段;后者从自我感受到文学作品,即自我感受的语言表达,在文学理论上通常叫作传达阶段。因此,文学创作过程,作为从生活特征到自我感受再到文学作品的过程,实际上就是自我感受形成和语言表达的过程,换一种说法,就是从构思到传达的过程。

以上,我们以自我感受的形成和语言表达为线索,把文学创作过程分为构思和传达两个阶段,这与苏联作家法捷耶夫的说法是大体一致的。法捷耶夫说,任何艺术工作的过程都可分为三个时期:积累素材时期;构思或"酝酿"时期;写作时期。这一划分与我们的划分的不同点仅仅在于,法捷耶夫将积累素材与构思相区别,单独列为一个时期,而我们认为,积累素材本身是构思的起点,应该囊括在构思阶段之中。

需要说明的是,构思和传达作为两个阶段,很难进行截然划分。它们在文学创作过程中是前后衔接的,有时甚至是彼此交叠的。构思是传达的准备和必要前提,没有构思,就谈不上传达;传达是构思的验证、修订以及最终实现,没有传达,就看不出构思。构思的任务主要在想,传达的主要任务在写。想是为下一步写,写又是深一层地想。我们认为构思和传达前后衔接、彼此交叠,意思是,文学创作须想了再写,写了又想,边想边写,边写边想。有些一气呵成的小诗或短文,从想到写,只需一个循环就足够,可以在顷刻之间完成。如王勃的《滕王阁序》、曹植的《七步诗》,便是如此。有些苦心结撰的长篇巨著,从想到写,再想再写,往往要经历好多个循环,花上几年、十几年乃至于几十年的工夫。如托尔斯泰的《复活》、歌德的《浮士德》,就是这样。

下面,我们就来具体地考察一下文学创作从构思到传达的整个过程,先由构思说起。所谓构思,是生活特征转化为自我感受的阶段,即情感和形象形成的阶段。其中,主要有以下两个环节:一是选材,二是立意。鲁迅说过,"选材要严,开掘(立意)要深"(鲁迅《二心集·关于小说题材的通信》)。一个严字,一个深字,作为鲁迅在构思问题上的经验之谈,值得我们深长思之。接下来在讨论选材和立意时,我们拟结合鲁迅及其他作家的创作实际,谈谈选材之严和立意之深到底意味着什么。

先说选材,亦即素材的选择。作家在社会生活中,通过耳濡目染的直接经验及其他种种间接经验,发现一个个有特征的人和事物,积累起大量的感性素材。这种感性素材,通常叫作体验。古人拿"以身体之,以心验之"八个字来诠释体验,强调的正是其作用于全身心的特性。体验来自经验,又不同于经验。既往之事,即便是亲身经历,也最多不过是经验而已。时间一长,就随之淡忘。只有某种特别的经验,因其刻骨铭心,经久难忘,才能称得上体验。德国解释学哲学家伽达默尔曾就二者的区别做过一番辨析:"如果某个东西不仅被经历过,而且他的经历存在还获得一种使自身具有继续存在意义的特征,那么这种东西就属于体验。以这种方式成为体验的东西,在艺术表现里就获得了一种新的存在状况。"[①]就作家而言,体验作为具备了某种"继续存在意义"的感性素材,一如朱熹所形容的"源头活水",储存并活跃于心灵深处,无疑是作家最宝贵的创作资源。

这种创作资源的积累,既是直觉感知的积累,更重要的,则是由此而生发的情感和形象的积累。当情感和形象积累到一定的量,情感接近饱和,形象显得拥挤。在此种情况下,情感和形象便反过来,开始用直觉对各类素材进行整理、比较与取舍。大部分素材,暂时被抛置在一边,而那些如前述冈察洛夫所说,真

---

① [德]伽达默尔.真理与方法——哲学诠释学的基本特征:上卷[M].洪汉鼎,译.上海:上海译文出版社,1999:78.

正与作家自己的生命"长在一起的东西",则作为题材被择取出来。这一环节是作家对素材加以选择的环节,也是其情感和形象初步形成的环节。

以鲁迅的写什么和不写什么为例。在鲁迅为数不多的小说创作中,写的基本是两类题材:一是江南农民的生活,二是知识分子的生活。他之所以选择这两类题材,首先是因为熟悉。鲁迅自己是知识分子,他像了解自己一样地了解知识界的同行。另外,因为其外婆家在绍兴乡下,少年时期的鲁迅又曾在那里住过很长一段时间,并结识了一批农民朋友,所以,他对农民的生活也是相当了解的。其次是因为需要。早在日本留学时,鲁迅就立下了用文学来改造中国人的国民性的志向,而要改造国民性,首要任务是对传统文化进行批判性的审视。在鲁迅看来,知识分子代表的是传统文化中的精英文化,农民代表的则是传统文化中的民间文化。基于此,写知识分子的生活和农民的生活,完全符合鲁迅批判地审视传统文化,用文学来改造国民性的精神与审美需要。正因如此,以知识分子生活为题材,鲁迅写了《狂人日记》《在酒楼上》《伤逝》《孔乙己》等名篇;以农民生活为题材,鲁迅写了《阿Q正传》《故乡》《风波》《祝福》等名篇。这是讲鲁迅写的什么。除此之外,再来看看他不写什么。鲁迅原计划写一部反映唐明皇与杨贵妃的爱情生活的长篇小说,为此,1924年他专门来西安做过考察。然而,鲁迅转了一圈,发现天已经不是唐朝的天,地也不是唐朝的地了。于是,这部曾使他颇为心动的小说,此后一直没有动笔。无独有偶,身处上海孤岛的鲁迅,在听到红军北上长征的消息后,激动之余曾打算写一部反映长征生活的小说。当时,陈赓将军正好因为负伤,从长征路上返回,到上海就医。鲁迅利用这个机会,与陈赓将军见面,向他详细地询问了红军长征的情况。谈话中,陈赓将军一边给鲁迅做介绍,一边用铅笔在一张小纸条上顺手画下了红军行军路线的草图。至今,这张小纸条仍完好地保存在上海鲁迅纪念馆。应该说,鲁迅为此是做了精心准备的。然而,他一直到生命终了,也没有为拟议中的小说写下任何一个字。这是为什么呢?从鲁迅平生完成的三个小说集《呐喊》《彷徨》和《故事新编》看,他不善于描写爱情生活,更是从未描写过军旅生活。显然,他对上述两个方面的题材是不熟悉的,而且,他也缺乏为描写这两个方面题材所必备的艺术经验。因此,尽管鲁迅从理性上加以考虑,认为有写的必要,但最后还是选择了放弃。作为一位深谙文学创作规律的作家,鲁迅这一选择是明智的。他知道,在不能够写和不适合写的情况下,如果勉为其难去写,留下只会是永远也抹不去的遗憾。据悉,鲁迅除了准备写唐明皇与杨贵妃,写长征之外,还有一个写四世同堂的家庭史的计划。应该说,作为自幼经历过由小康跌入困顿的周家长房长孙,鲁迅对这样的题材是驾轻就熟的,是完全可以写好的。若天假其年,他肯定能够创造出一部与《红楼梦》相媲美的伟大史诗。但可惜的是,其时鲁迅已重病在身,不久后与世长辞,计划最终落空。由这几件事情可以看出,鲁迅的伟大,不仅仅在于他写了什么,还在于他没有写什么。这两个方面叠加在一起,我们也许才能够更深刻地领悟到鲁迅所说的"选材要严"四个字的真正含义。

对照鲁迅的创作实践,他所谓选材要严,按我们的理解是,每一个作家自我对写什么与不写什么,一定要有严格的界限。他必须根据熟悉不熟悉、需要不需要、喜欢不喜欢等三个铁定的指标,综合地选择素材,以便从中找到自己觉得能写、该写和爱写的题材。能写是因为熟悉,从而可以写得真;该写是因为需要,从而可以写得善;爱写是因为喜欢,从而可以写得美。在熟悉、需要和喜欢三个指标中,熟悉是基础,需要是目的,喜欢是动力。有的作家仅仅是根据需要,贸贸然去写不熟悉的题材,或者一个题材内某些不熟悉的部分,结果必然是留下大大小小的瑕疵。如茅盾《子夜》写农民运动,陈忠实《白鹿原》写鹿兆鹏与白灵的地下工作,便是明知不可为而为之的显例。

在讨论了选材之后,接着再说说主题的孕育,也就是立意。随着选材的大致完成,情感和形象有了一定的依托,便转入定向深化。情感的深化激发起想象,形象的深化引发出认识。通过想象和认识的交互作用,情感在认识的制约下开始渗透有某种思想,形象在想象的改造下开始包含有某种概念,而且,这种渗透在情感中的思想和包含在形象里的概念开始交叉、汇合。在这个时候,主题就开始孕育了。主题的孕育,为情感和形象提供了一个焦点。它们二者受主题吸引,互相切入,彼此融合,加速了凝聚成一体的步伐。列夫·托尔斯泰对主题作为焦点在构思中的这一作用十分重视。他说:"每一个作家的特色是把所看见的生动的事物像用一块棱镜一样,集中在焦点上。"他还说:"艺术品中最重要的东西,是它应当有一个焦点才成,就是说,应当有这样一个点:所有的光集中在一个点上,或者从这一点放射出去。"[①]列夫·托尔斯泰在此讲焦点的集中或者放射,即我们所谓情感和形象的凝聚。这个环节是作家对主题加以孕育的环节,说到底,也是其情感和形象以主题为焦点趋于最终形成的环节。

关于文学构思,鲁迅除了认为"选材要严"之外,还认为"开掘(立意)要深"。这个深字,又该做何理解呢?一个作品问世,到底能否进入读者的心坎,

---

① 段宝林.西方古典作家谈文艺创作[M].沈阳:春风文艺出版社,1980:530,575.

进而在文学史站住脚,关键在于其情感和形象系统有无凝聚出某种"可言不可言""可解不可解"(叶燮语)的思想与概念,亦即被称为"神理"的主题。这一主题,作为如前所述情感中的思想亦即情中之理,和形象中的概念亦即形中之神在"焦点"的凝聚,靠的是作家于构思过程中所下的开掘之功。鲁迅的《药》写夏瑜为唤醒民众壮烈牺牲,一位叫华老栓的百姓,因其儿子华小栓患肺痨,听说人血馒头可以治病,便趁夏瑜行刑之际,挤到刑场,拿着热馒头去蘸烈士的鲜血。这一情节安排,对辛亥革命脱离民众之弊端的揭露,可谓入木三分。鲁迅的《故乡》写早先一声声喊我"迅哥"的闰土,成年之后又见到我,在嗫嚅了半天之后,唇间憋出两个字——"老爷",这两个字像无形的挡板一样把曾经亲密无间的朋友分隔在了上下两个阶层。这一细节设计,对等级社会及其森严的礼法观念的揭露,又何其深刻乃尔!在此,我们还想提及贾平凹的近作《极花》。《极花》写一个叫胡蝶的乡村姑娘,在城市打工,被人贩子拐卖到偏远的山村当媳妇。在身心遭受难言的蹂躏后,她设法跑了出来。可谁会想到,她回家后因已失身并产下婴儿,而被母亲打了一耳光,弟弟也骂她丢人,报纸刊登、电视播报,周围群众不断围观,将其视为不洁之人。这样一来,反而使可怜的姑娘处于更为不堪的境地。于是,胡蝶在万般无奈之际,又急于见到自己的孩子,便重新回到被拐卖的村子。作为一部"问题小说",我们并不认为其立意有多么高妙,但这一结局,把批判的矛头,从拐卖妇女的就事论事,转向了整个舆论场及其所体现的乡土文化中愚昧腐朽的观念,在社会介入及干预方面无疑是一种有意义的深化。

由此加以概括,鲁迅所谓"开掘要深",意思应该是,每一个作家自我对情感和形象要有深入的体悟,要善于从情中之理和形中之神里,从作为二者统一的神理也就是主题里,开掘出人情的深度、人性的深度、人文的深度。

主题的孕育,情感和形象的最终形成,一般说来,是文学的构思阶段即将完成的标志。但这一阶段的彻底完成,还必须有待于偶然机缘的触发,也就是说,要等灵感出现。只有具备了这个条件,原先处于无意识状态的情感、形象以及主题等,才能如电光石火一般,闪爆在意识的屏幕上,从而为作家所顿然感悟;也只有具备了这个条件,才能激起作家的创作冲动,使他不由自主地提起笔来,从构思转入传达。

所谓传达,是自我感受转化为文学作品的阶段,即情感和形象的表达阶段。其中,主要有以下两个环节:

一是语言程序的安排,即布局。古代文论将其称为章法。作家提笔在手,究竟从哪里写起呢？鲁彦周在介绍其中篇小说《苦竹溪,苦竹林》的写作情况时这样说:"一个作家无论他怎么写,也绝不可能写到哪里是哪里。……我也还是有想法的。这就是,尽量想让我的笔服从于自己的感受,服从于自然流露,就像那苦竹溪的水,它是沿着它所开辟的河道前进的。"他讲了很多,究其实,只是一个意思:服从内心感受的自然流露,换言之,便是遵循情感和形象的内在逻辑加以布局。恰如前述,情感中渗透有思想,形象中蕴含有概念,作为情中之理和形中之神的结晶体,即王夫之所谓"势者,意中之神理也",就是主题。这个主题,正是情感和形象的内在逻辑所在。在传达时,主题逻辑会不断暗示作家,要使情感和形象体现出条理,应该先写什么,后写什么;与此同时,它又会不断提醒作家,要使情感和形象结为整体,应该如何伏笔,如何照应。一句话,在主题逻辑的潜在规范下,布局必须"瞻前顾后",前后关联。写前面要考虑后面,提前为之伏笔;写后面要顾及前面,善后为之照应。契诃夫讲写戏,说如果第一场墙上挂有宝剑,到最后一场前,宝剑必须出鞘。否则,这把宝剑一开始就不应挂在墙上。其中所强调的,便是"瞻前顾后"、前后关联。布局作为文学传达中作家对语言程序加以安排的环节,亦即情感和形象按主题逻辑纵向展开的环节,其奥秘即在于此。唯有做到这一点,文学传达方能如细针密缝,给人以浑然一体之感。

二是语言技巧的运用。中国古代文论将其称为技法,也就是修辞。作家在对语言程序做了通盘安排以后,更多地考虑如何在每一个细节部分加以铺陈或者渲染。这当中,归根到底还是情感和形象在起作用。情感和形象有自己的内在逻辑,也有自己的外在形态。这种外在形态,一方面鼓励作家在传达时尽量放开,为使情感和形象显得丰满,须泼墨如水,应怎样铺陈,怎样渲染,极尽语言之能事,把文章做足和做够;另一方面又要求作家尽量收敛,为使情感和形象合于分寸,须惜墨如金,要铺陈只可铺陈到什么地步,要渲染只可渲染到什么程度,关键处能"悬崖勒马",戛然而止。上述两个方面,一是放,一是收,所谓技法,所谓修辞,就在这一放一收之间。刘熙载说:"词要放得开,最忌步步相连;又要收得回,最忌行行愈远。必如天上人间,去来无迹,斯为入妙。"[①]杜鹏程说:"从事创作的人在使用文字时,是世界上最大方又最吝啬的人。"二人之所言,都是指修辞的一放一收,收放自如。作为作家对语言技巧加以运用的环节,作为情感和形象按其外在形态横向展开的环节,修辞之妙境,即在于此。唯有

---

① [清]刘熙载.艺概[M].上海:上海古籍出版社,1978:115.

达到此般妙境,如苏轼所言,"常行于所当行,常止于所不得不止"(苏轼《答谢民师书》),文学传达才真正算是恰到好处。

在语言程序大体安排就绪、语言技巧基本运用得当的情况下,情感和表象的表达,也就是文学传达阶段,可以说是接近完成了。但这一阶段的彻底完成,还必须有待于作家的反复修改。法国著名的现实主义大师福楼拜,当年在告诫自己的学生莫泊桑时说过,指称事物的名词,最好的只有一个;表示事物的动作的动词,最好的只有一个;说明事物的性状的形容词,最好的也只有一个。修改的任务,就是要找到这个最好的名词、最好的动词、最好的形容词。总之,只有通过反复修改,情感和表象才能找到最佳的语言表达;也只有通过反复修改,我们才能说,作家已经完成了文学传达,并最终地完成了自己的创造过程。

### 3. 文学创作在从构思到传达过程中的灵感现象

前面我们提到,在文学创作的构思和传达两个阶段之间,需要有灵感加以过渡。这里牵涉一个灵感概念的由来,以及如何正确理解它的问题。据资料所及,灵感的概念最早见于柏拉图《文艺对话录》的《伊安》篇和《斐德若》篇。在《伊安》篇,灵感被解释为诗人在神灵附体、被剥夺了正常的理智后,所表现出来的那种代神立言的迷狂状态。而在《斐德若》篇,灵感又被解释为不朽的灵魂从前生所带来的记忆。① 在某些人看来,柏拉图这样讲灵感,纯粹是宣扬哲学唯心论。然而,如果撇开《文艺对话录》的神秘言辞,而实事求是地对待这一问题,那么,就应当承认,灵感并非杜撰,而是事实。它不仅实实在在地存在于文学创作过程,而且广泛地存在于科学研究、技术发明和一切心灵创造过程。可以说,哪里有创造,哪里就有灵感,它是整个精神实践领域一个带有普遍性的经验事实。诚然,科学研究和技术发明的灵感与文学创作的灵感,在发生机制以及表现形态等方面多有区别,不可同日而语,但是,就其都与直觉、顿悟相关,都是无意识的创造这一点而论,各种灵感无疑又有一致之处。

下面,我们就以作家提供的创作经验为依据,来说明灵感的普遍存在及其在创作中的重要作用。

郭沫若在《我的作诗经过》一文中曾经这样回忆道:"《凤凰涅槃》那首长诗是在一天之中分两个时期写出来的。上半天在学校的课堂里听讲的时候,突然有诗意袭来,便在抄本上东鳞西爪地写出了那诗的前半。在晚上行将就寝的时候,诗的后半的意趣又袭来了,伏在枕上用着铅笔只是火速的写,全身都有点作

---

① [古希腊]柏拉图.柏拉图文艺对话集[M].朱光潜,译.北京:人民文学出版社,1959:8-9,117-118.

寒作冷,连牙关都在打战。……由精神病理学的立场上看来,那明白地是表现着一种神经性的发作,那种发作大约也就是所谓'灵感'吧?"①郭沫若以上所谓作寒作冷、牙关打战等,作为灵感来袭时的情感状态,是很有代表性的。可惜他在回忆中没有进一步提供那种"神经性发作"的缘由,所以,我们在听了他的介绍以后,难免会觉得有点神秘。

在这方面,列夫·托尔斯泰的叙述,相对而言,似乎更为具体和实在。他在1896年的一则日记中这样写道:"昨日我在翻犁过的黑土休耕地上走着。放眼望去,但见连绵不断的黑土,看不见一根青草。啊,一兜鞑鞑花(牛蒡)长在尘土飞扬的灰色大道旁。它有三个枝丫:一枝被折断,上头吊着一朵沾满泥浆的小白花;另一枝也被折断,溅满污泥,断茎压在泥里;第三枝耷拉一旁,也因落满尘土而发黑,但它依旧顽强地活下去,枝叶间开了一朵小花,火红耀眼。我想起了哈吉·穆拉特。想写他。这朵小花捍卫自己的生命直到最后一息,孤零零地在这辽阔的田野上,好好歹歹一个劲地捍卫住了自己的生命。"②列夫·托尔斯泰由偶尔见到的牛蒡花而产生写《哈吉·穆拉特》的动念,这就是典型的灵感。正像不"经神经性发作"就没有郭沫若的《凤凰涅槃》一样,我们也完全可以相信,不见牛蒡花,就没有列夫·托尔斯泰的《哈吉·穆拉特》。钱学森认为,无灵感即无创造和突破。这个断语用于文学创作也是合适的,郭沫若和列夫·托尔斯泰的上述经历,便是足以说明这一问题的例证。

除了他们二人之外,文学史上其他作家,如拜伦、普希金、歌德、巴尔扎克和陆机、苏轼、茅盾、臧克家等,也都声情并茂地描述过各自所经历的灵感事实以及这种灵感在各自创作中所起的作用。

讲到这里,大家可能要问:那么,用理论语言表述,到底什么叫作灵感呢?按我们的理解,所谓灵感,是指作家自我在偶然机缘触发下,审美感受高度活跃,由瞬间直觉而导致突如其来的感悟(即顿悟)的一种心理状态。因为灵感发端于直觉,表现为顿悟,所以简单地说,它就是作家自我的直觉顿悟状态。这种状态,与日常状态相比,具有以下几个方面的特点:

首先是突发性或随机性。我们知道,灵感作为直觉顿悟,要由偶然机缘触发。而这种偶然机缘,在文学创作过程中,往往突然来袭,稍纵即逝。契诃夫形容在它来时,"脑子里的发条'卡'的一响,一篇小说就此准备好了"③。钱学

---

① 吴奔星,徐放鸣.沫若诗话[M].成都:四川人民出版社,1984:135.
② [俄]列夫·托尔斯泰.列夫·托尔斯泰论创作[M].戴启篁,译.桂林:漓江出版社,1982:171.
③ [俄]契诃夫.契诃夫论文学[M].汝龙,译.北京:人民文学出版社,1958:404.

森则从时间上做了计算,说它的出现"只是几秒钟,一秒钟而已"。正因为偶然机缘来得迅猛,去得疾速,是一种瞬间刺激,所以,作家们对它事前不可预测,事后无法追索。一旦抓住了它,则传为美谈;一旦失去了它,则将其视作终生憾事。我国古代诗论中所谓"兴",就是指这种突发的灵感。相传北宋潘大临从偶然机缘得到启示,刚刚乘兴写下"满城风雨近重阳"一句,结果被催租人打断,败兴之后,再难以为继。

其次是迷狂性。我们知道,灵感是作家自我审美感受高度活跃的产物,因此,直觉顿悟总是与情绪的极端亢奋、印象的异常鲜明相伴随。关于前者,即灵感状态下情绪方面的特点,我们从前面引述的《文艺对话录》的有关言论,以及郭沫若写诗的例子中已有体会。别林斯基说:"创作的主要的显著的标志,就是神秘的灼见,诗的梦游病。当艺术家的创作对于大家还是一个秘密,他还没有拿起笔来的时候,他已经清楚地看见他们,已经可以数清他们衣服上的褶襞,他们额上的犁刻着热情和痛苦的皱纹,已经熟识他们,比你熟识你的父亲、兄弟、朋友、母亲、姊妹、爱人更清楚些;他也知道他们将说些什么,做些什么,看见那缠绕他们、维系他们的全部事件线索。"①这可以用来作为对灵感状态下印象方面的特点的一个说明。

最后是创造性。我们知道,灵感从直觉开始,到最后都要表现为顿悟。这个顿悟,作为合规律、合目的、合法则的审美想象和审美认识,从心理学上讲,即所谓创造。凡是灵感,便有创造;灵感本身就是创造。文学构思中不少关键之处,文学传达中许多神来之笔,都是作家自我在灵感状态下创造出来的。例如绥拉菲摩维奇关于小说《铁流》的总体设想,就得之于灵感的创造。一次,他旅行经过高加索,那山脉的峰脊、灰色的悬崖、无底的深渊、看不见的涧水从烟雾弥漫的深谷中传出的永久不息的奔流声、发着白光的雪山峰顶以及它们的周遭的蓝色阴影,使他猛然产生一个想法:"我如梦初醒:你为什么不把起义的农民安置在这些山峦里呢?……就塑造这条'铁流'吧。"②其他如曹植写《七步诗》,马雅可夫斯基写《穿裤子的云》等,也都与灵感的创造直接有关。

突发性、迷狂性和创造性三者结合在一起,使灵感这一本来就复杂的精神现象,显得更加玄妙莫测。历代唯心论者借此贩卖反理性的神秘主义。他们或者把灵感看作上帝的赐予(如柏拉图),或者把灵感视为天赋的才能(如康德)。要扫除这层唯心主义、神秘主义的迷雾,就必须以马克思主义的认识论和心理

---

① [俄]别林斯基.别林斯基选集:第一卷[M].满涛,译.北京:人民文学出版社,1958:174.
② [苏]高尔基,等.论写作[M].孟昌,等译.北京:人民文学出版社,1955:107-108.

学为武器,对灵感的实质进行正确的阐述。

我们认为,灵感作为精神现象,虽然复杂,但并不神秘。从哲学认识论的角度讲,它是作家自我在长期的感性积累的基础上,出现的由感性到理性的突然飞跃;从深度心理学的角度讲,它是作家自我在长期的无意识积淀的前提下,出现的由无意识到意识的突然闪爆。这里,所谓长期的感性积累和长期的无意识积淀,是就灵感出现的必然性而言;所谓由感性到理性的突然飞跃,由无意识到意识的突然闪爆,是就灵感出现的偶然性而言。周恩来说:"长期积累,偶然得之。"这两句话八个字,便是对灵感必然与偶然相统一的内在实质的一个极好概括。

弄清楚了灵感的实质所在,对于作家来说,如何自觉地运用灵感规律进行创作的问题也就基本解决了。首先,从必然性方面说,作家要获得灵感,就必须长期地、无条件地、全心全意地投身于日常生活实践、精神实践和艺术实践,通过自己的创造性劳动,扩大感性积累,增加无意识积淀。可以说,这是作家获得灵感的必由之路。陆桴亭说:"人性中皆有悟,必功夫不断,悟头始出,如石中有火,必敲击不已,火光始现。"①柴可夫斯基说:"灵感全然不是漂亮地挥着手,而是如犍牛般竭尽全力工作时的心理状态。"②他们所说的都是这个意思。其次,从偶然性方面说,作家要获得灵感,就必须耳目灵动,且心境平和。只有耳目灵动,你才能在偶然机缘一闪而过时,迅速地捕捉住它;只有心境平和,你的感性和无意识才能处于活跃状态,一旦有偶然机缘触发,马上可以形成飞跃或者闪爆。刘勰说:"陶钧文思,贵在虚静。"③苏轼说:"欲令诗语妙,无厌空且静。静故了群动,空故纳万境。"④他们在这里所谓"虚静"或者"空静",都是指后一点,即心境平和。

## 二、文学创作过程是情感和形象的典型化过程

前面我们说,文学创作过程是以灵感为过渡的从构思到传达的过程。如果换一个角度看,上述过程,也是作为文学作品最基本的构成要素的情感和形象,在构思与传达中如何一步步地走向典型化的过程。

### 1. 典型代表最高度

为了弄清楚什么叫作典型化,首先有必要就典型概念的由来做一番简单的

---

① 谢文利,曹长青.诗的技巧[M].北京:中国青年出版社,1984:39.
② [苏]巴乌斯托夫斯基.金蔷薇[M].李时,译.上海:上海译文出版社,1980:41.
③ 北京大学哲学系美学教研室.中国美学史资料选编:上册[M].北京:中华书局,1980:195.
④ 北京大学哲学系美学教研室.中国美学史资料选编:下册[M].北京:中华书局,1981:35.

梳理。作为一种理论话语,典型是伴随着19世纪的西方现实主义一起登上文学舞台的。随着现实主义文学的主流地位在进入20世纪之后,逐步为现代主义以及后现代主义所取代,理论界便有人对典型作为理论话语是否适应今天的文学现象提出了质疑。更有人明确地说,典型的概念已经过时。我们认为,这样的看法缺乏科学的分析,因而是不能成立的。典型的概念虽然是在批判现实主义时代才被正式提出来,但它所体现的文学规律是超时空的、普遍的。其不仅对现实主义文学,而且对现实主义出现之前和现实主义出现之后的种种文学,都具有基本的适应性。姑且不论当今现实主义文学在西方和中国都仍葆有旺盛的生命力,退一步讲,即便是在现代主义以及后现代主义的文学作品中,如卡夫卡的《变形记》所表现的人的异化感、艾略特的《荒原》所表现的世界的荒芜感、贝克特的《等待戈多》所表现的生命的虚无感等,所有这些现代人的感觉和感情,之所以能在读者那里引起广泛而热烈的共鸣,实际上就是因为,它们无不体现着一种精神世界的典型性。当然,这中间是存在变化的。与19世纪的文学典型相比,20世纪以来的文学,尤其是现代主义和后现代主义的文学,其典型已经明显地由既往形而下层面的写实化表达,更多转向了形而上层面的符号化呈现。即便是现实主义的文学典型,如鲁迅笔下的阿Q,也与时俱进带上了某种符号化的印记。然而,这样的变化不能成为否定典型的理由。在我们看来,典型话语并未过时,它作为对文学规律性的理论总结,过去、现在乃至于未来,都对文学有指导作用。

接下来,我们就结合文学创作过程,来讨论典型和典型化问题。在传统的文学理论中,所谓典型,仅仅指典型形象。我们认为这一观点具有片面性。如果从文学的本质和形态出发全面地加以看待,那么,典型就应该包括典型情感和典型形象。以情感为主的抒情作品,典型主要指典型情感;而以形象为主的叙事作品和戏剧作品,典型则主要指典型形象,尤其是典型人物。

我们在第一章第四节分析文学作品时,曾经说过,文学情感是一种用形象体现的独特而又普遍的情感,文学形象是一种用情感灌注的具体而又概括的形象。我们这样说,是就文学作品的一般情况而论。具体到不同的作品,由于作家的自我感受的深入程度各不相同,因而,文学情感的独特和普遍程度,文学形象的具体和概括程度,也就随之而各不相同。根据这个不同,我们把那种独特和普遍程度较低的文学情感,那种具体和概括程度较低的文学形象,称为一般的文学情感和一般的文学形象;而把那种独特和普遍程度很高,以至于最高的文学情感,那种具体和概括程度很高,以至于最高的文学形象,称为典型的文学情感和典型的文学形象,即所谓典型情感和典型形象。

这里涉及一个最高度的问题。最高度的概念是德国哲学家和美学家康德首先提出来的。他在《判断力批判》一书里这样说:

> 例如:诗人就试图把关于不可以眼见的事物的理性概念(如天堂、地狱、永恒、创世等)翻译成可以用感官去察觉的东西。他也用同样的方法去对待在经验界可以找到的事物,例如死亡、忧伤、罪恶、荣誉等等,也是越出经验范围之外,借助于想象力追踪理性,力求达到一种最高度,使这些事物获得在自然中所找不到的那样完满的感性显现。特别在诗里,这种形成审美意象的功能可以发挥到最大限度。①

从上述引文可以看出,康德关于最高度的概念,体现的是创造审美意象的一种理想状态:"越出经验范围之外,借助于想象力追踪理性",力求使之创造成为一种"在自然中所找不到的""完满的感性显现"。由此可知,康德所谓最高度,说到底就是理想状态。他认为,要达到最高度这一理想状态,其主体必须是"创造法则"的天才。在康德看来,只有天才才能达到理想状态,只有在理想状态才能达到最高度;或者,最高度是理想状态的体现,而达到理想状态则是天才的体现。

与康德的最高度概念可以互证的,是我国南宋时期的诗学家严羽在《沧浪诗话》里提出的"入神说":

> 诗之极至有一,曰入神。诗而入神,至矣,尽矣,蔑以加矣。惟李杜得之,他人得之盖寡也。②

严羽把"入神"形容为"至矣,尽矣,蔑以加矣"的"诗之极至",可见,在其心目中,"入神"同样代表着一种最高度的概念。要说其与康德有什么区别,区别只在于,康德的最高度,与其天才观和理想观联系在一起;而严羽的"入神",则与其"兴趣说"和"妙悟说"联系在一起。严羽认定,以李白、杜甫为代表的"盛唐诸公",其所以能"诗而入神",是因为他们"惟在兴趣""惟在妙悟"。③ 因

---

① 朱光潜.西方美学史:下卷[M].北京:人民文学出版社,1964:399-400.
② [清]何文焕.历代诗话:下[M].北京:中华书局,1981:687.
③ [清]何文焕.历代诗话:下[M].北京:中华书局,1981:687-688.

此,如果说康德的总体思路是天才—理想—最高度,那么,严羽的总体思路则是兴趣—妙悟—入神。

无论是康德还是严羽,他们都没有明确地把最高度或"入神"归结为典型,但他们都通过最高度或"入神"的概念,展示了一条走向完满的理想主义之路。巴尔扎克在其《人间喜剧》前言里给典型下定义时,曾一针见血地指出,典型就是理想。基于此,用最高度来代表典型并非空穴来风,而是完全合于学理的一种推论。

既然如此,那么,我们应该如何来理解典型代表最高度这一命题呢? 首先,从文学作品看,典型是识别文学作品是否优秀的标记。一般作品所有的,只是独特与普遍程度较低的文学情感、具体与概括程度较低的文学形象;只有优秀作品,才拥有高度独特而又高度普遍的典型情感、高度具体而又高度概括的典型形象。其次,从文学创作看,典型又是衡量作家自我对生活特征进行心灵化改造是否完满的尺度。如果心灵化改造不够完满,停留在较低水准,产生的只能是一般的文学情感和一般的文学形象;反之,如果心灵化改造相当完满,达到很高乃至于最高水准,产生的必然是典型情感和典型形象。

下面,我们以明人谢榛在《四溟诗话》卷一中就三位中唐诗人"同一机杼"的三首诗所做的比较为例,结合文本,来具体解读典型代表最高度的命题。

> 韦苏州曰:窗里人将老,门前树已秋。白乐天曰:树初黄叶日,人欲白头时。司空曙曰:雨中黄叶树,灯下白头人。三诗同一机杼,司空为优。善状目前之景,无限凄感,见乎言表。

谢榛讲"三诗同一机杼","司空为优",为什么这样讲呢? 其回答是:"善状目前之景,无限凄感,见乎言表。"应当说,谢榛上述判断及依据是言之成理的。但因其只是点到即止,未做进一步拓展,给后世留下了体悟和解读的巨大空间。我们拟以上述康德的最高度论以及严羽的"入神说"为参照,对谢榛含而不露的言下之意,做一些补充性诠释。

韦应物诗写"窗里人将老,门前树已秋",究竟"已秋"之树、"将老"之人是何等样子,在诗里并未做交代。这主要是因为,韦诗没有抓住秋之为秋、老之为老带有标志性的特征,仅用一个秋字、一个老字这样的非诗性语汇进行了一般性的泛泛表达,因此,意象不免显得空洞而且抽象,使人在视觉上无从把握,难以唤起读者对于诗中想要表达的迟暮及衰老的生命体验的同情与共鸣。拿康德以及严羽的尺度衡量,韦诗所创造的意象,离"完满的感性显现",离"诗之极致",即离典型代表的最高度,尚差之甚远。

白居易诗写"树初黄叶日,人欲白头时",较之韦诗,可谓大有改观,因为它已找到秋与老的标志性特征——"黄叶"与"白头",这不能不视为一个突破。但可惜的是,"初黄叶"的"初"字及"欲白头"的"欲"字,仍因其在时间上的诸多不确定性,使意象轮廓不免失之模糊,恰如一具棱角鲜明的雕塑,被罩在纱幔之下,顿时失去了诉诸直观的真切感,进而影响到意象所蕴含的迟暮及衰老的生命体验在向读者传播过程中的热度与强度。由此言之,白诗创造的意象,虽较韦诗有较大的超越,却仍功亏一篑,未达至"完满的感性显现"及"入神"的境地。

分析了韦诗与白诗的不足,司空曙的优长便可看得一清二楚。其所写"雨中黄叶树,灯下白头人"一联,已然摆脱了诸如"已秋""将老"之类非诗性语汇的困扰,还进一步掀掉了"初黄叶""欲白头"等纱幔般的遮蔽,使"黄叶树""白头人"的形象从文本由对偶形成的平行蒙太奇中脱颖而出,在树与人的两相映衬下,建构起具有强大视觉冲击力的所谓"目前之景"。不仅如此,它还颇具创意地将黄叶树置于暮秋冷飕飕的雨中,将白头人置于深夜昏沉沉的灯下,此一背景的移置转换,立即把诗的悲剧性气氛渲染到极致。读者面对这样的两个并列镜头:一边是黄叶树在雨中飘零,另一边是白头人在灯下煎熬。那种生命在迟暮和衰老过程里无可奈何的悲切与凄凉之感会在刹那间从心头油然而生。司空曙短短的两句十字,恰如谢臻所言,在成就了"善状目前之景"的形象外观的同时,也获得了"无限凄感,见乎言表"的情感内涵。如此这般的意象经营,作为"完满的感性显现",作为"诗之极致",无疑代表着一种堪称最高度的典型创造。

作为文学反映社会生活的最高要求,典型在文学史上是极为可贵的,也非常难得的。事实上,在一个历史时期内,往往只有极少数的作家,才能独具慧眼,别出心裁,在自己的作品里表现出典型情感,或者创造出典型形象。这样的典型情感或典型形象,特别是叙事作品里的典型人物,因为来之不易,常常是某个文学时代的标志,如林黛玉、贾宝玉之于康乾盛世,阿Q之于五四运动时期,于连之于19世纪上半叶的法国,聂赫留朵夫之于19世纪下半叶的俄国。习近平在全国文艺工作座谈会上的讲话中指出,当前的文艺创作"有高原缺高峰",其所谓"高峰",很大程度上可以理解为典型代表的最高度。基于此,我们不同意在文学批评和文学理论中滥用典型的概念,而主张严格一些,把这一表示最高度的称号赠给那些真正够得上典型的文学情感和文学形象。

**2. 典型情感和情感的典型化**

典型和典型化是文学创作的普遍规律。小说、戏剧固然要讲典型,抒情诗也要讲典型。在以往的文学理论中,一提到典型,只是小说和戏剧里的典型人物,而对抒情诗的典型性,则往往视而不见,似乎抒情诗就不存在典型问题。这不能不说是一种片面的典型观。

我们认为,作为抒情文学的诗,同作为叙事文学的小说及作为戏剧文学的剧本一样,都必须遵循典型化的规律。如果结合诗的情感性的本质特征来考虑,那么,诗的典型应该是指诗的典型情感。

正像典型形象代表形象塑造的最高度一样,典型情感也应该代表情感表现的最高度。典型情感比一般文学情感要独特得多,是一种高度独特的文学情感。我们知道,一般文学情感,在情绪上也多少有其独特性。但典型情感作为高度独特的情感,它所表现的内心体验,可以而且必须独特到与众不同的地步。也就是说,这种情感来自抒情主人公的灵魂深处,属于私人性质,是纯粹的小我之情或一己之情。就情绪而论,它只能为其一人所特有,而不能为其他人所共有。

对于典型情感高度独特的一面,我们可以从以下三个带标志性的特点去加以辨识:其一,极富个人魅力的情绪状态和情感色调;其二,不可复制的抒情声音及抒情模式;其三,更高一层,作为上述两者的综合,仅仅为个人所特有的抒情主人公的自我形象。如李白的才情横溢、气势夺人、"飞扬跋扈"(杜甫语),李清照的"皆用浅俗之语,发清新之思,词意两工,闺情绝调"(《金粟词话》)和"能曲折尽人意"(王灼《碧鸡漫志》),拜伦的忧郁和多情,普希金的优雅与高贵,等等,皆是这样的例证。

除了高度独特的一面之外,典型情感比一般文学情感要更为普遍,是一种高度普遍的情感。我们知道,一般文学情感在情思上也有其一定的普遍性。但典型情感作为高度普遍的情感,它所传达的精神需要,可以而且必须普遍到举世相通的地步。也就是说,这种情感集中了广大民众的喜怒哀乐,代表社会心理和时代精神,具有某种意义上的全社会乃至全人类性,是真正的大我之情或公众之情。就情思而论,它除了为抒情主人公所特有之外,还同时为其他社会成员所共有。

对于典型情感高度普遍的这一面,我们也可以根据以下三个指标来加以判断:其一,看其有无表达人情之常;其二,看其有无揭示人性之共;其三,更深一层,看其有无隐含人文之道,即人的精神文化生活的某些本质及规律性的东西。如杜甫的《闻官军收河南河北》、陆游的《书愤》,以小我(自我意识)代言大我(社会意识),由家而国,寄家国之思;再如李商隐的《登乐游原》、阿波利奈尔的《蜜腊波桥》,以个我(个人无意识)象征与暗示共我(集体无意识),因情入性,发情性之咏。以上两类诗作,皆是由于呈示人情之常、人性之共或人文之道,由情感的高度独特走向高度普遍,从而达至情感表现的最高度,成为抒写典型情感的经典之作的。

我们来看柯岩的诗《周总理,您在哪里》。自1976年1月8日以来,怀念周总理的诗一首接一首,难以计数。但要论情感表现的典型性,还以柯岩的这一首为上。读着它,我们仿佛看到,女诗人带着怎样焦灼的思念,上天入地在奔走,在呼号,在望眼欲穿地寻觅失去了的周总理。这种情感,从情绪的炽烈和痴迷这一点上看,应当说是高度独特的。然而,如果就其所蕴含的社会情思的广泛性和深刻性而言,它又是高度普遍的。周总理去世于全国各族人民与"四人帮"进行殊死搏斗之时。噩耗传来,一切有正义感和爱国心的工人、农民、解放军指战员、知识分子、革命干部以及海外侨胞,无不放声号啕。在他们看来,像周总理这样一位人心所向、国魂所系的伟大人物的死亡,是包括自己在内的全民族的厄运。正因如此,他们为失去周总理而同声一哭,已经远远超出了对某一个领袖作为个人所表示的敬仰之情,在很大程度上,这意味着民族意识的抬头和爱国精神的高扬。从这个意义上讲,柯岩的诗,表现的是她个人的情感,但由于这种情感是从汹涌着的时代精神的深流和旋涡中吸取来的,它也就不能不同时代表着20世纪70年代全民族的共同情感。

上面所举的这首诗,是一首政治抒情诗。有人就此而得出结论说,唯有取材于重大的政治事件,才能使诗的情感高度独特而又高度普遍,成为一种典型情感。我们认为,这种看法是不全面的。如李白的《赠汪伦》,这首诗写的是诗人因其农民朋友汪伦赶来为他送行而引发的关于友情的感叹。论取材,仅限于日常交往,没有多少政治色彩。然而,诗的情感具有很强的典型性。一方面,这种情感高度独特,也就是说,它仅仅为李白一人所有;另一方面,这种情感又高度普遍,它体现了生活在尔虞我诈的社会中的人们对充满友爱的人际关系的向往和追求。凡是在内心有过这样的向往和追求的人,都可以从中找到自己,体验到一种友谊以及人情的温暖。

以上,我们谈到了典型情感高度独特和高度普遍的两个方面。这两个方面,作为典型情感区别于一般文学情感的特点所在,看上去是矛盾的,实质是统一的。艺术辩证法所谓相反相成,就是这个道理。一方面是独特到与众不同的个人情绪,另一方面是普遍到举世相通的时代精神,把二者相反相成地融合成一体,用与众不同的个人情绪,传达举世相通的时代精神,这就是我们所要讨论的典型情感。

古代诗学在论及杜甫的诗时,提出过一个"诗史"的概念。此一概念最早似乎见于晚唐孟棨的《本事诗·高逸》:

> 杜逢禄山之难,流离陇蜀,毕陈于诗,推见至隐,殆无遗事。故当时号为"诗史"。①

后人由此而引申,所谓"诗史",是"以韵语记时事",甚至是"补史之缺"。这样的理解,因其混淆了诗(文学)与史(历史)的界限,自然是不足取的。大概正是基于此,王夫之以《石壕吏》为例,批评"诗史"概念"于诗不足,于史有余";钱锺书也认为,"诗史"一说乃"一偏之见"。但除了以上"以韵语记时事"这样的误解之外,对"诗史"的说法,也还有做出相对合理的诠释者,例如明人胡宗愈《成都新刻草堂先生诗碑序》:

> 先生以诗鸣于唐,凡出处去就,动息劳佚,悲欢忧乐,忠愤感激,好贤恶恶,一见于诗,读之可以知其世,学士大夫,谓之"诗史"。②

按胡宗愈之诠释,"诗史"概念相当接近于我们讲的典型情感。在我们看来,"诗史"之作,应具备三个条件:第一,因为诗是作者写的,又是写作者的,这种主客合一的自我表现特性,决定"诗史"所写的历史与故事,只能是作者的历史、作者的故事;第二,诗的抒情特性,决定诗史写作者的历史与故事,只能是作者的心灵和情感的历史与故事,即作者的心事与情事;第三,诗的抒情既独特又普遍的典型化特性,决定诗史写作者的心事与情事,必须跟社会心理及时代情绪相沟通,从而成为社会和时代在心理与情感方面的代言者。若是以这三条去衡量,那么,杜甫的诗的意义恰恰就在于,通过杜甫个人独特的喜怒哀乐,体现了安史之乱前后普遍的社会心理和时代情绪,堪称大唐盛衰转换之际一代人的心灵、精神和情感的历史。由此而言之,杜甫的诗,特别是《羌村三首》《闻官军

---

① 丁福保.历代诗话续编:上册[M].北京:中华书局,1983:15.
② 陈平原.中国小说叙事模式的转变[M].上海:上海人民出版社,1986:318.

收河南河北》《江南逢李龟年》等,可以被称为"诗史",就是因为它们真正表现了能代表那个社会和时代的精神共鸣点的典型情感。

为典型情感上述高度独特又高度普遍的二重性特点所规定,一个作家要想使自己的情感表现达到典型情感的高度,就必须同时对情感进行两个方面的改造和强化:一方面,尽可能地使之独特;另一方面,又尽可能地使之普遍。文学创作过程中所谓情感的典型化,说到底,就是这种情感的独特化和情感的普遍化的同时进行。

首先是情感的独特化。这当中的要点在于:其一,作家应该从他自身对于生活特征的真情实感出发,也就是情感要发自内心,要有真挚性。情感的真挚固然不等于情感的独特,但前者无疑是形成后者的一个基本前提。列夫·托尔斯泰说得好:"因为如果艺术家很真挚,那么他就会把感情表达得正像他所体验的那样。因为每个人都和其他的人不相似,所以他的这种感情对其他任何人说来都将是很独特的;艺术家越是从心灵深处吸取感情,感情越是真挚,那么它就越是独特。"①列夫·托尔斯泰在这番话中,反复阐述的便是情感的真挚性和独特性的关系。正因为真挚性对于情感表现如此重要,历来的作家艺术家都把讲真话看成创作的基点,而把说假话视为创作的大敌。刘熙载说:"诗可数年不作,不可一作不真。"②艾青说:"诗人必须说真话。"③罗丹说:"你们要有非常深刻的、粗犷的真情,千万不要迟疑,把亲自感觉到的表达出来,即使和存在着的思想是相反的。"④这些话都是对情感真挚性的强调。其二,作家应该使他的真情实感,是对自我内心世界的最新开拓,而不是对已经表现过很多次的某种情感的一个重复。也就是说,情感要富有"鲜味",要有新颖性。这一点,可以说是整个情感独特化的关键之所在。我们经常见到一些作品,在情感表现上陈陈相因。它们也可能出自作家的真情,但由于这种真情缺乏新的色调,就很难给人以独特之感。这要求作家"更多地接近新事物",因为"对新事物愈熟悉,就自然会产生新的感情"。⑤ 其三,作家应该努力保持他从新事物那里获得的多姿多态的情绪状态,在表现时,可以用理性加以梳理,但千万不能将其净化。也就是说,情感要充满情绪,要有丰富性。这也是形成独特情感的重要一环。人的心境,绝非某个善或者恶的符号所能概括。它交织着各种画面,回响着各

---

① 段宝林.西方古典作家谈文艺创作[M].沈阳:春风文艺出版社,1980:524.
② [清]刘熙载.艺概[M].上海:上海古籍出版社,1978:55.
③ 艾青.诗论[M].北京:人民文学出版社,1980:3.
④ [法]罗丹.罗丹艺术论[M].沈琪,译.北京:人民美术出版社,1978:4.
⑤ 艾青.诗论[M].北京:人民文学出版社,1980:88.

种声音,是和现实世界一样丰富的"袖珍世界"。为了把这样一个"袖珍世界"活生生地表现出来,作家就不能只从一个角度,只用一种调子,而必须同时从多个角度加以透视,用多个调子加以变奏。只有这样,才能使情感表现产生立体效果,在丰富之中见出真挚、新颖,具有与众不同的高度独特感。艾青在《诗论》中再三说:"一首诗是一个心灵的活的雕塑。"①按我们的理解,就是指此而言。

其次是情感的普遍化。怎样才能使情感既独特又普遍呢?这当中的要点在于以下几点。其一,作家应该了解社会心理,关心群众情绪,把广大人民的喜怒哀乐看成自己的喜怒哀乐。也就是说,情感要有代表性。古人云:"诗者:天地之心。""诗者,民之性情也。"②这里所谓的"天地之心",所谓的"民之性情",就可以理解为诗的情感的代表性。别林斯基就此讲得更为透彻,他说:"没有一个诗人能够由于自身和依赖自身而伟大,他既不能依赖自己的痛苦,也不能依赖自己的幸福;任何伟大的诗人之所以伟大,是因为他的痛苦和幸福深深植根于社会和历史的土壤里,他从而成为社会、时代以及人类的代表和喉舌。"③从文学史上看,屈原、杜甫和但丁等,被称为"民族诗人"的原因就在于此。我们以前的诗歌理论,常提"为人民而歌唱"等口号,如果去掉其中忽视以至于漠视情感的自我表现的成分,这样的口号应当是正确的。其二,作家要使自己的情感从本质上代表人民群众,他就应该动态地把握社会心理,预见到由这种社会心理所汇成的精神潮流在未来的发展方向。也就是说,情感要有预见性。其三,作家还应该从对于社会精神潮流的预见中,引出富于哲理的情思。也就是说,情感要有哲理性。相对于开始提到的代表性,预见性和哲理性是关于情感的普遍化在更高层次上的要求。有代表性的情感,不一定具有预见性和哲理性;但有预见性和哲理性的情感,则必然具有代表性。如果说,对于第一点,一般的作家尚可企及,那么,后两点就只有优秀和伟大的作家才能做到。马克思、恩格斯称赞雪莱是真正的革命家,是社会主义的急先锋,在很大程度上,就是着眼于雪莱的诗的情感的预见性和哲理性。

情感的独特化和情感的普遍化在情感典型化过程中是同时进行的,是统一的。这种统一主要来自作家情感活动中情感和思想的统一,即所谓情和理的统一。有情无理,只有独特化而没有普遍化,是莫名其妙的神经发作,不能叫作情

---

① 艾青.诗论[M].北京:人民文学出版社,1980:192.
② [清]刘熙载.艺概[M].上海:上海古籍出版社,1978:49.
③ [俄]别林斯基.别林斯基论文学[M].梁真,译.上海:新文艺出版社,1958:26.

感的典型化;有理无情,只有普遍化而没有独特化,是时代精神的单纯号筒,也不能叫作情感的典型化。只有使情和理相互交融,让独特化和普遍化同时进行,才有可能通过与众不同的个人情绪传达举世相通的时代精神,从而达到情感典型化的高度。

以上我们所述,情感的典型化是情感的独特化和情感的普遍化的同时进行,如果换一种方式表述,就是要处理好小我之情和大我之情的关系。一个作家要想使其情感典型化,毫无疑问,他首先应该立足于表现小我之情。卢那察尔斯基说得好:"抒情诗人的任务在于始终不离个人,叙述自己和自己的私人感受",因此,"如果他显然没有把任何私人的热情灌注到抒情诗里面,他笔下就可能枯涩呆滞,恰恰失去了那种正好为抒情诗特有的力量"。① 但是,话又说回来,要是作家表现的仅是小我之情,像别林斯基所说:"诗,如果它是植根在沾沾自喜的性格底喜好、忧伤或欢乐里面,而这种性格,又像孵蛋的鸡一样,只怀着自己美丽的、却和谁也不相干的感情的话——这首诗应该获得的,不是赏识,而是轻蔑。"②所以,我们在强调作家应该表现小我之情的同时,还必须强调他的小我之情与人民、时代和民族的大我之情的统一。文学史的无数事实告诉我们:如果不立足于表现小我之情,就不能成为一个作家;但如果不把小我之情和大我之情有机地统一起来,这个作家充其量只是渺小的作家,而不是伟大的作家。闻一多"从小我走向大我"的经验,不仅在他那个时代,而且在所有时代都是值得借鉴的。

情感的典型化,除了像上面所讲,在意识层面处理好小我与大我的关系,通过直白式倾诉或者白描式抒写,把自我意识向外拓展为社会意识,以表达情感的历史理性这样一条路之外,还有另一条路可走,那就是在无意识层面处理好个我与共我的关系,通过隐喻和象征,把个人无意识向内深化为集体无意识,以构成情感的文化原型。前一条路是从小我走向大我,而后一条路则是从个我走向共我。对于后一条路,以往常常为我们所忽视。虽然荣格早在20世纪就提出了集体无意识的概念,但理论界并未由此而联系到情感典型化问题。在这里,我们把从个我走向共我看作情感典型化的另一条路,并且将其与从小我走向大我的前一条路相提并论,目的在于为情感典型化提供更加广阔的操作空间。

---

① [苏]卢那察尔斯基.论文学[M].蒋路,译.北京:人民文学出版社,1978:154-155.
② [俄]别林斯基.别林斯基论文学[M].梁真,译.上海:新文艺出版社,1958:61.

### 3. 典型人物和人物的典型化

典型形象包括典型人物、典型环境与典型情节。其中,最主要的是典型人物。典型环境与典型情节,作为典型人物在横向与纵向上的展开,说到底,都只是典型人物的有机组成部分。因此,讨论典型形象和形象的典型化,实际上就是讨论典型人物和人物的典型化。

我们说,典型人物代表着人物塑造的最高度,这是就典型人物和一般的文学人物相比较而言。

首先,从二者的具体性方面加以比较。一般的文学人物,虽然也各有其具体的个性或者个别形态,但这种个别形态,因为没有改造、强化到最高度,有时往往难免造成重复,产生混淆。而典型人物,作为绝无仅有的活生生的个体,在具体性上,却可以而且必须比一般的文学人物更进一层。其个别形态,无论是言谈、举止、生活与思想方式,还是外在标记等,都应该是特有的、独一无二的,应该由于高度具体而达到不可重复、不可混淆的地步。也就是说,从个别形态看,这个人只能是他自己,不会是其他什么人。以中国现代文学史上最著名的典型人物阿Q为例。他把"妈妈的"三个字成天挂在嘴边,张口闭口就骂上一声。除了阿Q以外,谁还会这样说话?他见了"长衫人物","总觉得站不住,身不由己地蹲了下去,而且终于趁势改为跪下"。除了阿Q以外,谁还会有这样的行为?他和吴妈正谈天,"忽然抢上去"说:"我和你困觉。"除了阿Q以外,谁还会这样去求爱?他一和别人发生口角,就说:"我们先前——比你阔得多!"一挨别人嘴巴,就想,这是"儿子打老子"。除了阿Q以外,谁还会有这样的"精神胜利法"?在《阿Q正传》发表以后,有剧团把它搬上了舞台。鲁迅听说舞台上的阿Q戴的是一顶瓜皮帽,就写信给剧团的编导,称如果阿Q头上戴的不是毡帽,便是失去了阿Q。可见,其外在标记也是独一无二的。凡此种种加在一起,使阿Q这一典型人物,大大有别于书中所写的、与其社会地位相仿的其他人物,如小D、王胡等,其个别形态像浮雕般丰满和突出。我们讲高度具体,讲不可重复、不可混淆,就是指这种情况。

其次,从概括性方面加以比较。一般的文学人物,虽然也各有其概括的共性或者社会内涵,但这种社会内涵,因为未进行高度的改造和强化,有时往往可以限定,可以穷尽。而典型人物,作为处在复杂的社会关系和生活进程之中的个体,他在概括性方面,却可以而且必须比一般的文学人物更进一层。其社会内涵,不管是就静态、就量的普遍性而言,还是就动态、就质的必然性而言,都应该是深广的、体味不尽的,应该由于高度概括而达到难以限定、难以穷尽的地步。也就是说,从社会内涵看,这个人不仅是他自己,而且是特定的社会关系和生活进程的显示者。如巴尔扎克在评论司各特笔下的典型人物时所说:"这些人物是从他们的时代的五脏六腑孕育出来的,全部人的感情都在他们的皮囊下栗动,其中往往隐藏着一套完整的哲学。"①正因如此,通过他或他们,你可以窥见他或他们所处的社会生活的本质和规律性的某些方面。对于这样的典型人物,既可以做量的普遍性的分析,也可以做质的必然性的分析。所谓量的普遍性,更多强调典型人物作为静态的社会类型的代表者所概括的阶级、民族,乃至于全人类的某些共同本性;所谓质的必然性,更多强调典型人物作为动态的生活进程的体现者所概括的时代潮流和历史规律。还以刚刚举过的阿Q为例。作为这一典型人物的核心的"精神胜利法",我们可以说,这是受统治阶级思想毒害的落后的不觉悟的农民意识的集中体现;我们也可以说,这是半殖民地半封建的中国从上层到下层的"国民性"的某些侧面的集中体现。然而,在相继进行了新民主主义革命和社会主义革命的今天,我们在当代的中国城乡地区,依然可以感觉到阿Q主义的存在。不仅如此,当《阿Q正传》被译介到国外之后,世界各地的许多有识之士,都惊奇地发现,在他们那里,也同样有阿Q的幽灵在晃动。从这个意义上,你甚至可以说,阿Q的"精神胜利法",是人类某种共同性的写照。这是讲阿Q的社会内涵在量的方面的普遍性。再来看看其社会内涵在质的方面的必然性。阿Q的一生,无论是就其生计,就其恋爱而论,还是就其造反经历而论,都是一出悲喜剧——在喜剧甚至是闹剧形式下上演的悲剧。它启示我们,要避免类似的悲喜剧在像阿Q这样的人身上再度发生,中国必须有一场以思想文化启蒙为重点的,真正意义上的社会革命运动。看,阿Q这一典型人物的社会内涵,就量而言是多么广泛,就质而言,又是多么深刻!我们讲高度概括,讲难以限定和难以穷尽,就是指这种情况。

概括以上两个方面,所谓典型人物,应该是指这样的一种文学人物:一方面,他具有不可重复、不可混淆的个别形态,是绝无仅有的活生生的个体;另一方面,他又具有难以限定、难以穷尽的社会内涵,通过他可以看到他所属的特定时代的社会生活的本质和规律性的某些方面。只有像这样以一个人反映一个时代、一个社会的文学人物,才可以称作典型人物。

关于什么叫作典型人物,古今中外的许多作家、理论家都曾做过论述。别林斯基说:"典型是一般与特殊这两极端的混合的成果。典型人物是全类人物

---

① 王秋荣.巴尔扎克论文学[M].北京:中国社会科学出版社,1986:62.

的代表,是用专名词表现出来的公共名词。"①在另一个地方,别林斯基又说:"在真正有才能的作家的笔下,每个人物都是典型;对于读者,每个典型都是一个熟识的陌生人。"②仿佛是为了解释"熟识的陌生人"这六个字,茅盾关于典型人物,有一番很好的描述。他在《创作的准备》一书中说:"这一'人物'说他是实在有的一位'我们的熟人'呢,倒又不是,然而'面熟'得很,'我们的熟人'中间都有'他'的影子,都有一点儿像'他',但并不就是'他';各人都有点像'他',然而又不全像'他';到处可以碰见'他',然而不能指认'他'就是某某。"而何其芳则显然是受了别林斯基关于典型人物"是用专名词表现出来的公共名词"这一论述的启示,他结合《红楼梦》研究,提出了"典型共名说"。但是不管是别林斯基的论述,还是茅盾的解释或是何其芳的引申,他们在很大程度上,都还停留在经验性描述阶段。我们认为,真正从理论上对什么叫作典型人物做出明确界说的是恩格斯。在写给敏娜·考茨基的信中,恩格斯这样说:"每个人都是典型,但同时又是一定的单个人,正如老黑格尔所说的,是一个'这个',而且应当是如此。"③如果以符号学关于符号所指与能指的理论去看待恩格斯和别林斯基等的说法,他们讲的"一定的单个人",讲的"陌生",讲的"专名词",作为典型人物高度具体的一面,即符号所指;他们讲的"典型",讲的"熟悉",讲的"普通名词",作为典型人物高度概括的一面,即符号能指。所指应尽可能地小而又小,小到只是那一个人,只是那个人的一两个特征;反过来,能指则应尽可能地大,大到能把全部社会关系和整个生活进程都包罗进去。一句话,用最小的所指体现最大的能指,这就是符号学意义上的典型人物。

为典型人物上述的二重特点所规定,一个作家要想使自己的人物塑造达到典型人物的高度,就必须同时对人物进行两个方面的改造和强化:一方面,尽可能地使之具体;另一方面,又尽可能地使之概括。文学创作过程中所谓人物的典型化,说到底,就是这种人物的具体化和概括化的同时进行。

先谈人物的具体化。根据马克思的提示:"具体之所以具体,是因为它是许多规定的综合,因而是多样性的统一。"④人物的具体化,可以理解为人物的多样统一。我们知道,社会生活中的人,一个个都是具体的,其个别形态,无不表现为多样统一。高尔基说:"人们是形形色色的,没有整个是黑的,也没有整

---

① 朱光潜.西方美学史:下卷[M].北京:人民文学出版社,1964:199-200.
② [俄]别林斯基.别林斯基论文学[M].梁真,译.上海:新文艺出版社,1958:120.
③ [德]马克思,等.马克思恩格斯列宁斯大林论文艺[M].北京:人民文学出版社,1980:130.
④ [德]马克思,恩格斯.马克思恩格斯选集:第二卷[M].北京:人民出版社,1972:103.

个是白的。好的和坏的在他们身上搅在一起了"①;绥拉菲莫维支也说:"不能认为人是用一种颜色涂成的。"②作为对这样一种生活原型的客观现实再现,作家写人物,要想做到具体,就必须立足于和着眼于人物个别形态的多样统一。

我们这样讲,包含有两个方面的要求:其一,作家应该从横的方向,把人物的个性形态由此及彼地看作多彩而非单一、丰富而非干瘪的鲜活生命体,也就是说,要写出人物性格的众多侧面,以及在众多侧面中涵盖一切的主导侧面与种种非主导侧面的对立统一,简而言之,即在多面中凸显一面。如鲁迅写孔乙己,就是这么处理的。鲁迅在不过三千字的篇幅里,通过细节描写,活生生地展示了孔乙己性格的众多侧面,如爱面子、喜欢卖弄、迂腐、善良、好吃懒做、偷东西等,这一切显示其性格的众多侧面。爱面子亦即读书人对自己文化身份的看重,则是上举多侧面中最具涵盖性的主导侧面,其他侧面皆由此演化出来。我们讲多面中凸显一面,就是这个意思。

其二,作家应该从纵的方向,把人物个性形态自始至终看作一个动态而非静态、变化而非僵化的成长或流动过程。也就是说,要写出人物性格的众多层次,以及在众多层次中一以贯之的稳定层次或不变层次,与种种不稳定层次或可变层次的对立统一,简而言之,即在多变中贯穿不变。如契诃夫写小公务员因为打喷嚏而向将军所做的三次道歉,便体现了多变中的不变。第一次道歉,是发自本能的谦恭;第二次道歉,是基于盘算的担忧;而第三次道歉,则是面临崩溃的恐惧。这三次道歉呈现了小公务员多层次的性格。而从谦恭到盘算再到恐惧,都是他作为身处社会最底层的小公务员,在森严的等级制度下积淀而成的等级观念以及由此而生的胆小怯懦,在不同情境里的不同表现。因为无论是谦恭、盘算,还是恐惧,这一切作为多变层次,究其实,都是由胆小怯懦导致的。我们所讲的多变中贯穿不变,就是这个意思。

综上所述,所谓多面中凸显一面,即横向上多侧面的统一;所谓多变中贯穿不变,即纵向上多层次的统一。只有写出这两个多样统一,人物性格才能因其具体,而显出人性至深处于异中之同或同中之异处所存有的某种细微特征,从而让读者感受到人物性格的魅力所在。在这方面,我们可以以中外经典名著为例。比如同是嫉妒者,王熙凤的嫉妒与奥赛罗的嫉妒,就因为和此二人不同的主导侧面及不变层次相联系,而表现得大不一样。如果说,王熙凤的嫉妒打着野心霸道的深深印记,那么,奥赛罗的嫉妒,则显然是一个心地善良、品德高尚

---

① [苏]高尔基.文学书简:下卷[M].曹葆华,渠建明,译.北京:人民文学出版社,1962:219.
② [苏]高尔基,等.论写作[M].孟昌,等译.北京:人民文学出版社,1955:125.

的人由于轻信而受蒙蔽所致。再比如同是粗鲁人,正如金圣叹在评点《水浒传》时所说:"鲁达粗鲁是性急,史进粗鲁是少年任气,李逵粗鲁是蛮,武松粗鲁是豪杰不受羁勒,阮小七粗鲁是悲愤无说处,焦挺粗鲁是气质不好。"之所以有这般差异,是因为每个人物要受各人性格中主导侧面及不变层次的制约。叶昼言《水浒传》写人"全在同而不同处有辨",他对两位搏虎者进行比较:"武松打虎,纯是精细;李逵杀虎,纯是大胆。"在"同而不同处",两个人物和两种性格,可以看得清清楚楚。

通过以上分析,我们可以知道,人物的具体化或者人物的多样统一,究其实,就是要写出人物性格的丰富性和复杂性。如果我们结合文学作品的实际来看,人物性格的丰富性和复杂性,常常表现为一种在性格深处看似矛盾对立,实则协调统一的二律背反现象,即所谓二重性格。如阿Q的自尊和自卑、淳朴和狡猾、无文化和深受封建文化毒害、具有造反精神和充满奴性等,就是最典型的例子。其他如《白鹿原》中的白嘉轩、《复活》中的聂赫留道夫、《三国演义》中的曹操等,也都可作如是观。相反,文学作品中也常有一些不具有丰富性和复杂性的人物性格,表面上似乎没有二重性的矛盾对立,一切好像都在情理之中,但这样的人物性格,往往因为其内涵单一、单调,理念外露,而缺少真实感以及可信度。

英国评论家福斯特在《小说面面观》中把人物分为两大类:一类叫圆形人物,另一类叫扁平人物。用黑格尔的话加以诠释,圆形人物"生活在多种情致里",因而是具有"性格的丰满性"的人物;而扁平人物,由于仅仅生活在一种情致里,是一根筋式的人物。丰富复杂的圆形人物,当然具有多样的统一的特点,一根筋式的扁平人物,如果确有其审美价值的话,也应该具有多样的统一的特点。也就是说,成功的扁平人物,性格虽然仅有一两个侧面,但这一两个侧面,因为写得摇曳多姿,曲尽其妙,显示了性格成长发展的动态过程,所以,从层次上看,也仍能给人以多样统一之感。如契诃夫短篇小说中的许多典型人物,作为扁平人物却具有多样的统一的特点,即属此例。

按照上面所说的那种理解,在人物具体化过程中,所谓多侧面的统一,实际上,就是要求作家去写圆形人物,而不是去写扁平人物;所谓多层次的统一,实际上,也就是要求作家去写尚在成长和发展中,或者说是未定型的动态性格,而不是定型、僵化的静态性格。根据人物的具体化程度,亦即人物的多样统一程度,我们可以把古往今来文学作品中的人物形象,进行一个排序:首先是圆而动者(圆形人物具有动态性格),其次是圆而静者(圆形人物具有静态性格)或扁而动者(扁平人物具有动态性格),最后是扁而静者(扁平人物具有静态性格)。圆而动者因为写出了多侧面和多层次两个多样统一,是最具体的;圆而静者或扁而动者,因为分别写出了某一个方面的多样统一(多侧面或多层次),也具有较大的具体性;唯有扁而静者则因为哪方面的多样统一都没有写出来,是最不具体的一类。这样的排序,不能说绝对准确,但大体能说明问题。用文学名著中的人物谱来加以印证,可谓屡试不爽。

在塑造这样的圆形人物和动态性格方面,《红楼梦》为我们提供了成功的范例。例如林黛玉,一方面,她聪敏过人,心眼很多,处于寄人篱下的地位,对谁都防着一手;另一方面,她又过分信赖贾母,总以为外祖母会成全自己,而事实证明,她在这个问题上是少了一个心眼。一方面,她从自身的遭遇出发,同情并怜爱身边的丫鬟,把紫鹃视为姐妹;另一方面,她又以贵族小姐的固有偏见,无情地戏弄像刘姥姥这样的农家老妇。一方面,她孤高自许,把谁都不看在眼里,显得特别狂傲;另一方面,她又屡屡称赞史湘云、薛宝钗的诗才,说自己所写的诗不如人家,显得非常谦和。一方面,她急于以心换心,从宝玉嘴里听到爱的表白;另一方面,当宝玉直抒胸臆时,她又气恼得不行……凡此种种,看上去矛盾,实则统一。曹雪芹正是运用了多样统一的具体化笔墨,把一个圆而动的人物性格,活生生地描画了出来。另外,再如莎士比亚笔下的人物性格,无论是哈姆雷特,还是奥赛罗等,在很大程度上也是如此。普希金分析得好,他们"不是某一种热情或某一种恶行的典型;而是活生生的、具有多种热情、多种恶行的人物;环境在观众面前把他们多方面的多种多样的性格发展了。"[①]难怪这位俄国诗人在谈到莎士比亚时常常发出惊叹,莎士比亚所塑造的一系列圆而动的人物性格,作为文学典型,确实有值得人惊叹的地方。

以上我们谈到了人物的具体化。除此之外,另外一个环节是人物的概括化。我们说,人物性格从横向看,应是多侧面的统一;从纵向看,应是多层次的统一。我们这样强调,是因为每个人物性格,在其现实性上,都不能不是各种社会关系的总和,不能不是整个生活进程的产物。基于此,要想真正做到人物的具体化,只写性格本身作为整体、作为过程的多样统一是不够的,而必须同时把人物性格置于他所处的各种社会关系的结点上,置于由这些关系的矛盾冲突及其发展变化所展示的整个生活进程的流水线上。这样,作家在写出了某一个多样统一的具体人物性格的同时,自然也就写出了由这个人物性格所体现的各种社会关

---

① 段宝林.西方古典作家谈文艺创作[M].沈阳:春风文艺出版社,1980:275.

系和整个生活进程。我们所谓人物的概括化,便是这个意思。用通俗的话讲,是要把人物放在牵一发而动全身的地位,让人物起到一叶落而知天下秋的作用。

例如,路遥在《人生》中所写的高加林,就可以作如是观。作为一个在20世纪80年代新旧交替时期,从中国内地城乡交叉地带,举步踏入艰难的人生之路的知识青年,一方面,他不甘心按农村的传统方式继续如牛负重地生活和劳作下去,跃跃欲试地想干些事情;另一方面,他又说不清楚,自己到底要干些什么事情。一方面,他受来自城市的社会新思潮的诱惑,急不可待地想出去走一走,闯一闯;另一方面,他又说不清楚,自己到底要走向什么地方,闯到什么地方。他要行动,但行动的方向是模糊的;他有追求,但追求的目标是朦胧的。如果说,要给高加林画一幅画像的话,那么,这是一个力图有所作为但最终一事无成的骚动而且不安的灵魂。高加林的骚动不安,反映了他内心多种欲望相交织的性格特征,同时也体现了他所处的城乡交叉地带各种社会关系和新旧交替时期整个生活进程的某些本质以及规律性。我们正是在他的骚动不安之中,看到了当时中国社会的矛盾,看到了为克服这样的矛盾而进行一场社会变革的必然性。有人指出,高加林的悲剧本身,是对改革的深情呼唤。作为对高加林形象的社会内涵的一种概括,这番话应当说是中肯而且深刻的。

正像前面讨论情感的典型化时,我们说有两条路可走一样,人物的典型化同样有两条可供选择的途径。以上所讲向外延展,写好人物所处的各种社会关系和整个生活进程,是一条进行人物典型化的途径——这是为大家所熟悉的现实主义文学典型化的途径。此外,还有另外一条途径,那就是向内发掘,写出人物灵魂深处的种族和民族的集体无意识。这是现代主义文学进行人物典型化的途径。关于前者,我们在巴尔扎克、列夫·托尔斯泰、曹雪芹、鲁迅等大师那里,可以找到无数的例证;关于后者,我们只要举出卡夫卡的《变形记》、马尔克斯的《百年孤独》中所写的那些人物,就足以说明问题。

上面,我们为了叙述的方便,分别论述了人物的具体化和人物的概括化。其实,这两个环节在人物典型化的过程中,是同时进行的,是统一的。具体化和概括化的这种统一,主要来自作家的形象活动中形象和概念的统一,即所谓形和神的统一。有形无神,只有具体化而没有概括化,是"恶劣的个性描写",不能叫作人物的典型化;有神无形,只有概括化而没有具体化,是把"个性消融到原则里去"①,也不能叫作人物的典型化。只有使形和神两个方面彼此兼备,让

---

① [德]马克思,等.马克思恩格斯列宁斯大林论文艺[M].北京:人民文学出版社,1980:130.

具体化和概括化同时进行,才有可能通过不可重复、不可混淆的个别形态反映难以限定、难以穷尽的社会内涵,达到人物典型化的高度。

我们说,人物的典型化是人物的具体化和人物的概括化的统一,这是就人物塑造本身而论。如果把人物塑造与整个形象体系的塑造联系起来,那么,所谓人物的典型化,实际上就是人物与环境、人物与情节的统一。如前所述,人物要典型,从横向看,必须展示其性格多侧面的整体,并且把这个性格整体放在各种社会关系的结点上;从纵向看,必须展示其性格多层次的过程,并且把这个性格过程放在整个生活进程的流水线上。前者涉及的主要是典型人物的横向展开,即人物与环境的关系;后者涉及的主要是典型人物的纵向展开,即人物与情节的关系。一个典型人物,除了其自身要具有充分的典型性之外,环境和情节也要与之相统一,具有充分的典型性。也就是说,典型人物必须在典型环境中存在,在典型情节中发展。恩格斯当年批评哈克奈斯的《城市姑娘》,认为其环境写得不够典型,强调的就是典型人物与典型环境的关系。[①] 再如果戈里的《外套》中的主人公阿卡基·阿卡基耶维奇之所以成为典型人物,正如多宾分析的那样,在很大程度上,得益于典型化的情节。

## 第三节 文学创作方法

我们在前面一节,对文学创作中作家自我审美感受的形成和表达过程做了总体的勾勒,为了把讨论引向深入,接下来需要再考察一下,作家自我审美感受在心理类型以及个别形态等方面的种种特点。如果说,作家自我审美感受的个别特点,涉及的主要是文学的独创性和创作风格问题,那么,作家自我审美感受的类型特点,涉及的则主要是文学的创作方法问题。

### 一、创作方法的含义和种类

#### 1. 创作方法的含义

我们在学习文学史的时候,常常听人这样说:李白的作品是浪漫主义的,而

---

[①] [德]马克思,等.马克思恩格斯列宁斯大林论文艺[M].北京:人民文学出版社,1980:135.

杜甫的作品则是现实主义的;莫里哀的作品是古典主义的,而马拉美的作品则是现代主义的。这里所谓浪漫主义和现实主义、古典主义和现代主义,都是指创作方法。

现在国内的许多文学概论教材,在创作论部分已经不讲创作方法。它们把创作方法所涉及的诸如现实主义、浪漫主义、现代主义和后现代主义等内容,作为文学思潮和文学运动,置于文学发展论中去讨论。这样安排自然是有道理的。因为文学创作作为人类的一种最自由的精神创造,是没有固定的方法可以遵循的。古人所谓"文无定法",就是这个意思。鲁迅当年也曾不止一次尖锐地批评和嘲笑过"诗歌作法""小说作法"一类理论的欺骗性。所以,文学创作既然无固定的方法可言,那么,创作方法的概念也就难以成立了。然而,这一概念自20世纪20年代由苏联文艺界提出,并很快传入我国以后,在我国的文学理论批评中广泛使用,且已经到了尽人皆知的地步。基于某种约定俗成的原则,我们今天在文学创作论中,仍然继续保留了创作方法的概念。但是,我们保留这一概念,已不是把它当作具体的方法或原则来看待,而是要刮垢磨光,赋予其一种全新的含义,用以指代作家美感的心理类型表现于文学创作中的种种特点。简而言之,即美感心理的类型特点。

按我们的理解,创作方法不是简单的方法,也不是笼统的原则,作为文学创作过程中作家的自我感受在心理类型上的种种特点的集中体现,其概念至少应包括以下三重含义:其一,作家在情感表现方面的类型特点,例如,作家的情感表现是侧重于主观,还是侧重于客观?是强调无目的,还是强调有目的?等等;其二,作家在形象塑造方面的类型特点,例如,作家的形象塑造是侧重于理想,还是侧重于现实?是强调无规律,还是强调有规律?等等;其三,由上述两个方面决定的作家在语言(包括手段、技巧)运用方面的类型特点,例如,作家的语言运用是侧重于表现,还是侧重于再现?是强调无法则,还是强调有法则?等等。因此,所谓创作方法,从严格的意义上讲,应是作家在情感表现、形象塑造和语言运用等方面的类型特点的总和。

在这三个方面之中,前两个方面,即情感表现和形象塑造方面的类型特点,属于创作方法概念里的内容因素,一般叫作创作精神;后一方面,即语言运用方面的类型特点,属于创作方法概念里的形式因素,一般叫作创作手法。从这个意义上说,创作方法是作家在情感表现、形象塑造和语言运用诸方面的类型特点的总和,也是作家的创作精神和创作手法的统一。

我们将创作方法视为作家的自我感受的心理类型,在这一思路中,有强调创作方法的相对稳定性的考虑。也就是说,一个作家基于其美感的心理类型,他所使用的创作方法,往往有其稳定性,起码在一个相当长的时间内,不会出现大的变化,有人甚至可以一辈子保持不变。但是,我们也不能就此而将这一问题引向绝对化。作家自我感受的心理类型的形成既受先天因素的影响,又受后天因素的制约。一旦在两种因素的交互作用下,作家的自我感受被定型,这就意味着其自我感受的心理类型,以及与之相对应的创作方法,也就取得了阶段性的稳定。然而,我们讲阶段性的稳定,并不是说,作家的美感类型和创作方法,从此再没有变化的可能。变化还是有的,特别是在社会的经济、政治和文化生活大变动的时期,这方面变化的概率往往会随之而有所提升。我们在本章第一节讲到作家自我的美感结构时,曾引述皮亚杰的发生认识论。这位瑞士的心理学家指出,在主体的格局亦即认知结构和客体的认知属性的交互作用中,常常会有调节和同化的现象发生。其中,所谓调节,就是指主体为适应客体的认知属性而局部地修正自己的认知结构的现象。现在,我们完全可以用这种现象,来解释作家的美感类型和创作方法在相对稳定后出现的种种变化。例如,鲁迅的作品之所以会由早期充满浪漫激情的象征主义走向后期清醒的现实主义,郭沫若作为五四时期最具代表性的浪漫主义者,之所以会在大革命失败之后,一再宣称自己是现实主义者,原因大概都在于,作家的美感类型和创作方法,通过其心灵的调节功能,而做出了与时俱进的大幅度的调整。

### 2. 创作方法的种类

以往我们的文学理论,一提到创作方法,似乎不是现实主义,便是浪漫主义,而且把现实主义和浪漫主义分别视为一种创作方法。这是一种片面性的观点。特别是20世纪30年代苏联文艺界提出社会主义现实主义的创作方法,20世纪50—60年代毛泽东又提出革命现实主义和革命浪漫主义相结合的创作方法以后,由于理解上的偏差,文学理论更是走向了把创作方法定于一尊的极端。由此而产生的理论上的悖谬和实践中的失误,曾经给我们的文学事业带来了灾难性的后果。

我们认为,文学的创作方法,远非一种类型所能囊括,它在类型以及品种上,都应该是多样化的。

首先是类型的多样化。正如本章第一节所述,作家自我的审美感受,在横向上,作为情感活动和形象活动的统一,有以情感活动为主的分享型和以形象活动为主的旁观型的区别;在纵向上,作为无意识活动和意识活动的统一,有以无意识活动为主的非自觉型和以意识活动为主的自觉型的区别。与作家自我审美感受的这些心理类型相对应,文学的创作方法,横向地看,也就有浪漫主义类型和现实主义类型的区别;纵向地看,也就有直觉主义类型和理性主义类型的区别。

具体地说,如分享型作家,其情感表现,在主观和客观两个方面之间,更多地侧重于主观方面;其形象塑造,在理想和现实两个方面之间,更多地侧重于理想方面;其语言运用,在表现和再现两个方面之间,更多地侧重于表现方面。这就是创作方法中所谓的浪漫主义类型。如旁观型作家,其情感表现,在主观和客观两个方面之间,更多地侧重于客观方面;其形象塑造,在理想和现实两个方面之间,更多地侧重于现实方面;其语言运用,在表现和再现两个方面之间,更多地侧重于再现方面。这就是创作方法中所谓的现实主义类型。如非自觉型作家,其情感表现,在有意和无意两个方面之间,更多地强调无意即无目的的一面;其形象塑造,在有理和无理两个方面之间,更多地强调无理即无规律的一面;其语言运用,在有法和无法两个方面之间,更多地强调无法即无法则的一面。这就是创作方法中所谓的直觉主义类型。如自觉型作家,其情感表现,在有意和无意两个方面之间,更多地强调有意即有目的的一面;其形象塑造,在有理和无理两个方面之间,更多地强调有理即有规律的一面;其语言运用,在有法和无法两个方面之间,更多地强调有法即有法则的一面。这就是创作方法中所谓的理性主义类型。

其次是每一类型里面品种的多样化。我们知道,作家自我的审美感受,除了各有其心理类型之外,还各有其个别形态。正因如此,他们的审美感受,即便属于同一个心理类型,也往往各显形貌,各具风采。这种情况在文学的创作方法中体现为:不管是浪漫主义还是现实主义,也不管是直觉主义还是理性主义,它们作为创作方法的某一类型,其本身都不能不是因人而异的,不能不是多样化的。关于这一点,我们可以从卢那察尔斯基下面的一番比较中看得较为清楚。他说:"有几分激奋夸饰,有点儿扬厉铺张,再加上丰富的内容,和圆熟地表现内容的企望——这些都是高尔基历来固有的特色,它们一同构成一束高尔基艺术现实主义的鲜花。它们丝毫没有使他变得不太切合实际,这只不过是方法中的一种而已。柯罗连科有另一种,契诃夫有第三种,托尔斯泰有第四种,但这些作家全是艺术上的现实主义者。"[①]卢那察尔斯基在这里是将同为现实主义的作家做比较。除此以外,我们还可以将同为浪漫主义、同为直觉主义或同

---

① [苏]卢那察尔斯基.论文学[M].蒋路,译.北京:人民文学出版社,1978:309.

为理性主义的作家进行比较,来说明创作方法的每一类型里面的品种的多样化。

将类型的多样化和品种的多样化联系起来看,文学的创作方法,在很大程度上是一个纵横交错的坐标系。坐标系的横轴,按其延展的方向,可以分为两个部分:一部分指向主观,指向理想,指向表现,代表着创作方法中的浪漫主义类型;一部分指向客观,指向现实,指向再现,代表着创作方法中的现实主义类型。作为浪漫主义的端点,只要主观的理想表现,不要客观的现实再现,这是消极浪漫主义,即唯我主义的创作方法;作为现实主义类型的端点,只要客观的现实再现,不要主观的理想表现,这是自然主义的创作方法。同理,坐标系的纵轴,按其延展的方向,也可分为两个部分:一部分指向无目的、无规律、无法则,代表着创作方法中的直觉主义类型;一部分指向有目的、有规律、有法则,代表着创作方法中的理性主义类型。作为直觉主义类型的端点,只讲直觉,不讲理性,这是反理性主义或者神秘主义的创作方法;作为理性主义类型的端点,只讲理性,不讲直觉,这是公式主义的创作方法。

从上述这个坐标系来看,创作方法确实是多样化的。然而,我们说创作方法是多样化的,并不意味着,每一种创作方法在文学创作过程中都具有一样的优胜条件,因而可以把它们同等看待。凡是真善美的文学作品,不管它是侧重于主观的理想表现,还是侧重于客观的现实再现,也不管它是强调直觉,还是强调理性,都应该建立在主观理想表现和客观现实再现相统一或直觉和理性相结合的基础之上。而作为浪漫主义极端发展的消极浪漫主义,作为现实主义极端发展的自然主义,作为直觉主义极端发展的反理性主义,作为理性主义极端发展的公式主义,它们都是主观理想表现和客观现实再现相割裂或直觉和理性相对立的产物。因而,用诸如此类的创作方法创作出来的文学作品,就不可能是真善美的文学作品。为了保证文学的审美价值,我们在提倡创作方法的多样化的同时,必须排斥和反对创作方法的极端化。

### 二、现实主义、浪漫主义、理性主义和直觉主义

以上,我们概略地谈到了创作方法的几种基本类型。为使大家对这些类型有一个较为具体的了解,下面,我们想结合文学史上的作家作品,就现实主义、浪漫主义、理性主义和直觉主义各自的性质特点,分别进行讨论。

#### 1. 现实主义

现实主义作为创作方法的一个基本类型,古已有之。从古代的朴素现实主

义,到近代的批判现实主义,再到现代的带有现代主义和后现代主义的某些特质的现实主义,现实主义文学经历了一个漫长的发展和演进过程。但有关这方面的概念,却是席勒在一百多年前才提出来的。这位德国诗人在1795年所写的《论素朴的诗和感伤的诗》一文中,把诗(即文学)分为素朴和感伤两类。按他的理解,感伤的诗"把现实提高到理想","表现或显示理想",就是浪漫主义;素朴的诗"尽可能完美地模仿现实",就是现实主义。① 继席勒之后,别林斯基又对现实主义做了新的解释。他把现实主义称为"现实的诗",以别于浪漫主义的"理想的诗"。他认为,前者"忠实于生活的现实性的一切细节、颜色和浓淡色度,在全部赤裸和真实中来再现生活";后者则"根据依存于对事物的看法,对生活在内的世界、时代和民族的态度的他固有的理想,来改造生活"。② 然而,无论是席勒还是别林斯基,他们的上述言论虽然都已触及现实主义的某些特点,但从严格的意义上讲,都还不能算作对现实主义概念的完整表述。截至现在,在所有关于现实主义的论述中,最富于启发性的是恩格斯和高尔基的论述。恩格斯说:"据我看来,现实主义的意思是,除细节的真实外,还要真实地再现典型环境中的典型人物。"③高尔基说:"对于人和人的生活环境作真实的、不加粉饰的描写的,谓之现实主义。"④

综合从席勒到高尔基的有关论述,我们认为,所谓现实主义,应该是指创作方法中以塑造形象为主,侧重于客观的现实再现的一个基本类型。其总体特点,可以概括为以下三个方面:

首先是形象塑造注重现实性。这是现实主义之所以称为现实主义的最根本的特点。我们知道,现实主义作家在心理上属于旁观型。其审美感受,在情感活动和形象活动的统一中,以形象活动为主。缘于此,他们在选取某个对象加以描写时,虽然也免不了有情感的移注,有想象的改造,但起决定作用的,却不是这些因素,而是他们靠实地观察得到的印象以及用直觉领悟换来的认识。现实主义的艺术功力,在很大程度上,就见诸观察和领悟。巴乌斯托夫斯基之所以说,"作家最宝贵的东西,就是他对生活的见解和观察的积累"⑤,原因便在于此。从文学史上看,不管是法国的巴尔扎克、俄国的列夫·托尔斯泰,还是中

---

① 古典文艺理论译丛编辑委员会.古典文艺理论译丛:第二册[M].北京:人民文学出版社,1961:2.
② [俄]别林斯基.别林斯基选集:第一卷[M].满涛,译.北京:人民文学出版社,1958:143.
③ [德]马克思,等.马克思恩格斯列宁斯大林论文艺[M].北京:人民文学出版社,1980:135.
④ [苏]高尔基.高尔基选集·文学论文选[M].孟昌,曹葆华,译.北京:人民文学出版社,1958:163.
⑤ [苏]巴乌斯托夫斯基.金蔷薇[M].李时,译.上海:上海译文出版社,1980:72.

国的鲁迅,可以说,每一个现实主义作家本身都是善于观察、善于领悟的人。他们平时在现实中观察和领悟了什么,在作品中就写什么;是怎样观察和领悟的,在作品中就怎样写。正因为如此,他们在一般情况下很少凭个人意愿或者理想去编织那些不实际有也不可能有的人物和故事,而总是严格地从现实出发,按亲眼看到、亲耳听到以及领悟到的现实的本来面目去塑造形象。

关于现实主义在形象塑造方面这一注重现实性的特点,下面,我们想结合选材、人物与环境关系的处理以及细节描写等几个环节,做进一步的具体论述。

一是选材。因为现实中的人,无论是外表,还是内心,看上去都普普通通,所以,现实主义按现实的本来面目造形,就必然会更多地选取普通人作为主角,集中地描写他们的日常生活以及命运,展示这些世俗的人既非神性,亦非魔性的人性的真实。试以契诃夫或者鲁迅的小说为例,这些现实主义代表作,所写的几乎全是普通人的琐事。然而,正因为它们在选材上不避烦琐,能如周圻所言:"偏于极琐屑处,写得其人须眉生动。"[1]所以,较之某些耍神弄鬼之作,这些作品反而具有更强烈的现实意味和生活气息。自然,我们这样提出问题,并不是说,现实主义就不写英雄人物。只要此类人物在现实中真实地存在,并且为作家自我真实地感受过,现实主义还是乐于为英雄人物花费笔墨的,如富尔曼诺夫写《夏伯阳》,柳青写《创业史》,陈忠实写《白鹿原》等,便都是例证。然而,现实主义写英雄人物,强调的主要是英雄人物于平凡处见伟大的一面,也就是说,他们仍然把英雄人物当作普通人来写。鲁迅下面的话:"战士的日常生活,是并不全部可歌可泣的,然而又无不和可歌可泣之部相关联,这才是实际上的战士"(《且介亭杂文末编·"这也是生活"》),正是关于现实主义英雄观的一个概括表述。

二是人物和环境的关系处理。因为现实中每个人都在一定的自然以及社会环境中生活,或者说,每个人都是环境的产物,所以,现实主义按现实的本来面目造形,就必然会更多地把那些普通人物与其所处的日常环境相联系,强调人物对环境的依赖性和环境对人物的制约力,通过对从自然到社会的种种环境的具体描写,来展示人物之所以有这样的性格,而没有那样的性格的客观依据。关于这一点,巴尔扎克曾经发表过很好的见解。他说:"动物是这样一种元素,它的外形,或者说得更恰当些,它的形式的种种差异,取决于它必须在那里长大的环境。动物类别就是这些差异的结果。……在这一点,社会和自然相似。社

---

[1] 北京大学哲学系美学教研室.中国美学史资料选编:下册[M].北京:中华书局,1981:249.

会不是按照人类展开活动的环境,把人类陶冶成无数不同的人,如同动物之有千殊万类吗?"①巴尔扎克的作品在很大程度上便是按他的上述见解加以处理的。如他在《高老头》中写拉斯蒂涅怎样由一个一无所知的外乡客变成唯利是图的野心家时,就特别强调伏脱冷的开导、高老头两个女儿的熏染以及巴黎整个资产阶级生活环境所起的制约作用。其他现实主义大师,如列夫·托尔斯泰在《复活》中写玛丝洛娃,曹雪芹在《红楼梦》中写贾宝玉和林黛玉,也都非常注意用环境来说明人物的性格及其发展变化。以上作家,不是通常都被称为批判现实主义作家吗?这里所谓批判,在很大程度上,就是指他们对造就人物性格的病态社会环境的揭露和剖析。

三是细节描写。因为现实中的人物以及环境,都各有其具体的外观,也各有其概括的内涵。作为这种内外的统一,它们都各有其自身的特征。所以,现实主义按现实的本来面目造形,就必然会更多地把注意力放在最能显示生活特征的细节描写上,换句话说,就是典型化的细节描写上。通过它们,一方面,具体地展现人物和环境的外观,为其写照;另一方面,概括地揭示人物和环境的内涵,为求传神。最终达到在造形方面内外如一、形神兼备的充分的真实性,即所谓的真的高度。我们来看杜甫的《羌村三首》中关于诗人自己在战乱之中死里逃生半夜归家的细节描写,如"妻孥怪我在,惊定还拭泪","夜阑更秉烛,相对如梦寐"等,从外观到内涵,就都显得非常真实,严格地合于安史之乱这一特定的历史条件下家庭中人与人关系的本来面目。难怪沈德潜在评点上述几句时这样说:"先惊后悲,真极。"②这首诗的细节描写,确实达到了足以显示特征的典型化的高度。其实,远不止杜甫,几乎所有的现实主义作家,都非常重视典型化的细节描写。如巴乌斯托夫斯基,他在一般性地指出"缺乏细节描写的作品,会失去生命力"的同时,还特别强调说:"……细节只有当它具有代表性的时候,只有当它能够像光线一样,立刻从黑暗中照出任何一个人或一个现象的时候,它才有生存的权利,才是必要的。"③这里,巴乌斯托夫斯基所谓细节的代表性,实际上就是指细节的典型化。

以上我们讲,现实主义注重描写普通人及其命运,注重用环境解释和说明人物,注重细节的典型化,都是就现实主义在形象塑造方面注重现实性的特点而言。

---

① 古典文艺理论译丛编辑委员会.古典文艺理论译丛:第十册[M].北京:人民文学出版社,1965:2.
② [清]沈德潜.唐诗别裁集[M].长沙:岳麓书社,1998:47.
③ [苏]巴乌斯托夫斯基.金蔷薇[M].李时,译.上海:上海译文出版社,1980:144.

其次是情感表现注重客观性。现实主义的旁观型作家，其审美感受虽以形象活动为主，但他们不是无情之人，也就是说，他们在审美地感受现实对象时，除了会留下某种印象和得出某种认识（这二者如前所述，是他们塑造形象的主要依据）以外，还会相应地激起某种生理的或伦理的情感。然而，这种情感在现实主义作家那里，由于要受其形象的极大制约，一般都体现得较为含蓄、内敛，埋藏很深，更多地呈内向渗透，而不呈外向倾泻。其在表现时，往往像潜流一般，注入人物、情节和场景之中，随着这些视觉形象的展开，而间接、隐蔽地加以流露。正因如此，我们读现实主义作品，虽然能感觉到，有作家自我的主观情感在里面，但却很难从字里行间把这种主观情感具体地指点出来。这些作品，情在隐现之间，"我"在有无之中。我们所谓现实主义表情的客观性，就是这个意思。

具体说来，现实主义客观地表现情感，大致有两种方式：一种是通过对人物和环境的色调渲染，暗暗地营造某种欢乐或悲哀的情感氛围。如鲁迅在《故乡》的一开头这样写道：

> 我冒了严寒，回到相隔二千余里，别了二十余年的故乡去。时候既然是深冬，渐近故乡时，天气又阴晦了，冷风吹进船舱中，呜呜的响，从篷隙向外一望，苍黄的天底下，远近横着几个萧索的荒村，没有一些活气，我的心禁不住悲凉起来了。

这里，除了最后一句，整段之中，没有一处提及作者的情绪如何。但我们透过诸如"深冬""阴晦""冷风……呜呜的响""苍黄""萧索的荒村"等字样所着意渲染的情感氛围，分明可以感受到作者那一颗充满悲凉的心。

另一种是通过对人物和情节的组接、转换以及归宿处理，隐隐地透露某种或是同情，或是反感的情感意向。如《儒林外史》写范进举孝，刚刚说完他因为吃素而不能用象牙筷子，却又马上笔锋一转，说他乘人不注意把一颗鱼圆吞进嘴里。在此过程中，作者看上去不动声色，但无论多么愚钝的读者，都会由两组形象的组接以及转换，体察到作者对于类似范进这类假道学的嬉笑怒骂之情。

这里，我们需要特别提到人物和情节的归宿处理，因为其最清楚不过地表明了作者的爱憎态度和是非观念。如果说，像上面提到的范进举孝，作为形象的组接和转换，体现的仅是作者在某一局部的情感意向，那么，形象发展到最后，作者让这些人物以及情节如何收场，则往往带有最终的情感审判的性质。

如《阿Q正传》的大团圆结尾,就可以作为鲁迅对阿Q既哀(哀其不幸)且怒(怒其不争)的情感审判来看待。恩格斯在给劳·拉法格的信中称赞巴尔扎克:"在他的富有诗意的裁判中有多么了不起的革命辩证法!"①他讲的"富有诗意的裁判",即我们所谓的情感审判。

在以上所举的两种表情方式中,现实主义的散文以及诗歌作品,多用第一种表情方式,即用人物和环境来制造情感氛围的方式;而现实主义的叙事以及戏剧作品,则多用第二种表情方式,即用人物和情节来透露情感意向的方式。自然,两种表情方式也有交叉使用的。那样的作品的情感的客观化意味就更浓一些。

我们说,现实主义采取客观化的表情方式,这是就其总体而论。具体到不同的作家身上,客观化的程度又各有区别。有人主张把情感完全隐蔽起来,如福楼拜、契诃夫,就属此例。福楼拜在《包法利夫人》中说:"一个小说家没有权利说出他对于人事的意见。在他创作之中,他应该模仿上帝,这就是说,制作,然而沉默。"与福楼拜相似,契诃夫也多次表示:"人可以为自己的小说哭泣,呻吟。可以跟自己的主人公一块儿痛苦,可是我认为这应该做得读者看不出来才对。态度越是客观,所产生的印象就越有力。"②有的作家,情感基本做到了隐蔽,但到关键处,也要做点抒情,发点议论。鲁迅被看作此类作家的代表人物。他的小说,在白描之余,间或穿插一两句抒情、议论的文字,往往点到即止,使人回味无穷。除此之外,还有些现实主义作家,尽管他们知道应该隐蔽情感,但基于某种宣传上的需要,经常控制不住自己,大段大段地抒情或者议论。这种情况,我们在列夫·托尔斯泰的作品中看得较为明显。虽然这样做,从总体上看,无损于他作为现实主义者的客观性,但应该承认,过于冗长的抒情以及议论,毕竟是败笔,不足为训。在这一点上,福楼拜对《战争与和平》的批评,是值得深思的。福楼拜说:"前两卷崇高,第三卷可就一落千丈了。他重复,还发议论!总之,我看见了他本人、作者和一个俄国人,可是这以前,我只看见自然和人类。"③除列夫·托尔斯泰之外,柳青的《创业史》也存在作者主观抒情或议论过多的问题。

上面我们谈到了现实主义的两个特点:形象塑造注重现实性和情感表现注重客观性。这两点合在一起,构成所谓的现实主义精神。

---

① [德]马克思,恩格斯.马克思恩格斯全集:第三十六卷[M].北京:人民出版社,1975:77.
② [俄]契诃夫.契诃夫论文学[M].汝龙,译.北京:人民文学出版社,1958:209.
③ [苏]卢那察尔斯基.论文学[M].蒋路,译.北京:人民文学出版社,1978:177.

最后，与现实主义的创作精神相适应，现实主义在创作手法方面的特点是语言运用注重再现性。

这里所谓再现性，主要指以下三点：一是精确而富于质感的造形语言。现实主义重在造形，它的语言主要是造形语言。为了使写出来的人物、情节、环境，无限制地接近现实中的真人、真事、真境，现实主义作家要求语言本身尽可能地减少由于情感的渗透而导致的模糊成分，一方面犹如科学语言一样的精确，另一方面又好像绘画以及雕塑语言一样地富于质感。关于这一点，我们可以以左拉和契诃夫的话为证。在理论上提倡自然主义而在实践中基本奉行现实主义的左拉在谈到他的实验小说时这样说："我一般只消把'小说家'这个名词来代替'医生'这个名词，以便把我的思想表达清楚，使它具有科学真理的精确性。"① 而契诃夫在写给高尔基的信中又这样说："您善于雕塑，那就是说您在描写事物时看见它，用手摸到了它，这才是真正的艺术。"② 他们二人，前者主要强调造形语言的精确，后者主要强调造形语言的富于质感。二是自然成文的叙事和戏剧结构。现实主义以造形为主，其用武之地更多地在于小说和剧本。为了保持现实的本来面目，它要求小说的叙事结构和剧本的戏剧结构，严格地按生活自身的脉络，自然而然地展开，自然而然地变化，而不应在常规和常理之外另搞一套，显得过于曲折或者奇巧。在这方面，《红楼梦》的结构方法在现实主义作品中是有代表性的。曹雪芹说，他在安排布局时，"至若离合悲欢，兴衰际遇，则又追踪蹑迹，不敢稍加穿凿。……"（《红楼梦》第一回）。意思是，他要让结构自然成文。三是朴素的写实手法。我们知道，现实本身，恰如别林斯基所言："没有效果，没有场面，没有戏剧性的矫饰，一切都是朴素而平凡的……"③ 基于此，现实主义塑造形象，便常常使用白描、模拟等写实手法，追求一种朴素的艺术效果。鲁迅曾经把为他所惯用的白描手法归结为："有真意，去粉饰，少做作，勿卖弄。"④ 契诃夫也说："短篇小说的首要魅力就是朴素和诚恳。"⑤ 这些话既是他们的经验之谈，也可以看作现实主义的艺术宣言。

关于现实主义的总体特点，我们从以上三个方面，依次做了分析。需要说明的是，现实主义在形象塑造方面注重现实性，是和理想联系在一起的；现实主义在情感表现方面注重客观性，是和主观渗透在一起的；现实主义在语言运用

---

① 朱光潜.西方美学史：下卷[M].北京：人民文学出版社，1964：734.
② [俄]契诃夫.契诃夫论文学[M].汝龙，译.北京：人民文学出版社，1958：264.
③ [俄]别林斯基.别林斯基选集：第一卷[M].满涛，译.北京：人民文学出版社，1958：180.
④ 鲁迅.鲁迅论创作[M].上海：上海文艺出版社，1983：658.
⑤ [俄]契诃夫.契诃夫论文学[M].汝龙，译.北京：人民文学出版社，1958：91.

方面注重再现性,是和表现结合在一起的。也就是说,作为特点,现实主义虽然注重客观的现实再现,但并不排斥主观的理想表现。以我们上面经常引述的契诃夫为例。他在现实主义作家中,是以主张严格的客观现实再现而闻名的,然而,即便是他,也仍然追求着主观的理想表现。契诃夫说:"最优秀的作家都是现实主义的,按照生活的本来面目描写生活,不过由于每一行都像浸透汁水似的浸透了目标感,你除了看见目前生活的本来面目以外,就还感觉到生活应当是什么样子,这一点就迷住你了。"[①]这里,他讲的"目标感",讲的"生活应当是什么样子",即主观的理想表现。其他现实主义大师如巴尔扎克、列夫·托尔斯泰、曹雪芹、鲁迅等,无不如此。

正因为在现实主义那里,客观现实再现是以主观理想表现为指导的,或者说,二者是统一的,所以,我们就不难把它和与它同属一个类型的自然主义区别开来。作为现实主义的极端化,自然主义的特点如下:第一,它主张用自然科学的实验观点来对待现实,不是把现实当作活的肌体,而是把现实当作死的标本;第二,它主张纯客观,不是把情感隐蔽起来,而是把情感排除干净;第三,它主张有闻必录的描写,不是把再现看作一种再造,而是把再现看作一种复制模仿。上述特点归结到一处,那就是只要客观现实再现,不要主观理想表现。这与现实主义虽然重视客观现实再现,但又结合主观理想表现,恰好形成鲜明的对照。我们说,自然主义是现实主义发展到极端的产物,是现实主义的堕落,其道理和依据就在于此。

### 2. 浪漫主义

在创作方法的基本类型中,与现实主义相反而又相成的,是浪漫主义。席勒把它称作"感伤的诗",与现实主义的"素朴的诗"并举;别林斯基把它称作"理想的诗",与现实主义的"现实的诗"对应。高尔基说得更明确:"在文学上,主要的'潮流'或流派共有两个:这就是浪漫主义和现实主义。"[②]

这里,首先有必要对浪漫主义的两重含义加以区分。作为一种特定时代的文学运动,浪漫主义产生于18世纪末19世纪初欧洲资产阶级革命时期。这个运动,在政治上反对封建制度,在文学上与古典主义相对立,是上升期的资产阶级意识形态的体现,有一定的进步意义。但我们讲浪漫主义,主要不是指它作为特定时代的一种文学运动,而是指它作为创作方法的一个基本类型。作为创作方法的一个基本类型,它不局限于18世纪末19世纪初的欧洲文坛。可以

---

① [俄]契诃夫.契诃夫论文学[M].汝龙,译.北京:人民文学出版社,1958:217.
② [苏]高尔基.论文学[M].孟昌,曹葆华,戈宝权,译.北京:人民文学出版社,1978:162-163.

说,从有文学的第一天起,就有与现实主义并行不悖的浪漫主义存在。如果说,现实主义是创作方法中以塑造形象为主,侧重于客观现实再现的一个基本类型,那么,浪漫主义则是创作方法中以表现情感为主,侧重于主观理想表现的又一个基本类型。

浪漫主义的总体特点,也可以概括为三个方面。情感表现注重主观性是浪漫主义区别于现实主义最重要的一个特点。我们知道,浪漫主义作家在心理上属于分享型。其审美感受在情感活动和形象活动的统一中,以情感活动为主。基于此,他们的创作,便更多地以情感为依托,以情感为对象。别林斯基认为,浪漫主义的范围是整个情感和心灵的基地,这个概括应当说是合乎实际的。

然而,如果我们的讨论,仅停留在一般性地阐明浪漫主义与情感的联系上,则又显得不足。因为除了标榜纯客观的自然主义者,几乎所有作家都不回避情感和情感的表现。这中间的区别只在于,浪漫主义的情感,由于其本身受形象以及认识的制约很小,一般在形态上都较为热烈酣畅,呈外向倾泻,而不呈内向渗透,在表现时,往往如激流一般,溢出可见的视觉形象,采取直接而明显的途径。正因如此,浪漫主义作品,就不得不整个地为情感所笼罩。诗这一抒情体裁,就其本性而言,是天然地倾向于浪漫主义的。即便是小说或者剧本,其故事和冲突内容,在很大程度上,也都用充满韵味的诗的笔调加以表达,使读者觉得作家不是在说,而是在唱,从而不由自主地沉浸在一种或是豪迈激越,或是温柔感伤的抒情气氛之中。人们之所以把浪漫主义称为感伤主义和"温情主义",大概就是以此为依据的。

我们知道,情感就来源而论,是由社会生活的客观对象触发的;就性质而论,又是由作家自我的主观需要和理想决定的。因此,浪漫主义作为抒情艺术,其本身带有强烈的主观色彩和自我印记,是势所必然。同样都是把作家比作上帝,如前所述,现实主义者福楼拜强调的是自我的隐蔽,像上帝那样"制作,然而沉默";而浪漫主义者雨果则强调的是自我的显露,"像上帝一样同时出现在他作品中的每一个地方"。这是两类不同的创作方法和两种不同的审美境界。按王国维的话说,现实主义因为强调情感表现的客观性,类似于其所谓的"不知何者为我,何者为物"的"无我之境";而浪漫主义则因为强调情感表现的主观性,类似于其所谓的"物皆著我之色彩"的"有我之境"。

我们说浪漫主义注重情感的自我表现,但这并不意味着它与形象无缘。正像一切情感都要用形象来表现一样,浪漫主义表现情感也离不开形象。但这种形象,不是通常意义上的再现性视觉形象,而是听觉形象或者表现性的视觉形象。前一种情况,在浪漫主义的诗中较为普遍。里面的抒情主人公往往借助于节奏、旋律等听觉形象,进行直泻式的内心倾吐。如拜伦、雪莱以及我国五四运动以来郭沫若、徐志摩的许多抒情诗,便是如此。而在浪漫主义的小说或者剧本中,作家自我为表现情感,则往往把里面的视觉形象理想化,使形形色色的人物、情节以及场面,作为表现性的视觉形象,统统变成作家自我"精神自叙传"的有机组成部分。这一点,我们只要看一看雨果或者拜伦的作品,就会有明显的感觉。这些作品里也有这样那样的人物,这样那样的情节以及场面。但读到最后,我们就会发现,其中所有的形象,实际上都是作家的自我表现。或者更确切地说,都是同一个作家自我,同一种内心情感和理想在不同侧面上的体现。正面形象体现着其情感和理想的肯定方面,即他认为应当如此的方面;反面形象体现着其情感和理想的否定方面,即他认为不应当如此的方面。难怪巴尔扎克在谈到雨果的作品时这样说:"雨果先生的对话太是自己的语言,变化不够,他不变成人物,而是把自己放进他的人物里。"①普希金对于拜伦则分析得更为具体和透彻:"拜伦对世界和人类天性投了片面的一瞥,接着就远远地离开它们,沉浸到自己里面去。他给我们表现了他自己的幻影。他重新创造了自己,忽而扎着叛徒的缠头巾,忽而披着海贼的斗篷,忽而死于苦行戒律下,到处流浪的邪恶之徒……归根结底,他把握了,创造了和刻画了唯一的一个性格(就是他自己),除了若干散见于他的作品中的讽刺性的狂言暴语之外,他把一切都归结到这个阴沉的、强大的、如此神秘动人的人物身上去。当他着手写悲剧的时候,就把这个阴沉而强大的性格的各个组成部分分配给每一个登场人物……"②其实,不论是巴尔扎克,还是普希金,讲的都是一个意思,即浪漫主义作家,从情感的自我表现出发,很少把自我忘却,完全地化为人物,而总是把人物拉来,部分地代替自己。郭沫若说他写历史人物,如屈原、王昭君,都是"借他人酒杯,浇自己块垒"。这十个字,概括的正是浪漫主义注重客体的主体化的上述特点。这个特点,从情感表现方面看,可以理解为浪漫主义表情的主观性;从形象塑造方面看,则又是我们接下来所要讨论的浪漫主义造形的理想性。

浪漫主义的分享型作家,其审美感受以情感活动为主。他们塑造形象,如前所述,是为了表现情感和寄托理想。缘于此,他们在描写某个对象时,显然会多少顾及该对象在现实中的实际形态,但更多考虑的并不是这些,而是如何使

---

① [法]巴尔扎克.拜耳先生研究[M]//王秋荣.巴尔扎克论文学.北京:中国社会科学出版社,1986:262-263.

② 段宝林.西方古典作家谈文艺创作[M].沈阳:春风文艺出版社,1980:280-281.

自己所写合于内心的情感以及理想。正是在这一点上，我们可以把它与现实主义区别开来。现实主义按现实中本来如此或者可能如此的式样塑造形象，而浪漫主义则按情感和理想中认为应当如此的式样塑造形象。

在生活里，现实归现实，理想归理想，二者总是存在一定的差距。基于这个差距，浪漫主义作家为了追求理想，便常常离开现实：或者前进一步，去营造未来的乌托邦，像陶渊明写《桃花源记》那样，"用美丽的理想去代替那不足的真实"（席勒语）；或者后退一步，沉溺在关于既往历史的甜蜜回忆之中。19世纪浪漫主义运动有一个"回到中世纪"的口号，便是这样提出来的。虽然按朱光潜先生在《西方美学史》中的解释，当时提这一口号的人，主要是出于学习中世纪的民间文学的考虑，但在他们内心，恐怕还是对现实的不满情绪在起作用。一旦浪漫主义作家感到前进或者后退都不能实现其理想时，他们就干脆抛弃现实，遗世独立，在饮酒作乐中，在谈情说爱中，在大自然的山水草木中，寻找自己的精神寄托。在这方面，李白和拜伦的诗便都是最好的证明：

> 抽刀断水水更流，举杯销愁愁更愁。
> 人生在世不称意，明朝散发弄扁舟。
> ——李白《宣州谢朓楼饯别校书叔云》

> 在高山耸立的地方必有他的知音，
> 在海涛滚滚的地方，那就是他的家乡，
> 只要有蔚蓝的天空和明媚的风暴
> 他就喜欢，他就有精力在那地方游荡；
> ……
> ——拜伦《恰尔德·哈罗德游记》

正因为在浪漫主义作家那里，理想与现实的矛盾有其普遍性，他们为追求理想，不能不超越以至于抛弃现实，所以，这些作家在塑造形象时，就更多地不是从现实方面，而是从非现实和超现实方面加以选材。如前所述，一是关于未来的幻想，二是关于历史的回忆，三是关于自我精神和爱情生活的咏叹，四是关于大自然的描述。浪漫主义者用以驰骋笔墨的，大抵不出这个范围。我们看中国古典浪漫主义，不论是《楚辞》《庄子》，唐代三李（李白、李贺、李商隐）的诗，还是吴承恩、蒲松龄的小说，汤显祖的剧作，其中之所以往往以宣叙神魔故事者居多,以歌唱历代圣贤者居多,以咏怀述梦或者流连山水者居多,原因就在于此。再看西方浪漫主义,例如拜伦、雪莱、雨果、乔治·桑和席勒等的作品,里面之所以着重写神话题材,写英雄传奇题材,写爱情题材,原因也在于此。

浪漫主义作家选用上述非现实和超现实题材,说到底,是为了更有利于对他们进行理想化的处理。在他们看来,如果选材与现实相隔太近,就容易拖泥带水,受那些普通人的琐事的本来面目的影响,而难于飞腾和超越。只有一下子将距离拉开,或是推远,或是放大,才能使所写的人物、事物以及景物等,按应当如此的式样自由地加以变形,化作奇人、奇事、奇景出现在作品之中,从而形成一种超凡入圣、惊世骇俗的艺术效果。杜甫的《渼陂行》中有一句"岑参兄弟皆好奇",他用"好奇"二字概括岑参的造形特点,是相当精确的。其实,何止是岑参,所有浪漫主义作家,在形象塑造方面都有好奇的特点。拿《西游记》来说,书本身就是一本奇书。书中的主人公孙悟空,能上天入地,呼风唤雨,七十二变,不能不说是一个奇人。他大闹三界,历经八十一难,桩桩件件皆是奇事。至于为这一奇人奇事所安排的环境,如花果山、天宫、地狱以及赴西天取经之路,也都称得上是奇景奇观。其他,如雪莱笔下的与暴君斗争达三千年之久的普罗米修斯,席勒所写的强盗等,在造形上,也都可以说是无奇不有。

我们在这里所讲造形的奇,既指形象的外在形态,也指形象的内在精神。有些浪漫主义作品,如乔治·桑的《小法岱特》、雨果的《悲惨世界》中所写的人和事物,从外表看,与普通的人和事相差无几。然而,它们却仍然被称为浪漫主义形象。其中的原因在于,这些形象在平常的外在形态下,掩藏并闪耀着奇特的内在精神。

浪漫主义的形象塑造确实是奇特的。那么,这些奇特的形象又是如何塑造出来的呢?从浪漫主义的文学实践看,大致有以下几种方式:一是打破人与非人的界限,把人神化、魔化,或者把神和魔人化。这一点,我们在《西游记》中看得最为清楚。二是打破生与死的界限,人可以由生到死,也可以起死回生。如《牡丹亭》写杜丽娘还魂,便是如此。三是打破时与空的界限,陆机所谓"观古今于须臾,抚四海于一瞬",刘勰所谓"思接千载""视通万里",①虽然是泛指整个文学而言,但用来说明浪漫主义的形象塑造,似乎更为适合。综合这几种方式,可以看出,浪漫主义塑造形象,一个总的意向是超越。如果说,现实主义强调的是人对于环境的依赖关系,那么,浪漫主义则是要使人通过超越时空环境

---

① 北京大学哲学系美学教研室.中国美学史资料选编:上册[M].北京:中华书局,1980:156,195.

而超越其自身,成为一种无所不在、无往不胜的理想的化身。我们讲浪漫主义形象塑造注重理想性,其核心和关键就在这里。

上面,我们谈到了浪漫主义的两个特点,一是情感表现注重主观性,二是形象塑造注重理想性。二者的总和,即所谓浪漫主义精神。与这样的创作精神相对应,浪漫主义在创作手法方面的特点是语言运用注重表现性。

具体地说,所谓表现性指以下三个方面。一是内心倾诉式的表情语言。浪漫主义重在表情,它的语言主要是表情语言。为了把使自己激动的情感传达给读者,在那里引起和自己同样的激动,浪漫主义作家十分强调语言本身的热情和诚恳,也就是说,每一句都应该发自内心,带着热度。卢那察尔斯基在谈到陀思妥耶夫斯基作为"抒情艺术家"的艺术个性时曾经这样说过:"他所有的中篇和长篇小说,都是一道倾泻他的亲身感受的火热的河流,这是他的灵魂奥秘的连续的自白,这是披肝沥胆的热烈的渴望。"①我们姑且不论用上述这番话来概括陀思妥耶夫斯基的艺术个性是否合适,但如果将它们移植过来,概括浪漫主义的语言特点,应当说是再合适不过的了。二是变化多端的抒情结构。浪漫主义基于自由地抒写情感的需要,它的结构大多以情感的流动为线索。情感本身有其主观性和不确定性,由此决定,浪漫主义的语言结构往往特别地富于变化。这一点,在浪漫主义的诗中最具代表性。前人评点李白的诗:"往往风雨争飞,鱼龙百变,又如大江无风,波浪自涌,白云从空,随风变灭,诚可谓怪伟奇绝者矣。"(清高宗弘历敕编《唐宋诗醇》卷六)其他如小说、剧本等,只要是浪漫主义的,在结构上也都程度不同地带有某种"怪伟奇绝"的特点。虽然它们要受事件或者冲突的牵制,难以像浪漫主义的诗那样,极尽腾挪变幻之能事,但大开大合的变化、意料不到的转折以及巧合、奇遇等,还是可以到处见到的。三是绮丽的写意手法。浪漫主义为了渲染情感,常常采用鲜明的对比、极度的夸张等写意手法。如果说,现实主义运用白描等写实手法,旨在唤起读者的逼真感,那么,浪漫主义运用对比、夸张等手法,目的显然在于造就读者的惊奇感。

关于浪漫主义的总体特点,我们从以上三个方面依次做了分析。需要说明的是,浪漫主义在情感表现方面注重主观性,这个主观性是面向着客观的;浪漫主义在形象塑造方面注重理想性,这个理想性是立足于现实的;浪漫主义在语言运用方面注重表现性,这个表现性是结合于再现的。也就是说,作为特点,浪漫主义虽然注重主观的理想表现,但并不排斥客观的现实再现。

---

① [苏]卢那察尔斯基.论文学[M].蒋路,译.北京:人民文学出版社,1978:213.

基于此,我们可以把浪漫主义和与它同属一个类型的消极浪漫主义区别开来。作为浪漫主义的极端化,消极浪漫主义正如高尔基所指出的:"它或者粉饰现实,企图使人和现实妥协;或者使人逃避现实,徒然堕入自己内心世界的深渊,堕入'不祥的人生之谜'、爱与死等思想中去……"①具体地说,其特点表现在:第一,以内心世界为唯一的创作源泉,主张纯主观的自我表现;第二,为逃避现实而面向过去,理想带有倒退的性质;第三,在语言运用上,任意地加以夸张、变形。上述特点,归结到一处是:只要主观的理想表现,不要客观的现实再现。这与浪漫主义虽然注重主观的理想表现,但又结合客观的现实再现,恰好形成了鲜明的对照。海涅在对霍夫曼和诺伐里斯这两位德国诗人加以比较时说得好:"诺伐里斯连同他笔下的那些虚幻的人物,一直漂浮在蓝色的太空之中,而霍夫曼跟他描写的那些千奇百怪的鬼脸,却始终牢牢地依附着人间的现实。"②可以看得出来,霍夫曼虽然注重主观的理想表现,但又结合客观的现实再现,在创作方法上属于浪漫主义;而诺伐里斯则只要主观的理想表现,不要客观的现实再现,显然是把浪漫主义推向极端以后的产物,在创作方法上属于消极浪漫主义。

### 3. 理性主义和直觉主义

以上我们说,现实主义重在形象塑造,而形象本身如前所述,有偏于无意识的印象和偏于意识的意象的区别,所以,同是现实主义,也就相应地有了偏于不自觉和偏于自觉的区别。同理,浪漫主义重在情感表现,而情感本身如前所述,有偏于无意识的情绪和偏于意识的情思的区别,所以,同是浪漫主义,也就相应地有了偏于不自觉和偏于自觉的区别。这里,所谓自觉的现实主义和浪漫主义,在很大程度上,可以归属于创作方法中的理性主义类型;所谓不自觉的现实主义和浪漫主义,在很大程度上,则可以归属于创作方法中的直觉主义类型。

理性主义的基本特点是强调理性,强调创作有目的,因而同时也就体现出有规律、有法则的一面。现实主义者如鲁迅,浪漫主义者如华兹华斯,即属此例。鲁迅在《我怎么做起小说来》一文里这样说:"自然,做起小说来,总不免有些主见的,例如,说到'为什么'做小说罢,我仍抱着十多年前的'启蒙主义',以为必须是'为人生',而且要改良这人生。……所以,我的取材,多采自病态社会的不幸的人们中,意思是在揭出病苦,引起疗救的注意。"③与此相类似,华兹

---

① [苏]高尔基.论文学[M].孟昌,曹葆华,戈宝权,译.北京:人民文学出版社,1978:163.
② [德]海涅.论浪漫派[M].张玉书,译.北京:人民文学出版社,1979:109-110.
③ 鲁迅.鲁迅论创作[M].上海:上海文艺出版社,1983:43.

华斯在《抒情歌谣集》序言里也说:"我曾经说过,这本集子里的诗每首都有一个目的。我也曾经告诉读者,这个目的是什么,就是说明我们的情感和思想在兴奋状态下互相结合的方式。"①正因为鲁迅和华兹华斯的创作都带有明确的目的性,所以,他们的现实主义或者浪漫主义,可以称作理性主义的、清醒的现实主义或者浪漫主义。

直觉主义的基本特点是强调直觉,强调创作无目的,因而同时也就体现出无规律、无法则的一面。现实主义者如冈察洛夫,浪漫主义者如拜伦,即属此例。冈察洛夫曾经不止一次宣布,自己属于"不自觉创作"的一类。他说:"我没有看到我在创作什么","我在描绘的那一会儿,很少懂得我的形象、肖像、性格意味着什么","我只是在完成了自己的作品后,与它们相隔了一段距离和时间以后,才十分明了它们的含义、它们的意义——思想"。② 拜伦的情况也是如此。歌德说:"他作诗就像女人生孩子,她们用不着思想,也不知怎样就生下来了。"③正因为冈察洛夫和拜伦的创作往往不是从理性而是从直觉中产生的,所以,他们的现实主义或者浪漫主义,可以称作直觉主义的现实主义或者浪漫主义。

有人结合文学史,把创作方法中的理性主义类型,归结为古典主义,把创作方法中的直觉主义类型,归结为现代主义,这是欠妥当的。在我们看来,古典主义虽然崇尚理性,但这种理性多少失之僵化,有时很难与极端化的公式主义区别开来。因此,即使称它为理性主义的一种形态,也是一种不具有代表性的形态。至于作为现当代西方各种文艺流派的总称的现代主义,情况则更为复杂。它们虽然在崇尚直觉这一点上有共同之处,但其中的一些流派,崇尚直觉却并不排斥理性,另一些流派则把崇尚直觉看作排斥理性的代名词。因此,对于现代主义必须具体问题具体分析。对于前者,我们可以承认它们是直觉主义的历史发展形态;而对于后者,我们应当把它们视为极端化的直觉主义,即所谓反理性主义或者神秘主义的创作方法。

---

① 刘若端.十九世纪英国诗人论诗[M].北京:人民文学出版社,1984:7.
② 古典文艺理论译丛编辑委员会.古典文艺理论译丛:第一册[M].北京:人民文学出版社,1961:144,147.
③ [德]爱克曼,辑.歌德谈话录[M].朱光潜,译.北京:人民文学出版社,1978:64.

## 第四节 文学创作风格

### 一、文学风格的基本含义及其在作品中的具体体现

#### 1. 文学风格的基本含义

前面一节,我们从分析作家自我的审美感受,亦即自我感受的类型特点入手,讨论了文学的创作方法问题。为了说明在心理上属于同一类型的自我感受,在文学上属于同一类型的创作方法,为什么仍然会有这样或那样的不同,例如同属旁观型和现实主义作家的司汤达、巴尔扎克、福楼拜,同属参与型和浪漫主义诗人的拜伦、雪莱、济慈,为什么在阅读时常常给人以既相同又不相同的感觉,接下来,我们需要讨论一下自我感受除了类型特点之外的个别特点,即文学的创作风格问题。

那么,什么是文学风格呢?对于这个问题,古往今来的文学理论曾经做过许许多多的探讨。归纳起来,大致有如下几种说法:第一种说法更多从作品外在形式的特点着眼,认为文学风格是独特的言语形式;第二种说法侧重于从风格形成的内在依据来理解,认为文学风格是作家的创作个性在作品中的自然流露;第三种说法主要从作家主体与表现对象的统一性,以及内容与形式的统一性上考虑,认为文学风格是主体与对象、内容与形式相契合所呈现的特色;第四种说法完全从读者鉴赏的角度去认识,认为文学风格是读者辨认出来的一种格调。以上说法,各有其合理性,但也都存在着明显的不足。鉴于风格一词,在生活中有指称人的个别性、独特性的含义,因此,用它来说明文学现象时,风格应该是指文学(包括作品、作家等)的个别特点,说得更明确一些,即体现于作品之中的自我感受的个别特点。这种个别特点,是在上面讲创作方法时强调的类型特点的基础上,为了更具体、更深入地把握自我感受的细微差异而提出来的一个尺度。如果说,类型特点作为创作方法,是要阐明自我感受在心理类型上的某种共同性特点,那么,个别特点作为文学风格,则是要表示自我感受因人而异的个别性特点。正因如此,风格在文学创作论中,应该被看作研究自我感受的一个最高层面的审美范畴。

这里,有一点需要说明,我们所谓自我感受的个别特点,应该包括在创作过程中结成审美关系的作家自我和社会生活两个方面。作家自我之于社会生活,是审美主体。每个审美主体,在人格以及生命上,都有自己的个别特点。社会生活之于作家自我,从狭义上讲,是审美对象;从广义上讲,又是审美环境。每个审美对象以及审美环境,在内质以及外形上,都有自己的个别特点。作为这两个方面的个别特点在创作过程中的统一,即体现于作品的作家自我审美感受的个别特点,就是我们所要讨论的文学风格。

以往关于文学风格的理论批评,受我国古代"文如其人"和法国布封"风格即人"的传统观念等的影响,只强调从作为主体的作家自我的个别特点方面去研究文学风格,而不重视从作为对象以及环境的社会生活的个别特点方面去研究文学风格,这显然具有片面性。我们认为,人是对象的主体,也是环境的产物。不分析对象以及环境的个别特点,人的个别特点就无从谈起。聂鲁达说得好:"风格不仅是人,也是围绕着人的环境。"缘于此,我们今天研究文学风格,就必须从作家自我和制约他的社会生活对象,以及造就他的社会生活环境两个方面同时入手。只有这样,才能发现文学风格的真谛所在。

**2. 文学风格在作品中的具体体现**

作家自我审美感受的个别特点,作为上面讲的主体和对象、人和环境两个方面的个别特点的统一,在没有通过创作过程外化于作品之前,说到底,它还只是文学风格的一种内涵,而不是文学风格本身。这种内涵,只有在文学创作过程中,以感性直观的存在方式,见之于作品的外观,才成为文学风格。因此,我们要把握什么叫作文学风格,除了探讨其内涵之外,还应考察其外观,也就是说,要看它在作品的情感和形象内容与语言形式中的具体体现。

先看内容。文学风格在里面集中体现为:第一,情感表现的个别特点。凡是有风格的作品,其情感表现无论是在调性、韵味、节奏和力度上,还是在明暗色泽上,都各有其不可雷同的特点。如有的热烈,有的冷峻;有的以直率取胜,有的以含蓄见长;有的像长江大河奔腾呼啸,多阳刚之气,有的似小桥流水亲切低回,多阴柔之美。如此等等,不一而足。情感表现的这些个别特点是构成文学风格的一个重要方面。用我们的话讲,即所谓文学的表情风格。这一点,在诗中看得最为明显。北宋诗坛流传有这样一则佳话:

> 东坡在玉堂日,有幕士善歌,因问:"我词何如柳七?"对曰:"柳郎中词,只合十七八女郎,执红牙板,歌'杨柳岸、晓风残月';学士词,须

关西大汉,铜琵琶,铁绰板,唱'大江东去'。"东坡为之绝倒。①

其中,用来比较的是两首词:一首是柳永的《雨霖铃》,一首是苏轼的《念奴娇·赤壁怀古》。在情感表现上,前者浅斟低唱,清丽婉约;后者昂首高歌,旷达豪放。幕士讲"柳郎中词,只合十七八女郎,执红牙板,歌'杨柳岸晓风残月';学士词,须关西大汉,铜琵琶,铁绰板,唱'大江东去'"正是对这两首词所体现的两种表情风格的一个形象化的说明。再如郭沫若在《论诗三札》中所言:"大波大浪的洪涛便成为'雄浑'的诗,便成为屈子的《离骚》、蔡文姬的《胡笳十八拍》、李杜的歌行、但丁的《神曲》、弥尔顿的《失乐园》、歌德的《浮士德》。小波小浪的涟漪便成为'冲淡'的诗,便成为周代的《国风》、王维的绝诗、日本古诗人西行上人与芭蕉的歌句、泰戈尔的《新月集》。"②这里讲的"大波大浪的洪涛"和"小波小浪的涟漪",都是就其所举作家不同的表情风格而论。

第二,形象塑造的个别特点。一个作品,只要有风格,其形象塑造,在画面构成上,在色彩与线条上,在式样上,在虚实程度上,就必然各有其不同的特点。我们看那些名家、大家之作:或重在虚构,或重在纪实;或重在绘形,或重在取神;或重在工笔描画,或重在浓墨渲染。真可谓五花八门、千差万别。作品在形象塑造上的这些个别特点,是体现文学风格的又一个重要方面,我们称之为文学的造形风格。赵少侯在为《法国短篇小说选》撰写的序言中,曾经做过一番很有意思的对比。他说,巴尔扎克描写人物是从外表到内心,司汤达正相反,是从内心到外表。所以,巴尔扎克在作品中,哪怕是在短篇小说中,也首先要把环境和人物的衣饰、面貌交代清楚,他认为不如此,人物的活动就没有依据。司汤达则着重描写人物的内心活动,而后使人物根据内心的活动行动起来,所以在他的作品中,心理分析占很重要的地位。巴尔扎克和司汤达都是伟大的现实主义者,然而他们的造形风格却相差如此之大:一个"从外表到内心",强调环境描写;一个"从内心到外表",重视心理分析。从方向和途径看,二人可谓正好相反。这是以法国古典作家为例,再如我国当代作家马烽和李准,情况也是如此。茅盾说:"马烽、李准的风格有共同之处,洗练鲜明,平易流畅,有行云流水之势,无描头画角之态。然而各人又有其个人的特点,这在塑造典型人物的手法上可以看出来。马烽的长处在于用高度概括的方法,通过一系列的日常生活的描绘,在反映农村的阶级斗争和两条道路斗争的背景上,描写人物的阶级觉

---

① 龙榆生.唐宋名家词选[M].上海:古典文学出版社,1956:79.
② 郭沫若.郭沫若论创作[M].上海:上海文艺出版社,1983:238.

悟和思想水平逐步提高的过程。李准善于截取生活中富有典型意义的横断面，在矛盾的发展中描写人物的性格。"①这里，又是一番对比：马烽善于概括斗争的长过程，而李准则善于选取生活的横断面。两个作家，体现着两种不同的造形风格。

再看形式。如果说，文学风格在作品的内容中，主要体现为由情感表现的个别特点构成的表情风格和由形象塑造的个别特点构成的造形风格，那么，文学风格在作品的形式中，则主要体现为由语言运用的个别特点构成的修辞风格。凡是有风格的作品，都自成一家之言。其地方风味相互有别，时代风情彼此相异，更关键的一点是，其自我风采也各自不同。任意地取出其中的一篇、一段、一句，我们往往可以看出作家自我的性情、格调、喜好、趣味，乃至于整个内心生活的独特之处。沈德潜说："少陵诗阳开阴阖，雷动风飞，任举一句一节，无不见此老面目，在盛唐中允推大家。"②就是指这种情况。拿晚唐五代的词来说，李煜的词在语言的自我风采上，就大不同于温庭筠和韦庄的词。周济在《介存斋论词杂著》中发过这样一番议论："毛嫱、西施，天下美妇人也，严妆佳，淡妆亦佳，粗服乱头，不掩国色。飞卿，严妆也。端已，淡妆也。后主，则粗服乱头矣。"③姑且不谈周济在其中表现出来的褒温庭筠、韦庄而贬李煜的意图，这番话作为比喻，用来说明李煜的词在语言上崇尚自然而不加雕饰的修辞风格，应当说不无可取之处。再看外国作家，如高尔基的语言被誉为"浮雕般的语言"，海明威的语言被誉为"电报式的语言"。这里，不管是用浮雕，还是用电报来形容语言，究其实，指的仍然是高尔基和海明威的修辞风格。

除了以上所讲表情风格、造形风格和修辞风格，亦即情感表现的个别特点、形象塑造的个别特点和语言运用的个别特点以外，文学风格还可以体现在题材、主题以及结构和手法等的个别特点上，即作为一种"思想本身的血液"（福楼拜语），文学风格渗透在作品内容和形式的有机整体之中，以各个要素个别特点的总和呈现出来。基于此，我们在考察文学风格的具体体现时，不能一叶障目，以偏概全，而必须有一种全面的、系统的观念。有论者曾以中国传统文论和诗学为参照，从作品内在系统性上考虑，将文学风格的审美构成由外至内分为文采、情调、韵味、气势和氛围等五个层面。我们认为，这一思路不无可取之

---

① 北京师范大学中文系文艺理论教研室.文学理论学习参考资料：下[M].沈阳：春风文艺出版社,1982：863 - 864.
② [清]沈德潜.唐诗别裁集[M].长沙：岳麓书社,1998：40.
③ 唐圭璋.词话丛编：第二册[M].北京：中华书局,1986：1633.

处,但至于文学风格在审美构成上,应该区分为哪些层面,则不必强求一律,完全可以做不同的理解。

谈及此,关于什么叫作文学风格的问题,就基本清楚了。从内涵看,它是作家自我感受的个别特点,或者说是作家自我的个别特点和社会生活的个别特点的统一;从外观看,它是作品内容和形式各要素个别特点的总和。把内外两层意思总括起来,我们可以下这样的定义:所谓文学风格,是作家自我的个别特点和社会生活的个别特点的统一在作品内容和形式各要素的总和中的体现。德国风格学家威克纳格所讲的"我们说到风格总是意味着通过特有标志在外部表现中显示自身的内在特点"[1],就是这个意思。

### 二、文学的个人风格和文学的时代风格与民族风格

正像根据其外观,我们可以把文学风格区分为表情风格、造形风格和修辞风格等几个方面一样,根据其内涵,我们还可以把文学风格区分为以下两个方面:一方面是作家自我的个别特点,即所谓文学风格的主观因素,见之于作品,构成文学的个人风格;另一方面是社会生活的个别特点,即所谓文学风格的客观因素,因为在时间上更多地表现为时代特点,在空间上更多地表现为民族特点,所以,见之于作品,便构成文学的时代风格与民族风格。文学风格从外观看,是表情风格、造形风格和修辞风格的统一;从内涵看,是个人风格和时代风格与民族风格的统一。

#### 1. 文学的个人风格

在以往的文学概论教材中(包括我们的教材也是如此),常常把文学的个人风格视为作家个性的对应体现,这是因袭了一个传统的理论命题。按心理学解释,个性只涉及意识层面。而实际上,文学及其个人风格,所表现的远不止意识。当然,其中有意识的成分,但主要不是意识,而是无意识。所以,以往教材提出的文学个人风格是作家个性的表现这一命题,是有局限性的,是不准确和不全面的。从全面和准确的意义上看,文学的个人风格,应该是包括个性在内的作家自我整个人格以及生命的个别特点的综合表现,简而言之,即作家在作品中的我。

作为一个人,作家自我在生活中,其意识层面的个性,乃至于无意识层面的人格面貌以及生命状态,都会有自己与众不同的个别特点。这一个别特点,即

---

[1] 王元化.文心雕龙创作论[M].上海:上海古籍出版社,1984:171.

作家在生活中的我,或者简称为生活自我。作为一个以文学为职业的人,作家自我在创作中,其意识层面的个性,乃至于无意识层面的人格面貌以及生命状态,也都会有自己与众不同的个别特点。这一个别特点,即作家在创作中的我,或者简称为创作自我。我们在这里,别出心裁地使用了生活自我与创作自我的概念,目的只有一个,就是将其和由苏联传入的生活个性与创作个性概念区别开来。无论是生活个性还是创作个性,都是要将风格与个性相对应,而我们认为,风格对应的不仅仅是个性,主要是人格以及生命。因此,就有必要在生活个性与创作个性概念之外去创造一组新的概念,那就是生活自我与创作自我。如巴尔扎克这样谈到他自己:"就我所知,我的性格最为特别。我观察自己,如同观察别人一样;我这五尺二寸的身躯,包含有一切可能有的分歧和矛盾。有些人认为我高傲、浪漫、顽固、轻浮、思考散漫、狂妄、疏忽、懒惰、懈怠、冒失、毫无恒心、爱说话、不周到、欠礼教、无礼貌、乖戾、好使性子,另一些人却说我节俭、谦虚、勇敢、顽强、刚毅、不修边幅、用功、有恒、不爱说话、心细、有礼貌、经常快活,其实都有道理。说我胆小如鼠的人,不见得就比说我勇敢过人的人更没有道理,再如说我博学或者无知,能干或愚蠢,也是如此;没有什么大惊小怪的。我最后认为自己只是被环境玩弄的一种工具而已。"①以上所描写的这幅图画,便是巴尔扎克的生活自我。再如胡寅关于苏轼的议论:"及眉山苏氏,一洗绮丽香泽之态,摆脱绸缪婉转之度,使人登高望远,举首高歌,而逸怀浩气,超然乎尘垢之外,于是花间为皂隶,而柳氏为舆台矣。"②其中所言者也是自我,但这个自我,并非苏轼的生活自我,而是其创作自我。

  作家的生活自我与创作自我,既有联系又有区别。之所以认为它们有联系,是因为作家常常不免要在创作中这样或那样地表现自我;之所以认为它们有区别,又是因为作家也可以在创作中这样或那样地修饰、隐蔽,以至于伪造自我。前者如果戈理,这位"讽刺作家在自己私生活中的表现,同他抛掷到世界上永远为人嘲笑的乞乞科夫、赫列斯塔科夫、罗士特莱夫、玛尼洛夫一模一样。果戈理处理自己的事务时正像乞乞科夫那样不择手段,像赫列斯塔科夫那样自吹自擂到忘我的地步,漫天撒谎同罗士特莱夫如出一辙,建立空中楼阁时的那份天真劲儿,活脱就是玛尼洛夫"③。后者如潘岳,他在生活中明明是一个对权贵拍马溜须之徒,而在《闲居赋》中却装出一副无比清高的样子。元好问的《论

---

① 段宝林.西方古典作家谈文艺创作[M].沈阳:春风文艺出版社,1980:340.
② 龙榆生.唐宋名家词选[M].上海:古典文学出版社,1956:129–130.
③ [苏]魏列萨耶夫.果戈理是怎样写作的[M].蓝英年,译.天津:天津人民出版社,1980:1–2.

诗三十首》其六:"心声心画总失真,文章宁复见为人。高情千古《闲居赋》,争信安仁拜路尘",讲的就是潘岳的创作自我与生活自我的区别。基于此,我们认为,像西方结构主义批评家那样,断言生活里的作家与作品里的作家(即生活自我与创作自我)"完全不同","在他们之间既没有同一性又没有依赖性",固然是把问题简单化了;而像我国古代许多文论家那样,习惯于把人品与文品加以对应,画上等号,或者像西方某些注重用传记方法来研究文学现象的人那样,时时处处以作家的传记材料来论评作品,也同样是一种简单化的做法。正确地看待问题,应该说,作家的生活自我是其创作自我的基础,而作家的创作自我则是其生活自我的改造和提炼。需要把二者加以联系,但不应混为一谈;可以对二者加以区别,但不能割成两半。

我们所讲作家自我,包括了生活自我,但主要指的是创作自我。如果说,生活自我人皆有之,那么,创作自我则仅为作家所独具。正因如此,这种自我就必须格外地丰富一些、鲜明一些和深刻一些。一句话,这种自我必须是一个不依赖于谁,也不混同于谁的独立的自我。因为只有独立的自我,才能和文学的个人风格相联系;否则,自我不独立,展示给人的总是一张模糊不清的面孔,在这种情况下,又怎能谈得上文学的个人风格?高尔基说:"谁要想当作家,谁就必须在自己身上找到自己——一定要找到!"①别林斯基也说:"诗人的个性越是深刻和有力,就越是一个诗人。"②究其实,他们所强调的,正是自我独立的意思。

我们看文学史,凡以个人风格著称的名家或大家,无不有其独立的自我。拿李白和杜甫来说,他们基本上同处一个时代,面临的社会环境大致相同,经历的生活道路也大体相近,而且二人交往频繁,情谊深笃。表面看来,他们的自我应该是比较接近的。可是事实上,其人格面貌和生命状态,差别非常之大。杜甫有一首七绝《赠李白》:"秋来相顾尚飘蓬,未就丹砂愧葛洪。痛饮狂歌空度日,飞扬跋扈为谁雄?"有意义的是,李白也写了一首《戏赠杜甫》的七绝:"饭颗山头逢杜甫,头戴笠子日卓午。借问别来太瘦生,总为从前作诗苦。"他们二人在诗中各自为对方画了个像:一个是飘然欲仙,豪迈到近于放浪的李白;一个是为人踏实,严肃到近于拘谨的杜甫。"诗仙"与"诗圣"的两种自我,两种人格面貌以及生命状态,对比何其鲜明。正因如此,这才形成了他们特有的个人风格。严羽说:"太白有一二妙处,子美不能道;子美有一二妙处,太白不能作。子美

---

① [苏]高尔基.文学书简:上卷[M].曹葆华,渠建明,译.北京:人民文学出版社,1962:219.
② [俄]别林斯基.别林斯基论文学[M].梁真,译.上海:新文艺出版社,1958:138.

不能为太白之飘逸,太白不能为子美之沉郁。"①可谓至言。其他,如杜鹏程和王汶石,尽管二人都是陕西省作家协会的专业作家,生活在一个大院里,但前者"皱着眉头看生活",后者则"含着微笑看生活",他们在创作自我上,在文学的个人风格上,也都各有其不可取代的独立性。

作家在选择社会生活,社会生活也在选择作家。从某种意义上讲,文学的发展是一场竞争,不仅表现为作品内容的竞争、形式的竞争,更重要的,还表现为作家自我以及相应的个人风格的竞争。那些缺乏独立的自我的人,那些不善于寻找并且形成自己的个人风格的人,在这场竞争中注定是要被淘汰的。他们不能当作家,最起码不能当优秀的和伟大的作家。雨果说,未来仅仅属于拥有风格的人。而要拥有个人风格,作为前提,作家首先得是一个独立的自我,也就是说,他的自我在精神上必须是强者。

那么,如何才能做到这一点呢?其中的关键在于两个字:独创。从文学史看,每一个作家的创作几乎无例外地都是从亦步亦趋的模仿开始的。如莱蒙托夫早年模仿拜伦,陈忠实初期模仿柳青,便都是例证。莱蒙托夫之所以是莱蒙托夫,而不是第二个拜伦,陈忠实之所以是陈忠实,而不是第二个柳青,是因为他们没有一味地停留在模仿上,而是很快由模仿转向了独创。如果说,作家在模仿之际,自我尚未独立,因而还谈不上文学的个人风格,那么,当他们结束模仿开始独创的时候,自我就获得了独立,个人风格也就随之显露出来。由此言之,个人风格是作家自我独立的标记,也是作家艺术独创的产物。古柏下面的一番话:"个人风格是当我们从作家身上剥去那些并不属于他本人的东西,所有那些为他和别人所共有的东西之后,所获得的剩余或内核。"②其深刻的内涵即在于此。

任何作家拥有个人风格,都免不了有一个从模仿到独创的过程,问题在于完成这个过程所需的时间。有人所需时间可能很短,有人所需时间可能很长,也有人可能终其一生,到头来,还不能说已经完成了这个过程。这当中,有多种因素在起作用,归纳起来,不外乎以下两个方面:一方面是作家的先天因素,如独特的才能、独特的气质、独特的敏感性以及悟性等;另一方面是作家的后天条件,如独特的环境、独特的经历、独特的教养和训练等。在形成个人风格的这两个方面中,关键是后天的条件,即社会实践因素。一个作家只有通过独特的日常生活实践、精神实践和艺术实践,才能具有独特的社会生活素养、思想道德素

---

① 北京大学哲学系美学教研室.中国美学史资料选编:下册[M].北京:中华书局,1981:79.
② 王元化.文心雕龙创作论[M].上海:上海古籍出版社,1984:172-173.

养和艺术素养。而这一切素养在很大程度上,不仅决定着其个人风格能否形成,而且决定着其个人风格在形成以后,会呈现出怎样的面貌和发生怎样的变化。以拜伦为例。他那孤傲而忧郁的个人风格的形成和发展,固然与来自母亲方面的神经质的遗传有关,但起决定作用的,却是其生活道路和社会实践。拜伦作为贵族子弟、瘸腿少年,从小在上流社会的圈子里受尽冷遇,之后,他的爱情和家庭生活,又不断遭到来自各个方面的非议。凡此种种,不能不使他的个人风格蒙上一层抹不去的阴影。再如郭沫若,情况也是如此。应当承认,他的聪慧、早熟,以及由于从少年起就耳聋,"于听取客观的声音不大方便,便爱驰骋空想而局限在自己的生活里面"①等,对于其形成浪漫主义的诗风是产生了一定影响的。但郭沫若之所以是郭沫若,归根到底,还是因为他生活在新的时代环境之中,或者更准确地讲,他是那个奔腾激荡的伟大潮流的代言人。

以上我们说,文学的个人风格不能对应地理解为作家个性的表现,而应理解为作家的人格以及生命的综合表现。下面,我们有必要通过对我国古代和西方的人格以及生命理论的简单梳理,来讨论一下人格以及生命是如何深层次地作用于文学的个人风格的。

关于人格以及生命,西方现代心理学从弗洛伊德到荣格,提出了同中有异的两种心理分析理论。先是弗洛伊德的精神分析理论。弗洛伊德将人的精神活动区分为意识、前意识和无意识三个层面,意识奉行超我的道德原则,前意识奉行自我的现实原则,而无意识奉行本我的快乐原则。再是荣格的人格分析理论。荣格认为,弗洛伊德讲的无意识,实际上只是个人无意识。在个人无意识之下,还潜伏着一个更深的层面那就是集体无意识。于是,荣格所谓的三个层面,便成了意识、个人无意识和集体无意识。他把意识归结为自我,把个人无意识归结为情结,把集体无意识归结为原型。

我国古代没有独立意义上的心理学,倒是有一批注重人性思辨的哲学家,他们凭借着敏锐的理论直觉,使其所做的"性情之分",以及性本身的"理欲之分",在对人的人格以及生命的分层把握方面,达到了类似弗洛伊德和荣格那样的深度。就性是"天之就也"(《荀子·性恶》),是"未发于外而存于心"(《临川先生文集》卷六十七),情是"感于物而动"(《乐记·乐本》),是"发于外而见于行"(《临川先生文集》卷六十七)这一区别而论,我国古代的"性情之分",同弗洛伊德的意识与无意识之分,显然有可以互读的地方;再进一步,就"食色,

---

① 郭沫若.郭沫若选集:上册[M].北京:开明书店,1951:8.

性也"(《孟子·告子》),"性必有欲"(罗钦顺《困知记》三续)和"性即理"(王夫之《读四书大全说》卷十),即"神"(《乐记·乐象》)这一区别而论,我国古代关于性本身的"理欲之分",同荣格的个人无意识与集体无意识之分,也一样存在着某种对应关系。

如果上述想法在比较文化的框架内可以得以成立,那么,综合西方两种深度心理学和我国古代的"性情之分"与性本身的"理欲之分"说,就可以对作家的人格以及生命结构做如下的层面划分:最上面的是意识层面,其内涵相当于"发于外而见于行"的情,通常以一种社会人格呈现出来;中间的是个人无意识层面,其内涵相当于"食色,性也"和"性必有欲"中所言的性或者欲,对应的是一种个体人格;最下面的是集体无意识层面,其内涵相当于"性即理",即"神"的那个理与神,那便是在人的灵魂深处隐含着的一种原始文化人格。

文学的个人风格,无疑是作家的人格以及生命自上而下、由浅入深的全面投入。这就是说,一个作家要想如高尔基所言,真正"从自己身上找到自己",就必须通过长时间的社会生活实践、精神实践和艺术实践,完成自己的人格以及生命从意识到个人无意识再到集体无意识的深化过程。这一过程,若是用我国古代的"性情之分"与性本身的"理欲之分"来表达,就是从入情到入性(即入欲)再到入神的深化过程。如果上述过程,仅仅停留在意识层面或者入情阶段,呈示给人们的只是一种社会人格,在这样的情况下,文学的个人风格往往因为缺乏人格以及生命的根基而难以辨认,易于雷同,也就是说,此类个人风格,还不具有充分的独立性。只有透过社会人格,进入同个人无意识层面或者入性阶段相对应的个体人格,最后扎根在同集体无意识层面或者入神阶段相对应的原始文化人格,文学的个人风格才有可能达成独一无二的人格以及生命的综合表现。

西方的风格理论一般是把作家从意识到个人无意识再到集体无意识的深化,作为具体的修辞问题来加以处理的,例如怎样通过比喻和象征等手段,来暗示个人无意识的情结或者集体无意识的原型。而在我国古代诗学中,往往将作家的入情、入性和入神,提到主体修养的高度来看待。从先秦到晚清,为一代代学人所津津乐道的"养气说",讨论的便是作家主体的人格以及生命的修养问题。这一"养气说",恰恰是中国古代风格理论的特色之所在。

大家知道,关于人格以及生命,在我国古代的儒家和道家学说中,都是用"气"的概念来加以表述的。所不同者,道家讲"气",主要指人与万物的自然生命,如体气、血气、元气等;儒家讲"气",则更多指人的道德人格,如志气、正气、浩然之气等。如果说,体气、血气和元气作为自然生命,需要人细心地保养以及调养,那么,志气、正气和浩然之气等作为道德人格,则需要人自觉地培养和修养。这里,无论是体气、血气和元气的保养以及调养,还是志气、正气和浩然之气的培养和修养,都存在着一个养的问题,这就是所谓的"养气说"。当然,道家的"养气",因为涉及的是人的自然生命,在哲学与美学的框架下,更多包含有生理学或心理学的内容;而儒家的"养气",由于关系到人的道德人格,就变成了一个纯粹的伦理学命题。道家"养气说",虽然发端于老子,但予以系统化的,应该是庄子,如他在《大宗师》中说"游乎天地之一气",在《达生》中说"壹其性,养其气,合其德,以通乎物之所造"。① 庄子在这里讲养气,是要通过虚静,达到生理和心理的生命本真。而儒家"养气说",由孟子集大成。他在《孟子正义·公孙丑章句上》中的一席话,可以作为儒家"养气说"的权威性表述来看待。孟子说:"我善养吾浩然之气","其为气也,至大至刚,以直养而无害,则塞于天地之间。其为气也,配义与道。"我们可以清楚地看到,孟子所谓养气,是要通过"配义与道"的道德实践,以达到浩然正气塞乎天地之间的崇高的人格境界。

如前所述,南宋诗学家严羽曾将"入神"称为"诗之极至"。他认为,这种人格以及生命表现的最高度,只有李白与杜甫真正达到了。此话原本是不错的。但李白和杜甫,就各自的人格面貌以及生命状态和与之相对应的个人风格而论,却又各自有别。如果说,"诗仙"李白按道家"养气说"立身,其人格以及生命更多以质感见长,即严羽所谓"优游不迫"者,这样的个人风格往往对应地表现为优美和柔美,亦即阴柔之美,那么,"诗圣"杜甫按儒家"养气说"行事,其人格以及生命则更多以力度取胜,即严羽所谓"沉着痛快"者,这样的个人风格往往对应地表现为崇高和壮美,亦即阳刚之美。

在我国古代文论中,关于文学个人风格的阴与阳、刚与柔的类型划分的最早的提出者是曹丕。其《典论·论文》认为:"文以气为主,气之清浊有体。"据郭绍虞解释:"刚近于清,柔近于浊。"② 刘勰也说:"气有刚柔","刚柔虽殊,必随时而适用"。③ 大概正是在曹丕和刘勰的"清浊""刚柔"论的基础上,清人姚鼐才从"刚柔相济"的角度,系统地论述了文学个人风格的类型及其关系。他在《海愚诗钞序》中说:

---

① 陈鼓应.庄子今注今译[M].北京:中华书局,1983:193,468.
② 郭绍虞.中国历代文论选:上册[M].上海:中华书局,1962:129.
③ 郭绍虞.中国历代文论选:上册[M].上海:中华书局,1962:129.

> 吾尝以谓文章之原,本乎天地。天地之道,阴阳刚柔而已。苟有得乎阴阳刚柔之精,皆可以为文章之美。阴阳刚柔并行而不容偏废,有其一端而绝亡其一,刚者至于偾强而拂戾,柔者至于颓废而暗幽,则必无与于文章矣。

在姚鼐看来,阳刚与阴柔都可以构成文学个人风格的美,但二者应相济互补,如果偏于一端,就可能走向极端。

### 2. 文学的时代风格与民族风格

以上我们讨论作家自我的人格以及生命和文学的个人风格,只涉及了文学风格的主观一面。作为其客观一面,即社会生活的个别特点和文学的时代风格与民族风格,在传统的风格理论中,常常是被忽略的。正因如此,今天用专门的篇幅对此加以讨论,就显得尤为必要。

我们知道,社会生活从时间上看,是一个连绵不断的运动过程,即所谓的生活流。这一生活流,按照生产力发展水平的不同、生产关系状况的不同以及与此相适应的上层建筑和意识形态的性质的不同,可以划分为许多阶段。阶段就是我们所讲的时代。一个时代的社会生活,虽然与历史上所有时代的社会生活,会有某些共同特点,但毕竟又有自己的个别特点。这种时代的个别特点,简称为时代特点,表现在社会存在方面,即形成特定的时代风貌;表现在社会意识方面,即形成特定的时代精神。以我国近现代的情况而论,五四运动是一个分水岭,在这以前的旧民主主义革命时代,和在这以后的新民主主义革命时代,时代风貌与时代精神就迥然有别;中华人民共和国的成立又是一个分水岭,在这以前的新民主主义革命时代,和在这以后的社会主义革命以及社会主义建设时代,其时代风貌与时代精神也大不相同。文学反映社会生活,不能不受作为审美对象以及审美环境的社会生活在时间上的个别特点即时代特点的制约,从而也就不能不带有特定的时代风貌和时代精神的印记。这种印记通过作家的自我感受在作品中具体地体现出来,便是所谓文学的时代风格。就我国现当代的情况而论,五四运动以后的新文学与五四运动以前的旧文学,其时代风格在意气和色调上的对比就非常明显。后者如《官场现形记》《二十年目睹之怪现状》等,多以揭露时代的黑幕为主,虽然也有其认识价值,但意气往往流于低沉、阴冷;前者如鲁迅的小说、郭沫若的诗歌,则多以呼唤时代的新生为念,因为是在倡导科学与民主这一伟大的思想解放运动中产生的,这些作品尽管各有其个人风格,但作为共同点,它们在色调上一般都显得昂扬而且鲜明。再如,拿中华人民共和国成立前与中华人民共和国成立后文学的时代风格做比较,我们也同样有一种与世推移焕然一新之感。究其缘由,这显然是刷新了的时代风貌与时代精神在起作用。

这是讲社会生活的时代特点和文学的时代风格,下面我们再看看社会生活的民族特点和文学的民族风格。我们知道,社会生活从空间看,是一个宽广无限的整体,即所谓的生活场。这个生活场,按照不同的语言、不同的地域、不同的经济生活以及不同的文化和心理素质,可以划分为许多部分。部分就是我们所讲的民族。一个民族的社会生活,虽然与世界上所有民族的社会生活,会有某些共同特点,但毕竟又有自己的个别特点。这种民族的个别特点,简称为民族特点,表现在社会存在方面,即形成特定的民族风貌;表现在社会意识方面,即形成特定的民族精神。如我们中国的民族风貌与民族精神,与西方各国的民族风貌与民族精神,就判若两样;如同处欧洲的意大利、法国或者英国等,在民族风貌与民族精神上,也互有差异。文学反映社会生活,不能不受作为审美对象以及审美环境的社会生活这种空间上的个别特点即民族特点的制约,从而也就不能不带有特定的民族风貌和民族精神的印记。这种印记通过作家自我审美感受在作品中具体地体现出来,便是所谓文学的民族风格。拿我们中国与同为西方国家的意大利、法国、英国进行比较。歌德在读过一部中国传奇之后这样说:"中国人在思想、行为和情感方面几乎和我们一样,使我们很快感到他们是我们的同类人,只是在他们那里一切都比我们这里更明朗,更纯洁,也更合于道德。他们还有一个特点,人和大自然是生活在一起的。"[①]作为一个伟大人物,歌德较少存在民族偏见。他对中国文学的民族风格的把握,及其与西方文学民族风格的区别,大体是正确的。再如伏尔泰在谈到西方各国的文学时这样说:"从写作的风格来认出一个意大利人、一个法国人、一个英国人或一个西班牙人,就像从他面孔的轮廓,他的发音和他的行动举止来认识他的国籍一样容易。意大利语的柔和与甜蜜在不知不觉中渗入到意大利作家的资质中去。在我看来,辞藻的华丽,隐喻的运用,风格的庄严,通常标志着西班牙作家的特点。对于英国人来说,他们更加讲究作品的力量、活力和雄浑,他们爱讽喻和明喻甚于一切。法国人则具有明澈、严密和幽雅的风格。"[②]由此可见,不仅是中国和西方各国之间,即便是西方各国相互之间的文学的民族风格,也都是互不雷同

---

① [德]爱克曼,辑.歌德谈话录[M].朱光潜,译.北京:人民文学出版社,1978:12.
② 伍蠡甫,等.西方文论选:上卷[M].上海:上海文艺出版社,1963:323.

的。可以说,世界上有多少个民族,就有多少种文学的民族风格。

上面我们说,社会生活的时代特点和民族特点,对应地造就了文学的时代风格和民族风格。这并不意味着,只有反映同时代的社会生活,才具有文学的时代风格;或者只有反映本民族的社会生活,才具有文学的民族风格。我们知道,社会生活对于作家自我,从狭义上讲是审美对象;从广义上讲是审美环境。基于此,只要作家自我忠实于他所在的那个时代和他所属的那个民族,那么,即便他不以同时代或者本民族的社会生活为审美对象,这个时代与这个民族的种种特点,也仍然会像空气和水一样,包围并且浸染着他的全身心,使其作品具有同样的时代风格与民族风格。关于这一点,果戈理讲述得十分深刻,他说:"真正的民族性不在于农妇穿的无袖长衫,而在表现民族精神本身。诗人甚至描写完全生疏的世界,只要他是用含有自己的民族要素的眼睛来看它,用整个民族的眼睛来看它,只要诗人这样感受和说话,使他的同胞们看来,似乎就是他们自己在感受和说话,他在这时候也可能是民族的。"[①]弄清楚了上述道理,要回答为什么郭沫若的历史剧《屈原》体现了20世纪40年代的时代精神,为什么"歌德,不论在希腊风格的《伊菲格尼》中,不论在东方风格的《西东诗集》中,都是一个德国人"[②]等这些问题,也就比较容易了。

### 三、文学风格的多样统一

#### 1. 文学的时代风格与民族风格是多样的统一

我们为了叙述方便,分别讨论了文学的个人风格和文学的时代风格与民族风格,事实上,二者作为构成文学风格的两个方面,应当说是不可分割的。文学的时代风格与民族风格,作为特定时代、特定民族的个人风格的总汇,它们不能脱离个人风格而单独存在,而必然要包含在一个个的个人风格之中,通过一个个的个人风格体现出来。文学的个人风格,作为特定的时代风格、特定的民族风格的有机组成部分,它们也不能脱离时代风格与民族风格而单独存在,而必然要在各自的形态中包含时代风格与民族风格,从各自的角度体现时代风格与民族风格。

这里已经涉及文学的时代风格与民族风格的多样统一问题。就体现时代风格与民族风格的个人风格而言,它们作为作家自我在作品中的具体体现,在

---

① [俄]果戈理,等.文学的战斗传统[M].满涛,译.上海:新文艺出版社,1953:2-3.
② 北京师范大学中文系文艺理论教研室.文学理论学习参考资料:上[M].沈阳:春风文艺出版社,1981:599.

形态上是各自有别的,因而是多样的;就被体现的时代风格与民族风格而言,它们作为同时代、本民族所有作家共同面对的时代特点与民族特点在作品中的具体体现,在本质上是大体相近的,因而又是统一的。形态各自有别的多样化的个人风格统一在本质大体相近的时代风格与民族风格之中,我们所谓文学的时代风格与民族风格的多样统一,就是这个意思。

拿我国盛唐文学的时代风格来说,它是由活跃在开元、天宝年间的众多诗人集中地体现出来的。除了这方面的杰出代表李白和杜甫之外,还有王维、孟浩然、高适、岑参、李颀等人。这些诗人,面貌各异,风采独具。然而,因为他们都生活和创作在"对外是开疆拓土军威四震,对内则是相对的安定和统一","空前的古今中外的大交流大融合"的盛唐时代,所以,他们多样化的个人风格,便都不由自主地统一于一种"闪烁着青春、自由和欢乐"[1]的时代风格,即所谓"盛唐之音"之中。

再如俄国文学。高尔基说:"在俄罗斯,每一个作家都确实是鲜明地个性化的,可是把所有一切作家连接起来的是一个顽强的渴望——就是力求理解、感觉、猜想国家的未来,它的人民的命运,它在这地球上所起的作用。"[2]这里,高尔基从一个侧面阐述了俄国文学的民族风格的多样统一。

**2. 文学的个人风格是多样的统一**

文学的时代风格与民族风格是多样的统一,是文学风格多样统一的其中一层含义。除此之外,还有另一层含义:文学的个人风格也是多样的统一。

我们知道,文学的个人风格是作家自我的人格以及生命的具体体现。因为作家自我作为现实的人,生活在"各种社会关系的总和"(马克思语)之中,所以,他的自我,从横向来看,就不能不是一个多侧面的有机整体。其中,既有主导侧面,又有许多非主导侧面。体现在文学的个人风格中,前者即所谓本色,后者即所谓兼色或者杂色。作家的自我是主导侧面与许多非主导侧面的多侧面的统一,与此相对应,文学的个人风格则是本色与许多兼色或者杂色的多色彩的统一。

我们不妨先从与白居易并称"元白"的中唐著名诗人元稹说起。苏轼曾以"元轻白俗"四字来区分两位诗坛好友的不同的个人风格。此处不论白居易之"俗"(指通俗),单就苏轼将元稹诗风归结为一个"轻"字,足见其见识之非凡。

---

[1] 李泽厚.美的历程[M].北京:文物出版社,1981:127.
[2] [苏]赫拉普钦科.作家的创作个性和文学的发展[M].满涛,岳麟,杨骅,译.上海:上海译文出版社,1982:101.

元稹在当时,被称作"元才子"。苏轼说"轻",盖指其由里及外焕发的才子气。从可称道的一面讲,"轻"是轻灵(才情充溢)、轻盈(文势流转)、轻巧(不费功力而呈现的技巧)、轻快(无障碍的阅读快感)等。这方面,我们可以从诸如《遣悲怀》三首、《江花落》、《行宫》、《西归绝句》之二等篇,以及陈寅恪给予的"旨趣丰富,文采艳发"的评价得以印证。凡此种种,皆为其才子气见于个人风格的正面效应;从可疵议的一面讲,"轻"是轻狂(风流成性、好色如命)、轻浮(气格卑俗)、轻佻(诗中多有性的暧昧)、轻薄(专写眠花宿柳的香艳之事),如《连昌宫词》、《离思》五首、《春晓》等篇,皆可作为例证。《养一斋诗话》云:"《离思》诸作……率天下之人而祸诗者,微之此类诗是也。"凡此种种,又不能不视为其才子气见于个人风格的负面效应。不管是可称道的正面,抑或是可疵议的负面,二者叠合在一起,皆是"轻"亦即才子气作为其人其诗的主导侧面,从两个相反方向辐射而成的个人风格的多样统一。

元稹在唐诗界虽然最多只能算是名家,但其人其诗尚有如此多样化的色彩,若是在大家身上,其个人风格之多色彩的统一,应当更加丰富,甚至到令人目不暇接的地步。以杜甫为例。前人说,他的诗"有平淡简易者,有绮丽精确者,有严重威武若三军之帅者,有奋迅驰骤若泛驾之马者,有淡泊闲静若山谷隐士也,有风流蕴藉若贵介公子者。"(《遁斋闲览》)而这一切,作为其个人风格的众多杂色,无不统一在杜甫"沉郁顿挫"的本色之中。鲁迅的个人风格也是如此。按茅盾的概括,"洗练、峭拔而又幽默"是其本色,但除此而外,他还有众多杂色。"举例而言:金刚怒目的《狂人日记》不同于谈言微中的《端午节》,含泪微笑的《在酒楼上》亦有别于沉痛控诉的《祝福》……"①这也就是说,鲁迅的个人风格也是多色彩的统一。其他如莎士比亚、巴尔扎克、列夫·托尔斯泰,也都是如此。这些大作家,因为其个人风格如生活一样丰富多彩,甚至到令人难以一一列举的地步,所以,明明有风格,却似乎给人以无风格之感。

以上我们谈到了文学个人风格在横向上的多色彩的统一,下面再来看看文学个人风格在纵向上的多调性的统一。作家作为现实的人,生活在"各种社会关系的总和"之中,而这些社会关系及其总和,又随着经济政治文化状况的变化以及作家生活实践的变化而不断发生变化。由此决定,作家的自我,从横向来看,是一个多侧面的有机整体;从纵向来看,又是一个多层次的发展过程。拿这一阶段与另一阶段相比,其中有一以贯之的稳定层次,也有随时而变的许多

---

① 北京师范大学中文系文艺理论教研室.文学理论学习参考资料:下[M].沈阳:春风文艺出版社,1982:858.

不稳定层次。即所谓不变中有变,变中有不变。体现在文学的个人风格中,前者构成个人风格的基调,后者构成个人风格的变调。作家的自我是稳定层次与许多不稳定层次的多层次的统一,与此相对应,文学的个人风格则是基调和许多变调的多调性的统一。拿小说家王蒙20世纪50年代的作品与20世纪80年代的作品比较,就可以明显地看出这一点。如果说,在《青春万岁》《组织部新来的年轻人》中,他那"少年布尔什维克"的热情,更多地透露出质朴、纯真的一面,那么,经过20多年的人生坎坷,王蒙在20世纪80年代所写的《蝴蝶》《风筝飘带》等作品,虽然依旧不失其"少年布尔什维克"的热情,但却更多地给人以深沉、老辣,以至于嬉笑怒骂之感。其他如茹志鹃、马烽、李准等的创作,也因为当中有"文革"时期作为间隔,在调性上都有明显的变化。杜甫说:"庾信文章老更成,凌云健笔意纵横。"用这两句诗来说明上述作家的个人风格的变化及其多调性的统一,应当说是非常合适的。

# 第四章 文学接受论

**知识脉络图**

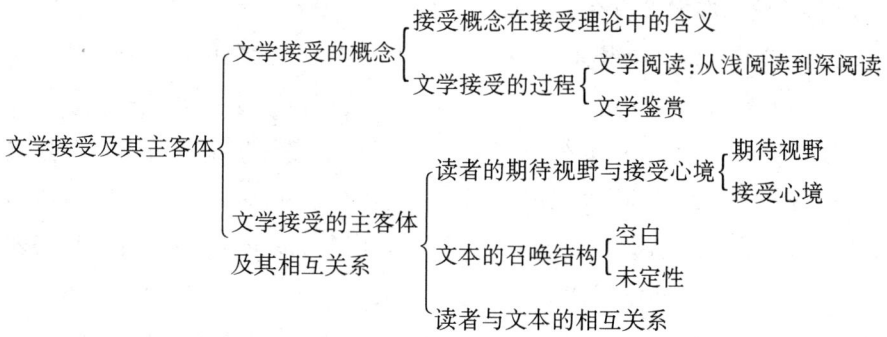

文学接受及其主客体
- 文学接受的概念
  - 接受概念在接受理论中的含义
  - 文学接受的过程
    - 文学阅读：从浅阅读到深阅读
    - 文学鉴赏
- 文学接受的主客体及其相互关系
  - 读者的期待视野与接受心境
    - 期待视野
    - 接受心境
  - 文本的召唤结构
    - 空白
    - 未定性
  - 读者与文本的相互关系

文学欣赏
- 文学欣赏的性质
  - 文学欣赏是审美活动
  - 文学欣赏是审美享受活动
  - 文学欣赏是全心灵的审美享受活动
- 文学欣赏的创造性解读
  - 文本内容的具体化复现
  - 文本意义的合理误读
- 共鸣
  - 何谓共鸣
  - 共鸣发生的心理根源
  - 品味、领悟与延留
  - 共鸣：从心灵对话到社会交往

文学批评
- 文学批评的性质和任务
  - 性质：哲学－科学批评、社会学批评、美学批评的三位一体
  - 任务：释义、评价和导向
- 文学批评的标准
  - 社会实践标准
  - 真善美标准
  - 两种标准是统一的
- 文学批评的方法

## 第一节 文学接受及其主客体

### 一、文学接受的概念

#### 1. 接受概念在接受理论中的含义

文学接受作为一个新概念,是德国康斯坦茨学派的两位代表人物姚斯和伊瑟尔,在20世纪60年代末70年代初创建的接受理论中最先提出来的。这一概念,因其内涵的独特性而值得我们注意。可以说,接受理论的着力点及其整个运思方向和理论风貌,很大程度上都和接受的概念有关。我们知道,姚斯和伊瑟尔都是德国人,而德语中"接受"一词,就词义而论,本身即带着某种宗教印记,有让渡的意思,表示主体对于对象的积极主动的占有。这一词义,不仅在汉语中,而且在英语和法语等其他西方语言中,也都是很难相应地加以体现的。正因为接受本身包含主体占有之意,所以,以此概念架构而成的接受理论一经提出,读者在文学活动中的地位,便发生了某种革命性的变化。传统文学理论虽然也都会多多少少地涉及读者,但因为这些理论在结构图式上,不是以世界为中心(如模仿论),就是以作者为中心(如表现论),或者以作品为中心(如文本-形式论),所以,读者在它们那里,充其量只是陪衬而已。既定的思路往往是这样的:世界提供什么,作家创造什么,文本表达什么,读者就接受什么。在这样一个习惯性思路中,读者只能充当被动、消极的角色。而接受理论则不然,"接受"一词从其母语所带来的主体占有的意味,标志着读者已由附庸变为文学的主人,已从边缘走向文学的中心。正如姚斯所言,"在作家、作品和读者的三角关系中,后者并不是被动的因素,不是单纯的作出反应的环节,它本身便是一种创造历史的力量"[①]。他把读者一下子提到了"创造历史"的高度,相对于传统的文学理论,这不啻为一场翻天覆地的革命。尽管这样做,因为不无情绪化的成分,而多少有矫枉过正之嫌,但无论谁都得承认,像过去的理论那样,仅仅把读者当作受众显然是不公允的。读者作为与作家一样的人,作为接受活动

---

① 朱立元,等.西方美学通史:第七卷下[M].上海:上海文艺出版社,1999:298.

的主体,理应站在前台,成为另一种意义上的主角。接受理论之所以被称为读者主体论或者读者中心论,其原因概出于此。

综上所述,接受理论提出的文学接受概念,是一个旨在凸显读者在文学阅读过程中的主体性的概念。关于读者与作品的关系,如果说,传统的文学理论强调的是作品对读者作为受众的灌输和教化,那么,接受理论则反其道而行之,强调的是读者作为主体对作品的占有。此处所谓占有,可以理解为读者对作品意义的阐释和创造。这一点是接受理论赋予文学接受概念的要义所在,也是我们理解文学接受概念的核心所在。

### 2. 文学接受的过程

狭义的文学接受,是一个从阅读开始,一步步地深化为鉴赏的过程。如果以上文接受概念的要义和核心来要求,那么,读者的主体性就应该像一条红线,贯穿在阅读到鉴赏的全过程之中。

先从阅读说起。作为文学接受的入门或者初级阶段,阅读之于文学接受的重要性是可想而知的。文学鉴赏靠阅读得以深化;文学的社会化大生产(消费—生产—消费)靠阅读得以在无止境的循环中流转;文学经典靠阅读得以认定;文学史靠阅读得以永续地发展。然而,我国当下的阅读状况却并不乐观。据相关资料记载,若是按人均年阅读量排序,我国虽然是四大文明古国之一,但在世界大国中尚处于末流。这里涉及一个国人实用功利性的价值取向,及与此紧密相关的读者的阅读层次问题。我们知道,对于阅读的状况,可以根据读者主体性的有无及强弱,做出层次的深浅划分。浅阅读只是看热闹的浏览,而非看门道的体味。用前面所列文学即游戏加意义的等式来印证,所谓浅阅读,读者仅留意游戏形式,而基本甚至完全不关心作品内在的意义,严格地说,它不属于文学接受的范畴。唯有深阅读,譬如力求读出意涵的英美新批评的所谓"细读"、力求读出味道的古代诗学的所谓品读,以及力求读出自我的耶鲁学派布鲁姆在《影响与焦虑》一书中所论证的合理性"误读"等,方能使读者在良好的接受状态中,通过对作品意义的阐释和创造,深化为文学鉴赏。遗憾的是,在当前的商品社会与读图时代,广大读者尤其是青少年读者,由于受急功近利的价值观的影响,在互联网等大众传媒所提供的碎片式快餐文化的诱导下,阅读往往停留在能够拿来就用,或满足生理刺激的浅阅读层次,大多借网络小说以至地摊读物打发光阴。更有甚者,如许多大学生竟是凭借电视连续剧或者连环画了解四大名著,对于原版小说皆未完整地翻阅过。中国之大,居然容不下一张平静的书桌,虽说只是笑话,但正是文学接受的隐忧所在。

下面我们要谈的文学鉴赏,即文学欣赏和文学批评,陶诗所谓"奇文共欣赏,疑义相与析"两句,就是指此而言。相对于阅读,文学鉴赏是文学接受的深化或者高级阶段。在传统文学理论中讲鉴赏,只是对或是世界的"真意"(模仿论),或是作家的原意(表现论),或是作品的本意(文本－形式论)的一种发掘,而我们今天在文学接受论的框架下讲鉴赏,强调的是读者作为主体对于作品意义的创造性阐释,即所谓读者的创意。此种由读者生发的创意,不同于世界的真意,不同于作家的原意,也不同于文本的本意。如果说,不管是世界的真意、作家的原意,还是文本的本意,基于逻各斯中心论,它们都是被认定为原本就已存在于文本的意义而且是唯一的一种意义,那么,阅读的任务便是让读者从文字之隐蔽处将其发现并挖掘出来。读者的创意不是去发现某种现成的意义,而是在通过阅读展开的读者与文本的对话关系中去生成和创造意义。此种创意因读者的个人而异,是完全个性化的。由此推论,它又必然是多样化的。也就是说,有多少个读者,便有多少种创意。前面我们所讲接受理论的产生,在文学理论领域引发了革命性的变化,其根据在于,读者参与到文本意义的阐释与创造中,打破了统治西方思想界几千年的逻各斯中心论,而这不就是至今仍方兴未艾的解构主义对于结构主义的一次革命吗?

### 二、文学接受的主客体及其相互关系

从事文学接受活动,需要主客体双方具备一定的条件。就主体而言,除了需要能读、会读,有语言文字的阅读能力和情感与形象的感受能力,且两者统一在一起,即所谓读者的审美能力之外,从接受理论的角度来讲,还需要有一个明确、宽泛,而且又具有可塑性的期待视野,有一种正常的接受心境;而就客体而言,除了需要文本可读、耐读,有包括语言的审美形态、情感与形象的审美形态在内的作为总体的审美形态之外,从接受理论的角度来讲,还需要文本有一种充满空白与未定性的召唤结构。下面,我们拟分别就读者的期待视野与接受心境和文本的召唤结构,以及读者和文本的相互关系,进行一些分析。

#### 1. 读者的期待视野与接受心境

先从期待视野说起。接受理论认为,读者在接触一个新的文本之前,其大脑并非如英国哲学家洛克所言,是一块意识的"白板"。他们通过对以往包括阅读经验在内的种种经验的积累,已经内在地形成了某种审美的趣味、需求、理想、观念和标准等,一句话,已经内在地具有了某种自觉不自觉的审美倾向性。姚斯把这种先于阅读而存在的审美倾向性,叫作期待视野(有的地方翻译为期

望阈)。姚斯的这一概念,有三个来源:一是海德格尔存在主义哲学的"前理解";二是波普尔科学哲学的"期望阈";三是伽达默尔阐释学的"成见"。姚斯对它们做了意义的整合以后,将其引入文学接受论,意在说明读者对文本进行主体占有的审美心理前提。在姚斯看来,期待视野之于读者,固然是人皆有之,但此种期待视野是否明确、是否广阔、是否具有可塑性,则是区分读者的成熟程度的一个标尺。按姚斯的分析,当一个新的文本出现于成熟读者的期待视野,通常有三种情况:A. 完全符合;B. 完全不符合;C. 又符合又不符合。针对上述三种情况,姚斯又借鉴布洛的"距离论",提出了一个审美距离或角色距离的概念。就总体而言,姚斯对前两种情况评价不高。完全符合者,说明文本没有任何创新,一切都在读者的预料之中。换句话说,期待视野与文本之间的审美距离等于零。在这种情况下,读者当然无法从文本获得应有的审美享受。反之,完全不符合者,说明文本要么创新过于超前于读者的期待视野,令读者观后不知所云;要么这个文本不具有任何文学性,根本算不上文学文本。换句话说,期待视野与文本的审美距离趋于无限大。在这种情况下,读者对文本也就自然地表现出淡漠情绪。在姚斯看来,只有又符合又不符合的第三种情况,即期待视野与文本保持在一种恰当的审美距离之间,才能调动起读者投入的积极性,或者以自己的期待视野将文本同化,或者让自己的期待视野受文本调节,通过同化或调节,最终达到期待视野与文本之间的所谓视野的融合。关于以上提到的第一种情况,我们只需举出在如今的文学期刊上到处可以见到的那些公式化、概念化的作品,便足以说明问题。而我国20世纪30年代的两位象征派诗人李金发和戴望舒的作品,则可以分别充当第二种和第三种情况的恰当例证。李金发和戴望舒二人,都从学习法国象征主义诗歌起步,其诗歌创作都带有象征主义的明显特征,然而,他们在读者当中的影响力却相差很大。李金发出生在东南亚,虽是华人,但对中国文化了解不多,尤其是他的汉语水平,更使得其诗作与一般的中国老百姓的生活相去甚远。正因如此,其所写的象征主义诗作,不要说普通读者,即便是诗歌评论家也难以产生阅读兴趣。而戴望舒的象征主义,能使从法国象征派那里借鉴过来的象征主义手法与中国的传统诗歌乃至传统文化水乳交融,使人读来,在新颖之中又有熟稔之感。所谓又符合又不符合,大概就是指此而言。也正因此,戴望舒在读者心目中,就成了与在他之前的徐志摩及与他同时期的艾青一样受欢迎的杰出诗人。

  姚斯本人在论述期待视野时,并未就这一概念做内涵和外延的种种规定。而国内的一些教材,将读者的期待视野或是分为文学的期待、生活的期待与价值的期待(童庆炳主编《文学概论》),或是分为文体的期待、形象的期待与意蕴的期待(童庆炳主编《文学理论教程》),如此云云。这里一一列出,供大家在理解这一概念时参考。

再说接受心境。在一个读者那里,期待视野作为主体应具备的条件,有相对稳定性的特点;而接受心境作为主体应具备的另一条件,则往往因时、因地而异,有随机性的特点。现实生活中的人,总是处于一定的情绪状态中。这种情绪状态,会伴随读者进入阅读过程,从而影响文学接受的效果。我们把影响文学接受的读者的情绪状态,称为接受心境。从其情绪色调来看,接受心境可以分为欢悦、抑郁和虚静三种状态。一般而言,欢悦心境容易激起读者的阅读兴趣,抑郁心境可能败坏读者的阅读兴趣。而超越于以上二者的虚静心境,因其情绪状态的冲淡平和、清静自然,与生活中的功利是非拉开了距离,是最适宜进行阅读活动、最理想的接受心境。"虚静"一词,源于《老子》第十六章:"致虚极,守静笃。万物并作,吾以观其复。"其原意是指清静无为的人生态度。之后,庄子对此进行了补充,把虚静视为高超技艺赖以发挥的无功利状态。自魏晋以后,刘勰、苏轼等对虚静多有论述,虚静成了文学创作论的一个重要术语。古人主要用虚静来形容创作心态,但以这一概念表示接受心境也是完全合适的。创作需要虚静,接受又何尝不需要虚静呢?实际上,读者在面对一个文本时,只有保持一种无功利的虚静状态,才能摆脱纷繁俗务的干扰,真正做到全神贯注,专心致志,也才能充分地体味文本的内涵和旨趣。

### 2. 文本的召唤结构

如果说,在接受理论中,姚斯通过对期待视野概念的阐述,主要发展了关于读者的理论,那么,伊瑟尔则是在提出召唤结构概念的基础上,着重发展了关于文本的理论。伊瑟尔认为,由作家写出来的东西,只能叫作文本,而不能叫作作品。文本之所以不同于作品,是因为文本在未经读者阅读之前,以一种充满空白和未定性(亦即不确定性)的图式结构,即所谓召唤结构而存在。召唤结构之所以被称为召唤结构,其关键在于空白与未定性。这里讲空白,主要指文本的内容方面的某些空缺,某些没有写出或者没有明确写出,但在已经写出的部分这样那样地做了暗示的东西。它们往往存在于诗歌的意象,小说的人物、情节和环境,以及戏剧冲突等各个环节之中。各种文学体裁都讲空白,其中,诗的空白最多,也最好。这里,不妨以李白的七绝《黄鹤楼送孟浩然之广陵》为例:

故人西辞黄鹤楼,烟花三月下扬州。
孤帆远影碧空尽,唯见长江天际流。

李白在诗中融情入景,以景写情。表面看去,该诗除了第一句作为交代性的陈述之外,其他三句纯是写景,无一涉情,但所有景语皆情语也。烟花三月下扬州,暗示远别的凄楚迷离;孤帆远影句,暗示送行的依依惜别、行行愈远;唯见长江天际流,暗示由分离而导致的空旷和失落之感。所有这一切,作为文本的结构性空白,李白均未在诗中点明,必须让读者自己"思而得之"。唯其如此,其间的情感才显得更加真挚而深厚。相对于中国古典诗歌的含蓄,西方诗歌通常较为直露,但这只是就一般的情况而论。应该说,在西方诗歌中,也不乏因空白而特别耐人寻味者。如奥地利诗人弗里德的《归化》:"白手/红发/蓝眼睛//白石/红血/蓝嘴唇//白骨/红沙/蓝天空。"全诗3段,每段3行7个字,以意象并列的方式,向我们展示了全都以白、红、蓝为基色所构成的3幅画面。据有人阐释,诗的第一节,用白、红、蓝三色暗示了一位白种青年;第二节则用白、红、蓝三色暗示了这位青年的喋血负伤;第三节又用白、红、蓝三色暗示了这位青年露骨于野,客死他乡。因为诗中屡屡闪现的白、红、蓝三色,既是构成美国星条旗,也是构成越南地理环境的三种底色,所以,上述青年的遭遇肯定与美国侵越战争有关。从表面上看,《归化》一诗只是由白、红、蓝三色构成的画面的空白陈列,但实际上,可以将其理解为美国士兵在越南战场从入伍到阵亡的故事。

以上我们举例说明了空白。作为形成文本召唤结构的另一特征,我们再谈谈未定性的问题。所谓未定性,就是不确定性,主要指文本意义的含混、朦胧和多解,包括在词语、意象、主题等方面所存在的进行多种理解和阐释的可能性。如挪威剧作家易卜生的名剧《玩偶之家》的结尾,女主人公娜拉在与其丈夫海尔茂决裂之后,愤愤然离家出走,只听得门"砰"的一声被关上,大幕蓦然间就落了下来,全剧戛然而止。至于娜拉离家出走以后到底会怎么样,剧本提供的是一个充满未定性,因而可以做多种理解和阐释的结局。再如《红楼梦》中关于秦可卿的死因,小说也有意地做了模糊处理。这又是一种未定性。后世红学家围绕此问题展开的无休止的争论,显然与其中的未定性是密切相关的。

文本作为这样一种充满空白与未定性的图式结构,类似于秘书为正式文件起草的提纲、建筑设计师绘出的蓝图、作曲家写就的总谱,它们因本身所具有的空白与未定性,如伊瑟尔所言,是向读者发出的无声邀请,构成了对于读者的召唤,所以,伊瑟尔便称其为召唤结构。文本的召唤结构,只有在读者投入之后,以各自的想象填补了空白,使未定之处一一得以确定下来,用伊瑟尔从英加登那里借来的现象学术语,读者对文本做了具体化的工作,这才能叫作作品(也有人将其称为第二文本)。按伊瑟尔的观点,文本是由作家单独创造的,而作品或者第二文本则是由作家和读者共同创造的。

### 3. 读者与文本的相互关系

假如读者除了有一定的审美能力之外,还有明确、宽泛,而且又具可塑性的期待视野,有正常的接受心境,假如文本除了有一定的审美形态之外,还有充满空白与未定性的召唤结构,那么,主客体条件已经具备,应该可以进入文学接受过程了。然而,这仅是文学接受的开始,要想从头到尾地完成文学的接受过程,还必须使读者与文本结成一定的审美关系。

我们在这里讲审美关系,究其实,是指读者与文本之间有一种相互的适应性。一方面,文本要适应读者的期待视野和接受心境;另一方面,读者也要适应文本的召唤结构。只有在这二者之间真正相互适应的时候,才谈得上审美关系,也才谈得上文学接受中读者对文本的具体化,谈得上文本与读者的视野的融合。否则,要么文本不适应读者的期待视野和接受心境,要么读者不适应文本的召唤结构。而在这种情况下,即便读者是合格的读者,文本是合格的文本,也还是谈不上审美关系,谈不上文学接受。拿郭沫若来说,他喜欢李白的诗,而不喜欢杜甫的诗。在他所写的《李白与杜甫》一书里,他一方面为李白百般辩解,包括李白的缺点在内;另一方面,又对杜甫多有挑剔,即便是杜甫的优长也不放过。应该说,郭沫若作为读者是合格的读者,杜甫的诗作为文本也是合格的文本。在两相合格的前提下,之所以还会有上述情况的发生,其根源在于,二者作为文学接受的主客体,缺乏为建立审美关系所必需的相互适应性。再拿毛泽东来说,他喜欢戏曲,不喜欢话剧。话剧在他看来与日常开会差不多;而高度程式化的戏曲,则让他从一开始就能进入规定情境。细究之下,这里仍然是作为艺术接受的主客体双方的相互适应性,亦即审美关系在起作用。

## 第二节 文学欣赏

### 一、文学欣赏的性质

作为文学接受的高级阶段,文学欣赏就一般性质而论,是读者在阅读以及感受文本的过程中所进行的一种全心灵的审美享受活动。这里需要强调的有

以下三点:

### 1. 文学欣赏是一种审美活动

根据这一点,我们可以把文学欣赏与一般的读书活动区别开来。一般的读书活动,阅读的是自然科学或者人文社会科学方面的论文以及著作。这些论著,作为抽象思维的产物,以一种思想和概念的理论体系展示在人面前。读者阅读它们,不是为了求知,便是为了受教,带有明确的认识或者实用的目的性,而且在阅读这些论著时,采用的往往是与之相适应的抽象思维的方式。因此,一般的读书活动,说到底是一种意在求知的认识活动或者意在受教的实用活动。而就文学欣赏而言,读者阅读的是文学文本。这些文本,作为艺术思维的成果,以一种情感和形象的审美形态呈现在人面前。读者阅读它们,首先是为了审美,在审美中求得身心的愉悦,而且在阅读这些文本时,采用的往往是与之相适应的艺术思维的方式。因此,文学欣赏说到底是一种审美活动。

### 2. 文学欣赏是一种审美享受活动

根据这一点,我们可以把文学欣赏与文学创作区别开来。文学创作作为审美活动,更多地侧重于文学文本的审美形态的创造方面。作家在社会生活中,面对的是一种原始形态的美。那些审美对象,一个个都未经加工,显得分散而且粗糙。在这种情况下,作家必须从头做起,通过"心灵化"的想象(包括再现性想象和创造性想象),进行情感和形象的创造,然后用适当的语言符号把它传达到文学文本之中。因此,要说文学创作是审美活动,它主要是一种审美创造活动。而文学欣赏的审美活动,则更多地偏重于对文学文本的审美形态的享受方面。诚然,按接受理论的观点,文学欣赏的审美享受,因为里面包含有读者对文本的情感和形象内容的具体化复现,以及与此相伴随的对文本意义的合理误读等,其本身也可以说是一种创造。但此种创造,相对于作家对文学文本的创造,只能算作二度创造,或者说再创造。而且,读者的再创造,仅仅停留于脑海里或口头上,无须用书面形式把创造成果表达出来。所以,要说文学欣赏是审美活动,它主要是一种审美享受活动。

### 3. 文学欣赏是一种全心灵的审美享受活动

根据这一点,我们可以把文学欣赏与其他艺术欣赏区别开来。其他艺术欣赏,如音乐欣赏、绘画欣赏等,其对象是用音响或颜色等感性的物质材料构成的音乐文本或绘画文本。这些文本,或者以旋律、节奏直接诉诸人的听觉,或者以色彩、线条直接诉诸人的视觉。尽管这些艺术,最终也可以到达人的心灵,但它们首先和主要的,是作用于人的听觉或视觉。因此,可以说其他艺术欣赏主要是某一种感觉(听觉或视觉)的审美享受活动,而文学欣赏的对象,则是用语言文字的符号系统构成的文学文本。语言符号的特点如前所述,具有超感觉和全感觉,即所谓全心灵性的特点。它起作用的部位,首先不在于人的视听感觉,而在于人的心灵,在于人的心灵的理解和想象。因此,文学欣赏是一种全心灵的审美享受活动。

## 二、文学欣赏的创造性解读

以上在谈及文学欣赏的审美享受时,我们说,文学欣赏作为审美享受活动,实际上也是读者主体的审美创造活动。因为在接受理论看来,作家创作文本,无疑是创造活动;读者阅读和理解文本,同样是创造活动。具体而言,读者在文学欣赏中解读文本的这种创造性,体现为如下两个方面:

**1. 文本情感和形象内容的具体化复现**

前面已经提到具体化的概念。这一概念,最初是由波兰现象学哲学家和美学家英加登提出来的。他认为,未经阅读的文本包含了许多未定性和空白,有待读者在阅读过程中予以填充和具体化。在他看来,具体化是文本"被理解的具体形式"。文学文本只有通过读者的具体化,才能由"可能的存在"转化为"现实的存在",亦即作品。英加登指出,在具体化过程中,每一个读者总是按自己的知觉方式和审美情绪来进行。不同的读者对同一文本的具体化,不可避免地会出现差异,即使同一读者对同一文本的具体化,在不同的时间和空间条件下,也不会完全相同。基于此,他将读者的具体化区分为"恰当的具体化"和"虚假的具体化"两种类型加以讨论。"恰当的具体化"是一种忠实于原作者意向的具体化类型,但因为没有哪一个读者能够在一次阅读中将某一文本的全部质量都发掘出来,所以,"恰当的具体化"充其量也只能接近正确地去理解和阐释文本;而"虚假的具体化",可能会因为读者对文本的未定性和空白填充的任意性,彻底背离文本的原意,使之成为面目全非的另一个文本,从而导致原文本质量的丧失。综合英加登关于具体化的如上论述可知,他是要告诉我们,文学欣赏的过程无疑是具体化的过程。但这种具体化,作为对文本的情感和形象内容的复现,在充分地发挥读者的创造性的同时,还必须要受原文本的适当制约。因此,他提倡"恰当的具体化",而反对"虚假的具体化"。①

按英加登的要求,我们来考察一下作为读者在文学欣赏中解读文本的创造

---

① 胡经之.西方文艺理论名著教程:下[M].北京:北京大学出版社,1986:377.

性的体现的第一个方面——文本的情感和形象内容的具体化复现。

我们知道,文学欣赏和文学创作一样,本质上都是情感和形象的审美活动,但由于二者对象各异,途径有别,就活动过程而言,文学创作是从情感和形象内容的构思到语言形式的传达,而文学欣赏则反向而行,是从语言形式的感知到情感和形象内容的复现。刘勰在《文心雕龙·知音》中所说的"缀文者情动而辞发,观文者披文以入情",就是这个意思。正像根据"情动而辞发"的顺序,我们可以把文学创作过程分为构思和传达两个阶段一样,根据"披文以入情"的顺序,我们也可以把文学欣赏过程大略地分为两个阶段:一是"披文",即语言形式的感知,我们将其称为阅读或者感知阶段;二是"入情",即情感和形象内容的复现,我们将其称为感受或者复现阶段。

先看阅读感知阶段。这个阶段,是由读者接触并且浏览一行行的方块文字或者拉丁字母开始的。文学文本中的这些语言符号,如我们在第一章第三节所述,既是情感的符号,又是形象的符号。正因如此,读者对语言形式加以接触和浏览,加以阅读,实际上就是通过语音、语义、语法等各个层面,对语言形式所表达的情感和形象内容加以感知。我们可以清楚地看到,这个阶段是阅读阶段,也是感知阶段。例如,我们看陈忠实的长篇小说《白鹿原》,初读之下,便对其中的主要人物白嘉轩和鹿子霖及其两个家族之间的矛盾纠葛,有了大致的了解,而且能从字里行间约略地体会到作家所持的情感态度。我们的这种对形象的大体了解和对情感的约略体会,就是所谓的阅读感知。

再看感受复现阶段。在阅读感知的基础上,读者一方面把他所体会到的文本的情感内容与自我的内心需要,与类似的情感记忆相联系,酝酿出一种模模糊糊的情感;另一方面,又把他所了解到的文本的形象内容,与自我的人生体验,与类似的形象积累相联系,复合成一种隐隐约约的表象。这时候,文学欣赏就已经由阅读感知阶段转入感受复现阶段。随着阅读感知的反复进行,读者的情感活动和表象活动也一步步地趋于深化。如果说,表象活动深化的标志在于,读者对文本内容开始有了由表及里的认识,那么,情感活动深化的标志则在于,读者对文本内容开始有了由此及彼的想象。通过认识和想象的交互作用,读者逐步领悟到渗透在文本情感当中的思想和包含在文本形象里面的概念所在,并且进一步用这种思想和概念来校正自己的情感活动和表象活动;与此同时,读者又不断地发掘自我的内心需要以及相应的情感记忆,不断地调动自我的人生体验以及相应的形象积累,并且进一步用这种记忆和积累,来补充自己的情感活动和表象活动。正是在这样的交互作用下,读者的情感渐渐地由模糊变得明朗起来,表象也渐渐地由隐约变得清晰起来,从而构成对于文本的情感和形象内容的一种复现。我们可以清楚地看到,这个阶段是感受阶段,也是复现阶段。还以《白鹿原》为例。我们在反复地阅读和感知这部小说以后,从原先对白嘉轩、鹿子霖等形象仅有一个大致的了解,到现在,由于我们已经领悟到了这些形象的概念内核,而且把这些形象跟我们熟悉的某一个或某几个人联系在了一起,这些形象便在我们的脑海里一下子清晰了起来。不仅如此,原先我们对作家所持的情感态度仅仅只有一个约略的体会,而现在,由于我们已经领悟到了这种情感的思想内涵,而且又在这种情感中注入了我们自己的内心需要,这种情感便在我们的脑海里一下子明朗了起来。我们的这种情感活动和形象表象活动,就是所谓的感受复现。

然而,读者脑海里产生的情感和形象,作为对文学文本情感和形象内容的一种复现,二者仅是大体类似而已,不会完全类同。这是因为,读者进行情感和形象活动,一方面,固然要以文本本身的情感和形象内容为蓝图和依据;另一方面,又必然要有读者自我的内心需要和人生体验的加入以及参与。而读者作为独立的个体,其内心需要和人生体验,无论与作家自我的内心需要和人生体验如何类似,也绝不可能完全类同。正是缘于此,读者的情感和形象与文本的情感和形象同而有异,似又不似。也正是基于此,我们才把读者的情感活动,称为情感的再体验;把读者的形象活动,称为形象的再创造。西方有句谚语:"有一千个读者就有一千个哈姆雷特。"鲁迅也说,《红楼梦》里的林黛玉,民国人所想象的往往是"剪头发,穿印度衫,清瘦,寂寞的摩登女郎……但试去和三四十年前出版的《红楼梦图咏》之类里面的画像比一比罢,一定是截然两样的"①。他们在这里强调情感再体验和形象再创造同中有异的一面,即所谓主观差异性,自然是有道理的。然而,也须补充一点,尽管一千个读者就有一千个哈姆雷特,尽管不同人心目中有不同的林黛玉,但他们毕竟是哈姆雷特和林黛玉,而不是霍拉旭和薛宝钗。我们在这里强调的是情感再体验和形象再创造异中有同的一面,即所谓客观一致性。全面地看待这一问题,应该说,读者的情感再体验和形象再创造,是同中有异且异中有同的,是主观差异性与客观一致性的统一。

### 2. 文本意义的合理误读

当读者以各自不同的主观视角,对文本的情感和形象内容,在主观差异性和客观一致性的统一中,进行既因人而异,又人皆相通的具体化复现时,实际上

---

① 鲁迅.鲁迅全集:第五卷[M].北京:人民文学出版社,1981:429-430.

已经包含文本意义误读的因素了。美国耶鲁学派的代表人物之一布鲁姆在其所著的《影响与焦虑》一书里，明确地提出"影响即误读"的命题，意思是读者受文本的影响，是通过误读实现的。这番话多少失之偏激，但也说明，意义误读之于文学欣赏，确实并非个别现象，它作为创造性解读的重要一环，与情感和形象的具体化复现相伴随，是一种带规律性的普遍存在。因为读者都是一个个独立的个体，他们对文本的理解，永远不可能与作家赋予文本的原意完全重合。如果说，英加登所谓的"虚假的具体化"是绝对的，那么，他所谓的"恰当的具体化"则是相对的。因为要完全按作者的原意来复现文本的情感和形象内容，既无必要，又不可能。以上我们说过，文本是一个具有未定性和多义性的召唤结构。读者的误读，实际上就是其基于各自的期待视野，对文本所做的个性化、多样化的意义阐释。有人（如英国作家王尔德）因此把读者的文本解读视为"灵魂的冒险"，这当然是不对的。因为即便是读者的误读，也应具有合理性，需要控制在一定的限度之内。那些彻底背离文本、完全自由发挥的叛逆性误读，无论在什么意义上都是不可取的。合理而有限度的误读，应该是读者对文本潜在含义的富有创造性的理解与发挥，它既不受文本或者作家创作谈之类的束缚，又在原文基础上提出了某种言之成理、持之有据的新解与异义。而这一点，正如上一个环节所讲的情感和形象内容的具体化复现一样，无论从哪个意义上讲，都应该被视为读者在文学欣赏中的创造性的高度发挥。

在文学的接受史上，围绕着误读，存在着一个令人深思的现象：读者的文化素养越高，主体性越强，其误读的可能性往往也就越大。毛泽东便是如此。他主张把《红楼梦》当历史来读，从中了解封建社会的阶级斗争，这是人所共知的。对于这样的误读，我们虽然不必完全认同，但似乎也无须视为谬论。因为毛泽东本人，是从他作为政治家的特定视角出发，对此进行了大体上能自圆其说的论证。毛泽东读《西游记》，产生的感受也多有与众不同之处。他就该书第二十八回的内容，专门写了一个批语：

> "千日行善，善犹不足；一日行恶，恶常有余。"乡愿思想也。孙悟空的思想与此相反，他是不信这些的，即是说作者吴承恩不信这些。他的行善即是除恶。他的除恶即是行善。所谓"此言果然不差"，便是这样认识的。①

---

① 龚育之,逄先知,石仲泉.毛泽东的读书生活[M].北京:生活·读书·新知三联书店,1986:205.

正是基于对《西游记》的如上误读，毛泽东不同意郭沫若在看了戏曲电影《孙悟空三打白骨精》以后用七律诗的形式对唐僧所表达的意见："人妖颠倒是非淆，对敌慈悲对友刁""千刀当刮唐僧肉，一拔何亏大圣毛"。他在和诗中认为：

僧是愚氓犹可训，妖为鬼蜮必成灾。

相对于郭沫若的情绪化的意见，毛泽东的看法似乎更符合他本人从《关于中国社会各阶级的分析》开始所一以贯之的对于敌、我、友的政策，因而也就更富于政治性和策略性。

当然，碰到像毛泽东这样主体性极强的读者，对于他们的误读，必须一分为二地看待。如果其误读属于合理性误读，不管你是否赞成，都可以存而不论；反之，如果其误读已经超越了合理性的尺度，就不能盲目认同和跟随，而应该有所分析。

### 三、共鸣：文学欣赏进入高潮的标志

#### 1. 什么是共鸣

前面我们说，读者的情感再体验，是一种与文本所表现的情感大体类似，而又不完全类同的情感活动。这里多少已经涉及共鸣的问题。

所谓共鸣，原是物理学上的概念，其本意是指某一发声器发出声音时，引起另一个或另一些发声器的应和，它们也发出同样频率的声音。我们把共鸣的概念借用过来，是为了说明文学欣赏过程中读者和作家、读者和读者在情感体验方面大体类似的这样一种情况。这其中包含了两层意思：一是读者和作家通过文本可以产生情感上的共鸣；二是读者和读者围绕同一个文本也可以产生情感上的共鸣。后一层意思，以往常常为文学理论家所忽视，而在文学欣赏实践中，它更具有普遍性，应当说，更值得我们加以讨论。

过去，由于极"左"路线盛行，人们以阶级分析为理由，怀疑不同社会、不同时代、不同阶级的读者和作家、读者和读者之间会产生情感共鸣。我们认为，这种怀疑是站不住脚的。就南唐后主李煜的词而言，以前的封建士大夫们爱不释手，今天爱好文学的读者不也同样视为珍品吗？贝多芬的《热情奏鸣曲》，无产阶级导师列宁喜欢听，身为反动的"神圣同盟"盟主的俾斯麦也非常喜欢听。

列宁说:"我再不知道有什么比《热情奏鸣曲》更好的东西了。我准备每天都听。奇妙的、非人间的音乐!瞧,人们可以创造出什么样的奇迹来!"俾斯麦说:"倘若我常常听到它,我的勇气将永远不竭。"凡此种种,说明一点,情感共鸣在文学欣赏过程中是一种带有普遍性的经验事实。所谓文学欣赏,除了形象再造之外,很大程度上就是情感共鸣,就是读者受到感动,身不由己地去爱作家之所爱,恨作家之所恨。离开了情感共鸣这一点,再谈文学欣赏,纯粹是一句空话。

为了印证文学欣赏中的情感共鸣现象,下面,我们不妨来看看《红楼梦》第二十三回"《西厢记》妙词通戏语　《牡丹亭》艳曲警芳心"里关于林黛玉听了《牡丹亭》戏词后百感交集的一段描写:

> 这里黛玉见宝玉去了,听见众姐妹也不在房中,自己闷闷的。正欲回房,刚走到梨香院墙角外,只听见墙内笛韵悠扬,歌声婉转,黛玉便知那十二个女孩子演习戏文。虽未留心去听,偶然两句吹到耳朵内,明明白白一字不落道:"原来是姹紫嫣红开遍,似这般,都付与断井颓垣……"黛玉听了,倒也十分感慨缠绵,便止步侧耳细听,又唱道是:"良辰美景奈何天,赏心乐事谁家院……"听了这两句,不觉点头自叹,心下自思:"原来戏上也有好文章,可惜世人只知看戏,未必能领略其中的趣味。"想毕,又后悔不该胡想,耽误了听曲子。再听时,恰唱道:"只为你如花美眷,似水流年……"黛玉听了这两句,不觉心动神摇。又听到:"你在幽闺自怜……"等句,越发如醉如痴,站立不住,便一蹲身坐在一块山子石上,细嚼"如花美眷,似水流年"八个字的滋味。忽又想起前日见古人诗中,有"水流花谢两无情"之句;再词中又有"落花流水春去也,天上人间"之句;又兼方才听见《西厢记》中"花落水流红,闲愁万种"之句,都一时想起来,凑聚在一起。仔细忖度,不觉心痛神驰,眼中落泪。

这段文字,写黛玉听《牡丹亭》戏词而产生情感共鸣,写得很有层次感。先是写黛玉听了"原来是姹紫嫣红开遍……"几句,"十分感慨缠绵",表示开始有所感动;紧接着又写黛玉听了"只为你如花美眷……"两句,"不觉心动神摇",表示情绪渐趋激动;再下来写黛玉听了"你在幽闺自怜……"等句,"越发如醉如痴",以至于"站立不住",则分明是进入了情感共鸣的高潮;当此之际,又写黛玉仔细咀嚼"如花美眷,似水流年"八个字,同时想起诸如李煜的词句、《西厢记》的戏词等,这是由情感共鸣激起的"互文本性"的联想,反过来又使黛玉"不觉心痛神驰,眼中落泪",无疑标志着情感共鸣的延续和深化。

我们说,共鸣是带有普遍性的经验事实,但这并不意味着,所有的文学文本,在欣赏过程中引起的共鸣都是完全相等的。由于文本所表现的情感的广度和深度各有区别,共鸣的波及范围和深入程度也就随之各有不同。从范围上看,文本所引起的共鸣,有局限于本民族之内和超越于本民族之外的不同;从程度上看,文本所引起的共鸣,则又有局限于同时代之内和超越于同时代之外的不同。自然,我们不能简单断言,共鸣局限于本民族之内或者同时代之内的文本的审美价值肯定不高。但一般来说,一个文学文本的共鸣范围越是广大,共鸣程度越是深刻,就说明这个文本所表现的情感越是深广。伟大的文本有两个标志:一是广泛的人民性,二是深刻的历史感。古今中外文学史上一切伟大文本,如李白和杜甫的诗、莎士比亚的剧本、列夫·托尔斯泰的小说等,之所以能超越时间和空间的局限,在每一个民族、每一个时代的读者中引起共鸣,原因正在于此。

### 2. 共鸣发生的心理根源

对于我们来说,最大的困难不在于证明共鸣是普遍性的经验事实,而在于进一步从理论的高度,对共鸣产生的根源做出合于规律的阐释。为什么在文学欣赏中会有共鸣发生呢? 这里涉及一个美感心理的普遍一致性,即所谓共同美感问题。

众所周知,每一个人都有其二重性。一方面,他是单独的个人,是个体动物;另一方面,他又是"类存在"(马克思语),是社会动物。从前一方面看,人的美感是纯粹的个体心理结构;从后一方面看,在人的个体心理结构中,又不能不多少体现着阶级的、民族的和时代的,乃至于全人类的共同心理结构。作为个体的心理结构,每个人都各有其不同的内心需要和人生体验,因而也就各有其不同的情感活动和形象活动。从这个意义上讲,人的美感是因人而异的,有个别差异性的一面。西方谚语所谓:"趣味面前无争辩",凸显的正是这一面;鲁迅论《红楼梦》:"单就命意,就因读者的眼光而有种种:经学家看见易,道学家看见淫,才子看见缠绵,革命家看见排满,流言家看见宫闱秘史"①,强调的也还是这一面。反过来说,作为共同的心理结构,人在阶级、民族和时代,乃至于全

---

① 鲁迅.鲁迅全集:第八卷[M].北京:人民文学出版社,1981:145.

人类的范围内,无论是内心需要,还是人生体验,都不免有程度不等的类似之处。因而,其情感活动和形象活动,也就不免有程度不等的类似之处。从这个意义上讲,人的美感又是与世相通的,有普遍一致性的一面。毛泽东是非常注重阶级分析的,然而,即便是他,在强调了"各个阶级有不同的美"之后,也还是承认:"各个阶级有共同的美,口之于味,有同嗜焉。"①

将人的美感的上述二重性与文学欣赏的情感再体验过程联系起来,共鸣为什么发生的问题就很清楚了。如果说,由于读者和作家、读者和读者之间的内心需要以及人生体验各自有别,其美感存在着个别差异性,因而,各自的情感体验不可能取得完全一致,那么,由于读者和作家、读者和读者之间的内心需要以及人生体验大体类似,其美感存在着普遍一致性,因而,各自的情感体验可能而且必然取得基本一致。我们认为,后者即美感的普遍一致性,或者说人的共同美感,就是共鸣之所以发生的根源所在。鲁迅说:"是弹琴人么,别人心上也须有弦索才会出声,是发声器么,别人也须是发声器,才会共鸣。"②如果不拘泥于字面含义,那么,鲁迅在此讲"心上"的"弦索",讲"发声器",便是指人的共同美感。

我们在上面分析人的共同美感作为共鸣发生的根源时,强调了两点:一是读者和作家、读者和读者之间必须有大体类似的内心需要;二是读者和作家、读者和读者之间必须有大体类似的人生体验。这两点,可以说是共同美感起作用的基本前提,也是共鸣赖以发生的必要条件。无数事实证明,在文学欣赏中,只有内心需要以及人生体验相类似的读者与作家、读者与读者之间,才能谈得上共同美感,也才能谈得上共鸣;否则,就如鲁迅所言:"读者倘没有类似的体验",作品"也就失去了效力"。③在这种情况下,既然不存在共同美感,也就无所谓共鸣。由此来看,共鸣是由共同美感引起的,而共同美感又是以类似的内心需要以及人生体验,即所谓共同的社会实践为基础的。这样,我们关于共鸣问题的整个认识,就建立在了马克思主义的实践美学的坚实基础之上,既和简单化的阶级分析,又和先验的人性论划清了界限。

### 3. 品味、领悟与延留

以上我们讨论共鸣,更多限定在情感层面。如果把视角稍加拓展,不仅从读者的情感,而且从读者的认识、想象以及整个精神领域来看待共鸣问题,那

---

① 何其芳.毛泽东之歌[J].人民文学,1977(9).
② 鲁迅.鲁迅全集:第一卷[M].北京:人民文学出版社,1981:432.
③ 鲁迅.鲁迅全集:第五卷[M].北京:人民文学出版社,1981:430.

么,就应该将诸如品味、领悟与延留等,一起纳入广义的共鸣范畴。它们或者与情感共鸣同时,或者较情感共鸣延后,共同地体现着读者与文本在文学欣赏进入高潮时的交互作用,以及这种交互作用在读者那里所产生的心灵效应。下面,我们拟在广义的共鸣范畴内,对品味、领悟与延留等逐一加以讨论。

(1)品味。品味的概念是中国美学和诗学的独创。早在先秦时期,人们就已经开始把艺术欣赏中的美感与"味"相联系,例如《论语》中说的"子在齐闻《韶》,三月不知肉味"①,即是一例。六朝齐梁间学者钟嵘的《诗品序》,在此基础上提出了"滋味说"。钟嵘所谓"滋味",主要是指当时盛行的五言诗语言的声色之美带给人的美感。之后,晚唐的司空图又将"滋味"概念深化为"韵味",用以指称诗的"象外之象"以及"景外之景"在读者那里形成的"韵外之致"与"味外之旨"。② 今天,我们使用"品味"一词,是为了说明读者在情感共鸣中,通过由情感激发的想象,充分体味文本的潜在意蕴所带来的乐趣。

(2)领悟。领悟是指读者在文学欣赏中,于品味之余,而在瞬间展开的一种认识活动。具体而言,它包括体悟人生真谛、洞悉宇宙奥妙、提升精神境界等心灵效应。与情感共鸣相比,领悟有如下两大特征:第一,基于理解的人生体味。不同于情感共鸣主要表现为一种情感活动,领悟必须以读者对文本内涵的主动思索和深刻理解为前提。我们之所以将领悟定位在基于理解的人生体味,就是为了突出它侧重于直觉认知的特点。第二,基于体味的文化认同。如果说情感共鸣的效果,更多体现在心灵的感动方面,那么,由于领悟是建立在直觉认知的基础上,其效果就相对深入得多。它会通过对文本所表达的某种价值观的文化认同,有效地丰富和扩充读者的期待视野,使之生发出一种积极的人生态度。正因为领悟有这两个方面的特点,我们认为,领悟代表着文学欣赏,同时是整个文学接受的最高境界。

(3)延留。当我们读完一部小说或诗歌文本,其中的情感和形象在长时间内,都会萦绕脑际,令人久久回味,甚至于一辈子印象深刻。这种情况就是文学欣赏过程中的延留。严格地说,所谓延留,是指文学文本在造就读者的共鸣、品味和领悟之后,那种感动陶醉与沉思回味的心境继续留存的这样一类状况。传说孔子当年在齐国听了《韶》乐,竟然"三月不知肉味",并发出"不图为乐而至于斯也"的赞叹。这是音乐欣赏的延留。梁启超在《论小说与群治之关系》一文中指出:"人之读一小说也,往往既终卷后,数日或数旬而终不能释然。读

---

① 北京大学哲学系美学教研室.中国美学史资料选编:上册[M].北京:中华书局,1980:16.
② 北京大学哲学系美学教研室.中国美学史资料选编:上册[M].北京:中华书局,1980:316.

《红楼》竟者,必有余恋、有余悲;读《水浒》竟者,必有余快、有余怒。"这是文学欣赏的延留。

### 4. 共鸣:从心灵对话到社会交往

共鸣这一概念,仅仅由字面看,就带有某种公众参与的社会共享性的意味。这种社会共享性,在伽达默尔以及巴赫金那里,被称之为对话。实际上,文学欣赏中的情感共鸣,就是读者与作者、读者与读者围绕着同一文本所进行的心灵对话,或者说得更明确一些,是读者与文本之间的心灵对话。伽达默尔指出,文本是一种吁请,它渴望被理解,而读者则积极地应答,理解文本提出的问题,这就构成了对话。在他看来,文学及其意义,很大程度上,即存在于读者与文本的对话之中。没有文学欣赏,没有情感共鸣与心灵对话,文本只能闭锁在文字框架内,不可能走向社会,进入精神流通和人际交往领域,也就不可能成为作品,从而最终实现自身潜在的审美价值。我们在全书的绪论部分以及本章一开始都讲过,文学接受论是从文学转化为社会生活的角度研究文学与社会生活的关系。而文学欣赏中的情感共鸣,作为读者与文本的心灵对话,可以说,正是沟通文学与社会生活,促使其重新返回到社会生活,作用于社会生活,并转化为社会生活的一座桥梁。

孔子关于文学社会作用的"兴观群怨"说中,专门有一条,叫"诗可以群"。这个"群",据孔安国解释,是"群居相切磋"的意思。用法兰克福学派的第二代领袖、德国思想家哈贝马斯的"社会交往论"的眼光看,孔子的"群",所涉及的恰恰是文学欣赏的情感共鸣与心灵对话的社会交往性问题。哈贝马斯认为,社会交往是通过语言进行的人际交往,从中可以体现出具有普遍价值的"交往理性"。具体而言,"交往理性"包括真实性(理论理性)、正确性(实践理性)和真诚性(审美-伦理理性)。语言交往既包含了这三种不同的理性要求,又呈示了这三种理性的联系与统一。假如交往中的话语,或是与事实不符亦即不真实,或是有违社会的道德信条亦即不正确,或是态度不严肃亦即不真诚,那么,在这种情况下,语言既已失去了信用,社会交往也就自然而然地变成徒具形式的无谓之举。事实上,哈贝马斯关于语言交往中三种理性的规定,就是文学的真、善、美的要求。文学欣赏的情感共鸣,作为借助于人际的心灵对话而进行的社会交往,其突出效果,就是要在同一语言共同体内的读者与作者、读者与读者之间,围绕某一个文本,达成有关真、善、美的普遍共识,从而为传播全社会乃至于全人类的普世价值观念,提供一种更乐于为大家所接受的途径以及可能性。

## 第三节　文学批评

在上一节里,我们说,文学欣赏作为文学接受的高级阶段,是读者在阅读和感受文本的基础上进行的一种全心灵的审美享受活动。随着这一活动的深化,读者在感性层面引起共鸣,于感动陶醉和沉思回味之余,必然会在理性层面形成对于文本以及与文本相关的种种文学现象的一种总体性的审美阐释与评价。此种阐释与评价,可以保存在脑海里,通过升华或积淀,化作个人审美意识的一部分,也可以通过集中与概括,用理论语言公之于世。这便是我们接下来所要讨论的文学批评。

### 一、文学批评的性质、任务和文学批评家的素养

#### 1. 文学批评的性质

由训诂学溯源,批字本义是劈、削,可引申为分析、阐释;评字本义是品议,可引申为评价。由此而言,所谓文学批评,乃是批评家在文学欣赏形成审美感受的基础上,依据文本作用于社会生活的实际效果,对文本以及与文本相关的种种文学现象所进行的阐释与评价活动。

文学批评作为一种阐释与评价活动,无疑应该像基础性的哲学人文科学那样,具有理论的科学性、概括性与精确性,力求符合文本实际,遵循学理逻辑,客观、真实、公允,尽可能地"坏处说坏,好处说好"(鲁迅《南腔北调集·我怎样做起小说来》),换句话说,它应该是哲学-科学的批评。在这一方面,清末民初的批评家刘熙载以及《鲁迅批判》一书的作者李长之,都为我们做出了极好的示范。刘熙载在《艺概》论及齐梁小赋、唐末小诗、五代小词时,仅仅只用20个字:"虽小却好,虽好却小,盖所谓儿女情多,风云气少也。"对其"好处"与"坏处",做出了既辩证又恰当的阐释与评价;而李长之看待鲁迅作品,虽在整体上给予颇高的评价,但也指出《头发的故事》《一件小事》等篇,存在诸如"故事太简单"一类的毛病。仿佛是有意或无意地要与鲁迅倡导的"坏处说坏,好处说好"的哲学-科学批评相呼应,李长之在《鲁迅批判》里也做了如出一辙的阐述:"因为求真,我在任何时候都没有顾忌,说好是真说好,说坏是真说坏。"这

彰显了其作为批评家不阿谀亦不中伤的独立风骨。

文学批评作为一种依据文本的社会效果来进行的阐释与评价活动,也应该像社会学以及其他应用性的社会科学那样,把握现实和历史潮流,体现社会政治、道德的功利目的,努力"以意逆志""知人论世"(孟子语)。换句话说,它又应该是社会学的批评。俄国19世纪三位革命民主主义批评家别林斯基、杜勃罗留科夫及车尔尼雪夫斯基在此方面的论述,尤其是别林斯基对普希金的阐释与评价,特别强调其文本在涵养读者的情思和情操方面的作用,更是为我们提供了一个社会学批评的典范。

文学批评作为一种在文学欣赏审美感受的基础之上进行的阐释与评价活动,最重要的一点,是应该像美学那样,注重文本的情感、形象和语言的文本解读,严守审美和艺术本位,排除种种非文学的干扰,真正能"惟在兴趣"和"惟在妙悟"(严羽语)。换句话说,它除了是哲学－科学的批评、社会学的批评之外,还应该是美学的批评。袁可嘉说,批评是科学,批评也是艺术。这后一句,即有上述美学的批评之意。如钟嵘的《诗品》以"滋味"论诗、金圣叹的小说点评重在人物的性格分析,皆堪称绝佳的美学批评。尽管杜甫、元好问都写过论诗绝句,司空图甚至以四言诗的形式写了《二十四诗品》,但这只是特例,而非尽人皆须效仿的通例。文学批评作为美学批评,其要点不在于将批评文字写成诗或美文那样的作品,而在于能否真正按文学的尺度来评估文学。

从严格意义上讲,文学批评应该是哲学－科学的批评、社会学的批评、美学的批评的有机统一。

我们这样讲,是就文学批评总的性质而言。具体到不同的人,他们看待文学批评的性质,其侧重点往往各有不同。普希金说:"批评是科学。批评是揭示文学艺术作品的美和缺点的科学。"[①]可以看得出来,他更加侧重于文学批评作为哲学－科学批评的一面。而普列汉诺夫却认为:"批评的第一项任务是将该文艺作品的思想从艺术语言翻译成社会学语言,以便找到可以称之为该文艺作品的社会学等价物。"[②]虽然普列汉诺夫在论及批评的第二项任务时,也谈到了文学批评作为美学批评的一面,但他更为看重的,显然是文学批评作为社会学批评的一面。相对于普列汉诺夫,别林斯基和卢那察尔斯基的看法似乎更全面一些。别林斯基说:"不涉及美学的历史的批评,以及反之,不涉及历史的美学的批评,都将是片面的,因而也是错误的,批评应该只有一个。它的多方面的

---

① 伍蠡甫,等.西方文论选:下卷[M].上海:上海译文出版社,1979:373.
② 苏联现实主义问题讨论集[M].北京:外国文学出版社,1981:53-54.

看法应该渊源于同一个源头,同一个体系,同一个对艺术的观照。"①卢那察尔斯基于此做了进一步的发挥:"我们必须明白地说,即使同社会批评逐渐融合之后,美学批评也可以不失为美学批评。真正的、名副其实的批评一定要包含这两个因素,而且这里说是两个因素,是不完全正确的。美学批评和社会批评实际上是一个东西,或者至少是一个东西的两面。"②

我们认为,不管是谁,也不管他在看待文学批评的性质时侧重于哪个方面,在进行总体把握时,都必须建立在哲学－科学批评、社会学批评与美学批评三方面相结合的基础之上。因为正像单纯的哲学科学批评不能算作文学批评一样,单纯的社会学批评或者单纯的美学批评,也都不能算作文学批评。我们过去吃过很多这方面的亏,特别是在"四人帮"横行的那些年,文学批评蜕变为政治鉴定,蜕变为法律判决,更是给作家、艺术家留下无数惨痛的记忆。作为文艺领域的一根棍子、一名杀手,江青可以在一个短短的讲话中,一下子枪毙五六十部电影。具体到每部电影,所下的评语往往只有几句话,有时甚至只是几个字。当然,江青的文艺批评,是基于其篡党夺权的反革命政治阴谋,但与全社会忽视文学批评的三位一体性,因而给江青之流钻了空子也不无关系。

在今天,流行的所谓学院式批评以及媒介式批评,也都是各执一端。学院式批评把批评视为论证其理论的学术八股,这是用僵化的哲学－科学批评,排斥社会学批评和美学批评;媒介式批评把批评当作在朋友圈用来换取商业利益的社会交易,这是以吹喇叭抬轿子的庸俗社会学批评,取代哲学－科学批评和美学批评。总之,它们都这样那样地造成了对当代文学批评三合一生态的严重破坏。

**2. 文学批评的任务**

在讨论了文学批评的性质之后,下面,我们再来谈谈与此相关的文学批评的任务问题。文学批评承担什么样的任务?具体而言,这一任务既要由批评的性质所决定,又要与批评的地位相适应。批评的性质如上所述,而批评的地位,则需要再做一点简单的说明。我们知道,文学批评,一方面来自文学欣赏,是对欣赏的集中深化;另一方面又面对文学创作,是对创作及其产品的阐释和评价。因此,如果说整个文学活动从创作到欣赏是一个首尾连接的圆圈,那么,文学批评显然处在这个圆圈的连接点上,是沟通创作和欣赏的中介环节。基于文学批评作为哲学－科学批评、社会学批评和美学批评三位一体的这样一种性质,及

---

① [俄]别林斯基.别林斯基选集:第三卷[M].满涛,译.上海:上海译文出版社,1980:595.
② [苏]卢那察尔斯基.论俄罗斯古典作家[M].蒋路,译.北京:人民文学出版社,1958:14.

其作为沟通创作和欣赏的中介环节这样一种地位,我们认为,文学批评的任务,大致可以归纳为三项:释义、评价和导向。

释义就是阐释文本的意义。这项任务,应该说是一切文学批评的要务和本职之所在。问题是,文学批评作为以上强调的三位一体的批评,它对文本的意义阐释,不能单向度地进行。其一,文学批评既然是哲学－科学的批评,那么,尽管其可以在阐释过程中加入很多主观性的创意,但任何主观创造性的发挥,都必须建立在严格尊重文本自身的客观意义的基础之上。恰如布鲁姆所言,批评家即便有误读,也只能是"合理性误读",而不能是"背叛性误读"。其二,文学批评既然是社会学的批评,那么,对文本的意义阐释就应该以文本在发表或出版以后所产生的社会效果为依据,而不能在社会历史与美学的悖论中顾此失彼,因为强调文本的美学意义,而置文本的社会历史意义于不顾。当然,哲学－科学的批评也罢,社会学的批评也罢,都不能排斥或代替美学的批评。因为哲学－科学批评的评价尺度是真,社会学批评的评价尺度是善,而美学批评的评价尺度是美。就像在文学文本里,真和善的内容必须包含并融合在美的形式之中一样,文学批评作为哲学与科学批评的一面,和作为社会学批评的一面,也同样必须包含并融合在其作为美学批评的一面之中。其三,文学批评既然是美学的批评,对文本的哲学与科学意义或社会学意义的阐释,就一点一滴都不能脱离文本固有的情感和形象的审美系统,而必须由情感和形象系统的审美分析起步,到情感和形象系统的审美分析为止,时时刻刻都结合情感和形象系统的审美分析来进行。在以三位一体的批评对文本进行意义阐释方面,很多前辈和学者为我们做出了榜样。如唐圭璋先生关于李煜《相见欢》一词的阐释便是如此。先看李煜的词:

> 无言独上西楼,月如钩。寂寞梧桐深院锁清秋。
> 剪不断,理还乱,是离愁。别是一般滋味在心头。

针对李煜在词中所表现的离愁,唐圭璋先生做出了极为精当的阐释:

> 此首写别愁,凄婉已极。"无言独上西楼"一句,叙事直起,画出后主愁容。其下两句,画出后主所处之愁境。举头见新月如钩,低头见桐阴深锁,俯仰之间,万感萦怀矣。此片写景亦妙,惟其桐阴深黑,新月乃愈显明媚也。下片,因景抒情。换头三句,深刻无匹,使有千丝

> 万缕之离愁,亦未必不可剪、不可理,此言"剪不断,理还乱",则离愁之纷繁可知。所谓"别是一般滋味",是无人尝过之滋味,惟有自家领略也。后主以南朝天子,而为北地幽囚;其所受之痛苦、所尝之滋味,自与常人不同。心头所交集者,不知是悔是恨,欲说则无从说起,且亦无人可说,故但云"别是一般滋味"。究竟滋味若何,后主且不自知,何况他人?此种无言之哀,更胜于痛哭流涕之哀。①

唐圭璋先生如上阐释,虽然为了填补词因其结构性跳跃而留下的诸多空白,而展开了一系列的想象和联想,但仔细读来,其字字句句无不贴合文本的语境及其客观意义,且从头到尾都给人以既出乎意料,又入乎情理的感觉。由此而言,这样的阐释,无疑是一种意在求真的哲学与科学的阐释。不仅如此,唐圭璋先生在谈到词的离愁时,还结合其作者"以南朝天子,而为北地幽囚"的生平历程,使自己对"别是一般滋味"六个字的语义分析,由于在情感中注入了政治和文化的特定内涵,而平添了几分社会历史的苍凉和厚重之感。所谓社会学的阐释,大概就应该是这个样子吧。至于唐圭璋先生从上片"无言独上西楼",到下片"别是一般滋味在心头",对词的语言组织及情感和形象系统的细针密缝式的分析,尤其是拿"月如钩"与"梧桐深院"相对比的形象画面的分析,以及蕴含在"剪不断,理还乱"和"别是一般滋味"等句中的情感矛盾的分析,更是充满了文本的审美意味,使人不由得为此种美学的阐释而感发兴起。

除了释义之外,文学批评的又一任务是评价,即价值评判。文学批评的过程,可以理解为一个先释义、后评价,边释义、边评价,在释义后评价或者在释义中评价的过程。如果说释义更多停留在字句的本义和引申义的阐释上,那么评价则要从释义出发,以批评家主体的价值尺度为准绳,以文本产生的社会效果为依据,对文本的形象真实、情感倾向和语言艺术逐一加以衡量,最终做出关于真、善、美的评判。同释义应该体现哲学-科学批评、社会学批评和美学批评的结合一样,文学批评中的评价,由于为批评的性质所制约,也应该是哲学-科学的评价、社会学的评价和美学的评价相结合。我们在此谈哲学-科学的评价,是指关于文本形象的真实性及其所对应的审美认识价值的评价,即所谓内容的真的评价;谈社会学的评价,是指关于文本情感的倾向性及其所对应的审美教育价值的评价,即所谓内容的善的评价;谈美学的评价,是指关于文本语言的艺

---

① 唐圭璋.唐宋词简释[M].上海:上海古籍出版社,1981:39.

术性及其所对应的审美娱乐价值的评价,即所谓形式的美的评价。由于这一问题在接下来讲文学批评的标准时还要多方面地论及,此处不再详述。

以上,我们分别讨论了文学批评的释义和评价两项任务。由于批评本身所处的作为沟通创作和欣赏的中介的特殊地位,不管是释义还是评价,都承担着在宏观的视野上导向,亦即对创作和欣赏的方向给予引导的任务。

首先,我们来看看文学批评对文学欣赏所承担的导向任务。一个文本投入社会,到底有没有审美价值? 如果有,又是一种什么样的审美价值? 对于这类问题,读者受其自身期待视野以及欣赏水平的限制,不一定能说得清楚。特别是一些情感和形象内容以及语言形式都比较复杂的文本,读者看了,往往不免感到茫然。真善美的东西可能得不到应有的赏识,假恶丑的东西可能得不到应有的抵制。刘勰所谓"文情难鉴",就是指此而言。在这种情况下,就需要有远见卓识的批评家,作为作家的知音站出来说话,对文本的情感和形象内容以及语言形式,做出细致入微的阐释和恰如其分的评价。文学批评所提供的这种阐释和评价,对于欣赏无疑是一种指导。如果广大的文学读者普遍地接受了这方面的指导,对真善美的东西给予赏识,对假恶丑的东西加以抵制,那么,全社会的文学欣赏水平,就会相应地得到大的提高。

关于文学批评能够引导文学欣赏的方向这一点,文学史上有许多事实可以用来作为例证。拿屠格涅夫来说,他写的罗亭这一人物,开始就很难为读者所理解。看罗亭每天的生活,不是谈恋爱、跳舞,就是发议论,言谈举止颇有迷惑人的力量,但当他把女主人公的爱情之火点燃,自己却又连忙躲开。当时社会上称这样的人为"舞会上的俄国人"。杜勃罗留波夫却以他的批评敏锐地指出,这是继普希金笔下的奥涅金、莱蒙托夫笔下的皮却林之后,俄国文学中又一个"多余的人"的典型代表。屠格涅夫虽然只写了罗亭在爱情上的软弱无能,但是其正反映了罗亭所代表的自由知识分子在政治上的无所作为,想革命而又怕革命的双重心理。试想一下,如果不是杜勃罗留波夫的文学批评,罗亭这一人物的内在意蕴能如此明白地显露出来吗? 其他再如别林斯基对普希金、果戈理等所进行的文学批评,以及瞿秋白对鲁迅所进行的文学批评,也都应当作如是观。普列汉诺夫说,别林斯基可以使得普希金的诗所给你的快感大大地增加,而且可以使得你对于那些诗的了解来得更加深刻。用这样的话称赞别林斯基的文学批评,是不能谓之过分的。然而,普列汉诺夫在这里谈到的,仅是别林斯基文学批评的一面,即通过对真善美的肯定来指导和提高文学欣赏这一面。如果我们再读读他在1847年写给果戈理的那封著名的信,那么,别林斯基文学批评的另一面,即通过对假恶丑的否定来指导和提高文学欣赏那一面,就可以看得较为清楚了。在前一种情况下,文学批评好比风景名胜地的导游,从正面引导游客应该如何欣赏;而在后一种情况下,文学批评则如鲁迅所言,是"有害的文学的铁栅",从反面告诫读者不应该如何欣赏。文学批评对于文学欣赏所承担的导向任务,在很大程度上,就是通过一正一反这两个方面完成的。

其次,我们再来看看文学批评对文学创作所承担的导向任务。一个文本投入社会,到底在人的精神生活中产生了什么样的实际效果,有时作家作为当事人也不一定能看清楚,尤其是一些社会各界意见纷纭、争论激烈的文本,它们的创作者更是会感到无所适从。任何一个作家的创作,都是为了满足社会的审美需要。但如果这种需要的实际状况不为作家所了解,那么对作家下一步创作沿着什么样的方向发展的影响将是极大的。在这种情况下,就需要明察秋毫的文学批评家,作为读者的代表站出来说话,把文本的社会效果和读者的审美需求,集中起来加以传达。文学批评所传达的这种信息,对作家的文学创作无疑是一种指导。如果作家们普遍地接受了这方面的指导,和文学批评家一起,对自己的创作实践做一番回顾和总结,从成功中取得经验,从失败中取得教训,那么全社会的文学创作水平,将会相应地得到大的提高。

关于文学批评能够引导文学创作的方向这一点,我们也可以从文学史中找到多方面的例证。契诃夫在开始创作时,只是一个给地方小报写讽刺小品的无名作者,用他自己的话讲:"我记不得有谁肯读我的作品,或者把我看做艺术家。"①但格里果洛维奇发现了契诃夫的才能,并写信向契诃夫表示祝贺,契诃夫感激得不知说什么才好,马上回信给这位批评家:"您可以判断您的信对我的自尊心会起什么作用。这封信比任何奖状都高,对初写作的人来说不论现在或将来都是一种酬劳。……我只能再说一遍:这种奖励震动了我。"②杜鹏程在《保卫延安》重版后记中,也念念不忘当初给了他很多帮助的冯雪峰:"他和我素不相识,只是阅读中发现此稿有值得注意的地方,于是约我谈过数次,爽直、精辟而恳切地指出这作品的长处与不足。那关怀与爱护的情景,至今犹历历在目……"③如果说,上述例证更多是从正面,即从帮助作家总结成功的经验方面说明问题,那么,我们还可以举出例证,从反面,即从帮助作家总结失败的教训方面来说明问题。如高尔基对富尔曼诺夫的严厉批评,便是如此。受到这样的

---

① [俄]契诃夫.契诃夫论文学[M].北京:人民文学出版社,1958:21.
② [俄]契诃夫.契诃夫论文学[M].北京:人民文学出版社,1958:21.
③ 杜鹏程.我与文学[M].西安:陕西人民出版社,1984:111.

批评以后,富尔曼诺夫没有为自己辩解,更没有因此而感到沮丧。正相反,他觉得:"每一个字,每一句忠告使我快活得心都快跳出来了。""骂得真好,也真能鼓励人……"①由此可见,文学批评只要是抓住要害,不管从正面总结经验,还是从反面总结教训,都能给文学创作以方向性的引导,起到一种如鲁迅在写给瞿秋白的对联中所谓的作家的"知己"和"同怀"的作用。

综上所述,文学批评作为沟通文学创作和文学欣赏的中介环节,其导向的任务在于:一方面深刻地阐明创作的审美意蕴,揭示创作的审美价值,然后通过一定的文字形式,把它们传达给读者,从而引导文学欣赏走向正确的方向;另一方面全面地集中欣赏的审美信息,体现欣赏的审美需要,然后通过一定的文字形式,把它们反馈给作家,从而引导文学创作走向正确的方向。在今天,基于对文学批评的这种导向任务的上述认识,我们的文艺管理部门对文学事业(包括文学创作和文学欣赏)的领导,在很大程度上,就是通过文学批评来进行的。

### 3. 文学批评家的素养

以上我们说,文学批评应具有哲学科学的性质、社会学的性质与美学的性质;文学批评要承担释义、评价和导向的任务。为文学批评的这种特定的性质和任务所规定,文学批评家就必须相应地具备哲学科学理论、社会生活、美感以及思想人格等方面的素养。

所谓哲学科学的理论素养,是指文学批评家的认识水平、思维能力和概括方法。一个优秀的文学批评家,应该站在马克思主义世界观的认识高度,具有熟练地运用概念、判断、推理和一系列辩证范畴进行抽象思维的能力,掌握唯物辩证法和诸如系统论、控制论、信息论等最新的科学概括方法。只有这样,他才能面对复杂的文学现象,做出具有客观性、概括性和精确性的哲学科学的批评。列夫·托尔斯泰和鲁迅作为作家,他们一个要求:"要进行批评,可得把自己提高到理解被批评的作品之上"②;一个希望有"几个坚实的,明白的,真懂得社会科学及其文艺理论的批评家"③。这些要求和希望,归结起来,都是一个意思:批评家应该比作家站得高些,看得远些,有哲学科学方面的理论素养。

所谓社会生活素养,是指文学批评家的社会阅历、实践经验和生活知识,以及与人民群众的精神联系等。一个优秀的文学批评家,不能书生气十足,他既应该是高瞻远瞩的理论家和思想家,也应该是脚踏实地的社会实践家。作家需

---

① [苏]高尔基,等.论写作[M].孟昌,等译.北京:人民文学出版社,1955:226-227.
② [俄]列夫·托尔斯泰.列夫·托尔斯泰论创作[M].戴启篁,译.桂林:漓江出版社,1982:193.
③ 鲁迅.鲁迅全集:第四卷[M].北京:人民文学出版社,1981:188.

要了解社会生活,从某种意义上讲,批评家更需要了解社会生活。因为唯有如此,他才能深刻地认识文学所反映的社会生活的实际状况,从而据以判断文学文本是否合于规律;也唯有如此,他才能全面地把握文学作用于社会生活的实际效果,正确地集中读者对于文学的实际需要,从而据以判断文学文本是否合于目的。一句话,唯有如此,他才能对文学作品做出哲学与科学以及社会学的批评。高尔基认为,产生"没有才能的、烦琐的"文学批评的原因,就在于批评家"对于日常的现实是不大认识的","从来没有根据那由直接观察澎湃的生活过程而得到的事实去评价主题、性格和人们的相互关系"(《苏联的文学》)。高尔基的这一分析是深刻的,值得批评家重视。

所谓美感素养,指文学批评家的审美实践、审美感觉和审美判断。一个优秀的文学批评家,最好亲自从事过一段时间的文学创作。如果不能做到这一点,那么,最起码他应该是一个文学欣赏方面的行家里手。刘勰说:"凡操千曲而后晓声,观千剑而后识器,故圆照之象,务先博观。"[①]这里,他所谓"博观",是就批评家的审美实践而言。别林斯基说:"锐敏的诗意感觉,对美文学印象的强大的感受力,这才应该是从事批评的首要条件。"[②]他讲的"诗意感觉"和"强大的感受力",则又进了一步,针对批评家基于审美实践的审美感觉和审美判断而言。一个批评家只有是这样"博观"的人,有"诗意感觉"和"强大的感受力"的人,才能与文学作品的情感和形象心心相印,从而对文学作品做出美学的批评。

除了理论素养、社会生活素养和美感素养之外,文学批评家还应该有很好的思想人格方面的素养。例如,要与人为善,要有对作家和作品的爱,要不怀偏见,要敢于批评和自我批评,等等。只有这样,他的哲学科学的、社会学的、美学的阐释和评价,才能为读者和作家所接受,也才能完成文学批评所承担的一方面给文学欣赏引导方向,另一方面给文学创作引导方向的繁重任务。

**二、文学批评的标准**

上面讲到的文学批评家的各种素养,在文学批评中,主要是通过为这一批评家所选用的批评标准体现出来的。因此,我们在讨论了文学批评家的素养以后,有必要讨论一下文学批评的标准问题。

任何认识活动,都必须有一个赖以进行比较和鉴别的参照系统。文学批评

---

[①] 北京大学哲学系美学教研室.中国美学史资料选编:上册[M].北京:中华书局,1980:206.
[②] [俄]别林斯基.别林斯基选集:第一卷[M].满涛,译.北京:人民文学出版社,1959:224.

也是如此。批评家所从事的阐释、评价和导向活动,作为其认识活动,也要有一个而且必然会有一个从其自身全部精神素养和整个知识结构中凝聚出来的,用以衡量文学文本以及种种文学现象的参照系统。这个参照系统,就是我们所说的批评标准。

### 1. 社会实践是文学批评的标准

凡是文学批评,都有一定的标准,没有标准的文学批评是不存在的。问题在于,因为文学批评家的精神素养和知识结构各自有别,所以,为他们所选用的批评标准也就随之而各不相同。长期以来,我国由于受社会环境的影响,不少文学批评家习惯以领袖人物的语录为标准,以上级意图为标准,以政治风向为标准。如果说,第一种情况是唯书,第二种情况是唯上,那么,第三种情况就是唯风。凡此种种,都不是正确的标准。用这样的标准从事文学批评,不可能对文学文本及其他文学现象做出正确的阐释、评价和方向性的引导。

马克思主义哲学告诉我们,只有实践,只有千百万人民群众作为主体参与其中的社会实践,才是检验一切精神、意识以及观念形态等是否合于规律、合于目的、合于法则的唯一标准。文学文本,作为反映社会生活并且反作用于社会生活的语符化的审美-人文形态,它到底是否合于规律、合于目的、合于法则,自然也只能以社会实践为标准。

和以上列举的种种标准不同,文学批评的社会实践标准,是一个辩证的唯物主义的科学标准。我们知道,社会实践就其本性而论,是人的本质力量的对象化,即主观实现于客观并且外化为客观的活动。它一旦实现和外化,就独立地存在于实践主体的主观世界之外,不再以任何个人、任何集团、任何阶层和阶级的意志为转移。正是在这一点上,我们说,文学批评的社会实践标准,比之诸如领袖语录标准、上级意图标准以及政治风向标准等,要坚实和可靠得多。因为只有它,才可以排除种种偏见、谬误以及想当然的成分,从文学现象的本来意义上进行阐释、评价和方向性的引导,最终得出实事求是的结论。

那么,究竟如何理解文学批评的社会实践标准呢?简单地说,所谓社会实践标准,是指文学批评应从文本反映社会生活的实际情况出发,根据文本在社会生活中所起作用的实际效果,对其审美价值进行切合实际的批评。这里,有两点需要着重指出:一是文本在社会生活中起作用的实际效果;二是文本反映社会生活的实际情况。这两点,可以说是坚持文学批评的社会实践标准的关键或者核心所在。下面,我们就这两点分别做以阐述。

### 2. 文学批评的社会实践标准和文学文本的社会实际效果

一个文本的产生,有其主观的动机,也有其客观的效果。唯心主义的批评标准,是只看动机不看效果;机械唯物主义的批评标准,是只看效果不看动机。而辩证唯物主义的批评标准即社会实践标准,认为动机和效果并非简单化的线型因果关系,因此,既不能凭动机主观地猜想效果,也不能用效果机械地推论动机。正确地看待它们,应该是顾及动机,重在效果。如果二者是一致的,就不成问题;如果二者不一致,就要根据不同的情况进行不同的分析。具体到文学批评中,就是说,我们在用社会实践标准批评一个文本时,虽然要看作家的动机,看他本人的宣言、表态以及创作谈之类的情况介绍等,但是首先和主要的,是要看该文本在反作用于社会生活以后所产生的实际效果。

然而,在文学接受与欣赏中,社会效果往往是复杂的。由于文本本身的情感和形象既有精确性的一面,又有模糊性的一面,读者的审美感受既有一致性的一面,又有差异性的一面,社会效果一般都是既确定又不确定的。以《红楼梦》为例,这部小说在刚刚问世时,争论得非常激烈。一部分读者拍案叫绝,另一部分读者皱眉摇头。在要好的朋友之间,因为意见分歧而闹到"几挥老拳"的地步。这就是社会效果在空间上的不确定性。再拿莎士比亚来说,由于他生前只是一个名不见经传的小人物,剧本也没引起什么反响,有关莎士比亚的生平资料就特别短缺,以至于到现在,连其本人到底是不是那些剧本的作者都成了有待考证的疑问了。可是,这并不影响他的剧本的生命力。随着时间的推移,人们慢慢地发现了莎士比亚的价值。英国人以有他这样一位剧作家而骄傲,他真正成了英国女皇王冠上的一颗宝石。再如陶渊明的诗、司汤达的小说等,也都是如此。起初无人过问,随后身价百倍。这就是社会效果在时间上的不确定性。但是,对于同一个文本,不管一部分读者与另一部分读者在看法上的分歧有多大,也不管一个时期的读者与另一个时期的读者的看法有多大变化,多数人在长时间中的看法总会慢慢地趋于一致,进而得出一个大体相近的结论来。还以《红楼梦》和莎士比亚的剧本为例。尽管这些文本在最初争议很大,在此后评价不一,但到了现在,它们还是成了举世公认的经典名著。这就是社会效果在空间和时间上的确定性。

那么,为了坚持社会实践标准,到底应该怎样来看待社会效果呢?我们认为,其中至关重要的一点是要有一种辩证法的观点,一种全面的和发展的观点。有了全面的观点,我们就不会在一部分读者与另一部分读者的不同看法中左右为难;有了发展的观点,我们就不会在一个时期与另一个时期的不同评价中徘徊不定。恰恰相反,以辩证法为指导,完全可以从不确定的社会效果中把握确定的社会效果,即多数人的社会效果、长时间的社会效果,或者更准确地说,是多数人在长时间中的社会效果。

这里的所谓多数人,是指社会实践的主体,指人民而言;所谓长时间,是指社会实践的过程,指历史而言。我们说,文学批评要以多数人、长时间的社会效果为依据,实际上就是说,一个文本的价值如何,最终要由人民来检验,要由历史来"判决"。艾青说:"鉴别真假的最可靠的依据是社会的效果、人民群众的反映。而历史也在用宁静的眼睛注视着你。"[①]这句话表达的正是这个意思。

人民的检验和历史的"判决",归根结底,都要通过批评家的个人意见体现出来。第一,我们强调人民的检验,意思是批评家在考察社会效果时,不能只收集少数人的反映,而应该倾听广大人民群众的呼声。如果说,少数人的反映仅仅能提供个别事实,那么,广大人民群众的呼声,显示的则是事实的全部总和。列宁说得好,离开了事实的全部总和,所谓个别事实不过是儿戏,甚至连儿戏都不如。第二,我们强调历史的"判决",意思是批评家在考察社会效果时,不能只着眼于一时一事,而应该看到社会实践的发展方向和变化过程。尤其是对于某些复杂的文学现象,批评家可能在一段时间之内由于认识不清而下不了结论。在这种情况下,我们就不要过早地下结论,最好是将其留给时间和历史去检验和判断。

### 3. 作为社会实践标准的具体化的真善美的标准

上面所讨论的文本在社会中的实际效果问题,是坚持文学批评的社会实践标准的一个重要方面。与此有联系的另一个方面是文本反映社会生活的实际情况。

我们知道,文学的本质在于用语言表达情感和形象,以反映社会生活。在这种反映中,情感和形象属于内容,语言属于形式。文本的形象内容具有真实性,情感内容具有倾向性,语言形式具有对情感和形象内容的适应性,即艺术性。由此决定,文本在作用于社会生活之后,必然产生相应的审美认识作用、审美教育作用和审美享受作用。这一切,就是文学反映社会生活的实际情况。

文学批评要坚持社会实践标准,就必须从上述实际情况出发,对文本形象内容的真实性和它实际发挥的审美认识作用,对文本情感内容的倾向性和它实际发挥的审美教育作用,对文本语言形式的艺术性和它实际发挥的审美享受作用,进行三位一体的考察。这也就是所谓的文学批评的真、善、美的标准。

其中,真的标准,主要用于考察文本的形象内容。这种考察,具体地说,可

---

[①] 艾青.诗论[M].北京:人民文学出版社,1982:35.

以分为三个方面:一是考察形象的具体化程度,即形象所达到的现象和细节真实的程度;二是考察形象的概括化程度,即形象所达到的本质真实的程度;三是考察作为形象的具体化和概括化的统一的形象的典型化程度。而要考察以上三个方面,按照社会实践标准,又必须以文本的真实形象在社会生活中发挥审美认识作用的实际效果为根据。从这个意义上讲,所谓真的标准,实际上就是根据其审美认识作用考察文本形象的真实性和合规律性的标准。如马克思、恩格斯称赞巴尔扎克对现实关系有深刻的理解,比一切左拉都要伟大得多;如毛泽东认为《红楼梦》是中国封建社会的百科全书,用的便是真的标准。

善的标准,主要用于考察文本的情感内容。这种考察,具体地说,也可以分为三个方面:一是考察情感的独特化程度,即个人倾向的真挚性、新颖性和丰富性的程度;二是考察情感的普遍化程度,即个人倾向中体现的社会倾向的代表性、预见性和哲理性的程度;三是考察作为情感的独特化和普遍化的统一的情感的典型化程度。而要考察以上三个方面,按照社会实践标准,又必须以文本的情感倾向在社会生活中发挥审美教育作用的实际效果为根据。从这个意义上讲,所谓善的标准,实际上就是根据其审美教育作用考察文本情感的倾向性和合目的性的标准。如孔子说:"《诗》三百,一言以蔽之,曰'思无邪'。"[1]列宁说马雅可夫斯基的《开会迷》,"诗写得怎样,我不知道,然而在政治方面,我敢担保这是完全正确的"[2],用的便是善的标准。

美的标准,主要用于考察文本的语言形式。这种考察,具体地说,也可以分为三个方面:一是考察语言为了表情而达到的音乐性和精炼性的程度;二是考察语言为了造形而达到的绘画性和含蓄性的程度;三是考察作为表情语言和造形语言的整个语言形式对于情感和形象内容的适应程度,即有意味和合分寸的程度。而要考察以上三个方面,按照社会实践标准,又必须以文本的语言艺术在社会生活中发挥审美享受作用的实际效果为依据。从这个意义上讲,所谓美的标准,实际上就是根据其审美享受作用考察文本语言的艺术性和合法则性的标准。如《介存斋论词杂著》中评论:"钩勒之妙,无如清真(周邦彦的词)。"如契诃夫谈到托尔斯泰的语言时说:"这是艺术,而且是辛勤劳动以后的成果。它给人强烈有力的印象。"[3]用的便是美的标准。

我们认为,在文学批评中,坚持真、善、美的标准,和坚持社会实践标准是统

---

[1] 北京大学哲学系美学教研室.中国美学史资料选编:上册[M].北京:中华书局,1980:14.
[2] [苏]列宁.列宁全集:第三十三卷[M].北京:人民出版社,1957:194.
[3] 段宝林.西方古典作家谈文艺创作[M].沈阳:春风文艺出版社,1980:658.

一的。因为要以社会实践为标准,就必须按照文本反映社会生活的实际状况,对其真实性、倾向性和艺术性,即真、善、美三者进行分门别类的具体考察。从这点上说,社会实践标准便是真、善、美的标准。同时,要以真、善、美为标准,就必须依据文本在社会生活中发挥审美认识作用、审美教育作用和审美享受作用的实际效果,即社会效果进行实事求是的综合考察。从这点上说,真、善、美的标准也便是社会实践标准。

正像没有也不可能有抽象的、一成不变的社会实践标准一样,没有也不可能有抽象的、一成不变的真、善、美的标准。社会实践作为一个过程是与时俱进的。基于此,文学批评的社会实践标准,以及作为它的具体化的真、善、美的标准,其内涵和种种规定性,也必然要在社会实践过程中,历史地、具体地加以发展和更新。

### 三、文学批评方法的基本类型

我们说,文学批评以社会实践为标准,实际上,这仅仅是向批评提供了一个应普遍遵循的总的原则。在文学批评的具体操作过程中,除了要遵循一定的批评标准之外,还有一个选择相适应的视点、角度和陈述方式,即所谓批评方法的问题。古人所谓"君欲善其事,必先利其器",就是这个意思。

**1. 文学批评方法的多样化及其类型的划分**

中国古代的文学批评,使用的方法大抵不出义理、辞章、考据三类。19世纪及之前,西方在文学批评中常常使用的方法,就是社会历史方法、传记方法、考证方法等几种。20世纪被称作"批评的世纪"。随着文学批评成为操纵文学的主流话语方式,批评的方法也越来越趋于多样。各界的学者凭借自身的专业优势,纷纷介入文学批评。他们在给文学批评注入自然科学和社会人文科学的新元素的同时,作为标志性的现象是,还给文学批评方法带来了前所未有的多样化的景观。清人赵翼在形容一波接一波的诗的创新时,说过这么两句:"江山代有才人出,各领风骚数百年。"如果将这两句话借用过来,来形容20世纪文学批评方法的与时俱进和花样翻新,只需要把数百年的时间跨度压缩到几十年甚至十几年就可以了。

面对着不胜枚举的文学批评方法,我们究竟应该如何加以把握,这里存在着一个批评方法的分类问题。我们在本书的绪论部分曾经介绍过美国学者M. H. 艾布拉姆斯的《镜与灯:浪漫主义文论及批评传统》提出的文学四要素,即作品、世界、艺术家和欣赏者。在绪论里,这四个要素是作为文学现象的四种类型加以论述的。但在 M.H. 艾布拉姆斯的书中,他提出这样四个要素,主要是为了引出与其相对应的文学批评理论的四种类型:更多侧重于世界方面的模仿论、更多侧重于艺术家方面的表现论、更多侧重于作品方面的客观论、更多侧重于欣赏者方面的实用论(实际上,真正以欣赏者为中心的理论应该是接受论,而不是实用论)。上述四种类型,虽然和文学批评有关系,但是其归纳的只是批评理论的类型,而不涉及批评的方法问题。现在,我们不妨稍做改造,将批评理论和相关的方法挂钩,这样,对大家在多样化的文学批评方法中把握其基本类型,无疑是有所帮助的。

我们知道,科学研究的方法与观念常常是相互对应的。M.H. 艾布拉姆斯所归纳的上述四种类型的批评理论,作为当代流行的种种批评观念的类型化表述,也都分别地对应着不同的批评方法。例如,在以世界为中心的模仿论与指向世界的社会历史学的批评方法之间,在以艺术家为中心的表现论与指向艺术家的心理学的批评方法之间,在以作品为中心的客观论与指向作品的语言学的批评方法之间,在以欣赏者为中心的接受论与指向欣赏者亦即读者的现象学和解释学的批评方法之间,就都存在着这样的对应关系。基于此,下面,我们就以 M.H. 艾布拉姆斯的"文学四要素"为参照,将社会历史学的方法、心理学的方法、语言学的方法以及现象学和解释学的方法,作为 20 世纪文学批评多样化方法的基本类型,依次向大家做以介绍。

### 2. 社会历史学的批评方法

这一批评方法的特点在于,它自始至终指向世界,把世界视为考察文学的切入点和参照系。正因如此,它特别注重文本的社会历史背景,包括政治背景、经济背景和文化背景等,希望通过对文本与上述背景的关系的研究,找到阐释文本意义、评判文本价值的客观依据。

社会历史学的批评方法,是古已有之的一种批评方法。在中国,孟子讲"知人论世"和"以意逆志"①,究其实,就是要求批评家在还原文本的社会历史背景的基础上,努力去追溯文本的意义所在。另外,在现代批评家中,如胡风、冯雪峰、瞿秋白等对鲁迅精神的阐发,周扬对文学人道主义的论述等,所用的都是社会历史学的批评方法。在西方,如 19 世纪俄国著名的三位批评家别林斯基、车尔尼雪夫斯基和杜勃罗留波夫,如被称为"西方马克思主义"的批评家葛兰西、卢卡契等,其批评实践,也都是在文学与社会人生的关系框架内,挖掘文

---

① 北京大学哲学系美学教研室.中国美学史资料选编:上册[M].北京:中华书局,1980:26.

本的思想性、真实性及典型性,并探究其社会历史意义。

社会历史学的批评方法,对于现实主义文学有着其他方法所不具备的高度适应性。它往往能从社会政治、道德的角度,深入地揭示出现实主义文本所蕴含的典型性及其社会现实意义。正因为它具有这样的方法论的优势,所以时至今日,其仍然保持着旺盛的生命力。当代的新历史主义、女权主义批评,都在一定程度上,借鉴和吸收了社会历史学的批评方法。但这一方法的着眼点和归结点,都更多地偏重于文本与社会的关系,偏重于文学的意识形态共性,因此,它常常会顾此失彼地忽略文本的"内部研究",忽略文学的审美个性。更有甚者,它还会因此而以狭隘的功利主义,将文学当作社会政治或者经济的工具,在理论上陷入庸俗社会学的泥潭。

3. 心理学的批评方法

不同于主要指向世界的社会历史学的批评方法,心理学的批评方法指向的是艺术家这一要素。早在19世纪的浪漫主义诗学批评中,华兹华斯、柯尔律治等就曾在表现论的框架内,比较多地讨论过诸如联想、想象等相关的心理功能,希望以此来阐释和评判诗人主体的创造活动。他们虽然受到当时心理学发展水平的限制,很大程度上还停留于猜想和描述阶段,但其努力仍然给后继的心理学家进行关于创作心理的研究设定了一个方向性的路标。

在20世纪的众多心理学流派内,弗洛伊德的精神分析心理学及其学生和反叛者荣格的人格分析心理学,更多地涉及从来都被忽视的人的无意识领域,被称为深度心理学。他们有关个人无意识和集体无意识的研究,为在文学批评中探索作家的创作动机、直觉以及灵感等深层次的心理问题,提供了一种心理学的方法。例如弗洛伊德的精神分析心理学,将人的精神主要归结为无意识,将人的无意识又主要归结为性本能。因此,当他按这种精神分析方法来阐释和评判文学和艺术文本(像莎士比亚的悲剧作品《哈姆雷特》、达·芬奇的油画《蒙娜丽莎》、陀思妥耶夫斯基的小说《卡拉玛佐夫兄弟》等)时,便常常自觉或不自觉地把作家、艺术家的创作活动视为性欲的转移和升华,或者所谓恋母弑父的"俄狄浦斯情结"的体现。弗洛伊德的精神分析的批评方法,深入作家、艺术家的无意识领域,为批评家研究深层创作心理开辟了一个前所未有的新的思维空间,这无疑是值得肯定的。然而,由于他对无意识,尤其是性本能在人的精神生活以及艺术创造中的作用极度夸大,且他对人的心理和人的本质的社会性予以无视与否认,其批评方法往往深刻和荒谬同在,创意与错误并存。

荣格是弗洛伊德的学生,但因为他同自己的老师在如何看待性本能的作用及其他问题上意见相左,于是便在精神分析心理学之外,另创了人格分析心理学。荣格把无意识分为个人无意识与深藏于个人无意识底层之下的集体无意识两个部分。他认为,个人无意识表现为情结;集体无意识表现为原型。按其解释,这种集体无意识原型,是人类从原始时代起,经过成千上万年的文化遗传而留存下来的种族记忆。与弗洛伊德由个人无意识的性欲升华去寻找艺术家的创作意念相反,荣格主张从集体无意识原型中发掘艺术家的创作动机。在他看来,不是艺术家的自主性,而恰恰是连他们自己都意识不到的内心深处的集体无意识原型,在指挥着他们,并促使他们最终完成了创作。荣格的一句名言:"《浮士德》决非歌德所创作,而是歌德为《浮士德》所创作。"[①]这足以说明他关于创作的"非自主性"的观点及其原型批评的方法。除了荣格以外,原型批评方法的代表人物还有加拿大批评家弗莱。他从西方文学两千余年发展演变的研究中,概括出与四季循环及生命循环相对应的四种原型模式:喜剧——春天的神话;传奇——夏天的神话;悲剧——秋天的神话;讽刺——冬天的神话。它们合起来构成英雄的诞生与复活、成长、受难、死亡的生命循环。原型批评方法从心理层面探求支配艺术家进行创造活动的集体无意识,希望在远古神话中找到其基本原型,用以阐释和评判文学文本。所以,这个批评方法,是心理学的方法,也是文化人类学的方法。由它所提供的心理-文化视角,在克服了精神分析方法关于艺术家创作心理研究因缺乏社会性内涵而不免显得空洞的缺陷的同时,又为文学批评开拓出一条从个人心理向社会文化复归的新的思路。但是,这一批评方法的优长之处是相当有限的。它看到的只是人类文化的过去,而不顾及其现在和未来。因此,用它难以解释文学文本的社会历史性。另外,原型批评方法将文学等同于神话和宗教,实际上是抹杀了文学的审美特征。这是我们借用原型批评方法必须注意的地方。

**4. 语言学的批评方法**

如果说,社会历史学的批评方法与模仿论是联系在一起的,心理学的批评方法和表现论也有其思路与逻辑的相关性,那么,下面要介绍的语言学的批评方法,则完全是客观论(即文本-形式论)在方法论层面追求其对应的产物。

早在20世纪初,俄国的一批语言学家就开创了文学理论和文学批评中的形式主义学派。他们认为,文学之所以叫作文学,就是因为它具有文学性,而文学性究其实,就在于文本的语言形式之中。正因如此,在他们看来,文学批评的

---

① [瑞士]荣格.心理学与文学[M].冯川,苏克,译.北京:生活·读书·新知三联书店,1987:143.

任务,并不是去回答文本到底说了些什么,而是要告诉人们它是怎样说的。说什么关乎内容,而怎样说只关乎形式。基于这种纯形式主义的理念,形式主义的批评方法便更多地将其注意力放在了对诸如"陌生化"等语言形式问题的关注上。

被称为新批评的批评观念与方法,稍晚于俄国形式主义,20世纪20年代在英国发端,之后在美国流行。在批评观念上,它认为:文本既与世界,也与艺术家和欣赏者无关,应该从"文学四要素"中彻底独立出来,成为封闭的、独立自主的本体论存在;文本作为语言形式,是一个符号和意义并存的多重结构。其批评方法与此相对应,主张通过所谓的"内部研究",在细读的基础上,从语言学的语音、语义和语法等不同的层次,由表及里地解析文本的声音组合、意义单元,以及由语法关系产生的诗的象征和神话系统或者小说的人物世界。

结构主义批评,是紧随俄国形式主义和英美新批评之后,在捷克和法国相继兴起的又一个以语言学方法从事本体批评的流派。这一流派认为,文本是一个按特定的语法结构组织起来的符号系统,因而,批评的目的便是要在具体文本中求证其抽象的语法结构。结构主义批评的成果,主要体现在小说的叙事学研究方面。在方法上,它借助由索绪尔开创的结构主义语言学,把文本当作一个大句子,分析其中所谓的"叙事语法",以及包括叙述语言、叙述内容和叙述动作等在内的一整套叙事结构。

以上三种语言学的批评方法,虽然各有其特点,却都像罗兰·巴特所言"形式就是价值",而带着某种形式主义的共同倾向。它们在突出文本及其语言形式,突出文学性这一点上,有一定的可取之处。而且,它们对文本,尤其是对现代主义文学文本,例如意象派诗歌、意识流小说文本的语言学分析,大多能鞭辟入里,细致入微,切中要害。然而,这三种语言学的批评方法,因为强调形式而回避内容,隔绝了文学与人和人的社会生活的活生生的联系,从而也就不得不陷入从形式到形式、为形式而形式的自我封闭之中。可以说,这是其致命的弱点。此外,它们在批评观念方面,往往混淆了语言学与文学的界限,结果是只能将文学批评,变成抽象、枯燥、烦琐的词义分析、语法分析和结构分析。这也是必须指出的一个缺点。

### 5. 现象学和解释学的批评方法

正像语言学的批评方法是与客观论,亦即文本－形式论的批评观念相对应的产物一样,现象学和解释学的批评方法,也可以被理解为与接受理论的批评观念相对应的产物。我们知道,接受理论作为其批评观念的体系化表述,从学术思想背景看,主要是对英加登的现象学美学和伽达默尔的解释学美学的继承与发展。因此,与接受理论的批评观念相对应的批评方法,就主要是现象学和解释学的方法。

姚斯发表于1967年的《文学史作为向文学理论的挑战》一文,历来被视为接受理论的开山之作。而这篇论文,究其写作动因,则是作者对一个所谓"文学史悖论",也就是在文学与历史,或者说在美学与历史之间存在的二律背反的困惑和思考。姚斯认为,美学的观点与方法和历史的观点与方法之所以在文学史写作中不能得到统一,是因为文学史的作者没有把读者的因素考虑进去。正因如此,他提出了一种以读者的接受及其心理效应为中心的新文学史模式。姚斯指出,只有通过对读者接受文本的心理效应,即读者的期待视野与文本之间在阅读中实现视野融合的过程加以描述及分析,才能在方法论层面形成美学方法与历史方法的互斥互补。而这种描述及分析读者在阅读过程中的心理效应和视野融合的方法,与美国读者反映批评的代表人物费希所说的"把话语的'心理效果'当作它的重心所在的分析方法"①是一致的。究其实,此种方法恰恰是现象学和解释学的批评方法。

因为接受理论提出的以读者的接受及其心理效应为中心的新文学史模式,在写作中存在太多的不确定因素,缺乏可操作性,所以,无论在西方还是在中国,虽然也有人在尝试,但至今未曾提供为学界所普遍认同的成功范例。因此,我们在这里,对指向读者的现象学和解释学的批评方法,只能聊备一格,存而不论。

---

① 朱立元,等.西方美学通史:第七卷下[M].上海:上海文艺出版社,1999:287.

# 第五章 文学发展论

**知识脉络图**

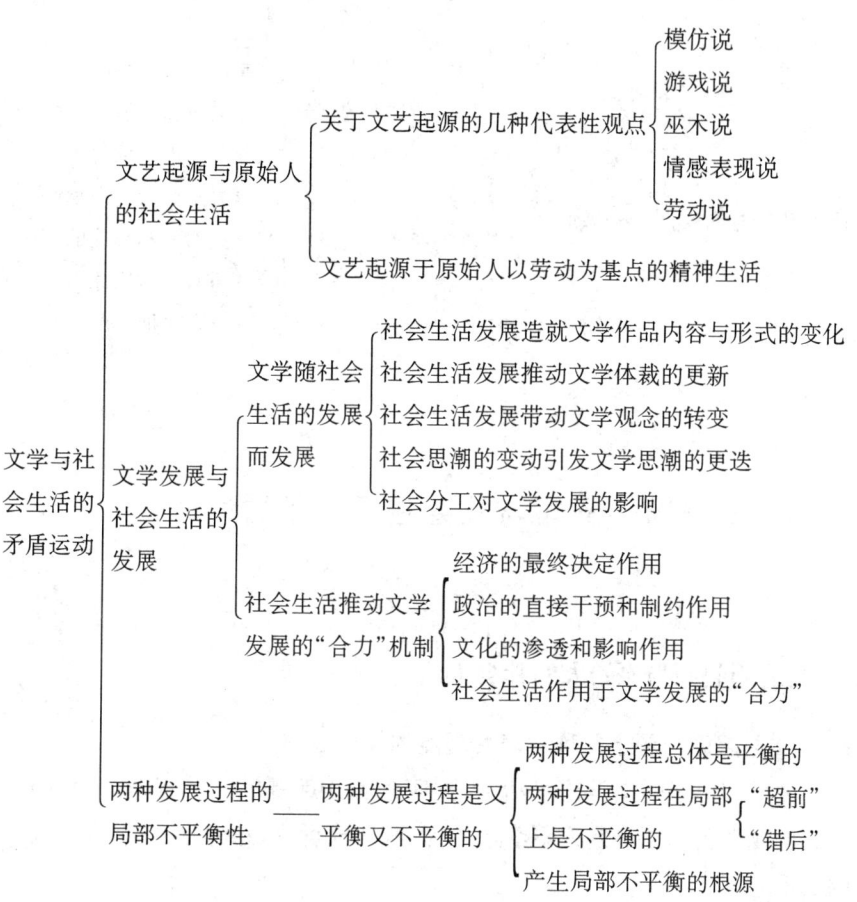

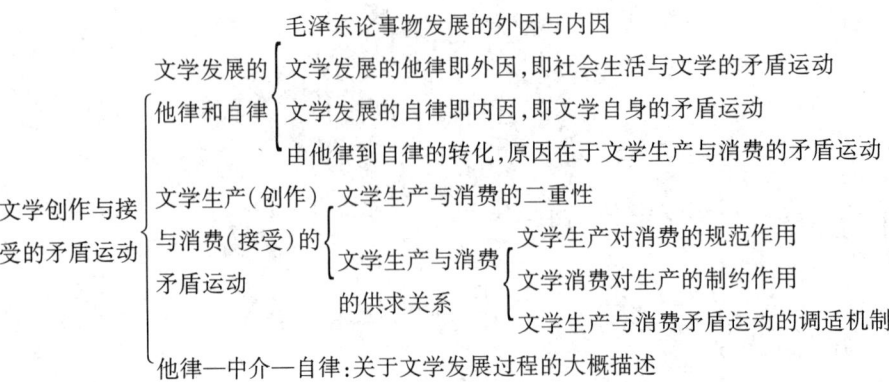

## 第一节 文学与社会生活的矛盾运动

### 一、文艺的起源与原始人的社会生活

**1. 对文艺起源问题上几种代表性观点的简要述评**

一切种类和形态的文学艺术活动,到底是怎样起源的? 要解释这个问题,仅仅就文学或者艺术本身是说不清楚的,只能从分析原始文艺与原始人的社会生活的关系入手。

几千年以来,人们围绕着这个关系,进行了种种有意义的设想和探讨。其中,最具有代表性的观点有下列几种:

(1)模仿说。这是一种认为原始文艺起源于原始人对自然的模仿的观点。这种观点开始是由古希腊哲学家德谟克利特提出来的。他说:"在许多重要的事情上,我们是摹仿禽兽,作禽兽的小学生的。从蜘蛛我们学会了织布和缝补;

从燕子学会了造房子;从天鹅和黄莺等歌唱的鸟学会了唱歌。"①以后,亚里士多德对此又做了进一步的发挥,他说:"人从孩提的时候就有摹仿的本能(人和禽兽的分别之一,就在于人最善于摹仿,他们最初的知识就是从摹仿得来的),人对于摹仿的作品总是感到快感。经验证明了这样一点,事物本身看上去尽管引起痛感,但惟妙惟肖的图像看上去却能引起我们的快感,例如尸首或最可鄙的动物形象。"②这就是所谓的模仿说。作为西方文艺理论中一种古老而具有长久影响力的观点,文艺复兴时期提出的"镜子论",以及近现代流行的反映论,都和模仿说有着很深的渊源关系。从至今残存的史前艺术遗迹中,我们确实可以发现许多模仿自然的形象。然而,并非所有史前艺术,如音乐、舞蹈等,都能用模仿说来加以解释。由此说明,将原始艺术的起源一概归之于模仿,显然是片面的。

(2)游戏说。这是一种认为原始文艺起源于原始人在精力过剩时的游戏冲动的观点。这种观点最早可以追溯到康德。但明确提出和系统阐述这一观点的是席勒和斯宾塞,所以,文艺起源的游戏说,又被称为"席勒-斯宾塞理论"。康德在《判断力批判》一书里认为,文学艺术和一切审美活动,都是自由和非功利的。席勒从康德的这一观点出发,在《审美教育书简》中,以动物作比,说明诸如狮子的呼啸、昆虫的飞翔等,都是精力过剩的游戏冲动导致的。而人一旦精力过剩,想象和追求的就是审美的游戏,即艺术。在席勒看来,游戏作为自由的活动,其本身既是目的,又是手段。下面的一番话可以被当作席勒游戏说的集中表述,他说:"在令人恐怖的(自然)力量世界之中以及在神圣的法律世界之中,审美的创造形象的冲动在暗地里建立起一个第三种快乐的游戏和形状的世界……把人从一切可以叫做强迫的东西(无论是物质的还是精神的强迫)中解放出来。"③斯宾塞在1873年出版的《心理学原理》一书里,对席勒的上述观点做了进一步的发挥。他认为,低等动物必须把精力全部用于维持和延续生命所需要的活动上,而在高等动物特别是人类那里,由于有了较好的条件,在完成维持和延续生命的活动之外,还有剩余的精力。游戏和艺术就是对这种过剩精力的发泄。这就是所谓的游戏说。与模仿说一样,游戏说在后世也产生了广泛的影响。例如,在唯美主义以及为艺术而艺术的思潮中,我们不难找到

---

① 北京大学哲学系外国哲学史教研室.古希腊罗马哲学[M].北京:生活·读书·新知三联书店,1957:112.
② [古希腊]亚里士多德,[古罗马]贺拉斯.诗学·诗艺[M].罗念生,杨周翰,译.北京:人民文学出版社,1962:11.
③ 北京大学哲学系美学教研室.西方美学家论美和美感[M].北京:商务印书馆,1980:183.

游戏说的影子。游戏说的观点,有较大的合理性,特别是用以解释一些原始歌舞时,其合理性更为明显。但由于此种观点仅仅从生理学的角度去看待文艺的发生,无视影响文艺的社会根源,便不得不带有某种弊端。

(3)巫术说。这是一种认为原始文艺起源于原始人的巫术活动的观点。英国人类学家泰勒是这一观点的提出者。泰勒在《原始文化》中指出,野蛮人的世界观建立于万物有灵论和巫术信仰的基础上,他们"给一切现象凭空加上无所不在的人格化的神灵的任性作用"①,包括原始艺术在内的整个原始文化都受制于这种巫术信仰的世界观。法国文化史学家雷纳克借鉴了泰勒的理论观点,在研究欧洲旧石器时代原始艺术的过程中,将巫术说运用于艺术起源的探讨,认为史前人描绘动物或戴动物的面具跳舞,是要通过巫术对动物施展魔法,以保证狩猎活动取得成功。这就是所谓的巫术说。史前动物壁画的研究表明,原始艺术确实与巫术有着不解之缘。但是巫术说也因为忽视艺术中的理智和情感因素,而备受非议。

(4)情感表现说。这是一种认为原始文艺起源于原始人情感的表现和传达活动的观点。19世纪以来,随着各种心理学派的兴起,人们更多地从情感的角度来解释文艺的起源问题。其中,英国浪漫派诗人和俄国作家列夫·托尔斯泰的观点最为明确。例如,华兹华斯把诗定义为"强烈情感的自然流露",柯尔律治称诗是"人的全部思想、热情、情绪、语言的花朵和芳香"②,列夫·托尔斯泰说:"艺术起源于一个人为了要把自己体验过的感情传达给别人,于是在自己的心里重新唤起这种感情,并用某种外在的标志表达出来。"③这就是所谓的情感表现说。这种观点强调情感和心灵因素在文艺发生过程中的作用,无疑是可取和正确的。但由于它把情感和心灵视为决定文艺起源的唯一因素,在否定其他心理因素的重要性的同时,也抹杀了自然和社会的客观因素在其中所起的作用,这样就使自己的理论陷入了某种不能自拔的片面性之中。

(5)劳动说。这是一种认为原始文艺起源于原始人的生产劳动的观点。马克思主义的创立者之一恩格斯,在其《劳动在从猿到人转变过程中的作用》一文里,关于人类社会生活的起源,第一次提出了劳动创造了人和人的世界的科学论断。恩格斯说:

---

① 朱狄.艺术的起源[M].北京:生活·读书·新知三联书店,1988:131.
② 刘若端.十九世纪英国诗人论诗[M].北京:人民文学出版社,1984:6,75.
③ [俄]列夫·托尔斯泰.艺术论[M].丰陈宝,译.北京:人民文学出版社,1958:5.

> 首先是劳动,然后是语言和劳动一起,成了两个最主要的推动力,在它们的推动下,猿的脑髓就逐渐地变成人的脑髓……在脑髓进一步发展的同时,它的最密切的工具,即感觉器官,也进一步地发展起来了。
>
> 只是由于劳动,由于和日新月异的动作相适应,由于这样所引起的肌肉、韧带以及在更长时间内引起的骨骼的特别发展遗传下来,而且由于这些遗传下来的灵巧性以愈来愈新的方式运用于愈来愈复杂的动作,人的手才达到这样高度的完善,在这个基础上它才能仿佛凭着魔力似地产生了拉斐尔的绘画、托尔瓦德森的雕刻以及帕格尼尼的音乐。①

在此,恩格斯着重强调了以下几点:①劳动创造了人;②劳动创造了人的语言、大脑和感觉器官;③劳动创造了人的手,并以其灵巧性、复杂性及完善性创造了各式各样的艺术。在恩格斯科学论断的启迪下,普列汉诺夫在《没有地址的信》一书里,根据考古学和人类学所提供的大量资料,做出了艺术起源于劳动的具体论证。他认为,最初的艺术是劳动的产物,有着明显的功利性目的。原始艺术是适应劳动的需要并在劳动实践过程中产生的,与原始人的劳动生活和生产斗争密不可分地联系在一起。鲁迅吸收了恩格斯和普列汉诺夫的观点,其《门外文谈》一文,就诗歌起源于劳动问题,以原始人抬木头需要有一个人出来叫号子为比喻,进行了通俗而又形象的"杭育杭育派"的联想和推论。这就是所谓的劳动说。

恩格斯、普列汉诺夫和鲁迅的这一观点,可以从留存下来的原始文艺资料中得到验证。首先,从内容上看,原始文艺不外乎是关于生产劳动的场面、过程以及动作等的直接描写和关于生产劳动者在想象中征服自然与支配自然的幻想表现。前者如我国古代的《弹歌》,记录的便是原始人从"断竹、续竹",到"飞土、逐肉"的完整狩猎过程;后者如收藏在《山海经》《淮南子》中的羿射九日、精卫填海、女娲补天等我国古代神话,表现的更是原始人战胜大自然的幻想。其次,从形式上看,原始文艺因为与原始人的生产劳动直接相关,常常是歌谣、舞蹈和音乐结合在一起。《吕氏春秋·古乐》载:"昔葛天氏之乐,三人操牛尾,投足以歌八阕",就是指原始文艺中歌、舞、乐不分离的情况。其中,歌谣来自人

---

① [德]马克思,恩格斯. 马克思恩格斯选集:第三卷[M]. 北京:人民出版社,1972:509-510.

在生产劳动时的呼喊,舞蹈来自人在生产劳动时的动作,音乐来自人在生产劳动时由碰撞发出的声响。而把这三者用纽带紧紧地连接成一体的,恰恰是来自人在生产劳动时的那种强烈而且鲜明的节奏感。从以上几个方面看,艺术的起源确实与劳动有着十分密切的关系。然而,最早的艺术创作如何由功利转向审美?其心理结构如何转换?其精神动力来自何处?它们所需要的表现形式和传达手段等又何以形成?凡此种种,如果离开了模仿、游戏、巫术和情感表现等多种角度的综合考察,单靠劳动说,显然难以做出令人信服的说明。

**2. 文艺起源于原始人以劳动为基点的精神生活**

以上所论述的几种文艺起源观,就各自所强调的每个局部看,都不无其合理成分,但无论用它们当中的哪一个观点,单独地去阐释文艺起源问题,似乎都又缺乏充分的理据。正因如此,我们能否用更具包容性的眼光,以劳动说为主导,将各种文艺起源观囊括在一起,既看到它们互斥的一面,又看到它们互补的一面,从而建立起一种一元论与多元论相统一的、新的文艺起源观来呢?我们认为这是可行的。

这种新的文艺起源观,如果用一句话加以表达,那便是:文艺起源于原始人以劳动为基点的精神生活。对此,我们可以分三个层面加以讨论。鉴于史前文化和考古资料极其有限,我们的讨论不能更多地以实证来完成,而只能以学理的推论来进行。

第一,文艺起源于原始人的社会生活。在原始文艺中,不管是诗歌、音乐、舞蹈,还是后起的绘画等,它们都是从刚刚完成了由猿到人的转化的原始人的社会生活中孕育并产生出来的;其产生的需要与可能性,包括采用的素材、创作冲动及表现欲,都是由原始人的社会生活提供的;其产生之初和之后,都是作为原始人的社会生活(主要是原始人的精神生活)的一部分而存在的。所以,在最宽泛的意义上,亦即强调社会生活是文艺的本源的意义上,可以说,文艺起源于原始人的社会生活。

第二,文艺起源于原始人以劳动为基点的社会生活。原始人限于其所处的恶劣的自然环境及低下的生产力水平,只能把自己的绝大部分精力,投放在诸如渔猎、采摘和农耕之类的生产劳动当中。劳动虽然不能算作其社会生活的全部,但起码是主要的内容。原始人的物质生活主要围绕着劳动而展开;其有限的精神生活,例如巫术活动、游戏活动、模仿活动和情感表现活动等,也都是以对劳动的认知、体验和想象为主题,与劳动紧紧地联系在一起的。所以,在较为狭窄、较为具体的意义上,亦即强调劳动之于原始人的社会生活的极端重要性的意义上说,文艺起源于原始人以劳动为基点的社会生活。

第三,文艺起源于原始人以劳动为基点的精神生活。如前所述,不论在什么时候,文艺都是一种精神现象。它所反映的社会生活,主要是人的精神生活,而且即便涉及物质生活,也是具有丰富精神内涵的和充分精神化的物质生活。劳动在原始人的社会生活中,虽然居于基础性的地位,但它作为物质生活,同作为精神生活的一部分的文艺之间,并没有直接的关联。因此,仅仅用劳动说是不能说明文艺起源问题的。我们知道,原始先民由于刚刚从类人猿转化而来,尽管他们已有一定的精神生活(如果没有精神生活,就不成其为人类),但那种精神生活,还谈不上领域和门类的分工,基本处于混沌状态。后来,随着生产力水平以及整个物质生活水平的提高,有了一定数量的剩余产品,原始人的精神生活便渐渐地丰富起来了。例如,模仿活动使原始人对自己的劳动以及整个社会生活有了记忆和回味;巫术活动使原始人有了万物有灵的想象;游戏活动使原始人在产品和精力有所剩余之后,有了从功利走向审美的可能性;情感表现活动使原始人有了把郁积在心胸中的情感加以宣泄的机会。虽说原始人精神生活的这些方方面面,无论是哪个方面都未能单独地创生原始文艺,但它们所构成的精神生活的整体,却在劳动的基点上,共同为原始文艺的孕育创造了条件。英国学者李斯托威尔说:"游戏、性欲、饥渴、战争、魔术仪式、日常劳动、生产方式、思想与事件的传达和纪念,这一切都在或大或小的程度上对艺术活动的发展做出了贡献,并对它的产品打上了不可磨灭的印记。"[①]这段话听来有不分主次、平铺罗列之嫌,但在主张文艺起源的多元共生这一点上,并非全无道理。总之,正是上述精神生活开始丰富起来的方方面面,在使原始人进一步人化的同时,也使其原本处于混沌状态的社会意识,开始有了最简单的分工。文艺起源的时间应该就在精神生活进行各领域的分工之初。苏联文艺学家波斯彼洛夫的《文学原理》一书,在论及文艺起源时,所持的正是这样的观点:

> 社会意识的这种划分并不是历来就存在的,而是在社会历史发展的较晚的时期,即从原始氏族制度向阶级的国家制度转变时期产生的。在这个转折时期社会物质关系急剧地复杂化了,新的物质关系为了确立自己的存在而要求对社会意识进行新的分类和区分。
>
> 正是在这个过程中,艺术就从其他的社会意识中分离出来,成为

---

[①] [英]李斯托威尔.近代美学史评述[M].蒋孔阳,译.上海:上海译文出版社,1980:203.

精神文化的一个特殊领域。①

波斯彼洛夫在《文学原理》一书里,把刚刚"从其他社会意识中分离出来",即我们所谓从精神生活的其他领域分离出来的文艺,称作"前艺术"。这种"前艺术",准确地说,就是处在起源状态的、诗、乐、舞三位一体的原始文艺。基于此,在相对严格的意义上,亦即在强调文艺起源应该以精神生活的分工为前提的意义上,可以说,文艺起源于原始人以劳动为基点的精神生活。

## 二、文学的发展与社会生活的发展

以上,我们通过对原始文艺和原始人的社会生活关系的分析,讨论了文艺的起源问题。这对于考察文学的发展过程,只是一个起点。接下来,为了论证文学的发展问题,我们还要从这个起点出发,继续对文学发展和社会生活发展的关系做出分析。

**1. 关于文学发展的概念**

在进入具体的分析之前,我们有必要就文学发展的概念,从内涵到外延做一些辨析。发展作为在纵向的时间维度上动态地展开的一个概念,它要通过现在和过去的比较,表明事物在这一时间段内发生的,从无到有、从小到大、从低级到高级、从简单到复杂的种种变化。具体到文学发展问题上,情况亦是如此。所谓文学的发展,也是指文学拿现在与过去相比,在一个特定的时间段内所发生的,从无到有、从小到大、从低级到高级、从简单到复杂的种种变化。

文学的本体在于作品,因此,讲文学的发展变化,当然主要是指文学作品的内容和形式的发展变化。但除此之外,诸如文学的体裁与惯例的发展变化,文学观念、文学思潮与文学流派等的发展变化,照例也应纳入文学发展这一概念的外延之中。

20世纪在世界范围内流行的几个形式主义的文学理论流派,例如俄国形式主义、英美新批评、捷克和法国结构主义等,基于其对文学发展的形式主义理解,往往将文学作品之外的种种文学现象,如文学观念、文学思潮、文学流派等的发展变化,甚至将文学作品内容因素的发展变化,都不列入考察的范围,而仅仅将文学的发展归结为文学语言及其他形式因素的发展变化。这显然是不可取的。我们会在讨论文学发展问题时,按照以上对文学发展概念的界定,更多

---

① [苏]波斯彼洛夫.文学原理[M].王忠琪,徐京安,张秉真,译.北京:生活·读书·新知三联书店,1985:71.

侧重于文学作品内容和形式的发展变化,如有必要,也将适当涉及由文学作品的发展变化而引起的其他种种文学现象的发展变化。

**2. 社会生活发展是文学发展的客观基础**

将原始文艺与现当代文学进行宏观比较,无论谁都会承认,作品的内容和形式已有了类似于从原始人到现当代人那样大的变化。内容上,从开始的较为简单、浅显,变得日趋复杂、深刻;形式上,从开始的较为粗糙、单一,变得日趋精致、多样。伴随着文学作品内容和形式的上述变化,一个个文学体裁与相应的文学惯例从无到有,一种种文学观念从不自觉到自觉地形成了,一股股文学思潮以及一个个文学流派从小到大、从幕后到台前地发展并壮大了。这一切,恰如上升的螺旋和前进的波浪,构成了无比壮观的文学发展的过程。

究竟是什么力量导致了文学的发展呢?这个问题上历来存在着两种见解。唯心主义者认为,文学发展的原动力在于"绝对精神"或者"理念"的自我运动,如黑格尔就是这样认为的。唯物主义者则把文学的发展与社会生活的发展联系在一起。如刘勰在《文心雕龙》中,通过对已往文学史的论述,就得出了"文变染乎世情,兴废系乎时序","歌谣文理,与世推移"的结论。①

应当说,像刘勰这样力图从社会生活方面寻找文学发展的根源,其大方向是对的。但他们终因历史条件的限制,无从把握社会生活及其与文学的矛盾运动的整个规律,所以,也就只能泛泛地指出文学"与世推移"的事实,而不能深入地阐明文学为什么会"与世推移"以及怎样"与世推移"的道理。

真正从本质上揭示文学发展的社会生活根源,并且把文学发展纳入社会生活过程的,是历史唯物主义学说的伟大奠基人马克思和恩格斯。马克思说:

> 随着经济基础的变更,全部庞大的上层建筑也或快或慢地发生变革。……我们判断一个人不能以他对自己的看法为根据,同样,我们判断这样一个变革时代也不能以它的意识为根据;相反,这个意识必须从物质生活的矛盾中,从社会生产力和生产关系之间的现存冲突中去解释。②

恩格斯就此也说得非常明确:

---

① 北京大学哲学系美学教研室.中国美学史资料选编:上册[M].北京:中华书局,1980:204-205.

② [德]马克思,恩格斯.马克思恩格斯选集:第四卷[M].北京:人民出版社,1972:477.

> 人们首先必须吃、喝、住、穿,然后才能从事政治、科学、艺术、宗教等等;所以,直接的物质的生活资料的生产,因而一个民族或一个时代的一定的经济发展阶段,便构成为基础,人们的国家制度、法的观点、艺术以至宗教观念,就是从这个基础上发展起来的,因而,也必须由这个基础来解释,而不是像过去那样做得相反。①

马克思和恩格斯的历史唯物主义学说,为我们提供了研讨文学发展过程的指南。文学作品的内容和形式,为什么会发生从简单到复杂、从浅显到深刻、从粗糙到精致、从单一到多样的种种变化?文学体裁与文学惯例、文学观念、文学思潮以及文学流派等,为什么会发生一波未平,一波又起的种种变更?这个问题的最终答案,显然不能像唯心主义者那样,仅仅到文学自身,或者到与文学相邻近的社会意识和上层建筑领域去寻找,而只能如马克思、恩格斯所言,到由生产力和生产关系、经济基础和上层建筑的矛盾运动导致的社会生活的发展中去寻找。正是社会生活的发展,才使文学有了新的反映对象,有了发展的可能性,有了新的服务对象,有了发展的需要。然后,立足于可能,着眼于需要,才使文学作品的内容和形式发生由一个时代到另一个时代的种种变化,也才使文学体裁与文学惯例、文学观念、文学思潮以及文学流派等发生由一个时代到另一个时代的种种变更。

**3. 文学随社会生活的发展而发展**

以上我们依据历史唯物主义的基本原理,认为社会生活的发展是文学发展的客观基础。作为理论的思辨和推断,这一点还须得到文学发展史的实证。

(1)社会生活的发展为文学作品的创新提供了必要性与可能性。先拿文学作品的内容来说。人类从原始社会步入奴隶社会,经济基础以及整个社会生活发生急转直下的变革,文学作品的内容也相应地由清一色地反映生产劳动,而变为越来越多地揭露阶级剥削和阶级压迫。这一点,在我国第一部诗歌总集《诗经》中可以看得非常清楚。到了封建社会,随着经济生活和社会生活的变革,文学作品的内容又有了新的变化。高尔基在谈到西欧中世纪文学时曾说:"王子与公主的神奇历险,骑士与英雄的无数战绩——这一类永无结局的故事,便一篇接着一篇出现了,构成那个时代的诗文的全部内容。"②而进入资

---

① [德]马克思,恩格斯.马克思恩格斯选集:第四卷[M].北京:人民出版社,1972:574.
② [苏]高尔基.俄国文学史[M].缪灵珠,译.上海:新文艺出版社,1956:65.

本主义以后,社会经济政治状况又是一变,我们在文学作品中看到,工厂主、银行家、高利贷者、窃贼和骗子等相继登场,取代旧日的王子、公主、英雄、骑士,而成为新的主人公。在改革开放的今天,由于社会生活发生了前所未有的巨大变化,在车站和街头涌动的大批农民工、引导科技新潮流的IT业的从业人员、焦躁不安的股民、世界级球星与超级女声、在万众欢呼中胜利归来的航天员等,以及发生在这些当代英雄身边的故事,又成了给文学作品内容提供创意的新的社会生活源泉。

文学作品形式的变化脉络也大致相仿。在物质生活与精神生活都比较贫乏的古代,文学作品的形式往往比较粗糙、单一。之后,随着生产力的发展,社会生产日益丰富,社会需求日益多样化。原先粗糙、单一的形式,已难以适应变化了的反映对象和服务对象,于是,各种各样的语言及其表达手段、方式和技巧等应运而生。以中国古代文学为例,《诗经》作为由孔子编纂的第一部诗歌总集,它以四言诗为主,与春秋时期的社会生活大体相适应,传至后世,则不免令人有严整有余而变化不足之感。于是,到了战国时代,就产生了长短句穿插其间的《楚辞》。五四运动之前社会政治与文化的大变革,促成了以白话文取代文言文为标志的新文学运动。至于新时期之初的所谓"朦胧诗""意识流小说"等,它们的内容受社会生活变动的影响先不去讨论,单就其形式和技巧而论,如果离开自20世纪80年代起整个社会生活的大开放,离开西方文学,尤其是西方现代派文学如潮水般的涌入,也是根本说不清楚的。

(2)社会生活的发展推动了文学体裁与文学惯例的大幅度更新。实际上,这一点在讨论文学作品形式的与时俱进时已有涉及。例如,从《诗经》的四言体到《楚辞》的杂言体,既是形式的变化,也是体裁的更新。这里,不妨重点谈谈以律诗和绝句为代表的古代格律诗在唐朝的最终形成。如果追溯其源流,古代格律诗早在六朝齐梁间,就已由沈约等通过永明体做了实践和理论方面的大量探索,但作为一种体裁的完全成熟和广泛流行,却是在两三百年之后的盛唐时期。这是为什么呢?其中的原因很多,但在多方面的原因里,非常重要的一个原因是,唐代结束了自东汉末年开始的长达五六百年的大分裂、大动荡局面,盛唐时期真正形成了社会政治、经济和文化的大一统,从而使封建统治达到了巅峰状态。这种社会的大一统,在盛唐时期,通过其政治观念、经济观念和文化观念,转化为一种以大一统为美的审美观念,然后折射到人们对诗歌体裁与诗歌惯例的期待视野里。于是,在沈约等人多方探索的基础上,五言律诗、七言律诗、五言绝句、七言绝句作为内容与形式完美统一的古代格律诗,才在王维、李白、杜甫等一代诗歌大家手中真正得以定型。

(3)社会生活的发展促进了文学观念从不自觉到自觉的转化。所谓文学观念,指人们对文学本身的认识。因为文学是以文学作品的方式存在的,而文学作品又是以文学体裁的方式存在的,所以,文学观念从不自觉到自觉的转化,其关键在于人们心目中文体意识的独立。孔子在《论语·先进》中讲:"文学,子游、子夏",其中"文学"二字,泛指整个文章学术,即一切见诸竹帛的文字典籍。这也就是说,在孔子时代,还没有独立的文体意识,因而,也就没有专门意义上的文学观念。到《庄子》《荀子》,通过对"六经"(《诗》《书》《礼》《乐》《易》《春秋》)的初步辨析,文体意识已开始从一片混沌中有所萌芽。两汉时期的"文学之分",主张把文章与学术区别开来,多少有了文章作为杂文学的文体意识。但由于这个文章是包括诗词歌赋在内的各种杂文学的总汇,文体意识还远远没有独立,因此,文学观念尚处在不自觉的状态中。之所以如此,自然首先是因为文学自身还未充分发展,但也和秦汉时期主流意识形态对文学的压制,尤其是汉武帝"废黜百家,独尊儒术"的文化政策,以及把文学看作经学的附庸有莫大的关系。魏晋六朝是文体意识从不独立到独立,文学观念从不自觉到自觉的一个关键时期。鲁迅说,曹丕"反对当时那些寓训勉于诗赋的见解,用近代的文学眼光看来,曹丕的一个时代可说是'文学的自觉时代',或如近代所说是为艺术而艺术的一派"①。其他如陆机提倡"诗缘情而绮靡",钟嵘强调"滋味",以及刘勰等开展的"文笔之辨",在文体意识逐渐趋于独立的同时,文学观念也慢慢走向了自觉。这当中的原因,除了文学自身不断发展以外,还在于:自东汉末年出现的分裂和动荡,打破了儒家思想一统天下的局面,意识形态控制的放松为文体意识的独立,进而也为文学观念的自觉创造了条件。

(4)社会生活的发展,特别是社会思潮的变动引发了文学思潮以及文学流派的更迭和变化。文学思潮是指在特定的时空范围内兴起的文学观念运动,它往往体现了某个民族或某个大区域在某个时期的文学的主要潮流。文学思潮是文学自身演进和变化的结果,但也是社会生活的发展,以及由此而兴起的,特定的社会精神文化思潮影响和带动的产物。在这一方面,我们可以以西方现代主义文学思潮和新文学运动为例。19世纪末20世纪初,欧洲资本主义发展进入了一个新的历史阶段。其自身固有的各种矛盾愈演愈烈,不断激化,最终导致了两次世界大战的爆发。战争对于文明和秩序的摧毁,打破了人们的幻想,

---

① 鲁迅.鲁迅全集:第三卷[M].北京:人民文学出版社,1981:504.

传统的价值观念像被洪水冲决的堤坝一样，陷于彻底的崩溃。现代科学的危机以及物理学的革命急剧地改变了人们的世界观，非理性主义和反理性主义一时间成了那个时代的哲学主潮。尼采"上帝死了"的一声惊呼震动了整个世界，其哲学所表达的无所不在的危机感和弥漫在字里行间的悲剧意识，感染了越来越多的人。弗洛伊德的心理学揭示了人处在海平面之下的冰山底部的无意识的黑箱和永远也清除不掉的动物性的残留。所有这一切，作为特定的精神文化思潮，为20世纪前几十年以反理性、反传统为特征的西方现代主义文学思潮在欧美的勃兴，奠定了相应的思想基础。于是，诸如象征主义、表现主义、超现实主义等现代主义的文学流派相继登场，成为那个时期的文学主流。1919年的五四运动，是我国在近现代之交爆发的一场伟大的新文化运动。这场运动高举科学与民主的大旗，反对封建礼教，批判儒家的孔孟之道，在哲学、道德和整个精神文化领域，张扬平等自由，要求个性解放，很大程度上发展成为全民族的一场思想启蒙运动。在文学领域，一批新文化运动的代表人物，一改因袭了数千年之久的陈腐的文学观念，以科学与民主的五四精神投身创作，如鲁迅的小说集《呐喊》《彷徨》、郭沫若的诗集《女神》、郁达夫的小说《沉沦》、冰心的诗集《寄小读者》等，它们虽然是分属于不同的文学流派的产物，但在总体上，却汇成了充分体现那个时代的精神特征的五四文学思潮。

（5）社会分工对文学发展的影响。在谈到社会生活发展对文学发展的制约作用时，有一点需要特别地加以说明，那就是物质劳动和精神劳动的社会分工对文学发展的深远影响。我们曾谈到原始人精神生活的分工对文学起源的影响，作为对此问题所做的进一步研究，这里，我们再谈谈两种劳动的分工对文学发展的影响。具体而言，从积极方面讲，正是这种社会分工，使一部分人脱离物质劳动，专门去从事文学创作的精神劳动，从而使文学获得了前所未有的巨大发展；从消极方面讲，又恰恰是这种社会分工，使作家在脱离物质劳动的同时，也脱离了从事物质劳动的人民群众，影响了他们创造才能的充分发挥，也剥夺了广大人民群众从事文学创作的正当权利，从而使文学发展受到严重阻碍。如果说，在社会分工出现的前期，主要是积极影响在起作用，那么，随着社会生活的发展，社会分工的消极影响就显得越来越明显。到了资本主义时代，社会分工陷入畸形的状况，在很大程度上，造成了文学的病态。

### 4. 社会生活推动文学发展的"合力"机制

以上说，文学随社会生活的发展而发展，但这只是一个笼统的表述。我们知道，社会生活本身是一个多层次相套叠的复杂结构。其中，生产力和生产关系构成社会生活的经济基础;政治和法律制度,以及包括文学艺术等人文意识在内的整个社会意识形态,构成覆盖在经济基础之上的上层建筑。文学处在这样一个复杂结构之中,认为其随着社会生活的发展而发展,实际上应该是指,其发展要受到来自经济的最终决定作用,来自政治的直接干预和制约作用,以及来自文化亦即整个社会意识形态的渗透和影响作用的制约。下面,我们拟讨论社会生活作用于文学发展的机制问题。

(1)经济对文学发展的最终决定作用。经济基础并不和文学发生直接的关系。它的发展,只是通过政治和其他上层建筑的中介,才能最终地决定文学的发展。在社会生活过程中,经济基础不是一成不变的。随着生产力的发展和生产关系的更新,作为二者统一的经济基础,也会一步步地向前发展。经济基础的发展,不能说没有反向倒退的先例,但作为历史的必然要求,其总体趋向是前进,即由落后变为先进。通常的情况是,经济基础有了前进的要求,首先通过政治革命表现出来,然后波及整个上层建筑领域,在那里引起一连串的变化。毛泽东说,一个新的社会制度的诞生,总是要伴随着一场大喊大叫的,这就是宣传新制度的优越性,批判旧制度的落后性。在这种全社会破旧立新的热气腾腾的形势下,文学不可能无动于衷,而必然要迎头赶上,以一种崭新的形象真实,崭新的情感倾向,崭新的语言艺术,朝着与前进了的经济基础相适应的方向发展。如我国20世纪50年代,尤其是从中华人民共和国成立以后到反右以前的八年间的文学发展潮流,大体上便是这样。

(2)政治对文学发展的直接干预和制约作用。如前所述,经济基础要在发展中前进,作为这种经济必然性的集中体现者——先进的阶级和社会集团,为了用权力推进并用制度保证经济基础的前进,总是要提前采取革命行动,使得现行政治先行发展变化,这就是所谓的政治革命。在阶级社会里,政治的任何革命性的发展变化,都意味着阶级斗争的激化。作为此种激化了的阶级斗争的最高形式,便是武装斗争,便是战争。毛泽东称战争为"流血的政治",用意就在于此。革命战争(包括民族解放战争)是一个能把千百万人民群众召唤起来并投入其中的伟大实践活动。作家作为社会最敏感的"器官",在这个实践中,除了眼界和胸襟得到极大的开阔之外,政治观、人生观、审美观等也往往随之而发生剧烈的变化。有了这一世界观的发展变化为前提,当作家提笔写作时,必将首先端正其情感倾向,然后,进一步追求形象真实以及语言艺术。于是,文学潮流就有可能大为改观,朝着真善美的方向发展。如苏联在十月革命以后出现的《钢铁是怎样炼成的》《铁流》《恰巴耶夫》等优秀作品,我国在解放战争期间出现的《太阳照在桑干河上》《暴风骤雨》等优秀作品,就都可以看作革命战争带给文学的直接成果。用一句形象的话来讲,这些真善美相统一的优秀作品,都是披着军大衣诞生的。

(3)文化对文学发展的渗透和影响作用。以上我们讨论了经济基础对文学发展的最终决定作用,政治对文学发展的直接干预和制约作用。但文学和经济基础发生关系,除了要通过政治这一最强大的中介之外,还要通过一层又一层地笼罩在经济基础和政治之上的种种文化形态,亦即社会意识形态,如社会心理、道德,以及哲学和其他艺术等的中介。如果说,文学和政治,因为同处在上层建筑的大层面上,所以二者的关系较之文学和经济基础的关系更具直接性,那么,文学和社会心理、文学和道德、文学和哲学、文学和其他艺术等,则因为同处在文化形态的小层面上,所以比文学和政治的关系要更紧密、更内在、更深刻。为了说明这一点,下面,我们就来分别谈谈社会心理、道德、哲学以及其他艺术等对文学发展所起的作用。

在各种文化形态中,以社会心理和文学的关系最为密切。作家作为时代的"晴雨表"和群众的代言者,其个人的审美感受,是在社会心理的广泛渗透下形成的。作家在作品中表现什么样的情感倾向,塑造什么样的形象真实,运用什么样的语言艺术,都不得不受到社会心理的深刻影响。

和社会心理相似,道德也是较低层面上的文化形态。作为调整人与人、人与社会以及人与自我诸方面关系的规范和准则,道德集中表现为一种人性和人道主义精神,一种善的观念。文学反映人与人的关系,离不开道德。道德可以渗透到文学之中,以其历史地形成并发展的善的观念,影响作家本人的道德观,然后进一步影响作品的情感倾向。

相对于社会心理或者道德,哲学属于"更高地悬浮于空中的思想领域"。它是人对于世界的规律性认识的总和,是一种真的观念。哲学除了如上所述,可以通过它所代表的社会思潮引发文学思潮之外,还可以渗透到文学之中,着重以其世界观和方法论,指导作家认识生活及其规律,最终影响文学的真实性。

如果说,哲学之于文学、道德之于文学的渗透以及影响作用,主要在于真和善的内容方面,那么,其他艺术之于文学的渗透以及影响作用,则更多侧重于美的形式方面。也就是说,其他艺术可以用它们的手段、方式和技巧,渗透以及影响文学的语言形式。

概而言之,不管是社会心理与道德或者哲学,还是其他艺术,它们作为与文学处在同一小层面的种种文化形态,主要是通过对文学的渗透,影响到文学真和善的内容或者美的形式,从而推动文学的发展。

(4) 社会生活作用于文学发展的"合力"。上面,我们为了叙述的方便,分别论述了经济、政治和种种文化形态各自在文学发展中所起的作用。实际上,不论是经济的最终决定作用,政治的直接干预和制约作用,抑或是种种文化形态的渗透以及影响作用,它们在作用于文学的发展时,都是经过整合,最后以一种"合力"的形式体现出来的。这里所谓"合力",是恩格斯移用物理学中力学的一个概念,在讨论历史唯物主义问题的一封信中最先提出的。他说:

> 历史是这样创造的:最终的结果总是从许多单个的意志的相互冲突中产生出来的,而其中每一个意志,又是由于许多特殊的生活条件,才成为它所成为的那样。这样就有无数互相交错的力量,有无数个力的平行四边形,而由此就产生出一个总的结果,即历史事变……各个人的意志——其中的每一个都希望得到他的体质和外部的、终归是经济的情况(或是他个人的,或是一般社会性的)使他向往的东西——虽然都达不到自己的愿望,而是融合为一个总的平均数,一个总的合力,然而从这一事实中决不应做出结论说,这些意志等于零。相反地,每个意志都对合力有所贡献,因而是包括在这个合力里面的。①

"合力"的概念在力学中,指几个力同时作用于某个物体,由于它们各自用力的方向有别,在经过相互冲撞和相互抵消之后,最后形成的那个力。恩格斯把它移用于哲学,是为了说明创造历史的群体内的每个个体,其各自的意志在相互冲突后融合成的"一个总的平均数"。根据"合力"这一概念,恩格斯又进一步阐述了在社会生活的整体结构中,包括经济、政治和文化即社会意识形态等各个方面通过交互作用所产生出来的那个总的力量。我们认为,社会生活在推动文学向前发展时,经济的最终决定作用,政治的直接干预和制约作用,诸如社会心理、道德、哲学及艺术等文化形态的渗透与影响作用,就是以这样一种"合力"的机制,综合地发挥作用的。

### 三、两种发展过程的局部不平衡性

#### 1. 两种发展过程是又平衡又不平衡的

通过以上对文艺起源和文学发展两个环节的考察,我们可以清楚地看到,

---

① [德]马克思,恩格斯.马克思恩格斯选集:第四卷[M].北京:人民出版社,1972:478-479.

文学的发展过程,最终要由社会生活发展过程以及经济发展过程决定。也就是说,上述两种发展过程(即文学发展过程和社会生活以及经济发展过程),存在着某种大体对应的关系。

我们这样说,仅仅是就两种发展过程的总趋向和大轮廓而言。实际上,文学发展过程与社会生活发展过程以及经济发展过程,只是大体对应,并非完全一致。也就是说,这两种发展过程,在总体上是平衡的,而在局部上则是不平衡的。

关于文学发展过程与社会生活发展过程以及经济发展过程在局部上的不平衡性,是马克思在《政治经济学批判》导言中最先提出的。他说:

> 关于艺术,大家知道,它的一定的繁盛时期决不是同社会的一般发展成比例的,因而也决不是同仿佛是社会组织的骨骼的物质基础的一般发展成比例的。①

文学史的大量事实,可以为马克思以上理论发现提供证据。具体说来,所谓不成比例,即局部的不平衡,大致有两种情况。一种情况是文学的发展落在了社会生活的发展、经济的发展的后面,这就是所谓的"错后"。在这种情况下,文学的发展更多地反映了社会生活的发展、经济的发展的现实成果。如我国唐代文学发展与社会生活发展、经济发展的关系基本上就是这样。就唐代社会经济政治状况而言,"贞观之治"到"开元之治"即唐太宗统治时期到唐玄宗统治时期是最好的时期。可是作为文学发展高峰的代表人物,李白和杜甫的创作活动却集中在晚于这个时期的安史之乱前后。另一种情况是文学的发展走在了社会生活的发展、经济的发展的前面,这就是所谓的"赶前"。在这种情况下,文学的发展更多地反映了社会生活的发展、经济的发展的潜在要求。如19世纪的俄国,经济政治各方面都远远落后于西方各国,然而在文学方面,却异军突起,群星闪耀,出现了普希金、果戈理、莱蒙托夫、屠格涅夫、冈察洛夫、列夫·托尔斯泰、陀思妥耶夫斯基、契诃夫等一批伟大作家。正如高尔基所说:"在欧洲文学的发展史上,年轻的俄国文学是一种惊人的现象。我并非夸大事实:没有一种西方文学像俄国文学这样有力而迅速地诞生,放射出这样强烈而耀眼的天才的光辉。在欧洲,任何人都没有写过如此伟大并为全世界所公认的作品,

---

① [德]马克思,恩格斯.马克思恩格斯选集:第二卷[M].北京:人民出版社,1972:112-113.

任何人都未曾在如此难以名状的艰苦环境中创造出这样惊人的美。"①

上面谈到的"错后"和"赶前"两种情况，前一种具有一定普遍性。我们常说文学落后于生活，就是指此而言。后一种情况在文学史上也间或发生，但一般较为少见。

我们承认文学发展过程与社会生活发展过程以及经济发展过程，有上述两种"赶前"和"错后"的不平衡情况，不是对社会生活发展过程以及经济发展过程要最终决定文学发展过程，因而两种发展过程必然要在总体上保持平衡的历史唯物主义基本原理的否定，而恰恰是对这一原理的补充。因为无论是"赶前"还是"错后"，它们说到底，都只是如同政治经济学所谓价格围绕着价值上下波动一样，围绕着两种发展过程的总体平衡状态上下波动而已。波动的目的，是为了求得总体平衡；波动的结果，也正好体现了总体平衡。我们在前文引述过马克思的一句话："随着经济基础的变更，全部庞大的上层建筑也或快或慢地发生变更。"其中"或快或慢"几个字，就可以用来作为两种发展过程在总体平衡中的局部不平衡的旁证。

**2. 产生局部不平衡的根源**

我们说，文学发展过程与社会生活发展过程以及经济发展过程，在总体上是平衡的，但在局部上是不平衡的。关于总体平衡，似乎不需要多加论证。需要论证的是，为什么会有局部不平衡的问题。下面，我们想分两个层次来谈谈这个问题。

先谈文学发展过程与社会生活发展过程的局部不平衡问题。我们认为，文学发展的情况是复杂的。作为社会意识中的人文意识，文学一方面要依存于社会生活，另一方面又有其相对独立性。缘于此，文学的发展，除了要以它与社会生活的矛盾运动为条件之外，还要以其自身的历史继承性，即所谓创新与继承的矛盾运动为依据。从前一意义上讲，文学发展是文学与社会生活矛盾运动的产物；从后一意义上讲，文学发展又是文学自身创新与继承的矛盾运动的成果。前者即所谓文学发展的外部原因；后者即所谓文学发展的内部原因。外部原因和内部原因通过文学创作与接受的矛盾运动这一中介原因，从外到内地衔接在一起，环环紧扣，层层传递，构成了一个力的齿轮传动器。正因为如此，在社会生活发展过程与文学发展过程之间，往往不表现为直线的因果关系，而表现为曲折的递进关系；正因为如此，社会生活发展过程与文学发展过程，在总体保持

---

① [苏]高尔基.论文学:续集[M].冰夷,等译.北京:人民文学出版社,1979:100.

平衡的大前提下,往往有局部不平衡的现象发生。

再谈文学发展过程与经济发展过程的局部不平衡问题。我们在上面讲到,文学发展是由多方面的原因导致的。撇开内部原因和中介原因不谈,单就作为外部原因的文学与社会生活的矛盾运动来说,情况也是复杂的。如前所述,社会生活本身是一个多层面相套叠的整体结构。这些层面中,生产力和生产关系作为经济基础,对文学发展起着一种最终的决定作用。政治和阶级斗争,作为核心的上层建筑,对文学发展起着强大的干预制约作用;其他如社会心理、道德、宗教、哲学以及艺术等,作为形形色色的文化形态,也同样对文学发展起着渗透和影响作用。最终决定作用、干预制约作用和渗透影响作用通过社会生活的整体结构综合在一起,相互冲撞,彼此抵消,合成一个力的平行四边形,即所谓合力。恩格斯说得好:"政治、法律、哲学、宗教、文学、艺术等的发展是以经济发展为基础的,但是,它们又都互相影响并对经济基础发生影响。并不是只有经济状况才是原因,才是积极的,而其余一切都不过是消极的结果。这是在归根到底不断为自己开辟道路的经济必然性的基础上的互相作用。"①这段话有助于我们理解社会生活各层面的合力在对文学发展起作用时的复杂情况。正因为如此,经济发展过程最终决定文学发展过程,往往不具有直接性和单一性,而具有间接性和综合性;正因为如此,经济发展过程与文学发展过程,在总体保持平衡的大前提下,也往往有局部不平衡的现象发生。

## 第二节 文学创作与接受的矛盾运动

### 一、文学发展中的他律和自律

#### 1. 由他律和自律说到所谓的"文学史悖论"

上一节,我们在历时性维度上,从文学的起源到文学的发展,分两个阶段,讨论了文学与社会生活的矛盾运动。我们认为,此种矛盾运动具体表现为:一方面,文学要随社会生活的发生而发生、发展而发展,二者在总体上是平衡的;

---

① [德]马克思,恩格斯.马克思恩格斯选集:第四卷[M].北京:人民出版社,1972:506.

另一方面,文学与社会生活相比,常常有"赶前"或"错后"的现象,二者在局部上又是不平衡的。这种关于文学与社会生活的矛盾运动的讨论,正如前面已经提到的,只涉及促使文学发展的外因。在我们看来,就文学的发展而论,除了外因作为推动发展的条件在起作用之外,更具根本性的,还有其内因作为实现发展的根据在起作用,那就是文学创作内创新与继承的矛盾运动。关于外因作为条件和内因作为根据的方法论辨析,源于毛泽东的《矛盾论》一书。毛泽东指出:

> 事物发展的根本原因,不是在事物的外部而是在事物的内部,在于事物内部的矛盾性。任何事物内部都有这种矛盾性,因此引起了事物的运动和发展。事物内部的这种矛盾性是事物发展的根本原因,一事物和他事物的互相联系和互相影响则是事物发展的第二位的原因。
> 
> 唯物辩证法是否排除外部的原因呢?并不排除。唯物辩证法认为外因是变化的条件,内因是变化的根据,外因通过内因而起作用。①

毛泽东讲外因和内因,是从其唯物辩证法这一哲学方法论的角度进行分析的。而在文学理论中,关于文学发展的外因和内因,人们习惯于用他律和自律这样的概念加以表述。具体而言,所谓他律,指文学以外的其他因素——主要是社会历史的因素——对文学发展所起的作用,即上一节中讨论的文学与社会生活的矛盾运动;所谓自律,则指文学自身的因素对文学发展所起的作用,即下一节要讨论的文学创作内创新与继承的矛盾运动。

从理论上看,无论是外因和内因,还是他律和自律,都不应该是水火不容的。毛泽东当年不是用"外因通过内因而起作用"一句话,就把它们的关联性说清楚了吗?北京大学学者杨晦则以地球的公转和自转为喻,形象地说明了文学发展中他律和自律的关系。然而,一旦进入文学史的应用环节,人们就常常不是因为强调文学发展中的社会历史因素而忽视文学自身的审美因素,就是因为强调文学发展中的文学自身的审美因素而忽视社会历史因素,不是由于强调文学的社会历史依存性而忽视文学的审美自主性,就是由于强调文学的审美自主性而忽视文学的社会历史依存性。其结果,不是像现在流行的许多文学史著作那样,把文学史写成一般的社会发展史,就是像形式主义文论家那样,把文学

---

① 毛泽东.毛泽东著作选读:甲种本[M].北京:人民出版社,1964:58,59.

史写成纯粹的形式发展史。一句话,这些文学史著作或者只按他律来写,写得有历史而无文学;或者按自律来写,写得有文学而无历史。就这样,在他律和自律的二律背反中,其不由自主地陷入了使文学史家为之困惑和苦恼不已的所谓"文学史悖论"。

**2. 姚斯解决"文学史悖论"的思路及其启示**

姚斯于1967年撰写的《文学史作为向文学理论的挑战》一文,被公认为接受理论的发轫之作。但如果追溯其写作动机,则更多是为了突破并解决"文学史悖论",即批判种种将对于文学的历史思考和美学思考对立起来、割裂开来的错误倾向,重建文学和历史的本质联系。

姚斯的思路大概是这样的:首先,他批判了实证论的历史客观主义的文学史观。这种文学史观认为把大量文学现象按其发生的时间次序进行编年史式的排列,就可以自动获得"历史性"。姚斯指出,这样做"混淆了艺术作品与历史事实"。在他看来,历史事实的历史性在于它们处于一定的因果关系的客观系列中,而文学事实(即艺术作品)却不是如此。一方面,作品体现了艺术家创造的特性和意图;另一方面,作品对读者的影响和效果也是这一文学事实不可分割的一部分。所以,文学事实不是一种纯客观的历史性因果锁链,而是在两种主体(作家和读者)的参与和介入下,由作家、作品和读者之间构成的多重主客体进行交互作用的结果。

同时,姚斯又批评了形式主义的文学史观。他认为,形式主义虽然对实证论有所超越,把分散的文学事实纳入一个"形式演变史"的框架内,在一定程度上体现了文学的审美特征,但这种文学史观仍然是封闭的,它将文学发展仅仅归结为形式自身的发展,也就割断了文学与社会、与其他思想文化形态的密切联系。依照姚斯的理解,仅仅凭新旧形式的对立和变化,不足以解释文学的发展,因为它无法回答"文学形式的方向问题"。

姚斯指出,要克服实证论的历史客观主义和形式主义的文学史观的局限性,就必须把读者及其与时俱进地变化着的期待视野引入到文学发展过程,建立起一种以读者为中心的新文学史的架构,即所谓接受理论。按照其思路,在文学发展中,作品的内容与形式之所以不断更新,是因为作家的审美标准在不断更新;而作家的审美标准之所以不断更新,则是因为"在接受过程中,永远发生着从简单接受到批判性接受,从被动接受到主动接受,从已被承认的审美标准到超越这种审美标准的新的生产性转换"①。也就是说,作家审美标准的不断更新,很大一部分原因在于,受到读者期待视野不断更新的影响。这样,他就通过期待视野的概念,既把作家作品和读者连接了起来,又把文学的发展与社会生活的发展沟通了起来。

姚斯解决"文学史悖论"的上述思路,给我们的最大启迪是可以将读者的接受当作沟通他律和自律的一个环节,纳入关于文学发展过程及其规律性的探讨之中。在这里,读者接受的对象是作品,而作品又是由作家创作出来的。因此,接受不单单是读者的个人行为,而且是读者与作家两个主体之间的一场对话,或者说,是由作家作为创作主体和读者作为接受主体的这样两个主体的互动所形成的文学创作与接受的矛盾运动。毛泽东所说:"外因通过内因而起作用",意思是,外因要通过某个中介,过渡并转化为内因,从而作用于文学的发展。如果和姚斯上述思路结合起来,那么,沟通外因和内因,亦即他律和自律的这一中介,恰恰是文学创作与接受的矛盾运动。

## 二、文学创作作为生产与文学接受作为消费之间的供求关系

### 1. 文学生产与文学消费的概念

我们将文学创作与文学接受联系在一起,是因为,这二者从文艺经济学的角度看,体现的恰好是一种文学的生产和消费,即供与求的关系。我们在此把创作叫生产,把接受叫消费,并非比喻性的称谓。自马克思 1857 年在《政治经济学批判》导言中首次提出"艺术生产"的概念,到此后他在《资本论》和《剩余价值理论》中对"艺术生产"概念的明确界说,再到西方马克思主义者在其文艺论著中的广泛使用,文学生产与文学消费已经成了文艺经济学的两个专门概念。

马克思指出,在社会化大生产过程中,广义的生产应该包括生产、流通、分配和消费等四个环节。具体地对应到文学生产,则应该包括创作、出版、发行、阅读和接受等方面。但我们所说的文学生产,主要是狭义的文学生产,即指作家用语言表达情感和形象的文本创造,以及出版家用一定的物质载体,将作家的文学文本变为文学读物,如杂志、书籍、电子光盘等形式的物态化存在。与文学生产相对应,我们讲文学消费,也有广义与狭义之分。狭义的消费专指读者对文学作品的阅读和鉴赏,即所谓接受;广义的文学消费则除了包括文学接受

---

① 朱立元,等.西方美学通史:第七卷下[M].上海:上海文艺出版社,1999:293-298.

之外,还应包括读者对文学出版物的购买和占有行为。毫无疑问,我们在这里所讨论的,都是狭义的文学生产和文学消费。

### 2. 文学生产与文学消费的二重性

因为文学作品作为产品,既是文学生产的成果,又是文学消费的对象,所以,要谈文学生产与文学消费的二重性,就应该先从文学产品的二重性谈起。

如上所述,我们是在文艺经济学的视野之内,阐述文学生产与文学消费的相互关系的。一旦把问题纳入这样的框架中,那么,文学产品所具有的特性,除了作为文学作品的人文属性和审美属性以外,还必须承认其作为消费品亦即商品所不可或缺的商业属性,例如可读性、通俗性和大众性等。这就是说,文学产品既是作品又是商品。作为作品,它须有审美-人文属性;作为商品,它还须有能适应市场需求的商业属性。我们所谓文学产品的二重性,就是指此而言。

为文学产品的上述二重性所决定,文学生产与文学消费也必然相应具有二重性的属性。在商品经济的条件下,作家作为主要的文学生产者,其创作活动必须按两大规律行事:一是审美和艺术规律;二是市场的经济规律。按前一规律行事,其生产是审美-人文意识的生产,必须使自己的产品尽可能充分地体现审美-人文属性,创造真善美相统一的审美-人文价值;按后一规律行事,其生产又是商品的生产,又应该使自己的产品尽可能地体现商业属性,追求长销甚至畅销的市场经济价值。一般来说,前者产生的是纯文学,即高雅文学;后者产生的则是通俗文学。它们犹如孟子所说的鱼和熊掌,其最好的结果是二者兼得,但往往更多的情况是不可兼得:或者多有审美-人文效益,而不具有市场的经济效益,所谓"叫好而不叫座";或者多有市场的经济效益,而不具有审美-人文效益,所谓"叫座而不叫好"。我们这样说,并不意味着二者没有兼得的可能性。文学史上不少经典之作,如《三国演义》《水浒传》,就是从民间流行的故事和戏剧,经文人加工而成的,它们首先是通俗文学,然后才是高雅文学,走的是由大俗入于大雅之路;另外,如白居易的《长恨歌》《琵琶行》,曹雪芹的《红楼梦》等,都是由诗人或作家精心结撰而成,但由于其内容和形式的雅俗共赏,问世之后在民间广泛流传,它们是高雅文学,又是通俗文学,走的是由大雅通向大俗之路。

其实,以上所分析的文学生产的二重性,已经涉及文学消费的二重性问题。读者作为文学消费者,其消费活动既是审美-人文消费,又是商业消费;既是有形的实物形态的损耗(如书籍、杂志、电子光盘的损耗),又是无形的精神文化的享受;既是产品的欣赏与接受,又是产品的再创造与再生产;既须遵循审美和艺术规律,又须服从市场的经济规律(如等价交换及市场供需原则)。总之,文学消费既是一般的商品消费,又不同于一般的商品消费。作为一种特殊的审美-人文产品的消费,它是既享用又创造的一种精神活动。

### 3. 文学生产与文学消费的互动关系

从生产到产品和从产品到消费,构成了文学的社会化大生产的整个流程。在这一流程中,文学生产与文学消费之间的互动关系,特别地引人关注。早在一百多年前,马克思就曾颇具预见性地论述过这个问题。他说:

> 生产直接是消费,消费直接是生产。每一方直接是它的对方。可是同时在两者之间存在着一种媒介运动。生产媒介着消费,它创造出消费的材料,没有生产,消费就没有对象。但是消费也媒介着生产,因为正是消费替产品创造了主体,产品对这个主体才是产品。产品在消费中才得到最后完成。……没有生产,就没有消费,但是,没有消费,也就没有生产,因为如果这样,生产就没有目的。①

马克思这段话是针对一般的商品生产和商品消费的互动关系而言的,但其基本精神也同样适用于文学生产与文学消费的互动关系。这里所谓互动,包含着两个要点:一是文学生产规范着文学消费;二是文学消费制约着文学生产。我们先来看看文学生产对消费的规范作用:

其一,文学生产源源不断地提供着文学消费的对象,即文学产品。我们知道,文学消费作为一种通过阅读和鉴赏来进行的接受活动,必须以一定的文学产品为对象,而此类产品,只能由作家这一文学生产者生产出来。进而言之,读者所消费的文学产品的质地、品位以及类型等究竟如何,读者自己不能决定,只能由作家所从事的文学生产来决定。例如"文革"时期的读者可以选择的文学产品较少;现在的情况则截然不同,各种各样的文学产品出现在市面上,尽管质量上乘的精品佳作为数尚少,但读者在进行文学消费时,可供选择的余地大了许多。

其二,文学生产规定着文学消费的方式。传统意义上的文学生产,只是单一的文字方式。在大众文化传媒普及的今天,文学生产的方式在文字方式之外,已经拥有了包括广播影视的视听方式和电子网络的视频方式在内的多种方

---

① [德]马克思,恩格斯. 马克思恩格斯选集:第二卷[M]. 北京:人民出版社,1972:93-94.

式。与此相对应,文学消费的方式,也就不仅仅是文字阅读,诸如广播影视的视听阅读和电子网络的视频阅读,也都成为读者进行文学消费的方式。生产文学书籍的时代,无疑是个人阅读的时代;随着电影生产时代的到来,文学消费者必须汇集在一起;而在电视和电脑网络文学问世之后,读者又可以坐在家里进行个人化的文学消费。

其三,文学生产在适应文学消费的需求的同时,又引导着文学消费的需求,或者说,它培养并创造着适应自己产品的消费者。马克思说:"艺术对象创造出懂得艺术和能够欣赏美的大众,——任何其他产品也都是这样。因此,生产不仅为主体生产对象,而且,也为对象生产主体"①,其所谓"为对象生产主体",指的便是文学生产培养和创造适应自己产品的消费者。接受理论不是讲视野的融合吗?这里面,除了作家为适应读者的期待视野而调节自己的审美标准的一面之外,也还有作家通过自己的产品同化读者,使读者的期待视野得以改观的一面。事实上,一个时代或一个民族的文学消费者,其审美的观念、理想和趣味等,往往是由文学产品创造出来的。高层次的文学精品,创造的是高品位的文学消费者;反之,那些插科打诨、粗制滥造的文学产品,培养的则是低品位,乃至无品位的文学消费者。

在文学生产与文学消费的双向互动中,一方面,如上所述,文学生产对文学消费起着规范作用;另一方面,是我们接下来要论及的,文学消费对文学生产起着制约作用。这种制约作用,同样可以归结为三点:

其一,文学消费代表着文学生产过程的最终完成。不管是文学生产,还是文学产品,它们都是指向消费、为了消费、归于消费的。文学生产及其所创造的产品的价值,只有通过文学消费,才能得以最终达成;文学生产的过程,也只有通过文学消费,才能算是最终完成。一部作品,无论它写得如何精妙绝伦,如果未能出版,或者出版了又未被读者购买和阅读,那么,它充其量也只能叫作潜在的文本,就好比堆放在库房里或积压在货架上的产品不能称为商品一样。阿诺德·豪泽尔说得好:"一件印刷文本只有被人阅读的时候才会获得美学价值,倘若无人问津,那只是一组文字而已。"②

其二,文学消费参与生产着文学产品。文学消费区别于物质消费的一个关键之处,就在于它不仅是对产品单纯的占有与享用,而且是对产品的价值和意义的再生产、再创造。文学消费者在其消费过程中并非产品的被动接受者,他

---

① [德]马克思,恩格斯.马克思恩格斯选集:第二卷[M].北京:人民出版社,1972:95.
② [匈牙利]阿诺德·豪泽尔.艺术社会学[M].居延安,译.上海:学林出版社,1987:133.

对产品的精神内涵的理解,也并不一定与作家所赋予的全部一致,他作为接受主体完全可以经由创造性的解读使产品的精神内涵得以增值和进一步丰富。在这个意义上,文学消费者就转化为文学生产的参与者和合作者了。有人形象地说,作家是作品的第一作者,读者是作品的第二作者,就是这个意思。

其三,文学消费蕴含并体现着文学生产的目的和动力。文学消费不只代表着文学生产过程的最终完成,也不只参与着文学产品的意义的再生产,更为重要的一点是,它作为文学生产的目的和动力的来源,无所不在地制约着文学生产从构思传达到编辑出版的全过程。无论是作家,还是出版家,他们心目中都有一个隐含的读者群。其构思传达,其编辑出版,说到底,都是为这个隐含的读者群服务的。上面我们在论及文学生产对消费的规范作用时,曾强调文学生产可以引导文学消费,可以按作家的审美理想塑造读者;讨论到这里,我们又必须强调文学消费也可以反过来制约文学生产,可以按读者的期待视野塑造作家。如果说,前者涉及的是接受理论所谓视野融合中的同化问题,那么,后者则关乎视野融合中的调节问题。姚斯为什么那么自信地认定,以读者为中心的接受理论是解决"文学史悖论"的不二法门,甚至说,读者是"一种创造历史的力量"?其玄机很大程度上在于由调节与同化而导致的视野融合之中。

### 4. 文学生产与文学消费的矛盾运动的调适机制

以上,我们从文学生产规范文学消费和文学消费制约文学生产两个方面,讨论了二者作为供求关系双方的互动,亦即矛盾运动。其实,在这一互动中,矛盾运动的双方之所以能够实现协调统一,关键在于二者之间存在着一个能够按照艺术和审美规律和市场规律,有效地加以调适的内在机制,即文学批评以及市场调节。下面,我们就来分别地谈谈二者在文学生产与文学消费之间所起的调适作用。

先谈文学批评。我们在第四章文学接受论讨论文学批评的任务时曾经指出过,文学批评来自文学欣赏,文学批评面对文学创作,处在欣赏与创作的中介点上,承担着释义、评价、导向的三重任务。实际上,这三重任务,归结到一点,就是沟通创作与欣赏,亦即把生产者的审美意向转达给消费者,把消费者的审美期待再转达给生产者,然后在此基础上,促成生产者与消费者的互相靠拢,通过调节和同化,达成真正意义上的视野融合。作家作为文学生产者,通过文学批评了解到读者的期待视野,懂得应该如何调节自己的审美标准,以进行内容和形式的创新,从而适应文学消费的需求;读者作为文学消费者,通过文学批评被作家的审美意向所同化,懂得应该如何修正自己的期待视野,从而适应文学生产的实际状况。这样一来,作家成了读者心目中理想的作家,读者成了作家心目中理想的读者。文学创作的发展和繁荣,也就不会是一句空话了。

同是作为文学生产与文学消费的调适机制的一部分,如果说,文学批评更多地体现着艺术和审美规律,那么,市场调节则必然更多地反映了市场的经济规律。一本文学书籍上市,能否受到读者的欢迎,作家与出版家心中并没有确切的把握,一切都需要在文学的流通领域接受检验,最终由图书市场说了算。假如这本书能进入畅销书的行列,或者退一步讲,虽则不能畅销,但起码可以长销,那就说明,它具有市场的经济效益,是受到读者欢迎的;反之,假如这本书一上市即滞销,那就说明,它不具有市场的经济效益,不受读者的欢迎。我们所谓的市场调节,便是指此而言。诚然,有无市场的经济效益,只能衡量某一文学产品的商业属性,而并不能反映这一产品的审美-人文属性,也就是说,不能以经济效益的有无对文学产品做出最终的判断。但是,在市场经济的大环境中,不仅是出版行业,而且包括作家本人,都不应自命清高地置产品的经济效益于不顾。因为这样的经济效益,表面上看仅是一组数字,实际上体现的却是读者的反应。对于某些确属阳春白雪的文学产品,国家可以采取适当的保护措施,但文学生产者不可因此而拒绝市场调节,相反,倒是应该有所反思,争取在以后的创作中求得审美和市场、艺术和经济的双赢。

于此可见,文学批评的话语表达,是在可见可闻的明处;而市场调节的趋向呈示,则是在不知不觉的暗处。一个健全的社会,正是通过它们或明或暗的调适活动,使文学生产与文学消费围绕着供求关系而展开的矛盾运动,得以既合于审美和艺术规律,又合于市场的经济规律,健康有序地进行,并且最终使这一矛盾运动,作为由他律(文学与社会生活的矛盾运动)向自律(文学创作中创新与继承的矛盾运动)过渡和转化的中介,而起到促进文学一步步地向前发展的枢纽及核心作用。

### 三、他律—中介—自律:关于文学发展过程的大概描述

上面,我们以简单的笔触,勾画了文学生产与文学消费的矛盾运动,以及怎样从它所处的中介地位出发,在文学批评和市场调节的调适下,沟通作为他律的文学与社会生活的矛盾运动和作为自律的文学创作中创新与继承的矛盾运动二者,在化解因其二律背反而导致的"文学史悖论"的同时,促成他律向自律的过渡和转化,最终使文学在创作内部的创新与继承的矛盾运动中,完成其整个发展过程。为了将这样的一条思路更加清晰地显示出来,以下,我们拟对文

学发展过程进行较为具体的描述。

先从作为他律的文学与社会生活的矛盾运动说起。在这一矛盾运动中,社会生活通常是走在前面的。它以自身发展的现实成果或者潜在要求,一方面,创造出许多新的反映对象、新的人物和新的故事、新的审美特征,为文学提供了发展的可能性;另一方面,又创造出许多新的服务对象、新的读者和新的听众、新的审美需求,向文学提出发展的必要性。前一方面,即发展的可能性,实际上是就文学创作亦即文学生产而言;后一方面,即发展的必要性,实际上是就文学接受亦即文学消费而言。所以,文学与社会生活的矛盾运动,一旦展开,就变成了文学生产与文学消费,也就是文学创作与文学接受的矛盾运动。而要解决此二者的供求矛盾,或者扩大生产供给,或者压缩消费需求。后者显然不是正确的选择。唯一可行的办法是发展文学生产,从繁荣创作入手。为了使社会生活提供的发展的可能性得以实现,也为了使社会生活提出的发展必要性得以满足,文学创作的繁荣,不能仅仅追求量的扩充,而必须更多地追求质的提升。诚如高尔基在《苏联的文学》一书中所言:"艺术的价值不是用量而是用质来测度的。"为此,就只有一条路:突破旧的规范,从作品的内容到形式,进行民族化的创新。而文学创作自身,又有其历史继承性。它要根据发展了的社会生活,对作品的内容和形式有所创新,就先必须在学习古今中外的文学遗产的基础上,对文学传统以及整个文化传统有所继承。于是,在文学生产与文学消费的矛盾运动,也就是文学创作与文学接受的矛盾运动的推动下,以推陈出新的方式展示出来的文学创作中创新与继承的矛盾运动出现了。他律过渡和转化为自律,最后通过自律而起作用,具体到文学发展中,大概就是这样的一个过程。

## 第三节 文学创作中创新与继承的矛盾运动

### 一、文学的发展与文学的创新

#### 1. 文学的发展是靠创新实现的

如上所述,文学要想与它的反映对象和服务对象相适应,就必须随社会生活的发展而发展。而文学要想有所发展,又必须从内容和形式两个方面革除旧例,开创新路。从这个意义上讲,文学的发展是靠创新实现的,或者说,创新就是发展。一部文学史,是文学发展的历史,也是文学创新的历史。清人赵翼的一首《论诗》绝句云:"李杜诗篇万口传,至今已觉不新鲜。江山代有才人出,各领风骚数百年。"他在这里谈的正是文学的发展和创新问题。

那么,到底什么叫文学的创新呢?按我们的理解,所谓文学创新,是指文学在发展了的社会生活的召唤下,为了反映新的审美特征,表达新的审美感受,从内容到形式,从写什么到怎样写所进行的一种带有革命性的变革。这种变革,常常意味着对传统的对抗和习惯的决裂,意味着文学发展的渐进过程的中断,意味着突破与飞跃。变革的结果是内容和形式的推陈出新,是新的文学和新的社会生活在新的基础上的适应。

通常在工农业生产中,也有所谓的技术革新和产品更新。就推陈出新这一点而论,文学的创作与之相仿。所不同的是,前者是物质生产的创新,后者则是艺术生产的创新。如果说,物质生产追求产品的规范化和标准化,这些规范、标准,随着人的物质需要的变化,也要不断地有所创新,那么,艺术生产作为个性化和多样化的生产,其本身必须以产品的不雷同或者不重复为前提,所以,它的创新较之物质生产的创新,无疑也就有更强的紧迫感和更多的必要性。李渔说:"新也者,天下事物之美称也。而文章一道,较之他物,尤加倍焉。"便是指此而言。不仅如此,他在上面征引的那一番话之后,还进一步就"加倍"二字做了阐发。按照李渔的观点,"非特前人所作,于今为旧,即出我一人之手,今之视昨,亦有间焉。昨已见而今未见也,知未见之为新,即知已见之为旧矣"①。这里,他强调了两点:对"前人所作"的东西要创新,对"出我一人之手"的东西也要创新。也就是说,对人对己都要"以独创为贵"(鲁迅语)。我们认为,李渔的这一见解是深刻的。

文学应该"以独创为贵"。这个独创即创新,就作家而论,是指要突破别人,也要突破自己;就作品而论,则是指要变革内容,也要变革形式。有人把文学的创新理解为单纯形式的变革,如语言的变革、叙述角度和结构的变革、修辞手法的变革或者技巧的变革等。这是一种片面的观点。苏联作家列昂诺夫有一段话值得我们注意,他说:"一部真正的艺术作品,尤其是一部语言作品,总是具有形式方面的发明和内容方面的发现的。"②列昂诺夫讲到了文学创新的

---

① 北京大学哲学系美学教研室.中国美学史资料选编:下册[M].北京:中华书局,1981:228.
② [苏]赫拉普钦科.作家的创作个性与文学的发展[M].满涛,岳麟,杨骅,译.上海:上海译文出版社,1982:186.

两个方面:一是"形式方面的发明",即形式的创新;二是"内容方面的发现",即内容的创新。事实上,在这两个方面中,内容的创新比形式的创新要重要得多。可以说,内容的创新是整个文学创新的基点、核心和灵魂之所在。我们在文学史上见到一些作品"旧瓶装新酒",只有内容的创新,没有形式的创新,然而,它们却不失为创新之作。如李白的很多古乐府诗便是如此。反之,北宋诗坛上"江西派"的一些篇什,仅仅在语言的"点铁成金"上下功夫,只讲形式的创新,不讲内容的创新,最后就不得不是无意义的花样翻新、捉弄人的文字游戏和为形式而形式的形式主义。如果说,这也是创新,那么,这种创新不是创新的生路,而是创新的歧路,乃至于末路。

### 2. 内容的创新和形式的创新

以上所说,文学的创新包括内容的创新和形式的创新两个方面。下面,我们就来分别谈谈这两个方面。

衡量文学作品的内容是否创新,其标尺只有一个,那就是看它有没有表现新的情感,创造新的形象。如果一个作品对作家自我的主观理想进行了新的表现,透露出一种与众不同的情绪和情思,或者对社会生活的客观现实进行了新的再现,描绘出一种前所未有的人物、故事以及环境,那么,这个作品的内容就应当说是创新的内容。反之,如果作品只是一味地拾人牙慧,重弹老调,情感是抒写过很多次的情感,形象是描写过很多次的形象,那么,这个作品在内容上也就谈不上创新。列夫·托尔斯泰说:"艺术作品只有当它把新的感情(无论多么微细)带到人类日常生活中去时才能算是真正的艺术作品。就是因为这样,所以小孩和年轻人在接触到那些把他们未曾体验过的感情初次传达给他们的艺术作品时会有那样强烈的感受。"①这里,列夫·托尔斯泰更多是从表现新的情感的角度来看待内容的创新的。而契诃夫则相反,他说:"在我的文学生活里,我觉着经常需要使我笔下的形象面目一新……"②显然,契诃夫更多的是从创造新的形象的角度来看待内容的创新的。

我们知道,不论是情感还是形象,它们作为作家自我的审美感受,都来自对社会生活的审美特征的反映。由此决定,作家必须创新内容以表现新的情感,创造新的形象。对于创作来说,这实际上包含以下两层意思:

第一,作家为了表现新的情感,创造新的形象,应该去写在他之前还没有人写过的东西,寻找并且反映新的审美特征,开拓新的题材领域。一句话,内容要

---

① 段宝林.西方古典作家谈文艺创作[M].沈阳:春风文艺出版社,1980:518.
② 段宝林.西方古典作家谈文艺创作[M].沈阳:春风文艺出版社,1980:678.

有新材可选。传说李白到了黄鹤楼前,看见崔颢的诗,叹了一声:"眼前有景道不得,崔颢题诗在上头。"便走开了。事实上,不独是李白,许多有创新意识的作家,也都是这样做的。他们不惯于踩着别人的脚印走路,而总是努力地在社会生活中寻觅仅仅属于其本人所有的新的题材领域。以当代小说为例,张弦写《被爱情遗忘的角落》,叶蔚林写《没有航标的河流》,贾平凹写《鸡窝洼人家》等,都是证明。这些作品的内容之所以给人耳目一新之感,在很大程度上,就是因为其中所写的那个"角落"、那条"河流"、那几户"人家",在上述作品之前,还没有被作家认真地注意到并且描写过。作为审美特征,作为题材,它们本身是尚未开垦的处女地,所以,一旦其进入文学,就必然给人以新鲜感。

第二,如果作家一定要写在他之前已经有人写过的东西,那么,他们为了表现新的情感,创造新的形象,就应该在这些东西中灌注新的审美感受,赋予它们新的主题内涵。一句话,内容要有新意可言。歌德所说,"独创性的一个最好的标志就在于选择材料之后,能把它加以充分的发挥,从而使得大家承认压根儿想不到会在这个题材里发现那么多的东西"①,就是指这一层意思而言。从某种意义上讲,要在旧题材中引发出新主题来,比直接选用新题材,难度更高,因而意义也更大。一般来说,只有慧眼独具的创新高手才能做到。文学史上关于赤壁之战的诗不算少,但杜牧还要写。他的《赤壁》一诗就是以对主题的翻新而引人注目的:"折戟沉沙铁未销,自将磨洗认前朝。东风不与周郎便,铜雀春深锁二乔。"此外,如莎士比亚的许多历史剧,鲁迅的《故事新编》等,也都应作如是观。这些作品,叙述的是老故事,尽在人意料之中,包容的却是新内涵,大出人意料之外。看来普通至极,读后回味无穷。虽然在已往的作家作品中,类似这样的题材很多,但我们丝毫不会感觉重复。其中的奥妙就在于,莎士比亚和鲁迅通过自身的创新实践,给了这类题材以不得不使人刮目相看的全新的艺术生命。

毛宗岗在评点《三国演义》时这样说:"作文者以善避为能,又以善犯为能……"②他所谓"善避",即我们以上讲的内容创新的第一层意思,也就是要寻找并且反映新的审美特征,选择新的题材;他所谓"善犯",即我们以上讲的内容创新的第二层意思,也就是要灌注新的审美感受,开掘新的主题。如果说,内容创新有什么秘诀可言,那么,其秘诀就在于选新材和出新意。

---

① [德]歌德.歌德的格言和感想集[M].程代熙,张惠民,译.北京:中国社会科学出版社,1982:76.
② 北京大学哲学系美学教研室.中国美学史资料选编:下册[M].北京:中华书局,1981:220.

我们强调作家应该以新的审美感受反映新的审美特征,不是要他们去创造稀奇古怪的形象,去表现莫名其妙的情感。这里,有必要明确一个界限:真与善和假与恶的界限。提倡内容创新,说到底,是为了揭示新的生活规律,体现新的社会目的。如果有人以创新为幌子,在内容上背离生活规律而进行形象的胡乱编造,背离社会目的而进行情感的任意宣泄,那么,他就只能陷入虚假与伪善的泥坑之中。

我们在上面讲到,内容创新的标尺在于表现新的情感、创造新的形象。与此相联系,形式创新的标尺则在于发明新的语言手段。文学作品发明新的语言手段,是基于表现新的情感,创造新的形象的需要。如果新的情感和新的形象,还可以容纳在旧的形式之中,那么,语言手段就没有发明的必要。但只要内容中确实包含有新的情感和新的形象,它就总是相应地要求有语言手段的新的发明——或者是局部上的革新,或者是整体上的更新——来适应自己。我们前面说,旧瓶可以装新酒。讲到此,需要再补充一句:这个旧瓶,不可能是原封不动的旧瓶,而必定是局部革新了的旧瓶。否则,就很难和所装的新酒完全适应。恩格斯说:"古代人的性格描绘在今天是不再够用了。"①青年诗人北岛在谈到20世纪80年代的中国新诗时也说:"诗歌面临着形式的危机,许多陈旧的表现手段已经远不够用了,隐喻、象征、通感、改变视角和透视关系、打破时空秩序等手法为我们提供了新的前景。"他们都是从新的形式与新的内容完全适应这个基点上提出问题的。同样,另一位青年诗人梁小斌也说:"新的内容,逼迫我去重新组合词汇,重新发现新的节奏,重新表现现代人的一种高级的痛苦和情感的新领域。"他也是强调发明新的语言手段对于表达新的内容的必要性。

纵观文学史,发明新的语言手段,大概有以下几种途径:一种是改造和革新传统的旧形式。如马烽、西戎合著的《吕梁英雄传》,采用的便是经过改造、革新的章回体小说的叙述方式;再如赵朴初写的《某公三哭》,则显然是改造并且革新了元明套曲的形式。第二种是引进和移植外国的形式。例如王蒙在打倒"四人帮"以后所写的小说,大多采用颠倒时空、自由联想的叙述方式。此类形式便是他从西方意识流小说中引进和移植过来的。王蒙说得好:"我们搞一点'意识流',不是为了发神经,不是为了发泄世纪末的悲哀,而是为了塑造一种更深沉,更美丽,更充实也更文明的灵魂。"②再如上面提到的北岛、梁小斌等青年诗人的诗,里面经常使用的意象跳跃的手法,也和他们引进与移植西方象征

---

① [德]马克思,等.马克思恩格斯列宁斯大林论文艺[M].北京:人民文学出版社,1980:98.
② 王蒙.当你拿起笔……[M].北京:北京出版社,1981:117.

派、意象派的诗歌形式有关。第三种是发掘和提炼民间的土形式。如赵树理的小说,常常开门见山,从话说某时某地有个某人开始。这种单线贯穿、一环套一环的讲故事方式,是他发掘和提炼说书、曲艺等民间形式的产物。再如李季的《王贵与李香香》也一样,发掘和提炼了陕北民歌中信天游的形式。

除了以上几种途径,自然也有创新作家在毫无依傍的情况下独立地加以发明的。但一般说来,这种对形式的独立发明,在文学史上较为罕见,更多如鲁迅所言,或是"采用外国的良规,加以发挥",即我们说的第二种途径;或是"择取中国的遗产,融合新机",即我们说的第一种和第三种途径。表面上看,它们只"是旧形式的采取",然而,"这采取的主张,正是新形式的发端,也就是旧形式的蜕变"。

除了作品内容和形式的创新之外,文学创新另一个重要的方面,是文学风格与流派的创新。我们知道,文学的个人风格是作家的创作自我在文学中的体现。而作家的创作自我是因人而异的,也就是说,有多少个作家,应该有多少个创作自我。所以,文学风格要创新,实际上,不是让作家在自身以外,像涂抹化妆品一般,再额外地去装饰或增添什么,而是用一种诚实的态度面对自己,把最真实的自我,以不受外力影响和干扰的独立姿态,通过作品呈现给读者。只要这样做了,就一定能够表现出文学上的个人风格,而且此种个人风格,也一定不会与别人雷同。换句话讲,它一定是独具风貌的创新风格。关于这一点,我国古代,尤其是明清两代的诗学、画论多有阐发,例如袁枚说:"诗者,各人之性情耳","作诗,不可以无我,无我,则剿袭敷衍之弊大,韩昌黎所以'惟古于词必己出'也"[1]。石涛说:"我之为我,自有我在。古之须眉,不能生在我之耳目;古之肺腑,不能安入我之腹肠。……纵有时触着某家,是某家就我也,非我故为某家也。"[2]他们所强调的,其实正是以上所述的,文学风格创新必须不受干扰地表达真实的自我这一点。

文学的流派与风格有着千丝万缕的联系。苏联学者波斯彼洛夫在其所著的《文学原理》一书中,将文学流派定义为在具体感受的世界观方面相一致的作家群。而他所谓具体感受的世界观,是指与创作自我,或者说文学的个人风格大体相当的世界观。据此类推,文学流派也就是个人风格相近或相通的作家群。正因如此,为求得文学流派的创新,必须以文学个人风格的创新为基点。倘若作家都能真实地表达自我,都有自己独立的个人风格,那么,其中那些风格

---

[1] 北京大学哲学系美学教研室.中国美学史资料选编:下册[M].北京:中华书局,1981:355.
[2] 北京大学哲学系美学教研室.中国美学史资料选编:下册[M].北京:中华书局,1981:329.

相似者,或者以散漫的无组织形态,或者以某种社团的方式集合在一起,这样涌现出来的流派,就必定是特征明显的创新的文学流派。如我国五四时期的"文学研究会"和"创造社",19世纪俄国的"自然派"等,它们都曾以创新的流派,而极大地促进了文学的发展和繁荣。

### 3. 文学创新的民族化

以上,我们讲到了文学创新的几个方面。不管是内容创新、形式创新,还是风格与流派创新,里面都存在着一个民族化的问题,即与本民族的文学传统相衔接,与由这个传统造就的本民族的欣赏习惯相符合的问题。毛泽东在《反对党八股》一文中,要求中国新文艺具有"新鲜活泼的、为中国老百姓所喜闻乐见的中国作风和中国气派"①。他讲的"喜闻乐见"四个字,正是对文学创新的民族化的一个概括。

那么,究竟如何才能使文学创新为本民族的读者所喜闻乐见呢?我们认为,这中间存在形式方面的问题,但关键在于内容。只要文学创新的内容反映了民族的审美特征,表达了民族的审美感受,那么,即使用了不是来自传统和民间的形式,而是来自外国的形式,它们也同样能为本民族的读者所接受。相反,如果文学创新不是从民族化的内容出发,那么,无论采取怎样的传统形式或者民间形式,也仍然谈不上民族化。北岛说:"民族化不是一个简单的戳记,而是对于我们复杂的民族精神的挖掘和塑造。"在这方面,我们可以以被称为"民族英雄"和"民族魂"的鲁迅的小说为例。它们在形式上,与我国传统的章回体小说大相径庭,实行的是鲁迅自己所宣称的"拿来主义"。然而,论内容,它们则又都充满着地道的中国作风和中国气派。正因为如此,这些小说尽管在刚刚问世之初,被一些崇尚国粹的人视为异端,然而,事实证明它们是民族化的,随着时间的推移,越来越为中国老百姓所喜闻乐见。

我们的民族化,不能总停留在一个水平上,而应该与社会生活一起持续地发展。这就向作家提出了一个问题:如何在尊重民族的文学传统以及欣赏习惯的前提下,通过自身创新实践,把我们民族的文学传统,发展到一个新的高度,把我们民族的欣赏习惯,改造成一个新的格局。如果说,这个问题以前就存在但还不太紧迫的话,那么,近年来在扩大对外开放的时代潮流中,其紧迫性则无疑是大大地加强了。

---

① 毛泽东.毛泽东著作选读:甲种本[M].北京:人民出版社,1964:183.

## 二、文学的发展与文学的继承

### 1. 文学发展的历史继承性

我们说,文学的发展要通过创新来实现,而创新本身既要与民族化,又要与本民族的文学传统相衔接。这里实际上已经涉及文学的发展与文学的继承问题。

马克思在《路易·波拿巴的雾月十八日》一文中说:"人们自己创造自己的历史,但是他们并不是随心所欲地创造,并不是在自己选定的条件下创造,而是在直接碰到的,既定的,从过去继承下来的条件下创造。"①马克思在此讲的是整个社会生活发展的历史继承性。这种历史继承性,在物质生活的发展中存在,在精神文化生活的发展中也存在,而且从某个意义上讲,似乎更为明显。十月革命前后,以波格丹诺夫为代表的"无产阶级文化派",曾经扬言要"从现代生活的轮船上扔掉普希金、托尔斯泰和其他古典作家"。列宁针对这种极"左"思潮,曾经批评说:"无产阶级文化并不是从天上掉下来的,也不是那些自命为无产阶级文化专家的人杜撰出来的,如果认为是这样,那完全是胡说。无产阶级文化应当是人类在资本主义社会、地主社会和官僚社会压迫下创造出来的全部知识合乎规律的发展。"②列宁的这番话,强调的便是精神文化生活发展的历史继承性。这其中包括哲学、道德和宗教等,自然也包括作为审美－人文意识的文学。

我们说,文学的发展有历史继承性,是指一种新的文学不可能从零开始,凭空产生。一方面,它固然要反映新的审美特征,表达新的审美感受;另一方面,它又必然要学习旧的文学传统,借鉴旧的文学遗产。前一方面,即文学的创新;后一方面,则是文学的继承。

不言自明,我们讲文学继承,主要是指继承本民族的文学传统和文学遗产,同时也包含向其他民族的文学传统和文学遗产学习并借鉴这层意思。有人把前者称为"竖"的继承,把后者称为"横"的继承。历史的经验教训告诉我们,只重视"竖"的继承,或者只重视"横"的继承,都不能保证文学的健康发展。在这个问题上,我们必须既反对"言必称希腊"的民族虚无主义倾向,又反对自命天下第一的国粹主义或者复古主义倾向。正确的态度应该是:时无论古今,地不分中外,只要是为人类所创造的文学传统和文学遗产,我们就都有重视和继承

---

① [德]马克思,恩格斯.马克思恩格斯选集:第一卷[M].北京:人民出版社,1972:603.
② [苏]列宁.列宁选集:第四卷[M].北京:人民出版社,1960:348.

它的必要。

**2. 内容的继承和形式的继承**

正像前面谈文学创新可以区分为内容的创新和形式的创新两个方面一样，我们这里谈文学继承，也可以相应地区分为内容的继承和形式的继承。长期以来，我们的文学理论受极"左"思潮的影响，把文学继承仅仅归结为形式的继承。这是一种片面的文学继承观。其实，形式的继承只是文学继承中比较简单、比较明显的一面，更深刻、更复杂的还是内容的继承。

古今中外一切优秀的文学作品，尽管其审美价值的大小高低各不相等，但作为共同点，它们在内容上都多多少少地包含着某种合于生活规律的真的东西和某种合于社会目的的善的东西，在形式上也都多多少少地包含着某种合于审美法则的美的东西。今天，我们基于创造新文学的需要，把里面真和善的东西吸收过来，作为表现情感和创造形象的有用资料，这就是所谓内容的继承；把里面美的东西吸收过来，作为驾驭语言的有用资料，这就是所谓形式的继承。

以中国古典文学为例，我们读杜甫、白居易的诗，读关汉卿的剧作，读曹雪芹的小说《红楼梦》，从中不仅可以感知到为它们所反映的特定时代的真实面貌，而且可以进一步把握住千古兴亡的历史轨迹。这种感知和把握，对于我们今天透视现实、预见未来，创造合于生活规律的形象真实，无疑是一种很好的借鉴。这就是内容继承的一个重要的方面。

还以中国古典文学为例。我们从《诗经·硕鼠》对不劳而获者的控诉中，从《史记》对刺秦王的壮士荆轲的赞叹中，从汉魏乐府对受苦受难的老百姓的充满同情的描述中，分明可以感受到一种关心民生疾苦、抨击专制暴政的民主主义精神；我们从屈原的《离骚》中，从《木兰辞》中，从陆游和辛弃疾的诗词中，从《说岳全传》以及《杨家将演义》等小说中，分明可以感受到一种关心国家安危、反抗异族侵略的爱国主义精神；我们从屈原的那种以美人芳草自况的高洁情操中，从陶渊明的那种"不为五斗米折腰"的人格尊严中，从李白的那种"天生我材必有用"的自我理想中，以及从《孔雀东南飞》《西厢记》《红楼梦》所描写的男女主人公对爱情的追求的自主意识中，分明可以感受到自尊自爱和尊人爱人的人道主义精神。把类似这样的民主主义精神、爱国主义精神和人道主义精神吸收过来，对于塑造我们的政治观和道德观，净化我们的心灵，表现合于社会目的的情感倾向，无疑是一种很好的借鉴。这也是内容继承的一个重要的方面。

除此以外，还有形式的继承。仍然以中国古典文学为例。中国古典文学那炉火纯青的语言、富于变化的结构、丰富多彩的手法，对于我们在新的条件下，熔铸出一种合于审美法则的语言艺术,无疑也是一种很好的借鉴。毛泽东说得好:"有这个借鉴和没有这个借鉴是不同的,这里有文野之分,粗细之分,高低之分,快慢之分。"①

如同文学作品的内容和形式,在创新的同时必须对遗产有所继承一样,文学风格与流派的创新,也必须建立在对传统加以继承的基础之上。我国古代的文学和诗学理论,特别重视风格与流派的"通变",即师承与流变。其所谓流变,即风格与流派的创新;而所谓师承,即风格与流派的继承。在它们看来,只谈流变而不谈师承,犹如无源之水,是不可思议的。唯其如此,它们即便在论及像李白、杜甫这样的大家时,也必然要找出其师承的源头。其中涉及的关系,就是我们在前文所引石涛的话中所提到的"古"与"我"的关系:一方面,"我"必须师承"古"的传统;另一方面,"我"之师"古"又不能泥"古"。对此,韩愈所谓"师其意不师其辞",把风格与流派的师承,仅仅归结为语言,是一个多少失之形式化的回答。倒是古柏论风格的那番话讲得颇为透彻:"个人风格是当我们从作家身上剥去那些并不属于他本人的东西,所有那些为他和别人所共有的东西之后,所获得的剩余或内核。"②古柏的话,与袁枚讲师承"其佳处不在能与古人合,而在能与古人离"的思路不谋而合。"剥"字和"离"字,恰如其分地道出了文学风格与流派在创新和继承问题上的要义所在。

### 3. 文学继承的批判原则

为了文学的发展,必须从内容和形式、风格与流派等方面对古今中外的文学传统和文学遗产加以继承,但这种继承,并非完全照搬,并非复古或者崇洋,而要有所分析,有所批判。

一提到批判,人们就容易理解为否定一切,打倒一切。其实这是一种误解。马克思在《资本论》第一卷跋中,关于批判进行过很好的说明。他这样说:"辩证法在对现存事物的肯定的理解中同时包含对现存事物的否定的理解,即对现存事物的必然灭亡的理解;辩证法对每一种既成的形式都是从不断的运动中,因而也是从它的暂时性方面去理解;辩证法不崇拜任何东西,按其本质来说,它是批判的和革命的。"③马克思在此论述得非常明白,所谓批判,既有其否定的一面,又有其肯定的一面。更准确地说,它是对事物否定和肯定的统一,是既克服又保留的"扬弃"。把这种批判原则,具体运用于文学继承,就是对文学传统

---

① 毛泽东.毛泽东论文艺[M].北京:人民文学出版社,1992:48.
② 王元化.文心雕龙创作论[M].上海:上海古籍出版社,1984:172-173.
③ [德]马克思,恩格斯.马克思恩格斯选集:第二卷[M].北京:人民出版社,1972:218.

和文学遗产,要有一种历史唯物主义和革命功利主义观点,对其中合理有用的因素,要予以充分的肯定;对其中不合理的和无用的因素,则要予以充分的否定。用鲁迅的话讲,要采取"拿来主义","运用脑髓,放出眼光,自己来拿",然后根据情况,"或使用,或存放或毁灭"①,以做出不同的处置。

那么,我们继承文学传统和文学遗产,为什么要像以上这般从否定与肯定、克服与保留两个方面加以批判呢？这是由文学传统和文学遗产自身的性质决定的。我们知道,文学传统和文学遗产,尤其是那些在历史长河中经过千百年淘洗,被一代代读者反复阅读而认定的文学经典,是中外文学前辈对其所处的社会生活加以审美反映的产物。一方面,它们标志着文学发展的历史高度;另一方面,它们又不能不受其所属的时代和社会的种种限制。这里面,诚如恩格斯的比喻:澡盆里有孩子也有洗完澡的脏水,我们既不可连孩子带脏水一起倒掉,当然,也不可全都留下。基于此,在批判地继承这些传统和遗产、这些经典时,就必须按马克思主义的批判原则,谨慎地加以剥离,有所克服又有所保留,在鉴别和区分的基础上,进行辩证的扬弃。

这里,我们屡屡谈及经典,原因在于:其一,它们作为文学传统和文学遗产中最宝贵的一部分,代表着一个民族、一个时代的文化精粹,批判地继承文学传统和文学遗产时,必须对这样的经典加以特别的呵护;其二,经典一词时下已被各种媒体滥用,面目已经变得模糊不清,当人们众口一词地说这是经典,那也是经典时,真正的经典反倒可能因为被遮蔽而销声匿迹。基于此,在进入批判继承的正题之前,有必要就何谓经典做一点正名的工作。

意大利已故作家、学者卡尔维诺在其所著《为什么读经典》一书的卷首,曾专设一章讨论何谓经典的问题,他先后给出了14个定义。我们择其要者,引录如下:

> 一部经典作品是一本每次重读都像初读那样带来发现的书。
> 一部经典作品是一本即使我们初读也像是在重温的书。
> 一部经典作品是一本永不会耗尽它要向读者说的一切东西的书。
> 经典作品是这样一些书,我们越是道听途说,以为我们懂了,当我们实际读它们,我们就越是觉得它们独特、意想不到和新颖。②

---

① 鲁迅.鲁迅全集:第六卷[M].北京:人民文学出版社,1981:32-33.
② [意大利]卡尔维诺.为什么读经典[M].黄灿然,李桂蜜,译.南京:译林出版社,2012:1-9.

卡尔维诺关于经典的论述,其要点可总结如下:经典是指那些经得起读者反复阅读,而且每次阅读都像初读那样,能给人以全新感受的作品;这样的作品,具有"独特、意想不到和新颖"的品质。卡尔维诺的定义,确实抓住了经典之为经典的要义,但要想对古今中外的经典加以确认,还须就作品的思想与观念以及艺术层面,并结合当下的文学动态,做出细化的界定:

第一,文学经典不是作者自封,也不是专业人士册封,它们由不同时代、不同民族的无数读者在反复阅读的过程里认定。这种认定,带有民众认可和历史判定的权威意味。

第二,由于文学经典的情感与形象内容无比丰厚、不可穷尽,其艺术形式有"不烦绳削而自合"(黄庭坚语)的天工之巧,这样的作品即使在局部存有某些瑕疵和缺憾,也并不影响其整体之美。用叔本华的话讲,它们是"最出类拔萃的大脑,耗尽毕生心力思考,凝结而成"的精粹,或者说是真善美相统一的文化巅峰之作。

第三,经典的标志在于其思想与观念的原创性、前瞻性、广阔性和深刻性。它总能站在历史的制高点,触及人性的至深处,具有超时空的普适意义。正是凭借这一点,经典为自己开辟了走向未来、走向世界读者的精神通道,使之初读犹如重读,重读犹如初读,在常读常新中,不断带给人以新的感动和启迪。

在对文学经典进行如上界定之后,我们对文学传统、文学遗产和文学经典的批判继承的目标和思路也随之清晰起来:

首先,我们须按照社会实践标准,把真善美的文学与假恶丑的文学,也就是把那些经典之作或局部虽然存在缺憾,但整体上值得肯定的准经典之作,以及瑕瑜互见的非经典的优秀之作,与那些无论在内容与形式方面皆无一可取的应制或应酬之作、低劣恶俗之作和粗制滥造之作严格地区分开来。拿唐诗中被称为"双子星座"的李白和杜甫来说,李白的《梦游天姥吟留别》《蜀道难》《将进酒》诸诗,杜甫的《闻官军收河南河北》《羌村三首》《江南逢李龟年》和《秋兴八首》等,无疑是经典之作;其他如李白奉诏为杨贵妃而写的《清平调》、杜甫专咏宫中之景的《紫宸殿退朝口号》等,纵有应制或应酬之嫌,但作为出自大家的准经典或者优秀之作,与唐诗中不乏其例、纯属文字游戏的应制及应酬之作,不可作一例观,而应当区别对待。

其次,我们须遵循历史与美学的观点,把经典之作、准经典之作、非经典的优秀之作中的精华部分与糟粕部分严格地区分开来。还拿李白和杜甫来说,二人的经典、准经典及优秀之作中,有对祖国山河的赞美,有对黑暗社会的抗争,有对民众苦难的同情,所有这一切都是精华;但与此同时,其中也流露着及时行乐的消极观念,"一饭未忘"(苏轼评杜甫语)的愚忠思想和与世无争的人生态度,如此等等,则不能不说是糟粕,应将其与精华部分区别对待。

再次,我们须根据古为今用、洋为中用的尺度,把精华部分中那些于今天建设新文学有用的因素与那些无用甚至有害的因素严格地区分开来。仍拿李白和杜甫来说,他们对民众苦难的同情,对黑暗社会的抗争,对祖国河山的赞美,作为爱国主义、民主主义和人道主义精神的体现,在当时以及现在都属于精华部分,这是毫无疑义的。然而,在今天,如果用发展新文学的尺度来衡量,那么,这种精华不一定全部合于社会现实的需要。其中所表现的以国为重、以民为本的立身原则,于今天有用,确实可以拿来;而那种居高临下、傲世独立的处世哲学,虽可以理解,却不可效仿,因为它们于今天无用,甚或有害,自应区别对待。

综合以上三个层面的分析,我们可以清楚地看到,在文学传统和文学遗产内所要批判继承者,应该是通过层层鉴别、区分后剥离和挑选出来的,那些经典之作、准经典之作和优秀之作的精华部分中于今天有用的因素。

### 三、文学创作中创新与继承的矛盾运动和"推陈出新"方针

#### 1. 文学创作中创新与继承的矛盾运动

如果说,我们强调文学创新的民族化,是要把创新与继承相联系,那么,我们强调文学继承的批判原则,则显然是要把继承与创新相联系。总体来讲,文学创新与文学继承是作为整体的文学自身发展中不可分割的两个方面,既相互对立,又相互统一。

之所以认为其相互对立,是因为文学创新从本来意义上讲,代表着对文学传统和文学遗产的中断、突破以及决裂的一面;文学继承从本来意义上讲,代表着对文学传统和文学遗产的保持、延长以及承续的一面。

之所以认为其相互统一,是因为文学创新要想有把握,就必须以继承为手段,必须通过继承,把文学传统和文学遗产化为自己的血肉,从而达到创新民族化的要求;文学继承要想有意义,必须以创新为目的,必须为了创新,对文学传统和文学遗产加以鉴别、区分,从而体现批判继承的原则。

文学创新与文学继承的对立和统一,构成了一种相反相成的矛盾运动。所谓文学发展过程,归根到底,便是在作为他律的文学与社会生活的矛盾运动的推动下,通过文学创作与接受的矛盾运动的中介,所引起的作为自律的文学创作中创新与继承的矛盾运动的过程。这个运动过程,对于文学传统和文学遗产呈现出如下特征:既是中断,又是保持;既是突破,又是延长;既是决裂,又是承

续。鲁迅说:"新的阶级及其文化,并非突然从天而降,大抵是发达于对于旧支配者及其文化的反抗中,亦即发达于和旧者的对立中,所以新文化仍然有所承传,于旧文化也仍然有所择取。"[①]他的这番话,正是对我们上述文学自身创新与继承的矛盾运动的一个总结。

**2. 党的"推陈出新"方针**

文学的发展过程,作为文学创作中创新与继承的矛盾运动过程,实际上是一个推陈出新的过程。正是基于对这一过程的规律性认识,我们党提出了在文学艺术方面"百花齐放,推陈出新",以及"古为今用,洋为中用"的方针。[②] 这一方针,无论在理论上还是在实践中,都有其不容低估的意义。从理论上讲,它是对文艺发展过程及其规律的科学概括;从实践中看,它又是领导我们社会主义文艺走向繁荣发展的必由之路。

---

① 鲁迅.鲁迅论文学和艺术[M].济南:山东人民出版社,1979:186.
② 毛泽东.毛泽东论文艺[M].北京:人民文学出版社,1992:86,119.

# 附录一

## 《文学概论新编》一书的逻辑纲要

文学概论在某种意义上,可以看作哲学方法论在文学领域的贯彻和运用。按恩格斯在《费尔巴哈与德国哲学的终结》一书中的说法,哲学的基本问题是思维对存在的关系问题。与此相对应,文学概论的基本问题也就应该是文学与社会生活的关系问题。

文学与社会生活的关系,实际上是文学与人的关系。因为社会的中心是人,生活的主体是人,如果离开了人,就谈不上生活,自然也就无所谓社会。所以,文学与社会生活的关系,或者说文学与人的关系,在文学概论作为文学是人学之理论建构所讨论的众多问题中,便理所当然地最具根本性和囊括性。韦勒克和沃伦所著《文学理论》,将文学研究区分为外部研究和内部研究,他们认为,文学与社会生活的关系,涉及的只是文学的外部规律,因而属于外部研究;文学作品内部诸因素,例如意象、隐喻、象征以及风格等,事关文学的内部规律,因而属于内部研究。在我们看来,文学与社会生活的关系问题,作为文学是人学的核心所在,不仅关乎文学的外部规律,而且关乎文学的内部规律。由此可以说,整个文学概论,说到底,都应该是围绕着文学与社会生活的关系这一基本问题而展开的,或者说,都应该是在不同层面、从不同角度对这一基本问题所做的回答。如果说,文学概论一定要有一条从头至尾相贯穿的逻辑线索,那么,多层面、多角度地研究文学与社会生活的关系问题,就是文学概论一以贯之的逻辑线索。

初接触文学的人,通常会产生这样一些疑问,例如什么叫作文学?哪些属于文学?为什么要有文学?怎样从事文学创作?怎样进行文学接受?如何推动文学一步步地向前发展?等等。下面,我们尝试以文学与社会生活的关系为线索,把以上问题逐一地串联起来加以回答。

首先,为了回答什么叫作文学和哪些属于文学的问题,我们可以从文学反映社会生活的角度,来研究文学与社会生活的关系,探讨文学的本体规律,即文学的反映规律,这是第一章文学本体论的内容;其次,为了回答为什么要有文学的问题,我们还可以从社会生活需要文学的角度,来研究文学与社会生活的关系,探讨文学的价值规律,这是第二章文学价值论的内容;再次,为了回答怎样从事文学创作的问题,我们可以从社会生活转化为文学的角度,来研究文学与社会生活的关系,探讨文学的创作规律,这是第三章文学创作论的内容;又次,为了回答怎样进行文学接受的问题,我们还可以从文学转化为社会生活的角度,来研究文学与社会生活的关系,探讨文学的接受规律,这是第四章文学接受论的内容;最后,为了回答如何推动文学向前发展的问题,我们还可以从文学与社会生活的矛盾运动的角度,来研究文学与社会生活的关系,探讨文学的发展规律,这是第五章文学发展论的内容。

总而言之,文学概论的理论体系,实际上就是由以上所论的一条线索(文学与社会生活的关系)和五个方面(文学本体论、文学价值论、文学创作论、文学接受论、文学发展论),即所谓"一线五面",有机地组合而成。

接下来,我们拟将上述"一线五面"分章分节地加以概述。第一章文学本体论的主旨,是从文学反映社会生活的角度,来研究文学与社会生活的关系,探讨文学的反映规律。其要点有三。其一,文学是人学,是作家作为主体的人,通过其心灵化的创造,对以人为中心的社会生活,尤其是人的精神和感情生活所做的必然而且能动的反映;文学是审美人学,是艺术,是作家作为审美主体,对社会生活所做的情感和形象的审美反映;文学是语符化的审美人学,是语言艺术,是作家作为以语言为符号的审美主体,在最大的广度与深度上,对社会生活所做的具有宽泛性和深刻性的反映。一句话,文学是用语言所表达的情感化和形象化的人文精神。其二,文学作品由语言、情感和形象、人文精神三个要素构成,它们由表及里,分别代表着作品的语言组织、作品的情感与形象系统、作品的意义世界三个不同的结构层次。其中,情感与形象系统及其所蕴含的意义世界,作为文学作品的内层结构与深层结构,属于内容,通称为情感与形象内容;语言组织作为文学作品的表层结构,属于形式,通称为语言形式。文学作品的情感内容会有倾向性,形象内容应有真实性,语言形式须有对于情感和形象内容的适应性,即艺术性。如果形象真实不仅合于社会生活现象,而且合于社会生活规律,此种合规律性,即文学内容的真;如果情感倾向不仅合于个人目的,而且合于社会目的,此种合目的性,即文学内容的善;如果语言艺术不仅合于表达情感和形象内容的需要,而且合于审美法则,此种合法则性,即文学形式的美。文学作品作为情感与形象内容和语言形式的统一,真实性、倾向性和艺术性的统一,在最高的意义上,应该是真善美的统一。其三,根据情感与形象内容的不同侧重,以及语言形式的不同呈现,可以把文学作品从其外部形态上区分为三种体裁:以情感和情感的表现为主者,是抒情文学,其中主要是诗;以故事形象和故事的叙述为主者,是叙事文学,其中主要是小说;以冲突形象和冲突的展现为主者,是剧本,即戏剧文学。诗是表境界的艺术,小说是讲故事即叙事的艺术,而剧本是写冲突的艺术。

第二章文学价值论的主旨,是从社会生活需要文学的角度,来研究文学与社会生活的关系,探讨文学的价值规律。其要点有二。其一,文学作品因其内容的真实性、倾向性和形式的艺术性,可以满足人追求真善美的审美需要,所以,它们对社会生活是有价值的。不同于经济主要所具有的物质价值,政治所具有的管理价值,其他文化形态(例如哲学和道德等)所具有的单一的认识价值或者教育价值,文学的价值是一种寓认识价值和教育价值于娱乐价值之中,重在以情感人、以形动人,具有精神性、人文性、综合性与感染性的审美价值。文学的审美价值,如果结合人在世界上的存在境况来讨论,其取向可分为形而下和形而上两个层面。文学的形而下取向,主要是通过提供和谐的生态环境、进步的政治理念和健全的道德良知,表达对于人在此岸世界的世俗关怀或现实关怀;其形而上取向,则主要是通过呈示生命本真、建立精神信仰和营构诗意家园,表达对于人在彼岸世界的终极关怀。其二,文学的审美价值,在作家的创作中生成,在读者的接受中实现。此种审美价值从生成到实现的过程,实际上,就是文学由潜在的审美功能转化为现实的审美作用的过程。文学的审美作用,来自其审美价值,且作用的有无与大小,和价值的有无与高低是成正比的。因为文学的审美价值是作品的真实性、倾向性与艺术性,亦即真善美的总和,所以,文学的审美作用便可以对应地区分为审美认识作用、审美教育作用和审美娱乐作用三个方面。正如真和善的内容必须体现在美的形式之中一样,文学的审美认识作用和审美教育作用,也必须体现在审美娱乐作用之中。这里讲娱乐,体现的是文学的本体及其无功利性;讲认识与教育,体现的是文学的意义及其功利性。贺拉斯所谓"寓教于乐",我国诗学所谓"无用之用",概括的都是文学审美作用中无功利性和功利性相统一的这一特点。

第三章文学创作论的主旨,是从社会生活转化为文学的角度,来研究文学与社会生活的关系,探讨文学的创作规律。因为要实现从社会生活到文学的转化,必须经由作家自我审美感受这一中介,所以,探讨文学的创作规律,究其实,也就是探讨自我感受的形成和表达的规律。其要点有四。其一,社会生活本身是美的,社会生活的美通过其审美特征,即生活特征集中地显示出来,而生活特征又具有多种审美形态,因此,写生活特征及其多种形态是文学创作的一个规律。生活特征必须经由作家自我美感结构的加工和改造,转化为横向上是情感和形象相统一、纵向上是无意识和意识相统一的自我感受,即所谓让人刻骨铭心的体验,才能被反映在文学作品之中。因此,写自我感受也是文学创作的一个规律。其二,生活特征—自我感受—文学作品,是自我感受的形成和表达的过程,也就是以灵感为过渡的、从构思到传达的创作过程。灵感作为作家自我在偶然机缘下触发,审美感受高度活跃,具有随机性、迷狂性和创造性的一种直觉顿悟状态,它是作家自我由构思进入传达必经的一个通道。上述所描绘的构思—灵感—传达的过程,如果换一种角度,实际上,也是在自我感受的深化中,受想象和认识的交叉作用,情感由独特走向普遍、形象由具体走向概括的过程,即所谓典型化的过程。按康德的理解,典型代表最高度。情感的典型化,指通过情感的独特化和普遍化的同时进行,创造出一种能够用与众不同的个人情绪表达举世相通的社会心理和时代精神,因而高度独特而又高度普遍的典型情感。这种典型情感在抒情文学中,因其写出了人人心中所有、个个笔下所无,而代表着情感表现的最高度。形象(主要是人物)的典型化,指通过人物具体化和概括化的同时进行,创造出一种能够用一个活生生的个体,反映社会生活的本质和规律性的某些方面,因而高度具体而又高度概括的典型人物。这种典型人物在叙事文学和戏剧文学中,因其写出了两个多样统一(横向上多侧面的统一和纵向上多层次的统一),具有人性的丰富性和复杂性的鲜活性格,而被称为"熟悉的陌生人",代表着形象塑造的最高度。其三,自我感受的形成和表达有其类型特点,即创作方法。如果自我感受横向上情感和形象的统一,更多地以情感活动为主,以主观理想表现为主,这种分享型的自我感受,便对应地体现为创作方法中的浪漫主义类型;反之,更多地以形象活动为主,以客观现实再现为主,这种旁观型的自我感受,便对应地体现为创作方法中的现实主义类型。如果自我感受纵向上无意识和意识的统一,更多地以意识和理性为主,这种自觉型的自我感受,就对应地体现为创作方法中的理性主义或者古典主义;如果更多地以无意识和直觉为主,这种非自觉型的自我感受,就对应地体现为创作方法中的直觉主义或者现代主义。其四,自我感受除了类型特点,还有其个别特点,即创作风格。自我感受的个别特点,包括在文学创作中结成审美关系的作家自我与社会生活两个方面。前者即作家自我在人格面貌与生命状态上的个别特点,作为文学风格的主观因素,对应构成了文学的个人风格;后者即社会生活在时间和空间上的个别特点,亦即时代特点和民族特点,作为文学风格的客观因素,对应构成了文学的时代风格和民族风格。文学风格作为自我感受的个别特点,是作家自我的人格和生命特点与社会生活的时代特点和民族特点的统一,当然也是文学的个人风格与文学的时代风格和民族风格的统一。

第四章文学接受论的主旨,是从文学转化为社会生活的角度,来研究文学与社会生活的关系,探讨文学欣赏和批评的规律,即文学的接受规律。其要点有三。其一,文学接受是接受理论为突出读者的主体性而提出的一个新概念,它强调读者对文本的意义阐释和创造。接受理论认为,读者作为主体应该有一个明确、宽泛、极具可塑性的期待视野;文本作为客体应该有一种充满空白与未定性的召唤结构;在读者的期待视野与文本的召唤结构之间,应该建立起相互适应的审美关系。只有这样,二者才能通过对话性的双向建构,在读者具体化的同时,实现文本的现实化,从而达成二者视野的融合。其二,文学接受是由阅读到鉴赏,亦即欣赏和批评的过程。读者唯有通过深阅读,才能进行欣赏。作为文学接受的高级阶段,文学欣赏是读者在阅读过程中进行的一种全心灵的审美享受活动,一种以情感和形象内容的具体化复现以及意义的合理误读为标志的创造性解读活动。读者关于文本内容的具体化复现,主要指情感的再体验和形象的再创造。其中的情感再体验,表现为共鸣。而共鸣之所以发生,是因为人及人性中的二重性,具体而言,即人的美感结构中除了个别差异性的一面,还有普遍一致性的一面。后者作为人的共同美感,是共鸣赖以发生的心理根源。其三,文学批评既是对文学欣赏的深化,又是对文本的阐释和评判。文学批评就性质而言,作为一种哲学-科学批评、社会学批评和美学批评三位一体的批评,承担着释义(阐释意义)、评价(评判价值)及导向(引导欣赏与创作的方向)的三重任务。从事文学批评,必须以社会实践为标准。作为社会实践标准的展开和具体化,用文本在社会上实际产生的审美认识作用、审美教育作用和审美娱乐作用,来一一对应地检验文本内容的真实性、倾向性和形式的艺术性,就是真善美的标准。在文学批评的具体操作中,既要坚持批评标准,又要讲究批评方法。社会历史学的方法、心理学的方法、语言学的方法以及现象学与解释学的方法等,作为20世纪流行的几种方法,都值得我们批判地予以借鉴。

第五章文学发展论的主旨,是从文学与社会生活的矛盾运动亦即互动的角度,来研究文学与社会生活的关系,探讨文学的发展规律。就此,我们可以从由外到内相互联系的三个方面对其加以总体的把握。外部原因,亦即他律,是文学与社会生活的矛盾运动;中介原因应是因文学与社会生活的矛盾运动而引发的文学创作与接受或者说文学生产与消费的矛盾运动;内部原因,亦即自律,无疑是从文学创作与接受的矛盾运动过渡和转化而来的文学创作中的创新与继承的矛盾运动。上述如齿轮传动一般环环相扣的三个方面,便是第五章的三个要点。其一,作为文学发展的外部原因,即他律,文学与社会生活的矛盾运动一方面表现为,文学要随社会生活的发生而发生,随社会生活的发展而发展,二者在总体上是平衡的;另一方面,文学的发展与社会生活的发展相比,又常常有"赶前"或"错后"的现象,二者在局部上又是不平衡的。在文学与社会生活之间,之所以有局部不平衡现象的发生,如前所述,是因为社会生活推动文学的发展,是一个外因—中介—内因的多因素传动递进的过程;文学与经济亦即艺术生产与物质生产之间之所以有局部不平衡现象的发生,又是因为经济最终决定文学的发展,是一个经济—政治—文化多方面合力作用的过程。其二,在文学与社会生活的矛盾运动中,社会生活以其自身的发展,向文学提出发展的可能性和必要性。发展的可能性,是就创作亦即生产而言;发展的必要性,是就接受亦即消费而言。由此而论,文学与社会生活的矛盾运动,究其实,就是文学生产与消费的矛盾运动。作为文学发展的中介原因,文学生产与消费的矛盾运动表现为:一方面,文学生产规范着消费;另一方面,文学消费又制约着生产。两者的供求关系,通过文学批评和市场流通得以调节。其三,要最终解决文学生产与消费的供求矛盾,唯一可行的办法是发展文学生产,繁荣文学创作。文学创作的繁荣,不能仅仅着眼于量的扩张,而必须更多追求质的提升。为此,文学生产就应突破旧的规范,从内容到形式进行民族化的创新。然而,任何创新又必须以对文学传统以及遗产的批判继承为前提。于是,在文学生产与消费,也就是文学创作与接受的矛盾运动的推动下,又引起了作为文学发展的内部原因,即自律的文学创作中创新与继承的矛盾运动,也就是所谓"推陈出新"。文学的发展,最终便是在其自身不间断的"推陈出新"的过程里一步步地完成的。

# 附录二

## 文学概论课堂讨论选辑

讨论之一:结合教材第一章第三节论述文学与绘画区别的内容,讨论吴冠中"三百个齐白石,比不上一个鲁迅"的断语是否有道理。

(1) 相关资料:吴冠中就其断语所做的几次说明

三百个齐白石,比不上一个鲁迅。

当然这不好比,文学和绘画怎么比呢? 但是从社会功能讲来,如果没有鲁迅,那么,我们这个民族的精神会完全不一样。到后来我在美术中感觉到,始终没有办法达到鲁迅这样对社会的冲击力。

齐白石画得很好,我也很喜欢,但是一个民族,一个国家需要鲁迅。少一个鲁迅,中国的脊梁就软得多。

下辈子我不想当画家了,我觉得绘画这个能量有它的局限。我开始当画家是因为单纯地爱它。开始我中学是喜欢文学的,特别是受鲁迅的影响,所以想当文学家。后来是移情别恋到了美术上面,我很想在美术上面能够做出像鲁迅在文学上的一些作用。这是我一直的愿望,要在美术上搞出鲁迅这样伟大的工作来。但是觉得它不可能,美术很多力量方面没办法跟文学比,当然它有它另外的优点。

(2) 教师小结

鲁迅和齐白石作为现代中国的两大文化巨子,在其各自所属的艺术门类中,皆是迄今难以逾越的巅峰。

他们二人因为分属于文学与绘画两个不同的艺术门类,确实缺乏可比性。

但吴冠中进行这样的比较,并非无的放矢。正如其在就此所做的几次说明中反复强调的,他是要把讨论的焦点集中在其所谓"社会功能""对社会的冲击力"和对堪称"中国的脊梁"的"我们这个民族的精神"的影响上面。如果仅仅从两个人的两种艺术创造所发挥的此种社会功能加以比较,那么,因为鲁迅既是伟大的文学家,又是伟大的思想家,他用那支像解剖刀、像"投枪和匕首"(瞿秋白语)的笔,毕生从事国民性,亦即中国人之人性的批判,尤其是关于奴性的批判,的确是单单作为伟大国画家的齐白石所无可比拟的。当然,吴先生讲"三百个齐白石,比不上一个鲁迅",在言辞上多少失之偏激,但其包含的要义或基本精神,是言之成理和持之有据的,是完全可以站得住脚的。

如果说,不论在战争和革命年代,还是在和平建设年代,鲁迅的解剖刀、投枪与匕首对于中国都是不可或缺的,那么,齐白石之于和平建设年代的中国,特别是那些充满生命情趣的花鸟虫鱼之作,在涵养人性、培植美感方面所起的作用,正越来越被凸显出来。

讨论之二:结合第一章第五节论述诗的境界的内容,就诗坛近些年流行的诸如"梨花体""羊羔体"之类的"口水诗",讨论什么是诗与什么不是诗。

(1)相关资料

口水诗也可以写得有诗意,能打动人;能打动人的诗就可以是好诗。

——舒婷

诗人们相约去北京西郊摘桃子/问我去不去/我说要是研讨我就不去了/但摘桃子好玩/远胜过赏花

——赵丽华《摘桃子》

张无忌和赵敏接吻/赵敏把张无忌的嘴唇/给咬破了/有关这一吻/电视上处理得比较草率

——赵丽华《张无忌》(二)

小丫是个可爱的女孩子/要是不去主持电视节目多好/最好和我一起在山坡上放牛/我放牛的时候,她打猪草/没人的时候就亲一亲/当然不用避开牛

——伊湖水《我爱上了王小丫》

徐帆的漂亮是纯女人的漂亮/我一直想见她,至今未了心愿/其实小时候我和她住得特近/一墙之隔/她家住在西南跑马场那边　我家/住在西南跑马场这边/后来她红了,夫唱妇随/拍了很多叫好又叫座的片子/我喜欢她演的《青衣》/剧中的她迷上戏/剧外的我迷上戏里的筱燕秋/听她用棉花糖的声音一遍遍喊面瓜/就想,男人有时是可以被女人塑造的/最近,去看《唐山大地震》/朋友揉着红桃般的眼睛问:你哭了吗/我说:不想哭。就是两只眼睛不守纪律/情感还没酝酿/它就潸然泪下/搞得我两手无措,捂都捂不住/指缝里尽是河流/朋友开导/你可以去找徐帆,让她替你擦泪/我说:你贫吧,她可是大明星/朋友说:明星怎么了/明星更该知道中国那句名言——解铃还须系铃人/我觉得有理,真去找徐帆/徐帆拎一条花手帕站在那里,眼光直直的/我迎过去,近了/她忽然像电影上那么一跪,跪得惊心动魄/毫无准备的我,心兀地睁开两只眼睛/泪像找到

了河床,无所顾忌地淌/又是棉花糖的声音/自己的眼睛,自己的泪/省着点/你已经遇到一个情感丰富的社会/需要泪水打点的事挺多,别透支/要学会细水长流/说完就转身,我在自己的胳臂上一拧,好疼/这才知道:梦,有时和真的一样

——车延高《徐帆》

(2)教师小结

近年来,社会上涌现出名目繁多的"口水诗"。以上提供的是从网络筛选出来,因其作者姓名而被命名为"梨花体""羊羔体"等,且不无代表性的几首"口水诗"。这类"口水诗"自问世之日起,一直存在着是不是诗的争议。对此,我们想依据诗之为诗的"惯例",做一个阐释和分析。

诗的内容在情感和形象的统一中,以情感为主。这种情感,作为形象化的情感,表现在诗里,它的存在形态及其对应的审美空间,构成所谓诗的境界。王国维的《人间词话》开卷有言:"词以境界为最上,有境界则自成高格,自有名句。"他讲的是词,但其实,古今中外的各类诗莫不如此。从普遍的意义上讲,诗是一种讲境界的艺术。我们这样说,意思是,要区分诗与非诗,只能以境界的有无作为尺度。换言之,境界即诗之为诗的"惯例"之所在。

既然境界之于诗如此重要,那么,究竟什么是诗的境界呢?根据王国维在梳理中国古代诗学基础上就境界概念所做的总结式表述,我们认为,所谓诗的境界,应该是指诗之形象化情感的存在形态,及其所引发的使人感动、发人沉思、供人回味的审美空间。其中,最重要的关键词有三个:感动、沉思、回味。感动作为读者的情绪状态,是读解一则文字有无境界,即是否是诗的出发点和基础;沉思作为读者受感动后情绪状态的理性升华,是衡量诗的哲思和境界的容量与品质等的思想性基准;而回味则更进一层,作为感动与沉思在读者灵魂深处的延留,是鉴定诗的境界对读者的影响力及其持续程度的一个标志。也就是说,有没有引起感动,能不能激发沉思,可不可以产生回味,应该是我们判断诗与非诗的唯一尺度。

若是以感动、沉思和回味三个关键词加以对照,上述"口水诗"有无境界或是不是诗的问题,也便迎刃而解了。赵丽华的《摘桃子》和《张无忌》(二)两首,各是作者生活中一句平淡的话,在分行排列后所做的了无意味的表达,沉思和回味自是无从说起,感动也根本谈不上。没有感动,没有沉思与回味,未给读者留下一点让心灵得以伸展的自由空间,亦即所谓境界,当然不可称之为诗。再看伊湖水的《我爱上了王小丫》,这首写得不像赵丽华的两首那么平淡无味,但在调侃中却失之轻佻,作者以为在示爱,实际上却用一种近于"雅痞"的口

气,在想象中向一位真名实姓的央视女主持人做出有违正常礼仪的挑逗。此等文字,我们除了付之一笑以外,因为它与感动、沉思和回味没有关系,自然不能将其纳入诗的范畴。最后说说车延高的《徐帆》。作为徐帆的粉丝,车延高此番长长的表白,的确抓住了徐帆声音及动作方面的点滴特征,且不无真情的流露,也许会给同是徐帆粉丝的读者以些许感动,但沉思与回味肯定是没有的。更可惜的是篇幅过长,把仅有的一点空间拥塞得愈显逼仄。正如艾青所言,凡可用散文说的话,最好不要写成分行的诗。因此,车延高的这段文字,与其说是诗,不如说是一则散文——一则粉丝向其梦中女神表白的散文。

在做了以上评判之后,有人或许会说,这些"口水诗"之所以不称为诗,主要是因为它们都是以口语化方式写出。必须澄清的是,口语诗与"口水诗"是两回事;即便是口水诗,也应具体文本具体分析。上引"口水诗",由于不能给人以感动、沉思和回味的空间,无境界亦即无诗意可言,自然算不得诗,与其用不用口语无关。事实上,古往今来,颇多以口语写成的绝妙好诗,远者如《古诗源》收录的无名氏之作《箜篌引》:"公无渡河/公竟渡河/堕河而死/当奈公何。"尽管这首诗直白到几乎不加任何修饰,但读来如重锤敲击,独具撼人心魄的力量。这是因为,它直言而呼,却多有情绪的旋涡包蕴其中,像法国诗人彼埃尔·勒韦尔迪所说,其作为"真正心灵的悲剧",隐含有一段"深奥而扣人心弦的情节"。《箜篌引》前的说明文字,恰好印证了这一点:"有一白首狂夫,披发提壶,乱流而渡,其妻随而止之,不及,遂堕河而死。"面对此情此景,妻子气恼中有爱恋,悲痛中有悔恨,好像打碎了五味瓶,各种心绪纠缠在一起,形成了一个"剪不断,理还乱"的复杂情结。为纾解此一情结,妻子于是"援箜篌而歌之","曲终,亦投河而死"。这首《箜篌引》,因其本身的悲剧性,令人在感动之余,不由得陷入无止境的沉思和回味之中。在新诗里面,也不乏此等深入浅出的口语诗,如顾城的《远和近》:"你/一会看我/一会看云//我觉得/你看我时很远/你看云时很近。"仅仅是两节、六行、二十来字,却通过空间距离"远和近"的倒错以及对比——明明是近在眼前的"我","你看我时"却"很远";明明是远在天边的"云","你看云时"却"很近"——意在表现一种现代人心灵的孤独感。诗以"反常合道"(苏轼语)式的抒写启示我们,此种孤独感是由人与人之间关系的疏远导致的,它应该并且只能在人与自然的亲近中得以消解。于此,感动有了,沉思有了,回味也有了,这才是王国维所谓"以境界为最上"的真正的诗。

讨论之三:结合第三章第二节论述人物典型化的内容,讨论《三国演义》中诸葛亮人物塑造的成败得失。

(1) 相关资料

《三国演义》中有关诸葛亮的章节。

毛宗岗称《三国演义》中人物有三绝：诸葛亮智绝，曹操奸绝，关羽义绝。

鲁迅在《中国小说史略》中批评《三国演义》人物塑造之缺失：至于写人，亦颇有失，以致欲显刘备之长厚而似伪，状诸葛之多智而近妖。

(2) 教师小结

罗贯中生活在元明易代之际。虽然关于其身世，流传下来的资料少之又少，但从他所写的《三国演义》一书可以看出，这是一个关心天下大势，身逢乱世，力求在风云际会中于王道霸业上有所作为的非等闲之辈。元代政权是蒙古人入侵中原建立的异族政权，罗贯中深知，要想对这一异族政权在意识形态领域发起挑战，揭示其执政的不合法性，最好的武器便是用为民众所喜闻乐见的历史演义形式，讲述曹魏、蜀汉和孙吴三国争战的故事，以宣扬正统观念。可以说，这是他创作《三国演义》的主要缘由。

在罗贯中笔下，正统观念的体现者，显然不能到拥兵自重的曹魏集团或者偏安一隅的孙吴集团去寻找，而只能注目于蜀汉朝廷。但罗贯中认为，蜀汉朝廷的灵魂人物，并非作为汉室宗亲的刘备。他觉得，刘备虽是汉景帝的后裔，其身份具有一定的号召力，但却不具备三足鼎立甚至一统天下所必需的政治和军事方面的大智慧。唯有诸葛亮，才能担当这方面的重任。这一点，我们从《三国演义》的整体构架，可以看得一清二楚。在诸葛亮自隆中出山之前，刘备一干人马，东躲西藏，惶惶如丧家之犬，以天下之大而无存身之地；在诸葛亮将星陨落之后，蜀汉朝廷如夕阳西下，大厦将倾，立即成为司马氏一统天下时被荡平的第一个目标。蜀汉朝廷既不占天时，又不得地利，其所以能在北有曹魏、东有孙吴的夹缝里，维持几十年的光景，所依靠的不正是诸葛亮这一中流砥柱吗？

罗贯中既然对诸葛亮委以体现正统观念的重任，就必然要对其人物塑造下足功夫。《三国演义》描写诸葛亮其人，除了略略涉及其谨慎，亦即老成持重的一面之外，集中刻画的是其性格的两个侧面：智慧和忠诚。此二者中，智慧属于才的范畴，而忠诚属于德的范畴。罗贯中在这两个侧面中，同时兼顾，又以智慧，亦即以才为主。罗贯中是要按儒家的人性观，把诸葛亮塑造成有德有才且是大德大才的圣贤者的形象，以区别于有德无才的愚忠者、有才无德的巨奸者、无才无德的泼赖者。罗贯中认为，只有像诸葛亮那样，在大忠诚的前提下，彰显其大智慧，即所谓大德大才的圣贤，才可能在群雄逐鹿的乱世，有足够的社会担当，从而成为正统观念的理想化身。

历史上的诸葛亮其人,更多为人称道的品质是谨慎和忠诚。智慧这一侧面,并未被各种各样的史料所提及。如果说,诸葛亮以其"鞠躬尽瘁,死而后已"的一生,表现的是他本人基于刘备的三顾之恩,而对于刘氏父子肝脑涂地般的忠诚,如唐人杜甫便是这样颂扬诸葛亮的:"三顾频烦天下计,两朝开济老臣心"(杜甫《蜀相》),那么,在《出师表》中,诸葛亮告白于世人的,则是自己的谨慎:"先帝知臣谨慎,故临崩寄臣以大事也",后人所写的诸如"诸葛一生唯谨慎,吕端大事不糊涂"之类的诗句,也同样着眼于他小心翼翼式的谨慎。罗贯中出于对诸葛亮作为正统观念体现者的形象定位的考虑,从历史原型出发,进行了理想化乃至于神圣化的改造和创造。他把许多本非诸葛亮原型之物,如"羽扇纶巾",本是周瑜的衣着装饰之物(以北宋苏轼词《念奴娇·赤壁怀古》为证:"遥想公瑾当年,小乔初嫁了,雄姿英发,羽扇纶巾……"),拿过来置于诸葛亮身上。此种做法,应当是为小说人物之典型化所允许和提倡的。不仅如此,罗贯中根据其对诸葛亮性格的总体设计,一方面,在保留其忠诚一面的同时,淡化其谨慎的一面;另一方面,留出篇幅,较多地强调其智慧的一面。为此,罗贯中不惜将诸葛亮的智慧推向并且超越一般人性所能达至的极致,如第四十九回中七星坛诸葛祭风、第一百零一回中出陇上诸葛妆神、第一百零二回中诸葛亮造木牛流马、第一百零三回中五丈原诸葛禳星、第一百一十七回中武侯显圣定军山等。毛宗岗称其为"智绝",鲁迅说其"多智而近妖",就是指此而言。这样,就因为人物形象过于理想化而走向神圣化,有些偏离了人物典型化的原则,而不能不带有某种造神的意味。有人或许会说,《三国演义》不是也通过失街亭,写了诸葛亮的失察和不智吗?但这样写,在罗贯中那里,实际是欲扬先抑,因为在其整体安排中,失街亭恰如美人痣,是接下来的空城计的伏笔。没有失街亭,何来空城计?失街亭使空城计在很大程度上,成为《三国演义》中诸葛亮人物塑造的最为出彩之处。

罗贯中这样描写诸葛亮,如果用关于人物典型化的两个多样统一(横向上多侧面的统一和纵向上多层次的统一)的尺度来衡量,罗贯中写了诸葛亮性格中智慧和忠诚两点,虽不应归之于单侧面,但毕竟不能算是多侧面的统一;诸葛亮的智慧和忠诚,自始至终在小说中得到了充分的体现,也就是说,其性格是一个层次,而非多层次的统一。正因为诸葛亮在人物典型化方面未能达到多样统一的最高度,所以,就其形象塑造的成败得失而言,尽管诸葛亮写得相当成功,在我国小说发展史以及民间的传播和认同度上留下了浓墨重彩的一笔,但由于《三国演义》的长篇体裁形式刚刚从唐宋传奇的影响下独立出来,尚未完全成熟,且罗贯中又赋予诸葛亮这一人物太多、太高的期待,我们必须承认,诸葛亮的形象塑造多少留下了某些审美方面的遗憾。鲁迅批评其"多智而近妖",虽失之偏激,但大体是合于文本、合于学理的。

　　分析至此,需要特别指出,诸葛亮的形象塑造,之所以有神化之嫌,有两点值得注意。第一,小说表现诸葛亮的智慧与忠诚,作为其性格的两个主导侧面,罗贯中只写了二者自始至终的一致性,而未呈示智慧与忠诚之间可能有的、些微的抵触或矛盾。我们不妨这样设想,小说写到刘备白帝城托孤一节,诸葛亮在听完刘备带有试探性的嘱托之后,心中也曾出现过一点悸动,但其终究在忠于儒家操守的超我管控下,将这一点悸动化作对于"扶不起来的阿斗"的忠诚。倘若这样写,也许关于其智慧和忠诚两个侧面的描写,会更具人性的真实和深度。第二,罗贯中没有写诸葛亮的爱情与婚姻生活。人的爱情与婚姻生活,历来是文学作品中表现人性的重要方面。据传历史上诸葛亮的夫人黄氏,虽然长相不尽如人意,但聪慧过人,是一位贤内助,诸葛亮与夫人黄氏的感情很好,可谓恩爱异常。对于此一环节,罗贯中本可以大做文章。然而,如前所述,他作为高度政治化的作家,从一开始就把诸葛亮定位为安邦定国的圣贤,而圣贤既非才子,又非英雄,与人间烟火和儿女私情并无关涉。于是,罗贯中便将这一本可以展示诸葛亮丰富人性内涵的环节弃之不用。这是诸葛亮人物形象塑造上的一大败笔。应当承认,这也是作为小说家的罗贯中未能更上层楼,媲美于众多中外文学大师的一大悲剧。

　　说到悲剧,有必要再就诸葛亮这一人物的悲剧性做一些探究。罗贯中笔下的诸葛亮,确实因为过于理想化而带有庙堂偶像的痕迹。细究之下,无疑是作家从唐宋传奇那里承继的浪漫基因使然。但是,这只是问题的一个方面,问题的另一方面是,罗贯中基于对故事发生时代的天下大势的精准把握,宁可违背自己的意愿,也不得不按照历史发展的必然规律,赋予诸葛亮在五丈原禳星不成而一命归天的悲剧下场。也就是说,罗贯中最终把作为圣贤的诸葛亮写成了一个"运移汉祚终难复,志决身歼军务劳"(杜甫《咏怀古迹五首》之五)、"出师未捷身先死,长使英雄泪满襟"(杜甫《蜀相》)的悲剧人物。这种悲剧性的结局,究其原因,是"运移汉祚"的天下大势,亦即历史规律在起作用。由此说明,《三国演义》除了有作为传奇小说遗存物的浪漫主义基因之外,还有作为世情小说开拓者的现实主义精神。正是这一悲剧性结局的完成,使得诸葛亮的人物形象在后世的读者那里,赢得了普遍而持久的赞誉的同时,也唤起了广泛而热烈的同情与共鸣。

# 参考文献

[1] [美]韦勒克,沃伦.文学理论[M].刘象愚,等译.上海:生活·读书·新知三联书店,1984.

[2] [苏]波斯彼洛夫.文学原理[M].王忠琪,徐京安,张秉真,译.上海:生活·读书·新知三联书店,1985.

[3] [美]乔纳森·卡勒.文学理论入门[M].李平,译.南京:译林出版社,2013.

[4] [美]M.H.艾布拉姆斯.镜与灯:浪漫主义文论及批评传统[M].郦稚牛,张照进,童庆生,译.北京:北京大学出版社,1989.

[5] [南朝梁]刘勰,著.周振甫,译注.《文心雕龙》译注[M].南京:江苏教育出版社,2005.

[6] [南宋]严羽,著.郭绍虞,校释.沧浪诗话校释[M].北京:人民文学出版社,1961.

[7] [清]叶燮,著.蒋寅,笺注.原诗笺注[M].上海:上海古籍出版社,2014.

[8] 王国维.人间词话[M].上海:上海古籍出版社,1998.

[9] [清]刘熙载.艺概[M].上海:上海古籍出版社,1978.

[10] [德]艾克曼,辑.歌德谈话录[M].朱光潜,译.北京:人民文学出版社,1978.

[11] [法]罗丹.罗丹艺术论[M].沈宝基,译.桂林:广西师范大学出版社,2002.

[12] [俄]别林斯基.别林斯基论文学[M].梁真,译.上海:新文艺出版社,1958.

[13] [德]海德格尔.海德格尔诗学文集[M].成穷,余虹,作虹,译.武汉:华中师范大学出版社,1992.

[14] [英]艾略特.艾略特诗学文集[M].王恩衷,译.北京:国际文化出版公司,1989.

[15] 钱锺书.谈艺录[M].北京:中华书局,1984.

[16] 李泽厚.美的历程[M].北京:文物出版社,1981.

[17] 毕飞宇.小说课[M].北京:人民文学出版社,2017.

[18] 张孝评.文化诗学论纲[M].西安:陕西人民教育出版社,1993.

## 2019年修订版后记

我的《文学概论新编》一书,由西北大学出版社推介上报,经学校有关部门审定,被列入西北大学高水平教材第一批出版书目,拟于近日修订完成后资助出版。这对于已退休多年的我,自然是一份荣誉,但细想之下,更觉得是一份责任。

的确,我是有责任将此书在2007年全新修订第四版的基础上,经过局部的增补、删节、改写以至于重写,使之更加完善的。一则,这对学校和出版社的支持是一种回报;再者,对自己近些年的所思所念也是一个交代。作为一介书生,我平生无多兴趣,亦无大作为,蜗居在校园之内,只是跟书打交道,不外乎读书、教书与写书而已,纯属我自命的"三书居士"。如果说,读书于我是喜好,教书于我是职业,那么,写书于我则是喜好与职业的延伸——把读书时的忽然想到、教书中的即兴发挥,经过一段时间的积淀酝酿、梳理思考,建构成一定的理论框架后,以文字形式书写而成。虽则捡拾至今的大大小小的著作,累计已有十余种之多,但其间动笔最早、耗时最久、出力最勤、用心最深者,莫过于这本《文学概论新编》。不错,它只是教材,然而,在我的心目中,其分量远较其他著作为重。为什么呢?因为我是把它当作全面地表达我对文学的看法,亦即我的文学观的一部专著来谋划的。

文学理论较之其他相邻学科,是一个尚未完全定型、至今仍处于成长和发展过程的新型专业领域。面对文学创作与接受状况日新月异的变化,作为其综合概括的文学理论,许许多多新的观点、新的范畴、新的命题及新的理论话语,随之在世界各地像雨后春笋般不断涌现。我的文学观以及作为其表达的文学概论教材,自应与此相呼应,在变动不居的文学潮流中多加吸纳,尽快调适,以便与时俱进。应当说,这是我写作和修订《文学概论新编》最大困难之所在;然而,扪心自问,我又不能不承认,它之于我,同时也恰恰如庄子所谓鱼之于水,冷暖自知,是很难与他人分享的一份独特的魅力之所在。

别林斯基有言,"热情是什么,就是对思想的迷恋"。别林斯基"对思想的迷恋"一语,可称是我所谓"魅力"二字的最好注释。我从1986年开始写《文学概论新编》的初稿,隔年付印,是此书的第一版;之后几经折腾,陆续出了第二、三版;到2007年,又几乎是另起炉灶,推出了全新修订第四版;时至今日,已过去30余载,我仍在为2019年最新修订版做案头工作。这份热情,恕我自炫,便是在魅力的蛊惑下,由"对思想的迷恋"所致。说来也许会让人笑话,在延续数十年的写作和思考中,由于过分的投入,我曾有几次忘乎所以,差点付出生命的代价:一次是在构思初稿时,我去铜川讲课,晚饭后沿着矿区基本废弃的铁轨,一边散步一边思索,蓦然间,路旁一人向我乱晃手臂,大声喊叫,我顿时被惊醒,纵身一跃跳出铁轨,火车头即吼叫着从我身后一闪而过;另一次是在西大新村的新四楼寓所写作,写着写着,忽听楼下有人敲着脸盆,高喊失火,这时我突然感觉房间里烟火弥漫,呛得人几乎透不过气来,到阳台一看,楼下民工草棚冒上来的火舌,已蹿至我住的三层,这才赶紧跑下楼去。因陷于写作与思考的忘我状态而险些丧命的两次经历,现在回想起来,仍后怕不已。

和上述多少带点故事性的写作与思考过程大体同步,我自2004年退休以来,先后应邀在西北工业大学、西安美术学院、咸阳师范学院及中国作家协会鲁迅文学院等院校,举办过短则一期、长则数期的文学讲座;在西安外国语大学为研究生开设过西方文论和诗歌美学等专题课程;在西北大学现代学院连续十数年担任过文学概论的外聘主讲教师。我之所以这样做,并非不甘寂寞或是精力过剩,说到底,还是想投身于教学实践,让年届古稀、渐趋老化的大脑,能围绕文学理论话题,继续保持一种全负荷的运转状态,在读书、教书之余,给自认为还可以更加完备的文学概论教材,做进一步修订的准备。而今,学校和出版社提供了这样的机会,我能做的,就是把近些年积累的所思所念,转换成更新了的观念、材料以及文字,体现在2019年最新修订版的《文学概论新编》之中。

此次修订,我所做的工作,大致可以概括为以下三个环节:删节、改写和重写、增补。先从删节说起,此次删去的,或长或短大约有数十处,计三万字左右。其间最主要的部分,如对古代诗学在论及文学审美作用心理机制时使用的感奋、感悟等概念的考辨;对接受理论关于文本意义的生成及读者在意义生成中作用的评述等。这些内容都是从我给研究生所开设的"文艺学方法论"的讲稿里移植过来的,因文字相对思辨、艰涩、抽象,不利于本科生的阅读与接受,虽有不舍,但权衡之下,仍觉删去为宜。

改写和重写是此次修订的重头戏。小篇幅的改写在在皆是,兹不赘述。这里需要提及的,是大篇幅的改写,亦即重写。如在虚构和想象部分,有关诗和散文中抒情主体及抒情情境的虚构的文本实证、想象的分类(设身处地的再现性想象和因需设事的创造性想象)以及想象的自由与边界的辨析;如在语言形式的艺术性部分,引入苏轼"辞而至于能达,则文不可胜用矣"一语,从"辞""能达""文"三者关系,重新整理思路,并进而求证语言形式(辞)对于情感和形象内容的高度适应性(能达),即其艺术性(文)之所在;如在选材和立意部分,就鲁迅所谓"选材要严"的"严","开掘要深"的"深",结合其本人及他人的创作所进行的正反两个方面的具体解读;如在典型代表最高度部分,通过对"同一机杼(构思)"的三首唐诗的文本比较,阐明典型的最高度究竟意味着什么。除此之外,各章各节另有颇多重写的片段,此处不一一列举。

下面,再说说增补。有鉴于自2007年全新修订第四版问世以来,国内外文学及文化理论界新潮迭起,新论频出,影响力至为深远。我从网络上搜索到相关信息,之后又通过原著阅读加以判断和选择,最终将其确认为修订时引述的内容。如美国文化学者尼尔·波兹曼的《娱乐至死·童年的消逝》一书,针对商品经济大潮冲击下全民娱乐之风提出的"娱乐至死"命题,意大利作家卡尔维诺的《为什么读经典》一书,为经典一词所下的颇为精当且耐人寻味的定义,我都分别将其增补到教材论及文学的审美娱乐作用与批判地继承文学传统与文学遗产部分,并结合自己的理解对它们做了进一步的阐发。另外值得提及的还有几处。一是论述生活特征的审美形态时,在已有的优美、崇高、悲剧、喜剧和丑之外,又从自己的感受与思想出发,增补了恶、荒诞、神秘等三种形态。二是依据作家的具体创作实践,讨论总结了心灵化涉及的两个方面——事理化和情理化,其对立统一关系中常常出现的三种情况,即为事理排斥情理,因情理突破事理,让情理兼顾事理。三是对古代诗学的"诗史"概念做出新的阐释。"诗史"概念由晚唐孟棨首倡,其内涵在之后千余年中一直争论不休。我在梳理并研读相关资料后认为,"诗史"一词用以评价杜诗,究其实,是因为杜甫以其独特的个人情感体验,抒写了安史之乱前后最广大民众的社会情绪及心灵创伤,或者说,表现了他所处的那个时代人人心中所有、个个笔下所无的一种典型情感,称得上唐朝自玄宗天宝年间至肃宗至德年间的一部精神和感情生活史。上述三处,前人与时人从未论及过,皆出自个人的独立思考,作为增补,我分别将其纳入了教材有关心灵化和典型情感的论证系统。

考虑到《文学概论新编》作为教材在教与学两端的实用性,此次修订,我还增设了附录部分:其一,为本科生选列了一个少而精的主要参考书目;其二,基于理论课的复习之需,将三十余万字的教材化繁为简,整理出一份由概念、命题以及要点演绎而成的简明的逻辑纲要;其三,因为理论课的学习,除了教师面授之外,学生的课堂讨论也是不可或缺的一环,所以,我从历年的教学实践中,精选出几个课堂讨论的案例。虽然学生的发言因过于芜杂一概从略,但讨论的题目、相关资料以及我作为主讲教师所做的小结,均收录在册,供大家参考。

此书能再次修订出版,有赖于西北大学出版社总编辑张萍、事业一部主任柴洁和责任编辑李华等三位女士的关怀与付出,愧无所报,于我心长有戚戚焉;现代学院的姚娜老师亦为我提供了诸多实实在在的帮助。在此一并由衷地表示感谢!

作 者
2019 年 7 月 26 日